Carl von Bergen

Framtiden

Femte Bandet

Carl von Bergen

Framtiden

Femte Bandet

Oförändrat nytryck av originalutgåvan från 1871.

1:a upplagan 2022 | ISBN: 978-3-36820-299-6

Verlag (Förlag): Outlook Verlag GmbH, Zeilweg 44, 60439 Frankfurt, Deutschland
Vertretungsberechtigt (Auktoriserad representant): E. Roepke, Zeilweg 44, 60439 Frankfurt, Deutschland
Druck (Tryckeri): Books on Demand GmbH, In de Tarpen 42, 22848 Norderstedt, Deutschland

FRAMTIDEN.

TIDSKRIFT FÖR FOSTERLÄNDSK ODLING.

UNDER MEDVERKAN AF FLERA SKRIFTSTÄLLARE

UTGIFVEN AF CARL VON BERGEN.

FEMTE BANDET.
(Fjerde årgången, 1871, januari—juni).

STOCKHOLM,
L. J. HIERTAS FÖRLAG.
1871.

STOCKHOLM,
TRYCKT HOS JOH. BECKMAN.
1871.

FEMTE BANDET.

(Fjerde årgången, 1871, januari—juni).

INNEHÅLL.

(Första häftet, januari).

Sid.

Svensk språkforskning. Johan Er. Rydqvist. 1. Af *V. E. Öman.* 1.

Bilder från fjerran länder. 1. En framtida eröfrarestat. — 2. Om det europeiska missionsväsendet i Kina. Af *Herman Annerstedt.* 20.

Politiska betraktelser. 5. Om de politiska partierna i Sverige. Af —*t*— 48.

Ännu några ord om kriget och de svenska sympatierna. Af *L. J. H.* 70.

Anmälningar:
Bellmans samlade skrifter. Af —RN 92.

Månadsöfversigt. Af C. v. B. 95.

(Andra häftet, februari).

Den gammalkristna konsten i Roms katakomber. Af *L. Dietrichson* 97.

Om en fri högskola i hufvudstaden. Af *P. A. Siljeström.* 127.

Svensk språkforskning. Johan Er. Rydqvist. 2. Af *V. E. Öman.* 145.

Några ytterligare upplysningar till besvarande af frågan om billiga jernvägar och deras trafikförmåga. Af *L. J. H.* 169.

Anmälningar:
Klemming, G. E., Sveriges dramatiska litteratur till 1863. Af C. S—e.
— Skrifter med anledning af kriget. Af C. v. B. 179.

Månadsöfversigt. Af C. v. B. 191.

(Tredje häftet, mars).

Frihets- och enhetssträfvanden inom nordens skaldskap på 1790-talet. Af *Fredrik Bajer* 193.

Om marknader och deras inflytande på handel och arbete. Af *Herman Annerstedt.* 208.

Svensk språkforskning. Johan Er. Rydqvist. 3. Af *V. E. Öman.* 220.

Undersökningar rörande lifvets och organismernas ursprung. Af *A. F. Åkerberg.* 234.

Studier öfver våra folkvisor från medeltiden. 1. Hedendomens poetiskt-religiösa verldsbetraktelse och dess ombildning genom kristendomen. Af *P. A. Gödecke.* 249.

Sid

Anmälningar:

Några ord om den nyaste litteraturen i Sveriges historia. Af T—m. —
Teaterfrågan. (Betänkande af teaterkomitén. — Josephson, Våra
teaterförhållanden. — Stjernström, Om teatern). Af C. S—e. —
Lyrik och drama. (Sånger af Topelius. — Samlade dikter af
Carlén. — Ackorder af L. v. Kræmer. — Lyriska dikter af Bäck-
ström. — Dramatiska studier af Bäckström). Af C. v. B. .... 268.

Månadsöfversigt. Af C. v. B. .... 286.

(Fjerde häftet, april).

Politiska betraktelser. 6. Om det svenska beskattningsväsendet samt
om den politiska och kommunala rösträtten. Af —t—. .... 289.

Studier öfver våra folkvisor från medeltiden. 1. Hedendomens
poetiskt-religiösa verldsbetraktelse och dess ombildning genom kristendo-
men. (Forts.) Af P. A. Gödecke. .. .. 309.

Luther i hans betydelse för vår tid. Af Carl von Bergen. 354.

Anmälningar:
Estlander, Den finska konstens och industriens utveckling hittills och
hädanefter. Af —rn. .... 381.

(Femte häftet, maj).

Arbetarerörelsen i Sverige, dess utveckling och framtidsut-
sigter. Af Axel Krook. .. .. 385.

Svensk historia i svensk roman. Ett bidrag till fäderneslandets litte-
raturhistoria. 1. Af Carl Silfverstolpe. .... 413.

Niniveh och Babylon i de nyaste upptäckternas ljus. 1. Af
E. Ch. Brag. .. .. 429.

Anmälningar:
Svenska fornminnesföreningens tidskrift. I, 1. Af E—g. — Calderon,
Trenne dramer; Ariosto, Den rasande Roland. D. 4. Af V. E. Ö. —
Réville, Dogmen om Kristi gudom; Schwarz, Predikningar. Af
C. v. B. .... 457.

(Sjette häftet, juni).

Slutord angående kronologien af Jesu lefnad och Johannes-
evangeliet. Af N. W. Ljungberg. .... 481.

Niniveh och Babylon i de nyaste upptäckternas ljus. 2. Af
E. Ch. Brag. .... 499.

Svensk historia i svensk roman. Ett bidrag till fäderneslandets litte-
raturhistoria. 2. Af Carl Silfverstolpe. .... 513.

Om riddarväsendet. Ur medeltidens kulturhistoria. Af V. E. Lid-
forss. .... 538.

Är dogmen om »Guds ord» en med bibeln förenlig lära? Af
Carl von Bergen. .... 552.

Svensk språkforskning.

Johan Er. Rydqvist.

I.

Vid Svenska akademiens offentliga sammankomst i December år 1827 uppträdde som vinnare af ett »heders-accessit» amanuensen vid kungliga biblioteket, juris utriusque kandidaten Johan Eric Rydqvist, då 27-årig. Vid prismedaljens öfverlemnande till den lycklige segraren uttryckte akademiens direktör, ordensbiskopen J. O. Wallin, detta upplysta samfunds tillfredsställelse med täflingsskriften, som befunnits ådagalägga »en ovanlig sakkännedom, ett skärpt omdöme och en lika yppig som liflig framställningsförmåga.» Utan att i allt kunna gilla författarens åsigter, eller, som orden föllo sig, »göra hans tankar till sina», gjorde dock akademien »med nöje rättvisa åt hans sjelfständighet» och trodde sig till sist ha grundad förhoppning om att i honom »hafva upptäckt ämnet till en utmärkt *konstdomare.*»

På svagare grund har akademien en och annan gång fotat förhoppningar. *Framfarna dagars Vittra Idrotter i jemförelse med samtidens* — detta är titeln på hr Rydqvists akademiska prisskrift — är i sjelfva verket, för att begagna oss af författarens egna ord, en »vitterhetens pragmatiska historia i smått», en öfverblick af den i egentlig mening sköna litteraturens öden inom Vesterlandet, från dess första upprinnelse till den ståndpunkt, på hvilken hon befann sig, då författaren gjorde henne till föremål för sin skildring. Företrädesvis dröjande vid det, som, »till följd af sin natur eller händelsernas sammanträffning, fått en högre betydelse och verkat på gången af det hela», någon gång, som det vill synas, vid det, som genom riktningen af skildrarens egna studier inom det litteraturhistoriska området eller genom uppfattningen inom den skola han då tillhörde, erhållit en sådan mera tillfällig betydelse, uppmäter hr Rydqvist raskt och säkert det uppgifna studiefältet, visserligen ej så strängt metodisk i sitt framåtgående, men dock med bibehållande af ett inre sammanhang, hvars anknytningspunkter utan svårighet finnas af den på detta område något hemmastadde. Med aktningsvärd sakkännedom uppträder här i förbund en säkerhet i uppfattningen, en mångsidighet i belysningen en finhet och skärpa i det estetiska omdömet, som afgjordt vitna om icke blott rika naturliga anlag, utan äfven om tillgodogjordt vetenskapligt arbete, om verklig bildning, om positiva insigter.

Då vi till vår uppgift satt, icke att lemna en genomgående skildring af hr Rydqvists hela litterära verksamhet till dato, utan allenast att, med erinran i förbigående om hvad anmärkningsvärdt han på andra skriftställeriets områden åvägabragt, lemna en öfverblick af hans betydelsefulla verksamhet som språkforskare, må det vara oss nog att korteligen anföra, det den nyss nämda prisskriften icke var hr R:s första försök på den vittra vädjobanan. Biografiskt lexikon omnämner först några kritiska artiklar och metriska öfversättningar från de grekiska idyllskalderna, intagna i Göteborgs tidningar under åren 1819—1824. Om dessa ungdomsförsök ha vi ej haft tillfälle att taga någon kännedom. I Atterboms *Poetisk kalender*, årgångarne 1821 och 1822, uppträder hr R. med fyra mindre poem, fulla af fosforistiskt klingklang, men icke saknande ett och annat sjelfständigt drag. Längre fram, år 1825, möter oss hr R., anonymt, som öfversättare af valda stycken ur Thom. Moores *Irländska Melodier* och *Dikter* samt af en saga af Novalis, ett försök icke utan aktningsvärda förtjenster, men tydligt nog ådagaläggande att författarens väg till storhet ej låg i denna riktning. Värmen är ej tillräcklig; diktens ädla metall kommer ej i flytning och faller ej ledigt ut i den nya formen: konstsinnet, hur fint det än må vara, ersätter ej den skapande, eller, om man här så vill, omskapande diktarförmågan. Derimot visar den karakteristik öfver Moore, som öppnar det lilla häftet, oafsedt någon svulst och ordrikhet, som vi delvis skrifva på skolans räkning, en mogenhet i omdöme, en gryende stilistisk talang, värda att lägga märke till. Två år efter detta första, något mera betydan... försök, vann hr R., som vi redan nämt, sin första stora akademiska seger. Med ett lefvande sinne för konsten i alla dess riktningar och med en redan då genom omfattande, grundliga konsthistoriska studier skärpt kritisk blick, föll det sig helt naturligt att hr R., gynnad af tidsomständigheterna, tog fasta på Svenska akademiens honom gifna förord och uppträdde som konstdomare i större skala. Organet för denna hr R:s verksamhet blef den vittra tidningen *Heimdal*, som började utkomma i Maj månad år 1828 och med ett nummer i veckan fortfor att utgifvas till och med år 1832. Tidningen »var ställd under *en* redaktörs (hr Rydqvists) enskilda inseende och ledning», erhöll bidrag från »utmärkta litteratörer och konstdomare» och hade satt till sitt förnämsta mål »att väcka det allmännas deltagande och värma för det sköna, glada och tillfredsställande» samt att »reda begreppen och utbilda omdömet om det i dessa mål sannt förträffliga.» Strängt ville redaktionen dock ej begränsa sitt område, ville behandla äfven »andra föremål af åtskillig art och natur, vare sig att det rörde menniskans inre angelägenheter eller mera praktiska förhållanden.» Blott ett ämne för offentlig behandling ställdes utom de liberalt uppdragna gränserna, måhända derför, att det icke hade något alls att skaffa med »det sköna, glada och tillfredsställande»: det var politiken, såväl den inhemska som den utländska.

Icke utan skäl skulle man mot det sätt, hvarpå *Heimdal* full-gjorde sin pligt som vitter granskare, kunna anmärka spridda fall af onödig småaktighet, af obefogad ensidighet, af någon benägenhet att underskatta ännu icke hallstämplade förtjenster; i stort likväl visade han sig vara en äkta son af de nio mör: skarpsynt, vaksam, om också just icke helig, så likväl sedligt oförvitlig så godt som någon af de andre gudarne, korteligen en förträfflig, vidtkringskå-dande väktare af den bro, som leder upp till den konstnärliga odödlighetens tempel. Då det goda förslag, utgifvaren af *Heimdal* i sitt förord förslagsvis uppstält, att medarbetare i tidskriften skulle antaga hvar sin »fortfarande signatur», icke vunnit efterföljd, faller det sig naturligtvis svårt att med visshet kunna bestämma hvad som bör tillskrifvas utgifvaren sjelf eller annan person. Utan tvifvel misstaga vi oss dock ej, om vi på hans räkning föra den granskning af C. J. L. Almqvists *Svensk Rättstafningslära*, som finnes införd i årgången 1831, N:o 45. Denna uppsats är för oss af så mycket större intresse, som han är det första märkligare bevis på att hr Rydqvist börjat rikta sin uppmärksamhet på mo-dersmålets skick och lagar, samt, som det vill synas, äfven börjat göra särskilda filologiska studier på detta område, med utsträck-ning äfven till de vidsträcktare rymder, som genom Grimms stor-artade explorationer blifvit öppnade för den historiska språkforsk-ningen. Åtminstone omnämnes i den i fråga varande recensionen Jacob Grimm med högt beröm som »en af de störste, om ej den störste bland nu lefvande språkforskare», och hans *Deutsche Grammatik*, hvaraf just samma år tredje bandet utkom, prisades som ett »odödligt arbete», hvilket »spridt ett nytt och klart ljus öfver de germaniska språkens ursprungliga skaplynne och histo-riska utbildning.» Med anledning af den rådande förbistringen i svensk rättstafning, hvilken Almqvists här ganska fördelaktigt bedömda arbete gjort till sin uppgift att bringa till stadga och öfverensstämmelse, beklagar recensenten bristen på ett svenskt lexikon och en »duglig grammatik», missmodigt tilläggande: »men något sådant lär man icke ha att hastigt förvänta, af det skälet att man i Sverige icke veterligen har någon filolog i högre mening». Denne »filolog i högre mening», denne »verkligen lärde och skarpsynte språkforskare» — ett »i alla tider sällsynt fenomen» — fans likväl, okänd för sig sjelf måhända och ännu icke fullfärdig, men i stillhet växande för framtida stordåd; det var, så vidt vår ofvan gjorda förutsättning är riktig, recensenten sjelf. Vi tro oss igenkänna samme granskares hand i ett bedömande af C. J. L. Almqvists *Svensk språklära,* hvilket året derpå finnes intaget i *Heimdal,* n:is 13 och 14. Den snillrike, mångfrestande, för hugskott så eftergifne Almqvist möter här en' domare, i hvilkens spridda inkast förråder sig samma ordningssinne i stort, samma kärlek för tillförlitlig ransakning i detalj som ytterligare stadfäst och i storartad tillämpning framdeles möter oss i *Svenska språkets lagar.* Redan här märker man äfven de första, men ganska bestämda dragen af en i vissa frågor sedermera strängt vidhållen konservatism, såsom t. ex. i frågan om den grammatiska terminologien, der recensenten förordar bibehållandet af de under latinska språkets seklerlånga studium tillkomna benämningarna dem Almqvist, härutinnan ej den förste, sökt ersätta med nybildade svenska tekniska ord och uttryck, af hvilka en del — af granskaren äfven vilkorligt gillade — på grund af verkligt goda egenskaper, numera, utan eller med obetydlig förändring, ingått i den elementära språkundervisningen, andra derimot, såsom långsökta och långsläpigt omskrifvande, i sin ordning fått vika för mera träffande och användbara.

Med sista dagen i året 1832 slutade *Heimdal* sitt icke fullt femåriga lif. Tidskriften, som, för att begagna redaktionens egna ord, tillkommit för att fylla »det tillfälliga behofvet af en journal för vitterheten och den sköna konsten», ansåg sig sjelf öfverflödig, då med ingången af året 1833 på annat håll en målsman för ungefärligen samma intressen uppstått och börjat verka. Det var den Upsala grundade *Svenska Litteraturföreningens Tidning,* som med rikare krafter och efter större måttstock vidtog der *Heimdal* slutat. Såsom medarbetare i den nya tidskriften återfinna vi hr Rydqvist, dels under namnteckningen R—t såsom författare till åtskilliga utförligare recensioner af poetiska och litterärhistoriska arbeten, af konstverk och konstnärsverksamhet, dels, enligt uppgift i Biografiskt Lexikon, såsom anonym bidragare med smärre uppsatser och anmälanden, rörande litteratur och skön konst i hufvudstaden. I de signerade uppsatserna träder oss den Rydqvistska kritiken till möte med bibehållande af samma skaplynne, som hon uppenbarat i *Heimdal*, här och der något omild, men synbarligen alltid med rättvisan till högsta grundsats [1]), städse gående på sak och försmående den då rådande utländska smakfilosofiens barbariskt tillknådade språk och förment djupsinniga spekulationer, motståndare till allt svammel, all genialisk och halfgenialisk oroda på diktandets och tänkandets område, korteligen i besittning af just de egenskaper vi älska finna i en upplyst och rättrådig granskning. Af Rydqvist språkforskaren ha vi i Litteraturtidningen ej funnit flere spår, än en i recensionen af Wieselgrens *Sveriges sköna litteratur* framkastad önskan, att nämde författare, bland det myckna han ordat om våra äldre förhållanden, äfven måtte berört vårt språks relation till andra tungomål. (Årgången 1836, sid. 211).

Om vi, med förbigående af en år 1833 utgifven liten skrift om Stockholms Djurgård *(Djurgården förr och nu)*, vända oss till den i tidsföljd närmsta af hr R:s vittra idrotter, ha vi att anteckna en andra akademisk seger, denna gång vunnen inför den areopag, som bär namnet »Kongl. vitterhets-, historie- och antiqvitets-akademien.» I den »arkeologiska» afhandlingen *Nordens äldsta skådespel*, prisbelönt af nämda samfund året 1836, uppträder hr R. iklädd lärdomens fulla rustning, hvilken han uppbär med den mogne vetenskapsmannens kraft och den genombildade stilistens ledighet och behag. Det är visserligen sant, att, hvad den lärda apparaten beträffar, densamma på ett och annat ställe blifvit ståtligt utbredd utan att egentligen komma till någon nytta vid den framstälda uppgiftens lösande [2]), det är sant att författarens skarpsinnigt utbildade och väl försvarade åsigter icke alla kunnat vinna efterkommande forskares obetingade godkännande [3]), ja, oss synes att en något dryg del af den prisbelönta afhandlingens innehåll strängt taget löper på sidan af det uppgifna ämnet: alla dessa anmärkningar förmå likväl icke beröfva undersökningen det värde hon i sig sjelf eger som högst intressant och lärorik detaljforskning, ganska påtagligt hållen och förd i Grimms manér, rik

[1]) Ett bevis derpå är hr Rydqvists rättvisa dom öfver den af nya skolan så illa lidne Fr. Cederborg.

[2]) Så genomgås t. ex. ganska omständligt de så kallade »folkmaskerna» i alla tider och länder, oaktadt Sverige »ej haft någon egentligen lokaliserad folkmask».

[3]) Så hr R:s, af Ljunggren *(Svenska dramat,* sid. 5 ff.) diskuterade förmodan. att Eddans sånger blifvit afsjungna eller reciterade under min- och åtbördspel.

på jemförelser, till en del äfven af språkvetenskaplig art, rik på uppslag och icke heller i saknad af dessa mästarens hypoteser, till hvilkas uppställande denna gång just i det behandlade ämnet låg något både lockande och tvingande.

Sommaren 1836 begaf sig hr R., med offentligt understöd, på en studieresa i främmande land. Danmark, Tyskland, Belgien, Frankrike och Italien besöktes. Sina intryck och iakttagelser från denna färd, som slutade hösten 1837, meddelade hr R året derpå i en bok, med titeln *Resa i Tyskland, Frankrike och Italien*, hvaraf likväl endast första delen, skildrande Tysklandsresans minnen, utkom i tryck. Det tråkiga Berlin, det trefliga Dresden, det minnesrika Nürnberg, det artistiska München, alla dessa medelpunkter för odling, historiska minnen och folksed gästades längre eller kortare tid af den nordiske vandringsmannen, som, lärd och konstkännare på en gång, med raska, säkra och fina drag i sin anteckningsbok fäste de bilder ur denna rika omvexling, som mest tilltalat honom och i kanten skref tänkvärda reflexioner öfver det iakttagna. Äfven här märkes ett och annat drag af språkforskarens hand. Systematiskt har hr R. i denna sin bok förut börjat tillämpa en regelmässig olika användning af *e* och *a* uti ändelseartikeln af substantiv och adjektiv, en reform öfver hvilken han uttalar sig särskildt i en »anmärkning» vid bokens slut. I en not till sidan 5 ff. kommer betoningen inom åtskilliga språk på tal, dervid förf., på grund af anförda skäl, gör den anmärkning, att om i något språk en yttre beteckning af accenten vore nödig, så vore det i svenskan (sid. 7). Utan att man derför tillskrifver detta möte någon särskild betydelse för hr Rydqvists framtida skriftställareverksamhet, förtjenar dock antecknas, att på denna resa han i den germaniska språkforskningens dåtida hufvudsäte, Göttingen, gjorde bekantskap med bröderna Grimm, med Lachmann, den skarpe textkritikern, utgifvaren af »das Niebelungenlied» och med »den gamle Benecke», hvilken äfven förvärfvat ett aktadt namn som textutgifvare och forskare i Tysklands äldre litteratur.

Sommaren år 1839 afled erkebiskop Wallin. Om hr R. till denne oförgätlige, store man stått i någon särskild tacksamhetsförbindelse, känna vi icke; icke heller finna vi det nödigt att söka efter en dylik, här obehöflig, väckelse till den »Minnesteckning» öfver J. O. Wallin, med hvilken hr R., samma år, bragte sin gärd af beundran och erkänsla å den hädangångne väldige psalmsångaren och talaren. Äfven här förnekar sig icke det kritiska draget i tecknarens skaplynne, det på sak gående i hans sätt att uppfatta. Utan smicker, sant, stundom vältaligt, framhåller han de stora förtjensterna, utan att derför, som många i dylikt fall för sed hafva, lemna felen, bristerna, svagheterna oanmärkta. Starkare i teckningen än i koloriten, försmående motsättningens effekter, är den bild hr R. lemnat kanske något blek, men det oaktadt mera träffande och trogen än någon annan som kommit under våra ögon. Som ett, ur vår synpunkt, märkvärdigt drag, vilja vi, innan vi gå vidare, allenast anmärka, att hr R., specielt i fråga om Wallins öfversättning af Johannis evangelium och epistlar, icke med tystnad förbigår de språkfel, som der förefinnas i allt för rikt tal, och som alltid måste förekomma, då författaren vill gifva uttrycket en fornartad prägel, utan att ega annat stöd vid detta vanskliga företag än det, som ligger i »fint gehör och språktakt.»

Samtidigt med sin »Resa» utgaf hr R. en skrift om *De civila embetsmännen i Sverige*, ett arbete, som icke varit för oss tillgängligt, och om hvilket vi derför ej kunna yttra oss. Af ett lifligt intresse för fäderneslandets politiska utveckling tycker man sig redan här och der i hr R:s föregående skriftställareverksamhet skönja spår; dock har han först med anledning af den märkvärdiga riksdagen 1840 funnit sig manad att offentligen, likväl anonymt, uppträda på denna arena, full af skri och dam, för att pröfva äfven sina krafter på lösningen af det vigtiga samfundsproblem, representationsändringen, som då satt en myckenhet mer eller mindre begåfvade hjernor i utomordentligt stark verksamhet. På intet område löper en duglig man så stor fara att blifva missförstådd, misstydd och misskänd, som på det politiska. I *Tidens oro och tidens kraf* (2 häften, 1840) är det genomgående grunddraget otvifvelaktigt en sansad konservatism, stödd på bestämd öfvertygelse, väl genomtänkt och kraftigt försvarad. Vore för den opartiska granskningen, såsom ty värr ofta nog för det allmänna omdömet, ett slagord tillräckligt att bryta stafven öfver verksamhet och åsigter, skulle en förkastelsens dom dermed snart vara fäld öfver detta hr R:s verk, så mycket förr, som just den då i fråga satta förändringen i representationssättet, tvåkammarsystemet, mot hvilken han argumenterar, nu vunnit tillämpning i vår statsstyrelse, och de uppstälda betänkligheterna således de facto blifvit på det amplaste vederlagda. Går man likväl närmare in på hr R:s granskning, följer man i detalj hans kritiska belysning af ställningar och förhållanden, skall man på mer än ett ställe nödgas vidgå, att hans uppfattning hvilar på god grund, att med den genomförda förändringen en del af de påpekade olägenheterna, oegentligheterna och farorna icke underlåtit att framstå och göra sig känn- och märkbara. Man skall äfven med tillfredsställelse finna att han i ett och annat ådagalägger en verkligt liberal hållning, att han till exempel icke är vän af det s. k. centralisationssystemet, icke godkänner penningen som måttstock för representationsrätt, att han framhåller *arbetets* rätt, utan att dock göra detta begrepp så trångt, som en viss, i hög grad illiberal partiriktning inom vår tid, m. m.

Med lättadt sinne vända vi oss från den statsvetenskapliga sidan af hr R:s litterära verksamhet för att, efter nio års förlopp, se honom inträda som ledamot i det samfund, hvilket med ett pris utmärkt hans afhandling om »Nordens äldsta skådespel». Sitt inträde i kongl. vitterhets-, historie- och antiqvitetsakademien tog hr R. med ett tal om *Den historiska språkforskningen*, hållet sommaren 1849, men utgifvet först år 1851. I denna lilla afhandling uppträder den utmärkte granskaren och upptecknaren af vårt språks häfder för första gången uteslutande på ett område, der inom kort ingen skulle göra honom främsta platsen stridig. I det tysta, under år af mödosam forskning, hade här grunden lagts till en vetenskaplig storhet, som, då tiden var inne, med ens framträdde fullfärdig.

Om utrymmet sådant medgåfve, vore här utan tvifvel lämpligt att taga i betraktande den historiska språkforskningens utvecklingsgång, vore lämpligt att visa, hvar den svenske lärde anknöt sin länk i den kedja af bokliga verk, som, fästade vid högtberömda namn och tillkomna under den jemförelsevis korta tiden af icke fullt ett halft århundrade, framlagt så vigtiga resultat af omfattande detaljforskning, ordnad under snillrikt funna lagar af, i stort taget, obestridlig giltighet, att i och genom dem uppstått en ny vetenskap af den mest genomgripande betydelse för språkstudiet och för ögonblicket kanhända det schakt till en förgången kulturs innandömen, som räknar de flitigaste arbetarne och framter den största malmfyndigheten. Men då vi i denna punkt måste fatta oss så kort som möjligt, vilja vi blott flyktigt vidröra ett och annat af det nödvändigaste, utan anspråk på fullständighet och med reservation för förbiseenden.

Vid midten af vårt århundrade var de första, stora upptäckternas tid förbi. Rask hade då hvilat snart tjugu år i sin graf, allt för tidigt bortryckt från en ärofull verksamhet, som dock varit tillräckligt rik på fullföljda företag och banbrytande uppslag att sätta hans namn högt bland deras, hvilka vetenskapen räknar till sina oförgätlige. Honom hade Wilhelm von Humboldt, den lärde och djupsinnige språkfilosofen, författaren till den berömda boken om Kawispråket, m. m. följt. Jacob Grimm, den historiska språkforskningens förnämste målsman på det samfälda germaniska området, hade då genomarbetat sitt väldiga material och som en präktig efterskörd på det fält, der hans verksamma ande och hand förut inhöstat så rika skördar ur vårt stamfolks språk, rättsväsende och gudalära, just öfverlemnat sin *Geschichte der Deutschen Sprache* (1848). Dobrowski, som gått hädan 1829, hade redan sju år före sin död hunnit nedlägga frukten af sina lärda mödor i det för den slaviska linguistiken betydelsefulla verket *Institutiones linguæ slavicæ dialecti veteris*. Bopp, som i stor skala tillgodogjort sig de nya forskningarna i sanskrit och zend, i slaviska så väl som i germaniska och till en del äfven i keltiska språk, hade i det närmaste afslutat sitt väldiga, jemförande språkverk, *Vergleichende Grammatik*, och på det nybrutna fältet arbetade oförtrutet, dels i desse föregångares spår, dels sjelfständigt, Pott, Zeuss, Curtius, Schleicher, Miklosisch m. fl. Dialektforskningen var i gång, utgifningen af fornskrifter bedrefs på alla håll raskt och med en noggranhet och insigt, som lemnade helt andra resultat än föregående tiders halflärda, vågsamma företag i denna riktning.

Hvad den skandinaviska norden och särskildt vårt land beträffar, hade den nya tidens exakta forskning i språk och fornhäfd icke stannat efter grannländernas. I Danmark, det lilla men lifskraftiga landet, hade Rask först skapat en vetenskaplig isländsk grammatik, hade utgifvit Björn Haldorsons isländsk-latin-danska lexikon samt med sin angel-saxiska och sin friesiska språklära väsendtligt bidragit att underlätta kännedomen om beslägtade tungor. Att den isländska litteraturen i Danmark sedan lång tid tillbaka haft sina flesta och mest nitiska dyrkare är en känd sak. Också hade der med lofvärd ifver först den Arna-magnæanska Kommissionen och sedan, längre fram i vårt århundrade, det af Rafn stiftade Oldskrift-Selskabet samt det Nordiske Literatursamfundet sörjt för utgifvande af det vestra Skandinaviens gamla skriftverk i allt bättre, allt mera tillgänglig gestalt, och en följd af goda öfveröfversättningar bidrog i sin mån att underlätta studiet af detta det dyrbaraste underlag för fosterländsk bildning och sprida intresse derför. Den nordiska mytologien hade nu funnit bearbetare i den lärde Finn Magnusen och i Rasks lärjunge N. M. Petersen, den förre dessutom känd som tolkare af den äldre Eddan, den senare, mångsidigt verksam, här i synnerhet beaktansvärd som grundlig kännare af alla de nordiska språken, hvilkas öden han högst förtjenstfullt tecknat i sin *Det danske, norske och svenske Sprogs Historie*, som utkom 1830. Hvad särskildt det danska språket vidkommer hade Rask, som äfven utgifvit en kortfattad dansk grammatik, afsedd för England, under de senare åren af sitt lif egnat icke liten möda åt ett försök att bringa förnuft, ordning och öfverensstämmelse i sitt modersmåls rättskrifning, ett i det närmaste lönlöst, tacklöst arbete, men icke dess mindre af stor förtjenst. Hans motståndare, Chr. Mohlbech, en rörlig ande, hvilken först gjort sig bemärkt som estetiker och litteraturhistoriker, hade derjemte vändt sin håg åt språkforskningen och på detta område åstadkommit en *Dansk Ordbog* (1833) och ett *Danskt Dialekt-Lexicon* (1841). Danmarks gamla lagar och rätter hade af juristen Kolderup-Rosenvinge blifvit utgifna (1821—46), visserligen ej så fullt tillfredsställande, att ju icke senare utgifvare. med större insigt i forna språket och skarpare kritisk blick, funnit åtskilligt att ändra och förbättra, men dock i tillräckligt godt skick att kunna i nödfall användas äfven vid språkstudier.

I Norge, der oafhängighetskänslan efter en seklerlång sömn åter vaknat, ungdomlig, frisk och stark, lik prinsessan sofvande i skogen, tog studiet af »oldnorsk», som man väl kan tänka sig, snart liflig fart. Sträfsammast var måhända P. A. Munch, som i förening med R. Keyser utgaf *Norges Gamle Love* (1846—49), i förening med Unger *Det oldnorske Sprogs eller Norrönasprogets Grammatik* (1847), ensam »den ældre Edda» (1847), *Det gothiske Sprogs Formlære* (1848), *Sammenlignende Fremstilling af det danske, svenske og tydske Sprogs Formlære* (1848), *Forn-Svenskans och Forn-Norskans Språkbyggnad* (på svenska, Stockholm 1849). Om vi tillägga Lange, som i förening med Unger började utgifva *Diplomatarium Norvegicum* (1847—) och Holmboe, som år 1848 utgaf sin språkjemförande afhandling om »det oldnorske Verbum», äro väl intill den tid vi på förhand uppstält som gräns, Norges bästa namn inom det rent språkliga området af den nordiska fornforskningen nämde, och — med undantag för några ypperliga aftryck af gamla handskrifter, såsom bl. andra *Fagerskinna* af Munch och Unger (1847), *Alexanders Saga*, utg. af Unger (1848), *Olafs hin helga Saga*, af Keyser och Unger, *Kongespeilet*, af Keyser, Munch och Unger (1848) — äfven deras hit hörande verk. Äfven det i Norge herskande folkspråket, söndrat i ett mångtal bygdemål och ännu fåfängt sökande det i dem gemensamma, som med nationens allmänna bifall kan vinna upphöjelse till riksspråk, hade funnit sin vetenskapliga målsman i Ivar Aasen, som år 1848 utgifvit första upplagan af *Det Norske Folkesprogs Grammatik*, ett arbete af större betydelse genom det nya stoff, som der fans sammanfördt, än just genom sjelfva behandlingen, som ännu ej uppnått den reda i plan och jemnhet i fördelning. den i allmänhet säkra, förträffliga hållning, som gör den nya upplagan (1864) till ett mönster för dylika arbeten. Icke ringare i värde var det bidrag till kännedomen om de nordiska tungorna Aasen ett par år derefter lemnade med sin *Ordbog over det norske Folkesprog*, af hvilken nu med otålighet motses en utlofvad ny upplaga.

I Sverige, der Stjernhjelm i det sjuttonde och Ihre[1]) i det adertonde århundradet som de främste på det språkvetenskapliga fältet med ära fört våra runor, hade, bland den götiska skolans män, af hvilka flere med förkärlek egnat sig åt studium af våra fornhäfder, särskildt A. A. Afzelius gjort sig bemärkt såsom öfversättare af *Hervara saga* (1812) och af den äldre Eddan (1818), hvars text han samma år utgaf i förening med Rask[2]), som då vistades i Stockholm. Särskildt för svensk språkforskning öppnades en oskattbar källa, då våra gamla landskapslagar, från och med år 1827, började ånyo utgifvas. Det är blott en mening om det sätt, på hvilket utgifvarne fullgjort sitt uppdrag. Professor Schlyter, vid de bägge första bandens[3]) utgifning biträdd af professor Collin (afled 1834), tillkommer isynnerhet äran af detta arbete, som hvad noggrannhet och texttrohet vidkommer torde söka sin like och som dessutom i de omsorgsfullt utarbetade glossarierna till hvarje band fått ett tillägg i värde, som gör detta verk dubbelt dyrbart för forskaren. Visserligen hade dessutom Fant och J. H. Schröder, biträdd af Geijer, utgifvit *Scriptores Rerum svecicarum* 1818, 1828), Liljegren de tvänne första banden af Svenskt Diplomatarium (1829, 1837), fortsatt af B. E. Hildebrand med ytterligare tvänne (1842, 1850), hade Gumælius i Iduna låtit aftrycka ett stycke af Hertig Fredrik och Rietz offentliggjort åtskilliga mindre nogranna aftryck af fornsvenska andeliga skrifter; men någon större rörlighet i utgifningen af vår medeltids litterära qvarlåtenskap förspordes likväl först sedan »Svenska Fornskrift-sällskapet» år 1843 blifvit stiftadt. Det kan vara öfverflödigt att här uppräkna de för hvarje vän af svenskt språkstudium väl bekanta förträffliga editioner af medeltidshandskrifter, som nu i rask följd sågo dagen, ombesörjda af män, sådana som herrar G. E. Klemming, George Stephens, Gunnar Olof Hyltén-Cavallius, C. F. Lindström och J. A. Ahlstrand. — Det grammatiska studiet af vårt modersmål visar sig under den

---

[1]) Vi taga oss friheten att räkna Ihre bland våra landsmän, oaktadt en af de allvetande tyskarne nämner honom som »den berömde engelske språkkännaren». Se Weingaertner, *Die Aussprache des Gothischen*, sid. 4.

[2]) Rask utgaf samma år äfven »Snorra-Edda».

[3])Vestgötalagen 1827, Östgötalagen 1830.

förra hälften af detta århundrade i förvånande grad oberördt af den storartade omhvälfning i åskådnings- och behandlingssätt, som på andra håll gjort sig gällande i denna lärdomsgren. Det rent pedagogiska mål, åt hvilket härutinnan nästan alla uppträdande författare syftade, afgifver visserligen en på sätt och vis giltig förklaring, hvarför enskilda män, de fleste i skolans tjenst, ihärdigt vidhängde ett filosofiskt-formalistiskt system, stundom lika haltlöst i det ena som bristfälligt i det andra hänseendet; men af ett samfund, sådant som Svenska akademien, hvilken 1836 utgaf sin språklära, hade man dock haft skäl att vänta något bättre än en dylik spjälbygnad, alldeles i saknad af annan fast historisk grund än den knapphändiga »Öfversigt af Svenska Språkets historia», som blifvit lagd så att säga framför tröskeln, en anordning, som, ehuru i omvänd, ordning äfven träffas hos en och annan af de öfriga grammatik-skrifvarne och som tyckes visa, att man dock haft en dunkel föreställning om nödvändigheten af ett dylikt stöd. C. J. L. Almqvist, med all sin påflugenhet, hvilken sällan understöddes af tillräckliga insigter [1]), likväl en man som äfven i vetenskapen icke öfvergafs af sitt snille, lemnade i sin svenska språklära bevis på att han icke förbisett den rådande bristen, då han der lät inflyta böjningsmönster för substantiv och verb ur det äldsta och äldre språket, intog några prof på svenskans forna utseende och slutligen i ett sista kapitel fäste uppmärksamhet på landskapsmålens betydelse. Värdet häraf förminskas dock betydligt derigenom att böjningsmönstren äro, med afseende på tiden, godtyckligt hopstälda och ingalunda felfria, att språkprofven, åtminstone de äldsta, äro otillförlitliga och att den omåttligt långa lista af ord ur landskapsmålen, som upptager inimot hälften af boken, dels lider af största brist på noggranhet i aftryck, dels är hemtad ej blott ur goda utan äfven ur betänkligt grumliga, föråldrade källor, hvilket senare likväl i viss mån kan ursäktas deraf att en dialektforskning, bygd på vetenskapligt kritisk uppfattning, då ännu ej kommit till stånd. Det var först Carl Säve, af hvilkens handskrifna ordförteckning öfver Gotlandsmålet Almqvist gjort ett oförsvarligt slarfvigt bruk, som i senare tider gaf hållning och halt åt studiet af detta styf-

---

[1]) Som exempel på Almqvists ogenerade bevisning, på hans tvärsäkra sätt att hugga i sten och tillika på hans sedvanliga slarf kan det vara nog att citera följande rader ur hans *Svensk språklära* (3:dje uppl., sid. 174.): »*Träd*, som med rätta heter *träd* äfven i flertal och tillhör femte deklinationen, är genom ett vårdslöst bruk på vägen att öfvergå till den tredje (här menas den fjerde). Den oriktiga siffran qvarstår oförändrad från föregående uppl.) Man säger nämligen *ett trä, två trän:* men man bör akta sig för sådant». Jmf. Rydqvist, Sv. Spr. lag. II, 137 f.

moderligt behandlade område, på hvilket med förundransvärdt seg lifskraft forntida bildningar och former måktat genom århundraden bibehålla sig midt i den förvandling som, hand i hand med odlingen, verkar i andra språklager och så småningom ändrar tungomålens lynne och utseende.

Efter denna flyktiga blick på den germaniska språkvetenskapens ställning såväl inom som utom vårt land vid midten af detta århundrade, vända vi åter till hr Rydqvists första språkvetenskapliga afhandling. Den öppnas med en kort inledning, i hvilken först yttras några ord om språkets första daning och utbildning, en fråga af mycket spekulativ natur, som väl i evighet skall vänta på sin lösning, och som äfven aftvingar hr R. den bekännelsen att man »derom vet ingenting.» Kort och bestämdt angifver hr R. derefter den historiska språkforskningens uppgift och förfaringssätt och visar hvad vinst af henne kan dragas för regelbildning och sofring af samtidens språk och under hvilka förbehåll hennes domar kunna göra anspråk på laga kraft. Hela afhandlingen utgör för öfrigt ett slags praktisk tillämpning af de uppstälda grundsatserna på spridda fall inom olika områden af modersmålet och afger de bästa bevis, man kan önska sig, för nyttan och nödvändigheten af en dylik språkets belysning, som i de flesta fall skingrar dunklet och gifver tillfredsställande svar på direkta spörsmål, någon gång blixtlikt bereder nya oväntade uppslag, och afgifver den enda säkra grunden för rättande af fel och vanarter, hvilka vunnit eller sträfva att vinna ingång i tal och skrift. Så visar hr R. det etymologiskt berättigade i teckningen *hv* och *hj*, der h-ljudet numera försvunnit ur uttalet, framhåller att stafningen *fv* är »blott en barbarism», som »uppenbarligen innehåller både en oriktighet och en onödighet», påpekar och bevisar felaktigheten af en mängd rättskrifningsförhållanden, såsom t. ex. i någon *h*vart, »örngo*d*t«, "län*d*stol», »se*d*nare«, »en i »sönder», »utländ*n*ing» m. fl., visar hur man missförstått sammansättningarne »eds-öre» (rätteligen *ed-söre),* »hands-öl» *(hand-söl),* »följeslagare» *(följes-lagare);* huru man åt »fastlagen», åt »resenär», åt uttrycket »icke akta för rof» gifvit en rent af falsk betydelse; huru man på ordböjningens område dels bildat falska arkaismer såsom »i högan loft», »vid bredan bord», dels låtit ett tycke för breda ljud förleda sig till bruk af sådana nominativformer som »tan*ka*», »dropp*a*», »änd*a*», »timm*a*», ja »mån*a*» och »släd*a*», hvilka nödvändigt fordra en plural på-or; hur man utan rätt i nominativ-fall begagna den oblika formen »närvar*o*», frånvar*o*», »öfvervar*o*» o. s. v. Om händelsevis någon skulle anse den moderna svenskan, med sina nya tycken, alldeles undandragen den forntida ordfogningens bojor och band, blir han snart ryckt ur sin villa af hr R.. som visar, att de adverbiala bildningarne *till mans, till hands, till lands, till sjös, till baka, till handa, till hopa* m. fl. räkna sitt upphof från en tid, då prepositionen *till* ännu styrde genitiv, visar en gammal maskulin entals ackusativform i *redan, sedan, hvadan, sällan,* och en plural dativ i *lagom, stundom, enkom,* hvilken äfven återfinnes i det adverbiala uttrycket *i löndom,* som icke har fördelen att vara en sammansättning med — *dom,* utan helt enkelt, i likhet med talesättet *i handom,* är nyssnämda böjningsfall af gamla substantivet *lönd* (occultatio). De eljest svårförklarliga uttrycken *ingen ting, någon ting, all ting, någon råd, god råd* uppenbara för den historiskgrammatiska granskningen hemligheten af sin bildning och framstå som neutrala pluralformer. Såsom sådana kunna ock *ingen under* och *ingen tvifvel* betraktas, ehuru skälen för detta antagande ej äro så starka att man kommer öfver sannolikhetens gräns. Bland ordklasser, hvilka under tidernas lopp blifvit mest rubbade i sitt forna skick, framhåller hr R. pronomen, der man icke blott skapat sig nominativer af de gamla accusativformerna *annan* och *någon,* af genitiven *begge,* af dativen *hvem,* utan äfven, utgående från de nya nämneformerna, bildat sig de tidsenliga genitiverna *annans, någons, begges* och det underliga *hvems.* På grund af den vidsträckta rubbningen i pronominalböjningen anser hr R. det icke vara skäl att längre hålla på den neutrala, tunga formen *sjelft,* utan låta *t* falla, ett förslag, hvilket, så vidt vi kunnat finna, dock vunnit ringa efterföljd. Om den felaktiga formen *annorstädes* (fornsv. *annarstaþz*) blifvit bildad i falsk analogi med *annorlunda, annorledes* eller, hvilket lika väl kan tänkas, tillkommit genom en nära till hands liggande ljudöfvergång från *a* till *o,* lemnas derhän. Hr R. förklarar derefter i öfverensstämmelse med Ihre, tilltalsordet *ni* såsom uppkommet genom öfverförande af den verbala böjningsändelsen *-n* i 2 plur. till det pers. pronomen *I,* en högst egen ordbildning, som återfinnes äfven i prepositionen *på,* en medeltidsform, bildad genom sammanslagning af konsonantljudet i prep. *upp* mot prep. *å.* Beträffande bruket af reflexivt possessivpronomen, som äfven i reflexiv ordställning ofta nog godtyckligt utbytes mot 3:dje personens personliga pronomen, ådagalägger hr R. att hvarken isländskan eller fornsvenskan, som i detta hänseende tillsamman med möso-götiskan blifvit af Grimm med beröm framhållna i motsats till andra german-språk, strängt upprätthållit det logiska sammanhanget, hvilket i svenskan först i det nya skriftspråket vunnit strängare iakttagande, utan att dock detta förmått göra alldeles slut på en del oriktigheter, hvilka, med äldre eller yngre häfd, qvarstå som obehagliga minnesmärken af utländsk, tysk, dansk eller fransk, inflytelse på vårt språk. Hr R., som redan år 1832 i sin recension af Almqvists Grammatik (Heimdal, n:o 13) uppmärksammat denna af Almqvist ofullständigt behandlade punkt, har dock slutligen sjelf funnit detta ämne så »ytterst svårt och grannlaga» att han förtviflar om möjligheten att »för de tallösa enskilda fallen stadga någonting allmängiltigt» och kallar till hjelp, »blick, smak, hand, fyndighet och öfning», hvilka, det är sant, »aldrig blifva öfverflödiga». Efter en blick på några i adjektivställning oriktigt använda adverb, såsom *särdeles, alldeles, framdeles, förgäfves, ungefär* m. fl., öfvergår hr R. slutligen till den för vårt språk vigtiga frågan om ordens kön. Det bör icke vara någon obekant, i hvilken gränslös förbistring den s. k. bildningen, som mist sitt svenska gehör och stolt framskrider på utländska styltor, här bragt allt som en gång var natur, ordning och styrka. Då vi framdeles återkomma till detta ämne, kan det vara nog att nämna, det hr R., som kraftigt ifrar för återväckande till lif af denna känsla för en i språket ännu kraftigt inneboende lag och som fritager allmänheten från en rättvis förebråelse blott på den grund, att »grammatiken icke fullgjort sin pligt att uppsöka och uppställa språkets lagar, der sådana kunna spörjas», just i detta hänseende sjelf är den man som genom en grundlig utredning återfört reda i förvirringen och åt det lösryckta och vildt kringspridda återgifvit dess förlorade, säkra fäste.

Ännu en språkvetenskaplig liten afhandling, fast af senare dato, vilja vi här omnämna, emedan stället synes oss dertill lämpligt: det är den i Svenska akademiens Handlingar, delen 39 (1865) intagna uppsatsen *Ljus och irrsken i språkets verld*, ett »litet mosaik-arbete af små undersökningar i flerahanda ämnen», som hr R. sjelf kallar det, utfördt, som det tyckes, under någon stunds hvila från det snörräta stora arbetet, en skiss, ledigt uppdragen, full af tänkvärda, lärorika drag. Om »Den Historiska Språkforskningen» bär tycke af en på förhand utsänd kort antydning om hvad man hade att vänta i hr Rydqvists stora språkverk, så synes derimot den senare, femton år yngre afhandlingen för sin tillkomst ha att tacka ett behof hos forskaren att uttala sig en i en fråga, med hvilken han under årens lopp haft tillfälle till mångsidig beröring. Det är den om ords härledning, om deras skyldskapsförhållanden. Väl bekant är, till hvilka förvånansvärdt oresonliga resultat i detta fall den gamla foliantlärdomen, än tjudrad af dogmatiska, religiösa eller historiska teorier om språkens upprinnelse, än fritt kringirrande i de godtyckliga gissningarnes villmark, kommit med sin naiva klyftighet. Det var först den nya jemförande språkforskningens sundare åsigter, mångsidigare studier och regelriktigare tillvägagående, som öppnat den port, hvilken leder ur detta elände. Man vet nu mera temligen allmänt, att det bär uppåt väggarne, om man söker t. ex. engelskans ursprung i hebreiskan, om man, som Ol. Rudbeck, vill förklara det latinska *Proserpina* med det svenska *frossebina*, det grekiska *Menelaos* med *menlös*, eller om man, utan afseende på ljudlagarnes kraf, på grund af tillfällig likhet ord imellan, slutar till deras förvandtskap i ursprung och betydelse. Man behöfver imellertid ej ströfva vida omkring på detta fält för att, ännu i dag, göra bekantskap med en och annan engelsk »reverend», som i sin stilla dal grubblat i hop en lunta med vidunderliga hebreiska etymologier, en och annan bokaflande tysk fantast, som på keltologiens område far fram lika oförfäradt som salig Rudbeck. Och likväl är vådan af detta, just derigenom att orimligheten ligger i öppen dag för äfven den i vetenskapen blott ytligt invigde, mindre, än den »upplösning af allt bestående» som från andra sidan hotar. den alkemi, som, med tillhjelp af alla språkskedningens deglar och retorter, bedrifves af vissa det högre vetandets eller kanske snarare den högre färdighetens adepter i Tyskland och deras trogna lärjungar och eftergörare så inom som utom det stora fäderneslandets landamären. Det är dock hufvudsakligen mot det förra slaget af villfarelse, mot den tillfälliga likhetens irrsken, som hr R. ansett sig böra varna. »Det blir», säger han, »alltid i högsta måtto äfventyrligt, att bedöma ordens identitet, till och med en aflägsnare skyldskap dem emellan, blott efter en ofta alldeles tillfällig och vilseledande yttre likformighet. utan att *intränga i de särskilda språkens olika byggnads-art och allmänna inrättning*» (s. 113). Ehuru detta yttrande egentligen afser de s. k. homonymerna, eger det inom språkforskningen den vidsträcktaste tillämplighet och visar sig vara ett så oeftergifligt vilkor för uppnående af säkra resultat, att till och med stora snillen, väl förtrogna med ljudöfvergångslagarne och i besittning af större språkkännedom än de fleste, någon gång, när de saknat denna fullständiga insigt, gjort sig skyldige till de äfventyrligaste missgrepp, såsom t. ex. Bopp i sitt försök att bestämma de malaj-polynesiska språkens slägtskapsförhållanden, hvilket af en kompetent domare (W. D. Whitney) rent ut kallas ett afskräckande exempel på den komparativa metodens mest karrikerade användning [1]). Efter en

---

[1]) *Language and the Study of Language,* 2 ed. p. 245, anm.

hastig blick på den i språken inneboende lag, som bestämmer konsonanternas inbördes ställning och deras öfvergångar särskilda tungomål imellan — en lag, som, fastän af Ihre [1]), och efter honom af Rask, redan känd, värderad och använd, nu mera är allmännast bekant under benämningen den »Grimmska» eller ljud-skredslagen (Gesetz der Lautverschiebung) — påpekar hr R. och styrker genom exempel nödvändigheten af att i hvart särskildt fall bedöma den till pröfning föreliggande saken »efter hennes egen art och eget läge», icke blott efter allmänna lagar, hvilka mången gång, oskyldigt nog, låta bruka sig som stöd för en alldeles falsk åsigt. Det första af hr R. anförda exemplet på ett sådant den allmänna lagens stillatigande gillande af en filologisk befängdhet, är den i Upsala-handskriften af Ulfilas' möso-götiska bibelöfversättning brukade förkortning $\overline{fa}$, $\overline{fn}$, som af gamla utgifvare blifvit oriktigt upplöst som fan, ehuru den i sina begge former rätteligen föreställer frauja, fraujan, nominativ- och accusativform af ett äfven i vårt forna språk väl bekant ord, som betyder herre. Detta rent ur luften gripna fan, ställdt i lärd jemförelse med Pan, Faunus och Marsernes, af Tacitus (Ann. 1,51) omnämnda gudomlighet Tanfana, skulle nu vara ett och samma med vårt fan, hin onde. En engelsk lärd, Johannes Gordon, hade dock kommit det rätta på spåren, och några år senare förklarade Ihre i sitt Glossarium, först att det vore ett afgjordt misstag att sammanställa de till sitt ursprung »himmelsvidt» (toto coelo) skilda orden fan, det möso-götiska och det svenska, af hvilka det senare vore en sammandragning af det gamla fiandin (fienden), danska fanden, och sedan, i ett tillägg, att »vännen» Gordon genom bref meddelat honom sin upptäckt af den missförstådda förkortningens rätta upplösning, »hvilken», tillägger Ihre, »om hon är så sann som hon synes mig sannolik, skall låta fan försvinna ur det möso-götiska språket», hvilket ock skedde. Hr R. visar derefter hur Ihre, vilseledd af ett besatt falskt citat i Spegels Glossar, låtit draga sig från sin egen riktiga åsigt om härledningen och rätta teckningen af valen (dvalen), för att som förklaring upptaga ett ord valur (valr), hvilket skulle betyda frost, men som aldrig i denna betydelse funnits till; visar nybildningen af det förgifna fornordet Gauthiod, berör flyktigt de begge förslagsmeningar, som uppträda med anspråk på att lemna rätta tolkningen af konung Olofs, med benämningen skötkonung, tillnamn,'

---

[1]) I de inledande raderna före exemplen på konsonantöfvergångar yttrar Ihre: »Nornnt enim omnes, qui Linguas tractarunt, singulas fere habere suo genio accommodatas litterarum permutationes, quas qui non observat, pro alienis saepe habet, quae proximae cognationis sunt». Glossarium Suiogothicum, prooemium, p. XLI.

och öfvergår derefter till skärskådning af åtskilliga andra fall, der ljudlikhet framkallat eller kunde framkalla oberättigade slutsatser med afseende på ords härstamning eller slägtskapsförbindelser [1]). Då det icke är vår afsigt att steg för steg följa hr R. på denna både angenäma och lärorika lilla studieresa, torde det ursäktas, om vi med förbigående af jemförelsen mellan *lacryma* = $\delta\acute{\alpha}\kappa\varrho v$ = *tår*, som valts att försinliga den nya språkforskningens metod och på samma gång lemna bevis för det påståendet att yttre olikhet ingalunda utesluter ett bestämdt sammanhang, som dock först med vetenskapens hjelp kan ådagaläggas, och med förbigående af de i rad dermed följande påpekningar af forndrag, som, med större eller mindre säkerhet, återfinnas i vårt språk, förflytta oss ett stycke framåt för att sedan med snabba steg ila mot slutet. Icke blott ord imellan består i särskilda språk en så att säga, kroppslig frändskap; äfven en annan af mera andlig art förefinnes, som uppenbarar sig i tankegång och begreppsbildning, vare sig att denna samstämmighet beror på ett ursprungligen lika sätt att uppfatta och sluta, på en, som hr R. kallar det, »gemensam språklogik», eller på mera mekanisk väg tillkommit genom efterlikning, genom direkt öfverflyttning. Som exempel på en dylik öfverensstämmelse i tankeföljd anför hr R. $\check{\epsilon}\vartheta v o \varsigma$ (folk) och $\check{\epsilon}\vartheta v\iota\kappa\acute{o}\varsigma$ (hedning) som fullkomligt motsvaras af de latinska *gens* och *gentilis*. I sistnämda språk förekommer ytterligare *pagus* (by), med sitt adjektiv *paganus*, hvars betydelse af *slättbo* stöder sig på ett ställe hos Cicero, der det brukas i motsättning till »montanus», och som af senare kristne författare användas i betydelsen *hedning*. Huruvida sammanhanget mellan dessa föregående uttryck och de möso-götiska *haiþi* (hed) och *haiþnó* (fem. sg. = hednisk), de isländska *heiðr*, *heiðinn* och de fornsvenska *heþ*, *heþin* på andra hållet har starkare förbindning än en godtyckligt antagen härledning, är här icke stället att undersöka: tankegångens parallelism är i alla händelser slående. I benämningen på dagarne i veckan visar sig mellan germaniska och romaniska språk en gemenskap i tankegång och uppfattning hafva egt rum, som företer åtskilliga intressanta fall af öfverens-

---

[1]) Som bevis på att jemväl ett sekulärt snille på detta område kan råka ut för villfarelser, erinrar hr R. om Goethes bekanta *Erlkönig* eller *Erlenkönig*, enligt Heyse »ein gefährliches geisterhaftes Wesen in der nordischen Fabellehre», men enligt Jac. Grimm en kung, som aldrig funnits till. Jacob Grimm upplyser äfven att Goethe blifvit missledd af Herder, som i sin *Stimmen der Völker* oriktigt öfversatt det danska *eller-* (-elver) *konge* (alfvernas konung) med *Erlkönig*, i sammanhang hvarmed det kanske ej saknar intresse, om vi anmärka, att äfven Wilh. Grimm, språkmannen, i sin öfversättning af den gamla danska balladen »Herr Oluf» låter både *Erlkönig* och *Erlkönigs Tochter* uppträda (*Altdänische Heldenlieder*, sid. 91, f.)

stämmelse, hvilka af hr R. anföras, utan försök likväl att bestämma, från hvad håll lån tagits eller gifvits, i fall verkligen en sådan transaktion egt rum, ett trassligt problem, hvars lösning också hr R. med rätta anser ligga utom gränsen för sin lilla afhandling. Som exempel på andra betydelse-analogier, som väl knappast i någotdera språket kunna antagas vara »omedelbart låntagna i samma mening som en öfversättning», som otvunget och naturligt uppkomma, helst mellan språk, som »både äro af samma yttersta ursprung, och derigenom erhållit vissa gemensamma anlag om bildningsdrifter», anför hr R. *pecunia* (egendom, penningar) af *pecus* (boskap, fä) = fornsvenska *fæ* (fä, egendom, penningar); *statutum* (med.-lat.) af *stare* = *staþghi* (stadge) af *standa; capere, percipere* = *nima* = *gripa, begripa; ager, agere* = *åker, åka* m. fl. Ännu märkligare är öfverensstämmelsen mellan *rätt* (lag), *rätt* (mat) och det latinska *jus* (lag; soppa), mellan *galen* af *gala* (som i isl. äfven har betydelsen *sjunga)* och lat. *incantatus* (förtrollad) af *canere* (sjunga gala), mellan isl. *hniósa* (snafva), *hnaus* (torfva) och lat. *cespitare* (snafva), *cespes* (torfva), o. s. v.

Om vi här afbryta vårt referat, sker detta för att icke längre trötta våra läsares tålamod med utdrag ur ett allmänt tillgängligt arbete, hvilket tvifvelsutan af alla, som egnat uppmärksamhet åt svensk språkforskning, att icke tala om dem, som deri tagit mer eller mindre verksam del, redan länge är väl kändt och värderadt. Liksom före honom Jacob Grimm på gamla dagar i akademiska tal och föredrag åt allmänheten plägade öfverlemna än en än en annan mogen frukt af vetande och visdom, så se vi äfven hr Rydqvist vid detta tillfälle begagna en likartad meddelandets väg, på hvilken vi skulle önska att oftare än hittills möta en akademiker, på samma gång så sakrik i innehåll och så mästerlig i form som Johan Er. Rydqvist.

V. E. ÖMAN.

Bilder från fjerran länder.

1.

En framtida eröfrarestat.

Vi lefva i ett vulkaniskt tidehvarf; de våldsamma utbrotten följa så tätt på hvarandra, att vi ej funnit tid att iakttaga en annan företeelse som ingalunda är af vulkanisk natur, utan tvärtom mera liknar hafvets inkräktande på en sjunkande mark. Upptagna som vi äro af våra strider och farhågor på närmare håll, oroligt följande den i vår verldsdel hotfullt framträngande, frihetsfiendtliga »borussianismen», gifva vi ej tillfyllest akt på den stora, farliga eröfraren, som uppstått långt borta i öster.

Det föreföll oss som i en dröm, att vi stodo på en skälfvande mark med uppmärksamheten så fästad på eruptioner och skakningar omkring oss, att vi ej märkte, huru hela fastlandet småningom sänkte sig under oss, och vattnet trängde in och öfversvämmade det ena området efter det andra, och att slutligen det stora, vida hafvet slöt sig tillsamman öfver oss och vår civilisation och ensamt på verldsskådeplatsen stod der ett stort, ofantligt *Kina* — och allt var tyst.

Detta är nu visserligen endast en dröm och må, skola vi hoppas, så förblifva, men när man varit i tillfälle att se och iakttaga det stora, märkvärdiga folket hemma hos sig och på andra håll, kan man ej förhindra, att drömmen kommer tillbaka om och om igen. Är den för öfrigt så osannolik? Hafva vi ej vissa tecken i menniskohetens historia att rätta oss efter? I hvad riktning ha folkvandringarna gått under århundraden? Var det kejserliga Rom mera öfverciviliseradt och i sedligt afseende anfrätt än det kejserliga Paris? Lutar den latinska rasen till sin undergång? Skall den germaniska få öfverhand för en tid, och är äfven dess odling nära sin kulminationspunkt? Skall derefter turen komma till den slaviska rasen? Har den måhända redan börjat öppna en genomgång för sin efterträdare och öfvervinnare långt borta i öster, börjat leka med det öfversvämmande elementet? Och slutligen — har man börjat släppa in detta från andra hållet också genom invandringsströmmen i norra och södra Amerika, så att vi skola möta öfversvämningen från båda hållen? Må den som vill och kan svara på de stora frågorna! Mig skulle det ej förundra, om någon vore af den meningen, att efter många århundraden skulle det gamla Paris gräfvas upp af fornforskare i långa hårpiskor och grisögon, som gjorde härliga fynd bland mitrailleuser och krinoliner från sagoperioden, och att med tiden små kinesbytingar komme att sitta på skolbänkar och bråka sina hjernor med Frithiofs saga, likasom vi gjort med Homeros och Ovidius, och få baklexa i Fänrik Ståls sägner — med ett ord, att hela vår civilisation vore något så försvunnet, som romarnes och grekernas och egyptiernas före dem, och att kineserna skulle bygga och bo öfver ruinerna af Babylon och Niniveh och Rom och Paris och London; att det minst krigiska af alla folk skulle vinna segern till slut, och att det språket skall blifva uppfyldt, som säger, att de fridsamme skola besitta jorden

Vare sig härmed huru som helst — ett underbart land är det ändå, detta Kina, som intill de senaste fem och tjugu åren legat likt ett tillslutet ostron för den öfriga verlden, men som nu blifvit öppnadt utan möjlighet att stängas igen. Vi ha hittills känt så litet om detta land och det inre samhällslifvet i denna ofantliga myrstack. De beskrifningar vi haft derifrån äro och kunna ej vara annat än yttre, tillfälliga iakttagelser af män som alla sett jemförelsevis mycket litet, och som endast kunnat få helt knappa och sannolikt ofta falska beskrifningar öfver hvad de sågo i följd af ofullständig kännedom om språket. De omdömen, som hittills i allmänhet blifvit fälda om kineserna, hafva af flera orsaker varit föga opartiska; man har från flera håll bedömt dem ganska skeft. Missionärerna tyckas ha uteslutande sett dem från sin speciela synpunkt och fördömt dem mer eller mindre strängt såsom i hög grad oimottagliga för kristna religionen och förbisett allt annat; men de ha nog förbisett ofantligt mycket dervidlag. Militärer ha fattat förakt för dem på grund af den brist på tapperhet de ådagalagt under krigen; men det krigiska modet är en egenskap, som kineserna föga beundra; de ha måhända ett annat, som ersätter denna brist på hjeltemod, och som hittills undfallit deras besegrare. Affärsmän och diplomater på samma sätt; de ha behandlat kineser med ett slags öfverlägset förakt; men erfarenheten tvingar dem för hvarje år att medgifva, att der finnas egenskaper hos kineserna, som göra dem långt ifrån föraktliga, hvilka andra känslor de än må uppväcka.

Vi européer och amerikanare och folk i allmänhet, som gå i frack och hvit halsduk och äta med knif och gaffel, hafva ett sätt att se ned på infödingar af alla sorter och vi ha gjort så i Kina också; vi ha betraktat kineser som andra »niggers» och behandlat dem derefter; men vi ha dömt väl tidigt härvidlag, vi måste år för år erkänna, att vi ha för oss en odling, en samhällsordning, en verlds-åskådning, som visserligen äro alldeles skilda från våra, men som långt ifrån äro i något afseende oansenliga, och att vi ännu ha mycket att studera och lära i Kina.

Ganska många främlingar ha numera börjat lära sig språket och kommit i nära beröring, både officiel och enskild, med alla klasser i de städer, som blifvit öppnade. Som diplomater, som affärsmän, som embetsmän i kinesiska regeringens tjenst, som domare och advokater i besittningarna, der européerna slagit under sig polismyndigheten och domsrätten, och i synnerhet som forskare i deras litteratur hade börjat lära känna dem från flera olika sidor. Ännu ha vi visserligen ej sett särdeles mycket af Kina, men en vigtig del af deras litteratur finnes öfversatt; vi kunna redan med någorlunda säkerhet sluta oss till åtskilligt af hvad vi sett och studerat; mycket återstår, som förefaller oss oförklarligt; men i båda fallen kunna vi redan dunkelt ana, att vi i detta Kina ha en afgjord och ytterst farlig fiende till hela vår civilisation, en fiende med hvilken ingen försoning är möjlig, utan att der förestår en strid på lif och död mellan vår civilisation och deras. De finnas redan, som anse det ej vara höjdt öfver allt tvifvel, att *vi* komma att blifva segrarne i denna strid, och som olyckligtvis kunna stödja denna sin åsigt på ingalunda alldeles obetydande skäl.

Det kan vara lärorikt att söka utgrunda, hvad det egentligen är som gör detta österländska folk så fruktansvärdt och derjemte med en viss naturnödvändighet gör det till vår fiende.

Först och främst: det är så kolossalt. Folkmängden lär kunna uppskattas till närmare fyra än trehundra millioner — en tredje-del af hela menniskoslägtet. Om man endast tänker sig en kom-pakt folkmassa bestående af en tredjedel af hela menniskoslägtet, som bebor en jemförelsevis så liten del af jorden, att den *måste* breda ut sig, så snart tillfälle gifves, så är redan detta något fruk-tansvärdt, men blifver så ännu mera, då man lärer närmare känna karakteren hos detta jättestora folk och dess sätt att göra er-öfringar.

Man har påstått, att Kina befinner sig i upplösningstillstånd, att det är på väg att falla sönder, men detta är i sjelfva verket endast lösa påståenden, som ej bestyrkas af fakta. Mycket talar derimot för just motsatsen; vi hafva många bevis på kinesernas otroliga elasticitet som nation och deras lifskraft både hemma hos sig och i andra länder.

Endast det faktum att de äro det äldsta folk på jorden, talar för sig sjelft. De stormar och kriser de genomgått, både inre och yttre, hade varit svåra nog att kullkasta hvilket annat folk som helst. Kineserna ha varit underkufvade och eröfrade helt och hållet, både af mongoler och tartarer. Mongolerne gjorde de sig så småningom af med; tartarerne voro dem för starka, så att de måste behålla dem, men i stället gjorde de dem till kineser, hyfsade till dem in- och utvändigt, lärde dem språket och att skicka sig i rum efter det brukliga ceremonielet och icke längre bära sig åt som tattare. Nu äta de så småningom ut dem från alla befattningar, der något slags finess fordras, och så snart de hinna nöta klorna af vilddjuren, rota de nog ut dem eller göra sig af med dem på något vis, om de ej vid den tiden äro helt och hållet oskadliga. Redan nu, vid ett besök som jag aflade hos prins Kung i Peking, sutto i hans kabinett för utrikes ärenden enligt uppgift tre rena kineser af de sju, honom sjelf inbegripen, hvaraf det var sammansatt. Jag kunde ej se någon skilnad på de ena och de andra.

Tartareröfringen har naturligtvis åstadkommit stora omstörtningar, allmänna arbeten och inrättningar hafva förfallit; men det var också en grof munsbit att svälja på en gång; allteftersom de hinna smälta den, återställa de sitt gamla och göra Kina till Kina igen.

Uppror tyckas vara en kronisk åkomma i Kina, men de lära oftare förorsakas af svält och elände, än af politiska skäl. De må lyckas eller ej, det betyder mindre; i förra fallet störtas en dynasti, i senare fallet sitter den qvar, men Kina är Kina ändå. Det oslitligt sammanhållande bandet — hvad det än må vara — förenar spillrorna till ett ofantligt helt.

Många hafva undrat, hvari detta band egentligen består och hvad som uppehåller deras statsskick under sådana skakningar. Regeringssättet är patriarkaliskt allt igenom och så despotiskt som i något land i Asien, men styrelsen är svag, åtminstone efter vårt sätt att döma. Centralregeringen i Peking tyckes ej kunna sätta sig i respekt hos sina egna ståthållare i provinserna, som ändå kunna godtyckligt afsättas, (såvida höga vederbörande känna sig starka nog för att göra det). Vicekonungar och ståthållare erlägga årstributer till Peking, men sedan detta vilkor blifvit uppfyldt, tyckas de få sköta sig hur som helst och äfven göra det.

Man har stundom ganska svårt att få regeringens befallningar verkstälda i provinserna, när man i någon tvist skaffat sig ett utslag i Peking; der fordras ofta en extra påtryckning på stället.

Provinsial- och öfriga lokalstyrelser tyckas ej hafva någon synnerlig makt; de äro visserligen till namnet enväldigt oberoende, men kunna ändock icke skaffa sig åtlydnad öfver en viss grad. Med våld kunna de intet uträtta, ty militären slåss ej eller presenterar sig icke, när det gäller något allvarsammare än att plundra.

Makten ligger i sjelfva verket hos massan af folket, och detta utgör det förvånande. Genom ett systematiskt organiseradt embetsmannaväsen, som ingriper i alla förhållanden, kunna visserligen mandarinerna husera temligen godtyckligt till en viss grad och begå huru stora orättvisor mot enskilda som helst, endast de ej uppväcka missnöje nog för att reta massan; så snart denna uppträder, äro de vanmäktiga. Konsten tyckes vara den, att noga iakttaga den politiska termometern, och stadigt hålla sig under kokpunkten. Huruvida massan har något sätt att på förhand tillkännagifva sitt gradtal af politisk hetta för ögonblicket genom något uttryck af en allmän opinion, är svårt att säga, men associationsandan är stark ibland kineser; de ha sammanhållning inom sina slägter, inom sina skrån och yrkesföreningar, så att oaktadt de helt och hållet sakna hvarje slags representation, är det dock ej osannolikt, att de kunna utöfva ett visst tryck vid åtskilliga tillfällen. Européerna hafva flera gånger varit utsatta för sådant, och troligen ofta utan deras egen vetskap, ty sammanhållningen och tystlåtenheten bland kineserna ha visat sig ganska stora, när de ha något anslag i sinnet.

Vi ha ofantligt svårt att fatta hvad som uppehåller jemvigten mellan en despotisk, men svag styrelse på ena sidan och ett till utseendet förtryckt, men i sjelfva verket maktegande folk på den andra, utan att der finnes någon representation, som medlar mellan de två. På samma gång kunna vi imellertid ej förneka, att under ett dylikt besynnerligt statsskick råder der fred och belåtenhet hvart man vänder sig. Upproren, som tidt och ofta förekomma, får man, som sagdt, snarare anse som förtviflade åtgärder vid en missväxt, eller då af en eller annan orsak der ej finnes något att äta längre; de dö ut så småningom, när befolkningen blifvit förtunnad, så att der finnes rum för den igen. Man bör i allmänhet ej gifva dessa uppror politisk färg; de härröra företrädesvis af öfverbefolkning. Enskilda utpressningar från mandarinernas sida försiggå sannolikt ofta nog, men de kännas ej ome-

delbart af den stora mängden, och denna tyckes trifvas och sköta
sina sysselsättningar till utseendet vida nöjdare och lyckligare än i
något annat land. Derjemte se vi kineserna bilda de allra märk-
ligaste kolonier, der de hafva godt om utrymme och lätt att för-
tjena sitt uppehälle, men der de likväl hålla tillsamman på ett
sätt, som är egnadt att väcka både förundran och farhågor. Det
sammanhållande bandet finnes inom dem, ligger i sjelfva deras
nationalkarakter och följer med dem hvart de gå, och denna sam-
manhållning, denna fruktbara lifaktighet som nation är en af detta
folks mest oroväckande egenskaper, om eller rättare sagdt när vi
med dem råka i strid.

Det finnes måhända intet annat folk som har en så skarp ut-
präglad och för alla enskilda lika och gemensam nationalkarakter,
eller der all individualitet så helt och hållet gått upp i det stora
hela, som i Kina. För att uppfatta den, och för att förstå hur
den kunnat göra sig gällande i så hög grad, är nödvändigt att
känna något om den s. k. konfucianismen. Det är nämligen oe-
gentligt att tala endast om Konfucius sjelf, såsom skaparen af den
kinesiska nationalkarakteren. Man kan lika väl kalla honom en
yttring af densamma; han endast gaf den, så att säga, en bestämd
kontur, hvilken nationen sedan bemödat sig att bevara så om-
sorgsfullt som möjligt. Han är i flera afseenden olika alla andra
folkledare; mest måhända derigenom, att han ej inblandade reli-
gion i sina läror, hvilka nästan uteslutande röra familje- och
samhällsförhållanden. — Vidare söker han ej att framställa dessa
sina läror såsom nya, utan han bemödar sig tvärtom så mycket
som möjligt att gifva dem auktoriteten af en hög ålder. Det lider
intet tvifvel, att han ju ej bland dem inflickade många af sina
egna åsigter, men egentligen gjorde han till sin uppgift att återf-
föra folket till förfädrens bruk, hvilka han, dels kungjorde för
andra och dels sjelf noggrant iakttog. Han gjorde således intet
anspråk på originalitet och synes ej hafva ansett en sådan på nå-
got vis lämplig och nyttig. Hans inflytande, ehuru stort redan på
hans egen tid inom en liten krets af lärjungar, gjorde sig ej all-
mänt gällande förr än efter ett par århundraden. Han var på
allt sätt en fredens och ordningens man, och gjorde inga försök
att göra sig till ledare för något parti, allra minst för att omkull-
kasta något redan bestående; han sökte tvärtom att upprätthålla
och bevara och återställa så mycket som möjligt och ingifva vörd-
nad för det gamla. Det är oegentligt att kalla honom en refor-
mator; en sådan titel skulle han sjelf hafva förkastat som ovär-
dig; han var tvärtom en konservator. Men ingen reformator har

någonsin satt sin prägel på ett helt folk, ett helt land, en hel litteratur, en hel civilisation, så som han, vare sig nu denna prägel var hans egen, eller endast en återbild af det ideal, som han i verkligheten eller inbillningen såg före sig hos de gamle. Andra hafva tänkt och lärt och predikat vida mera upphöjda läror än hans, men ingen samhällsförbättrare har haft ett sådant allmänt och varaktigt inflytande på sina åhörare som han. Konfucii läror innehålla föga eller intet af religion i vanlig mening; han höjde sig aldrig öfver förhållandet mellan menniska och menniska, och mellan enskilda och samhället. Man kan ej kalla honom en filosof, om man dermed menar någon som framställer eller bestämdt hyllar ett sammanhängande, rationelt utveckladt system. Han kommenterade sitt lands historia, seder och bruk och framstälde korta lärosatser i sammanhang dermed, och synes isynnerhet genom sitt personliga föredöme ha ådagalagt lämpligheten af dessa läror, hvilka han säger sig ha hemtat från de gamle, och en krets af beundrande lärjungar antecknade allt hvad de hörde och sågo af honom. Sålunda bildades kärnan till en sedelära och öfverhufvud en lifsåskådning, som visserligen ej sträckte sig utöfver förhållandena menniskor imellan, men vidrörde de flesta af dem på ett mer eller mindre omfattande sätt. Sedermera har omkring densamma bildat sig en hel litteratur af kommentarier utaf senare författare, som alla stödja sig på Konfucii läror som utgångspunkt, samt söka att utveckla och förklara dem och göra reda för sammanhanget dem imellan. De utgöra grunden för allting, för åsigter och handlingar, ingen sätter i fråga att betvifla deras riktighet; de äro dessutom enkla och påtagliga för hvar och en, och kinesen flyger ej högre i sin tankegång, än att man kan följa med. Man må kalla Konfucii läror föga upphöjda, men sådana de äro ha de ryckt med sig ett helt stort folk mer än några andra läror, måhända just emedan de ej ligga alltför högt. Orsaken till deras inflytande må dock vara hvilken som helst, ett faktum är att detta inflytande är ofantligt stort och genomgående. En upplyst kines vet huru han skall bära sig åt i alla möjliga lifvets förhållanden, och en okunnig kan lära sig det genom andras exempel. Der finnes en verklig påtaglig *typ* för den äkta sonen af Kina; han behöfver ej grubbla och räsonnera öfver hur den ser ut, eller blicka utåt rymden efter den, han har den för sig och kan taga reda på den hur noga som helst. Det är icke Konfucius blott och bart som står för honom, utan mästarens ord och handlingar kommenterade under fyra och tjugu århundraden af de visaste och lärdaste i landet; hans sunda förstånd säger honom, att hans egen lilla obetydliga individualitet ej kan vara bättre än en sådan förebild, hvadan han antager den som mönstret att följa. Hans ideal finnes ej uppe i skyarna eller längre bort, dit han har svårt att följa med; det går här på jorden i stångpiska och tofflor, och äter ris och dricker thé, som annat folk, och löper undan, när det är oroligt i landet, och kommer tillbaka, när det låter fredligt, och tillgriper en liten nödlögn när så göres behof, för att hjelpa sig ur klämman, och han kan följa med, när det går ut, och se hur det bär sig åt vid olika tillfällen, vid hofvet, på embetsrummet, i matsalen, kan till och med följa det in i sängkammaren, der det »ligger på rygg med benen rakt utsträckta, sägande intet»; och han kan finna att det under hela tiden bär sig förståndigt åt, enligt hans föreställning. Det är intet upphöjdt ideal, denna kinesiska fullkomlighetstyp, men kinesen ser det, det ligger *nära* honom, det gör *honom* tillfyllest och — månne det väl är så alldeles utan motsvarighet i andra länder än »det himmelska riket?»

Konfucianismens styrka ligger måhända mest uti den vördnad för grundlärorna och alla förhållanden som hvila på dem, och den aktning för allt gammalt, för allt hvad förfädren gjort, som den lyckats rotfästa hos folket. Kinesen hyser vördnad för sina förfäder mera än någon annan, han har deras föredömen hur han skall skicka sig, och följer han detta, så behöfver han ej grubbla öfver om han handlar rätt eller ej. Hur en sådan lefvande vördnad under århundradenas lopp blifvit dem bibringad, är en fråga för sig, men den finnes der, och den följer dem hvart de än gå; och det är svårt att neka att mycket af hvad de se af främlingar, både i Kina och på andra ställen, är egnadt att stadfästa den vördnad de hafva för sina egna gamla seder och bruk och sina egna institutioner, som, hur bristfälliga de än må synas i våra ögon, dock enligt hans erfarenhet ej äro så oäfna, om de följas konseqvent.

Att på detta sätt hafva en åskådlig typ att rätta sig efter, och en inneboende djup aktning och vördnad för denna typ, skall nödvändigt gifva en stor sammanhållning åt ett folk, och göra det till en farlig fiende, när det kommer till strid.

Och denna strid skall blifva så mycket farligare, emedan den ej kommer att utkämpas med kulor och krut eller bajonetter, eller med ett ord det slags vapen, som vi äro vana vid, som vi exercera och skyldra med på alla kanter af jorden. Så länge sådana äro i farten, äro ej kineserna med, om de kunna slippa det; de hålla fienden på afstånd genom att löpa undan så långt de kunna, eller gömma sig. Någon frågade hvad der fanns för likhet mellan lord Nelson och en kines, och svaret blef, att det sista Nelson gjorde för sitt fädernesland var att dö för det, och det är också det allra sista en kines ville göra för sitt. Att gå ut och låta skjuta på sig, och sedan ligga der med kulor i kroppen, är i hans ögon ett mycket besynnerligt sätt att gagna sitt land; att odla potatis är då vida bättre; får man ej göra det i fred, så gömmer man sig, tills man får. Likaså att eröfra ett land genom att utsätta sig sjelf för krigsfarligheter, måste synas honom ett opraktiskt sätt, när der finnas andra långt säkrare utvägar. Hvad skall han dessutom göra med en eröfring, när han sjelf ligger nere i jorden med ett bajonettstygn genom magen? Och att slåss »för en idé» — det vore nu höjden af all dumhet! Kina-mannen har ingen idé, och vill ej hafva någon, och om han än blifvit besvärad med en sådan åkomma, så kunde det säkerligen aldrig falla honom in att slåss för den; han vet bättre än så.

Kineserna föra sina strider på annat sätt, och göra sina eröfringar vida säkrare och varaktigare. De vänta, tills det är slut med kulsprutningen och fred råder igen, och då välja de sig något ställe, der det redan är iordningstäldt åt dem med polis och dylikt, såsom Singapore, Batavia, San Fransisco, Manila, Saigou och många andra. De tycka om ställen, der de hvita finnas, som äro manhaftiga och hålla tummen på malajer och andra infödingar, så att beskedliga kineser kunna få vara i fred, och dit komma de, en och en i början, och sedan flera, när de finna sig säkra. De börja som daglönare och arbeta på vägar och gator, flitigare och bättre än några andra; några handtverkare följa med, och dessa arbeta också bättre och billigare än några andra, så att de småningom tränga undan hvilka konkurrenter de än må träffa på. Under tiden spara de och taga noga vara på allting och lefva så ytterst måttligt, att det är alldeles hopplöst för någon annan att täfla med dem; de rå öfverallt. Genast från början hålla de sig för sig sjelfva, och så snart de blifvit flera, bilda de ett litet samhälle för sig, der de ställa till åt sig på kinesiskt vis, och afhålla sig från alla andra. I början återvända de alltid till Kina, så snart de förvärfvat nog, för att få ligga i sina familjegrafvar; men när de så småningom känna sig mera hemmastadde, skaffa de ut sina qvinnor och barn, och då blifva de först riktigt farliga. Så snart de veta sig ha efterkommande att besöka sina grafvar, anlägga de dessa i kolonierna och ha sitt verkliga hem der, bygga familjetempel och anse sig bo der. Sedan finnes der ingen hejd längre; de komma i skeppsladdningar och yngla af sig på ett förskräckande sätt. Öfverallt tränga de undan hvilka som än må stå dem i vägen, endast det kan ske på fredligt sätt. Ännu är det i allmänhet endast »infödingar», som blifvit undanträngda, men vår tur kommer. Vi ha förkänningar deraf i Kalifornien, och det är eget att se hur kinesinflyttningen derstädes redan uppväckt allvarsamma farhågor ej endast i San Fransisco, utan redan i Washington. Många millioner européer och andra raser hafva kommit in utan att väcka synnerlig oro bland Förenta staternas statsmän, men några tusen kineser äro tillräckliga att göra uppståndelse i lägret. Och med rätta — ty hvad skall man göra åt saken, utan att gå ifrån den grundsatsen, att fredliga menniskor böra få vara i fred? De komma tyst och beskedligt och slå sig ned, och arbeta lika tyst och beskedligt, och äro lydiga och stillsamma, supa ej bränvin eller ställa till krångel på gatorna, utan följa polisförordningarna. Men — de finnas der, det är nog, och föröka sig otroligt, när de få vara i fred, och tränga undan alla andra; man förutser tydligen den dag, då de skola utgöra en långt öfvervägande majoritet både i antal och förmögenhet; och under hela tiden äro de ett samhälle för sig inom det andra. Det är sannerligen ingen lätt fråga att lösa, hur man skall behandla dem. Här komma de, ännu endast i tusental, men snart i millioner, öfverallt der man vill släppa in dem, och der är ingen brist på sådana ställen. De arbeta ihärdigt, göra inga »strikes» (åtminstone ej förr än de äro starka nog att lyckas); och kapitaler och land finnas färdiga på många håll för kinesarbete. Man känner på sig att de skola rå i längden, om de få hållas, och att det ej skall blifva någon raceblandning, utan att vi skola så småningom trängas undan, om vi ej hitta på medel att stoppa deras förökelse- och utvidgningslusta.

Det blir en egendomlig strid på alla sätt, denna efter allt utseende förr eller senare oundvikliga tvekamp mellan österlandets stora eröfrarenation och vesterlandets samhällen. Kineserna vilja ej föra striden med våra vapen och vi kunna ej föra den med deras; det är ej värdt för oss att försöka. En kines från de sydliga provinserna (derifrån emigrationen sker) är uthålligare än någon annan arbetare jag sett; han blifver stark på en diet, som vi skulle anse lämplig för invalider; han är nöjd med ofantligt litet både i ett och annat afseende; kan bo som sannolikt inga andra kunna, hoppackadt och osundt, i hvad man skulle tycka riktiga koleranästen; och under allt detta är han glad. Den belåtenhet och förnöjsamhet, som man finner hos kineserna äro sannerligen märkvärdiga; äfven under omständigheter som synas gränsa till misère, ser man dem grinande och nöjda med sitt; de kunna nog bli förtviflade också och råka i raseri, när det blifver alldeles för knappt för dem; men så länge de ha någon möjlighet att vara förnöjda, tyckas de beslutna att vara det. Och det är ej endast som simpla arbetare, som de öfverträffa oss; vi hafva exempel på att de tränga ut oss från alla möjliga praktiska yrken, der de anse det löna mödan; de nöja sig med en liten vinst öfverallt, mindre än vi bry oss om att arbeta för; och de samla penningar, så oerhördt, att de äro i stånd att kommendera så mycket af vårt arbete, som de anse sig behöfva, der deras eget ej duger ännu; när de ej behöfva oss vidare, emedan kineser finnas som förstå sådant arbete, så få vi nog afsked. De förstå sitt sätt att föra krig, och känna sina vapen, och kunna bruka dem, men är så fallet med oss? Vi rusa fram ena stunden och skjuta en stad i aska, emedan vi anse det nödvändigt, och nästa stund påstå vi att det är orätt; ena gången komma vi med bataljoner och leverera strid, andra gången förklara vi oss vara fredliga handlande, som vilja göra affärer; i dag dundra vi med bombkanoner, och i morgon predika vi att det är orätt att ens tänka något illa om sin nästa, mycket mindre säga något ondt om honom eller till honom, alldeles som om vi vore kineser. Vi begagna våra egna vapen ena stunden och finna dem mycket verksamma, men så sluta vi upp på halfva vägen, och taga till kinesernas. Så länge vi hålla på med våra egna, går det bra, men så snart vi taga till deras, komma vi till korta. Vi må hugga och slå så länge vi vilja, kineserna akta sig så godt de kunna för att utsätta sig för några hugg; när vi ledsna på vapendansen och börja arbeta igen, så komma de och äro med, och då är det vår tur att bli besegrade.

Ställa till hur vi än vilja, så är det ej att förneka, att vi ha en långt ifrån föraktlig fiende att göra med i Kina, och att vi ej ännu förstå rätta sättet att bekämpa honom.

Någon skulle vilja fråga: hvad är det som egentligen gör kinesen till vår fiende? Kunna vi ej trifvas tillsamman och komma öfverens? Han har många egenskaper, som vi sakna och som väl voro värda att hafva, och han saknar andra, hvarmed vi möjligen kunde förse honom. Men erfarenheten visar, att han ej vill ha mer att göra med oss, än han är nödsakad till; han vill förtjena pengar på oss och för öfrigt draga all den nytta han kan af oss, men aldrig beblanda sig med oss på annat sätt — och om vi gå till botten med saken, så är det på samma sätt med oss. Der råder ett slags instinktlik motvilja mellan oss och honom, som går för djupt för att kunna rotas ut.

Låtom oss betrakta vår fiende på nära håll och söka göra oss reda för hvaruti denna motvilja består, och hvad som gör den så okuflig! Svaret är, enligt min åsigt, kort, ehuru man ej vill komma fram med det: han är oss öfverlägsen, ej i ett och annat smått, utan i många af de egenskaper som vi anse som tecken af civilisation, och, mer än det, som vi anse absolut nödvändiga för vår timliga och eviga välfärd. Vi tala om våra s. k. kristliga dygder, om saktmod, undergifvenhet, tålamod, försakelse, försonlighet m. fl. Må vi se oss omkring! Äro vi tåliga? Det vore åtminstone synd att säga, att vi fått något tålamod att dela med oss. Äro vi saktmodiga? Vi slåss ju som vilda djur för hvad orsak som helst, ja, utan orsak alls, om vi ej kunna hitta på någon i en hastig vändning. Ju mindre vi européer, med Bismarck och hans preussare för ögonen, tala om våra kristliga dygder, desto bättre.

Men låt någon som varit i närmare beröring med kineser, opartiskt säga, om ej de, som icke hafva någon religion alls och som anse all sådan för vidskepelse, ej äro oss betydligt öfverlägsna i många af de egenskaper, som vi påstå oss sätta värde på. Man har kallat dem grymma, och deras senaste framfart mot utländingarne tyckes berättiga ett sådant påstående, men vi måste erinra oss att de hata utländingarne, som förolämpa dem, och inkräkta deras land. När man kan ånga upp och är passionerad, glömmer man lätt sina grundsatser eller sina vanor. Vi kunna ej kalla preussarne ett af naturen grymt och blodtörstigt folk, ehuru uppträdena i Bazeille och åtskilliga andra drag af deras krigföringssätt tyckas vara gräsliga nog. Det är förhastadt att kalla kineserna grymma på grund af några enstaka dåd, som blifvit begångna mot hatade främlingar. Det är dessutom blott den lägsta, okunnigaste folkmassan som begår dem. Höga vederbörande sitta bakom och blåsa under, eller blinka åt ohyggligheterna, om det för tillfället passar dem, men de äro ej ensamma dervidlag. Det spelas kort om menniskolif på högre ort äfven utom Kina. Enligt min öfvertygelse ingår ej grymhet i kinesens karakter i någon högre grad än i vår egen, när vi blifvit bragte ur jemvigt. De äro derimot tåliga öfver all beskrifning, kunna uthärda mera utan att klaga, än vi skulle drömma om att försöka. De äro saktmodiga, slåss ej, om de kunna undgå det, och vanligen ej då heller, utan gifva efter, så långt de kunna. De äro godlynta; och förnöjsamhet är måhända det mest framstående draget hos dem. Deras vördnad för sina föräldrar kunde tjena som ett mönster för oss. Om man ser på mera borgerliga dygder, så är det ej värdt att försöka jemföra oss med dem i flit, sparsamhet, måttlighet, nykterhet, uthållighet, laglydnad och mycket annat. Man skulle kunna räkna upp en hel katekes af vackra saker, der en opartisk domare måste erkänna att de ha försteget framför oss.

Att erkänna en annans öfverlägsenhet, öppet eller inom sig, är obehagligt nog, när man vet sig skola råka i kollision med honom, och är ej egnadt att ingifva några vänliga känslor hos dem, som redan börjat täfla med kineserna i allt möjligt arbete och finna sig dervid komma till korta. Men det är eller borde ej ensamt vara nog att väcka motvilja hos filosofer och filantroper, och det oaktadt kunna ej kineserna undgå att väcka en ovilkorlig antipati äfven hos tänkande menniskor, som göra sig reda för det inflytande de otvifvelaktigt skola utöfva på andra länder, då de börja sprida sig mera. Man skulle tycka att alla dessa vackra egenskaper borde göra oss välvilligt stämda mot dem, men det ligger något under alltsamman, som måste vara motbjudande för hvar och en, som är konstruerad inombords liksom vi andra, med alla våra fel och brister.

Deras karakter, i trots af alla de ofvan nämda vackra egenskaperna, förefaller oss som ett af deras egna sura äppelträd. Det ser bra ut och bär frukter också, och dessa sitta der, röda och gula, och se lockande nog ut på afstånd, och kineserna äta dem och tycka att de smaka godt, men för oss smaka de som surkart allesamman; vi äta hellre en potatis, fast den ej kallas frukt, den har åtminstone växt på matjord, och det är hvad kinesens äppelträd ej har; det är planteradt på en bit öfverloppsmark, som blifvit qvar, då all annan jord blifvit upptagen för produktiva ändamål.

Det ligger till grund för deras karakter och civilisation och hela verldsåskådning en *materialism,* som aldrig kan väcka några sympatier hos oss, och som ovilkorligen ingifver motvilja och farhåga för allt som sprungit derur. Vi må tala om materialister bland oss sjelfva, det är dock något helt annat; vi ha alltid något gemensamt med dem i sjelfva tankegången. Man må på rent vetenskaplig väg komma till realism eller sensualism eller empirism eller hvad de heta, de der olika — ismerna, som, följdriktigt uttänkta och tillämpade, leda till den rena materialismen, det betyder ingenting; man får aldrig den stora mängden att i verkligheten tro på ens slutsatser, och tror måhända ej på dem sjelf heller. Der går ett smygande tvifvel, likt en remna, genom hela den klyftigt hopfogade tankebygnaden, och det slutar vanligen med ett slags reservation i slutkapitlet, eller någon ursäkt genast i början, som visar att der ej finnes lefvande och modig öfvertygelse hos vår tids materialister, och en sådan öfvertygelse är dock hvad som fordras i våra dagar för att få någon att tro. Man må resonnera för oss hur mycket som helst och bevisa att materien är allt, anden och det ideela intet; vi tro det ej, det ligger imot på något sätt, det är ej så vår natur. Men framställ en lös teori, den må vara hur obegriplig och obevislig som helst; endast den lyfter sig helt litet öfver materien och den hvardagliga verkligheten samt framställes med en verklig öfvertygelse om dess sanning, så skola der alltid finnas de af oss som äro färdiga att tro, äfven utan att klart och tydligt förstå det framstälda. Vi äro en gång, vare sig af naturen eller andra orsaker, idealister, och *vilja* ej vara annat. Man kan alltid med mer eller mindre framgång på våra förhållanden tillämpa *idén* om det rätta, det sköna, det sanna. Vi må mer eller mindre ofullständigt uppfatta denna idé, eller knappt göra oss klart hvarom frågan är, men vi så att säga känna att der ligger något tilldragande i hvarje uppfattning som sätter det fullt verkliga något högre, än att vi just kunna taga i det med händerna och tumma på det. Der finnes hos oss åtminstone en sträfvan att höja oss öfver den jordkrypande prosan.

Alldeles tvärtom med vår långpiskade medbroder. Han vill så att säga taga i sitt ideal med händerna och vända på det litet grand, så att han må känna och se att det är verkligt. Den högsta andliga ståndpunkt han tyckes anse det löna mödan att uppnå, är en redig föreställning om *det nyttiga* här i verlden. Får han klart för sig att det är nyttigt att vara saktmodig, emedan det befordrar matsmältningen, eller af andra orsaker, så antager han ock att det är rätt att fara vackert fram. Han är realist af natur, eller uppfostran eller vana, lika mycket som vi äro idealister, och han *vill* ej blifva annat. Man må tala med kinesen huru mycket som helst om skilnaden mellan ande och materia, han tror det ej, och tycker att det är nonsens att alls spilla ord på saken. Hvad han kan erfara med sina fem sinnen och sluta sig till af denna erfarenhet, det är han med om, men sedan följer han ej med längre, och det är fruktlöst att söka få honom ur fläcken. Han har för sig det der märkvärdiga fenomenet, sin egen kropp, som skall födas, och klädas och roas och arrangeras för på alla vis, och han har fullt upp att göra med detta under hela sitt lif, och blifver ändå ej riktigt klok på en sådan besynnerlig företeelse; hvarför skulle han då öka sina omsorger här i verlden med bekymret för något, hvars sjelfva tillvaro han ej kan fatta?

Det finnes i hela den del af kinesiska litteraturen, som blifvit öfversatt, ej det ringaste spår till sträfvan att lyfta sig öfver det rent materiela. En af deras mest framstående tänkare, som grundade en egen sekt, besynnerligt nog kallad rationalister, (som dock numera alldeles vanslägtats), har i sitt hufvudarbete endast på ett enda ställe vidrört det rent andliga. Efter ett kort yttrande att vi alldeles sakna bevis för att något sådant som en andlig verld verkligen finnes till, säger han sig: »icke kunna se någon svårighet i att alldeles förbigå detta ämne». Uti Konfucii skrifter finnes intet som antyder att han såg sitt ideal högre än i det urgamla, det af ålder brukliga. som erfarenheten visat vara nyttigt. Han var utan tvifvel en klarsynt man, som såg skarpt nog inom en viss krets, men han höll sig orubbligt inom denna. Hans efterföljare ha möjligen utvidgat den, men de ha aldrig höjt sig deröfver, och den kretsen är dragen här nere på marken och kan ej utvidgas öfver en viss gräns. Den materialistiska verldsåskådning som ligger till grund för hela den kinesiska odlingen och som skapat deras nationalkarakter, har haft sitt inflytande på alla deras egenskaper, de må för öfrigt se hur vackra ut som helst, och äfven vara så.

Det ligger någonting kallt och derföre frånstötande under dessa till utseendet så vackra egenskaper; man liksom känner att de ej äro sprungna ur en sund och närande jordmån. Kinesen må synas eller verkligen vara bättre än vi i ett eller annat afscende, men vi hoppas att 'gå framåt och vi se ingen ända på framåtskridandet, under det att de skola förr eller senare uppnå sin utvecklings gräns — om de ej redan gjort det — och blifva stående der. En så helt olika verldsåskådning ligger till grundval för hela deras civilisation, mot den som vi bygga på, att ingen gemensam bygning är möjlig, utan den ena måste rifvas ned, för att lemna rum för en tillökning af den andra.

Vare allt detta huru som helst, en sak är säker: vi européer vilja ej blifva kineser på några vilkor, och af allt hvad man kan se, tyckas de ej på några vilkor blifva annat än kineser, om de få hållas som de vilja. Frågan blir då: skall man låta dem hållas eller ej? Det är svårt att svara härpå, men min öfvertygelse är, att visste vi nu hvad vi skola veta om etthundra år, så skulle vi aldrig släppa en kines utom Kina förr än man huggit piskan af honom och kapat skörten af hans långa rock, med ett ord, denationaliserat honom helt och hållet, så att han ej kände igen sig längre, och framför allt aldrig släppa ett enda af deras qvinnfolk utom landet, så att de kunde komma åt att bilda några kolonier. Och ej nog dermed: vi skulle taga itu med sjelfva Kina med ens; sända dit nödiga trupper på gemensam räkning och kinesernas bekostnad och en uppsättning missionärer, och bedrifva omvändelseverket genomgående och praktiskt d. v. s. på helt annat sätt än hittills: låta katolikerna gå först som pionierer och bereda fältet, allt med understöd af nödigt fältartilleri och dylikt, och låta dem ställa till med en ordentlig, stark hierarki, sådan vi sett i andra länders historia ha tagit bugt på de mest motspänstiga element; och sedan skicka protestanter efteråt, eller låta dem komma af sig sjelfva. — Lyckas man att sätta kineserna *idéer* i hufvudet, så skall man måhända — åtminstone är detta enda sättet — gifva dem annat att tänka på, än att utbreda sig öfver hela jorden; de skola då få nog att sköta om i sitt eget hus och lemna oss i ro uti vårt.

2.

Om det europeiska missionsväsendet i Kina.

En vigtig fråga, som dock mycket sällan blifvit föremål för en opartisk granskning, är denna: huru användas de medel, hvilka såväl i vårt, som i de flesta andra europeiska länder skänkas till ganska betydliga belopp för att utbreda vår religionslära ibland icke-kristna folk, och i allmänhet: hvilket *verkligt* resultat lemnar den utländska missionen? [1]

Årligen bortgifvas högst ansenliga summor, till stor del sammanskjutne af de mindre bemedlade och af personer som ej sjelfve äro i stånd att bedöma hur deras gåfvor användas, och der testamenteras. särdeles i England och Amerika, ganska stora belopp för samma ändamål. Der ligger ju ett ej ringa ansvar uti disponerandet af alla dessa penningetillgångar; och om de som åtaga sig ett dylikt uppdrag, verkligen vilja fullt motsvara det dem visade förtroendet, så åligger det dem obestridligt också att göra sig reda för om de utvägar man anlitar verkligen äro de rätta. Deras nit för sin sak ligger i dagen, och betviflas ej af mången; likaså bör det allmänna förtroende som lemnas dem att fritt använda gåfvorna vara en borgen för deras redbarhet; men den som sett missionsverksamheten i flera länder och hört den ofta omtalas af personer med mångårig kännedom om dess resultat, må väl sätta i fråga om detta nit alltid blifvit användt på bästa sätt.

---

[1] Jmfr. rörande detta ämne öfverhufvud den i förra September-häftet införda uppsat-en af *Framtidens* utgifvare: *Religiösa stridsfrågor i nutiden.* I. — — Blick på missionsväsendet i våra dagar.

Det är ej i minsta mån min afsigt att söka antyda, att missionärerna utomlands ej i allmänhet göra sitt bästa och efter bästa insigt och förmåga uppfylla sina skyldigheter, sådana de uppfattat dem; enstaka exempel på motsatsen förekomma väl stundom, men dessa torde höra till undantagen. Flertalet af de europeiska missionärerna sträfva med redligt nit i sitt kall, utan att låta sig afskräckas af de ganska stora farorna vid dess utöfning. De offentliggjorda berättelserna om dessa förefalla väl stundom något apokryfiska, men otvifvelaktigt finnas der många män, som ej tala om de faror de genomgått, utan synas anse att sådana äro helt och hållet en bisak, när man arbetar för ett stort mål. Jag såg en missionär, som gick en nästan säker död till mötes på Korea, der man nyss mördat hans föregångare, men gjorde det så lugnt, som om det varit den naturligaste sak i verlden. Allt detta borde man gerna se från den bästa sidan, och ej med misstrogenhet bedöma en hel klass efter enstaka mindre berömvärda undantagsfall.

Men — är *den metod*, det arbetssätt som af missionärerna begagnas alltid så riktigt? Detta är en fråga för sig. Kan man verkligen hoppas att se resultat, och nöjaktiga resultat deraf?

Det stod för några år sedan en artikel i en engelsk tidning rörande en sammankomst af ett sällskap i London för judars omvändande; styrelsen gjorde reda för sig; sekreteraren uppläste en berättelse om de olika missionärernas verksamhet, som sannolikt remitterades till handlingarna på öfligt vis; en utgiftsstat på, om jag minnes rätt, flera tusen pund sterling, genomgicks, och allt var i ordning. Men någon af de närvarande framstälde den frågan, huruvida verkligen alltsamman visat något resultat, och det befanns, att visserligen ingen enda jude blifvit under året omvänd, men att man dock »hade godt hopp om några». Så vidt artikeln gaf vid handen, stannade allting dervid; fonder voro anslagna, som måste användas, och man visste ej något annat sätt än det gamla, med styrelse, sekreterare, missionärer och årsberättelse etc.

Vid ett sådant förhållande framställa sig ovilkorligen några reflexioner; måste man ej fråga sig, om det verkligen är rätta sättet att gå omkring och predika, om man ej borde handla mera och tala mindre samt om man ej stundom hade skäl att vända sin verksamhet åt helt annat håll. Har i sjelfva verket vårt förhållande till judarne under många århundraden tillbaka varit egnadt att gifva dem ett praktiskt bevis på öfverlägsenheten af vår religion? Detta synes oss ej ha varit förhållandet, och arbetet i denna riktning hade måhända varit bättre användt på försöket att utplåna minnet af en mängd orättvisor vi begått imot dem, eller undanrödja åtskilliga fördomar, som ännu i flera länder skilja dem från oss i politiskt hänseende.

Samma anmärkningar och flera dylika kunna säkerligen göras om den europeiska missionen i de hedniska länderna, särskildt i Kina.

Först och främst: väljer man alltid så lämpliga personer till missionärer? Deras uppgift är att söka förmå andra menniskor att ändra öfvertygelse, öfvergå från sin egen verldsåskådning, öfvergifva hvad de hittills ansett som sannt och rätt, och detta på en annans blotta ord att hans uppfattning af grundsanningarna är riktigare, att den auktoritet han stöder sig på är mera tillförlitlig, att han med ett ord har rätt. Dertill fordras ju en stor personlig öfverlägsenhet hos den som vill göra sin åsigt gällande, öfver den han vill inverka på. Äfven om man vill säga att den inneboende öfverlägsenheten i vår religion skall i sig sjelf vara tillräcklig att öfvertyga menniskor om dess företräde, så måste den ju ändå förkunnas af personer, som kunna framställa denna öfverlägsenhet så, att den faller i ögonen. Man borde framför allt välja missionärer ej endast med stor och grundlig kännedom om hvad de sjelfva lära, utan äfven om hvad de vilja bekämpa. I detta afseende kunna imellertid åtskilliga befogade anmärkningar framställas, i synnerhet hvad beträffar missionärerna i Kina. Då det är fråga om en halfvild nation, der snart sagdt hvem man må sända är infödingarne öfverlägsen, så må så vara; men bland menniskor, som tänka så redigt och klart, ehuru inom en trång krets, och äro så skickliga kasuister och argumentera så skickligt, måste man använda personer, som åtminsone ej komma till korta dervidlag; och det är minsann ej hvem som helst som reder sig i en disput med en kines. Han försvarar sig punkt för punkt, och ger icke efter i en enda, förr än man gifvit honom fullt giltiga skäl; och man får honom ej ur fläcken, om man ej lyckas i sin bevisning — såvida man ej förgår sig på något sätt, blir het eller häftig, och far ut i våldsamheter i tal eller handling; då ger han efter lätt nog, för att slippa ifrån något som han anser opassande; men om han derföre anser sig öfverbevisad, är tvifvel underkastadt.

Det är ju nödvändigt att en missionär noga känner det fält han vill bearbeta; men att känna Kina och dess folk tillräckligt, för att med något hopp om framgång söka arbeta på kinesernas omvändelse, är ett studium, som fordrar stora förberedande kunskaper. Huruvida de kristna predikanter som finnas i Kina, i allmänhet äro duglige för sitt värf, må lemnas derhän; åtminstone har jag vid ett par tillfällen träffat på missionärer, som voro alldeles okunniga om den rika (om än ej rikhaltiga) litteratur, som Kina har att framvisa, och hvaraf en del finnes öfversatt. Den ene sade att det var endast hedniska spetsfundigheter alltsamman; låt så vara, men man måste åtminstone känna de spetsfundigheter man vill öfvervinna.

Att döma om personer är dock vanskligt nog, men det sätt hvarpå de gå till väga, är mera öppet för granskning. Hvad som då oftast faller i ögonen är den stora olikhet, som råder i sjelfva sättet hvarpå olika missionärer uppträda; der finnes ingen enhet och genomgående organisation i det hela. Katolikerna ha visserligen en förträfflig sammanhållning inom sig, men de stå alldeles skilda från protestanterna, och dessa senare arbeta hvar för sig utan någon gemensamhet mellan olika kyrkor och sekter, och ännu mindre med katolikerna; der tyckes om möjligt vara ännu mera fiendtlighet imellan de olika kristna församlingarna än mellan dessa och kineserna.

Denna oenighet kan ej annat än motverka arbetet; kunde de ej der borta åtminstone lägga åsido sina stridigheter och verka gemensamt? Det gör ett så skärande intryck på andra, som ej förstå eller bry sig om hvarom dessa ändlösa tvister egentligen handla. För många år sedan låg jag på ett hospital i Indien, der en ung fransk abbé brukade komma upp och tala vid patienterna; han kom in till mig flera gånger, och jag hörde honom ofta tala vid folket ute i det allmänna rummet, men så vidt jag hörde, gjorde han aldrig något försök att omvända någon till katolska läran; han endast talade vänligt vid matroserna om deras hem, och annat som gjorde ett godt intryck på dem, och som de ej voro vana att höra; han var allmänt aktad och afhållen, och karlarne samlade sig omkring honom, när han kom. Men en dag hörde jag en dundrande predikan i stora salen, och gick ut på verandan, som omgaf hela huset, för att se efter hvad det var, och mötte der en gammal matros, som tände sin pipa och satte sig utanför. Jag frågade honom hvad som stod på — »I do not know, sir, but it seems we are going to be eternally damned, all of us, for something or another». Det var *hans* uppfattning af alltsamman; och då jag gick in, stod der en engelsk pastor i fullt utfall imot påfviska irrläror, »den babyloniska skökan» m. m., för att borttaga den befarade då.iga effekten af den franske prestens samtal. Kan sådant vara rätt? Han stod bland folk, som sällan eller aldrig höra ett godt eller vänligt ord, vare sig i religion eller andra ämnen, och ej visste mer om påfven än om Babylon, och hvilkas åsigter om kristendom eller religion af något slag måste vara ytterst bristfälliga, och allt hvad de kunde uppfatta var att han ville åt fransmannen, och att det skulle gå dem illa på något vis i ett lif efter detta. Hade den förres ord gjort något godt, så blef det nog slut efter denna straffpredikan.

Kunna vare sig kineser eller några andra hedningar föreställa sig, att det är samma kristna religion som föikunnas på båda hållen; fridens och kärlekens religion!?

Hvad de katolske missionärerne i Kina beträffar, så hafva de, såsom nämdes, inom sig en utomordentlig sammanhållning och en beundransvärd organisation, och de börja sitt arbete i rätta ändan, och tyckas äfven nå sitt mål. Der ligger onekligen en stor tanke under deras förfaringssätt; de arbeta för kommande tider, sträfva att på snart sagdt hvad sätt som helst grundlägga en katolsk kyrka inom Kina, samt att åstadkomma fasthet och enighet inom denna, för att sedan göra sina läror gällande. De foga sig så mycket som möjligt efter de gamla budhistiska bruken för att göra öfvergången mera omärklig; de uppfostra barn i mängd till den katolska läran, och lära ej vara stränga mot sina omvända, utan söka vinna dem genom att hjelpa dem till rätta i alla möjliga lifvets förhållanden. Der finnes i Peking ett ytterst märkvärdigt observatorium sedan jesuiternas förra vistande der, då de voro i gunst, förr än förföljelsen började; de voro skickliga arkitekter, och flera arbeten i Kina stå ännu som minnesmärken efter dem; och de gjorde sig vigtiga på flera andra sätt. Nu ha de förskaffat kristna kineser religionsfrihet genom ingångna traktater, och vaka öfver denna nyvunna frihet och bistå dessutom sina trosförvandter imot utpressningar från mandarinernas sida, så att kineserna ha ett intresse af att vara kristna. De vända sig nästan uteslutande till de allra lägsta klasserna, der de ej möta de lärda spetsfundigheterna, och der hoppet om en lyckligare tillvaro efter denna verkar starkare. Man förebrår dem att de endast sträfva att skaffa kristna till namnet, ej till öfvertygelsen, och denna förebråelse är nog temligen befogad; deras bemödanden gå ut på att bilda församlingar framför allt annat, och enighet och samband mellan dessa; men der ligger en plan under alltsamman. Såsom en af dem sade: »der vi plöja, skola andra så, och ännu andra i en långt aflägsen framtid skära upp». Der ligger ett väl genomtänkt system uti deras förfaringssätt, och de tillämpa det konseqvent: i de församlingar de en gång bildat, skola alltid finnas lärare; sådana bildas vid deras depôter, och sändas omkring i mån af behof, så att ingenting blifver beroende af enskildes tillfälliga åtgöranden.

Det är ej lätt att afgöra huruvida deras verksamhet kommer att bära den åsyftade frukten, men skall det gå på något sätt att omvända Kina till kristendomen, så är det så som de gå till väga, genom att *nedifrån* undergräfva konfucianismen och bereda fältet för en annan verldsåskådning, ty att försöka att, sådana kineserna nu äro, omvända dem till verkliga kristna, som i sitt innersta tro på våra läror, är enligt min åsigt fullkomligt lönlös möda.

De protestantiska missionärerna försöka det likväl, och, efter hvad några säga, med framgång här och der, ehuru andra erkänna att deras bemödanden äro alldeles fruktlösa. De lägga ej, som katolikerna, an på att få kineserna att till namnet bekänna sig till kristna läran, utan söka att på allvar omvända dem, och de olika sätt de använda, äro nästan fullkomligt beroende på deras individuela uppfattning af sitt kall och hur det bör skötas. De predika oförtrutet sin lära; men äfven den mest redigt tänkta och i logiskt afseende klarast framstälda predikan går förlorad för den som sätter i fråga premisserna, hvarpå hon hvilar, och ej endast dessa, utan alla förutsättningar hvarpå någon religion alls kan stödja sig. Man må invända, att sjelfva argumenteringen i en predikan är af jemförelsevis mindre betydenhet; det är mera hänförelse, som fordras för att talet skall slå an; och detta må vara sant för menniskor som veta hvad sådant vill säga, och som låta hänföra sig; men det är det sista en kines skulle tänka på. Jag vet ej hur det skulle gå till att hänföra en kines; det strider helt och hållet mot hans natur, och hans åsigter att låta leda sig af någon hänförelse; han vill hafva redigt för sig *hvarför* han gör någonting eller tror någonting, och förr än han får det, går han heller ej ur sin vanliga väg.

Jag frågade en gång en missionär hur han bar sig åt, och han svarade, att han alltid började med att visa falskheten i den budhistiska läran, och sedan han lyckats dermed efter önskan, utdelade han biblar, och bad sina åhörare döma för sig sjelfve. — Detta är visserligen ett sätt, men ej lär han omvända många med den metoden; att få dem att erkänna ohållbarheten af budhismen, röner föga svårighet, ty de skratta åt den, som åt all annan religion, men att få dem att tro på kristna läran, är en annan sak; missionären måste ord för ord *bevisa* hvad som står i bibeln, såvida den i ringaste mån afviker från hvad de betrakta som antagligt.

En stor mängd biblar ha blifvit spridda i Kina, och folket tager noga vara på dem, ty de förstöra aldrig ett tryckt papper, (som ett bevis på vårt barbari anförde en mandarin en gång, att vi låta tryckta papper ligga på marken och *trampa* på dem), men ovisst är, huruvida de aldrig så litet inverka på dem som läsa dem. En gång då jag hade kinesiska passagerare på ett fartyg, som jag förde derute, fick jag några biblar att dela ut, och satte min supercargo att läsa igenom ett af evangelierna, för att höra hans tanke, derom. — Allt hvad han anmärkte var, att bokstäfverna voro så fula. För öfrigt kunde jag ej finna, att han uppfattat något af hvad han läst, eller att han fann något intresse deri. Det var i hans tycke ingenting annat än en berättelse om en man, som uträttat åtskilliga handlingar, hvaraf flera sannolikt stredo mot den kinesiska åsigten om hvad som är klokt och förståndigt, och sagt saker, som kinesen omöjligen kan finna förenliga med sundt förstånd, och som, liksom alla andra som sätta sig upp imot bestående ordning, blifvit gripen och dödad; och alltsamman var nog ej framstäldt på ett sätt, som gaf det något synnerligt intresse i hans ögon. Hvad han säkerligen minst kunde fatta var att denna berättelse skulle utgöra grundvalen för en helt annan verldsåskådning, än den han förut omfattat.

Att strö ut en massa biblar längs kusten, som de protestantiska missionärerna i början gjorde, var nog bortkastadt besvär och kostnad. Man måste åtminstone systematiskt framställa hufvudpunkterna i vår religion, och framför allt *bevisa* dess företräde medelst skäl dem han gillar, om man skall omvända en kines, ty han tror ej på något, som han ej ser nyttan af.

Flera personer hafva också insett det fåfänga i att på vanligt sätt predika och skrifva för kineserna, och ansett att det rätta skulle vara att göra dem välgerningar, för att sålunda praktiskt visa dem företrädet af vår religion. *The medical mission* sände ut examinerade läkare som missionärer, hvilka skulle inrätta hospital för kinesiska sjuka och vårda dem; skolor både för gossar och flickor ha blifvit inrättade, der barnen få undervisning gratis, och rent kinesisk undervisning. Det är ingen fråga att de ej begagna sig af dessa fördelar, men om de ingifva dem något begrepp om företrädet af vår religion, är osäkert. Att derimot just denna vår hjelpsamhet inger dem ett klent begrepp om européernas förståndsförmögenheter är sannolikt (såvida de ej misstänka några politiska planer derunder); ty — mena kineserna — det är ju en kolossal dumhet att fara ut till ett främmande land för att bota sjuka och hjelpa fattiga och läsa med barn; finnas ej sådana nog i Europa? Och ha då ej dessa herrar och damer någon slägt, åt hvilken de af vördnad för sina förfäders minne kunde egna sina omsorger, i stället för att bekymra sig om annat? Detta är ju både enfaldigt och opassande, och kan, enligt kinesens uppfattning, ej annat än ingifva förakt för såväl intelligensen som karakteren hos personer, som hålla på med sådant.

Det förefaller derföre verkligen hopplöst, att med goda medel söka inverka på dem, ty ställa till hur vi vilja, med ord, eller skrift, eller handling, eller personligt föredöme, så äro vi i deras ögon sådana barbarer, att intet som vi säga eller göra, *kan* vara annat än djupt underlägset och barbariskt. De ha sina en gång för alltid bestämda åsigter om hvad som är rätt, klokt och passande, och det är icke tänkbart för oss att genom något slags öfvertalande söka förändra dem; och exempel kunna ju ej uträtta något hos folk, som grundligt förakta allt hvad vi taga oss till.

Om vi se på vår ställning till kineserna sedan kriget 1842. då vi egentligen började komma i beröring med dem, så är den just icke egnad att ingifva dem några särdeles fördelaktiga begrepp om vår religion. Vi måste alltid ihågkomma att de ovilkorligt associera med hvarandra vissa begrepp; missionärer och bombkanoner ha kommit tillsamman, och tyckas ännu i dag ha intim förbindelse med hvarandra; sker der någon oförrätt mot en missionär inom skotthåll för de andra öfvertalarne, så låta de oförtöfvadt höra af sig. Kristendom och opium höra ihop på ett eller annat sätt, och komma från samma håll; kyrkor och krig måste ha något med hvarandra att göra, ty der kriget gick fram, finnas nu kyrkor qvar som minnesvårdar öfver nederlaget; kristna församlingar och intriger äro detsamma, och innebära uppstudsighet mot mandarinerna och politiska oordningar. Kineserna kunna ej annat än ha svårt för att skilja på det ena och det andra; om de äro rädda för något sorts folk och betrakta dem som sina fiender, så är det missionärerna: ej af fiendtlighet imot läran, ty hon är dem såsom lära fullkomligt likgiltig, men emedan de ha så mycken erfarenhet af allt det krångel, som missionärerna förskaffa dem. Ville dessa endast hålla sig till sitt omvändelseverk, så skulle ingen bry sig om dem, men detta synes vara dem omöjligt, — och i följd deraf komma de alltid i strid med mandarinerna, som äro afundsjuka på de kristnes inflytande — Äfven den mest fredlige missionär kan ej finna sig uti att hans åhörare förbjudas att infinna sig, då traktaterna tillförsäkra dem religionsfrihet; han måste på något sätt tillförsäkra dem åtnjutandet af denna frihet, och vänder sig till mandarinerna, som betrakta dessa sammankomster med misstänksamma ögon, såsom medel för en rörelse, politisk eller annan, som hotar att undergräfva deras inflytande; och de ha ju ej orätt häruti. Till sitt skydd begagna de den kinesiska metoden med omvägar, och trakassera de omvända, eller anklaga dem för brott, som de ej begått, och missionärerna måste komma sina trosförvandter till hjelp, om de ej vilja se dem förskingrade. Ofta nog lära mandarinerna ha rätt; men kineserna finna missionärernas beskydd ganska lämpligt, för att derunder kunna begå hvarjehanda förbrytelser, och då de blifva antastade, vända de sig till missionärerna och bedyra sin oskuld, och påstå att det är religionsförföljelse; dessa sistnämda måste taga upp saken, om de ej vilja se sina församlingar upplösta.

Hela ställningen för närvarande är verkligen så föga egnad att underlätta spridandet af kristna läran, att det nog är förgäfves att försöka genom direkt omvändelse.

Man skall måhända invända, att vi borde ej intaga en så fiendtlig position, utan mera söka att försona dem med oss, med våra seder, bruk och åsigter. Detta är på det hela en politisk fråga; men en sak kunna vi dock vara säkra om: att så snart vi ej upprätthålla religionsfriheten genom handgripliga åtgärder, så är det slut med den. Finnas der ej bombkanoner för missionärerna att falla tillbaka på, så få de snart laga sig ur landet; och om ej de utländska ministrarne i Peking längre taga upp sådana mål, som röra dessa tvister mellan mandariner och missionärer om religionsfriheten, så kommenderas der genast höger och venster om i alla församlingarna från allra högsta ort, ty der är man mer än på något annat håll rädd för det utländska inflytandet.

Vi borde umgås med kineserna, torde någon säga, så att de kunde lära känna oss, och vi dem, och fördomarne å ömse sidor försvinna. Men detta har sina stora svårigheter. De katolska missionärerna försöka: de kläda sig som kineser, låta stångpiskan växa, och raka sitt hufvud för öfrigt, och lefva bland dem helt och hållet på deras vis; men endast de allra lägsta klassserna vilja umgås med dem, och endast emedan de ha nytta af dem på något sätt; de s. k. litterati, som ha tagit examina, och ensamma hafva några större kunskaper, och bland dem hela mandarinklassen, skulle aldrig vilja ha något med dem att göra, annat än trakassera dem, då de komma åt.

Vi andra, som kineserna ej misstro så mycket (om de än i botten hata oss), borde måhända umgås med dem; men på ingendera sidan är man hågad för ett sådant umgänge, och jag tror ej att det skulle leda till annat än ännu större antipati på båda hållen; vi hafva i sjelfva verket så litet gemensamt i tankegång och åsigter, att något umgänge är omöjligt; och så finnes der den der rasskilnaden, som är så omöjlig att öfvervinna. Man *kan* ej förmå sig att anse dem som jemlikar. Några engelsmän hafva försökt i Indien att umgås med infödingar för att närma dem till oss; men det vill ej gå. Jag kände en lady derute, ett nobelt och bildadt fruntimmer, som ansåg det vara sin skyldighet att umgås med sin mans bekanta, och att det skulle vara dem nyttigt. Hon bjöd dem till sig då och då, hinduer och parser, och gick omkring till hvar och en, och sade några förbindliga ord, ungefär som en drottning bland allmoge, och det föreföll mig som om dessa ej rätt visste hvad fot de skulle stå på, när de sågo en annans hustru gå lös i rummet, och säga dem artigheter; det måste alldeles strida mot deras åsigter om hvad som passar. Hennes man tycktes betrakta hela tillställningen ungefär som om hon fått en idé att bjuda upp hästarne i stora salongen.

Sådant må ändå gå för sig i Indien, der de infödde äro mera böjliga, och låta experimentera med sig, och dessutom äro i sitt yttre sätt vida mera lika oss. (En förnäm hindu eller parser både talar och för sig med en elegance och en värdighet, som vi ofta få söka efter i Europa).

Men i Kina vore det förgäfves att försöka; de förakta oss alldeles för mycket för att vilja rätta sig efter våra bruk, om de ej för tillfället se en fördel deraf, eller äro rädda på något vis, så att de beqväma sig att gifva efter. Men hur kan det vara möjligt att umgås med sådana barbarer, som gå arm i arm med sina hustrur på gatan, som ej hafva det ringaste begrepp om hvad som passar, som göra tusen andra saker, hvilka tydligen visa den låga ståndpunkt de stå på i civilisation?

Jag kan ej förstå hur något närmare umgänge någonsin kan uppstå mellan oss, om vi ej vilja rätta oss efter deras bruk, och dertill hafva vi ingen lust.

Men utom alla de svårigheter som framställa sig vid sättet att omvända dem, så kommer den frågan: äro de verkligen med sin närvarande verldsåskådning mottagliga för den kristna religionen eller för någon religion alls? Man säger att budhismen är deras rådande bekännelse, men jag tror ej att den har något inflytande öfver dem; och att den alls finnes der, har nog sin grund i deras vidskepelse; sådan är ganska väl förenlig med fullkomlig brist på religion. De äro af naturen rädda, och då man skrämmer dem, kan man möjligen få dem att för tillfället tro på hvad som helst. Budhistpresterna passa på när de äro i betryck, och sälja åt dem amuletter, eller afgudabilder, eller rökstickor, alltefter behofvet för tillfället, eller narra af dem penningar på annat sätt; men när de repat mod igen och olyckan är öfver, skratta de åt alltsamman och kalla det humbug; och deras prester äro illa ansedda och föraktade. Att vidskepelsen är temligen allmän, kan man sluta sig till af de »jossbilder», som finnas i något hörn i de flesta hus. Man ser ofta rökverk brinna framför dem, eller offer framsatta, då egaren af någon anledning är rädd eller orolig, eller under någon svår tid. Tempel finnas och ceremonier anställas, när man vill hafva regn, eller sol, eller något annat, och då göra presterna goda affärer; eljest stå de utanför samhället helt och hållet, och äro utan inflytande. Någon hierarki finnes ej, och är ej förenlig med samhällsordningen i Kina.

Jag har försökt att tala vid några kineser om deras uppfattning af sina josstillställningar, om »joss» vore någonting lefvande, eller hvad kraft de egentligen ville tillerkänna honom, men de tyckas ej hafva någon åsigt alls dervidlag, och ej bry sig om att hafva någon; de äro nästan otåliga öfver att man kan stå och tala om sådant skräp, och någon aktning eller vördnad för deras jossbilder tyckes ej finnas hos dem, såvida de ej äro antika, då de stå mycket högt i värde, ungefär som gammalt porslin här hemma.

För flera år sedan kom jag till Shanghai med en last åt en gammal kines, och vi hade haft en svår orkan utanför, som gjorde slut på flera fartyg. Vid ankomsten kom gubben ombord, och var ofantligt belåten att ha sin last i behåll; han förde mig hem till sitt hus, och visade mig hur han offrat åt sin joss hela tallriken med frukt för min välfärd.

»Det der är ju humbug», menade jag. »Ni tror ej på det mer än jag. Tag hit persikorna, så äta vi upp dem!»

Det skrattade han åt, och hade ingenting imot att jag kastade kärnorna i josshörnet; »men», suckade han, »det var förskräckligt hvad jag var rädd; det blåste så rysligt, och lasten var icke assurerad.» Under sådana omständigheter hade han nog varit färdig att offra litet åt hvem som helst, som skrämt honom nog för att förmå honom öppna på kassakistan. Han hade sett och hört talas om underverk af budhisterna (ehuru de ofta slå fel), så att han vågade ej helt och hållet betvifla dem, utan försökte sin lycka då och då, när han var illa ute. Kunde man visat honom kristna underverk, som man på något sätt kunde draga nytta af, så skulle han nog offrat för att skaffa sig sådana; det är underverk de egentligen vilja komma åt med sin religion. Hade man gått i borgen för hans laddning, på vilkor att han blifvit kristen, så hade han utan tvifvel låtit döpa sig med ens, såvida han för öfrigt ej haft någon olägenhet deraf. Hvilken religionsbekännelse han hör till, är i allmänhet alldeles likgiltigt för en tänkande kines, endast den är nyttig på något sätt; och massan följer med allmänna bruket.

Vid ett annat tillfälle tog jag en sampan för att gå ombord på ett fartyg, och ett papper blåste i sjön; som det var af vigt, lofvade jag båtsmannen en dollar, om han fiskade upp det. Han fick ned sina segel i en hast, ty vi länsade, och familjen lade ut årorna; men innan han fick ut den stora vrickåran, dök han ned under bambutaket, och tände en röksticka åt sin joss. Jag ville pröfva hans öfvertygelse, så att jag sade åt honom att *en* sticka var ej värdt att komma med, nog måste han släppa till ett dussin, då det var fråga om kapitaler. Han vacklade, om han borde släppa åran, som nog tycktes honom vara det bästa sättet, men jag eggade honom, så att han släppte den och försökte med ett par stickor till.

»Åh, tänd på hela bundten», menade jag, »en dollar är pengar». Han tycktes inse, att det ej gick an att vara njugg vid ett sådant tillfälle, så att han satte eld på hela bundten, och lät den röka. Imellertid fingo vi ej igen papperet, och då han märkte att det var förgäfves att leta längre, tog han bort stickorna igen, och släckte ut dem. Jag demonstrerade för honom, att detta aldrig kunde vara rätt; hvad han en gång gifvit åt joss, borde han ej taga tillbaka; men han menade att när papperet sjunkit, så tjenade det ingenting till att offra mera; för resten var det der en dålig joss, så att det var ej värdt att krusa med honom. Förr hade han haft en bra, men den hade man stulit från honom.

Jag försökte att få reda på hvilken föreställning han hade om alltsamman; men det tycktes vara alls ingen. Att tända rökstickor var ett gammalt bruk, det var allt, men det var nog.

Der finnes nog ingen inhemsk religion att bekämpa, som kunde försvåra kristendomens införande; men der finnes derimot en materialism, som är vida svårare att öfvervinna. Det är svårt att säga huruvida en kines alls kan tänka sig någon skilnad mellan ande och materia, eller om han kan föreställa sig ett lif efter detta. Äfven om han skulle hafva några föreställningar dervidlag, så är det ett ämne som han anser onödigt att tänka på, när man ej kan komma till någon visshet.

Konfucius säger på ett ställe: »Då vi veta så litet om lifvet, huru kunna vi veta något om döden?» Utom att detta yttrande har hela vigten af en sådan auktoritet, så ligger denna tanke så nära till hands för folk, som ej äro mottagliga för annat än sinliga intryck.

För att tänka på att omvända kineser måste man ju först bibringa dem en öfvertygelse om ett lif efter detta, om en skilnad mellan ande och materia, som de ännu ej kunna tro på; och sådant går ej genom blotta försäkringar att deras åsigt är falsk; man måste ej endast *bevisa* detta för dem, utan äfven bevisa riktigheten af vår åsigt — och man får dem nog ej att tro ändå; möjligen att tvifla på allting, men ej att tro; ty hela den verldsåskådning hvari de växt upp, och som satt sin prägel på deras karakter, är imot en sådan tro. Man måste gräfva under denna verldsåskådning, långsamt och planmässigt, om man det förmår. Men att med något hopp om framgång söka omedelbart omvända dem till verkliga kristna, sådana de nu äro, är nog förgäfves; och de betydliga medel som dertill användas, kunde nog bättre tillgodogöras på annat håll. Att kasta kornen på mark, som man ej en gång röjt upp, mycket mindre brukat, kan ej gerna leda till något resultat.

Äfven i andra länder än Kina har det förefallit mig som om den verksamhet, hvarmed man åsyftar att till hvad pris som helst skaffa proselyter åt den nu gällande kristna kyrkoläran, kunde bättre egnas åt förberedande åtgärder för att göra folken mottagliga för vår kultur. Verksamheten skulle nog i sådant fall lemna ett bättre resultat både i ett och annat afseende, äfven om man ej finge så många, som *till namnet* bekände sig till kristna läran. Är afsigten endast att skaffa sig det största möjliga antalet s. k. omvända, utan afseende på om de begripa *hvarför* de öfvergå till vår religion, så finnas der enklare metoder, som äfven kosta mindre — sådana som katolikerna använda; men är meningen att sprida sann upplysning och verkligen göra godt bland de hedniska folken, så lemnar helt visst det nuvarande missionsväsendet i allmänhet ganska mycket öfrigt att önska.

HERMAN ANNERSTEDT.

Politiska betraktelser.

5.

Om de politiska partierna i Sverige.

Vi hafva i våra föregående uppsatser[1]) antagit såsom gifvet, att regeringens styrelsegrundsatser och handlingssätt skola vara bestämda af de åsigter som uttalas af representationen, eller, med andra ord, att representationen i detta fall skall utöfva, ej blott ett sidoordnadt, utan ett öfverordnadt inflytande. Att svenska riksdagens maktställning, tagen principielt, d. v. s. enligt grundlagens anda och bokstaf, verkligen är så beskaffad, att detta förhållande *borde* vara en sanning inom vårt statslif, derom kan icke vara någon fråga, ehuruväl det å andra sidan är lika påtagligt, att riksdagen aldrig kan i sjelfva verket få en behörig betydelse i detta hänseende, så länge den till så stor del, som för närvarande är förhållandet, består af embets- och tjenstemän d. v. s. af regeringens egna organer — något, som imellertid icke får tillskrifvas riksdagsordningen, utan de väljande. Skulle man, såsom antagligt är, i detta fall framdeles få se någon förändring (och man må vara demokrat eller aristokrat eller plutokrat, så bör man med lika liten svårighet kunna finna, att embetsmannens, d. v. s. — åtminstone i inskränkt mening — regeringens tjenares plats *icke* är i representationen), så skall man först få se hvad vår riksdag efter grundlagens förmåga är eller icke är; och ehvad den än må komma att bevisa sig vara såsom uttryck af *svenska folkets* tänkesätt, säkert är att *riksdagens* mening, såsom sådan, skall få en helt annan klang och en helt annan betydelse än för närvarande. Vi tro oss således hafva skäl att, med blick på framtiden, hos riksdagen förutsätta den betydelse vi gjort. Men riksdagen, det är *riksdagens majoritet;* och vi äro således strax inne på partifrågan. Dervid kan genast göras den anmärkningen, att det är vanskligt att ens tala om någon *riksdags*majoritet, då man,

---

[1]) Jmfr. *Politiska betraktelser:* 1. Den nya representationen och regeringen. — 2. Den nya representationen och svenska folket. — 3. Demokratien i Sverige. — 4. Om regering och statsförvaltning, samt om konungamakt och ministerstyrelse, införda i *Framtiden,* femte och sjunde häftena 1869, samt i Oktoberhäftet 1870.

med våra likstälda kamrar, egentligen icke är berättigad att tala annat än om hvardera *kammarens* majoritet; då förhållandet icke är, eller utan en omgestaltning af riksdagsordningen synes kunna blifva såsom i England, att *en* kammare är den dominerande. Detta är likväl en fråga, som vi för närvarande vilja alldeles lemna ur sigte; vi vilja således tala allmänneligen om *riksdags*majoriteten och *riksdags*partierna; men vill man tillämpa vår framställning endast på partierna inom *andra kammaren*, så hafva vi för vår del ingenting att derimot invända.

Somlige blifva förskräckta, så snart de blott höra nämnas ordet *parti*, och drömma sig genast tillbaka till frihetstidens partiväsen. Det är detta som i deras ögon gör den parlamentariska styrelsen så förhatlig och så fruktansvärd. Efter vår uppfattning fanns det uti de under frihetstiden kämpande riksdagsfraktionerna mycket af politisk *faktion*, men jemförelsevis litet af politiskt *parti:* en skilnad, på hvilken en stor vigt bör läggas; och desto större som just tillvaron af väl utpräglade politiska partier, der sådana naturligen kunna finnas, torde vara det säkraste medlet att förekomma bildandet af politiska faktioner. För öfrigt glömmer man, frukta vi, alltför mycket de politiska framsteg som under de senaste 100 till 150 åren blifvit gjorda i vårt land, och som väl ändock äro af den art — till och med om vi endast fästa oss vid den betydelse tryckfriheten och publiciteten numera förvärfvat — att en återgång till frihetstidens missbruk icke gerna med något skäl kan anses vara att befara.

Denna fråga om partier är onekligen en af de intressantaste frågor uti den närvarande tidens politik, framför allt emedan det ser ut, sedan en längre tid tillbaka, som förut väl åtskilde och väl definierade partier alltmera liksom skulle smälta tillsamman, och emedan mången snart icke mer synes veta eller vilja veta, huru några egentliga partier skola kunna uppkomma eller gränserna imellan sådana kunna uppdragas. Till och med i England, der partigrupperingarna under en tid voro så skarpt utpräg!ade, har detta fusionsarbete redan länge fortgått; ja, en del ganska erfarna och kunniga engelska statsmän vilja i det fallet hänvisa så långt tillbaka som ända till 1783 års bekanta koalitionsministèr — denna misslyckade kombination att sätta »talangerna», eller, för att nyttja ett hos oss inom de politiska partigrupperingarna på senare tider begagnadt uttryck, »intelligensen» i stället för politiska åsigter. I Sverige, hvarest de naturliga partibildningarna haft svårt att göra sig gällande under den tvångströja, som ståndsrepresentationen lagt på vår politiska utveckling, hafva vi intill senaste tider

stort icke hört talas om andra partibenämningar än »konservativa»
och »liberala» — dessa intetsägande benämningar, som hvar för
sig kunna innebära ondt eller godt, mycket eller litet, allt som
man tager dem. Vi skola, innan vi gå vidare, ett ögonblick uppe-
hålla oss vid frågan om dessa banala benämningars större eller
mindre lämplighet.

Hvad ordet »konservativ» beträffar, så är klart att det icke får
tagas absolut. Något sådant monstrum, som en i *allt* konservativ
menniska skulle vara, har förmodligen aldrig funnits. Många af
dem, som med allt skäl räknats till det konservativa partiet, hafva
varit af ganska reformatoriskt lynne, till och med i det politiska.
Vi nämna, bland bortgångna utmärkta medlemmar af detta parti,
presidenten Hartmansdorff. Benämningen måste således, för att
få någon betydelse, inskränkas ej blott till rent *politiska* frågor,
utan äfven, bland dessa senare, till några sådana som i följd af
sjelfva sin speciela natur kunna vara bestämmande för en parti-
riktning. Men om så är, så är det också endast af sjelfva dessa
frågors beskaffenhet, som något verkligt betecknande namn kan
erhållas, under det benämningen konservativ säger intet; och det
måste vara så mycket angelägnare att söka efter ett nytt namn,
som nu för tiden, huru mycket man än inskränker betydelsen af
ordet konservativ och till hvilken speciel fråga man än vill be-
gränsa densamma, knappt nog någon längre finnes som vill be-
känna sig vara egentligen konservativ eller som vill så benämnas.
Man säger sig vara konservativ »under för handen varande förhål-
landen», »på bildningens närvarande ståndpunkt» o. s. v., men
oändligt få, om några, torde numera finnas, som annat än med
dessa inskränkningar vilja erkänna sig ens i det politiska vara
konservativa. Vi hafva således icke mer ens i politiskt hänseende
något strängt konservativt parti. Till och med de, hvilka bekänna
sig såsom sådana, vederläggas i flere fall genom sina egna ytt-
randen och handlingar. Man har kallat sig »konservativt-refor-
merande», »liberalt-konservativ» eller »konservativt-liberal»; på allra
sista tiden ha vi sett benämningen »nykonservativ» begagnad o. s. v.
Imellertid, då i alla fall alla dessas verkliga konservatism uppen-
barar sig i de *stora politiska frågorna*, kan man visserligen säga
att ordet, hur det än må omklädas och insockras genom allehanda
tilläggsord, ändock så snart man underförstår det nu senast sagda,
har en temligen gifven betydelse; men visst är det oegentligt att
nyttja benämningen konservativ om den, som möjligen i flera till
och med hufvudsakliga riktningar *vill* framåtskridande och ut-
veckling, ja kanske i åtskilliga stycken är en verklig reformator.

Benämningen säger icke hvad den *borde* säga; är derför otjenlig och bör förkastas.

I ännu högre grad gäller detta kanhända om benämningen »liberal». Ty ehuruväl man äfven i detta fall kan inskränka sig till samma slags frågor, som vi hafva antydt såsom gifvande den egentliga karakteren åt det konservativa partiet, och man således äfven i detta fall kunde hafva att iakttaga enahanda begränsning för ordets betydelse, så är likväl förhållandet, att då de politiskt konservativa i allmänhet ingalunda äro konservativa i allt annat, utan tvärtom rätt ofta i mycket äro verkligen liberala, så äro derimot i regeln gerna de politiskt liberala äfven i de flesta andra frågor liberala, hvilket gör att partiet, såsom sådant, får en alltför vidtsväfvande riktning, för att ega någon bestämd och skarpt definierad karakter. Lägger man härtill de olikheter i afseende på sjelfva modus agendi, som inom alla partier förekomma hos olika individer, så bör ingen förundra sig öfver de snart sagdt otaliga färgskiftningar, hvari liberalismen uppträder, eller huru det i våra dagar kan vara möjligt för snart sagdt *alla* att kalla sig liberala. Äfven på detta fält möter man sålunda benämningarna »konservativt-liberal» (eller liberalt-konservativ), »gammalliberal» och »nyliberal» m. m. eller alla dessa sväfvande benämningar, som ingenting uttala, men som synas mera egnade till en vacker täckmantel för en svag och haltande politik, än till att vara karakteriserande för politiska partier.

Det har mer än vi förmå uttala, förvånat oss, att det parti, som företrädesvis vill helsas såsom det politiska framåtskridandets parti och efter vår öfvertygelse verkligen menar hvad det i det fallet bekänner, kunnat hafva nog liten takt att välja en så verkligen futtig benämning som »nyliberal». Har man icke gjort sig klart hvad man eftersträfvar eller bör eftersträfva? — Det skulle sannerligen så tyckas, när man läser ett program, der bredvid de största och i samhällslifvet mest ingripande politiska reformer det förekommer sådana saker som indragandet af öfverstelöjtnantplatserna vid regementena och många andra dylika bagateller. Eller vågar man icke uttala den sanna benämningen på det parti, som numera i sjelfva verket utgör det enda möjliga politiska framstegspartiet i vårt land? — Men åtskillige af de mera framstående ledamöterna af det s. k. nyliberala partiet hafva ej tvekat att öppet antaga det namn vi åsyfta. Eller tror man sig kunna bättre vinna anhängare för partiet genom att begagna en mild och intetsägande benämning? — Ingenting kan vara bedrägligare än en sådan föreställning. Ty *ett* är åtminstone säkert uti våra dagars politik, och det är att öppenhet, klarhet, fullkomlig sanning ej blott mer och mer blir en oeftergiflig fordran på såväl individer som partier, utan äfven utgör den bästa borgen för framgång. Man bör förmoda, att det nyliberala partiets ledare sjelfve skola inse detta och med det första bortkasta ett namn, som i en olycklig stund blifvit valdt. Vi vilja försöka att utpeka hvad som bör sättas i stället, och att angifva den verkliga karakteren af det parti, som det åligger att leda den politiska utvecklingen i vårt land. Men först skola vi kasta en hastig blick på partiväsendet i allmänhet, sådant detsamma uppenbarat sig äfven utom fäderneslandet; vi skola dock i det fallet icke vara vidlyftigare, än hvad vårt ämne oundgängligen kräfver.

I de gamla despotierna förekommo inga andra partier, än de söndringar som uppstodo i följd af olika tronpretendenters anspråk: son imot fader, broder mot broder, o. s. v., detta är i allmänhet taflan af detta slags partiväsen. Väl kunde en uppresning föranledas af en alltför långt drifven tyrannisk styrelse, från hvilken man sökte befrielse; men för det mesta var det en rent *personlig* fråga. Det var A och de anhängare han lyckades vinna för sina ärelystna syften, som stridde med B och hans personliga anhängare. A och B utgjorde hufvudsaken; politiska principer på sin högsta höjd bisak, ofta ej ens det. Vi kunna icke tillerkänna dylika slags söndringar namn af *politiska partier;* de äro endast politiska *faktioner;* hvarmed vi således mena *partigrupperingar för egennyttiga intressen.* Sådana genomgå för öfrigt alla tider och alla slags samhällsformer. Vi finna dem uti de rena (= icke representativa) demokratierna i det gamla Grekland, der de inre söndringarna så ofta föranleddes af ingenting annat än önskan af ombyte af statschefens *person,* under den derstädes herskande, till öfverdrift gångna farhågan för medborgare, som lyckats höja sig till någon betydande grad af inflytande. Vi finna dem äfven i England, der de stora partier, som delat parlamentet, visserligen varit fotade på politisk grund och således i sjelfva verket varit och äro i sann mening politiska partier, men icke desto mindre *tillika* företett, ofta i en mothjudande grad, skådespelet af en strid om de emolumenter som åtfölja maktens innehafvande; — något, som temligen tydligt framstår, bland annat, uti det i England icke ovanliga förhållandet, att den politiska trosbekännelsen utgör ett slags fideikommiss, som går i arf inom familjerna, så att man t. ex. icke gerna misstager sig om till hvilket parti man får räkna en Cavendish, en Russell, en Stanley o. s. v. Ingenstädes torde detta af egennyttan skapade faktionsväsen hafva uppträdt i vedervärdigare gestalt än just i vårt kära fädernesland under frihetstiden och, på senare tider, i jernvägsstriderna. Det har hos oss så mycket mer förmått att göra sig gällande, som, enligt hvad ofvanför anmärkts, ståndsinrättningen lade ett stort hinder i vägen för några verkligt lifskraftiga politiska partibildningar och den nya riksdagen ännu icke hunnit åstadkomma några sådana. Men det är förnämligast väl utpräglade politiska partier — der sådana af naturliga orsaker kunna uppkomma — som i någon väsentligare grad förmå att hindra detta ogräs att frodas inom en representativ församling. Saknas den hållning, som desamma förläna, så skall man icke undgå att snart få se ett famlande och en osäkerhet i förhandlingarna, som endast alltför mycket skall locka egennyttan till dessa faktiösa sammanrotningar, hvilkas tillvaro, der de finnas, man så högt måste beklaga.

I det gamla Rom, efter konungarne, finna vi skarpt utpräglade strider mellan ett demokratiskt och ett aristokratiskt parti, och af den omständigheten att det förstnämdas anspråk äfven gingo i agrariskt syfte, finna vi tillika, att den romerska demokratien hade en socialistisk riktning, naturligtvis icke i betydelse af hvad man nu för tiden i en speciel bemärkelse kallar socialism, men så till vida att den afsåg, bredvid de rent politiska förhållandena, äfven i socialt hänseende ett ordnande af samhället till förmån för de lägre klasserna. Uti de italienska republikerna under medeltiden uppenbarade sig partisöndringarna äfvenväl såsom en kamp mellan klass och klass; ehuruväl der saken i viss mån komplicerades genom de allmänt-politiska förhållanden — striden mellan det påfliga och det kejserliga väldet — som på den tiden söndrade samhällena i denna del af verlden. Enahanda har förhållandet varit i England, der man uti de tvenne stora politiska partierna närmast sett representerade å ena sidan det rent aristokratiska elementet och å den andra sidan medelklassen (först på senaste tiden äfven arbetsklassen) — en motsats som här likväl i väsentlig mån modifierats genom striden mellan de absolutistiska och de konstitutionela tendenserna i regeringssättet. I Frankrike slutligen hafva allt ifrån den stora revolutionen alla partifördelningar, hvad namn de än burit, äfvenledes haft sin grund uti demokratiens motsats mot bördens, penningens, tjenstens aristokrati och de dynastier och regeringar, som på dessa senare velat stödja sitt välde.

Öfverallt se vi således att politiska partier, der verkliga politiska partier funnits, haft sin förnämsta grund och rot uti *klasstrider* d. v. s. uti den frågan, huruvida makten skall väsentligen tillhöra den ena eller andra klassen, antingen en dynasti (såsom en klass för sig) eller en adelsklass, eller medelklassen eller slutligen massan af folket. De politiska rörelsepartiernas syftemål har varit att utjemna klass-skilnaderna. Partisöndringens problem upplöser sig i den *politiska jemlikhetens* problem. Endast sträfvandet till jemlikhet är det som på en gång framkallar sådana slags partisöndringar, som med skäl kunna benämnas politiska partier, och åt desamma ger lif och styrka. De uppstå icke af hvad anledning som helst, icke för hvilka frågor som helst. En partigruppering på grund af hvilken annan fråga som helst, än den nyss nämda, skall icke hafva annat än en tillfällig tillvaro, och skall alltid komma att i sjelfva verket underordnas, så snart den förra på allvar sträfvar att göra sig gällande.

Detta är så sant, att hvarhelst man funnit några mera bestämda och utpräglade partisöndringar, nominelt grundade på en skiljaktig uppfattning af någon annan slags fråga, så har likväl den frågan om olika folkklasser deruti inblandat sig och i sjelfva verket gifvit kropp, så att säga, åt frågan. Der sådant icke egt rum, har partibildningens kraft icke varit densamma. Då t. ex. striden om tulltariffen i så långliga tider hotade att sönderslita den nordamerikanska unionen, så antog densamma så stora dimensioner, emedan det i sjelfva verket var en strid, äfven det, angående slafveriet, i alla händelser en strid mellan hvad man nästan kunde kalla olika folkstammar. På samma sätt har samma slags strid i England varit en kamp mellan en jordbrukande aristokrati å ena sidan och en medelklass och en arbetsbefolkning å andra sidan. Likaledes i andra länder, med någon modifikation. Till och med de anledningar till söndring, som i allmänhet framkallat kanske de häftigaste och våldsammaste inre strider, de religiösa tvisterna, hafva icke utvecklat hela sin kraft att skaka samhällena annat än i samband med de mäktiga sociala orsaker vi nämt. Så t. ex. har på Irland den religiösa söndringen tillika varit en strid mellan en förtryckande och en förtryckt folkras; i England under inbördes krigen och sedan sammanföll den med den politiska partidelningen o. s. v. Huru starkt än »odium theologicum» man och man imellan må erkännas vara, och oansedt religiösa *förföljelser*, hvilka senare vanligen *föregått* uppkomsten af egentliga religionspolitiska partier, skall man sällan finna, att någon egentlig styrka legat i de partibildningar, som haft sin rot i religiösa söndringar, så vida ej äfven den nämda socialtpolitiska kraften varit medverkande. Ännu mer är detta förhållandet med andra frågor, hvilka i mindre grad taga känslorna i anspråk. Således tro vi oss hafva skäl att säga, att all verkligen kraftig och lefvande politisk partibildning måste hafva sin hufvudsakliga grund uti detta stora, allmänt menskliga problem, *alla medborgares politiska jemlikhet*. Det är endast denna fråga, som är nog *stor* för att ställa alla andra i bakgrunden eller för att underordna alla andra, och som derigenom är i stånd att gifva sammanhållning och bestånd åt ett parti. Har målet en gång blifvit nådt, så är det slut med partier i egentlig mening [1]). I hvarje specialfråga gruppera sig visserligen medborgarne fortfarande på olika sidor och bilda sålunda, om man så vill kalla det, partier; men A och B stå på samma sida i dagens fråga, på motsatta sidor i morgondagens; man skall vid hvarje valtillfälle få höra talas om det ena eller andra programmet, den ena eller andra »platformen», såsom det heter med en amerikansk politisk konstterm, men man skall förgäfves spåra någon sammanhållning, någon konseqvens, någonting som karakteriserar det som man i egentlig mening kan kalla parti, ej heller den partilynnets styrka, som brukar åtfölja verkliga partisöndringar, så vida ej frågan är af beskaffenhet att väcka rent egennyttiga lidelser till lif.

Sedan hos oss i våra dagar de privilegierade stånden och klassväsendet förlorat sin politiska betydelse, och någon strid vare sig mellan dem sinsimellan eller mellan dem, såsom sådana, och det egentliga folket icke kan komma i fråga, ej heller mellan folket och enväldsmakten, sedan denna senare, såsom vi förmoda, för alltid blifvit krossad, återstår ingen annan grund för partidelning, om vi utgå från de föregående premisserna, än frågan om politisk jemlikhet å ena sidan och om de politiska rättigheternas större eller mindre begränsning å andra sidan, med andra ord frågan om *folkmajoritet* eller *minoritet* såsom maktens rätta innehafvare, nämligen demokratiens majoritet, och minoriteten af den aristokrati, som nu för tiden sammansättes af de heterogena elementen börd, penningar, högre bildning, embete, väsentligen de trenne sistnämda Det är således *denna* synpunkt man måste fasthålla, om man vill åstadkomma någon fast och lifskraftig partigruppering; man måste hafva ett *demokratiskt parti*, representerande folkmajoriteten, och ett detsamma motsatt parti — hvad namn nu än derför må vara passande, i fall icke det af *aristokratiskt*, såsom tillförene egande en specialbetydelse, duger — representerande en mer eller mindre betydande minoritet af folket. Och sedan bort med alla *sväfvande* benämningar!

Frågan om majoriteters och minoriteters betydelse i politiken har i våra dagar fått en synnerlig vigt genom den representativa

---

[1]) *L'Amérique a eu de grands partis. Aujourd'hui ils n'existent plus*, säger Tocqueville.

rätt, hvarpå man velat göra anspråk till minoriteternas fördel. I
sjelfva verket är detta yrkande ingenting annat än ett de gamla
politiska intressenas försök att ännu hejda demokratiens påtryck-
ning, men som så uppenbart strider imot allt hvad samhällsbegrepp
heter, att det måste väcka förvåning att t. ex. en så skarpsinnig
tänkare som Stuart Mill, vare sig emedan han ej kunnat frigöra
sig från engelska fördomar eller — sannolikare — emedan han
låtit sig vilseledas af sin kärlek för individualitetens erkännande —
hvilken äfven vi dela — kunnat omfatta en sådan åsigt. Till och
med Tocqueville, som i så starka ordalag talar om »majoritetens
tyranni» [1]), erkänner likväl att majoritetens välde är det enda be-
rättigade i en demokrati. Utan att vidlyftigare ingå i denna fråga,
är uppenbart att erkännandet af minoritetens rätt i sjelfva verket
är ett erkännande af en pluralitetsrätt, eller just af det man ville för-
neka. Ty hvarpå grundar sig ytterst minoritetens rätt? Otvifvel-
aktigt på individens; ty minoritetsläran säger ingenting om högre
bildning, större förmögenhet o. s. v. utan tillerkänner represen-
tationsrätten åt endast ett visst *antal* individer. Om nu detta
antal t. ex. vore 1,000, under det 999 liktänkande *icke* hade rätt
att representeras, hvarföre skulle ej de 1,000 lika väl gifva vika
för t. ex. majoritetens 2,000, som de 999 måste bortstötas och de 1,000
upptagas? Icke *någon* förening af individer för gemensamma ända-
mål, dessa må vara för nöje eller nytta, kan praktiskt bestå utan
tillämpning af principen om pluralitetens rätt; hvarför skulle ej
densamma tillämpas äfven i politiken? Må minoriteterna utöfva
hela sin styrka genom pressen, vid valen o. s. v. — och denna
styrka är oändligt mycket större, än man af en minoritets blotta
numerär kan sluta, i fall denna minoritet har till sitt förfogande
öfverlägsna insigter, större förmögenhet o. s. v. — men må man
dervid stanna, och ej i representantförsamlingen rent principielt
inkasta minoritetselement. Den åsigt, som har minoriteten för
sig på ett ställe, har majoriteten för sig på ett annat; den som
på en tid omfattas af minoriteten, omfattas på en annan tid af
majoriteten. På *detta* sätt inkomma i representationen uti en
naturlig ordning element från båda sidorna; men att med flit
hopgyttra dessa olika element uti en församling, som har till
yttersta ändamål att besluta och handla, kan endast tjena att
splittra och försvaga nationalrepresentationens kraft — icke minst

---

[1]) Uti denna punkt, likasom i åtskilliga andra, måste man, enligt hvad från
andra håll är bekant, antaga att Tocqueville, för att yttra sig så som han gjort, verk-
ligen måst sakna tillräcklig sakkännedom.

gent imot regeringen — och att göra alla dess åtgöranden haltande.

Månne vi sålunda äro blinda för majoriteternas brister? Ingalunda. Vi erkänna utan ringaste tvekan, att majoriteter, likaväl som minoriteter, alltför ofta begått misstag, ja äfven orättvisor; men vi påstå tillika att, så vida historiens vittnesbörd får gälla något, så hafva de *icke* gjort flere misstag än minoriteterna — vi skulle våga säga betydligt färre — och bestämdt mindre orättvisor än minoriteter. Majoriteter göra sig saker till partiela och temporära orättvisor, men icke till *konseqvent förtryck*, hvilket senare derimot är så vanligt hos minoriteter, äfven sådana som genom sin bildning och öfriga qvalifikationer borde gifva hopp om något bättre. Majoriteter kunna af bristande upplysning begå grofva misstag; men de göra i allmänhet icke mot bättre vetande detta sega motstånd mot förbättringar, som så ofta utmärkt minoriteter. Må man granska våra gamla ståndsriksdagars historia, och man skall finna de amplaste bevis för detta påstående, vid en jemförelse mellan de afdelningar af representationen, som representerade minoriteten och dem som, åtminstone i viss mån, representerade majoriteten af nationen.

Än mer: det ligger i minoriteternas — och individernas — eget intresse att lemna den stora majoritetens politiska rätt obestridd; ty det är i sjelfva verket endast derigenom som minoritetens och individualitetens rätt och bästa kan betryggas. En minoritet, utmärkt genom högre bildning och större förmögenhet, har just härigenom mångahanda behof och mångahanda intressen, för hvilka den skall vilja hafva staten att arbeta, och är sålunda direkt intresserad uti en utsträckt *statsverksamhet*. Den är ock i allmänhet rik på *teorier*, som den vill hafva realiserade i statslifvet och kommer äfven derigenom till det nyssnämda resultatet. Den stora majoriteten af folket derimot skall ur alla dessa synpunkter sällan vara benägen för att utsträcka statens verksamhet längre än till det strängt nödvändiga; den skall, så långt möjligt, begränsa statens ändamål; och den skall följaktligen lemna desto friare händer åt minoriteternas och åt enskildes verksamhet. Man skall förgäfves vänta att en fullt lifskraftig sjelfstyrelse skall utveckla sig, der den ej stödes af en verkligt folklig representation. Man må ej i det fallet åberopa Englands exempel; ty dels visar sig i detta land, att sjelfstyrelsen är ojemförligt svagare än i de nordamerikanska staterna, med hvilka en jemförelse närmast vore att göra, dels kan det icke vara något tvifvel att i England förhållandena gestaltat sig så fördelaktigt, som de ändock gjort, vä-

sentligen derigenom, att sedan en rådande aristokrati för sitt eget
uppehållande och förhärligande användt statens tillgångar på krig
och statsrepresentation och för en hjelpsam statskyrkas bästa, så
har man gerna lemnåt derhän allt öfrigt, hvaraf föga annat än
besvär varit att vinna; och det är således ingalunda styrelsesättet,
utan kanske fastmera de styrandes liknöjdhet och framför allt den
engelska folkstammens egen energi man får tillskrifva de vackra re-
sultat, hvartill man i England uti förevarande afseende kommit.

Vi kunna tillägga, att ehuruväl folkmajoriteterna, enligt hvad
vi erkänt, äro i stånd att begå stora både misstag och orättvisor,
så *kan* man likväl icke antaga annat än att de i det stora hela
skola ledas af sanningens och rättvisans grundsatser. Vi hafva
redan i det föregående anmärkt detta; och vore det icke så, skulle
i sanning alla både samhällsteorier och alla praktiska försök till
teoriernas realiserande stöta på grund imot *den enda* omständig-
heten; så vida man ej kunde lyckas — hvad allt hittills visat sig
vara omöjligt — att fostra och bibehålla en minoritet med den
höga upplysning och de grundsatser af rättvisa, som man menar
endast kunna betrygga samhällenas bestånd, under det den öfriga
stora mängden af nationen med flit hölles i okunnighet. Ty huru
mycket man än må arbeta för massans upplysning, skall väl denna
upplysning ändock svårligen, så vidt vi nu kunna se, komma att
sträcka sig derhän att göra hvarje arbetare till filosofie doktor eller
något deråt; hans bildning skall säkert alltid komma att vara jem-
förelsevis låg imot den högre bildning, åt hvilken man anser
sig med större förtroende kunna lemna den politiska makten.
Imellertid huru liten densamma än må vara, sedan den uppnått
den ståndpunkt, hvartill nutidens folkundervisning och samtidens
press lyftat densamma, är den likväl fullt tillräcklig att gifva massan
medvetande af sin makt; och skulle då, såsom sagdt, man icke
kunna räkna på en hos menniskorna i allmänhet inneboende rätts-
känsla, vore ju gärdet uppgifvet. De som icke vilja tillerkänna
massan något politiskt inflytande äro i sanning högst inkonse-
qventa, om de yrka på massans upplysning, efter denna upplysning
troligen aldrig kan blifva sådan att den med skäl tillfredsställer
dem, men derimot tillräcklig för att gifva massan makten i hän-
derna. För vår del tro vi på en sådan inneboende rättskänsla
hos menniskorna, och vi tro att erfarenheten icke talar derimot;
och om vi äfven *icke* trodde derpå, skulle vi i alla fall anse oss
hafva allt skäl att hoppas det bästa af majoritetens välde, emedan,
likasom uti solljuset alla de olika färgade strålarne sammansmälta
till hvithet, så kunna äfven allas individuela små egennyttor

och ensidigheter — olika hos olika individer inom äfven samma parti — sammansmälta till något som verkligen blir rättvisa och sanning.

Om vi således anse att det parti, som önskar att öfverflytta den politiska makten till folkmajoriteten, med andra ord det *demokratiska* partiet, icke allenast är ett berättigadt parti, utan det *mest* berättigade, så blir nästa fråga, hvad vårt land beträffar, att närmare bestämma innehållet af de fordringar detta parti har att uppställa eller, hvad man brukar kalla, att uppgifva dess program. I sin största allmänhet lyder svaret naturligtvis: *att utvidga valrätten;*] men härmed har man ännu icke sagt, för hvilka speciela lagstiftningsåtgärder, partiet bör i första hand göra sig till målsman.

Vid en af de senare riksdagarne föreslogs af en ledamot af andra kammaren införandet af allmän valrätt, utsträckt äfven till den tjenande klassen. Teoretiskt taget, synes ingenting vara enklare eller naturligare, i fall man vill verka för införande af ett folkvälde; men betraktar man hur saken praktiskt kommer att gestalta sig, så finner man genast att, just ur den i fråga varande synpunkten, ingen åtgärd kunde för det närvarande vara mera oklok eller mera direkt *imot* det åsyftade ändamålet verkande. Det lärer icke kunna dragas i minsta tvifvelsmål att tjenare i allmänhet, och väl utan många undantag, skulle komma att rösta med husbonden. Det skulle åtminstone vara ett högst eget och ännu lyckligtvis ovanligt förhållande mellan husbonde och tjenare för att så *icke* skulle ske. I de allra flesta fall skulle det ske i största sämja och utan ringaste svårighet; och i nödfall skulle *tjenstehjonsstadgan* alltför väl kunna tagas till hjelp. Så länge husbonden är i besittning af ett sådant välde öfver tjenaren, som denna lag medgifver, så länge t. ex. han kan, om han vill, till tjensteårets slut innehålla hela lönen — under hvilket antagande det för en gift statdräng på landet väl i de allra flesta fall vore rent af omöjligt att lefva — så saknas icke tillräckliga tvångsmedel; och omröstningarnas hemlighet skulle i sjelfva verket icke mycket hjelpa; ty man behöfver icke vara särdeles bevandrad på de politiska manövrernas vägar, för att veta, huru ofantligt lätt den husbonde, som det ville, skulle kunna genomtränga denna hemlighet, icke klyftigare politici än några arbetsdrängar kunna i det fallet vara. Vi kunna således utan fara för misstag anse såsom alldeles gifvet, att hvarje husbonde skulle kunna förstärka sig vid omröstningen med sina tjenare. Låtom oss då exempelvis antaga en kommun med tjugo smärre jordegare, hvar och en med en hemmavarande son och en dräng, samt en större possessionat med lika mycket jord som de tjugo tillsamman och således — om arbetsstyrkan å båda sidor räknas lika — med en sammanlagd arbetspersonal af sextio statkarlar. Under nuvarande förhållanden går och gäller possessionaten endast för en bland 21 vid ett val; efter det föreslagna sättet skulle han hafva 61 röster bland 121, således utgöra majoritet; och tager man i betraktande, att han sannolikt i de flesta fall ännu skulle hafva t. ex. inspektor, bokhållare, informator, hemmavarande son o. s. v. — det ena eller det andra eller allt — att räkna på, så torde proportionen i allmänhet komma att utfalla ännu fördelaktigare. Men om äfven någon afbräck härutinnan inträffade, så är likväl uppenbart för hvar och en, som vill se sakerna sådana de verkligen äro och ej sådana han tycker att de borde vara, att den förmögnare jordegaren skulle genom den föreslagna lagstiftningen vinna ett högst betydligt ökadt inflytande imot hvad han nu äger — ett resultat, som vore af en diametralt motsatt beskaffenhet mot hvad man åsyftat.

Innan steget kan med någon rimlighet tagas ut så långt, som det i fråga varande förslaget afsett, måste, att börja med, tjenstehjonsstadgan afskaffas och endast kortare tidsuppsägelse mellan husbonde och tjenare, mellan arbetsgifvare och arbetare införas. I stället för en klass af beroende tjenare måste man hafva en klass af oberoende arbetare. Vi afse dervid hufvudsakligen, enligt hvad i en föregående uppsats blifvit antydt, det s. k. statfolket på landet; men äfven hustjenarne skulle komma i en annan ställning än för närvarande, och blifva betydligt mera oberoende. Man kan visserligen invända, såsom ofta skett, att arbetarne alltid skola blifva i mer eller mindre mån beroende af arbetsgifvaren — direkt eller indirekt — och vi vilja ej bestrida, att så kan vara förhållandet; men detta är ett beroende, som till sin art endast är jemförligt med det beroende som helt vanligt förekommer inom alla klasser och alla ställningar i lifvet, då t. ex. en person göres beroende, emedan han sjelf önskar ett embete eller begär ett sådant för en son eller, ehuru ekonomiskt oberoende, han önskar en utmärkelse, ett lån för något företag, o. s. v. eller om litteratör eller artist har behof af arbetsförtjenst o. s. v. — det är ett beroende, som aldrig lärer kunna undvikas; men det är en himmelsvid skilnad imellan detta slags beroende och det verkliga tvång, som är en följd af en sådan lag som tjenstehjonsstadgan — en lag — må det tilläggas — som för dessa slags ändamål i en oändligt hög grad skulle kunna missbrukas, men som i lifvets dagliga förhållanden och för alla legitima ändamål är i sjelfva verket ett långt svagare skydd för husbondens rätt, en långt mindre säkerhet för en redbar tjenst, än en större frihet i det fallet skulle vara. Vi vilja således säga, att innan den *politiska* reform, som här nämts, kan med skäl komma i fråga, måste en *social* reform hafva föregått. Innan politisk frihet och jemlikhet kan införas uti ett land, der slafveri eller lifegenskap existerar, måste naturligtvis — och detta bestrider ingen — slafveriet eller lifegenskapen afskaffas; men utan att begå en så skriande orättvisa, som det skulle vara att jemföra våra tjenares eller arbetares ställning med slafveri och lifegenskap, ligger det ändock uti denna ställning ett i högsta grad förderfligt och för det ekonomiska och medborgerliga oberoendet menligt förhållande, som måste afskaffas, innan denna folkklass kan komma i åtnjutande af någon verklig politisk frihet i egentligare mening. Men fästa vi oss i det fallet, såsom naturligtvis i främsta rummet måste ske, vid de s. k. statkarlarne på landet, så är det ej nog att stanna vid den, ehuru vigtiga, åtgärden att upphäfva en skadlig författning. Skall denna talrika klass af jordbruksarbetare verkligen förvandlas till en klass af fria arbetare, som må kunna blifva ett godt politiskt element, så är angeläget att desamma äfvenväl må kunna blifva små *jordegare*, hvilket i så hög grad skulle bidraga både till ekonomiskt välstånd och sedlig lyftning. Vi åsyfta härmed icke ett allmänt införande af det s. k. jordtorparesystemet, hvilket, om än ojemförligt bättre än statkarlsystemet, likväl äfven har sina stora olägenheter, och ofta endast visar sig gynna ett mellantillstånd mellan arbetare och arrendator; som vanligen länder hvarken jordegaren eller torparen till fördel. Vi åsyfta derimot beredandet af tillfälle för arbetaren att skaffa sig en *egen* härd och en *egen* torfva. Detta förutsätter en *obehindrad jordstyckning*; och se der ett nytt föremål inom lagstifningen för det demokratiska partiets bemödanden.

Dessa åtgärder hafva för öfrigt — såsom vi redan i en föregående artikel hafva antydt — icke blott i politiskt hänseende en stor vigt, utan en icke mindre ur en allmän menniskokärleks synpunkt. Ingen, som känner förhållandena på landsbygden, kan, om han älskar sina medmenniskor, annat än djupt beklaga, att en så stor del af nationen skall befinna sig uti endera af de två vanlottade kategorierna: *statkarlar* som sakna icke blott en jordtorfva, utan äfven ett eget hem, och *backstugusittare*, — en allt talrikare blifvande klass — som väl hafva stuga (eller kanske jordkula), men sakna all tillstymmelse till egen jord: båda hemfallna åt fattigvården, som i de flesta fall torde vara deras enda slutliga förhoppning här på jorden. Ej heller lärer någon, som gör sig mödan att reflektera öfver säken, kunna undgå att finna, hvilken lycklig förändring det skulle vara, om dessa båda folkklasser kunde upplösas uti den enda, som skulle bildas af en så beskaffad arbetsklass, som vi antydt, och hvilken trygghet, både i politiskt, ekonomiskt och sedligt afseende, som samhället derigenom skulle vinna. En så stor social reform kan väl endast vara ett verk af tiden; men vi hafva antydt de medel, hvarigenom lagstiftningen kan befordra densamma. För denna reform och för dessa lagstiftningsåtgärder behöfva nu, enligt hvad förut yttrats, icke alls åberopas några *politiska* skäl, enär de *filantropiska* skälen äro för sig fullt tillräckliga. De demokratiska åsigternas förfäktare blifva i detta fall endast *menniskokärlekens* målsmän, under det motståndarne till dessa ur allmänt mensklig synpunkt så eftersträfvansvärda reformer icke skola kunna till sitt stöd åberopa annat än sociala fördomar och politiska farhågor: fördomar och farhågor desto mer grundlösa, som de största farorna utan allt tvifvel skola komma att uppspira just ur fortsättningen af det närvarande systemet. Det är likväl ingenting mindre än ovanligt, att äfven-de helsosammaste reformer tillbakavisas af sådana orsaker.

Om vi sålunda antaga, att, på den fot samhället för närvarande befinner sig, mycket återstår att göra, innan man med skäl kan yrka på *allmän rösträtt*, så måste derimot å andra sidan äfvenväl erkännas, att redan nu *ganska mycket* är att göra till *sänkande af rösträtten*. Att i allmänhet uppmärksamt undersöka gränsen för de politiska rättigheterna och att städse oafbrutet föra den nedåt så långt för handen varande sociala förhållanden någonsin medgifva, det måste vara det demokratiska partiets uppgift. Det är oss omöjligt att säga, huru långt man redan nu med skäl skulle kunna gå: vi sakna dertill nödiga data. Men hvad som är alldeles gifvet, är att man i detta ögonblick utan ringaste olägenhet, utan tvärtom till verklig fördel och ur rättvisans synpunkt endast alltför billigt skulle kunna *utsträcka den politiska rösträtten lika långt ned som den kommunala*. Äfven om man ställer sig på samma grundval som upphofsmännen till vår närvarande politiska författning, är klart att då den egentliga arbetsklassen, hvilken man varit så angelägen att utestänga från politiska rättigheter, är föga mindre utestängd från deltagande i de kommunala värfven, så finnes intet skäl, hvarför ej en så ringa grad af politisk rättvisa skulle kunna medgifvas. Betydelsen deraf är kanske icke i och för sig synnerligen stor; men det ligger en stor vigt deruppå att samhällsmakterna åtminstone bemöda sig, åtminstone visa god vilja att, om än småningom och efterhand, tillfredsställa alla billiga fordringar. Det är endast genom att motsätta sig sådana fordringar som det politiska missnöjet och dess vanliga frukter alstras.

Då vidare den *kommunala rösträtten* äfven har en politisk betydelse, så måste densamma äfven ur denna synpunkt tagas i betraktande. I förbigående vilja vi blott påpeka — hvad som så fullständigt utvecklats i riksdagsförhandlingarna rörande detta ämne — den absoluta nödvändigheten att *snart* tillvägabringa en rättvis röstgrund inom kommunen, så vida man verkligen vill att våra kommunalinrättningar skola utveckla sig till någon sann lifaktighet och så vida man vill undvika ett missnöje, som, emedan det är berättigadt, kan medföra de obehagligaste följder. Den som bevittnat, huru t. ex. allmogen aflägsnat sig från kommunalstämman under hånfullt yttrande att »här ha vi ingenting att göra, »herrarne» besluta hvad de vilja», och dylikt, kan svårligen undgå att finna den närvarande ställningen fullkomligt ohållbar. Man skall »ingenting hafva lärt och ingenting glömt» för att slå döförat till för sådana slags missnöjen. Vi äro ock öfvertygade, att ingenting annat står i vägen för tillfredsställandet af rättvisans och billighetens fordringar i detta fall, än den politiska farhågan som en del hysa för det möjliga inflytande detta kunde hafva på första kammarens sammansättning. Återigen ett exempel på huru rättvisan får stå tillbaka för en förment politisk klokhetsberäkning — detta som i alla tider visat sig vara det oklokaste af all politik. Vi skola försöka visa, huru föga grundade dessa farhågor äro och huru stora skäl man i verkligheten har, äfven ur rent politisk synpunkt, att önska den i fråga varande reformen uti vårt kommunalväsen.

För en öfre kammare må det konservativa lynnet anses vara en huru väsentlig egenskap som helst, så är det likväl en annan egenskap, som är icke mindre väsentlig, så vida kammaren skall kunna bibehålla hos nationen det förtroende, hvarförutan något inflytande i längden blir omöjligt. Man har sett många exempel på öfverhus, som visserligen varit tillräckligt konservativa, men som saknat den böjligheten att i rätt tid gifva efter i fråga om reformer, och som derigenom förlorat sitt anseende och endast blifvit föremål för hat eller åtlöje. Hos oss har första kammaren ett sådant ursprung, att man bort kunna göra sig förhoppning om att den skulle mera lifligt och verksamt intressera sig för framåtskridandet och derigenom häfda den likställighet med andra kammaren, som grundlagen tillerkänner densamma. Man kan icke heller neka att den, jemförd med många andra öfverhus, verkligen företett en viss lifaktighet. Å andra sidan kan det likväl ej bestridas, att den åtminstone till dato ådagalagt en politisk konservatism, som hvarken öfverensstämmer med dess ursprung eller med tidsandan, och hvad som värst är, att om ett sådant lynne fortfarande gör sig gällande, den snart nog kan komma att förlora det erkännande såsom folkvald, som utgör den enda berättigade grunden för dess stora politiska betydelse. Ingenting är egentligen naturligare än ett sådant, något för starkt konservativt lynne hos vår första kammare. I sjelfva verket är detta lynne öfvervägande äfven hos *andra* kammaren, och måste så vara med den betydliga inskränkning i valrätten som eger rum. Och om då tages i betraktande, att, i följd af de omständigheter, som här förut blifvit omförmälda, man troligen endast kan vänta en temligen långsam utvidgning af valrätten, så är uppenbart för hvar och en, som icke med flit vill se spöken på ljusa dagen, att andra kammaren endast ganska långsamt skulle ens *kunna* antaga en sådan karakter som de konservativa så mycket frukta; och det är under sådana omständigheter mer än sannolikt, att denna karakter skulle, under detta långsamma ingjutande af nya element, så väsentligen modifieras, att äfven de förskräckta skulle finna att deras farhågor varit ogrundade. Men är nu detta förhållandet med andra kammaren, huru mycket mera måste det icke vara så med den första, vid hvars sammansättning man gjort — i alla möjliga riktningar — så många inskränkningar? Och huru mycket är ej att befara, att densamma verkligen fått en anstrykning af konservatism vida *utöfver* hvad för densammas framtid kan vara nyttigt? Detta är en utomordentligt vigtig punkt att gifva akt på, i första rummet för första kammarens egna ledamöter och dernäst för alla som intressera sig för en sund utveckling och beståndet af denna del af representationen. För vår del kunna vi ej annat än finna klokheten äfven ur den synpunkten föreskrifva — och ju förr desto hellre — någon eftergift, framför allt i det afseende, hvarom här är fråga, nämligen den kommunala rösträtten; emedan det *orättvisa* uti sjelfva denna sak i och för sig, sådan den för närvarande är ordnad, nödvändigt måste föranleda en *berättigad* ovilja mot ett förlängdt motstånd mot den önskade reformen, och emedan om, såsom man synes antaga, denna reform skulle komma att utöfva något inflytande på kammarens sammansättning, detta endast kunde, på den grund som ofvan angifvits, blifva till nytta för kammarens eget anseende och behöriga inflytande. En eftergift härutinnan skulle i sjelfva verket endast öka kammarens verkliga styrka. Hvad effekten på kammarens sammansättning beträffar, så tvifla vi att någon, som är något så när förtrolig med våra förhållanden, kan inbilla sig att den skulle blifva synnerligen märkbar, eller att den skulle blifva det annat än *ganska långsamt.* Men huru stor eller liten effekten i detta fall må blifva, och huru snart eller långsamt denna effekt må visa sig, skola helt visst de öfriga vilkoren, som grundlagen föreskrifver, vara fullt tillräckliga att tillförsäkra första kammaren all den konservatism i lynnet, som kan vara behöflig och önskvärd; ja, utan tvifvel skulle man utan ringaste olägenhet eller fara kunna pruta icke obetydligt äfven på dessa vilkor.

Imellertid tro vi, att klokheten för det närvarande bjuder att afstå från andra fordringar, än de här nämda i afseende på den kommunala rösträtten, emedan om alltför mycket fordras på en gång, man torde få intet, och just denna punkt onekligen är, med afseende på sitt stora inflytande i andra riktningar, den utan jemförelse vigtigaste. För öfrigt är klart att, ehuru vigtig *första* kammarens sammansättning må vara för det praktiska riksdagsarbetet, så är dock ur demokratisk synpunkt framför allt vigtigt att arbeta på en god sammansättning af den *andra* kammaren. Blir denna senare sådan att den *verkligen* uttrycker folkmajoritetens mening, blir den i sann mening demokratisk, får den såsom sådan en fast karakter och hållning, så kan icke vara något tvifvel att den, *huru första kammaren än må vara sammansatt,* skall förmå att draga denna med sig uti allt som är verkligt godt. Det är endast brist på hållning och karakter hos andra kammaren som äfven under nuvarande förhållanden skall hindra densamma att göra sig gällande. Således ligger en oändligt högre vigt på att gifva åt *andra* kammaren den karakter som vederbör, än att i mer eller mindre mån ändra karakteren af den *första,* så vida hos denna senare eljest skall bibehållas *någon* karakter af öfverhus. Men vigtigast af allt torde härvidlag vara att betrakta det kommunala samfundslifvet ur synpunkten af en *skola för det politiska lifvet.* Det är onekligen en ofantligt stor fördel af kommunalväsendet, att detsamma uti mindre kretsar och under omständigheter, då i allmänhet passionerna mindre upproras, vänjer folket vid behandlingen af offentliga angelägenheter. Ett folk, som genomgått denna skola, skall icke lätt blifva en lekboll för några samhällsordningens störtare. Huru angeläget då, att den stora massa af folket, hvars *politiska* makt *oundvikligen* rycker närmare och närmare, äfven allt mer och mer införes uti den kommunala samhällsverksamheten; — således, till att börja med, alla de som *nu* hafva rösträtt i kommunen! Men detta kan icke ske, så länge många bland dem sakna all verklig betydelse på kommunalstämman, der, med den närvarande absurda röstgrunden, de lägre beskattade icke hafva ringaste intresse att infinna sig; och utan tillämpning af jemlikhetens grundsats kan detta förhållande icke ändras. Äfven härvidlag har man således ett exempel, bland så många andra, huru de konservativas motstånd just är egnadt att framkalla den enda *möjliga* vådan af en politisk framtid, som hvar menniska finner *omöjligen* kunna undvikas.

Vi hafva härmed sökt angifva så väl i allmänhet karakteren af det demokratiska partiet som den speciela verksamhet, detsamma hos oss har sig närmast förelagd och hvad som synes böra tjena till sammanhållningsband inom partiet. Bortkastas allt annat, så skall på denna grundval ett starkt och enigt parti kunna byggas — ett parti, som just derigenom och genom sjelfva storheten och rättvisan af sina principer ovilkorligen skall vinna mer och mer inflytande. Deraf följer icke, att andra samhällsfrågor, stora eller små, skola betraktas med likgiltighet. Må de blott ej uppställas på partiprogrammet, utan anses, såsom de i sjelfva verket äro, såsom sådana, att om dem partiets medlemmar kunna tänka mycket olika, om än i allmänhet taget man bör kunna vänta, att den allmänna demokratiska synpunkten skall leda till att äfven se många underordnade frågor på lika sätt. Må man blott hafva i minnet, att olika tänkesätt i sådana frågor, som icke hafva något mera direkt samband med demokratiens utveckling, icke heller böra få störa partisammanhållningen, hvarimot de frågor, af hvilkas lösning demokratiens framtid väsentligen beror, såsom t. ex. de ofvan anförda, måste anses bestämmande för partiriktningen.

Man finner, att vi oryggligen fordra en partigruppering på en *politisk* grund såsom den enda möjliga för vinnande af styrka och fasthet. Vi finna uti skriften *Hvad vilja de nyliberala?* anfördt att »med afseende derå, att många bland de gamla reformvännerna ansågo att man efter representationsreformen tills vidare borde låta de politiska frågorna hvila, antog partiet, som ansåg att nämda reform endast borde utgöra en häfstång för ett rastlöst fortskridande på reformens bana, benämningen *de nyliberala*.» Men om det således verkligen var de rent *politiska* frågorna, i afseende på hvilka man just ville skilja sig från de gammalliberala, hvarför då icke i programmet skarpt utmärka just *denna* skiljaktighet, utan i stället uppföra en oändlig massa af både politiska och — hufvudsakligen — icke politiska frågor, i afseende på många af hvilka senare troligen skall vinnas bifall icke blott af de flesta gammalliberala, utan äfven af ganska många ny —, ja till och med gammalkonservativa? En skarp sjelfbegränsning är dock första vilkoret för all partibildning.

Frågas nu, i hvad förhållande det sålunda bestämda demokratiska partiet står till förut befintliga partier vid riksdagen, enkannerligen i andra kammaren, så är påtagligt att detsamma har högst väsentliga beröringspunkter med det s. k. *landtmannapartiet* och att det sannolikt ur detta skall komma att vinna sin mest betydande förstärkning. Vi hafva förut yttrat vår mening om de s. k. partier, hvilka hittills uppträdt inom riksdagen, såsom föga bestämdt karakteriserade, och detta gäller i fullt mått äfven om »landtmannapartiet», hos hvilket det allt hittills har varit omöjligt att upptäcka någon bestämd karakter och någon ledande princip. Det synes klart att med den benägenhet att begagna dunkla och sväfvande benämningar för partigrupperingar, som gjort sig gällande, man å ena sidan satt namnet landtmannaparti såsom en eufemism i stället för *bondeparti*, och å en annan sida medelst det generelare namnet just velat från början förekomma uppkomsten af detta sistnämda parti, — detta parti, hvars befarade »regemente» väckt så många farhågor, men som åtminstone har den förtjensten att hafva oändligt mycket bestämdare konturer. Ett »landtmannaparti« skulle egentligen, efter ordet, vara motsatt ett »stadsmannaparti»; men, så vidt vi kunna fatta, har en sådan motsättning icke den ringaste grund för sig i verkligt för handen varande förhållanden. I fråga om tulltaxan har stad stått imot stad lika mycket som någonsin i något fall landtmän mot stadsbor; men sedan numera, såsom vi våga hoppas, frihandels- och näringsfrihetsgrundsatserna, åtminstone så vidt de hos oss redan lyckats genomföras, torde få anses såsom en gång för alla befästade, och dessa slags frågor således såsom »öfvervunna ståndpunkter», lärer icke heller numera något objektivt skäl finnas för en partisöndring mellan stad och land. Derimot är ingenting naturligare än att innehafvarne af den oprivilegierade jorden — d. s. v. hufvudsakligen bönderna — skola vara intresserade af att se skattebördorna på jorden aflyftade eller jemnade; och *detta* är otvifvelaktigt det program, som ett egentligt »bondeparti» skulle hafva att uppställa, icke egentligen riktadt mot städernas invånare (ehuru desse högst väsentligt deraf beröras), utan hufvudsakligast imot innehafvarne af den privilegierade jorden. Men just i *denna* punkt är det som det demokratiska partiets program sammanfaller med landtmannapartiets; ty då för det förra jordens styckning — d. v. s. rätten dertill — utgör ett grundväsentligt postulat, men jordstyckningen icke kan i fullaste mån utföras med mindre grundskatterna aflyftas, så följer deraf att båda partiernas intressen härvidlag mötas. Vi inlåta oss icke på frågan huru detta problem skall praktiskt lösas, alldenstund detta icke egentligen berör den rent politiska sidan af ämnet. Meningarna i nämda afseende kunna vara ganska delade inom både det demokratiska och landtmannapartiet, men båda partierna stå dock på en gemensam grundval.

Hvad beträffar det parti, som förmodligen någon skämtare döpt till »intelligensparti», — ty vi tro ej att de ledamöter inom andra kammaren, som ansetts tillhöra detta s. k. parti, sjelfve uppfunnit en så, i allmänhet tagit, anspråksfull, men i politiskt hänseende anspråkslös benämning — så är ännu vida svårare att på något tillfredsställande sätt karakterisera detsamma. Vi hafva icke ens sett något program; men då egentligen inga protester mot den erhållna benämningen försports, så har man åtminstone denna att hålla sig till, vid ett försök att utforska partiets politiska betydelse, om det har någon sådan. Vi hafva kallat benämningen »intelligensparti» i politiskt hänseende anspråkslös. I sjelfva verket, då i alla tider »intelligenta» personer hafva funnits omfatta de mest olika åsigter och sluta sig till de mest olika partier, så synes det nog oegentligt att uppställa »intelligensen» såsom någonting för ett politiskt parti företrädesvis karakteriserande. Man måste lyckönska ett parti, som bland sina ledamöter icke räknar annat än »intelligenta» personer; men visst är det ganska egendomligt, om någon, på tillfrågan hvad han tänker om de allmänna angelägenheterna, svarar med att draga upp ett akademiskt examensbetyg ur fickan. Tankarna om de akademiska examensbetygens värde såsom måttstock för »intelligensen» må vara huru höga som helst — att prestigen i det fallet ej obetydligt minskats är gudnås en beklaglig sanning — men att till på köpet åberopa dessa betyg såsom tillräckligt videtur för en folkrepresentant, derom kan man sannerligen säga ungefär detsamma som fru Lenngren om idyllen, — och det i trots af all äfven den verkligaste »intelligens.» Vi tro oss likväl för vår del kunna något närmare angifva karakteren af detta parti, än man är i stånd att inhemta af den intetsägande benämningen. Att detsamma skall uppsökas någonstädes på det »liberala» allmänningsfältet, är påtagligt; men det vill synas såsom hade det, plötsligen utestängdt från sina qvarter, då natten föll öfver det gamla ståndsväsendet, och irrande omkring utan någon säker ledning, omsider vid morgonrodnadens inbrott betagits af fasa, då det funnit — hvad som är så vanligt och så naturligt för hvar och en som är van vid naturen och ej blott vid studerkammaren — då det, säga vi, funnit den uppgående solen skimra röd genom de grå morgondimmorna. Uti den sinnesstämning, som alstrats under intrycket af detta skådespel, är det som man sett ett politiskt »liberalt» parti väsentligen koncentrera sina bemödanden på att applådera ministrarnes tal och votera budgeten; men det torde icke vara något tvifvel, att blott en partigruppering i den syftning, vi antydt, kommer till stånd,— hvilket helt visst måste ske, då detta synes vara den enda utgångspunkten för en partibildning, som under närvarande förhållanden kan komma i fråga — detta parti, med all sin »intelligens», skall sönderfalla, under det majoriteten deraf blifver ett på fullt allvar återhållande, reformfiendtligt parti, kanske föga mindre än åtskilliga konservativa under den gamla ståndsförfattningen. Många af landtmannapartiet skola för öfrigt gå samma väg. Bedraga vi oss härutinnan, så mycket bättre.

Vare sig nu, att de här framstälda åsigterna äro de rätta, eller att ett annat bättre uppslag för partibildningar kan finnas, lärer väl ändock vara otvifvelaktigt, att snart någonting i det fallet *måste* göras, så vida ej riksdagens, och särskildt andra kammarens betydelse och anseende skola komma att alltför mycket lida. Ty skulle man fortgå, såsom hittills, utan plan och principiel sammanhållning å någondera sidan, så befara vi, att det i längden blir för landet omöjligt att se upp till representationen med den aktning, som en representation, hvilken vill betyda något, måste vara angelägen att förvärfva, likasom regeringen svårligen skall af en så beskaffad representation hvarken *vilja*, eller ens *kunna* taga något synnerligt inflytande. Vi kunna således icke nog lägga framstegspartiet — huru det än må välja att kalla sig — på hjertat nödvändigheten att i detta fallet taga ett initiativ, genom bortkastande af allt som är sväfvande och oklart vare sig i benämning eller begrepp, på det att något gifvet centrum må finnas, omkring hvilket en verklig partigruppering kan ega rum. Sker detta, kan man vara viss att anslutning icke skall felas. Hvad det motsatta partiet beträffar, som mindre skall komma att karakteriseras genom hvad det *vill*, än genom hvad det *icke vill*, så är i följd af denna dess negativa karakter just ingenting om det att säga. *Äfven detta* väntar sin tillvaro först genom det demokratiska partiets uppslag.

—T—

Ännu ett ord om kriget och de svenska sympatierna.

Under en så omätlig verldshistorisk tilldragelse som det närvarande krigets, blir, såsom vi uti en föregående uppsats redan framhållit, jemväl frågan om rättmätigheten af sympatierna för den ena eller andra af de stridande hos de ännu lyckligtvis utom striden stående af stor vigt, emedan dessa sympatier bestämmas af faktorer och bevekelsegrunder, som stå i närmaste och oskiljaktligt sammanhang med begreppen om de fordringar af civilisation, kristendom och mensklighet, imot hvilka ett hån alltmer synes uttala sig från den hittills segrande maktens sida. Häruti ligger en naturlig förklaringsgrund till de många och lifliga protester som framträdt, och till hvilka äfven vi uti senaste Decemberhäftet af denna tidskrift anslutit oss, imot den deri omnämda, af herr generalmajoren J. A. Hazelius utgifna broschyren *Kriget mellan Tyskland och Frankrike, dess orsaker och närmaste följder.* Hufvudsumman af denna skrift kan, såsom förut är anmärkt, sammanfattas deruti, att sedan författaren börjat med att uttrycka en, utan tvifvel uppriktig harm öfver det barbariska i vissa delar af de tyska makthafvandes krigföringssätt, och utropat: *hvem vill försvara våldet?* meddelar han sitt konkreta omdöme om kriget i dess helhet uti följande yttrande (sid. 27): *Frankrike har utan tvifvel rättighet, om det så vill, att i sin förtviflan störta sig i afgrunden, att låta begrafva sig under grushögarna af Paris och sina andra städer; men det har ingen rättighet att göra Tyskland derför ansvarigt, emedan, säger det, vi vilja fred, men Tyskland fortsätter ändå kriget».

Detta yttrande innebär, såsom en hvar inser, ingenting mer eller mindre, än att när krig en gång är förklaradt, så upphöra alla anspråk på den segrande att iakttaga något slags återhåll; han är fullt befogad att, så mycket det står i hans förmåga, tillintetgöra sin motståndare både till lif och egendom, och den enda rättighet som återstår denne är att, »om han så vill, i sin förtviflan kasta sig i afgrunden».

De fyra veckor som förflutit, sedan vi förra gången yttrade oss i detta ämne, hafva medfört så många nya bidrag af värde för bedömande af den förevarande frågan, att vi förmoda det *Framtidens* läsare efter inhemtad kännedom deraf, icke skola anse öfverflödigt att vi dertill återkommit.

I förbigående kunna vi till en början icke neka oss nöjet, att såsom ett kort och bindande svar på det ofvannämda påståendet åberopa ett yttrande i en till *Aftonbladet* för den 14 December insänd, och i samma tidning för den 19 fortsatt artikel, med signaturen C., som för den vackra och ridderliga andan deri förtjenar läsas i sin helhet.

»Man ser understundom tyskarnes ovärdiga, omenskliga framfart försvaras med, att sådana eländen och ohyggligheter äro af gammalt vanliga i krig, att sådan är våldets rätt, att så går det med ett ord till i krig. Men krigföringssättet måste bedömas, icke i förhållande till förgångna barbariska tider, utan i förhållande till anspråken på den tid, inom hvilken det faller. Vi vilja taga ett exempel, som väl åtminstone icke skall anses partiskt. Historien förtäljer om Pirnas elände och den svenska drycken eller om svenskarnes eller de i svensk sold stående truppernas djefvulska beteende under trettioåriga kriget. Skall man derför glömma, att nutidens ambulansväsen eller föreningar för sårades och sjukes vård i fält, utan afseende på om de äro vänner eller fiender, häntyda på en helt annan ståndpunkt af civilisation, innebära helt andra anspråk på mensklighet både under striden och efter den? Man hör också från vissa håll andragas, att om fransmännen hade haft tyskarnes framgångar, så skulle de hafva framfarit än värre och kanske till på köpet blifvit prisade af dem, som nu anklaga tyskarne. Det är dock alltför orimligt att sålunda bygga den enes frikännande på en förutsättning af hvad den andre möjligen hade kunnat göra.»

Utrymmet i denna tidskrift tillåter icke att redogöra för krigshändelsernas lopp under de senaste fyra veckorna; det behöfves icke heller, då allmänheten helt visst med spänd uppmärksamhet följer de dagliga tidningarnas berättelser derom. Ett vigtigt aktstycke, som härunder förekommit, anse vi imellertid särskildt förtjena att inregistreras. Det är den af grefve Chaudordy, vid den franska försvarsregeringens utrikesdepartement offentliggjorda cirkulärskrifvelse till de utländska makterna, hvari han i ett sammanhang underställer deras omdöme och behjertande den barbariska framfart, som de tyska makthafvande i flera hänseenden planmässigt synas hafva tillåtit sig. Det är väl bekant, att ehuru en stor del af hvad deri förekommer, redan blifvit af tyska tidningar erkändt eller af dem sjelfva berättadt, så har åtskilligt af det som enligt franska berättelser förnämligast gifvit kriget karakteren af grymhet eller nedrighet, hittills hos oss förnekats af en och annan af de få tidningar som härstädes representerat de preussiska sympatierna. Det skall derföre blifva af stort intresse för den slutliga uppfattningen att erfara, huruvida något svar på den i fråga varande skrifvelsen kommer att följa ifrån högqvarteret i Versailles. Dess innehåll lyder, i hvad som förnämligast angår krigföringssättet, som följer:

»Vi inse segerns följder och de nödvändigheter som så omfattande strategiska operationer medföra. Vi vilja ej fästa oss vid de öfverdrifna reqvisitionerna in natura och i penningar, och ej heller vid det slags militära prejeri, som består i att belasta de skattande utöfver deras tillgångar. Vi öfverlemna åt Europa att bedöma, i hvad mån dessa öfverdrifter kunna vara brottsliga. Men man har icke åtnöjt sig med att sålunda ruinera städer och byar; man har plundrat medborgarnes enskilda egendom. Efter att ha sett sina hem inkräktade, efter att ha underkastats de strängaste utpressningar, ha familjerna måst lemna från sig sitt silfver och sina dyrbarheter. Allt hvad som var af värde har tagits af fienden och packats i hans säckar eller på hans kärror. Klädesplagg, bortförda ur husen eller tagna hos köpmännen, saker af alla slag, väggur och fickur ha påträffats hos fångar, som fallit i händerna på oss. Man har låtit gifva sig eller man har tagit, alltefter som det fallit sig, till och med penningar af enskilda personer. En viss jordegare, som arresterades i sitt slott, dömdes att betala en personlig lösesumma af 80,000 francs. En annan har plundrats på sin hustrus sjalar, pelsar, spetsar och sidenklädningar. Öfverallt ha källrarna blifvit tömda, vinerna inpackade, lastade på vagnar och bortförda. För öfrigt ha högre officerare, för att straffa en stad för en enda medborgares åtgärd att sätta sig till motvärn mot inkräktarne, befalt plundring och brand, för denna grymma bestraffning missbrukande sina truppers oblidkeliga disciplin. Hvarje hus der en frivillig skarpskytt har erhållit skydd eller föda, har uppbränts. Detta angående egendom.»

»Menniskolif har icke respekterats mera. På en tid, då hela nationen är inkallad under vapen, har man skoningslöst låtit skjuta icke blott bönder, som rest sig mot främlingarne, utan äfven soldater, försedda med kontraböcker och klädda i de föreskrifna uniformerna. Man har till döden dömt dem, som försökt passera de preussiska linierna till och med för egna enskilda angelägenheterna. Skrämselsystemet har blifvit ett krigsmedel; man har velat injaga skräck hos befolkningarna och hos dem stäfja all patriotisk hänförelse. Och det är denna beräkning som förmått de preussiska generalstaberna till ett dåd, som står ensamt i historien: bombardering af öppna städer.»

»Att slunga in i en stad explosibla och antändande projektiler anses endast tillåtet under de ytterligaste och noggrant bestämda omständigheter. Men äfven i dessa fall har det varit en orubblig plägsed att på förhand underrätta invånarne, och aldrig förr än nu har någon kommit på den tanken, att detta förfärliga krigsmedel kan användas preventivt. Att sätta eld på hus, på afstånd massakrera gubbar och qvinnor, anfalla, om man så får säga, försvararne i deras familjers sjelfva tillvaro, att såra dem i menskligbetens djupaste känslor, på det att de sedermera må förnedra sig inför segraren och bönfalla om förödmjukelsen af en fiendtlig ockupation, är en så förfinadt beräknad grymhet, att den stöter på tortyr Man har dock gått ännu längre och, tagande en oerhörd sofism till stöd för dessa grymheter, gjort dem till ett vapen åt sig. Man har vågat påstå, att hvarje stad, som försvarar sig, är en krigsplats och att man, derföre att man bombarderar den, sedermera eger rättighet att behandla den såsom en med storm tagen fästning. Man sätter eld på den, efter att med petroleum ha genombyrt husens portar och trävirke. Om man förskonar staden för plundring, är detta en ynnest, som den får betala med en godtycklig lösesumma, och till och med då en öppen stad icke försvarar sig, har man användt bombarderingssystemet utan föregående förklaring, och derigenom erkänt att det vore rätta sättet att behandla den, liksom om den hade försvarat sig och hade blifvit tagen med storm.»

»Det återstod ingenting vidare för att komplettera denna barbariska lagbok, än att återinföra bruket af gislan. Preussen har gjort det. Det har öfverallt begagnat ett system af indirekt ansvarighet, hvilket bland så många orättfärdigheter skall förbli det mest karakteristiska draget i dess uppförande mot oss. För att betrygga sina transporter och lägerplatser har det hittat på att bestraffa hvarje tilltag imot dess soldater eller dess konvojer genom att arrestera, förvisa eller till och med aflifva någon af traktens ansedde män. Desse mäns aktningsvärdhet har således blifvit en fara för dem. De måste med sin förmögenhet och sina lif ansvara för handlingar, som de icke kunnat förekomma eller förhindra, och hvilka för öfrigt endast bestodo i en rättmätig utöfning af försvarsrättten. Det har såsom gislan bortfört 40 ansedde män i Dijon, Gray och Vesoul, under förevändning att vi icke frigifva 40 sjökaptener, som gjorts till fångar i enlighet med krigslagarne.»

»Men dessa åtgärder lemnade, med hvilka råheter de än beledsagades vid verkställandet, dock deras värdighet oantastad, som måste underkasta sig dem. Det skulle falla på Preussens lott att förena vanäran med förtrycket. Man har fordrat af olyckliga bönder, som med våld bortsläpades och qvarhöllos genom hotelse med döden, att de skulle hjelpa till att befästa de fiendtliga verken och arbeta imot sitt eget lands försvarare. Man har sett tjenstemän, hvilkas ålder borde ha ingifvit de mest förhärdade hjertan vördnad, på jernvägslokomotiven utsättas för den kalla årstidens hela stränghet och för soldaternas förolämpningar. Kyrkornas sakristior ha blifvit vanhelgade och materielt besudlade. Presterna ha blifvit slagne, qvinnorna misshandlade, lyckliga ännu, om de icke nödgats undergå en ännu grymmare behandling.»

»Det tyckes, vid denna yttersta gräns, som om i hvad man hittills gifvit det vackra namnet folkrätt icke skulle finnas någon enda paragraf, som ej blifvit skamligt våldförd af Preussen. Ha väl någonsin handlingarna till denna grad vederlagt orden?»

Sådana äro fakta. Ansvaret för dem drabbar helt och hållet den preussiska regeringen. Ingenting har berättigat dem, och intet enda af dem bär kännemärket på de tygellösa våldsamheter, åt hvilka arméer i fält stundom hängifva sig. Man måste noga observera, att de äro resultatet af ett öfverlagdt system, som generalstaberna tillämpat med samvetsgrann omsorgsfullhet. Dessa godtyckliga arresteringar ha påbjudits i högqvarteret, dessa grymheter ha beslutats såsom ett sätt att ingifva skräck, dessa på förhand uttänkta reqvisitioner, dessa med omtänksamt medförda kemiska ingredienser kallblodigt gjorda brandanläggningar, dessa bombarderingar som anbefalts mot oskadliga invånare — allt har skett med berådt mod och öfverläggning. Det utgör sjelfva karakteren hos de män, som göra detta krig till en skamfläck för vårt århundrade.»

»Preussen har icke blott missaktat mensklighetens heligaste lagar, det har äfven brustit i sina högtidliga förpligtelser. Det satte en ära i att föra ett beväpnadt folk ut i ett nationelt krig. Det tog den civiliserade verlden till vitne på sin goda rätt; det för nu till ett utrotningskrig sina trupper, som förvandlats till sköflande horder; det har endast begagnat civilisationen till att fullkomna förstörelsekonsten. Och såsom följden af detta fälttåg förkunnar det för Europa tillintetgörelsen, af Paris, dess monument och dess skatter, samt det stora rofskifte (curée), hvartill det för tre månader sedan inbjöd Tyskland.»

»Detta är, m. h., hvad jag önskar låta er veta. Vi yttra oss endast på grund af ovederläggliga undersökningar; i fall exempel behöfva anföras, skola sådana ej fattas oss, och ni kan döma derom efter de handlingar, som åtfölja detta cirkulär. Ni torde om dessa fakta upplysa medlemmarne af den regering, hos hvilken ni är ackrediterad. Dessa betraktelser äro ej afsedda för dem ensamme, utan ni kan fritt offentliggöra dem. Det är nyttigt att i det ögonblick, då dylika handlingar utföras, hvar och en kan åtaga sig ansvaret för sitt uppförande, lika väl regeringarna, hvilka böra handla, som folken, hvilka böra utpeka dessa handlingar såsom ett ämne för sina regeringars harm.»

Man finner efter inhemtandet häraf, att om ock något af ofvanstående anklagelser skulle förnekas, så står dock den allra största delen qvar, på grund af hvad redan blifvit lemnadt obestridt äfven af de tyska tidningarna. Hvad som icke kan röna någon gensägelse är, att hela den tyska hären sannolikt icke *imot*, utan *i enlighet med* ingifvelserna från högqvarteret i Versailles, i allt fall framfar på ett sätt, som lifligt återkallar i minnet den gamle ärlige men inskränkte och fanatiske Marcels stridsvisa i operan Hugenotterne:

»Må med svärd och med bloss
De förföljas af oss.
Vi skjuta, bränna dem! Piff, paff, gå på!
Piff, paff, skjuta dem! piff paff, bränna dem! piff paff, krossa dem!
De lida, och qvida,
Men nåd de ej få.»

Under afvaktan af det svar som möjligen kan gifvas på den ofvanstående noten måste imellertid en hvar med någon mensklig känsla, vid intrycket af de gräsligheter som redan äro så vitsordade, att de ej kunna bestridas, komma till den slutsatsen, att det utgör en af de icke minst vigtiga delarna af frågan om valet mellan sympatierna — att om krigets början och den omåttliga apparaten af utrustningen dertill ifrån Tysklands sida voro åtminstone formelt berättigade genom Napoleon den tredjes krigsförklaring, utan afseende på den skuld som konung Vilhelm jemväl derför måste bära genom sitt förhållande i Ems, så har dess fortsättning efter Sedans och Metz' intagande, sedan kejsaren och de franska arméerna blifvit fångna, landets förhärjande, städernas brandskattande eller afbrännande och det uthålliga fastän hittills misslyckade försöket att betvinga Paris, ett helt annat och vidsträcktare syftemål. Det är sedan 1848 års händelser i Tyskland bekant, att konung Vilhelm, dåvarande kronprins, vid det tillfället utmärkte sig för sitt hat till revolutionen och demokratien och att han, i anledning af sitt råd att man borde qväsa befolkningen i Berlin medelst nedsablande i massa, måste begifva sig till England undan folkets förbittring. Det oaktadt har han sedermera, efter sitt uppstigande på tronen, redan före de senaste krigens utbrott återvunnit en icke obetydlig grad af popularitet, emedan han ansågs ärligare än den aflidne brodern och företrädaren varit. Denna popularitet har sedermera ökats genom den sammanslutning af Tysklands särskilda delar och utvidgning af Preussens makt som hans regeringstid representerar, och allt har visat, att Tysklands folk, under sin längtan efter den länge förgäfves sökta enheten, för den yttre maktens skull jemförelsevis föga aktat på vården om sina egna politiska rättigheter gent imot regeringsmakten, härvid begående samma misstag som hunden i fabeln, när han släpte köttstycket för att gripa efter skuggan.

Att det icke hade mött någon svårighet för de tyska makthafvande, att efter Sedans och Metz' fall kunna göra en mycket hederlig fred med tillräckliga garantier imot vidare angrepp ifrån franska folkets sida, som dessutom icke ville kriget, är redan ådagalagdt af de flesta som afhandlat detta ämne, och jemväl i vår förra artikel. Alla tecken visa att det ihärdiga, grymma och konsiderationslösa fortsättandet deraf således numera icke afser Tysklands säkerhet, hvilken redan efter fälttågets första del var vunnen, utan egentligen är riktadt imot *revolutionens grundsatser och republiken*, som man anser hafva sin härd i Frankrike: — det är den, som skall »skjutas, brännas och krossas», såsom Marcel sjunger i visan.

Såsom ett bidrag till närmare förklaring af detta antagande, erinra vi om följande yttrande af en *tysk* professor, Gans, i en af hans från trycket utgifna föreläsningar på 1830-talet: »Den franska revolutionen — såsom den kan kallas efter sin utgångspunkt, eller revolutionen öfverhufvud, efter sina verkningar, bildar en likadan afdelning i mensklighetens historia, som kristendomen, betraktad i dess yttre följder, eller som reformationen för trenne århundraden tillbaka. Om detta icke erkännes af många, som önska den gamla goda tiden före den stora omhvälfningen tillbaka, emedan de icke känna denna föregående tid, så var det samma förhållande med kristendomen vid dess första inträde.» Detta afhandlar den tyske vetenskapsmannen på ett särdeles intressant sätt och säger slutligen, att om det var kristendomen som först upptäckte menniskan och hennes värde, samt följde henne nära två tusen år under kämpandet att komma till erkännande såsom samhällsmedlem, så innebära den franska revolutionens grundsatser menniskans upphöjande till medborgare och undanrödjandet af de hinder som ligga i vägen för detta syftemål.

I denna korta förklaring af den franska revolutionens innersta väsende ligger också nyckeln till den förbittring imot Frankrike, som råder hos allt feodalklass- och privilegii-väsende, hvaraf Tyskland med sitt junkerthum och sin militärdespotism ännu öfverflödar. Det är visserligen sant, att revolutionens frukter endast delvis kommit Frankrike till godo; det har lidit mycket af Napoleon den förstes egoistiska cesarism, af restaurationens hämdlystnad och sträfvande att qväfva revolutionens grundsatser, och senast af Louis Napoleons sjelfviska försök att exploitera Frankrike till sin personliga fördel, hvaraf man så nyligen sett följderna. Det oaktadt har dock revolutionen i det landet burit så mycken frukt i jemlikheten inom samfundslifvet och inför den borgerliga lagen, samt i den ömsesidiga aktningen för allmän rätt, som ej kunnat utrotas, att Frankrike i dessa hänseenden stått framför Tyskland, hvilket ock till en del förklarar hvarföre så många främlingar företrädesvis strömma till och finna lifvet behagligt i många delar af det förra landet, samt att fransmän minst af alla nationer utflytta till andra länder. Deruti ligger ock förklaringen, hvarföre man sett huru de under askan glimmande gnistorna af folkfriheten imellanåt kunnat uppflamma till en låga, vid hvilken folken i alla länder känt sitt hjerta uppvärmdt; — det behöfves väl knappt erinra om det lifliga och spända intresse, hvarmed såväl 1830 som 1848 års revolutioner helsades af flertalet ibland folken i alla länder. — Mot denna revolutionens princip är det, enligt vår öfvertygelse som Tysklands härar nu egentligen på konung Vilhelms befallning under krigets senare fortsättning draga i härnad, oaktadt det hemmavarande folkets önskningar och allmänna suckan efter fred. De tro visserligen icke, ty *så* inskränkta kunna de ej gerna vara, att de skola tillintetgöra revolutionen — också kommer troligen motsatsen att inträffa; men de synas glädja sig åt, att åtminstone kunna göra det folk, hos hvilket revolutionens grundsatser af *liberté, égalité, fraternité*, ännu aldrig kunnat utsläckas, utan, om än ofta tillbakadrifna, ständigt återkomma med förnyad häftighet, likasom de första kristnes lära om erkännande af *menniskans värde* — att åtminstone kunna tillfoga detta folk och denna frihetshärd så mycket ondt de förmå och om möjligt såra det in i hjertroten, derigenom att de tillintetgöra Frankrikes hela inflytande, såsom en makt af första ordningen, på verldens angelägenheter.

Uti ett sådant syftemål kan ock igenfinnas en naturlig förklaringsgrund till den utomordentliga artighet och broderlighet, hvarmed den fallne Louis Napoleon af konung Vilhelm imottogs genast efter kapitulationen vid Sedan. Äfven han hade gjort till sin hufvuduppgift att qväsa den republikanska andan och befästa cesarismen, och det skulle derföre passat särdeles väl för »Tysklands kejsare» samt varit den beqvämaste utvägen till det sökta ändamålet, att imot löfte om afträdande af Alsace och Lorraine jemte en mördande skadeersättning, återinsätta Frankrikes kejsare, förödmjukad och förlamad, på Frankrikes tron efter intåget i Paris, om icke denna hufvudstad genom invånarnes beundransvärda hjeltemod, försakelser och enighet hade hittills gäckat dessa förhoppningar.

Vi tillmäta oss icke förmågan att afgöra i hvad mån den här antydda oviljan mot republiken såsom hufvudmotiv till krigets fortsättande från Tysklands sida, äfven kan vara den verkande orsaken till den sympati för Tyskland under kriget, som framträder hos visserligen icke särdeles många af stridens åskådare utom Frankrike. Det må dock erkännas att grunden dertill kan och måste vara en annan hos åtskilliga, som för öfrigt äro uppriktiga vänner af en fri samhällsutveckling. Detta uppenbarar sig jemväl till en viss grad i hr Hazelii skrift uti den hänvisning han lemnar, — i fall meningen dermed, såsom vi förmoda, är uppriktig, — till hoppet om de blifvande frukterna af det nya tyska förbundets representativa utveckling, och ännu mer i de förhoppningar, som hr H. Forssell i sin skrift stält på denna institution.

Vi tilläto oss redan i vår föregående uppsats yttra några tvifvel om dessa förhoppningars realiserande. Sedan dess, under senaste veckan af November och förra hälften af December månad, har den tyska riksdagen varit tillsammans. Det stora öfverflöd på materiel, som sjelfva krigshändelserna lemnat åt tidningarna, har troligen gjort, att någon närmare och fortgående redogörelse för riksdagsförhandlingarna icke, så vidt vi kunnat märka, förekommit i någon svensk tidning. En sådan förtjenar dock i hög grad att framläggas äfven för den svenska allmänheten, och vi lemna derföre här nedan ett utdrag af åtskilliga talares framställningar vid dessa förhandlingar, hvilka äro af högt intresse, emedan de visa att äfven inom Tyskland sjelft icke saknas personer som äro vakna för faran af den militärdespotism, hvartill den nybildade organisationen syftar. Det är sant att dessa ledamöter af oppositionen, om vi så få kalla dem, till antalet utgöra en ringa minoritet, i förhållande till det hela, men detsamma har äfven varit händelsen vid flera andra tillfällen, der ett fåtal inom den lagliga representationen talat för folkets rättigheter imot maktens godtycke. Så var det i *la chambre introuvable* i Frankrike under Villèles ministère och likaså 1848 under Ludvig Filips sista regeringsår, för att icke tala om det allmänt bekanta faktum, att oppositionen inom den senaste lagstiftande församlingen i Paris en lång tid utgjordes af endast fem personer. Ett ökadt intresse erhålla dessa debatter deraf, att trenne af riksdagens mera framstående ledamöter, nämligen deputerandena Bebel, Liebknecht och Hessner sedermera blifvit, förmodligen för sina yttranden derstädes, *häktade och anklagade för högförräderi*, ett värderikt bidrag till bevisen på huru representationens okränkbarhet vårdas i Preussen.

Referatet enligt riksdagsprotokollen följer här nedan, hufvudsakligen enligt redogörelserna i *Berliner privilegirte* (den så kallade *Vossische) Zeitung:*

Den 4 December:

Deputeraden doktor *Götz:* Med glädje skulle jag rösta för kreditens beviljande, om jag vågade förutsätta, att segern skulle tillföra oss, jemte fredens välsignelse, äfven ett tillfälle att uppbygga friheten (zum Aufbau der Freiheit), och att afskaffa den fruktansvärda tyngden af den stående hären. Men trontalet lofvar oss icke fred, utan ett fortfarande krig; såsom mål för det närvarande kriget framställer det blott utsigten af en ny gräns för Tyskland och annexion af nya stammar. Mine herrar, jag kan försäkra er, att jag är lifvad af samma fosterländska känsla som ni; men med mitt äkta tyska sinnelag blir det mig alltför tungt (»blutsauer») att bevilja de i fråga varande penningarna. Och om vi under den sista tiden upplefvat mycket sorgligt, så är likväl det sorgligaste, som jag någonsin hört, dessa ord i trontalet, att det tills vidare (»vorläufig») icke är att tänka på någon varaktig fred med Frankrike. — Annexionen af Alsace och Lorraine är hela nationens önskan, och jag skulle i detta afseende icke vilja komma i tvedrägt med mig sjelf och med eder; men denna annexion är likväl blott då önskvärd, om vi derigenom få garantier för en varaktig fred; men då trontalet försäkrar om motsatsen, så menar jag, att om detta icke kan vinnas, så lärer det tyska folket, så tungt det än blir, få bereda sig på nya offer. Framför allt måste vi tänka på att försäkra oss om freden och äfven derpå, att Tyskland och Frankrike må förminska sina stående härar, hvilket väl låter sig göra utan att förminska folkets förvarskrafter. Det är alldeles icke nödvändigt, att äfven under freden hvar och en löper omkring (»umherlaüft») beväpnad. Jag står helt och hållet på fosterlandskärlekens grund, och likväl är det mig, på de skäl jag anfört, svårt att säga ja.»

Deputeraden *Liebknecht* ville framför allt söka visa, att det icke varit Frankrike, utan de tyska furstarne, som splittrat Tyskland, derigenom att de begagnade reformationen till underlag för sina suveränitetsändamål, och att detta isynnerhet varit fallet med Hohenzollarne. (Ett förfärligt tumult uppstod härvid, då många tyckte sig hafva hört ordet »förräderi» utsagdt af talaren. Denne, eftertryckligt tillfrågad af presidenten, bestrider att hafva nyttjat detta ord och åberopar sig på sina grannars vitsord). »Om förräderiet», sade han, »skall det sedan bli fråga. De tyska furstarne begingo förräderi, då de afträdde delar af Tyskland till Frankrike, t. ex. Metz; (Presidenten uppfordrade talaren att sluta denna historiska utsväfning och frågade huset, om det tillät honom att fråntaga talaren ordet, hvilket beviljades med en stark majoritet). Hr Liebknecht: »Jag tackar riksdagen.»

Deputeraden *Mende:* I begären 100 millioner af det nordtyska folket. Hvar och en, som har öppna ögon, måste ha kunnat se de många sår, ur hvilka det nu blöder. Jag tror icke att tyska folket, om det finge tid till eftertanke, skulle vilja, att ett nytt exempel skall statueras, huru tyska furstar akta ett annat folks sjelfbestämningsrätt, för att derefter göra på samma sätt hos oss (häftigt afbrott). Sjelfva den spanska inqvisitionen tillät gudsförnekarne åtminstone att inför densamma upprepa sina lasteliga uttryck; och här på riksdagen skall man icke en gång få tadla en regering och en kung (stormande munterhet).

Deputeraden *Windhorst*, från Meppen: Jag måste bekänna, att efter hvad jag påtagligt sett, och äfven hört af presidenten i förbundskanslersembetet, tror jag icke mer att det riktigt skall lyckas uppnå, hvad som lofvades oss vid början af kriget, att grunda en enig tysk stat i gudsfruktan, goda seder och sann frihet. Jag vore färdig att tro, mina herrar, att efter hvad man redan erfarit, det vore nödvändigt att vid blifvande fredsslut äfven låta Frankrike afträda åt oss Lambessa och Cayenne (förvisningsorter med ett mycket osundt klimat, dit Napoleon III efter statskuppen skickade ut tusentals af politiska motståndare och der många förgingos. Not af ref.) Talaren vidrörde härefter åtskilligt som var skedt vid annexionen af Hannover och som han betraktade såsom politiska våldsgerningar. Jag kan, menade han, bevisa allt detta. Innan krigstillståndet förklarades, blefvo en mängd ansedda personer afförda till Magdeburg. De hafva der varit inspärrade i fuktiga kasematter, der vattnet rann ned efter väggarna. Då den gamla grefvinnan Bremer kom dit att besöka sin son, som var internerad der, nekades henne tillträde, ehuru hon var beredd att låta så många vitnen och protokollsförande som helst medfölja för att tillse, att hon blott ville underrätta sig om sin sons helsa. Likaså blef en anspråkslös prest från Hildesheim, som endast egnat sig åt sina studier, internerad i Hannover och satt länge i fängelse, till dess general von Falkenstein släpte ut honom. Efter krigstillståndets förklarande ha äfven interneringar förekommit. Det vare långt ifrån mig att begära eller önska, att några brottsliga handlingar skola blifva obeifrade. Sker något imot lagarna, så bör det strängt bestraffas, men att blott på grund af antaganden eller åsigter som man slutar till af yttringar på riksdagen eller annorstädes, utan undersökning eller formulerande af anklagelse inspärra personer under veckor och månader, är för mig obegripligt. Enligt min öfvertygelse har general Falkenstein icke, såsom många tro, någon skuld häri. Jag har skäl att antaga, att han redan tidigt förordat frigifvandet af de i Königsberg inspärrade, *men att detta icke blifvit på högre ort bifallet* (starka rop af hör! hör!) — — När jag läste förbundskanslerens förklaring öfver dessa saker, så tillstår jag, att jag icke såg mig i stånd att fatta en sådan högvaktslagfarenhet. Att man i ett riktigt krig hugger ned träd, ja, äfven nedskjuter menniskor, när de stå i vägen, betviflar jag icke. Men att sådant kan få ske äfven der intet krig är förhanden, utan ett sådant blott juridiskt fingeras, det är mig obegripligt. Jag vet väl att det heter, att under krigstillstånd måste man icke taga det så noga. För de vanliga lugna tiderna, säger man, för filisterlefnaden, behöfves laglig ordning och garanti för den personliga friheten, för pressen, för föreningsväsendet och hvad dermed sammanhänger; men detta måste vika, menar man, då tiderna blifva annorlunda. Om någonting sådant hade skett i England, som vi här hört mångfaldiga exempel på, så skulle alla partier utan undantag, och kanske främst tories, hafva lagt sig deruti. Men nu tyckes det som om rättens försvarande skulle vara öfverlemnadt endast åt minoriteten. Jag är af den tanken, att den sista förklaringen af presidenten för förbundskanslersembetet, att förbundskansleren och hans embete alldeles icke åtagit sig någon ansvarighet, är det betänkligaste af allt (rop af: mycket sant!).

Deputeraden *Wagner* från Neu-Stettin yrkade på att dessa diskussioner skulle uppskjutas tills efter freden; hvarefter följde

Deputeraden *Miquel*, som i afseende på resultatet slöt sig till majoriteten, men likväl yttrade följande: »Det handlar här om en fråga af nationelt intresse och rätt, som måste vara för alla helig. Vi beklaga djupt de händelser, som inträffat; de äro icke annat än rättskränkningar. Det handlar om en mycket vigtig, oeftergiflig bestämmelse i lagen, som man har lemnat ur sigte; Johan Jacoby t. ex. hade full rätt att i förtroende till den bestående lagen och till grundlagens helgd, hålla den ifrågavarande sammankomsten. Gud vare lofvad att det icke i denna församling finnes någon som försvarar regeringens åtgärder såsom lagliga. — — Den bästa politik består alltid i aktningen för rättvisan och lagen. (Bravo).

Deputeraden *Bebel:* När hr Wagner beklagar att vi tvätta vårt orena linne inför Europas ögon, och derföre vill undanskjuta diskussionen, så svarar jag honom, att skulden icke ligger hos oss, utan hos dem som hafva gjort kläderna smutsiga. Om det lagstridiga i regeringens förfarande vill jag ej tala; det är ju erkändt från alla sidor; jag har tagit ordet endast för att konstatera på hvad sätt man i Lötzen behandlat de arresterade personerna. Då vi rådslogo om strafflagen, lofordade deputeraden Ziegler politiska förbrytares behandling af militärauktoriteterna; det första fall som nu inträffat, sedan lagen utfärdades, bevisar motsatsen. Kamraterna af mitt parti ha blifvit behandlade såsom de gemenaste förbrytare. Jag vill framlägga några bevis derpå, som Bonhorst lemnat mig sedan han blef utsläpt. Den 9 Juli på morgonen mellan kl. 7 och 9 arresterades i Braunschweig medlemmarna af det socialdemokratiska utskottet. De fingo icke taga afsked af hustru och barn, icke heller ordna något för sina affärer, man förde dem handklofvade till bangården. Naturligtvis väckte detta skådespel stort uppseende; ansedda och högst liberala män smädade dem på det ovärdigaste sätt. På bangården stälde man dem till publikens åskådning i en lokal, hvars dörrar stodo vidöppna och äfven här var det personer af de bildade och välmående klasserna som smädade dem, ty arbetarne ha den tiden på dagen icke tillfälle att slå dank. På färden erhöllo de till underhåll 2½ silfvergroschen (23 öre) om dagen. Under resan, som varade 1½ dag, fingo de icke tala. På bangården i Potsdam imottogos de af etape-kommendanten med de orden: Ihr Lumpen, Ihr Rüpel (tyska skällsord, som ej torde behöfva öfversättas), i Lötzen skall ni nog få veta af annat (rop af: fy! och skratt). Icke en minut togos handbojorna af dem, icke ens då de skulle äta eller förrätta andra behof. Till Königsberg anlände de i hällande regn. I ett mörkt hål med öppet fönster, genom hvilket vattnet slog in, tillbragte de natten på en hård brits; hvarje halftimme måste de stiga upp och söka röra sig så mycket som möjligt i den trånga lokalen, för att icke stelna af köld. På samma sätt var det i Lötzen. Der erhöllo de dock 7½ silfvergroschen om dagen, men som ej räckte att lefva af. Besök fingo de ej imottaga, bref fingo de blott skrifva under kontroll, tidningar fingo de blott läsa under den sista tiden, och de bestodo af ett högkonservativt blad. Slutligen frigifna, transporterades de tillbaka på samma sätt, fängslade med handbojor. — — Vårt parti vet väl att våra fordringar på rättvisa lemnas utan afseende, men vi vilja åtminstone inför Tyskland uttala, huru det står till, *och hvad det tyska folket har att vänta af denna regering* (kursiveringen gjord af öfvers.).

Deputeraden *Wedemeyer* anmärkte, att personliga känslor här böra tiga, också är intet splittrande ordrytteri (icke fullt ordagrannt öfversatt från originalet: *Splitterrichterei,* öfvers. anm.) öfver formela frågor här på sin plats. *Inter arma silent leges.*

Deputeraden *Schulze-Delitsch:* Om splittrande ordrytteri är här icke fråga, det handlar om ansvarighetens stora grundsats. Hr Wagner, om hvilken jag gerna erkänner att han konseqvent såsom alltid följt sina politiska åsigter ända till deras slutpunkt, har här föredragit för oss läran om den oansvariga ansvarigheten (munterhet), han har uppfordrat oss att öfvergå till dagordningen, men just motsatsen häraf är hvad vi böra göra. Att skjuta åt sidan ansvarighetens grundsats är något som tillintetgjort de största statkomplikationer. Imot hr Wedemeyer anmärker jag, att just under krigets virrvarr ett noggrannt iakttagande af lagen ensamt är värdigt en stor nation. Ett skönare vitnesbörd kan icke en nation gifva sig sjelf, än om hon under användande af sin högsta kraft imot yttre fiender, på samma gång bevarar sitt lugn och medvetandet om hvad som anstår henne och att hon icke låter sina medborgares heligaste rättigheter trampas under fötterna af någon militär, han må vara än så förtjent och högt uppsatt (lifligt bifall). Åt de män som med svärdet värnat den tyska jordens okränkbarhet, skylla vi stor tacksamhet och hafva äfven på sina tider utan dröjsmål visat densamma; men de hafva icke anspråk på sådan lön, som folket måste köpa med offret af sina heligaste rättigheter (lifligt bravo!)

Den 5 December.

På dagordningen för denna session stod första rådplägningen om de tre fördragen med Baden, Hessen, Würtemberg och Baiern. Under debatten härom yttrade deputeraden *Schulze-Delitsch* bland annat: »Enligt hr presidenten Delbrücks ord kunna vi endast säga ja eller nej till förslaget. Detta vore riktigt, om det blott handlade om Sydstaternas anslutning. Men då dessa fördrag betinga en ny grundlag, så vore det öfverhufvud ovärdigt oss sjelfva och en parlamentarisk församling att låta tvinga in sig i en sådan ställning, der man medgifver att det finnes mycket dåligt i förslaget, men tillika säger att vi icke kunna ändra det. Tvingar oss då hela den politiska situationen in i en sådan ställning? Alldeles icke; för det att en förhastad och ofulländad produkt framkommit, behöfva vi icke omåttligt brådskande säga ja dertill. Ty furstarne hafva hittills blott sinsimellan öfverlagt om tillvaratagandet af sina dynastiska intressen; nu tillhör det folket att taga vara på sitt intresse. Men det är någonting i alla civiliserade folks historia oerhördt, att förelägga ett bildadt folk en färdig grundlag med den uppfordran att endast säga ja eller nej dertill. Under den friska strömningen, under entusiasmen öfver krigets framgångar måste vi, säger presidenten, taga hvad vi få; då måste vi vara nöjda med allt, då töras vi för Guds skull icke låta någonting häraf kallna, den inre bygnaden skola vi sedan företaga. Det är väl dock det största fattigdomsbevis som man kan gifva sig sjelf, om vi låta oss blifva hänvisade att förtrösta på ett senare tidskifte, då den nationela entusiasmens låga hunnit släckas. Detta visar oss hela machverket; det är den homeopatiska behandlingen af partikularismen, och detta få vi icke erbjuda småstaterna. — Efter något vidare ordande om de speciela punkterna slutade Schulze så: »mina herrar, hittills hafva vi ännu inga garantier för vår personliga frihet; man har hela tiden afspisat oss dermed, att vi först måste hafva enheten och sedan följer friheten af sig sjelf. Jag derimot säger, att om I rösten för fördragen i denna form, så hämmen I för lång tid vårt fäderneslands utveckling (mycket sant!). Skola då alla strider och segrar aldrig föra till något resultat, utan endast tjena dynastiska intressen? Det måste upphöra. En sådan afslutning leder blott till katastrofer, motsvarar på intet sätt vårt nationela lynne och är ingen afbild af vår nationalanda.»

Den 6 December.

Den dagen förut afbrutna allmänna debatten om fördraget med de sydtyska staterna fortsattes. Härvid yttrade bland andra deputeraden *Bebel:* Från socialrepublikansk ståndpunkt skulle jag snart vara färdig med förslaget; det är för oss oantagligt och absolut förkastligt; men jag vill ett ögonblick betrakta det från monarkisk och konstitutionel utgångspunkt. Vid afresan till krigsteatern lofvade oss konungen af Preussen, att i fält strida för vår inre välfärd. Detta kan man icke igenkänna på fördragen; vi finna der inga garantier för friheten och enheten, ingen ministeransvarighet, ty förbundskanslerens lär väl ingen vilja kalla en sådan, herr presidenten har ju till och med sjelf intygat hans oansvarighet. Grundrättigheterna felas; det jernhårda militärväsendet är bibehållet, budgeten saknar all kontroll af riksdagen. Att förenings- och tryckfrihetsväsendet äro lagda under riksdagens kompetens, är en olycka; ty press- och föreningslagarna äro i alla de tyska småstaterna långt mera frisinnade och deras handhafvande långt humanare än i Preussen. Hvad vi i denna punkt hafva att hoppas af förbundet under Preussens hegemoni, behöfver jag väl icke säga eder. I afseende på friheten hafva vi således lidit skada; och hafva vi väl gjort några framsteg i afseende på enheten? I tagen vilse om I tron, att skådespelet af kejsarkröningen skall blifva i stånd att uppfylla folket med nya förhoppningar. — Men detta krig föres och kommer att föras mer eller mindre äfven imot oss, imot folket, och I skolen finna er bedragna på resultatet; folket skall genom en sådan sakernas gång lära sig tänka och inse att det har ingenting att vänta af sina furstar och regeringar; det skall erkänna nödvändigheten att endast gå till råds med sig sjelft, med ett ord, det skall frigöra sig ifrån furstarne och deras regeringar och resultatet af sådana premisser blir republiken.

Den 8 December.

Deputeranden *Wiggers:* I trots af de sorgliga erfarenheterna från åren 1813, 1830, 1848 och jemväl 1867 hoppades vi dock nu, i anledning af den allmänna entusiasmen och de strömmar af blod som blifvit utgjutna, att regeringarna tacksamt skulle taga våra rättvisa önskningar och fordringar med i räkningen. Innan 21 år förflutit (?) skulle kejsaren smörjas med en kraftig droppe af demokratisk olja — och i dag står en jernhård militarism vid hans sida. Då erhöllo vi garanterade grundrättigheter; *nu ha vi fått en i trots af alla sköna fraser fullkomligt värdelös grundlag,* ja! egentligen blott ett fördrag imellan furstarna. *Att det i Tyskland finnes icke blott furstar, utan äfven en tysk nation, derom veta dessa fördrag ingenting.*

Hela det nuvarande verket är ingenting annat, än köpeskillingen för en krona, men denna köpeskilling är mycket för hög. Vi vilja icke för detta sken offra våra grundrättigheter, utan fordra att de skola göras gällande.

Presidenten *Delbrück* yttrade i anledning häraf, att regeringarna icke hade förbisett frågan om en revision af förbundsförfattningen; men de hade trott att det närvarande ögonblicket icke vore egnadt att sammanknyta denna stora fråga med den om de sydtyska staternas anslutning till förbundet. Regeringarna hade derföre trott sig böra afstå ifrån dess vidrörande nu; de hade ock hoppats, att riksdagen, så väl som de författningsenliga organerna för de särskilda staterna ville visa samma återhållsamhet.

Deputeraden *Wiggers* hänvisar på motsägelsen deri, att regeringarna vilja afböja en revision här af författningen, då de likväl sjelfva hafva gjort en sådan. En revision måste ej blott taga vara på regeringarnas intressen, utan äfven på folkets önskningar i frihetens intresse. Han hoppades således att man under öfverläggningarna finge framställa amendementer.

Dessa yrkanden afslogos dock vid omröstningen med afgjord majoritet; blott Fortschrittspartiet och yttersta venstern röstade för desamma.

Derefter förekom en petition från Rostock, att rättstillståndet i Mecklenburg måtte återställas, och *Wiggers* yrkade med anledning deraf, såsom tillägg till § 3 i grundlagen: att i hvarje förbundsstat skall finnas en representation utgående från val af folket, hvars bifall skall erfordras för hvarje lags utfärdande och för fastställandet af budgeten. Derimot yrkade *v. Hennig* öfvergåendet till dagordningen på grund deraf, att det nu vore riksdagens uppgift att inskränka sig till de punkter i riksförfattningen, hvilka på grund af sydstaternas tillträdande erfordra ett tillägg eller en förändring.

Deputeraden *Wiggers* erinrade härvid om de tidigare fruktlösa förhandlingarna angående rättsförhållandena i Mecklenburg, hvarom besvär år 1869 blifvit inlemnade till förbundskansleren, och tillade: folket i Mecklenburg väntar, efter de offer det gjort för kriget, en reform af sin medeltidsförfattning. Det är bekant *att representationen i Mecklenburg består endast af riddargodsegare och borgmästare.* Denna representation tager naturligtvis endast i betraktande sina egna intressen; om landets väl bekymrar den sig icke; den har ej ringaste inverkan till reform af lagstiftningen och finanserna. Detta tillstånd kan ej längre uthärdas, äfven icke i tyska folkets intresse. *Huru skall Tyskland kunna sägas stå i spetsen för civilisationen, när inrättningar från medeltiden ännu äro rådande i särskilda stater deraf?* — Hindret mot en författningsrevision låg ej hos hertigen utan hos ridderskapet, och om våra önskningar ej nu tillfredsställas, så kan den närvarande författningen af år 1755 komma att upplefva sitt 200-åriga jubileum.

Deputeraden *Hausmann* gjorde ett dylikt yrkande för furstendömet Lippe, och anförde att endast godsegare der äro valberättigade, och att den passiva valrätten är bunden vid en egendom af minst 3,000 thaler och vid förmågan att skrifva ortografiskt. Der hade landtdagen bifallit ett förslag, *att förvandla statsförmögenheten af omkring 7 millioner thaler i ett furstligt fideikommiss*, medan det arma landet måste betala förvaltningskostnaderna med sina utskylder. Nu förekommer hela landet såsom en furstlig domän, och alla besvär äro fruktlösa.

Deputeraden *Hoverbeck* hade af debatten mer och mer fått det intrycket, att Mecklenburgs författningsrätt i alla fall kommer att bli uppäten, det är blott fråga om med hvilken sås det blir anrättadt.

Härefter följde den punkt i författningen som afhandlar bestämmelserna om *pressen* och *föreningsväsendet*.

Härvid föreslog *Duncker* å Fortschrittspartiets vägnar följande tillägg: *Tryckfriheten får icke hämmas genom några i förväg lagda hinder för tryckning eller cirkulation. Rättigheten att utan vapen och fredligt samlas i slutna rum, likasom rättigheten att bilda föreningar, må icke göras beroende af en föregående tillåtelse.*

Duncker motiverade sitt förslag dermed, att här icke vore fråga om några nya grundrättigheter, utan om att konservera de gamla. Grundrättigheterna äro nu garanterade öfverallt i Tyskland, måhända utom i Mecklenburg, men de kunde lätt sättas i fara genom väckande af kompetensfrågor i följd af den nya författningen. Genom bifall till talarens förslag skulle regeringen bäst vederlägga den misstanken, att ett tillbakaskridande åsyftades med den nya författningen.

Presidenten *Delbrück* bad, att församlingen äfven här måtte afstå. Talaren tycktes i sin framställning utgå från ett knappt förklarligt misstroende imot den blifvande riksdagen, der likväl en enkel majoritet fattar beslut. Det kommer således an på, äfven om man vill förutsätta en reaktionär tendens hos regeringarna, huruvida riksdagen skulle vilja biträda en sådan tendens. Nästa riksdag är ännu icke vald, men om jag gör mig en riktig föreställning om den strömsättning som råder i Tyskland, så måste jag, från talarens ståndpunkt, imotse densamma med mera förtroende än talaren sjelf, och hans andragande synes mig då icke hafva annat än en teoretisk betydelse.

Deputeraden *Hirsch:* Den kompetensutvidgning, som förekommer i denna punkt, synes mig hafva blifvit fordrad af de sydtyska regeringarna endast för att befrias från en lagstiftning, som är vida mer frisinnad än vår. Der beror den icke af polisen, utan står på rättsgrund, och derföre hoppas de nu genom denna tillsats på hjelp af förbundet. Just nu är det skäl till misstänksamhet, *då man vid fördragen endast tänkt på furstarnes intressen* men slår folkets rättigheter i ansigtet.

Wagener och *Lasker* hvilka uppträdde imot den siste talaren, hade det största förtroende till framtiden och betraktade förbundet såsom en högre, de särskilda staternas friheter skyddande instans. *Lasker* ville imellertid rösta för Dunckers förslag, då det afsåg ett skydd för friheten och 14 röster i *förbundsrådet* kunna hämma all inre utveckling.

Deputeraden *Becker* kunde ej dela de två föregående talarnes optimism. Här i Tyskland har ända hittills, då agitationer för grundlagsreformer kommit till en viss afslutning, den reaktionära lagstiftningen åtagit sig det vidare utförandet; jag fruktar att det blifvande tyska förbundsrådet kommer att öfvertaga arfvet efter de män, som ända till år 1866 höllo sina sessioner vid Essenheimergatan i Frankfurt (Mycket rätt!). I så grannlaga frågor, som angående tryckfrihet och föreningsrätt, kan det icke finnas för mycket garantier; den allmänna meningen skyddar blott till en viss grad: den har år 1856 i Preussen icke skyddat oss mot att blifva munkaflade genom administrativa åtgärder. Ända hittills har öfverallt i de tyska staterna tryckfrihetslag varit detsamma som lag till inskränkning af tryckfriheten. Jag ber eder rösta för Dunckers förslag.

Vid påföljande votering blef Dunckers yrkande afslaget.

Den 9 December.

Vid denna session förekom frågan om presidiet i förbundet, hvarom artikeln lyder så: *Kejsaren har att folkrättsligt representera riket, i dess namn förklara krig och sluta fred, ingå traktater och förbund med främmande makter.*

Härom yttrade deputeraden *Mallinckroth:* »Ingen af de talare som hittills yttrat sig, har uttalat någon åsigt öfver det hela, hvarmed jag skulle kunna förena mig. Jag nödgas derföre motivera mitt votum.» Han ansåg garantier felas för religionsfriheten; vidare gör militärväsendet för stora anspråk på folkkraften, och om äfven för närvarande någon ändring häri ej är rådlig, så synes dock öfverenskommelsen med Baiern och Würtemberg försämra situationen för framtiden. Isynnerhet i Preussen äro bestämmelserna om förhållandet mellan förbundskommissarie och minister alltför hoprörda och sväfvande (verschwommen). Förbundskansleren betäcker allt med sin ansvarighet; men denna liknar oansvarighet som ett ägg det andra. Blott ett omåttligt förtroende kan acceptera detta. Man tröstar oss visserligen med en blifvande revision, men om det närvarande långt mera passande ögonblicket försummas, så fruktar jag att vi allt säkrare och räddningslösare gå militarismen och imperialismen till mötes. Härtill kan jag icke bidraga och afsäger mig all ansvarighet derför.

Deputeraden *Liebknecht:* Då förslaget blott betyder en maktfråga imellan furstarne, så uppställa vi intet motförslag, ty vi parlamentera icke med våra motståndare; denna riksdag är icke kompetent utan snarare produkten af ett maktspråk. Hoppas ni åstadkomma enheten i kejsardömet? Hindret imot hvarje enhet ligger i furstarnes maktställning, och för det första deri, att folket icke förmår bryta denna makt. Motsägelsen imellan folk- och furste-suveräniteten är olösbar. Denna så kallade författning kan i sanning förorsaka sömnlösa nätter. Att här inlåta mig på en kritik deraf anser jag öfverflödigt, den har från alla sidor blifvit öfverhopad med tadel, åtmiustone ingenstädes blifvit berömd, och nu skola vi likväl upplefva det sällsamma skådespelet att den antages nästan enstämmigt. Under sistlidna sommar kallades jag till ordningen, emedan jag liknade de härvarande förhandlingarna vid uppförandet af en komedi. Men sägen sjelfve: hvad är det annat? I veten att I blott hafven att säga ja eller nej, och att edert afböjande icke en gång skulle respekteras; derföre rösten I hellre ja, för att icke genom ert nej dokumentera eder fullkomliga maktlöshet. År 1849 bevisade Hohenzollrarne att en af folket erbjuden kejsarkrona icke är dem angenäm; då hade en enhet varit möjlig, men det verkliga hindret derimot är huset Hohenzollern, som står i diametral motsats till det tyska folkets intressen. Detta hinder måste bortskaffas, annars blir det ingen enhet, utan blott absolutism, och hela den nya författningen är intet annat, än en furstlig förlikningsanstalt imot demokratien. Kejsarkröningen borde egentligen förrättas på Gensdarmenmarkt (ett torg i Berlin), då detta kejsardöme blott lärer komma att upprätthållas genom gensdarmer. Nu först kommer den stora striden att begynna, imellan de verkliga motsatserna af den yttersta högern och den yttersta venstern. Högern har rätt när den sluter sig omkring Hohenzollrarne. Men den sanne patrioten måste bedröfvas, om ännu flera sådana segrar vinnas; de bära friheten till grafven, och sjelfve Robespierre darrade för friheten vid de republikanska arméernas segrar. (Stort larm i huset; presidenten kallar talaren till ordningen).

Deputeraden *Schulze:* Auktoriteten måste utan tvifvel vara öfvervägande, och den närvarande presidialmaktens förtjenst kan icke bestridas. Men här råder en förvirring af rätt och auktoritet och det är nödvändigt att tydligt bestämma gränsen, der auktoriteten råkar i konflikt med rätten. Om just den författning som har att fastställa gränsen imellan makt och rätt, nöjer sig med den försäkran, att bristerna i detta rättsförhållande skola afhjelpas genom auktoriteten, så sanktionerar den ett brott imot rättstillståndet. Om auktoriteten kan göra allt, så behöfva vi öfverhufvud ingen författning; denna är då ett lekverk, som hvarje ögonblick kan skjutas åt sidan. *Historien har visat, att det ingalunda är rådligt att upprätta en stats enhet, men uppskjuta friheten till framtiden.* De folk, som kommit till något mål som folk, hafva alltid förstått, att i de ögonblick, då regeringarna från sin ståndpunkt begärt koncessioner af dem, uppställa de vilkor, hvilka bestämde folkens rättigheter gent imot regeringarna. *Detta hafva vi förbisett.* Talaren slutade dock dermed att han förtröstade på andan hos folket för framtiden, och att hans bemödande alltid varit att rädda denna anda.

Herrar *Blankenburg*, *Künzer* och *Bennigsen* talade för förslaget. Den sistnämde menade: hinder och svårigheter af argaste beskaffenhet kunna beredas oss, men ett allvarsamt och varaktigt motstånd imot folkets eniga vilja är omöjlig; det skulle brytas imot de kraftfulla element som ligga i den nya författningen.

Härefter följde omröstningen, hvari förslaget antogs med stor majoritet af omkring tre fjerdedelar.

Förestående referat ifrån den nu afslutade tyska riksdagen innefattar i största möjliga korthet hufvudsumman af den opposition, som framträdde att protestera mot den nya grundlagens kompetens och antagande i ett bristfälligt skick, samt imot den öfverraskning, hvarmed regeringarna i Tyskland derigenom, enligt minoritetens påstående, afstängt eller åtminstone försvårat den vidare utvecklingen af ett på folkfrihetens grund bygdt statsskick. Om vi icke bedraga oss, skall läsaren finna åtskilliga af dessa yttranden lärorika för bedömandet af den närvarande ställningen i Tyskland. Såsom ytterligare bidrag till detta stycke af dagens historia anse vi oss kunna afsluta denna uppsats med att här på ett ställe anteckna några på den senare tiden genom de *tyska* dagbladen bekantgjorda handlingar, som höra under samma kapitel, och jemväl utgöra bidrag till kännedomen om frihetens nuvarande ställning i Tyskland.

Sålunda finner man af underrättelserna med den senaste posten, att tre bankirer i Frankfurt, S:t Goar, Kulp och Levita, som blifvit anklagade för det de hade öppnat en subskription på det sista franska lånet, blifvit afförda och ankommit till Berlin den 15 December, för att insättas i fängelse och afvakta sin dom derstädes. För en fjerde bankir Güterbeck har erbjudits en borgen af 100,000 thaler, för hans personliga frihet under rättegången, men detta har blifvit afslaget. En boktryckare i Hamburg har blifvit arresterad för det han tryckt en skrift af de s. k. socialdemokraterna. — Den 26 November utfärdades ett cirkulär till samtliga lasaretten, innehållande, att så lofvärdt bemödandet vore, att skaffa de sjuke och sårade soldaterna förströelse genom böcker och tidningar, så måste dock de läsandes ståndpunkt såsom soldater härvid icke lemnas ur sigte, och derföre förbjöds utdelning af alla sådana tidningar och skrifter, hvaribland nämnes *Volks-Zeitung*, hvilkas politiska tendens icke synes egnad till lektyr för soldater. Detta väckte så mycket uppseende, att tvenne medlemmar af »hjelpföreningen», general v. Webern och stadsfullmäktigen Kockham, sökte företräde hos general von Castein som utfärdat förbudet, för att förmå honom återtaga det, men han förklarade att han icke kunde detta: »en preussisk general måste vara fast som sten, och aldrig göra sig skyldig till något återtåg. Det enda han kunde göra, var att han icke skulle bekymra sig om, huru befallningen följdes, d. v. s. han skulle blunda med ett öga, om soldaterna ändå läste »Volks-Zeitung». Detta berättas i *die Gerichts-Zeitung»;* ett annat blad drager likväl sannolikheten af det sistnämda yttrandet i tvifvelsmål.

I afseende på metoden att låta oskyldige plikta för de skyldige för att injaga skräck, berättade ett telegram den 24 December, att general von Falkenstein i anledning deraf att två franska officerare lyckats rymma ur fångenskapen, låtit insätta 20 andra officerare i fängelse, samt förklarat, att för hvarje fånge som hädanefter rymmer, komma 10 andra att arresteras. Af samma art var den i November i Alsace utgifna förordningen att för hvarje elsassare som flyr, ålägges dess familj att betala 50 thaler. Af samma art är äfven en förordning, som påbjuder svåra penningeböter för husegare i Strasbourg, på hvars husvägg affischer utan vederbörandes tillstånd finnas uppslagna, äfven om det skett utan husegarens vetskap.

Åtskilligt af ofvanstående har väl redan varit anfördt i tidningarna för dagen, men utgör drag i taflans kompletterande, hvilka ej bort utelemnas i bredd med utdragen af riksdagsförhandlingarna. Det intryck samlingen häraf i dess helhet lemnar, kan derföre icke minska sympatierna för de beklagansvärda tyska krigare, som mot sin vilja och åstundan att få återvända hem, ännu i tusental skola offras för krigets fortsättande till dess Paris är intaget och Frankrikes makt krossad — hvilket sistnämda dock icke ännu är afgjordt; — icke heller för de hundratusental tyska familjer, hvilkas manliga medlemmar ligga nedbäddade i Frankrikes jord eller blifva af krigets mödor förderfvade för lifstiden, äfvensom för den stora nöd, som enligt utifrån hitkommande bref på många ställen och isynnerhet i Berlin skall vara rådande bland det stora flertalet af dess invånare.

Låtom oss till slut än en gång vända blicken till Frankrike och dess hufvudstad. Vi se der å ena sidan högqvarteret i Versailles, som utan nödvändighet eller något tänkbart behof, — ty att kriget långt för detta icke hade behöft längre fortsättas för Tysklands försvar och för att genom en hederlig fred förskaffa det all nödig säkerhet imot framtida angrepp från Frankrike, är numera från alla sidor erkändt, — med förakt för mensklighetens och kristendomens bud, och utan annat tänkbart resultat, än att utså frön till ett långvarigt nationalhat, användt alla sina krafter för att komma i tillfälle att bombardera den franska hufvudstaden, och nu, sedan det ser sina beräkningar nästan gäckade, vill försöka att betvinga två millioner menniskor genom hungerns fasor, på samma gång som det öfriga landet brandskattas och förhärjas. För detta ohyggliga ändamåls vinnande underkastar det icke blott sina egna härar, som hafva en brinnande längtan att få återvända till hemorten, de svåraste lidanden, sjukdomar och död, utan tvingar nu slutligen, sedan hela den yngre manliga styrkan är uttagen från hemmen i Tyskland, ytterligare 150,000 man, af mellan 30 och 40 års ålder, att öfvergifva sina gråtande hustrur och barn för att dela samma öde som de förutvarande, med visshet att tusental deribland aldrig skola återkomma. Ett sådant förfarande innebär ingenting mindre än ett återförande af det nittonde århundradet till hedniskt barbari, ett upphöjande af det sjelfviska högmodet till en vederstygglig afgud, en Moloch, af hvilken en del af folket skall uppslukas och de öfriga tvingas att falla ned och tillbedja. Å andra sidan se vi ett folk som, sedan det förklarat sig beredvilligt till de uppoffringar, hvilka utan afträdande af land kunde försäkra Tyskland om en fördelaktig fred och säkerhet för framtiden, nu strider för sitt lif och sitt sjelfbestånd; som genom uthållighet, fosterlandskänsla och enighet för vinnande af den gemensamma räddningens ändamål lemnat en lysande vederläggning, hvad folket beträffar, af den beskyllning för demoralisation, som med någon rätt träffade ytan af hufvudstadslifvet i Paris under den förderfvande napoleonismens inflytelse. Vi hafva sett huru detta snillrika folk, oaktadt omgifvet af en hårdt tillskrufvad jernring af arméer och förstörelseverktyg, som nästan framkallar tanken på de under namnet *Thugs* bekanta indiska stryparne, förstått att medelst luftballonger underhålla gemenskapen med den öfriga verlden; men man har måhända icke erinrat sig, att de som begifva sig på den djerfva resan med dessa ballonger alltid våga sitt lif, isynnerhet sedan tyskarne nu bestält särskilda kanoner för att skjuta på dem, samt behandla dem hardt när såsom spioner, om de falla i deras våld, hvarpå de tyska tidningarna omförmält ett par färska exempel.

Ingen kan förutsäga utgången af det exempellöst märkvärdiga skådespel, som samtiden nu alla dagar får upplefva, men det har under de tyska makthafvandes utan barmhertighet för sitt eget folks lidanden fortsatta härjningståg redan visat sig, att fransmännens hjeltemod att strida för sitt lif eller gå under med äran äfven inom flera delar af Tyskland börjat vinna deltagande, och att sympatiernas riktning hos alla andra nationer numera icke är tvifvelaktig.[1]

L. J. H.

---

[1] Sedan ofvanstående uppsats redan var färdig till tryckning hafva tidningar från Förenta staterna i Nordamerika meddelat underrättelse om ett stort möte kalladt *mass-meeting* i det s. k. *Cooper institute* i hvars ändamål var att uttrycka sympatier för fransmännens sak i anledning af det nuvarande kriget. Dervid beslöts äfven att uppsätta en adress på engelska, tyska och franska språken, för att tillställas såväl kongressen som andra nationers lagstiftande församlingar. Då det varit kändt att amerikanarnes sympatier till en början lutade mera åt Tysklands än Frankrikes sida, så lemnar denna adress en bekräftelse på hvad vi i den förestående afhandlingen yttrat om det deltagande som Frankrikes sak mer och mer börjat vinna inom andra länder. Adressen har dessutom ett annat intresse deruti att den betraktar motiven hos det preussiska högqvarteret till krigets fortsättande ifrån alldeles samma synpunkt som blifvit

angifven i vår ofvanstående artikel, nämligen att dessa motiv egentligen utgöras af hatet mot republikens och frihetens sak, i förening med högmodets åtrå att kunna få illustrera den tyska kejsarvärdigheten med ett intåg i Paris. Vi hafva derföre ansett ifrågavarande adress förtjena att jemväl upptagas i sammanhang med denna artikel då den annars i massan af de dagliga tidningarna lätt går förlorad för håkomsten. Den lyder sålunda:

»Vi, medborgare i Amerikas Förenta stater, församlade till *mass-meeting* för att uttala vår mening beträffande nu pågående krig i Europa, förklara följande:

1:o I betraktande deraf, att det krig, som Napoleon förklarat mot Tyskland, efter dess upphofsmans fall vid Sedan och republikens införande i Frankrike upphört att för Tyskland vara ett försvarskrig;

2:o I betraktande deraf, att krigets fortsättande urartat till en kamp mellan aristokratien och demokratien, mellan despotismen och republikanismen, och särskildt mot den nyligen i Frankrike införda republiken;

3:o I betraktande deraf, att annexionen af ett landområde utan bifall af dess befolkning är ett brott mot folkrätten och en förolämpning mot nittonde århundradets civilisation;

4:o I betraktande deraf, att amerikanska regeringens pligt är att gifva sitt moraliska stöd åt hvarje folk, som kämpar för friheten, och att denna pligt jemväl framgår af den amerikanska oafhängighetsförklaringen;

5:o I betraktande deraf, att det namnlösa elände, som kriget redan förorsakat inom de båda länderna, ovilkorligen fordrar dess snara upphörande;

6:o I betraktande deraf, att krig mellan nationer, hvilket är regleradt och sanktioneradt genom våra nu gällande internationela lagar, är lika omoraliskt och oförnuftigt, som dueller mellan individer;

7:o I betraktande deraf, att dess fullständiga afskaffande icke kan ega rum annat än genom införande af sant demokratiska samhällen, grundade på folkens solidaritet;

hafva vi beslutat:

1:o Att vi fördöma fortsättandet af kriget mot franska republiken, såsom i högsta grad orättmätigt och endast befordrande despotismens intressen;

2:o Att vi sympatisera af allt hjerta med våra olyckliga bröder och systrar i Frankrike och Tyskland, hvilka i lika mån lida af detta orättmätiga krig, som framkallats endast till förmån för despotiska planer;

3:o Att vi såsom en handling uf barbari och tyrannisk orättvisa brännmärka den våldsamma annexionen af Alsace och Lorraine;

4:o och 5:o Att vi uppmana alla goda medborgare att hos Förenta staternas regering begära, det hon ville använda hela sitt inflytande till förmån för franska republiken, handla i oafhängighetsförklaringens anda och sålunda bidraga till att sätta en gräns för detta utrotningskrig;

6:o Att vi hos Förenta staternas regering anhålla, det hon måtte till de europeiska makterna framställa förslag om och hos dem enständigt yrka på afskaffande af de stående armeerna och införande af en allmän skiljedomstol;

7:o Att vi inbjuda alla dem, som älska frihet, jemlikhet och en ständig fred, att förena sig i ett vidsträckt samfund, som må kunna betrygga folkets verkliga sjelfstyrelse inom alla länder, så att de icke längre tåla oket af några spekulanter och monopolister, hvilka alltid gynnas och understödjas af despotismen.»

Anmälningar.

Bellman, C. M. Samlade skrifter. Illustrerad godtköps-upplaga. D. 1—4. (Stockholm, Ad. Bonnier, 1870).

Det ges ett osvikligt tecken på att en skald eller en för ttare är ett verkligt stort snille och gripit djupt in i sitt folks utveckling; det är, att man tid efter annan återvänder till hans andliga qvarlåtenskap och skiftar honom ånyo, eller, för att tala utan bild, att hvarje nytt tidehvarf söker tillämpa sin egendomliga uppfattning på hans skrifter och personlighet. Det är så som tyskarne alltid skola återkomma till sin Schiller och sin Goethe, fransmännen till sin Molière, sin Voltaire och svenskarne till sin Bellman. Den uppmärksamme betraktaren skall med lätthet kunna draga slutsatser öfver ett skedes skaplynne af den ställning det intager till folkets store män; och särskildt är det märkligt att, hvarje gång folket med allvar läser deras verk eller erinrar sig hvad de uträttat, kan man med visshet förutsäga ett kraftigt uppvaknande af folkandan. Ett folks minnen äro en evig föryngringskälla för detsamma.

I detta afseende kan den närvarande tiden vara stolt öfver hvad han uträttat: han håller Sveriges minnen i helgd. Bellman särskildt har varit föremål för en allt mer stigande uppmärksamhet så från de lärdes som folkets sida. För det senare talar just det förctag vi nu anmäla, en godtköpsupplaga af skaldens skrifter. I allmänhet äro godtköpsupplagor af ett lands störste författare en skyldighet från förläggarnes sida mot de mindre bemedlade, en skyldighet, för öfrigt, som ingalunda brukar innebära någon uppoffring. Vi tro ej heller att detta nu skall blifva fallet: ty då Bellmans skrifter i sin helhet förut endast varit tillgängliga för en ganska dryg summa, kosta de nu endast 8 rdr. Upplagan är ganska omsorgsfullt utstyrd för detta pris och till och med försedd med en del af den förras träsnitt. Derimot äro noterna i Carléns upplaga här uteslutna, hvilket visserligen är en förlust, som dock torde kunna afhjelpas, i fall ett kort sammandrag af dem finge åtfölja det band med musik som förläggaren vilkorligt utlofvat. Om upplagan i och för sig är för öfrigt intet annat än godt att säga; hvad texten beträffar, har den föregåendc upplagan utan vidare förändringar aftryckts. Men just på frågan om texten till Bellmans skrifter ligger en hufvudsaklig vigt, och vi ville derför angåcnde henne yttra några ord till den kraft och verkan det hafva kan.

Som bekant, utgaf Bellman under sin lifstid endast strödda verk från trycket, och först mot slutet af hans lefnad utkommo *Fredmans epistlar* och *sånger*, redigerade, icke af honom sjelf utan af Kellgren. Flere samlingar af otryckta dikter utgåfvos sedan ifrån 1809, af hvilka de vigtigaste voro den som Sondén gjort (1813) och den som bär Völschows namn (1814). Tid efter annan utkommo dessutom nya upplagor af epistlarne och sångerna, tills slutligen Sondén företog sin utomordentligt förtjenstfulla upplaga af skaldens samlade skrifter, som visserligen i följd af trakasseri från en förment rättsinnehafvare höll på att stranda, men slutligen dock fullbordades. Här eger man för första gången en text, på hvilken arbete nedlagts genom handskrifters och uppteckningars jemförande och urvalet af läsarter, hvad de ej af Bellman sjelf utgifna arbetens angår. Följden af detta om Sondéns vanliga samvetsgrannhet vittnande företag blef att sedan icke något vidgjordes i saken, tills Carlén företog sin vackra upplaga. Den mängd nya uppteckningar, originalhandskrifter m. m., som sedan Sondéns tid kommit i dagen, har denne siste utgifvare delvis begagnat, äfvensom han genom sina noggranna undersökningar om Bellmansdikternas ort-, person- och sakförhållanden lemnat i hög grad värderika bidrag till deras klarare uppfattning. Sondéns text har imellertid af honom följts i allt väsentligt, och någon nämnvärdare tillökning i afseende å innehållet ha Bellmans skrifter ej fått i denna upplaga. Sondéns åtgöranden äro således till denna dag de mest genomgripande som skett med dessa odödliga dikter, och hans förtjenster om texten skola alltid förbli oförgätliga, liksom hans efterföljares belysningar i afseende på Bellmanslokalerna.

Men Sondén sjelf betraktade, med berömlig blygsamhet och kännedom af ämnets svårighet, sin upplaga *endast* som en förberedande samling, afsedd att bevara hvad man till hans död kände af och om skaldens skrifter och sålunda tjena en verkligt omfattande och kritisk upplaga till utgångs- och stödjepunkt. Men — denna upplaga har ännu ej kommit till stånd; ty, som vi nyss anmärkte kan Carléns, oaktadt sina onekliga företräden, ej betraktas som en verkligt monumental, för alltid afgörande Bellmansupplaga. Härtill fordras, för det första en fullkomlig frigörelse från alla häfdvunna föreställningar om den nuvarande Bellmanstextens förträfflighet, samt vidare en omfattande genomforskning af den rika skatt handskrifter och tryckta dikter som ännu dels för litet, dels alls icke begagnats. I förra hänseendet måste den af Sondén och andra valda vägen, att utan granskning följa skaldens s. k. egna upplagor, alldeles öfvergifvas, hvarimot i det senare en fortsättning och ett fullständigande af hans arbete kan och bör ske, med tillgodogörande af det högst betydliga materiel som numera föreligger och som säkert ännu skall ökas. Vi vilja endast, som bevis för vårt yrkande i förra fallet, anföra följande. Carlén har i den lefnadsteckning, som åtföljer hans upplaga, meddelat utdrag af de märkliga upplysningar dem sedermera krigsrådet Westé lemnat om tillkomsten af Fredmans epistlars första tryckta upplaga. Den som skrifver detta har under ögonen, ej blott Westés berättelse, utan äfven den af honom gjorda samlingen af Bellmaniana, efter hvilken Kellgren företog sin redaktion, och kan således fullkomligt intyga, i huru många vigtiga punkter redan denna handskrift skiljer sig från den tryckta upplagan, hvars nyheter således tillhöra redaktören, ej skalden sjelf. Men nu är, enligt närmare granskning, Westés handskrift temligen sen och hvimlar af misstag, skriffel, utelemningar och dylikt, som blir en nödvändig följd af diktens kringlöpande i afskrifter, i synnerhet när de äro

af den lätt förderfvade art som epistlarne. Man finner denna af-
skrifts betydliga underlägsenhet vid jemförelsen med flera äldre,
som härleda sig från tiden under och strax efter epistlarnes till-
komst, och hvilkas läsarter på samma gång upplysa, förbättra och
tillöka den nu kända texten. Ty, som bekant, diktades det stora
flertalet af dessa mot slutet af 1760 och under början af 1770 talet.
Redan 1773 på sommaren anmäldes 50 epistlar till prenumeration,
för att af trycket utgifvas, och endast några få af de senaste här-
leda sig från midten af 1780-talet. Under sådana förhållanden
kan man ej undra på, att de flesta blifvit vid träget afskrifvande
förderfvade; och att Bellman eller hans vänner skulle varit några
textkritiker af modern noggrannhet är ej att begära, helst hela
företaget med utgifvandet från början var en förlagsspekulation af
Åhlström, som sökte sysselsättning för sitt privilegierade nottryckeri.
Bellmans intyg om att texten af honom öfversetts och rättats har
naturligtvis endast tillkommit på förläggarens och Kellgrens begä-
ran, utan att han tagit någon närmare kännedom om sättet huru
med granskningen och utgifningen tillgått. Det skulle föra oss
alldeles för långt att med några omfattande prof bland de flera
hundra som stå oss till buds ådagalägga, i hvilket underhaltigt
skick denna så ytterst märkliga diktsamlingstext ännu befinner sig;
men såsom ett enda bevis på huru förderfvade dess läsarter äro,
kunna vi ej underlåta att ånyo nämna att en nyligen i *Ny Illu-
strerad Tidning* offentliggjord upplysning, att nämligen i episteln
om Ullas »flykt» (»Vår Ulla låg i sängen och sof»,) jollret om de
fyra halta gubbar, som bortförde den sköna, bör utbytas mot det
begripliga talet om paltagubbar, den allmänt bekanta benämningen
på »separationskarlarne», ett slags underordnade stadstjenare. Dy-
lika på läs- eller staffel af en bokstaf beroende ändringar äro dock
långt från flertalet bland dem som böra vidröras.

Men om Bellmanstexten, sådan hon nu lyder, befinner sig i
ett otillfredsställande skick, isynnerhet hvad epistlarne och sångerna
angår, så lider hon icke mindre af en betänklig ofullständighet.
Ett sekularsnille af den höga rang inom verldslitteraturen, som
Bellman, har knappt skrifvit en rad, så obetydlig, att han ej för-
tjenar bevaras, åtminstone när skalden följt sin ingifvelses ström.
Men ännu förvaras en väldig mängd af Bellmans småvers, bref
med teckningar m. m. dels i handskrift, dels spridt i samtidens
tidningar och tidskrifter. Äfven om han strött enkla blommor på
en nu förgäten graf eller fägnat ett bröllopslag med de muntra lju-
den från sin lyra, måste dock hvarje yttring af hans oändligt rika
och flödande snille innebära en tanke, en stämning, ett minne, som
ej kan och får försvinna utan uppmärksamhet. Man betrakte hur
tyskar och fransmän nu gå till väga med sina största författare,
och läre af dem. Vi äro gerna med om kritisk sofring, när det
gäller talanger af andra och lägre rang; stora snillen måste vårdas
som ett folks dyrbaraste andliga egendom, och intet af deras arf
får förfaras.

Dessa korta antydningar om texten kunna visa åtminstone att
det ej är så väl bestäldt med Bellman, som kanske mången tror.
Kommer så frågan om förklarandet och belysning af hans sånger.

Man begynte i fosforisternas dagar och har sedan flerfaldt åtlats med mer eller mindre djupsinniga och omfattande undersökningar om arten af Bellmans skaldskap, om humorns väsen och dess afspegling i den Bellmanska diktverlden m. m. sådant, som onekligen kan vara ganska väl sagdt och tänkt, till och med rätt skarpsinnigt; men som dock har det felet, att det icke ger läsaren någon klarare bild af skalden, hans verk och hans tid, än den han ungefärligen egde förut, och således ej bidrager att göra honom begripligare för det nuvarande slägtet. Det är icke på den estetiska analysens, eller ens på omskapningens väg man lär sig fatta den sanne Bellman, sångaren med de vinranktyngda lockarne och det fina löjet under den vemodigt tankfulla pannan och de svärmiskt drömmande ögonen, han som, just derigenom att han var i främsta rummet barn af sin tid, blifvit en skald för alla tider. Det är och förblir Carléns oathändliga förtjenst att först klart ha fattat, hvilken belysning *denne* Bellman kräfver, äfven om han, såsom den förste, ej kunnat annat i många fall än rödja vägen. Man måste lära grundligt känna skaldens egen samtid i alla hans vigtigare uppenbarelser, i hans seder och smak, hans föreställningar och tänkesätt, hans personer och ställen, genomträngda af nordens, framför allt Stockholms, natur, sätta sig in i hans poetiska utveckling, med ett ord göra mångsidiga och omfattande studier, för att rätt kunna fatta samt rikhaltigt och i fullt ljus framställa skaldens odödliga dikter. Dessutom måste Bellmans eget lif genomforskas i dess minsta enskildheter, de personer med hvilka han stod i närmare beröring skildras, spår af hans brefvexling och dylikt uppsökas o. s. v. Här öppnar sig ett genom sin vidd nästan afskräckande fält, på hvilket det mesta ännu återstår att uträtta. Och dock ha vi ännu ej talat om de särskilda undersökningar, som en fullt tillfredsställande historik öfver och kännedom af Bellmans musikaliska kompositioner kräfver. Men oaktadt allt det myckna som ännu måste uträttas, innan Bellman för vår tid kan blifva hvad han bör, må vi dock ej fälla modet, utan rastlöst sträfva till det mål, som nu endast hägrar på långt håll. Med förenade krafter må nordens lärde och forskare gripa sig an, för att för samtiden framställa »skalden som ingen» i hans snilles och hans ovanskliga äras fulla glans.

—RN.

Månadsöfversigt.

Länge nog ha äfven i vårt land sånggudinnorna förstummats under vapenlarmet. Så djupt och allmänt har det deltagande varit, hvarmed man hos oss följt det upprörande skådespelet af en kristen nation i färd med att sönderslita en annan, att under långa månader endast föga uppmärksamhet synes ha blifvit öfrig för de talrika maktpåliggande samhällsfrågor, som stå i samband med våra inhemska sträfvanden för framåtskridande och allsidig förkofran. Efter allt utseende är imellertid nu ett omslag på väg att inträda. Våra »sympatier» äro

till riktning och värmegrad desamma som förr, men — riksdagsperioden
nalkas, och den fosterländska odlingens angelägenheter skola ånyo
ställas främst på dagordningen. Finnes det bland dessa någon eller
några, som företrädesvis torde böra göras till det instundande riks-
dagsarbetets medelpunkt?

Vi gifva endast ett uttryck åt en af tusentals fosterlandsvänner
delad öfvertygelse, då vi lägga vårt ord till de mångas, som under
den senast förflutna månaden betecknat frågan om Sveriges försvar så-
som vår egentliga lifsfråga för ögonblicket: »den stora fosterländska
frågan.» Sådant är numera det offentliga rättstillståndet i Europa, att
svenska nationen knappast någonsin haft större skäl att föra sig till
minnes skaldens varning: »tror du dig ensam trygg? så är ej våldets
art; var viss: det klappar ock uppå din fjellport snart.» (Tegnér).
Det är den ingenting mindre än lugnande vissheten derom, att den
nuvarande politiska situationen icke medgifver ett fredsälskande folk
någon annan hvila än en med handen på svärdsfästet, som trädt i
dagen vid offentliga diskussionsmöten samt i pressens uttalanden i
försvarsfrågan under December månad.

För vår del skulle vi ej med minsta inkast vilja söka afkyla det
nu så allmänna och varma nitet att förverkliga den patriotiska grund-
satsen om ett folk i vapen. Den enskildes beredvillighet till uppoff-
ringar för samhällets bästa, till att, när så erfordras, »betala med sin
person», är en dygd, hvars välgörande verkningar sträcka sig utöfver
det för stunden åsyftade ändamålet och till och med ej uteblifva ens
då, när offret skenbart varit förgäfves. Likväl är det just det uthål-
liga blickandet åt ett enda håll, som lemnar rum för ensidighet i
uppfattningen af det hela. Det finnes måhända någon anledning att
befara, att en dylik ensidighet skall göra sig gällande vid det snart
begynnande riksdagsarbetet. Här vore då på sin plats att erinra om
det betydande antal fosterländska frågor, som, jemte arméfrågan, bida
sin lösning vid riksdagen. Må man det ena göra, men det andra icke
låta! Må man framför allt ej förbise undervisnings- och folkbildnings-
frågans höga vigt särskildt med afseende på den närvarande politiska
ställningen! Verkligt duglige fosterlandsförsvarare är — derom råder
ingen meningsskiljaktighet — hvad vi nu i främsta rummet behöfva;
men huru anskaffa dem? Ej blott genom utskrifningar och stadganden
om ökad värneplligt; djupare ned än så måste den nya byggnadens
grundval läggas — på fosterlandskärlekens fasta botten. Det är vär-
digt den medborgare, som bör hålla sig beredd att i farans stund
möta döden för sitt land, att göra detta ej för sold, men af fri, med-
veten kärlek till fosterjorden. En sådan kärlek uppspirar bäst ur den
grundliga kännedomen om det land och folk vi såsom svenskar äro
kallade att hägna och tjena. Det är derföre folkbildningsfrågan ur
viss synpunkt blott utgör en annan sida af försvarsfrågan. Uppfostrom
Sveriges ungdom till sjelfständigt tänkande och handlande, sitt fädernes-
land varmt hängifne män och qvinnor, och vi ha derigenom kring
våra gränser bygt en lefvande mur, som näfrättspolitikens våldsverkare
fåfängt skola söka genomspränga!

C. v. B.

Den gammalkristna konsten i Roms katakomber.

Öfvergångsperioden från den antika verldens lifsåskådning, kultur och konst till den kristna verldens nybildade föreställningskrets utgör af flera skäl en af de intressantaste företeelserna i den menskliga odlingens historia. Sjelfva det djupt gående motsättningsförhållandet mellan det lefnadströtta romerska samhället under dess aftyningstid och den kraftiga nyvaknade troshänförelsen hos den kristna menigheten är af så genomgripande betydelse för alla följande tider, att ensamt detta skulle vara nog för att vid denna tidpunkt fästa det högsta intresse, äfven om ej dertill komme storheten hos de mäktigt begåfvade personligheter, genom hvilka striden mellan de två verldsprinciperna företrädesvis utkämpades, och vidare beröringen mellan de olikartade nationaliteter, hvilka möttes i verldshufvudstaden vid denna tid, då orientens nya Kristustro besegrade vesterns utlefvade religionsformer.

För ingen annan tid skulle man derför i så hög grad önska fullständiga och klara vitnesbörd i verldshistorien, och dock är det just denna tid, som mera än de flesta andra är fattig på dylika. Det har imellertid blifvit våra dagar förbehållet att i någon mån skingra det mörker, som höljde detta de första kristna menigheternas tidehvarf, och det område från hvilket ljuset och lifvet här möta oss, är de dunkla underjordiska grafvarne, deri de äldsta kristna gömde sina dödas qvarlefvor: *katakomberna*.

Det är Giovanni Battista de Rossis förtjenst, att hafva för första gången grundligt genomarbetat och tillgodogjort vetenskapen det rika stoff, som här döljer sig, sedan man från Bosios tid (c:a 1600) gjort dessa undersökningar till föremål för mer eller mindre tendentiösa uttolkningar. De Rossis arbeten *Roma Sotterranea Christiana* I och II (Roma 1864 och 1868) och *Inscriptiones Christianæ* I (Roma 1861) äro hufvudverken inom den rika katakomblitteraturen, och ha inom nordens litteratur framkallat ett arbete, hvars första del redan utkom 1868, utan att ännu fortsättningen låtit höra af sig, nämligen pastor Theodor Hansens *Kirke-*

historie fra Roms Katakomber. Kjöbenhavn 1868. (L. A. Jörgensens Forlag. VI. 113 sidor 8:o).

Sistnämda arbete utgör ett kort sammandrag af katakombernas historia från kristendomens första dagar till påfve Calixti I:s tid (218 e. Kr.) och omfattar sålunda det första af de tre tidehvarf, i hvilka författaren delar katakombernas historia. Det andra tidehvarfvet går från Calixti tid till Constantin (år 312); det tredje från Constantini tid till år 410, från hvilket år den sista tidsangifvelsen i katakombernas inskrifter härrör. Stödjande oss vid dessa och andra arbeten samt begagnande hvad egen åskådning och studier på ort och ställe ha lärt oss, skola vi försöka en redogörelse för det vigtigaste af hvad vi kunna inhemta i katakomberna angående tidens kultur och specielt angående den äldsta kristna konsten, dervid begagnande tillfället att — med de nyaste forskningarnas hjelp — korrigera en och annan hittills som dogm predikad sats om den äldsta kristna kyrkans förhållande till konsten.

1.

Katakombernas arkitektur.

För att kunna förstå den uppenbarelse af konstens tillstånd, hvilken framträder för oss i katakomberna, är det nödvändigt att först kasta en blick på katakomberna sjelfva, deras uppkomst och bygnadssättet uti dem.

Ordet »katakombe» skrifver sig från en tid, då de romerska och grekiska språken blandat sig med hvarandra utan något vidare inre sammanhang än det, som uppenbarar sig i arkitekturen i Hadriani båge i Athen, der den kejserlige byggmästaren har på en romersk båge uppsatt en grekisk tempelfaçad; benämningen härleder sig från det grekiska κατα och det romerska *cumbo*, alltså »nederlag», upplagsställe, nämligen för lik. Bestämmelsen uttalar sig sålunda tydligt nog i namnet, och vi behöfva ej spilla många ord på den falska åsigt, enligt hvilken katakombernas bestämmelse skulle vara att afge plats för de första kristnas religiösa sammankomster under hedendomens dagar.

Deras inredning och den anblick de för närvarande erbjuda, visar sig klarast för oss, när vi betrakta Calixtkatakomberna, belägna 2½ miglis utanför Porta San Sebastiano, på verldsstadens södra sida, vid Via Appia.

Helt nära den plats, der nu nedgången är till Calixti katakomber, står eller stod en liten bygnad, hvars egendomliga form först väckte de Rossis uppmärksamhet, i det att en nisch gaf den en viss likhet med de gamla oratorier, hvilka de kristna brukade resa öfver sina grafställen. Han lät inköpa jordstycket för Pius IX:s räkning, började gräfva och återupptäckte här det rikaste af Roms hittills bekanta katakombsystem.

Trappan, som för oss ner, tyckes vara från 6:e eller 7:e århundradet, men under dess stenar ser man spår af en äldre och vackrare, troligen från 4:de århhundradet. Genom en gång, hvars väggar äro uppfylda med »grafith»-inskriptioner, ristade i kalken, börjar man sin vandring. Denna leder oss omvexlande än genom dessa trånga gångar, ej bredare än att jemt två personer kunna gå förbi hvarandra, men af skiftande höjd, från litet öfver en mans höjd, till 3 à 4 manshöjder, der på båda sidor grafvar äro inhuggna i den mjuka stenväggen, tre, fyra, intill åtta öfver hvarandra, efter längden, hvarje graf så lång som en menniska: här inlades liken i dubbla täcken, i hvilka fanns osläckt kalk, för att hindra utdunstningar — än leder oss vår vandring till platser, der gångarne utvidga sig till kapeller (krypter), hvarest man vid martyrernas grafvar redan tidigt samlades till bön — senare väl under förföljelsens dagar äfven till kärleksmåltider och till predikande. Krypterna äro fyrkantiga, och hafva ofta ett lågt, hvälfdt tak med spår af korshvalf [1]), väggarne äro vanligen indelade så, att midt imot ingången en halfrund väggnisch upptager hufvudmartyrens graf, under det liknande nischer, en eller flera på hvardera af sidoväggarne, antyda, att flera än ett helgon hvilar i detta kapell. Så träda vi kort efter vårt nedstigande i Calixtkatakomben in i »påfvekryptan», der nu fyra grafinskriptioner äro uppstälda på deras ursprungliga plats framför fyra grafvar: de berätta oss, att fyra påfvar från 3:e århundradet här ligga begrafna: Luesius († 253), Anteros († 235), Fabianus († 251) och Eutychianus († 283) — Hansen anger åren 252, 235, 250 och 285. — I kryptans bakgrund läses en af många bitar sammansatt inskription öfver många i denna trakt begrafna helgon.

Genom en af grafgångarne kommer man till en närliggande krypta, der en »ljusbrunn» öppnar sig, d. v. s. en öppning, redan företagen vid katakombernas anläggning, af form som det inre af en skorsten, hvilken insläpper ljus och besörjer ventilationen. I denna

---

[1]) Såvida jag ej här förblandar restauration och ursprungligt, hvilket jag visserligen ej tror, men hvarom jag i ett ögonblick af ovisshet ej mera kan förvissa mig.

ljusbrunn ses bilderna af tre helgon i en stil, som af Hansen benämnes byzantinsk, men som tillhör det sjunkande gammalkristna måleriet; de bära ej titeln »sancti», utan endast namn och äro troligen ej yngre än från 4:e århundradet. Derimot äro de på en pelare bredvid synliga figurerna utförda i byzantinsk stil och hänvisa troligen på tiden kring 800. De bära gyllene glorier och utmärka sig genom denna afskräckande stelhet, som är egendomlig för byzantinismen. Här är musikhelgonet S:t Cecilias graf; här nedlades hennes lik af Urban; figurerna på pelaren framställa också Kristus, Urban och Cecilia.

Nära invid denna krypta inträda vi i fem små kryptor, bestämda till familjgrafvar, med en mängd medelmåttiga målningar, vitnande om den antika stilens djupa förfall. I andra kryptor finna vi bibliska scener ur gamla och nya testamentet — i andra åter fresker från Constantins och hans efterföljares tid. Midt i katakomben träffa vi påfven Eusebii († 310) krypta, med en inskrift af påfven Damasus († 384) jemte en kopia af densamma. skrifven på baksidan af en åt Marcus Aurelius invigd stenplåt. I kyrkogårdens östra del är påfvemartyren S:t Cornelii graf († 252) med bilder af honom och hans vän S:t Cyprianus, som dog på samma dag i Afrika, samt S:t Sixtus; bilderna äro byzantinska från sjunde eller åttonde århundradet, men framför den stora grafven med bågen öfver läses ännu den ursprungliga enkla grafskriften öfver *Cornelius martyr episcopus*. Öfver dessa kryptor ligga de berömda »Lucinas kryptor», hvilkas ursprung och minnen gå genom andra århundradet ända upp mot den apostoliska tiden.

Sedan vi sålunda i korthet skildrat katakombernas utseende, blir det nödvändigt att likaledes i korthet redogöra för det sätt, hvarpå de tillkommit.

De gamla romarne och etruskerna begrofvo i äldre tider sina döda i jorden, men redan under republiken blef det i Rom — från tredje århundradet f. Kr. — vanligt att uppbränna liken. Ett undantag härifrån gjorde endast den corneliska familjen, och scipionernas berömda grafvar vid Via Appia — »intra muros» — bära vitne härom. Under det att man sålunda tidigare nedlade den döde i en träkista, som stundom inneslöts i en stensarkofag. samlade man nu askan i urnor, och uppstälde dessa i särskilda grafmonument eller samlade dem i kapeller med talrika nischer, hvilka, på grund af deras likhet med dufslag, kallades »columbarier». Längs landsvägarne utanför staden var de dödas boning, och isynnerhet var Via Appias grafstad, der monument och villor omvexlade, vida berömd — och ännu ådagalägga talrika ruiner dess sjunkna prakt. Under tredje århundradet e. Kr. blef det åter vanligt att begrafva de döda — till en del väl en följd af kristendomens började inflytande. Ty inom kristendomen, liksom inom judendomen, har aldrig likförbränning egt rum. Juvenalis kallar i sin femtonde satir uttryckligen begrafningen »en sällsynt och orientalisk sed». Säkerligen var det den i Rom redan sedan republikens sista dagar boende judiska kolonien, som hade från sitt hemland medfört denna »orientaliska» sed; för dem var det en styggelse att bränna de döda — de ville »nedstiga till sina fäder» (Genesis 36: 37). Och verkligen känna vi från kejsartidens början i Palæstina de med orätt så kallade »konungarnes grafvar» vid Jerusalem, hvilka i ej ringa grad erbjuda analogier med katakombernas grundform. Också vid Rom finnes en judisk katakomb och ha funnits många. Det är egendomligt, att under det de judiska kyrkogårdarne i Palæstina höllo sig — efter judisk sed — fria från all bildlig framställning, finna vi i judarnes katakomb i Rom målade framställningar: blommor, vinlöf, dufvor och påfåglar — dock ha de ej kunnat öfvervinna sin skygghet för figurframställningar — ingen enda sådan förekommer. Deras flesta bilder äro symboliska: den sjuarmade ljusstaken, arken, Davidsskölden (två mot hvarandra lagda trianglar), vädurshornet (altarets horn), manna- eller vattenkrukan o. s. v. förekomma. Inskrifterna äro grekiska eller romerska, dessa ofta med romerska bokstäfver. De äro vanligtvis mycket enkla; stundom inskränka de sig till blott namnet; stundom tillägges »hvilar här i frid», eller »i frid vare hennes sömn», eller endast »i frid».

Ur denna judiska församling i Rom, som tyckes hafva haft sina boningar i Trastevere och en tid vid Egerias grotta i den nuvarande Cafarellidalen, utbildade sig nu den första kristna menigheten i Rom. Dess öden höra ej hit: ett endast rör oss här: antingen de föllo som martyrer, eller de insjuknade eller på annat sätt afledo — alla dogo de; och när de dött, skulle de begrafvas.

Nedlades de då i redan förut befintliga grafvar, eller äro katakomberna de kristnas eget verk?

Under långa tider har man trott, att katakomberna voro af hedniskt ursprung, antingen så, att de kristna lade sina döda i redan existerande, färdiga grafvar och nischer, der förut romerska lik i äldre tider legat — eller så, att sjelfva grafvarne visserligen voro nya, då derimot katakombernas gångar hade tillhört gamla, då redan öfvergifna sten- eller puzzolanbrott. Den förra åsigten, som kullkastas genom allt hvad vi nu känna om katakomberna, hade äfven i forna dagar endast ett — och det ett mycket svagt stöd: det, att många grafvar voro utan egendomligt kristna märken. Men detta inkast förlorar all betydelse genom motskälet: att der *alldeles inga hedniska* inskrifter funnos, hvilket dock under nämda förutsättning skulle varit högst oförklarligt.

Så mycket troligare föreföll vid betraktandet af katakombernas ofantliga utsträckning, af deras äldsta namn: »arenaria», af gamla sagor samt af flera arkeologiska rön, det senare förmodandet, att vi här stodo i gamla puzzolan- eller stenbrott. Men fysiska och tekniska skäl hafva i vår tid visat oss, att äfven denna mening är i det hufvudsakliga falsk: såväl jordens beskaffenhet som anläggningssättet utgöra bevis mot dess möjlighet. Den jordart, som förekommer i de trakter kring Rom, deri katakomberna gömmas, är »tuff», och förekommer under tre former: den litoïda tuffen, den granulära tuffen och »puzzolanjord». Den litoïda tuffen är en hård stenmassa, som begagnas för bygnader, puzzolanjorden användes vid cement- och kalktillverkning, då derimot den granulära tuffen ej haft någon dylik utbredd och bekant användning.

Skulle nu alltså katakombernas ursprung förskrifva sig från jordens användning, så måste de antingen befinna sig i den litoïda tufflagern, eller i puzzolanjorden, och upphöra eller vända sig åt annat håll, hvar gång man kom till den granulära tuffens område. Men nu är detta så långt ifrån fallet, att tvärtom katakomberna nästan uteslutande befinna sig just i den granulära tuffen, som är lätt att uthugga och stark nog för att hålla ihop, under det att de derimot just undvika den litoïda, som är svårbearbetlig, samt puzzolanjorden, som ej är stark nog för att bära upp sig. Just detta jordlager, som var för svagt för att låta sig förflyttas till begagnande för bygnader, för fast för att deraf göra cement och kalk, — det, som ingen annan användning hade, är katakomberna — ett starkt bevis för att de äro ursprungliga kristna grafvar.

Det andra beviset hemtas från anläggningssättet. Voro katakomberna ursprungligen stenbrott, så måste de varit så anlagda, att med minsta möjliga möda den största möjliga mängd sten kunde vinnas och borttransporteras: — men just det motsatta är fallet: man har vunnit det minsta möjliga materialet. Gångarne äro så trånga, att två personer med möda kunna gå förbi hvarandra. Om en mängd slafvar med åsnor och kärror för att bortföra materialet för materialets skull, kan här ej hafva varit fråga, endast om helt små transportredskap. Också äro de öfverallt rätvinkliga, hvilket i hög grad skulle försvårat framkomsten, såvida fråga hade varit om att uttransportera bygnadsmateriel. Slutligen skulle man i så fall från de nedra etagerna — det finnas tre à fyra, ja fem våningar öfver hvarandra — anlagt öppningar för att draga upp jorden; nu finner man derimot endast ljusöppningarna, hvilka äro snedtlöpande och alltså ej kunna hafva haft denna bestämmelse.

Att katakomberna kallades »arenarier» visar endast, att man då, som ofta, använde ett gammalt namn på en ny sak, som liknade den gamla. Stundom, men mycket sällan, finner man katakomber anlagda under stenbrott såsom t. ex. Nikomedeskatakomben, eller vid ett stenbrott, som den ostrianska katakomben.

Med få undantag voro sålunda katakomberna ursprungligen kristna, i öfverensstämmelse med de judiska, anlagda begrafningsplatser. Derimot äro flera andra katakomber, hvilka jag haft tillfälle att genomvandra, tydligen grundlagda i stenbrott, som t. ex. katakomberna i Neapel och Syrakusa.

Hvilken utsträckning katakomberna fingo vid Rom, har man svårt att föreställa sig. Alldeles tillförlitliga siffror är det här omöjligt att ange, så länge ej samtliga grafsystemen äro kända och mätta. De romerska katakomberna bilda två stora system, på båda sidor om Tibern. Sjelfva floddalen innehåller inga katakomber, derimot ligga på vestra sidan i Janiculusberget den helige Ponziani och Pancratii katakomber. Under den neroniska cirkusen i vatikanska berget funnos katakomber, men som redan vid slutet af andra århundradet voro förstörda. Bakom Monte Mario träffa vi Via Portuensis, Aurelia och Triumphalis katakomber. Vid Via Flaminia ligger ensam S:t Valentini katakomb. Vid Via Labiana låg S:t Castuli, vid Porta Salara ligger S:ta Priscillas, vid Via di Porta S:t Lorenzo S:ta Helenas, S:t Saturninos och katakomben vid kyrkan San Lorenzo fuori. San Pietro Marcellino's ligger vid kyrkan af samma namn. Den ostrianska och Santa Agneses ligga vid dessa helgons kyrka nära Via Porta Pia, S:t Alexanderskatakomben vid det beryktade Mentana (det gamla Nomentum, 7 miglier från Rom). Men hufvudmängden ligger mellan Via Latina, Appia Ardentina och Ostiensis, der vi finna den berömda Calixtkatakomben och Lucinas katakomb, Nereus och Achilleskatakomben, San Sebastianskatakomben m. fl. Mera än 40 katakomber voro i bruk under de första fyra århundradena, och man anslår längden af samtliga katakomberna till 587 italienska miglier motsvarande ungefär 150 geografiska mil, hvilka under loppet af tre århundraden skulle kunna hafva upptagit 3,500,000 lik — ett betydligt mindre antal än de öfverdrifna uppgifter, hvilka för ej många år sedan publicerades.

Huru, frågar man dernäst, var det möjligt för de första kristna under »förföljelsens tider» att företaga dessa enorma arbeten? Svaret är, att den större delen utfördes i det århundrade, som ligger mellan kristendomens antagande som statsreligion och året 454 — det sista år, om hvilket vi bestämdt veta, att ännu i detsamma begrafning egde rum i katakomberna (jfr. de Rossis inskrifter n:o 1159). Men äfven om vi räkna denna tid ifrån, återstår ett stort arbete, som i ej ringa mån visar, hvad många andra fakta godtgöra, att kristendomens historia under de romerska kejsarne ej var en dylik sammanhängande förföljelse, som den traditionela kyrkohistorien älskar att påstå, utan att tvärtom enstaka förföljelser af grym och häftig art ej voro i stånd att utplåna resultaten af långa fredliga perioder, under hvilka denna religion vann många anhängare inom de högsta och rikaste familjerna, ja inom sjelfva kejsarens hus. Tertullianus omtalar huru »palatset, senaten, forum är uppfyldt af dem». (Tert. Apolog c. 38). Dessutom sträckte sig icke förföljelserna så långt, att man bröt grafvens frid; tvärtom häfdade Roms lagar med stor skärpa graffriden; och att katakomberna under förföljelserna stundom tjente de kristne som tillflyktsort visar likaväl, att de respekterades af hedningarne, som att de voro undangömda.

Sedan katakombernas begagnande upphörde, fortforo de att vara heliga ställen, helgade genom martyrernas ben under flera århundraden. Ja, redan vid det fjerde århundradets slut, under det katakomberna ännu utvidgades, skildrar kyrkofadren Hieronymus oss det intryck, han mottog af dessa helgade ställen: »när jag som gosse med mina kamrater om söndagarne steg ned till apostlarnes(?) och martyrernas grafvar, och vandrade kring i dessa jordgrafvar och kryptor, der liken voro inlagda i väggarne, förekom det mig alltid, som stege jag sjelf ned i underjorden. Och när jag då ofta trefvade mig fram i den djupa natten dernere, der ljuset endast här och der kastar en stråle in genom några få hål, då erinrade jag mig Virgilii ord:

»Horror ubique animos, simul ipsa silentia terrent.»

(*Hieron. comm. ad Ezech.* 40, 5 ff.). Men alltmera blefvo de endast kultusställen, och påfven Symmachus (498—514) säges uttryckligen hafva »restaurerat» katakomberna, i hvilka och vid hvilkas oratorier man på helgondagarne ihågkom martyrerna. Redan under sjunde århundradet började man bortföra helgonens ben till kyrkorna i staden, i syfte att derigenom »consacrera» dessa; ja påfven Bonifacius IV (608—615) som invigde Agrippas Pantheon till en kyrka för Maria och alla helgon, lät föra in i kyrkan 28 kärror fylda med helgonben, hvilka der nedgräfdes under altaret, under det att andra martyrben — och som sådana ansågos snart nog alla de ben, som här funnos — från katakomberna fördes kring hela verlden som reliker. Så upphörde efterhand gudstjensten i och vid katakomberna, isynnerhet sedan påfven Paschalis I (817— 824) hade låtit flytta 2,300 lik — förmodade martyrlik — från katakomberna till kyrkorna, »emedan kryptorna voro förfallna». Kort förut hade påfven Hadrianus företagit en restauration, som troligen bidrog till att fylla katakomberna med flera af dessa byzantinska målningar, hvilka der förekomma.

Så förgingo många århundraden, under hvilka man helt och hållet glömt bort katakomberna och deras läge, tills de åter upptäcktes i sextonde århundradet, samt genomsöktes och beskrefvos af Bosio, »katakombernas Columbus».

Sedan den tiden ha upptäckterna i katakomberna ständigt tjenat ifriga katolska författares tendentiösa sträfvanden, för att bevisa de katolska dogmernas apostoliska ursprung genom en ensidig och ofta rent af falsk utläggning af de bilder och andra konstföremål samt inskrifter, hvilka funnos i katakomberna.

Huru svaga dessa försök i sjelfva verket äro, huru katakombernas målningar etc. tvärtom, när de betraktas med nyktra ögon, visa tillbaka på den första kristna tiden som en af dogmatiska tillsatser oberörd och föga spekulativ, men af en brinnande och ren tro uppburen tidsålder, kan ingenting bättre ådagalägga, än en undersökning af dessa enkla konstverk, ej mindre af deras form än af deras innehåll.

2.

Målningar i katakomberna.

Den antika konsten hade öfverlefvat sig sjelf. Efter en kort blomstring under Augustus, en ännu kortare, kraftig naturalism under Trajanus, då konsten med ifver upptog framställningen af de barbariska nationers fysiognomier, med hvilka Rom nu kom i beröring, och efter en eklektisk dödskamp under Hadrianus, då den romerska skulpturen endast förmådde skapa ett enda nytt ideal, den enligt vår åsigt redan af kristna föreställningar påverkade Antinous, sjönk den under Antoninerna ned i det djupaste förfall, sämre än döden.

Ty konsten är ett barn af kulturen, är dess blomma, och med den ängsligt sökande och ropande, aldrig svar erhållande hedendomen, som än kastade sig i armarne på neoplatonismen, än på indifferentismen, än, med en aning om hvarifrån det nya ljuset skulle utgå, spejade i orientens i upplösning stadda religionsformer efter detta ljus, än upptagande Osiris och Isis, än Mithras som gudar, — med den måste också den antika konsten, sedan den genomvandrat desamma regionerna i kraftlösa framställningar af Mithras, af Isis, förgås, för att i nya former söka lif inom den kult, som den nya, kraftiga kristendomen utbredde i verlden, och som redan med Paulus hade berört verldshufvudstaden och till och med kejsarhofvet, der Paulus — enligt en gammal sägen — lär haft en vän i Neros lärare, den berömde filosofen L. Annæus Seneca — en sägen, som fått en egendomlig styrka genom en 1867 i Ostia utgräfd inskription från omkring år 300 e. Kr., hvilken är satt af en *M. Annæus Paulus* öfver hans »käre son M. Annæus *Petrus Paulus*», och som visar, att man i Senecas familj bevarade minnet af denna förbindelse.

Egde katakomberna sitt ursprung i orienten, så var deras utsmyckande med målningar derimot af antikt-romerskt ursprung. Judarne hade i sina katakomber i Rom bortlagt den konstskygghet, som eljest var för dem egendomlig, och från dem öfvergick seden till de kristna, som i hög grad utvidgade denna sedvana och gjorde katakomberna till den kristna konstens vagga.

Vi måste här, för att kunna förklara detta faktum, försöka att återföra det till dess sanna betydelse, eller, hvad som är detsamma, försöka att alldeles tillintetgöra den gängse traditionela, men fullkomligt oriktiga föreställning, som man hittills hyst om *de första kristnes konsthat.*

Judarne hade, som vi sågo, från sina katakomber hållit borta framställningen af menskliga former; i de kristna katakomberna se vi derimot redan från äldsta tider dylika framställningar uppträda. Ingalunda ängslig, bindande och insnärjande, som senare tiders pietistiska åsigter skildrat den i öfverensstämmelse med deras egen riktning, tog den äldsta kristna menigheten tvärtom, frisk och mottaglig för det sköna som för det sanna, med glädje arf efter den antika konstens försvunna guldålder, så långt den kunde göra detta utan att hemfalla till eller väcka misstanke om afgudadyrkan och bilddyrkan. Endast bilder af hedniska gudar — och äfven detta ej absolut — likasom af den evige sjelf, voro uteslutna: ej ens hedniska myter och symboler voro förbjudna, med undantag af sådana, hvilka för den kristna lifsåskådningen voro förargelseväckande, som de på antika grafvar vanliga Bacchos- och Eros-framställningarna. Att man ej endast för mytens skull framstälde hedniska myter och symboler på religiösa orter, var ju naturligt: man valde sådana, som kunde ega sin användning äfven inom den nya religionen. Till dessa höra framställningarna af Hermes, af Orpheus, af genier, af den romerska Victoria, o. fl. — af symboler skola vi snart se flera bekanta uppträda, liksom vi skola skildra användandet af de nyss nämda hedniska figurerna.

Men kyrkofäderna, säger man, uppträda ju som bestämda vitnen om de kristnas konsthat. Det är just detta antagande, som behöfver starkare bevis, än dem, man hittills lyckats uppleta. Det är Tertullianus, som här alltid blifvit åberopad. I och för sig är han imellertid ett föga tillförlitligt vitne. ty hans rigorism stod i stark motsats mot hans samtids kyrka, och hans ifriga bekämpande af den större friheten visar just, att denna fanns och var allmän inom kyrkan. Men det kunde hända, att t. o. m. denne erkändt stränge rigorist ej uttalar sig mot konstens utöfvande. Det hufvudställe, med hvilket man dervidlag alltid kört fram, som med ett tungt artilleri, hvilket ej kan besegras, är följande yttrande ur hans skrift mot den kätterske målaren Hermogenes: »han ger anstöt mot det tillåtna genom sina målningar och neddrager Guds lag i sin konst; han är en dubbelförfalskare med sin grafstickel och sin griffel» (»pingit illicite, legem Dei in artem contemnit, bis falsarius, et cauterio et stilo»). Detta ställe har man hittills underlagt följande mening: »han målar, hvilket är otillåtligt; derigenom att han målar, trampar han Guds lag under fötterna, och i det han begagnar både grafstickel och griffel, är han på dubbelt sätt en förfalskare.» Men långt ifrån att detta är meningen, stämmer det mycket mera med de fakta vi förut åberopat, och — som vi skola se — äfven med Tertulliani tidigare uttalade meningar, att förstå dessa ord på följande med originalets ord fullständigt öfverensstämmande sätt: »han målar saker (eller på ett sätt), som det ej är tillåtet att måla», det vill troligen säga, att han fabricerar afgudabilder eller groft sinliga bilder, och härigenom neddrager han Guds lag i den konst, som han gör föraktlig; härigenom blir han en dubbelförfalskare, emedan han på tvåfaldigt sätt missbrukar konstens gåfva, både medelst grafstickel och griffel». Som vi se, är detta en mening, som hvarje allvarlig och tänkande menniska kan underskrifva, och i sina tidigare arbeten uttalar Tertullianus sig ofta mycket friare; han förkastar då endast afgudabilder och dit hörande framställningar, ingalunda den konstnärliga verksamheten, och förklarar, att de kristna »ej förkasta någon frukt af Guds gerningar — vi endast hålla måtta i allt — vi gå ombord med Eder, vi göra krigstjenst och odla jorden med Eder, vi handla med Eder, och våra *konstverk* (artes, opera nostra) framlägga vi offentligen till Ert bruk». Endast de hedniska teatrarne hatade han — *det* står fast.

Lika litet som dessa ställen, bevisa de ställen, man af andra kyrkolärare framdragit, något konsthat. Man kunde anföra Clemens Alexandrinus, som säger: »att vilja vörda det andliga väsendet genom ett jordiskt stoff, är att förnedra det medelst sinlighet»; men härmed har han endast uttalat sig imot bruket af bilder, hvilka vilja framställa det gudomliga, och dermed nalkas afgudabilder och bilddyrkan; och man får ej glömma, att samme Clemens uttryckligen anbefaller begagnandet af vissa bilder, ja han hänvisar t. o. m. direkt på hedniska förebilder: »lyran, som Polykrates af Samos egde, skeppsankaret, som Seleukos egde, utskuret i sten» — endast afgudabilder förkastar naturligtvis äfven han, jemte osedliga bilder, till hvilka han visserligen, medelst en lätt förklarlig villfarelse, räknar alla bilder, hvilka framställa utsväfningar och krigsscener. Betänker man vidare den ofantligt stora rol, som målarekonsten spelade i privatlifvet just vid denna tid, hvarom en blick på Pompejis med konstverk smyckade väggar ännu i dag kan öfvertyga oss, så kan man förstå, att det skulle varit stridande mot alla de yttre tidsvilkor, under hvilka den kristna menigheten utvecklade sig, om den skulle velat ur lifvet aflägsna en så vigtig, så utbredd, så oskadlig och lifvet förskönande verksamhet.

Alltså det står fast: att hat mot all bilddyrkan och alla osedliga bilder fanns hos den första kristna församlingen, så som den måste förekomma öfverallt, der kristendomen är allvarlig och sann — något konsthat förekom derimot icke.

Naturligt ansluter sig den gammalkristna målarekonsten till den, som vi äro vana att kalla »den pompejanska», men som finner ett mera betecknande uttryck i de fresker, hvilka man funnit i och vid Rom — i Calpurnias villa vid Prima Porta, i Titustermerna och nu senast i de nyss funna kejsarsalarna på Palatinus, en kraftig, men tillika elegant och ögat smekande dekorationsmålning med insatta figurgrupper mellan guirlander och friser. Från denna med antiken beslägtade höjd, bildar den kristna konsten i katakomberna visserligen ett ständigt ehuru långsamt sjunkande — vida långsammare än sjelfva antikens förfall utom katakomberna — och öfvergår efterhand till de former, i hvilka vi se inflytandet af en stelnande teologi, som beröfvade konsten dess frihet och systematiserade symbolerna, — ständigt sjönk konsten mot den byzantinska ståndpunkten: figurerna blifva allt längre, allt stelare; draperierna allt mindre fria, och samtidigt dermed allt praktfullare; de naivt framstälda handlingarna ge vika för den torra helgonbilden. Kan man sålunda än ej med en fransk författare säga, att katakombernas konst är ett antikens pånyttfödande till en ny, om ock kort blomstring, så är den dock en ny gren af antiken, dess sista gren, och på samma gång den kristna konstens första gren med nya egendomliga kännetecken, med ett nytt andligt innehåll, buret af ett nytt andligt lif — spiran är lagd till det, som komma skulle, när kristendomen en gång hann att utveckla ett sant konstlif. — Att redogöra för det tekniska sättet för bildernas utförande skulle här föra oss för långt.

Vi kunna indela kretsen af framställningar, efter deras närmare eller aflägsnare slägtskap med den antika konsten, i de rent hedniska, de, hvilka i mer eller mindre hednisk form behandla bibliska och kyrkliga ämnen, samt slutligen rent kristliga, kyrkliga bilder. Genom alla dessa kretsar draga sig symboler af mer eller mindre antikt ursprung.

Till den första klassen från hedendomen upptagna framställningar, naturligtvis alltid med symbolisk allegori af en kristlig betydelse, räkna vi romarbröstbilden med dess dekoration i Priscillas katakomb, genierna, grafmåltiderna, Orpheus spelande för djuren, Odysseus bunden vid masten, Hermes med lammet på skuldran, Herakles och Hesperidernas äpplen, samt Helios i sin vagn.

Det. har ofta anmärkts, att de äldsta bilderna i katakomberna äro de svårast förklarliga — naturligt nog, emedan de tydligtvis måste innehålla de flesta spår af den ännu existerande antika konstens uttryckssätt, ej blott af dess art. Några hafva förklarat dem för medeltidsarbeten — hvilket endast visar, att de ej kände originalerna — andra förklara dem för hedniska, hvilket kunde låta sig höra, om de stodo för sig; men de stå ofta så inbäddade i omgifvande kristna framställningar, att vi ej kunna finna denna förklaring antaglig, lika litet som antagandet, att de skulle vara af gnostiskt ursprung. Alltså *måste* man beqväma sig till det medgifvandet, att de äldsta kristna, långt ifrån att genom kristendomens ande blifva insnärjda i fördomar, erhöllo med den en frihet i uppfattningen af förhållandet till lifvet, om hvilken apostelen Paulus ju så ofta talar, när han säger: »jorden och dess rikedom är Herrans» och »allt är edert!» (1 Cor. 10: 26; 3: 22). Ja, det är helt enkelt — det säger oss en fördomsfri blick på dessa konstverk — det är hedniska framställningar, hvilka hafva blifvit kristianiserade.

Synnerligen intressant och en af de äldsta är en framställning i Priscillas katakomb: en bågnisch är smyckad med ett porträtt, en naken bröstbild af en romare i en medaljong; kring denna går en lagerkrans, och bredvid den stå två qvinnor med bokrullor i händerna. Man kommer ovilkorligen att tänka på antikens sånggudinnor. I hvalfvet synes en framåtilande qvinna med lyftad staf och ett djur bredvid sig: hon påminner om intet så mycket som om en bacchant med tyrsus och panter. Bredvid henne synas två bevingade hästar — tydligen Pegasus — och på bågnischens sida två segrare från de offentliga spelen åkande i qvadrigor; bredvid dem två segergudinnor, Victoria med krans och palmgren; i hörnen synas örnar med glober.

Vid första påseendet är ju allt detta fullkomligt hedniskt, och skulle kunna från denna ståndpunkt förklaras, om ej alldeles invid denna graf funnes en annan bild, framställande en äldre, skäggig man, bröstbild i medaljong, derunder en yngling i toga med en käpp och en globus, bredvid honom en gosse med ett liknande instrument, till venster derifrån en framställning som tyckes betyda Kristus på vägen till Emaus med två lärjungar, alla tre ungdomliga figurer, samt till höger en särdeles fulländad framställning af Abraham, offrande Isaak — lika tydligt en kristen graf. Vi återvisas härigenom till att äfven i den första bilden söka en i de hedniska figurerna dold kristlig symbolik — och den är ej svår att finna. Tänka vi oss, som äldre italienska uttolkare gjort, att grafven gömt en martyr, så ligger det nära att antaga, att vi hafva hans porträtt, — segergudinnorna med palmen och kransen beteckna, jemte de segrande vagnsstyrarne, att han segerrikt fulländat sitt jordiska lopp, bacchanten torde måhända vara att tolka enligt några som Diana, en symbol af hösten, lifvets höst, enligt vår mening som bacchantinnan med tyrsus på vinträdet, med hvilket Kristus sjelf liknar sig, muserna skulle då vara historiens, som berätta hans lifs strid och seger.

Skulle man vilja invända, att framställningen af vagnsstyrarne och viktoriafigurerna med kransen m. m. äro rent hedniska, så kan man dertill svara med att anföra, att aposteln Paulus sjelf har begagnat alldeles densamma, från hedningarnes täflingsspel hemtade symbolik, när han säger: »Veten I ej, att de, hvilka löpa på banan, visserligen alla löpa, men endast en får klenoden? Löpen så, att I kunnen erhålla den! Men hvar och en som kämpar är afhållsam i allt, de för att vinna en förgänglig krona (krans), men vi en oförgänglig» (1 Cor. 9: 24, 25) och det härliga stället i Phil. 3: 14: »Men ett gör jag: glömmande det, som är bakom mig, sträfvande efter det, som är framför mig, ilar jag mot målet till den klenod, som tillhör Guds kall från ofvan i Kristo Jesu», m. fl. st. När nu samma tanke skulle uttryckas i målning, så kunde den ej gerna få någon med de nyomvända hedningarnes föreställningssätt mera öfverensstämmande form, än den ofvan beskrifna.

Till dessa antika föreställningar, hvilka kristendomens konst använde, hör också upptagandet af de romerska barnfigurer, hvilka antiken kallade genier, personligheter, skyddande makter, och hvilka kristendomen i sin konst identifierade med sin föreställning om englar (skyddsenglar). Sådana genier finnas ofta målade i katakomberna. På samma sätt som vi i judarnes katakomb funno vinlöf, blommor etc. som dekoration, återfinna vi dem i de kristna grafvarna, burna af englar d. ä. antika genier som i Domitellos katakomb, der de äro hållna i den renaste och skönaste antika stil, ehuru handtverksmässigt utförda. Äfven blotta englahufvuden finna vi i Lucinas krypter.

Den tredje upptagna antika framställningen är grafmåltiden (romarnes »silicernia», »parentalia», »caenæ novendiales»). Den hedniska seden att fira grafmåltider (jemför graftricliniet vid grafgatan utanför Pompej) med offringar till de dödas maner upptogs med någon förändring, som ett slags minnesfest af de kristna i deras grafagaper, kärleksmåltider, hvilka firades vid martyrernas och de inom familjen saknades grafvar till den aflidnes minne på hans »himmelska födelsedag», d. v. s. hans dödsdag — ej att förblanda med de vanliga kristliga agaperna, från hvilka nattvarden leder sitt ursprung. De voro förbundna med böner och »offringar» icke till utan för de dödas själar — en sed, som, hvad offringarna angår, tadlades af kyrkofäderna.

Den äldsta framställningen af en grafagape torde väl vara den i Domitillas katakomb funna, som i högsta grad visar sig öfverensstämmande med de antika framställningarne af »silicernia» på vaser och grafmonument. Ända till de minsta detaljer är likheten genomförd: gästerna ligga ej, utan sitta till bords, rätterna stå på en trefot, deltagarne sitta vid ett halfmånformadt bord, framför hvilket den tjenande ynglingen (»puer comptus atque succinctus») står. Endast fisken, som ligger bredvid bröden, torde möjligen innehålla en kristen anspelning, hvarom mera längre fram. Det är fisken, brödet och vinet, frälsarens symbol jemte nattvardens två beståndsdelar, hvilka här ständigt återkomma. I hög grad gör sig också den abbreviation, som vi så väl känna från antika skulpturer och mynt gällande: två personer föreställa många — den ene är då de fattiga, hvilka deltaga i kärleksmåltiden, den andre är gifvaren, en tredje person, som bjuder vin, är »puer». På senare bilder stiger, med konstens förfall, antalet personer till fem, ja till sju. Säkerligen ligga antika konstverk alldeles omedelbart till grund för denna och andra liknande konstverk, hvilka sålunda äro att anse som kristna kopior efter antika original.

Men äfven den antika mytologien måste lemna flera ämnen åt det kristna måleriet, när man kunde finna i myten en dold hänsyftning, som kunde användas på kristendomen. »Orpheus spelande för djuren» tillhör visserligen ej den äldsta cyklen af katakombbilder; den förskrifver sig nämligen från Alexander Severi tid, men denna framställning är — måhända just derför — i alla fall af stort intresse; symboliken är klar: det är Guds lockande nåd, som kring honom församlar de ångrande syndarne; tanken om synd och nåd se vi alltså först här i tredje århundradet inträda i cyklen af den kristna konstens framställningar. Något äldre är väl framställningen af »Odysseus, som bunden vid masten seglar förbi sirenernas ö» — utförd i skulptur på en i en katakomb funnen sarkofag, otvifvelaktigt, liksom Poseidons »biceps» och stundom ankaret, en kristen symbol. »Biceps» kunde, likasom ankaret, genom sin form fördoldt påminna om korset, liksom den vid masten bundne Odysseus om den korsfäste, eller ännu mera om den kristnes strid mot verldens frestande sirener. Dock är deras användande måhända att förklara derigenom, att på en tid då, efter Antoninerna, begrafvandet i sarkofager åter blef vanligt hos de hedniske romarne, en eller annan kristen kan hafva hos en hednisk konstnär köpt en sarkofag med framställningar, hvilka man kunde underlägga en kristlig symbolisk betydelse. De Rossi vill förlägga denna sarkofag till den äldsta tiden; den ofvan anförda, af Th. Hansen uppstälda hypotesen tyckes imellertid vara mycket öfvertygande.

Men aldra äldst och oftast använd är bland dessa rent hedniska framställningar »Hermes med fåret på skuldrorna» — eller som den, öfversatt på det fornkristna språket hette: »den gode herden». Kristus hade sjelf sagt: »Jag är den gode herden»; han hade sjelf uttalat, att det var herdens vana, när han saknade ett får bland hundra, att lemna de nittionio och söka det förlorade, samt att — enligt tidens sed — »lägga det på sina skuldror». (Luc. 15: 5). Hvad under alltså, att den äldsta kyrkan, oviss om, huru hon borde framställa Jesu vördade och älskade personlighet, upptog hans egen liknelse och afbildade honom som den gode herden med fåret på skuldrorna. I denna skepnad berättar helgonakrönikan, att S:t Perpetua såg honom i fängelset, och Clemens Alexandrinus prisar i Kristus »de kungliga lammens herde», »de rena ynglingarnas konung», »herden för de med förnuft begåfvade fåren».

Men i och med detsamma konstnären skulle utföra denna figur, kunde han ej underlåta att komma ihåg, huru ofta i hans yngre tid, innan han blef kristen, han hade sett och gladt sig åt den antika konstens sköna och naiva framställning af »Hermes med fåret». Fanns han ej afbildad alldeles så som konstnären nu skulle föreställa sig Kristus, i ungdomlig skönhet i Nasonernas graf? Hade ej Kalamis i Tanagra utfört en af forntidens berömdaste bildstoder alldeles i denna form? Gick ej i Hellas årligen den skönaste ynglingen kring staden med ett lam på sina axlar till minne om »Hermes vädursbäraren»? och påminna ej ännu i dag »Faunen med geten» i flera muséer om denna i lifvet så ofta förekommande bild? Är ej bland de många märkligheter Akropolis bevarar, den bekante Hermes med kalfven på axlarne en af de om ej skönaste, så dock märkvärdigaste? Och under det att man tadlade gnostikerna, hvilka målade Kristi porträtt, sökte kyrkan redan i sin allra första tid en idealbild af Frälsaren och fann den — i hedendomens »vädursbärande Hermes». Dessa framställningar af den gode herden höra också säkerligen till de allra äldsta och upprepas mångfaldiga gånger i målningar, stundom äfven under en senare period af katakombernas tid i statyetter. Äfven i relief förekommer den gode herden på en sarkofag från Antoninernas tid. Under det de äldsta bilderna af den gode herden voro klassiskt rena i form och utförande, — följden af ett rent antikt mönster — kopierade senare tider de äldre kristna herdebilderna med allt mindre och mindre skicklighet; och sålunda sjönk denna ursprungligen så vackra bild, genom att ständigt användas på nattvardskärl och katakombväggar, ned till handtverksmässig råhet och torrhet. Slutligen måste vi omtala, huru äfven syndafallet i reliefer och målningar från tredje århundradet finner sitt uttryck i en fullkomligt antik framställning. Antiken har äfven visat oss Herakles på en af sina vandringar af ett träd imottagande Hesperidernas äpplen af en af dessa Hesperider, som stå på trädets andra sida, under det den äpplena bevakande ormen slingrar sig i trädets grenar: när den kristna konsten skulle framställa Adam och Eva vid syndafallet, grep han med glädje detta rent antika motiv. Likaså måste Helios i solens vagn afgifva motiv för framställningen af Elias' himlafärd.

Vi stå nu vid den andra klassen af bibliska och kyrkliga framställningar, hvilka i högre eller mindre grad ansluta sig till antika förebilder. Vi betrakta först de gammaltestamentliga. Hit höra: Noak i arken, Abraham, Jonas, Daniel, samt från en senare period de tre männen i ugnen, Moses, slående vatten ur klippan och stående vid törnbusken.

Närmast den förut beskrifna klassen — de rent hedniska motiven — står bland dessa Noak i Domitillas katakomb: det nya menniskoslägtets patriark står i en fyrkantig låda, som döljer figurens nedre del. Dock är förhållandet, trots analogien med liknande hedniska motiv, här troligen ett annat. På mynt från Apanea i Frygien har man funnit en liknande framställning, dock med två personer, man och qvinna; men inskriften på mynten N. O. är naturligtvis att hänföra till Noak, och som de förskrifva sig från Septimii Severi tid (omkring 200 e. Kr.) kunna de vara och äro de säkerligen kopior efter det i katakomberna funna motivet. Visserligen går sägnen om den stora öfversvämningen genom hela orientens forntid (Xisuthros, Deukalion) men framställningens naiva otymplighet talar ej för något klassiskt original, lika litet som bokstäfverna N. O. Snarare stöder sig då framställningen af Jonas och hafsvidundret, uppståndelsens symbol, vid antika förebilder — ty orientalisk-feniciska föreställningar inväfde i grekernas myt liknande sägner om Herakles och äfven om Jason, likasom myten om Perseus och Andromeda gaf tillfälle till en framställning af hafsvidundret, som tydligen legat till grund för Jonas »hvalfisk». Den ringlade svansen återfinna vi ej endast i antydning som i »Perseus och Andromeda» från Pompej, utan i mångfaldiga motiv af hafshästar, bärande nereider o. s. v. — motivet var sålunda på en gång bibliskt och välkändt från den antika konsten. För öfrigt framställes stundom huru Jonas utkastas från skeppet i gapet på det lurande odjuret; omedelbart bakom ser man kurbitsträdet och den frälsade Jonas derunder, tydligen en symbol samtidigt af Guds skyddande hand och af uppståndelsen; stundom ser man fisken utspy Jonas tätt invid kurbitsträdet. För den förut omnämde Abraham i Priscillas katakomb, lika litet som för andra ungdomliga framställningar af samma patriark, känna vi inga hedniska förebilder. Det samma gäller om Daniel bland lejonen, stående på en liten höjd. Daniel framställes alltid bedjande och visar huru den kristna böneställningen skiljer sig från den hedniska: under det hedningarna sträckte armarna och händerna mot himlen, höll den kristne öfverarmarne horisontalt ut, bildande ett kors mot hans figur, underarm och händer lyftade han upp till hufvudets höjd; och katakomberna förklara oss sålunda tillräckligt Gregors af Nazianz ord, att Daniel gjorde lejonen tama »medelst sina uppräckta händer», d. ä. medelst sina böner till Gud.

Framställningarna af männen i den brinnande ugnen, och af Moses, stående på klippan, Moses vid törnbusken samt syndafallet, äro alla, som redan omnämdt, af yngre data, och tillhöra en period, då de enkla konstnärliga, med antiken beslägtade symbolerna utvecklade sig — under påfven Calixti ledning — till en mera teologisk än konstnärligt systematisk symbolik. Moses vid klippan synes skola symbolisera dopet, eller det nya förbundets Moses: Kristus. På tvenne ställen finner man öfver Moses' hufvud namnet »Petrus», likasom på sarkofager från fjerde och femte århundradet händelsen med vattnet, som sprang ur klippan, utan vidare sammanhang inställes i aposteln Petri lif. Man har förklarat saken sålunda, att man härigenom, medelst en något tvungen, om den senare tidens sed påminnande symbolik, velat beteckna Petrus såsom den af Gud sände föraren för det nya gudafolket. Jag vågar dock tro, att en annan förklaring ligger mycket närmare, i det jag verkligen hänför hela framställningen till Petrus. Det är porträtt och symbol; mannen är Simon, Judæ son, och klippan, ur hvilken lifvets vatten flyter, är »Petrus» — den »klippa», på hvilken Kristus ville »bygga sin kyrka». Att så i ställningen och den yttre hållningen en hänsyftning på Moses och den verkliga vattengifvande klippan inlägges, är alldeles i tidens anda, som i det gamla testamentet alltid sökte förebilder för det nya. Det är märkvärdigt, att ej de påfliga arkeologerna, hvilka eljest med så mycken förkärlek söka framställa Petrus som kyrkans upphof, ej sökt och funnit denna närliggande förklaring på de s. k. Mosesfigurerna. De af Rossi omtalade sarkofagerna påminner jag mig ej att ha sett: om den nämda framställningen på dem bildar midtelpartiet, kring hvilka scenerna ur aposteln Petri lif röra sig, så är riktigheten af min förmodan höjd öfver allt tvifvel.

Vi öfvergå till de nytestamentliga framställningarna. Dessa äro: Maria utan barnet, Maria med barnet, de tre vise männens tillbedjan, Kristi porträtt, Lazari uppväckelse, den giktbrutnes botande, och flera Kristi underverk, Kristus vandrande till Emaus, apostlarnes predikande för lammen samt Pauli och Petri porträtt.

Maria förekommer än med, än utan barnet. Upptäckten af S:t Priscillas katakomb medförde den intressanta iakttagelsen, att Maria med barnet redan var afbildad många gånger i andra århundradet. Detta är onekligen så mycket mera påfallande, som katakomberna eljest endast — åtminstone vid denna tid — visa oss bilden af de i Rom aflidna helgonen, men när man med katolikerna går så långt, att man härigenom vill bevisa madonnadyrkans tillvaro hos det andra århundradets kristna, så skjuter man långt öfver målet. Ty hvad som af bilderna bevisas, är endast, att Herrens moder omfattades af hans lärjungar allt sedan kyrkans äldsta dagar med samma vördnad, som de martyrer, hvilka voro »hans bröder och systrar» — men lika litet som helgondyrkandet kan härledas från dessa grafbilder, lika litet kunna madonnans bilder vitna om annat än en naturlig sonlig vördnad för Kristi moder, den första, som hade lidit för Kristi skuld.

Den nämda framställningen af madonnan med barnet i Priscillas katakomb, hvilken bestämdt tillhör andra århundradet, bär i sjelfva saken, som den framställer, ej heller ringaste spår af något »dyrkande». Maria, klädd i den vanliga romerska qvinnodrägten, bär barnet i den ställning, som senare blef traditionel; framför dem står en yngling, som pekar upp mot en stjerna: »profeten», kalla de romerska arkeologerna honom. I en senare framställning se vi de tre vise männen kommande för att nedlägga sina gåfvor för barnets — ingalunda för Marias — fötter; att i denna framställning vilja se spår af katolsk madonnadyrkan, är ju direkt att förvrida evangelistens berättelse, som då med samma rätt kunde tjena till bevis för en madonnadyrkan innan kristendomen stiftades.

I det tredje århundradet försvinna Mariabilderna nästan fullkomligt; bland de flera hundrade bilderna i Calixtkatakomben förekommer Maria med barnet endast en gång. De många bilder af en bedjande qvinna, hvilka man velat göra till Maria, skola vi längre fram betrakta. — Ändtligen, under 6:e—8:e århundradet, uppträder ånyo i byzantinska katakombbilder Maria, och nu utan barnet, i rika, styfva draperier, försedd med alla den byzantinska stilens märken i stela former och torr behandling. Skulle man draga någon slutsats af dessa framställningar, så skulle det vara den, att man i kyrkans äldsta tid, då ännu minnet om Jesu moder var friskt och lefvande, gerna afbildade henne i de situationer, i hvilka hon förekom tillsamman med sin son, men att man senare, då det direkta minnet förbleknade, ej hade någon anledning att afbilda henne, tills slutligen femte århundradets kyrka började tillbedja henne och gaf henne namnet »gudsföderskan», och derför också upptog hennes bild i den form, i hvilken den byzantinska konsten uppfattade henne.

Vi hafva vidare att bland nytestamentliga ämnen betrakta diverse framställningar ur Jesu lif, särskildt flera af hans underverk samt några senare försök att afbilda honom porträttmässigt, och dervid möter oss nu den vigtiga frågan: hur tänkte sig och hur afbildade den äldsta kyrkan Kristi personlighet?

Man vet, huru det oberättigade påståendet om de äldsta kristnas konsthat i den vanliga traditionela berättelsen om den fornkristna konsten, sammanhänger med den föreställning, man gjort sig om deras uppfattning af Kristi personlighet. Men dessa två saker ha mycket litet att göra med hvarandra, emedan, som vi sett, den äldsta församlingen mycket väl kunde tänka sig och utföra en hel mängd målningar, utgående från den antika traditionen, kunde idka och älska konstnärlig framställning och dock bevara en viss helig skygghet för framställandet af Kristi person. Att denna vördnad dock ingalunda, som man ofta sett påstås, hindrade framställningen af hans person och lif, ehuru vissa af kyrkofäderna ifrade derimot, utan att tvärtom hans lif var en af de käraste tankar, hvilka sysselsatte konstnärerna, skola vi genast finna.

Det var ej den äldsta kristna konstens mål att afbilda Kristus; den lade ringa vigt vid hans utseende, och sträfvade mycket mera att i sina verk skildra andan i hans lif och verksamhet; derför nöjde man sig, som vi redan sett, med symboliska framställningar af hans person och verksamhet. Detta berodde visserligen också derpå, att denna tid till en viss grad fasthöll en föreställning, som hade sin grund i den uppfattning, som i skildringen hos Esaias (kap. 53) ser en direkt spådom om Jesu kroppsliga utseende. Vi veta, att i detta kapitel yttras: »Han har ingen skepnad eller härlighet, vi sågo honom, men det fanns intet anseende, att vi kunde få lust till honom. Han var föraktad och upphörde snart att vara ibland män, en man full af pina, som har försökt sjukdom, en, för hvilken man dolde ansigtet; och vi aktade honom intet». (Es. 53: 2, 3). Det var visserligen naturligt, att man med denna uppfattning ej kunde finna någon uppfordran att afbilda Kristus; men denna föreställning var ingalunda ensam gällande. Under det att Tertullianus, hvars dystra åsigter vi förut skildrat, höll Kristus för att ha varit ful och obetydlig till det yttre, mente Eusebius, då Constantins syster af honom önskade Kristi bild, att ensamt evangeliets ord kunde gifva en bild af honom, dock tilläggande, att då lärjungarne på Tabor sågo hans gudomliga glans genomstråla hans jordiska skepnad, kunde de ej uppfånga hans bild, och utvecklande den i detta yttrande liggande tanken förklarade både Ambrosius och Augustinus, att Kristi jordiska skepnad *var* genomstrålad af hans gudomliga natur, i skönhet och höghet var en bild af hans inre, och Chrysostomos och Hieronymos använda på Kristus den sköna beskrifningen i 45 psalmen, en åsigt, som snart blef allmän, under det dock ännu Asterius (401) och Orosius (416) opponera sig mot dylika bilder. Under denna förutsättning kunde man afbilda honom, och vi hafva sett, att den äldsta konsten i sina symboliska bilder tänkte sig honom ung och smärt, visserligen utan att dermed tänka på att vilja framställa hans porträtt, men dock säkert ledd af den då ännu lefvande traditionen om hans utseende, mot hvars hufvud-sakliga väsen den väl ej ville direkt strida: den i sitt 33:dje år korsfäste måste ju också naturligen hafva burit ungdomens vanliga gestalt och utseende.

Men när behofvet af att tänka sig hans verkliga utseende uppstod — huru då tillfredsställa detta behof? Naturligtvis på samma sätt som vanligt: genom att gå till den antika konstens förebilder. Redan i de symboliska bilderna och i de äldre histo-riska framställningarna har man velat spåra inflytandet af Helios-(Apollo)-idealet [1]), och nu, då porträttfrågan uppstod, berättar oss Theophanus ad ann. 455 om en målare, som hade vågat fram-ställa Kristus med Jupiters drag, men hvars hand hade blifvit förlamad, och som först efter allvarlig botgöring hade blifvit botad af erkebiskopen Gennadius.

För att undgå dylika obehagligheter, måste man alltså försöka att finna en urbild. När Constantia bad Eusebius om en bild af Kristus, tyckes hon hafva förutsatt, men ej säkert vetat, att det verkligen fanns en gammal äkta bild af honom. Eusebius berättar också verkligen om dylika porträtt, särskildt om en bildstod, som den med blodgång behäftade qvinnan hade låtit uppresa till hans ära i Cæsarea Philippi, men som blifvit omstörtad af Julianus Apostata — en sägen, som blir mycket otrolig redan derigenom, att ju i så fall ingen strid om hans utseende kunde hafva upp-kommit. Också hade vid denna tid flera sagor blifvit allmänt spridda, hvilka berättade dels om Veronicas svettduk, i hvilken Kristi ansigte under vandringen till Golgatha skulle afpräglat sig, men hvars symboliska natur redan visar sig af helgonets namn, Veronica (vera ikon), dels om en bild, som egdes af konung Abgarus i Edessa, och snart hvimlar det af sagor om bilder, som ej äro gjorda af menniskohand, eller om de af evangelisten Lucas

---

[1]) Carriere: *Die Kunst im Zusammenhang der Culturentwickelung.* III. 105.

målade bilderna. Derimot hade man redan före sjunde århundradets slut ovedersägligen fingerat ett Kristi porträtt genom det s. k., troligen redan under sjette århundradet författade, ehuru först sedan elfte århundradet allmänt bekanta Lentulusbrefvet, till hvars författare man gjorde en viss Lentulus, som varit landshöfding i Judéen före Pilatus och till senaten i Rom insändt en berättelse om Jesu person och verksamhet. Här beskrifves Kristus som en man af ståtlig växt, ett ärevördigt utseende, som man i lika hög grad måste frukta och älska, med mörka, delade hår, hvilka glänsande och lockiga nedföllo på axlarne, öppen panna, rent ansigte, näsa och mun utan tadel, skägget starkt rödlätt, ej långt, utan skuret, ögonen lysande.

Hvem igenkänner ej här den typ, som redan då länge visat sig på sarkofager och i mosaiker, och hvem förstår ej efter detta, att urbilden till Kristustypen är att söka, i de tvenne ofta omtvistade, men säkert ej tillfälligt med denna typ öfverensstämmande porträtt, hvilka finnas i katakomberna, och som, antingen de ursprungligen hafva burit Kristi namn eller ej, dock i alla fall måste hafva varit efter honom benämda vid det femte århundradets början, då vi finna samma typ på en sarkofag i Peterskyrkans krypta och i många, ovedersägligt Kristus föreställande kyrkliga mosaiker (bl. andra, den kolossala bröstbilden i Paulskyrkans triumfbåge)?

Dessa två katakombporträtt af Kristus finnas det ena i Calixt-, det andra i Pontianuskatakomben. Calixtkatakombens porträtt är en bröstbild, till hälften obetäckt, kappan faller öfver den ena axeln, ansigtet är ovalt, pannan hög, näsan rät, ögonbrynen hvälfda, uttrycket på en gång allvarsamt och mildt (»i lika hög grad att frukta och älska»), skägget kort och klufvet, det delade håret faller krusadt ned på axlarne. Det andra porträttet i Pontiani katakomb är tydligen af långt senare datum, bestämdt efter konstantiniskt. Det är påklädt och hufvudet omgifvet af ett korsformigt utstrålande helgonsken. Huruvida denna typ, som tydligen är fader till Lentulusbrefvet, åter sjelf är son af någon verkligen trovärdig, inom den äldsta kyrkan i arf mottagen tradition om Kristi kroppsliga utseende, kan man hvarken förneka eller påstå. Omöjligt är det icke, ehuru för mig alltid, vid betraktandet af den gammalkristna Kristustypen, bilden af Zeus Otricoli i någon mon hägrar — och att likhetspunkterna äro många, kan aldrig förnekas. Lockarnas fall, skäggets längd och delning, näsans räta form, anletsdragens på en gång milda och allvarliga uttryck göra det för mig mycket sannolikt, att Jupitersidealet, som i närmare eller fjermare efterbildningar dock väl slutligen leder sitt ursprung från

Phidias, är den till grund liggande urbilden för vår Kristustyp, så mycket mera, som man kan se, att denna väg, enligt den gamla berättelsen, verkligen varit beträdd af den kristna konsten. Det förekommer mig, som kunde Lentulusbrefvet vara en uppfinning, hopkommen för att urskulda och bortvända uppmärksamheten från det då redan i konsten utbildade Kristusidealets hedniskt-antika ursprung.

På samma sätt förekomma också Pauli och Petri porträtt redan tidigt på i katakomberna funna glaskärl, flaskor, koppar m. m. Det äldsta af dessa torde det exemplar vara, som finnes på en bronsplåt i Vatikanen; det är de bekanta typerna, hvilka här möta oss, Petrus med knollrigt hår och en något uppåtstående näsa, Paulus skallig, med örnnäsa och finare anletsdrag.

Af kyrkliga framställningar, hvilka ej omedelbart ansluta sig till bibeln, kunna vi nämna den bedjande qvinnan, som tager slöjan, dopet i en tvåfaldig framställning samt martyrporträtt och »fossores».

I de många äldre bilder af en ensam stående qvinna i bedjande ställning, hvilka en föregående tids arkeologer kallade madonna, har den nyare tidens forskning låtit oss se en symbol af bönen, hvarför man benämt dem »orantes». Stundom äro de förmodligen porträtt af de aflidna, hvilka hvila i grafven, och de visa oss upprepadt den af oss omtalade vanliga böneställningen. Qvinnan, som tager slöjan i närvaro af biskopen och diakonen, tillhör den äldsta perioden och framställer ovilkorligen en alltifrån apostlarnes dagar gällande sed vid upptagandet i enkornas eller diakonissernas orden (jmfr. Tertull. *De virginibus velandis*, cap. 9, 16). Dopet framställes stundom genom en fiskare, enligt Kristi ord om »menniskofiskaren», stundom genom en person, som af en annan neddoppas i vattnet. Dessutom refererar sig Noaksframställningen, hvilken vi ofvan omtalat, på dopet. Slutligen förekomma många martyrporträtt både från äldre tider, då namnet utan vidare sättes till med tillägget »in pace», stundom med helgonglorian kring hufvudet, hvilken dock ej förekommer förrän efter Constantini tid. I denna grupp kunna vi äfven inordna de bilder af »fossores», gräfvare, hvilka bildade en egen korporation, och som med sina hackor och spadar visa oss de män och de verktyg, genom hvilka katakomberna tillkommit.

Vi hafva nu genomvandrat kretsen af figurframställningar; vi skola nu, innan vi sluta, äfven omnämna de blotta symboler, hvilka förekomma i katakomberna i otalig mängd, och som vi endast i korthet vilja omnämna och förklara.

Vi finna här en mångfald af föremål: kransen, vinträdet, olje-grenen, palmen, fönixfågeln, påfågeln, dufvan, tuppen, hjorten, lejonet, delfinen, ankaret, brödet, kalken, lammet, fåret, ljusstaken, skeppet, lyran, namn- och ståndssymboler, årstidssymboler samt fisken och Kristusmonogrammet.

Betydelsen af dessa i rik mängd förekommande symboler är lätt nog att fatta.

Kransens kristliga betydelse som lönen för det väl fulländade loppet, hafva vi redan betraktat. Vid vinträdet hade ju Kristus liknat sig sjelf, »det sanna vinträdet»; hänsyftningen på nattvardens vin låg nära till hands, och till den antika konstens bacchiska symbol slöt det sig helt naturligt i framställningssätt; vi finna stundom rankan, stundom drufklasen använd. Oljegrenen var redan hos hedningarne och hos judarne ett fredens tecken, palmen likaså hos dem alla ett segertecken. Gemenskapen i namn mellan palmen och fågeln Fönix (φοῖνιξ) införde den fabelaktiga Fönixfågeln i kretsen af kristendomens äldre symboler för uppståndelsen. Det-samma uttryckte påfågeln, som ofta ombyter sin fjäderprakt, och en stor roll spelade redan från äldsta tiden dufvan, hvilken ju redan i nya testamentet framträdde som symbol för den helige anden. I kristendomen betecknar hon friden och andens enfald (»varen enfaldige som dufvor»), och i katakomberna betecknar hon ej blott den gudomlige, helige anden, utan äfven de aflidnes helige ande. I en senare tid upptogs tuppen som vaksamhetens symbol, hjorten som symbol för hunger och törst efter rättfärdighet (»som hjorten skriker efter vatten»); lejonet påminner om »lejonet af Juda». Delfinen tyckes beteckna själen, som genom dödens haf ilar till »de saligas öar», ankaret eller biceps påminner då om korsets form, likaväl som om hoppet, isynnerhet på sarkofager efter Antoninernas tid. Brödet är Kristi lekamen, likasom kalken påminner om hans blod; sålunda hafva vi de två ursprungliga sakramentala handlin-garna, dopet och nattvarden, symboliserade, då derimot intet spe-cifikt katolskt sakrament kan påpekas (en s. k. prestvigsel tyckes hafva en annan betydelse). Lammet och fåret symbolisera efter omständigheterna Kristus eller församlingen. Sällan finna vi den judiska symbolen, den sjuarmade ljusstaken, som dock var använd i Uppenbarelseboken; skeppet och lyran, af hvilka det förra i se-nare tid fick betydelsen af församlingen, kyrkan, förekomma utan specifik kristlig betydelse, den senare isynnerhet på ringar, i kata-komberna.

På namn- och ståndssymboler skola vi endast anföra ett par exempel. På en graf står namnet *Jonas* och derunder en dufva, emedan det hebreiska Jonas betyder dufva; vid en flickas namn *Navira*, står ett skepp, »navis» o. s. v. en barnslig rebus-symbolik; vid en »Susannas» graf står ett barn mellan två räfvar, syftande på G. T:s berättelse om Susanna. Till ståndssymboler räkna vi de många afbildade verktyg, hvilka en äldre tid förklarade som marterinstrument.

Vi komma nu till fiskens symbol och Kristusmonogrammet. Redan tidigt hade korset blifvit en sinnebild för den korsfäste; man slog det öfver panna och bröst, för att inviga sig åt Kristus; man ansåg det som alla naturföremåls grundtema, trädet sträckte sina grenar, menniskan sina armar, fågeln sina vingar ut i korsform, man bildade det som ett vanligt kors, latinskt † eller grekiskt med lika långa armar + eller som ett *T*. Men för att beteckna Kristi namn använde man dock oftare Kristusmonogrammet, än ett *I* efter »Jesus», än oftare de två första bokstäfverna i Kristus, enligt det grekiska alfabetet *X* och *P*, hvilka man satte i hvarandra, ofta med ett *A* och *Ω*, början och slutet, bredvid. Och likasom monogrammet skulle *dölja* Kristi namn, så blef det stundom, sedan det blifvit bekant, nödvändigt att dölja sjelfva monogrammet under olika afvikande former, hvilket en lång tid gaf anledning till den tro, att det först uppstått med Constantin den store, hvilket långt ifrån var fallet. Och likasom man läste öfverskriften öfver korset: Jesus Nazarenus, Rex Judæorum, efter begynnelsebokstäfverna »Inri», så ock orden *Ἰησους Χριστος Θεου Ὑιος Σωτηρ* (Jesus Kristus, Guds Son, Frälsare) och sålunda uppstod ordet *Ιχϑυς*, som betyder fisk. Genom denna bokstafslek blef då fisken Kristi i katakomberna otaliga gånger upprepade symbol. Fisken afbildas ofta i förening med en korg med bröd, stundom äfven med vin — påminnande å ena sidan om miraklet i öknen, å andra sidan om Kristi närvaro i nattvarden.

Skulle vi här försöka en kronologisk indelning af det gifna stoffet, så kunna vi indela hela katakombtiden i 3 perioder: den första, till Calixts tid, innefattar de äldsta, enkla symbolerna, framställningen af den gode herden, de med antiken mest beslägtade motiven o. s. v. Då hade ej ännu någon systematisk teologisk symbolik utvecklat sig; den andra perioden börjar med Calixt och hans katakomb, i den uppträda isynnerhet historierna ur gamla och nya testamentet samt af antika framställningar Orpheus, men isynnerhet denna mera invecklade systematiserade symbolik, hvilken vi oftare haft anledning att påpeka. Den tredje perioden börjar med Constantin och utmynnar i byzantinismen: nu uppträda helgon med nimbus, monogrammet och korset blifva nu segertecken i st. f.

lidandets tecken; den kristna konsten stiger upp ur katakombernas djup och går ut i lifvet.

Hvad den dekorativa anordningen angår, så egde den en stor öfverensstämmelse med den romerska dekorationen, hvilken vi känna från Pompeji och Titi termer, och som blef grundval för Rafaels och Giovanni da Udines rika dekorationer i Vatikanens loggier, endast att katakombernas utmärker sig för en stor enkelhet. Principen för takmålningarnas anordnande är indelning i bestämda, af geometriska, räta eller cirkellinier eller af ornament, guirlander etc. begränsade fält, i hvilkas midt figurbilden inordnades. Så var t. ex. den vanliga takanordningen en midtelcirkel, inom hvilken i en fyrkant eller åttkant oftast den gode herden framstäldes, och der omkring fyra eller åtta fyrkantiga radiela fält åt alla fyra sidor och åt hörnen, — eller hvarandra mötande halfcirklar kring midtelcirkeln. Emedan väggarne voro genomskurna af grafvar, var det naturligtvis hufvudsakligen taket, som upptog större bilder, på samma gång vi dock sett huru i och kring dessa halfrunda nischer i kapitelerna, hvilka betecknas som helgongrafvar, ganska betydliga kompositioner (se t. ex. den kring romarbröstbilden i Priscillas katakomb) kunna inordnas.

Vilja vi angifva hvad som utgör den nya stilprincipen, så kunna vi lätt utröna den genom att ställa de antika sarkofagerna mot de kristna, de antika väggmålningarna mot katakombernas. De antika framställningarna voro gripna ut ur det rent verldsliga lifvet: jagt, krig, kärlek voro deras föremål, och en mängd liffulla rörelser gifva en massa liniesköna profileringar åt deras reliefer, en mängd vexlande former åt deras målningar. Den äldsta kristna konsten derimot griper sina motiv ur de kristnas mera kontemplativa lif: frälsaren lärande mellan sina lärjungar, den bedjande i sitt inåt vända betraktande, herden mellan lammen o. s. v. Naturligt vänder sig här allt imot en medelpunkt, kring hvilken det grupperar sig — och i stället för den framåt ilande, i profiler verkande handlingen, inträder en face-framställning, äfven i skulpturen. Symmetrisk anordning och framställning »en face» äro sålunda egendomliga båda för sarkofagerna och för katakombmålningarna.

Vi kunna nu, när vi skåda tillbaka på det intryck, hvilket dessa målningar göra, på deras likhet med och utgående från den antika väggmålningen, varsna det för den första kristna konsten egendomliga. Långt ifrån att kristendomens mot det eviga riktade ande skulle hindrat utvecklingen af en fri konstriktning, hvilket den skulle gjort, om den egt spiritualismens mörka, lifvet och naturen föraktande kännetecken, se vi denna starka, i inbördes kärlek, stundom under förföljelser, alltid i allvar och sedlig storhet lefvande församling barnsligt gladt smycka äfven dödens mörka boningar med lifvets glada färger. Långt ifrån att förakta konstens betydelsefulla lif, hängaf hon sig med förkärlek åt dess upplifvande verksamhet, och vid grafven stod ej då ännu benranglet med lian och timglaset, utan fridens och kärlekens ljusa englar i skepnad af genier, blommor, fåglar, allt som egde skönhet, doft och sång, i innerlig förening med framställningarna ur det heligas krets. Det fanns ej ännu, som senare i kyrkan, någon skiljaktighet mellan lifvet och religionen; och vid betraktandet af dessa smyckade grafvar måste vi väl, om någonsin, påminna oss apostelens sant evangeliska ord till församlingen i Philippi: »Fröjden eder i Herran, *alltid!*» (Phil. 4: 4).

Ett genomgående drag under katakombmålningarnas äldsta period är också, hvad jag aldrig sett framhållet, men som säkerligen ej är utan sin stora betydelse: det absolut *ungdomliga*, som genomgår och utmärker alla typer och figurer. Ej blott att Kristus framställes som en smärt yngling, ej blott att den bedjande bär prägeln af en ung qvinna, men äfven de typer, hvilka en senare tid vant sig vid att framställa som gamla, t. ex. Noak, Abraham, bära här prägeln af ungdom, af att i den verld, som kristendomen framställer, finnes icke förgängelse, ålderdom och död — i Kristus har »allt blifvit nytt» — och lifvet helgadt i evig, oförvissnelig ungdom.

3.

Inskrifter i katakomberna.

För att skänka oss en lefvande föreställning om det lif, som de flydda tiderna lefvat, äro få medel så verksamma, som de inskrifter, hvilka man kunnat samla från dylika tider. Man påminne sig blott, hvad man genom dylika inskrifter i Pompeji lärt sig om de gamles privata lif.

Så undervisande kunna visserligen ej katakombernas inskrifter blifva, emedan de ej berätta så mycket om lifvet, som mera om döden. Det oaktadt sakna de ej sitt intresse. Utom en mängd spridda föremål, instrument och verktyg, skönt formade smycken, mynt och medaljer, sigillplåtar, graflampor och s. k. kyrkogårdsglas, hvilka man trott ämnade att innehålla martyrernas blod, då de i verkligheten innehållit vin (symbolen för Kristi blod) och måhända stundom olja, har man i katakomberna dessutom funnit mera än 11,000 inskrifter, hvilka falla imellan åren 108 och 431 (eller 408? n:o 671 hos Cav. Rossi). Härvid äro naturligtvis tidsbestämmelserna af högsta vigt, och dessa kunna finnas på fyra sätt: antingen genom ett direkt i inskriften befintligt angifvande af årets konsuler, eller genom bokstäfvernas kalligrafiska form, eller genom stilens uttryckssätt, lakonismer, patos, karakteristiska utrop, olika blandningsgrad af grekiskt och romerskt språk, eller slutligen medelst den bekanta kristliga nomenklaturen. Enligt denna indelning skilja sig de kristna inskrifterna i två stora perioder, af hvilka den förra går till året 250. Intill denna tid läser man helt enkelt den aflidnes namn, vanligen med ett tillsatt: »in pace». Många af dessa namn äro troligen hvad Hansen kallar »pseudonymer för verlden», d. v. s. i dopet antagna namn, hvilka endast voro gällande bland bröderna. Vi finna bibliska namn som Johannes, Jonas, Timotheus, Onesimos o. fl.; märkvärdigt är, att man i de första århundradena aldrig finner namnen Paulus och Petrus på grafstenarne. Vanligare äro symboliska namn, Pistis, Elpis, Agape, Irene (tro, hopp, kärlek frid) Epiphanius, Paschalis (Epifanii- och påskfesterna), Renatus, Restitutus, Reparatus, Benedicta, Margarita, Lucina, Victoria o. s. v. Andra namn tyckas vara hedniska öknamn, hvilka de kristna måhända tillagt sig — på samma sätt som de holländska krigarne en gång antogo namnet »Gueux» — dylika namn äro: Dormitio (sömnighet), Injuriosus (orättfärdig), Pecus (fä), Stercorius och Stercoria. Dessa bilda en betydelsefull motsats mot de hedniska inskriptionerna med deras angifvanden af den dödes rang, embeten, värdigheter och dygder. Ordet »Dis manibus», »D. M.» (»till de aflidnes gudomlige andar») som alltid ses på de hedniska grafstenarna, förekommer onekligen oftare i katakomberna, men måste förklaras, ej genom något »Deo maximo»), utan som en följd af att man köpt stenen hos någon hednisk stenhuggare, likasom man ser spår af, att man velat borthugga denna inskrift som opassande. På tegel- eller marmorstenarne, som tillsluta grafvarne (loculi), ser man, ofta på baksidan af en hednisk inskrift, den dödes namn och bredvid detta stundom segertecknet, palmen, dufvan med oljegrenen o. s. v. t. ex.: »Cyrillus i frid, i Gud, din själ i Gud, i Jesu Kristi frid, du lefver i Gud, i frid, som Kristus befallt, måtte du lefva i Kristo» o. s. v. Med år 250 inträder en förändring i denna apostoliska enkelhet, grafskrifterna blifva mera vidlyftiga, den efterlefvandes längtan efter den döde mera vältalig. Nu heter det: »Ljufva och oskuldsfulla själ; Guds lilla lam; dufva utan falskhet; utan att någonsin hafva bedröfvat sina anhöriga; en hustru, som aldrig ger anledning till osämja» o. s. v. Sedan kyrkan blifvit statskyrka, uppträda på grafstenarna embeten och värdigheter: vid martyrernas grafvar sättes uttryckligt ordet »martyr», vid biskoparnes »episcopus», man nämner katekumener och neofyter, man framhåller som utmärkande qvinnornas otadliga lif, deras jungfrulighet o. s. v.; redan 304 se vi en Paulus Exorcista begrafven bland martyrerna.

Uttrycket »in pace» tyckes stundom beteckna den i Guds rike funna frid, stundom den frid, som kyrkan redan här i lifvet skänkte den troende (»vixit in pace»). Under fjerde århundradet började man påkalla de aflidna heliga om deras förbön: »Hyle, bed för mig, Sylvia, och äfven du Alexander», läsa vi i den Nomentanska katakomben i sällsam blandning af grekiska och latin. Något tidigare skref man: »Jesus, förbarma dig öfver vårt barn; Gud, tänk på honom i evigheten; Gud, låt honom ingå till din hvila; måtte Gud vederqvicka hans själ i Kristo»; men nu lyder det: »måtte du i Petri namn hvila i Gud; lef i Laurentii namn; Crescentius, jag anbefaller dig min dotter; lef i frid och bed för mig!»

Tendentiösa katolska författare hafva naturligtvis funnit mångfaldiga af den katolska kyrkans speciela dogmer uttryckta i dessa inskrifter; men detta har endast blifvit möjligt genom att göra våld på språket och begå stora fel, hvarför också Cav. de Rossi uttryckligen har protesterat imot interpretationer af de af honom utgifna inskrifter.

För att framlägga ett exempel instar omnium, skola vi endast nämna, huru man bevisat läran om skärselden ur en af katakombernas inskriptioner. Inskriften lyder:

»*Domine! ne qvando adumbretur spiritus Veneris de filiis ipseius qvi superstites sunt Venerosus et Projectus*». Huru tror man nu denna så enkla och lätt begripliga inskrift öfversättes och uttolkas? I stället för att öfversätta: »Herre! måtte vår moder Venus' själ aldrig förmörkas (bedröfvas) öfver hennes efterlefvande söner Venerosus och Projectus», gör man härutaf:

»Herre! låt ej vår moder Venus' själ qvarstanna i mörkret! De henne öfverlefvande sönerna Venerosus och Projectus (hafva upprest grafvården)» [1]).

Med dylika medel kan man bevisa hvad som helst.

Några spridda egendomliga inskrifter skola vi ännu omnämna. Ordet »den helige ande», (sanctus spiritus) förekommer i en äldre inskrift, använd om den aflidnes helige ande (»upptagen till Gud

---

[1]) Fournier: *Rom und die Campagna* s. 278—280.

med sin helige ande»). En egendomlig förblandning är den mellan »bibo», dricker, och »vivo», lefver, (det grekiska β uttalas ännu i Grekland som v, jfr. det æoliska digammat). »Vivas in Deo» finnes på kyrkogårdsglas bredvid »Bibas in Deo» (om nattvardens dryck). »Bibas-vivas» (drick, och du skall lefva!) torde väl hafva varit ett kristet-romerskt ordspråk, af de i Rom boende grekerna måhända uttaladt: »Vivas-vivas» — alldenstund vi finna en inskrift på grekiska »Pie-zeses» (drick, och du skall lefva). Likaså gå »Zeses» och »Jesus» öfver i hvarandra.

Tre gånger finner man i Calixtkatakomben uttrycket »Sancte Xuste», helige Kristus (?)

Bland en mängd graf-inskrifter i Calixtkatakomben drager sig som en röd tråd genom gångarne namnet »Sophronia», alltid skrifvet med en och samma handstil. Slutligen visar det sig för sista gången i ett kapell med tillägget: »Sophronia, du lefver alltid, alltid lefver du i Gud». Hvem vet, hvilken stilla historia, som gömmer sig bakom dessa vemodsfulla ord? Var det en, som förgäfves sökt en älskad personlighet bland de lefvande och nu sökt och funnit henne bland de döda? Det skall aldrig någon kunna säga oss.

Ordet »papa», den romerske biskopens senare namn, förekommer ända till femte århundradet endast två gånger, och här med tillägget »suus», alltså ett uttryck för faderlig ömhet, ej för värdighet inom kyrkan.

L. DIETRICHSON.

Om en fri högskola i hufvudstaden.

De fördelar, som skulle tillskyndas landet både i vetenskapligt och socialt hänseende genom en i hufvudstaden förlagd högre undervisningsanstalt med mer eller mindre af ett universitets karakter, hafva så många gånger och både så utförligt och så bevisande blifvit ådagalagda, att det icke kan falla oss in, att ett enda ögonblick uppehålla läsaren med någon ytterligare framställning i det ämnet. Vi tro ock, att i denna punkt meningarna i sjelfva verket icke äro delade bland den upplysta allmänheten, ehuru ganska många finnas, som antingen rent af icke anse det vara önskvärdt, eller åtminstone icke stort löna mödan att i hufvudstaden anlägga

ett universitet af absolut samma inrättning och med samma ända-
mål som våra närvarande instituter. Författaren af denna uppsats,
ehuru sjelf tillhörande högskoleföreningen och lifligt intresserad
för uppnåendet af föreningens syftemål, bekänner strax, att han
för sin del tillhör den sistnämda kategorien, så till vida att han
icke tror att en så beskaffad organisationsplan skulle vara någon
fullt tillförlitlig borgen för vinnandet af de fördelar, man efter-
sträfvar, eller åtminstone att den icke skulle skänka dessa fördelar
i någon jemförlig grad med hvad på annat sätt med större sanno-
likhet kunde vinnas.

Man kan icke dölja för sig — huru nedslående det än må
vara — att allmänhetens intresse för denna fråga icke visat sig
vara så lifligt som man måhända bordt vänta; — tvärtom möter man,
till och med i Stockholm, endast alltför ofta den fullkomligaste
likgiltighet för saken. Det må vara, att en sådan likgiltighet kan
till en del förklaras genom det i allmänhet mindre lefvande intresse,
hvarmed sådana slags saker omfattas i vårt land, under det den
enskilda frikostigheten vanligtvis känner sig mera manad till upp-
offringar för filantropiska ändamål, och under den temligen inro-
tade föreställningen att i fråga om undervisning — i synnerhet
högre undervisning — det är *staten* som skall göra allt; men icke
dess mindre måste det förvåna, att många personer, som fullkom-
ligt inse de fördelar af högskolan, hvilka vi antydt (ehuru vi ej
ansett oss behöfva upprepa dem), och som ingalunda dela de *små*
farhågor, — må det vara tillåtet att så kalla dem — som af lokala
eller politiska fördomar ofta blifvit framstälda mot ett hufvud-
stadsuniversitet, ändock, äfven om de understödja företaget, likväl
endast göra detta lamt och med mycken ljumhet. Vi tro icke, att
vi misstaga oss, om vi anse detta böra i ej obetydlig mån till-
skrifvas bristande kännedom om högskolans tillämnade organisation,
och derom, huruvida garantier finnas för att de afsedda ändamålen
må med största möjliga sannolikhet kunna genom den afsedda
organisationen vinnas. I sjelfva verket hafva inbjudarne till sub-
skription för högskolefonden — och det, såsom vi tro, med rätta
— icke uti sitt program upptagit några närmare organisations-
detaljer, ehuru vi hafva oss bekant, att sådana åtminstone inom
trängre kretsar varit diskuterade. Det är sällan nyttigt för fram-
gången af ett stort företag, att genast från början ingå uti en-
skildheter, som endast äro egnade att föranleda söndring; men
det kommer likväl en tid, då en bestämning, ett val mellan två
vägar *måste* göras; och vi tro för vår del att denna tid nu är
inne med afseende på högskolefrågan. Den redan samlade fonden,

eburu långt ifrån tillräcklig att grundlägga ens något så när hvad man skulle kunna kalla ett universitet, är likväl så stor, att företaget kan anses betryggadt, om det än skulle dröja lång tid nog, innan högskolan kan träda i en önskvärd verksamhet. Skall denna tid kunna förkortas, skall intresset för saken hållas lefvande, och skall man kunna påräkna allt det understöd, som behöfves, så är det numera visserligen angeläget att göra fullt klart för alla, *hvad* man söker och *hvad* man vill åstadkomma — med andra ord, att närmare än hittills skett bestämma karakteren af den anstalt, för hvilken det är af nöden att vinna allmänhetens deltagande. Hittills har det uppstälda ändamålet, i sin största allmänhet betraktadt, kunnat anses tillräckligt att intressera dem som finna sig tillfredsstälda af vare sig den ena eller andra organisationsplanen; ty flere stå i det fallet att välja; men troligen har i det närmaste allt det understöd vunnits, som endast på sådan grund kan påräknas. Det återstår att vinna det vida kraftigare understödet af dem, som vilja göra sig full reda för företagets betydelse, ej blott i dess allmänna drag, utar äfven i alla de specialiteter, som inverka mer eller mindre bestämmande på dess karakter och blifvande verksamhet. För sådana fordras otvifvelaktigt, att äfven organisationsdetaljerna bringas under diskussion och blifva nöjaktigt utvecklade. Vill man i allmänhet vinna nitiska och varma vänner för en sak, är häfvandet af allt dunkel och alla tvifvelsmål i dylikt afseende framför allt annat af vigt. Detta är således äfven det *vigtigaste* som i högskolefrågans närvarande utvecklingsskick kan göras. Det är derföre vi trott, att ett lystringsord i det fallet skulle med välvilja mottagas af alla högskolesakens vänner.

För det första bör undanrödjas ett missförstånd, som hos en och annan gjort sig gällande. Mången har förestält sig, att hvad som behöfdes i Stockholm vore icke något egentligt akademiskt läroverk, utan endast en anstalt för offentliga populära föreläsningar, ungefärligen efter mönstret af dem som under åtskilliga år hållits, och att det egentligen är detta som afses eller borde afses med den tillämnade högskolan. Ingenting kan vara mera felaktigt. Dessa slags föreläsningar äro af en utomordentlig vigt för den allmänna bildningen, och böra för ingen del försummas, vare sig att de mera åsyfta att bibringa kunskap eller att väcka intresse för sjelfstudium. Det säger sig ock sjelft, att en högskola i hufvudstaden skulle i hög grad befordra äfven dessa; men högskolans egentliga och närmaste ändamål är dock ett annat; och det är detta ändamål, som fordrar stora pekuniära resurser, under det de populära föreläsningarna, sedan allmänhetens håg för desamma en gång blifvit väckt, nästan så att säga, göra sig sjelfva, eller åtminstone kunna åstadkommas med jemförelsevis litet understöd. Högskolans medverkan för de populära föreläsningarna skulle blifva att anse, om man så får uttrycka sig, endast såsom en biprodukt till dess afsedda, ur vetenskaplig synpunkt högre verksamhet.

Skulle således, frågar man å andra sidan, meningen vara att i hufvudstaden inrätta rikets tredje universitet, och ingenting annat? — Vi nödgas tillstå, att om saken icke uppfattades ur någon annan synpunkt, skulle verkligen ett par invändningar, som väl må anses begrundansvärda, derimot kunna framställas. Vi skola upptaga till något närmare betraktande dessa invändningar.

Erfarenheten har visat, att antalet studerande vid våra universitet, likasom vid elementarläroverken, på senare tider tilltagit i en utomordentlig grad. Denna tillväxt har icke allenast hållit jemna steg med folkökningen i landet, utan fortgått i en vida hastigare proportion än denna senare. Under en tidrymd, då folkmängden ökats med trettio procent, har, om vi erhållit riktiga uppgifter, antalet studerande vid universiteten ökats med närmare femtio procent. I följd af det sätt, hvarpå våra universitet äro organiserade och undervisningen vid dem bedrifves, kunna de studerande, med få undantag, anses såsom ämnade för tjenstemannabanan. Men statstjenstemännens antal har ingalunda ökats i någon af de sagda proportionerna. Länens, domsagornas, pastoratens antal är, med föga nämnvärda undantag, detsamma som tillförene; och således äfven antalet tjenster, som bero på landets administrativa och ecklesiastika indelning. Icke heller i de centrala embetsverken hafva de ordinarie platserna synnerligen ökats, om än behofvet af extraordinarier kan hafva blifvit större. Det är visserligen sant, att ett eller annat nytt embetsverk tillkommit, och att antalet lärare vid elementarläroverken betydligt tillväxt; men i förhållande till det stora hela — d. v. s. till hela embetsmannakorpsens numerär — kan detta icke utgöra någon särdeles hög procent. Under sådana förhållanden må man ej undra, om mången redan nu, med våra två universitet, skulle finna tilloppet af aspiranter på embetsmannabanan — och såsom sådana får man ju anse de studerande vid universiteten — alltför stort och i alltför betänklig grad ryckande arbetskrafter från näringslifvet. Oaktadt den största kärlek för bildning, kan det väl väcka mångens farhåga att se alla dessa unga män, hvilkas öde det är, i trots af äfven de bästa kunskaper, att tillbringa största delen af sin kraftfulla ålder såsom extraordinarier eller på de lägre, föga betalta graderna af embetsmannabanan, under det de genom ett mångårigt studiilif i allmänhet gjorts oskickliga att på det praktiska lifvets område söka en bättre utkomst. Hvad skulle effekten i detta hänseende blifva, om ännu ett universitet inrättades?

Man kan icke ett ögonblick draga i tvifvelsmål, att *närmaste* resultatet skulle blifva ett i ännu högre grad ökadt tillopp till universitetsstudierna. Erfarenheten har visat, att de studerandes antal ökas med läroverkens, så snart dessa senare tillbörligt skötas, dels i allmänhet i följd af menniskornas medfödda kunskapsbegär, dels, särskilt i fråga om våra svenska förhållanden, i följd af den inrotade föreställningen om embetsmannabanans företräden. Äfven om man blott tager Stockholms folkmängd i betraktande, kan icke vara något tvifvel, att ett ganska stort antal ynglingar, som nu inträda i yrkena, skulle, i följd af tillfället att under studiitiden vid universitetet vistas i föräldrahemmet, dragas till universitetsstudier och embetsmannalif. Men äfven landsorten skulle, indirekt, komma att röna ett dylikt inflytande, genom de mångahanda förbindelser, som ega rum mellan densamma och hufvudstaden. Om då, såsom förhållandet är, de studerandes antal vid våra universitet för närvarande är omkring 1800, så är det visserligen icke för högt beräknadt, så vida omständigheterna i öfrigt icke förändra sig, om man antager att, med ännu ett universitet, detta antal skulle stiga till 2,000, ja deröfver. Antager man då vidare, att i medeltal den akademiska studiikursen räcker omkring fem à sex år, så skulle deraf följa att man hade att hvarje år motse öfverhufvud 3 à 400 ynglingar, som lemnade universitetet för att inträda på embetsmannabanan, således på tio år 3 à 4000. Efter tio års förlopp kunna de först utgångna 3 à 400 icke gerna påräknas hafva hunnit stort längre än till första lönegraden, kanske något deröfver; och under den tid, som desse uppnått ett i ekonomiskt hänseende så föga tillfredsställande resultat, hafva andre 2,700 à 3,600 nya aspiranter inträdt på samma bana, för att nära sig af skulder — som alltför sällan kunna undvikas, och af förhoppningar — som alltför sällan blifva realiserade. Man kan utan tvifvel med skäl sätta i fråga, huruvida ett sådant förhållande är till någon båtnad vare sig för de i fråga varande individerna sjelfva eller för samhället, och, så högt man än alltid måste värdera kunskapen, ehvar den finnes, huruvida kunskapen i detta fall verkligen medför allt det gagn, man deraf borde vänta. Och kan det under sådana omständigheter vara något skäl, frågar man, att öka de nuvarande universitetens — embetsmannaplantskolornas — antal med ännu en ny sådan i hufvudstaden?

Men saken kan ses äfven från en annan sida. Till och med om det i fråga varande nya universitetet i hufvudstaden icke skulle medföra resultatet af ett i någon betydligare mån ökadt antal studerande embetsmannakandidater, månne ändå inga olägenheter kunde uppstå? För att inse, huru dermed kunde komma att förhålla sig, bör man till att börja med kasta en blick på de närvarande universiteten, synnerligen det i Upsala, hvilket skulle komma att röna mesta inflytandet af uppkomsten af den nya institutionen.

Ingen klagan från detta universitet är mera allmän eller mera berättigad än den öfver professorernas öfverhopande med tentamens- och examensgöromål, hvilka blifvit alltmer och mer betungande i den mån de studerandes antal tillväxt, och som verkligen äro, i synnerhet för en del professorer, nästan nedtryckande. Men om å ena sidan behofvet af ökade undervisningstillfällen gjort, att ett större antal unga män kunna qvarstanna vid universitetet såsom docenter och en sporre gifvits åt desse yngre akademiska lärare att med mera kraft egna sig åt vetenskaplig verksamhet, så kan man, å andra sidan, icke neka, att de äldre lärarne, professorerne, af den nämda ökade tentamens- och examensskyldigheten på ett betänkligt sätt hindras från den vetenskapliga verksamhet, som, icke mindre än undervisningen, bör vara deras kallelse. Och det säger sig sjelft, att det måste lända vetenskapen och det högre vetenskapliga lifvet till oberäknelig skada, om just den mognade vetenskapliga erfarenheten och begrundningen på detta sätt neddrages — kan hända ohjelpligt — från den höjd, der densamma borde få vara verksam; och man kan icke tvifla att, genom en naturlig, mer eller mindre direkt återverkan, äfven undervisningen måste komma att lida häraf. Fråga är nu, huru detta förhållande skulle komma att gestalta sig, i fall man finge ett universitet äfven i hufvudstaden.

Vi hysa för vår del alldeles icke de farhågor, som någon gång blifvit framstälda af alltför nitiska målsmän för Upsala universitet, att detta senare rentaf skulle komma att öfvergifvas af studerande, i fall ett universitet blefve upprättadt i Stockholm. Många orsaker skulle samverka för att upprätthålla Upsala universitet. Redan gammal häfd har härvidlag icke litet att betyda. Men dertill kommer det särskildta högst betydande inflytandet af stipendiiväsendet och nationsföreningarne m. m. som alldeles gifvet skulle locka en stor mängd studerande till Upsala. Vidare den omständigheten att säkerligen alltid många skola finnas benägne att hellre skicka sina söner till Upsala än till Stockholm, af fruktan för hufvudstadens frestelser (ehuru vi för vår del tro, att denna åsigt i grunden hvilar på en illusion) o. s. v. Oberäknadt det inflytande, som den ene eller andre utmärkte universitetsläraren i Upsala alltid skulle komma att utöfva. Imellertid och detta allt oaktadt kunna vi, å andra sidan, icke annat än antaga såsom alldeles gifvet att, om än en del af de studerande skulle fortfarande begifva sig till Upsala, den *allrastörsta* mängden likväl skulle komma att göra sina universitetsstudier vid det Stockholmska universitetet. De fördelar, Stockholm i det fallet har att erbjuda, äro i sjelfva verket så många och så stora, att man svårligen kan tvifla på ett sådant resultat. Vi föreställa oss, att Upsala universitet skulle, hvad studentantalet beträffar, reduceras till ungefär hvad det i Lund är, eller något deröfver, under det Stockholms universitet tillegnade sig ett tusental studerande eller deröfver. Det är af intresse att göra klart för sig, hvilka följder detta skulle medföra så väl för universitetet i Upsala som för det i Stockholm.

För Upsala skulle närmaste följden blifva att, under det äfven det så reducerade antalet studerande vore alldeles tillräckligt för upprätthållandet af en fullt aktningsvärd universitetsverksamhet, blefve den ofvanför omnämda olägenheten i afseende på professorernas öfverlastande med tentamens- och examensbestyr undanröjd. Mera tillfälle till högre vetenskaplig verksamhet vore derigenom beredt; och universitetet, långt ifrån att förlora, skulle högligen vinna på saken, hvilken sålunda, ur denna vigtiga synpunkt sedd, borde framför allt af målsmännen för Upsala universitet omhuldas. Detta vore för Upsala en egennyttig synpunkt, kan någon tycka; men egennyttig i vetenskapens intresse och ej att klandra i fråga om en så beskaffad läroanstalt som ett universitet. Man kan visserligen invända, att erfarenheten icke visat att den högsta vetenskapliga verksamheten egt rum vid de småstadsuniversitet, der förhållandena just varit af den gynsamma beskaffenhet som här antydts; men denna anmärkning berör en annan sida af frågan, nämligen den generela synpunkten af fördelen utaf ett universitets förläggande i en stor stad, synnerligen en hufvudstad, framför i en liten. Att den här särskildt antydda fördelen verkligen skulle — i jemförelse med *nuvarande* förhållanden — komma Upsala och vetenskapen till godo, lärer ej kunna bestridas. Huru skulle förhållandet blifva i Stockholm?

Så vidt man kan döma, måste just desamma olägenheterna, som nu öfverklagas i fråga om Upsala och som förut blifvit omnämda, komma att göra sig gällande vid Stockholms universitet, helst antalet studerande derstädes äfvenväl skulle i någon mån — mer och mer — komma att ökas med de qvinliga studerande, för

hvilka man med så mycket skäl velat öppna dess lärosalar Och
det myckna tentamens- och examens-arbetet skulle der blifva så
mycket mera öfverväldigande som det är alltför sannolikt att,
hvilken framgång företaget än må röna, man likväl icke lärer
på en mycket lång tid kunna påräkna lärarekrafter i numerär
jemförliga med de för närvarande i Upsala befintliga. Den na-
turliga följden häraf skulle blifva, att den lifligare och kraftigare
vetenskapliga verksamhet, för hvars befrämjande man, bland annat,
önskat ett högre läroverk i Stockholm, skulle de facto, om ej i
enskilta fall omöjliggöras — lika litet som detta är fallet i Upsala
— likväl i hög grad försvåras; och man måste bekänna att detta
vore en särdeles svag punkt i Stockholmsuniversitetets program.
Detta desto mer, som det är en temligen allmän erfarenhet, att
der en vetenskapsman genom yttre omständigheter — sådana som
t. ex. de nämda — hindras i någon väsentligare grad från veten-
skaplig verksamhet, der kastar han sig gerna, i följd af en tem-
ligen naturlig reaktion, på helt främmande sysselsättningar; och
under sådana omständigheter kan man visst icke bortse från den
ofta gjorda invändningen, att universitetsprofessorerna i Stockholm
skulle alltför mycket blifva distraherade af kommunala bestyr, af-
färsverksamhet etc. till skada både för den vetenskapliga verksam-
heten och undervisningen. Man får i det fallet erinra sig att vårt
hufvudstadsuniversitet just i följd af den antydda omständigheten
i afseende på dess sannolika torftigare utrustande med lärareper-
sonal (hvad numerär beträffar) skulle komma att befinna sig uti
en ofördelaktigare ställning i detta afseende än andra äldre och
väl doterade hufvudstadsuniversitet, med hvilka man skulle vilja
anställa en jemförelse. Och vore det ej under sådana förhållan-
den att befara, att hela universitetet skulle komma att reduceras
till föga annat än ett examinerande embetsverk i hufvudstaden —
bredvid hufvudstadens alla öfriga embetsverk — af hvilket vis-
serligen icke vore att förvänta de stora vetenskapliga och sociala
verkningar, som man förespeglat?

Man torde icke kunna neka, att denna anmärkning är ganska
tänkvärd, ehuruväl vi för vår del äro öfvertygade, att icke desto
mindre de gynsamma inflytelserna i hufvudstaden äfven härvidlag
skulle komma att öfverväga de ogynsamma; särskilt hvad de yngre
akademiska lärarne beträffar, skulle dessa helt säkert och af flere
skäl i hufvudstaden erfara vida kraftigare impulser att fortgå i
vetenskaplig utbildning och i sjelfständig forskning. Lägges der-
till det mäktiga inflytande som universitetet indirekt skulle komma
att utöfva på befordrandet och underhållandet af de populära före-

läsningarna i Stockholm, hvilkas synnerliga vigt man icke får förbise, så är tydligt, att äfven ett hufvudstadsuniversitet, till sin inrättning likartadt med våra nuvarande universitet, icke skulle kunna annat än i flere hänseenden verka fördelaktigt, under det Upsala universitet icke hade att för sin del deraf imotse någon annan påföljd, än den ganska betydande *fördel*, som nyss nämnts, och som endast skulle ännu mer ökas genom den helsosamma täflan mellan två så närbelägna universitet. Men vi skola icke uppehålla oss härvid, alldenstund genom den organisation af högskolan, hvilken vi skulle vilja förorda, båda de nämda olägenheterna alldeles kunde undvikas, på samma gång högskolans gagneliga inflytande komme att i väsentlig mån höjas

Gällde det blott att erhålla en med en universitetsinrättning någorlunda likartad läroanstalt i hufvudstaden, lika mycket om så eller så organiserad, så vore ingenting enklare, än att utan vidare omständigheter kopiera våra nuvarande universitet och, om möjligt, förskaffa åt det nya universitetet venia examinandi. Kunde denna senare erhållas, vore redan derigenom högskolans existens betryggad. Ty så starkt äro vi öfvertygade om lifskraftigheten af idén af ett hufvudstadsuniversitet, att äfven om dettas tillvaro skulle till en högst väsentlig del grundas på betalning af de studerande, skulle vi icke desto mindre anse det i stånd till täflan; det enda nödvändiga är i det fallet venia examinandi. Men vi ville gerna för vår del se ett annat mål för den Stockholmska högskolan; vi ville uti henne se icke en kopia af något redan förut hos oss befintligt, utan fastmera ett medel att *fylla en lucka* i vår vetenskapliga undervisning och att åt denna senare gifva en högre lyftning. För att förkara hvad vi härmed åsyfta, skola vi kasta en blick på de tvenne vigtiga momenten af universitetens verksamhet, föreläsningarna och examensväsendet.

De nuvarande universitetens bestämmelse att vara specialanstalter för embetsmannabildningen — och huru mycket än den rena vetenskapen sökt att vindicera sin rätt oqvald, kan man icke undgå att väsentligen så anse dem — har tryckt stämpeln på de akademiska föreläsningarna. Åtminstone är det mera sällsynt att en professor anser sig kunna betrakta föreläsningsskyldigheten endast ur den vetenskapliga synpunkten och ej med specielt afseende på det för handen varande undervisningsbehofvet och examensfordringarna. Följden är att de akademiska föreläsningarna gerna blifva — mer eller mindre — elementarkurser i vetenskaperna, och ingenting annat. Det måste blifva en hufvudfråga att inom en gifven, ej alltför utsträckt tidrymd medhinna ett visst pensum af erforderligt examensvetande. Den karakter af föreläsningarna, som härigenom antydes, blir så mycket mera sjelfskrifven genom professorernes åliggande att föreläsa ända till fyra gånger hvarje vecka under hela läseåret; ty ingen lärdom och intet snille i verlden förslår att år efter år gifva en sådan mängd föreläsningar, om föreläsningarna skola hafva något egentligt vetenskapligt värde eller någon sjelfständighet. Det bör icke alls förundra om de under sådant förhållande efterhand blifva endast »cold-served repetitions» och om den från predikstolen bekanta »fjerdingen» äfven skulle med fördel användas i katedern. Föreläsningarna förlora egentligen på detta sätt all betydelse och skulle gerna kunna undvaras, med undantag för sådana, der förevisningar af naturföremål eller naturfenomen m. m. förekomma; i alla andra fall skulle, när föreläsningarna uppfattas så som nämts, böcker kunna göra samma nytta. Till och med i naturvetenskaperna, i fall dessa behandlades vid elementarläroverken på det sätt och med den fullständighet som der numera, åtminstone i många fall, vore möjligt, skulle de akademiska elementära föreläsningskurserna — såsom de väl måste kallas — till stor del vara öfverflödiga. Det är klart, att vi här tala om det allmänna förhållandet, sådant det åtminstone förr gestaltade sig (och vi tro ej att det rätt märkbart förändrats); att undantagsvis en eller annan universitetslärare en eller annan termin höjt sig öfver den här antydda ståndpunkten, är nogsamt bekant och behöfver ej mer än påpekas.

Dessa slags föreläsningar nu, som otvifvelaktigt äro fullkomligt tillfredsställande för sitt ändamål, nämligen bibringandet af undervisning för en viss examen, uttömma lika litet, som de populära föreläsningarna, begreppet af vetenskapliga föreläsningar. Man kan tänka sig sådana — hvarpå exempel icke saknas — hvilka direkt verka att befordra den vetenskapliga forskningen. Det är väl sant, att den alltjemt fortgående forskningen och kritiken deröfver är en sak, som icke tillhör något särskildt auditorium eller ens någon särskild nation, utan som derför bäst afhandlas uti en litteratur, som, om än författad på flera språk, likväl kan anses gemensam för den vetenskapliga verlden i alla länder; men är det derimot fråga att med största möjliga kraft draga in en nation uti det vetenskapliga arbetet för dagen, att för detta arbete vinna bland denna nation de flesta möjliga krafter, och att på detta sätt väl icke direkt öka kunskapsförrådet eller forskningens resultat, men att frammana arbetare på forskningens fält, de der skola vinna sådana resultat; då kunna föreläsningar obestridligen vara af en utomordentlig nytta. För detta ändamål måste likväl föreläsningarna vara något annat än vare sig dessa systematiska framställningar af endast väl kända och erkända vetenskapliga fakta — framställningar, som, huru djupt de än må gå, ändock alltid måste betraktas såsom mer eller mindre elementära (i allmänhet karakteren af de akademiska föreläsningarne) — eller dessa rapsodiska föredrag, med en oftast mera praktisk hänsyftning, af intressanta enskildheter från samma förråd af väl kända, konstaterade fakta; utan de måste fastmera just företrädesvis uppehålla sig vid gränserna för det menskliga vetandet, just syfta att införa åhöraren in medias res, på sjelfva fältet för den pågående vetenskapliga forskningen, och således icke blott grundligt och fullständigt redogöra för den grundval af förut för värfvadt vetande, hvarpå denna forskning har att stödja sig, utan äfven, och företrädesvis, angifva hvad som utgör sjelfva den kärnpunkt, hvaromkring undersökningen just nu bör vända sig, de vägar forskaren med bästa utsigter till framgång har att följa, de medel hvaraf han har att betjena sig o. s. v. Och då en vetenskaps utveckling fortgår i alla riktningar — må vara mer eller mindre långsamt — så gäller detta om alla grenar af vetenskapen; men i synnerhet gäller det om sådana, som just för stunden utgöra ett framstående föremål för forskning och som sålunda framför andra tilldraga sig allmän uppmärksamhet inom den vetenskapliga verlden — vanligen äfven den stora publikens uppmärksamhet. Hvarje särskild tids verksamhet inom en vetenskap karakteriseras företrädesvis genom en förherskande riktning åt någon viss stor detalj; och vill man mest kraftigt ingripa uti den vetenskapliga utvecklingen för stunden, så är framför allt angeläget att just för denna detalj vinna medarbetare. Det är såsom tidsandan skulle ovilkorligt dragas åt det gebiet, der en stor upptäckt nyss blifvit gjord: det är som vore spekulationen mera öppen just för dit hörande frågor, och som allt annat måste betraktas såsom af endast sekundär vigt, tills det i fråga varande nya vunnit en viss utveckling. Det är följaktligen, om man vill väcka den slumrande spekulationen och lifva till forskning, i hvarje tid företrädesvis af vigt att uti föreläsningar, hvilka, (såsom de populära föreläsningarna) äro ämnade att hafva sistnämde bestämmelse, behandla frågor af den antydda beskaffenheten, och att behandla dem på det sätt och i den anda vi ofvanför antydt. Såsom ämnen, hvilka på olika tider haft en så framstående roll, kunna vi nämna, för att blott anföra några exempel från naturvetenskapernas område, den kemiska proportionsläran, elektromagnetismen, induktionsfenomenerna, speciesläran, spektralanalysen, m. m. Det är genom att behandla sådana ämnen på ett sätt, som motsvarar vetenskapens högsta ståndpunkt, som en god föreläsare kan verka oändligt mycket i vetenskapens tjenst. Werner har, bland andra, en gång visat, hvad föreläsningar, som äro något mer än »vanans nötta lexa», kunna uträtta; och äfven utan en Werners snille kan oändligt mycket i den vägen uträttas, endast den rätta synpunkten tages.

Frågar man, *hvarest* hos oss dylika slags föreläsningar företrädesvis böra hållas, så är hufvudstaden alldeles sjelfskrifven, dels emedan den sjelf innehåller, såsom alltid stora städer, många personer — och flere än man i allmänhet anar — hvilka, om än helt obskura, utan allt namn och rykte ens på platsen, likväl egna sig med förkärlek åt det ena eller andra vetenskapliga studiet, hvarom fråga kan blifva, — personer af alla klasser och vilkor, både unga och gamla, som *spekulera,* och som endast behöfva den tändande gnistan och den ledande handen för att blifva vunna såsom ifriga och gagneliga arbetare på vetenskapens fält, dels emedan hufvudstaden är med mera lätthet än något annat ställe tillgänglig för dem som ifrån andra orter i riket ville bevista föreläsningarna. Ty vi antaga såsom alldeles gifvet, att *sådana* slags föreläsningar ovilkorligen skulle komma att locka många åhörare från andra ställen än sjelfva föreläsningsorten, hvilket vore desto lättare, som desamma, om än i allmänhet hvarje specialkurs komme att omfatta flere timmar, än förhållandet brukar vara med våra populära föreläsningar, dock troligen sällan eller aldrig skulle komma att utsträckas öfver, säg, 10 till 20 timmar och således skulle kunna begränsas inom en tidrymd, som den vettgirige icke skulle tveka att för ett så stort ändamål, som säker ledning uti ett med förkärlek omfattadt vetenskapligt studium, tillbringa i hufvudstaden, helst numera sedan jernvägarne göra det möjligt att snart sagdt från alla delar af riket resa dit utan synnerligt stor kostnad. Då Humboldt höll sina föreläsningar i Berlin (ehuru dessa icke egentligen voro af den här antydda karakteren) strömmade åhörare dit från alla kanter för att höra honom. Vi antaga således, bland annat, att *äfven från universiteten,* synnerligen det i Upsala, skulle studerande och yngre akademiska lärare, som specielt intresserade sig för föremålet för en sådan föreläsningskurs, icke underlåta att, om möjligt, begifva sig till Stockholm, för att afhöra hvad en i detta ämne erkänd förmåga kunde hafva att meddela (och om andra än sådana förmågor borde aldrig blifva fråga), under det säkerligen deras antal vid intetdera universitetet skulle vara nog stort att anses såsom ett tillräckligt auditorium.

Så mycket i afseende på föreläsningarna; och liknande kan sägas om examensväsendet. Detta examensväsen, så länge det icke står på rent vetenskaplig grund, utan endast afser att på bästa möjliga sätt tillfredsställa statens fordringar på embetsmannaskicklighet, kan aldrig undgå att verka nedtryckande och förlamande på de vetenskapliga studierna, utmärkte och nitiske lärare må i det fallet sträfva för det bästa möjliga resultat så mycket de någonsin kunna. Äfven vid de högsta examina kan man icke helt och hållet höja sig öfver den elementära ståndpunkten, vare sig emedan något mer är öfverflödigt för de afsedda praktiska ändamålen, eller i följd af de mångartade ämnen, hvarmed den studerande under sin lärotid måste sysselsätta sig och för flere af hvilka han äfven vid en slutexamen har att redogöra — en omständighet, som bjuder att, så vidt möjligt, inskränka fordringarna i de särskildta ämnena. Denna slags kompromiss mellan fordringarna i de särskildta ämnena genomgår för öfrigt hela examensskalan och verkar i vetenskapligt hänseende förderfligt. Väl har man, hvad särskildt den filosofiska graden beträffar, mer och mer frångått det gamla systemet af litet i hvarje — i desto högre grad nu förflyttadt till elementarundervisningen — och öfvergått till ett system af mera djupgående i *ett;* men så länge ännu en yttre grund — nämligen embetsmannalifvets behof och önskningar — qvarstår såsom bestämmande för examensfordringarna, skall man aldrig helt och hållet kunna frigöra sig från det i vetenskapligt hänseende hämmande och nedtryckande, som här påpekats. Äfven i detta fall borde högskolan i Stockholm, efter hon har fria händer, välja en annan väg. Hon borde söka att realisera den ursprungliga universitetsidén, som var att gifva mästerskap i vetenskaperna, icke endast skicklighet för embete. Detta förutsätter att uti hvarje särskildt ämne fordringarna för kandidat- och licentiatexamen (eller hvilka grader man i det fallet än må bestämma) uppgöras *ensamt* med afseende på vetenskapens egen natur, men utan allt afseende på de ofvannämda kompromisserna med andra ämnen och med upphäfvande af alla fakultetsband. Ingenting står i vägen för den fullkomligaste frihet till hvarje särskild vetenskaps isolering i detta fall, äfven med allt tillbörligt afseende å behofvet för denna vetenskap af hjelp från andra vetenskaper, *så snart* man blott fasthåller den grundtanken, att vetenskapen skall studeras för sin egen skull och såsom sådan, men icke för något som helst *yttre* ändamål.

Ett embetsexamensväsen, i den betydelse detta nu förekommer, skulle således vara förvisadt från högskolan, om det än fortfarande kommer att qvarstå vid universiteten. Hvaraf icke följer, att ju ej högskolans pröfningar och betyg uti de särskilta ämnena kunde vara fullt dokumenterande *för* embetsexamina. De skulle kunna vara det desto hellre, som under här antydda förhållanden man med skäl borde vid högskolan imotse en *större* och icke en *mindre* skicklighet uti specialämnena vid motsvarande examensgrader än vid universiteten. Det är lätt att se, hvilka följder som häraf skulle uppstå för högskolan och för universiteten.

Den första tanke, som säkert framställer sig för mången vän af högskolan, är att denna icke skulle på sådant sätt erhålla några studerande; och till en viss grad kan en farhåga i detta fall vara berättigad. Helt visst skulle nämligen det stora flertalet embetsstuderande komma att göra sina studier vid den officiela examinerande anstalten; men vi skulle fullkomligt misstaga oss uti sjelfva de förutsättningar, på hvilka vi bygt önskvärdheten af en högskola i hufvudstaden, om ej äfven bland dessa *ganska många* skulle föredraga att studera i hufvudstaden; och utan allt tvifvel skulle detta blifva förhållandet i fråga om sådana, som studerade för vetenskapens egen skull. Stockholms högskola skulle således visserligen få ett *mindre*, men dock tillräckligt antal, och ingalunda de *sämsta* studerande; hon skulle för sin del undvika den stötesten af öfverbefolkning, som förut blifvit påpekad, utan att vedervåga folktomhet; och Upsala universitet åter skulle, utan att förlora mer än en jemförelsevis mindre del studerande, likväl erfara en ej obetydlig lättnad uti sina examensbekymmer. Hvad högskolan i Stockholm beträffar, skulle hon för öfrigt hafva att påräkna ej blott det nu nämda slaget af studerande, utan äfven alla dem som särskildt i följd dels af högskolans här antydda organisation, dels af hennes läge i hufvudstaden skulle tillkomma. Vi tro således, att hon med afseende på antalet studerande skulle komma att fullkomligt häfda sin plats såsom en akademisk läroanstalt.

Vi böra här särskildt påpeka, bland dem som sannolikt komme att besöka högskolan, alla sådana, som, efter redan aflagd embetsexamen, torde vilja på en senare tid, af en eller annan anledning, förvärfva högre insigt och högre kompetensbetyg uti någon speciel vetenskap. Det kan knappt vara något tvifvel, att detta fall ofta nog skulle uppstå, om, såsom all billighet borde föreskrifva, rätt till ett dylikt efterarbete vore medgifven. Icke heller kan man hysa något tvifvel, att många, utan att taga någon embetsexamen, skulle finna håg och intresse uti att studera och dokumentera sig i någon särskild vetenskap. Många anledningar dertill kunna tänkas, oberoende af det rent vetenskapliga intresset. Säkerligen skulle, bland annat, detta förhållande komma att inträffa med många fruntimmer, framför allt sådana som ville dokumentera sig för facklärareplats vid elementarskolor för flickor. Att ordnade skolor af sistnämda slag skola blifva mer och mer allmänna, torde icke kunna dragas i tvifvel, vare sig att sådant sker genom statens eller enskildes försorg, ej heller att de manliga facklärarne uti desamma skola mer och mer undanträngas af qvinliga. Men sker detta, så vore redan derigenom en stor mängd studerande vunna för högskolan. Äfven för desto bättre kompetens till förmånligare folkskolelärareplatser och många andra anställningar skulle en aflagd akademisk examen, om ock blott i en enda vetenskap, blifva af obestridlig vigt. Angående medicinska studier för qvinnor är ej nödigt att här yttra något, alldenstund denna undervisning redan tagit form och blifvit fästad i Stockholm. Hvad som derimot i allmänhet kan sägas om högre, akademiska studier för qvinnor, är att just dessa studier företrädesvis skulle befrämjas genom den här omnämda studii- och examensfriheten. Vi veta väl, att helt andra åsigter rörande den qvinliga uppfostran äro på väg att göra sig gällande och att man äfven härvidlag vill tillämpa en häfdvunnen skolpedantism, hvars frukter likväl visat sig så förderfliga och blifvit så mycket öfverklagade i fråga om gossars undervisning; men vi kunna det oaktadt icke underlåta att påpeka angelägenheten af att i detta fall väl öfverväga, om ej någon eftergift åt ett friare system vore en klok åtgärd, ja om det ej är rent af nödvändigt för att vinna qvinnorna för en högre bildning, utan att på ett förderfligt sätt interferera med deras anlag och deras kallelse såsom qvinnor. Må man väl förstå meningen häraf: frågan är icke i ringaste mån att göra några eftergifter i afseende på studiernas grundlighet; ty denna senare står fullkomligt att vinna äfvenväl genom det system vi förorda.

Kasta vi nu en blick tillbaka på hvad här blifvit anfördt, så vill det synas oss som skulle genom den organisation af föreläsnings- och examensväsendet, som vi antydt, kunna undvikas åtskilliga ganska betänkliga olägenheter, som troligen skulle uppstå i fall en högskola i Stockholm hade precist samma ändamål och samma inrättning som de nuvarande universiteten; hvarjemte denna läroanstalt skulle blifva ett i flere hänseenden vigtigt komplement till vårt närvarande högre undervisningssystem och af gifvet gagn för vetenskapen. Dertill kommer en ur praktisk synpunkt utomordentligt vigtig omständighet, näm-

ligen den, att högskolan alldeles icke behöfde göra anspråk på
någon *fullständighet*, — att hon kunde börja sin verksamhet
äfven i den obetydligaste skala, hvad lärareantalet och antalet
ämnen som skulle föredragas, beträffar, — att början kunde göras
med hvilket ämne som helst, om fullt qvalificerad person stode att
vinna såsom föreläsare — och att hon under fortgången af sin
verksamhet ingalunda blefve nödsakad att, blott för fyllandet af gifna
platser, taga äfven underhaltiga förmågor i anspråk — att hon
således alltjemt *kunde*, om hon ville, bibehålla sig på den ståndpunkt
af vetenskapligt anseende, hvarförutan hon i sanning aldrig skall
förmå att åstadkomma de resultat, man af henne väntat. För
vetenskaplig lifaktighet kan för högskolan ingenting vara väsentligare,
än att vara befriad från blotta examens-föreläsningar och embets-
examinationer. Hon må således bjuda sina håfvor, så snart hon
kan och när helst hon kan; men hon bör aldrig vilja bjuda annat
än de *bästa* gåfvor; hellre *inga*. Endast så skall hon kunna upp-
fylla sin bestämmelse. Nedsjunker hon till endast ett *lärdt em-
betsverk*, då må visserligen äfven något godt kunna vinnas; men
visst icke det som varit afsedt, eller detta åtminstone endast i
jemförelsevis ringa grad. För högskolans framtid är det imellertid
af största vigt att kunna ju förr desto hellre verksamt uppträda.
Det är derigenom som intresset för densamma skall underhållas.
Föredömet, resultaten verka mer än äfven de bäst skrifna af-
handlingar. Vi förmoda ock, att ingen tänkt sig annat än en
temligen långsam utveckling. Att med ens framställa fullfärdig
en så storartad anstalt som högskolan, tänkt såsom universitet,
kan med skäl befaras vara mer än som kan väntas af enskilda
bemödanden; så vida man ej skall vänta alltför länge. Men en,
på sätt nämts, långsam utveckling är icke gerna möjlig annat än
i förening med den här antydda organisationsplanen; och ännu
mindre är det möjligt att derförutan lemna högskolans utveckling
i händerna *endast* på sådana lärarekrafter, af hvilka en god och
hedrande utveckling är att hoppas. Ingenting är så vigtigt som
att högskolans föreläsare blifva något mer än blott föreläsare af
examenslexor. Ett huru stort antal som helst af detta senare
slags föreläsningar skall icke utöfva den effekt till vinnande af
de afsedda, vare sig vetenskapliga eller sociala ändamålen, som
endast några få af en högre ordning.

Vår sats lyder sålunda i korthet: *studiernas frihet* och er-
kännandet af en *högre grundsats*, än *embets-examensväsendet*, må
vara *bestämmande* för högskolans organisation.

Uti den inbjudning, som utfärdats till upprättande af en högskola i hufvudstaden, heter det, sid. 4: »Såsom ledande grundsats tro vi det böra antagas, att studierna må så mycket som möjligt ske efter lärjungarnes fria val, utan band af tvångsämnen, men att högskolan skall vara skyldig bereda dem af sina lärjungar, som sådant åstunda, tillfälle att bestå de kunskapsprof, hvilka staten uppställer såsom vilkor för inträde och befordran i sin tjenst. I sammanhang härmed bör Stockholms högskola hafva till en af sina första uppgifter att söka förvärfva det erkännande från statens sida, att de af henne meddelade lärdomsgrader kunna medföra samma fördelar, som motsvarade grader vid de andra universiteten, och i allmänhet att hennes lärjungar blifva, lika med dessas, berättigade att, efter undergående af föreskrifna prof, vinna befordran i det allmännas tjenst». Grundsatsen af studiernas frihet är derigenom tydligen uttalad; visserligen ej alldeles lika absolut som här, men likväl på ett sätt som tillåter den vidsträcktaste tolkning; och vi frukta ej att misstaga oss, om vi anse den åsigten temligen allmän, att ifrågavarande princip — låt vara, med något vidsträcktare eller något inskränktare tolkning — bör vara högskolans första grundlag. I fråga om examensväsendet är det derimot ganska möjligt, att meningarna kunna vara i någon mån delade. Då det heter, att högskolan skall vara »skyldig» att »bereda tillfälle att bestå de kunskapsprof, hvilka staten uppställer såsom vilkor för inträde och befordran i sin tjenst», så kan man visserligen vid ett flyktigt genomläsande lätt ledas till den föreställningen, att högskolan redan från början skulle af egen drift vilja påtaga sig ett onus hvaraf de nuvarande universiteten och universitetsundervisningen — dock i följd af tvång — både i vårt land och andra länder så mycket lidit, genom att göra sig till statens tjenarinna och underordna vetenskapens fordringar under statsembetsväsendets fordringar; men ser man närmare på saken, så är det långt ifrån att någon sådan afsigt positivt uttalats. Högskolans i fråga varande »skyldighet» kan naturligtvis icke sträcka sig längre än till det möjliga, d. v. s. till hvad hennes tillgångar på lärarekrafter medgifva; i annat fall skulle det anförda yttrandet icke väl stå tillsamman med hvad sedan förekommer, att så väl den teologiska som medicinska undervisningen för närvarande uteslutes från högskolans program. En följd af en ordagrann tolkning skulle ock vara, att högskolan icke kunde alls inträda i någon verksamhet förr än både filosofiska och juridiska fakulteternas lärostolar, till minst lika omfattning som vid de gamla universiteten, vore fulltaliga, hvilket eventuelt kunde leda derhän, att högskolans öppnande måste uppskjutas till en obestämd och mera aflägsen framtid än visserligen någon tänkt sig. Fasthåller man derimot den tanken, att högskolan i det fallet gör allt hvad hon *kan* göra med för handen varande lärarekrafter, så hindrar ingenting att *underordna* denna »skyldighet» under den *högre* skyldigheten att i främsta rummet sörja för *vetenskapens* bästa; hvaraf följer, att högskolan ingalunda kan anses förbunden att, blott för fullgörande af ett statsåliggande såsom embetsexaminator, eventuelt besätta lärostolarne med underhaltiga eller medelmåttiga förmågor. Och *detta*, just detta, är ett så vigtigt vilkor för högskolans hela utveckling och lifskraftighet och för vinnandet af de stora resultat, som genom henne åsyftats och ostridigt genom henne *kunna* vinnas, att vi skulle beklaga om ett motsatt förhållande gjorde sig gällande. Ingenting kunde efter vår öfvertygelse vara mera hinderligt i detta fall, än om högskolan gjorde sig till en embetslåda (för att begagna Geijers uttryck) eller en samling af flere embetslådor, — något hvartill universiteten, *mot* deras vilja, under tidernas lopp mer eller mindre blifvit gjorda. Någonting helt annat är det, om högskolan fordrar, att hennes examina — så långt de sträcka sig — må erkännas såsom fullgiltiga kunskapsprof: att t. ex. om uti rena matematiken finnas flere examensgrader, den ena må få gälla för vissa embetsexamina, den andra för andra o. s. v. med lika rätt som betyg af matematices professoren i Upsala o. s. v. En sådan mening både kan och, enligt vår åsigt, bör inläggas uti de åberopade orden ur inbjudningsskriften; men otvifvelaktigt är, att äfven den motsatta meningen *kan* der inrymmas. Vi hafva redan förut yttrat, att man torde böra gilla högskoleföreningens återhållsamhet att icke på förhand uttala sig alltför bestämdt om högskolans organisation. Vi tro ej heller att föreningen, hvarken nu eller framdeles borde inom sig upptaga dessa frågor till afgörande, utan att först den allmänna opinionens röst fått tillfälle att göra sig hörd. Det verk, som är i fråga, om än frukten af enskildes bemödanden, är likväl af allmän, fosterländsk syftning, och måste, såsom sådant, intressera *alla*, ej blott dem som satt sig i spetsen för företaget och dem som med materielt understöd dertill medverkat, utan äfven den allmänhet, hvars söner och döttrar i en framtid skola komma att begagna högskolans undervisning, — hela detta fädernesland, hvars väl högskolan i sin mån afser att befordra. Ingenting bör då kunna vara tacknämligare för föreningen sjelf än en offentlig diskussion af frågan, till utrönande af de meningar, som i detta fall kunna vara rådande bland för saken intresserade, tänkande medborgare, innan något slutligt afgörande företages. Detta skall utan tvifvel äfven kraftigt bidraga att lifva intresset för företaget hos många som ännu icke omfattat detsamma med någon värme, och att stärka intresset hos dem, som redan nu funnit företaget nog vigtigt, för att deråt egna materielt eller andligt understöd. Det är endast ur denna synpunkt och i en sådan afsigt som vi vågat framkasta förestående antydningar, men visst icke af någon förmätenhet att vilja framhålla egna meningar uti ett ämne, rörande hvilket andra hafva så mycket bättre befogenhet att yttra sig.

Vi började med den anmärkningen, att högskolan icke direkt och närmast afser befordrandet af s. k. populära föreläsningar. Dessas mål är att *sänka* vetenskapen till *auditoriets* ståndpunkt; högskolans föreläsningar derimot skulle syfta att *höja* auditoriet till *vetenskapens* ståndpunkt. Men det är tydligt, utan närmare förklaring, att hvilkendera af de antydda organisationerna som än en gång må blifva högskolans, skall hon — indirekt — verka oändligt mycket äfven för spridning af det populära vetandet.

P. A. SILJESTRÖM.

Svensk språkforskning.

Johan Er. Rydqvist.

II.

År 1850 utkom af *Svenska Språkets Lagar* det första bandets förra hälft, omfattande, utom företal, den drygare delen af läran om verbet, hvilken slutbehandlades i samma bands senare hälft, öfverlemnad åt offentligheten ett par år derefter, 1852. Redan vid sitt första framträde mottogs detta språkarbete af den lärda verlden inom- och utomlands med välvilja [1]. Och, i sanning, detta verk, om något, var förtjent af all den uppmärksamhet och aktning den vetenskapliga kritiken kan skänka åt årlånga mödor af samvetsgrann forskning, åt stränghet i metod, åt klar blick, åt ovanlig skärpa och varsamhet i detaljbehandling. Jemförelsen med Grimm erbjuder sig sjelfmant. Hvad man hos denne framhållit

---

[1] Hr Rydqvists eget yttrande i uppsaten om »Svenska Akademiens Ordbok», Sv. Ak. Handl., del. 45, sid. 297.

som utmärkande egenskaper: djupt poetiskt sinne, rik fantasi, klart omdöme, mäktig kombinationsgåfva och säker historisk åskådning, återfinnes, ehuru med någon skiftning, med något olika fördelning af de nämda egenskapernas styrka, äfven hos hr R. Står Grimm i ett och annat hänseende högre, är hans blick mer omfattande, hans slutkonst väldigare, hans språk mera kärnfullt, så ser måhändahr R. från sin synpunkt skarpare, sluter mera varsamt och säkert och framställer sina tankar i ett språk, som ingenstädes lider af den krystning, hvilken ofta nog, enligt vårt omdöme, vanpryder Grimms stil. Det får visserligen icke glömmas, att hr R. är lärjungen, som kommer efter, som tillgodogjort sig mästarens lärdomar; men det bör icke heller förbises, att denne lärjunge aldrig utan sjelfständig pröfning upptager satser och eftersäger påståenden, kort och godt, att han har en egen grund, på hvilken han står fast.

Om vi nu öfvergå till en, man må väl säga, flygtig framställning af det Rydqvistska språkverket, vare det i förhand anmärkt, att densamma icke har för afsigt att på något sätt tillräkna sig ett värde inför »den lärda verlden.» Endast fackmannen kan uppträda med dylika anspråk. Men så uteslutande beherskas numera icke ens vetenskapen af skrået, att ju ej den, som något tänkt och arbetat i ett kunskapsämne, kan våga derom yttra sig, änskönt han icke tillhör de invigdes heliga krets; och af den stora betydelse för den allmänna bildningen är månget lärdt arbete, och särskildt det i fråga varande, att en exposé deraf, hvilken hufvudsakligen håller sig till de punkter, der teoriens läror och bevisning framträda med anspråk på bestämningsrätt i fråga om praktisk användning och bruk, bör kunna påräkna uppmärksamhet och deltagande äfven af dem, som egnat sitt lif åt andra värf, än forskningens tysta mödor.

Hr Rydqvist öppnar sitt grammatiska verk med ett »Företal», deri, efter en kort kritisk tillbakablick på hvad i äldre tider af Stjernhjelm, Serenius, Verelius, Spegel och Ihre, i nyare af Rask, Petersen, Munch och Grimm, blifvit, direkt eller indirekt, för vårt språks vetenskapliga genomforskning åtgjordt, framhålles nödvändigheten af en *historisk* behandling hvari naturligen ingår jemförelse med befryndade tungomål, och nämnes som den uppgift, författaren för sig satt, att lemna ett verk, »der, ur våra inhemska källor, allt ifrån Runorna och de äldsta handskrifna eller i tryck utgifna urkunder intill den nuvarande skriften och det nu lefvande talet, med inbegrepp af det dialektiska, allt det väsendtliga blir med granskning upphemtadt, och derur, med ledning af beslägtade tungomål och den på dem använda vetenskapliga kritik, svenska språkets genomgående lagar uppsökas; under sträng afsöndring af det historiskt bevisliga från det blott theoretiskt förutsatta, af verkligheten från möjligheten». Skarpt och bestämdt, med kortheten af en definition och likväl fullständigt, angifver hr R. i dessa få ord sin liksom hvarje annan verklig språkforskares enda rätta väg att nå ett dylikt mål. Efter ett allmänt omnämnande af de nordiske lärdes åtgörande på senare tider att till tryck befordra gamla urkunder i ett skick, som tillfredsställer vetenskapens fordringar, dervid särskildt framhålles Schlyters »textbehandling i den stränga stilen», påpekar hr R. de svårigheter, med hvilka han haft att kämpa, svårigheter, som legat dels i sjelfva beskaffenheten af vårt språk, dels och ännu mera i den omständigheten, att detsamma i många hänseenden sedan gammalt varit från den vetenskapliga sidan tillbakasatt. Derför blef större utförlighet ar nöden, derför måste till en början enskildheterna framhållas, teorierna skjutas till sido, verkligheten trädas under ögonen. Först sedan en trogen framställning af det historiskt gifna blifvit lemnad, komme den omsorgen att antyda dess förhållande till ett vetenskapligt system. Återkommande till de i tryck offentliggjorda gamla språkurkunderna, hvilkas stora antal och omsorgsfulla behandling i betydlig mån gjort anlitande af handskrifterna öfverflödigt, mindre dock hvad svenskan, än de andra nordiska språken beträffar, redogör hr R. i korthet för sitt handskriftstudium, för de af honom begagnade källornas värde, m. m., omnämner runskriften, hvars återstående spilror, få, kringströdda och till en del mycket osäkra, gifva blott ett högst vacklande stöd för bedömande af svenska språket i dess äldsta skick, och öfvergår derifrån till landskapsmålen, hvilkas värde han framställer, på samma gång han rättvist anmärker det okritiska skick, hvari då ännu alla samlingar af detta dyrbara råämne förekommo. Derefter redogör hr R. för sitt verks plan, angifver skälen, hvarför han, afvikande från den vanliga metodiken, som med allt skäl ställer ljudläran främst, likväl valt en annan väg och börjat med framställningen af verbet; hvarpå skulle följa ordböjningens återstående delar, nomen och pronomen, partiklarne (vilkorligt), ljudläran, ordbildningen och sist ordförbindelsen eller syntaxen. Detta program har under arbetets fortgång, som man vet, lidit någon rubbning. Efter läran om pronomen följde ordboken, egentligen en innehållsförteckning till de tvenne föregående delarne, men försedd med värdefulla tillägg af dels etymologisk, dels urkundlig art. Ordboken följdes af ljudläran. Partiklarne, ordbildningen och syntaxen återstå. I »den

Historiska Språkforskningen» förordade hr R. bibehållandet af den gamla grammatiska terminologien. Denna sin åsigt frångår han icke heller här. Han har icke med »små nyheter» velat afleda uppmärksamheten från hufvudsaken, och svenske läsare, som möjligen gjort någon bekantskap med t. ex. den danska grammatikens tekniska termer, torde, vid jemförelse, icke ogerna se de vanliga grammatiska begreppen angifna med de gamla, häfdvunna beteckningsorden. Nu mera temligen allmänt vidtagna äro de nya konstord hr R. bildat att motsvara den utländska språkvetenskapens: *öf-vergångs-ljud* (Umlaut), *återgångs-ljud* (Rückumlaut) och *vexel-ljud* (Ablaut). Beträffande stafning, säger sig hr R. (I,XI. f.) följa det »allmänt antagna sättet», oaktadt den vedertagna skrifningen »kan undanskymma ordets ursprung, såsom ofta är fallet med *e* och *ä*, *o* och *å*, *j* för *g* (t. ex. i *sörja)*, eller kan vara ovig, såsom den något öfverdrifna dubbelskrifningen af konsonanter», eller »i sjelfva verket är oegentlig, såsom teckningen *fv* i stället för *v*». Oegentlig anser väl ock hr R. med rätta sammanskrifningen af ord sådana som *tillika, tillbaka, hvarandra,* m. fl.; men, ehuru man väl framdeles hos honom finner en och annan dylik hopställning i sär brusten, håller han dock för bäst att det sedvanliga äfven härutinnan må lemnas orubbadt. Har man för ögonen, hvad i denna riktning tyske lärde bedrifvit, måste man, enligt vår uppfattning, ovilkorligen ställa sig på hr Rydqvists sida mot ett pedanteri, som, under sken af lärdom och utan någon vinst för språket, åtminstone ej i praktiskt hänseende, blott sträfvar att göra det så oigenkänligt, så knaggligt och hårdbitet som möjligt. Redogörande för de handskrifter och tryckta hjelpkällor, som anlitats, lemnar hr R. om ett och annat af dessa verk värdefulla bibliografiska och linguistiska upplysningar, såsom t. ex. (I. XIII, ff.) om den »oskattbare, ur mer än en hänsigt märkvärdige Isländske codex», som i Svenska Språkets Lagar så ofta anföres under beteckningen *Homil.,* om »Konunga Styrilse och Höfdinga» (I, XXXI, ff.), hvars nu mera fullt bestyrkta äkthet af hr R. på uppgifna, goda skäl kraftigt framhålles, o. s. v. Det torde anses öfverflödigt att anmärka, men bör dock ej förbigås, att hr R., som grundlig forskare, och i detta hänseende genom sin anställning vid Kongl. Biblioteket lyckligare lottad än mången annan, alltid, der tillfälle gifvits, rådfrågat de ursprungliga källorna, handskrifterna, och, der detta icke varit möjligt, i tvifvelaktiga fall sällan låtit saken bero, utan att genom annan sakkunnig person hafva sökt förvissning om sakförhållandets rätta beskaffenhet.

Herr Rydqvist börjar, som sagdt är, sin kritiska afhandling med *verbet*, och lemnar först som allmän inledning en öfversigt af de åsigter, som inom vårt land, alltifrån Tjällmans tid [1]) intill våra dagar, gjort sig gällande vid uppställningen af de mönsterformer, under hvilka de svenska verben blifvit ordnade, hvarefter han öfvergår till en redogörelse för Rasks och Grimms mera vetenskapliga uppfattning af verbalböjningen. Efter jemförelse och sorgfälligt afvägande af skälen för och mot, bestämmer sig hr R. för en tillämpning af den Rask-Grimmska hufvudfördelningen i *stark* och *svag* böjning [2]), likväl med den förenkling i systemets detaljer, som kräfdes, dels af det behandlade språkets egen art — i ty att svenskan icke öfver allt egde motsvarigheter till de former, som legat till grund för Grimms ej så litet partikularistiska indelning — dels af det »populära ändamålet», hvilket hr R. ansåg sig böra förbinda med den »vetenskapliga enheten» (I, sid. 6). Det är mycket ovetenskapligt, menar en tysk språkforskare [2]), att tala om en första, andra, o. s. v., deklination, alldeles som om en rangordning gåfves i dylika ting. Detta yttrande kunde ega tillämpning äfven på konjugationerna. Då imellertid någon faktiskt måste vara den första, andra, tredje o. s. v., kan det dock hafva sina skäl, och visserligen mera i fråga om verbal- än nominal-böjning, att ej på måfå ur högen gripa en tillfällig innehafvare af första rummet, af det dernäst o. s. v. För att bestämma denna rangfråga låter hr R. de svenska verben undergå en pröfning, qvalitativ och qvantitativ på samma gång. Anspråk på företrädesrätt kunna då till en början uppställas af de båda hufvudarterna stark och svag böjning i hänseende till *ålder*. Grimm förnekar härutinnan lika litet som i andra fall sin förkärlek för det ålderdomliga: obetingadt förklarar han den starka böjningen för den äldre, ursprungligare. Rask, som ingenstädes direkt uttalat sin åsigt i denna fråga, synes väl, att döma efter ett af hr R. (I, 6) anfördt ställe ur Rasks prisskrift om *Det Islandske Sprogs Oprindelse*, der starka verbalformer förklaringsvis återföras till svaga, luta åt motsatt sida; men då han på ett föregående ställe i samma skrift förklarar det språk, som har den »konstigaste» grammatiken för det mest oblandade, det ursprungligaste, äldsta och källan närmaste», råkar han in i en motsägelse, som neutraliserar kraften af hans föregående

---

[1]) *Grammatica Suecana*, 1696.

[2]) Att de af den allra nyaste tyska skolan tadlade benämningarne, *stark* och *svag* böjning, tillhöra Grimm, är bekant. Rask kallade den förra: den konstigare (slutna), den senare: den enklare (öppna)

[3]) Schleicher, *Die Deutsche Sprache*, pag. 238.

yttrande och lemnar läsaren okunnig om hans verkliga mening. Sjelf anser visserligen hr R. den starka böjningens företräde i ålder vara gifvet, utom på andra skäl, ensamt deraf »att denna böjning förråder en söndersprungen enhet, hvars lifskraft utslocknar, och hvars regel blir af nyare slägten oförstådd» (I, sid. 11.); men ställer vid sidan deraf den anmärkningen, att »i allt fall äfven den svaga flexionens tillkomst är förhistorisk».

Ehuru frågan härmed, som man ser, blott funnit en så att säga diplomatisk lösning, kan man dermed rätt väl låta sig nöja, då i sjelfva verket på undersökningens väg ett positivt resultat knappt står att vinna och då föröfrigt spörsmålet blifvit uppkastadt, mindre för att blifva fullständigt behandladt och besvaradt, än för att icke lemnas oanmärkt vid uppgörandet af en indelningsgrund för de svenska verbens böjning, der hufvuduppgiften varit, icke så mycket att tillfredsställa den lärda teoriens alla anspråk, som icke mera, att ur synpunkten af språkföreteelsernas nya gestaltning ordna det bestående så, att den allmänna bildningens behof af ämnets enklare gruppering och systemets vigare praktiska användbarhet i första rummet tillgodosåges. Ur denna synpunkt, och med ögat fäst på de svaga verbens stora öfvervigt i antal och på detta böjningssätts växande inkränkningsbegär, är det ock som hr R. i sin uppställning af konjugationerna låtit den svaga intaga främsta platsen, och för öfrigt i sin klassindelning af nysvenskans verb vidtagit åtskilliga förenklingar och sammanslagningar, bland hvilka den, som frånkänner de svaga, i imperfektum vokalvexlande, verben rätt till en särskild plats i systemet, torde vara den enda, som icke obetingadt kan godkännas. Då man sins imellan jemför konjugations-schemata hos olika författare, hvilka icke heller alltid varit med sig sjelfva ens, kommer man likväl snart under fund med, att vid uppgörandet af en dylik plan så fasta, objektiva bestämningsgrunder ej kunna vinnas, att en på olika subjektiv uppfattning beroende viss godtycklighet i anordningen helt och hållet uteslutes och med derpå fästadt afseende kan man, hvad särskildt hr R:s indelning vidkommer, så mycket förr undertrycka egna afvikande meningar, som denne forskare står långt framom de fleste af sina medbröder i samvetsgrant afvägande af skäl för och imot, och dessutom visat sig ega en klar praktisk blick, hvilken också i vetenskapliga frågor är af stort värde och inger tillit, äfven då man icke känner sig fullt öfvertygad.

Innan hr R. öfvergår till framställning af verbal-böjningens enskildheter, egnar han några sidor (I, 15 ff.) åt betraktelser öfver de nordiska fornspråkens inbördes förhållanden. Den gamla, af

Rask, Grimm, Petersen, Geijer, m. fl. delade åsigten, att gamla isländskan fordom utgjorde det för hela norden gemensamma tungomålet, godkännes endast vilkorligt af hr R., som väl finner henne berättigad att bland Skandiens fornspråk intaga främsta rummet, såsom jemförelsevis mest ursprunglig, rikast i hänseende till litterär qvarlåtenskap, fullständigast i former och med bäst bevarad stämpel af ålderdomlighet; men likväl ej i besittning af alla de egenskaper, »som erfordras för att föreställa ett nordiskt stamspråk, eller för att ensam utgöra återstoden af ett sådant.» I nära sammanhang med denna fråga står den från norsk sida började striden om betydelsen af det i gamla skrifter förekommande uttrycket *norrœna túnga*, hvarmed, enligt norrmännens åsigt afsågs, icke det förutsatta gemensamma nordiska fornspråket, utan helt exklusivt det forn-»norska». Gerna, synes det oss, hade man kunnat lemna norrmännen deras »Norræna» för sig; men, alltid under förutsättning af identitet mellan detta *norrœna* och isländskan, uppfattad som gemensamt stamspråk, kunde danskarne, stödjande sig på den om fornspråket redan tidigt brukade benämningen *dönsk túnga*, icke med tystnad på sätt och vis godkänna ett försök, såsom de uppfattade saken och som den väl äfven kunde uppfattas, att uteslutande göra nordens gamla språk och i följe dermed hela dess litterära odling till norsk egendom. Ursprungligen blott en ordstrid, fördes denna fejd af Munch och Keyser snart öfver på andra områden och födde der af sig både språkliga och historiska teorier i norsk-norsk syftning, om hvilkas berättigande, ända intill den tid som är, kämpats med största bitterhet. Officielt har visserligen ännu ingendera parten velat erkänna sig för besegrad; erkännas måste dock, att norrmännens förut raska framåtgående rörelser allt mer och mer tagit tycke af ett nödtvunget, men försigtigt verkstäldt återtåg.

Hr Rydqyist, som icke delade uppfattningen af isländskan som stamspråk, afhöll sig med full föresats från deltagande i denna strid, men kom likväl vid sin skärskådning af de nordiska fornspråkens ställning till hvarandra i beröring med ett par af det omtvistade ämnets sidor. Då intet af de gamla skandiska språken i bokskrift företedde egenskaper, som kunde berättiga detsamma att anses för stamspråk, låg det nära till hands att taga ett steg längre tillbaka, för att i *runinskrifterna* söka och möjligen finna den gemensamma grunden för nordens nu skilda tungomål. Men icke heller i dessa sparsamma, bristfälliga lemningar af Skandinaviens Veda-språk [1]) finner hr R. endrägten så genomgående, att

---

[1]) Wimmer, *Navneordenes Böjning i ældre Dansk*, s. 83.

man ju icke kan vara böjd för den slutsatsen, att »en *dialekt-skilnad mellan Isländskan och Norskan* å ena sidan, samt *Svenskan* (kanske äfven Danskan) å den andra, förevarit, så långt tillbaka som våra språklemningar uppgå» (I, 19). Sitt definitiva utlåtande i denna kinkiga fråga, som än i dag är ett trätofrö mellan ett par af Danmarks mest framstående språkmän, afgifver dock hr R. icke, utan gör detsamma beroende af en ännu icke afslutad detalj-forsknings resultat. Äfven imellan isländskan och fornnorskan finner och påvisar hr R. skiljaktigheter, som upphäfva identiteten af dessa hvarandra så nära stående munarter och gifva honom anledning att i sitt verk skilja dem imellan, ingalunda, likväl, »i ändamål att undandölja likheten, utan blott för att hänvisa på olikheten, der en sådan är för handen» (I, 21).

Efter det dessa anmärkningar blifvit förutskickade, öfvergår hr R. till en framställning af böjningsmönstren, börjande med mösogötiskan, hvarpå följa: ett böjningsändelse-schema för de forn-högtyska starka verben, efter Grimm, ett dylikt schema för en, lika-ledes af Grimm teoretiskt uppstäld, äldre böjning af isländska starka verb, derefter paradigmer för svaga och starka isländska verb, enligt Rasks indelning i 3 och 6 klasser, vidare böjningsmönster för forn-svenska verb efter samma fördelning, och slutligen ett schema för verbalböjningen i nysvenskan, enligt den af hr R. föreslagna för-enklade indelningsgrunden, sönderfallande i 4 konjugationer, hvaraf 3 svaga: I (*kalla*); II, a. (*bränna*); II, b. (*lösa*); III (*fly*), och en stark: IV, a. (*gripa*) och IV b. (*brinna*). Hufvuddragen af den gamla böjningen återfinnas äfven i den nya; i några delar, säger hr R., mer oskadda än i något annat German-språk, i andra icke så. Ändelserna ha förlorat i mångfald och individuel bestämdhet, återgångsljudet har svårt att hålla sig qvar, der det icke redan bortfallit, vexelljuden ha i några fall minskats, i andra förändrats, och som en nyhet af yngsta dato uppträder »den sjelfständiga be-teckningen af *supinet*» (I, 40).

Från och med sidan 42 öfvergår hr R. till detaljbehandling af de särskilda konjugationerna, börjande med den första svaga, hvars utmärkande drag är afledningsvokalen *a*, hvilken »sedan hedenhös qvarstått i Svenskan, liksom i Isländskan och Färöiskan, men i Danskan, äfvensom det norska skrift- och bildade talspråket, länge sedan blifvit utbytt mot det tyska [1]) *e*». Hr R. anser, att ursprungligen alla Skandinav-språken egt detta *a*, som i fornnorskan

---

[1]) Denna hr R:s åsigt, som äfven uttalas I, 388, godkännes, åtminstone beträf-fande infinitiven, icke af Lyngby, hvars inkast, sanningen att säga, dock är temligen skrufvadt. Se *Antiquarisk Tidskrift*, 1858—1860, s. 270.

qvarstod ännu på 1300-talet, liksom det ännu i stor utsträckning förefinnes i det norska bygdemålet, och som allt imellanåt uppdyker i Skånelagen, afgjordt gör sig gällande i några af fornfrisiskans böjningsformer och en och annan gång visar sig i fornhögtyskan och angelsaxiskan. Uppmätande konjugationernas område, inför hr R. här och der en anmärkning, oftast af etymologisk syftning. Så försvarar han (I, 50) derivationen af *hemta* från isländska *heimta* (*heimr*, hem), hvars riktighet ytterligare skulle vinna stöd af det angelsaxiska *hametan*. Skäl hade kanske varit att äfven angifva betydelsen: *gehámettan (hámettan)* = domum assignare *(to appoint a home)*. I en »återblick på första konjugationen« redogöres först för de sannolika orsakerna till ett verbs böjning efter denna form, hvilka anses vara: stamvokalens hårdhet, märkbart framträdande afledningskonsonant, vid böjningen uppkommande konsonantmöten, som vålla svårighet vid uttalet eller oklarhet i den begreppliga uppfattningen, och slutligen verbets yngre daning (I, 56). Särskildt i det sist nämda hänseendet har 1 konj. i nysvenskan vunnit ett öfvervälde, som gör det omöjligt för en nydaning att vinna inträde på någon annan än dess grund; då derimot fordomdags det icke var utan exempel att ett sådant verb, till och med af utländsk börd, fick stark böjning, såsom t. ex. *skrifva*. Blott få verb ha under tidens lopp öfvergått från 1 konjug. till 2:a; ett flertal derimot, som fordom lydde under den 2:a, tillhöra nu den 1:a. Bland *vacklande* verb, d. v. s. sådana, som i sin böjning följa än en, än en annan konjugation, och hvilka af förf. framdeles sammanföras i en särskild grupp, nämnas här åtskilliga, bland andra *sluka*, hvilket uppgifves tillhöra både 1:a, 2:a och 4:e konjugationen (I, 46, 59). En böjningsform af *sluka* efter 2:a konj. är oss obekant.

En i äldsta svenskan ytterst sällan förekommande utstötning af afledningsvokalen, som i vissa verb med den enkla kännebokstafven *l, n, s,* (sällan *k, p)* efterhand förekommer allt oftare och oftare och hvilken i det nya språket, som sammandragning, vunnit fast fot vid sidan af den fylligare formen och med denna omvexlande begagnas [1]), gifver hr R. anledning att klaga öfver ett godtycke, hvilket här, liksom »i allt der bruket är högste lagstiftaren», tagit sig något för fritt spelrum. Erkännande svårigheten af att föra detta sjelfsväld inom någon lags bestämda gränser, anser hr

---

[1]) Det gäller verb sådana som *tala, låna, visa; skapa; bruka.* I några af de verb, hr R. anför, är den sammandragna böjningen, som bär hvardagsspråkets beqvämare, men mindre vårdade drägt, något osedvanlig, t. ex. af *mana* (dock alltid: *trumf mant!*); af *språka* kunna vi ej erinra oss något tillfälle, då vi hört den i fråga varande böjningen användas af andra än barn.

R. dock att *något* bör göras, »för att afhjelpa en oreda, som, åt sig sjelf lemnad, skall tilltaga, och redan gifvit språket ett lynne af löshet och nyckfullhet, i många hänseenden oförmånligt, synnerligast för utländingen, som vill lära sig vårt modersmål, men knappast någonsin skall bli hemmastadd med en för särskilda ordställningar lämpad godtycklig användning, som allt mer kommer att bero af dagens skiftande tycken». (I, 62) Då nu hvarken den tvångsåtgärden, att antingen återföra alla dessa verb till 1:a konj. eller ock öfverföra dem till den 2:a, lärer vinna allmänt bifall, ej heller den utvägen, att göra dem till anomalier (med imperf., part. preter. och supinum efter 2:a och öfriga tempora efter 1:a konj.) kan påräkna godkännande, framställer hr R. det ganska antagliga förslaget, att till 1:a konj. återlemna de former, som ännu ha full verbal kraft, men åt 2:a konj. uppgifva de part. pret., som antagit natur af adjektiv eller adverb, en anordning, som bör möta så mycket mindre motstånd, som en i språket inneboende dunkel drift redan, utan teoriens fingervisning, verkat i denna riktning till bildning af sådana former som: *förtjent, välment, sjelfmant* m. fl. Beträffande verb med kännebokstafven *k* eller *p*, anser hr R., att ingen rubbning i deras regelbundna böjning efter 1:a konj. bör ifrågakomma, med undantag möjligtvis för *koka*, »som kunde uppföras på listan af stående anomalier, med imp., part. och supin. efter 2:a konjugationen» (I, 63); ett tvång, likväl, som detta verb, i neutral användning, svårligen underkastar sig i imperf. och än mindre i supinum.

Andra konjugationen sönderfaller hos hr R. i två klasser, af hvilka den ena omfattar verb med tempus-tecknet *d*, den andra med tempus-tecknet *t*. Vid en flyktig blick på det nya språket, kunde det synas, som låge den väsentliga skilnaden mellan 1:a och 2:a konjug. deri, att den förra eger afledningsvokal, den senare icke; men går man tillbaka till fornspråket, påträffar man äfven i 2:a konjug. en dylik vokal, *i*, hvilken ännu återfinnes hos ett mindre antal verb, ehuru nu konsonantisk, förvandlad till *j*. Beträffande detta aflednings-*j*, som af Rask i ett fall behandlas såsom »inskjutet», i andra icke klart karakteriseras, delar hr R. Grimms åsigt, enligt hvilken detta *i* skall vara ursprungligt, men i vissa tempora utgånget, ett antagande, som finner stöd, icke blott i fornskandiska och ferntyska språk, utan äfven, och i synnerhet, i mösogötiskan, der denna afledning genomgår icke blott de med *tälja (telia)* likstälda verben, utan ock de med *bränna (brenna)* jemförliga (I, 67). Med rätta finner hr R. för detta antagande ytterligare stöd i tillvaron af det för vår 2:a konjugation karakteristiska *öfvergångsljudet* (välja, imp. valde), som endast under förutsättning af en *i*-afledning kan förklaras. Efter några anmärkningar rörande rättskrifningen af vissa verbalformer tillhörande denna konjugation, — såsom att man, på grund af imp. *mindes*, borde skrifva: *påmindes, påmind* (part. pret.); på grund af *befald: befalde* (imp.); *förmälde, förmäld* (af *förmäla* = gifta), men *förmälte, förmält* (af *förmäla* = omtala), samt, med stöd af bruket: *anmälte* [1]) och *bemält* (I, 67, f.) — öfvergår förf. till enskildheterna i detta böjningssätt, ett område der vi hvarken kunna eller akta nödigt att steg för steg följa den omständliga, alltid lärorika granskningen. Blott ett och annat vilja vi i förbigående påpeka. Sid. 71 uttalar sig förf. mot onödig konsonantfördubbling framför tempusmärket. I fråga om *m* och *n* som kännebokstäfver, är bruket stadgadt; man skrifver: *stämdt, stämt, kände, känt.* Icke så i hänseende till andra konsonanter i samma läge. Begäret att förtydliga har, »sedan den lifliga känslan af språkets inre verksamhet förkolnat», framkallat en bokstafsfördubbling, som blifvit »en olägenhet för handen och ett obehag för ögat.» För att i denna punkt kunna återföra skrifningen till enlighet med fornspråket, föreslår br R., att till en början låta *l* dela öde med *m* och *n* och skrifva *fälde, fält, fylde, fylt,* ett förslag som i våra dagar blifvit ånyo upptaget och vunnit ganska allmän efterföljd. — Bland verb med *e* i stammen, som tillhöra 2:a konjugationens 2:a klass (med tempustecknet *t*), uppför hr R. *kesa* (I, 74). Detta är otvifvelaktigt ett misstag. I folkspråket, der detta verb väl har sin egentliga varelse, böjes det efter 1:a konjug. Rietz uppgifver äfven detta böjningssätt. — Ett tydlighets-begär af ungefär samma art som det, hvilket, efter hvad nyss är omnämdt, gifvit sig tillkänna i lusten att onödigtvis fördubbla konsonanter, träffar man äfven på andra håll i denna konjug., sträfvande att med nya, mekaniska medel fylla inbillade brister i böjningen. Hit hör äflandet att söka »utpregla det temporala kännemärket», att, der det låter sig göra, öfverallt intruga ett aflednings-*a* och införa böjningen på 1:a konjugationens led. Så har man, både i tal och skrift, formerna *lyftade, mistade, fästade, ristade* (skakade), *städjade* m. fl., allt nydaningar, om hvilka »vore ingenting att säga, mera än om andra missbruk, hvilka till följd af saknadt motstånd omsider fått laga kraft, blott man, såsom i Danskan sedan länge, låtit dylika verb, till alla delar och en gång för alla, frånträda 2 konjug., eller åtminstone, såsom *rista, knysta* eller *krysta* m. fl., få en genom-

---

[1]) Denna rättskrifning torde stöta på motstånd både i imp.| och änj mer i part. pret.

gående dubbel böjning» (I, 75). Men då detta ingalunda skett, anser hr R., och med allt skäl, att man, åtminstone i fråga om *lyfta, mista* och *fästa,* der hvardagstal och folkspråk gifva stöd åt det riktiga, bör göra slut på ett oefterrättlighetstillstånd utan like, och låta dessa verb bibehålla sin böjning efter 2:a konjugationen. Till denna böjningsform höra äfven, efter hr R:s anordning, de med *j* afledda vokalförvandlande verben, på hvilkas område den nya anden farit fram lika upprifvande och söndrande som på många andra. Hvad först återgångs-ljudet vidkommer, så qvarstå väl allmänneligen i bildad skrift de gamla imperfektformerna *valde, dolde, dvaldes, sålde, sporde, vande, stadde* m. fl.; men vid sidan af dem kan man få både höra och se: *väljde, döljde, spörjde, vänjde, städde, dväljdes* o. s. v. Någon gång har man åt samma verb i olika betydelser tilldelat olika böjningar, såsom t. ex. åt *qvälja,* hvilket i väl bekanta fall har ena gången imperf. *qvalde* och den andra *qväljde (qvälde).* Orubbad[1]) har ljudvexlingen, märkvärdigt nog, bibehållit sig i de verb, som antingen utstött afledningen *j,* såsom *säga, lägga, sätta,* eller aldrig haft någon, såsom *göra, böra, töras, tör* (I, 86).

Enligt språkets gamla lagar var det i allmänhet icke tillåtligt, att låta ett aflednings-*j* träda mellan stammen och tempus-tecknet (I. 87). Okunnigt nit för språkriktighet har likväl, antagligen, framtvingat detsamma i skrift. Icke sällan påträffar man hos författare: *skiljde, skiljdt, skiljt,* hvilken teckning ännu icke eger stöd i uttalet. Men »så länge man talar: *skilde* etc., bör man äfven skrifva så: och det med samma skäl och på samma grund, som *valde, sålde, dolde* o. s. v.« (ib.) Särskild uppmärksamhet förtjenar i detta hänseende verbet *rödja* hvars gamla böjning *rödde, rödd*[2]) efter medlet af förra århundrades synes ha fallit ur språkgehöret. Då de nya formerna råkade sammanfalla med motsvarande af verbet *röja* (Sahlstedt tecknar båda verben lika såväl i infin. som öfriga tempora: *röja, rögde, rögd*), sökte man åstadkomma skilnad dem imellan genom att, efter Hallenbergs föredöme, föra *rödja* under 1:a konjug. Herr Rydqvist (I, 88) finner detta betänkligt och anser att man snarare, «till undvikande af missförstånd i skrift», kunde åt *röja* återgifva dess gamla *g,* följaktligen, med bibehållande af imp. *röjde* (af rödja), teckna *rögde* (af röja). Oss synes,

---

[1]) En tredje form *städjade, städjat* brukas af somliga i »kameral-stil» (I, 85).

[2]) Någonstädes ha vi sett den uppgift, att formen *rödde* icke skulle finnas till i det nyare språket, utan vara en blott teoretisk bildning Ännu år 1749 skrifver likväl Göransson i *Svearikes Konungars Historia*, sid. 55 »upprödde», och 10 år senare läser man hos Botin (*Utk. till Svenska Folkets Hist.*, I, 220) »vägorödning».

att man med större skäl kunde föreslå återupptagande af den äldre böjningen för *rödja*, som har ett ännu qvarstående stöd i analogien med *stödja*, och lemna *röja* i sitt moderna skick. — Beträffande afledningsbokstafven *j*, föreslår hr R. som en enkel regel, att *»j* qvarstår efter *l, m, n, r;* men utgår efter *d*, så snart ej *a* eller *o* följer; alltså äfven i 2 sing. af imperat.» (I, 94).

Efter en historik öfver de båda verben *göra* och *böra* (I, 95 ff.), hvilket sistnämda visas stå i nära samband med *bära*, lemnar hr R. en öfversigt af »nu brukliga verb, förr böjda efter andra konjugationen», af hvilka de flesta öfvergått till första, flere till tredje och några till fjerde konjugationen. Bland dem, som erhållit böjning enligt första konjug., upptager hr R. äfven *gälla* (castrare), med slutanmärkning: »Landsbygdens språk följer flerstädes denna (andra konjug:s) böjning» (I, 105). Vi tro, att detta verb fortfarande kan räknas bland dem, som bestämdt tillhöra andra konjug.; och om en af oss aldrig hörd, möjligen sedd, böjning efter första konjug. verkligen förekommer, måtte den begagnas utom »landsbygden» i kretsar af utomordentlig förfining eller af skribenter i landthushållning, boskapsskötsel eller dyl., föga berättigade att vinna afseende för sina merendels mindre lyckade försök att »rikta språket». — Andra konjugationen, liksom de öfriga, afslutas med en »återblick», som i korthet angifver detta böjningssätts utmärkande kännetecken och ånyo betonar hr R:s åsigt, att de hit räknade verb, med behållen eller förlorad *j*-afledning och öfvergångsljud, »under allt erkännande af dessa skapelsers höga linguistiska värde, och med all åt begrundningen af deras sannskyldiga lynne egnad uppmärksamhet» (I, 115), icke ur nutidens synpunkt ega den vigt, att åt dem en särskild klass bör upplåtas.

Till tredje konjugationen, hvilken utgått från den andra, räknar hr R. verb med vokaliskt slutande stam (I, 116), för öfrigt utmärkta deraf, att infin. innehåller nakna stammen, utan infinitiftecken, att stammen, utan mellanliggande vokal, sluter sig tätt till såväl tempus- som person-konsonanten, att stammen alltid är fristående, så snart ej konsonant följer derpå, att tempus-tecknen i imp., part. pret. och supin. äro fördubblade (med andra ord: att stamvokalen i de hit hörande enstafviga, någon gång sammansatta, verben, hvilken i öfriga tempora är lång, i imp., part. pret. och supin. öfvergår till kort), samt att part. presens har ändelsen *-ende*. Hit få icke räknas några verb, som i hvardagslag uppträda sammandragna, såsom *rå (råda), klä (kläda), ha, ta, dra, bli* m. fl. Under rubriken »Tredje konjugationens tillkomst» genomgår hr R. de till denna böjningsform hörande verbens historik, under ständig jemförelse såväl med folkmålet och de skandinaviska systerspråken, som med andra beslägtade germaniska tungor. Någon gång, ehuru ytterst sällan, beträder hr R. »gissningens och analogiens slippriga bana». Så här, i fråga om verbet *di* (I, 121), hvilket sammanställes med *þiggia*, ur hvilket lagarnes *diþi* möjligen skulle vara en utbildad svag form, som förestälde *þigþi*. Hela hypotesen, som väl egentligen afser att ådagalägga ett nära frändskapsförhållande mellan verben *di* och *tigga*, förlorar imellertid sitt stöd, om det visar sig att den för *þiggia* angifna betydelsen af »di» icke finnes till. Enligt vår uppfattning är förhållandet också sådant. På intet af de ställen i våra gamla landskapslagar, der *þagh (þa)* förekommer i sådant läge, att det *kan* få betydelse af »didde», är likväl ordställningen sådan, att hon utesluter en okonstlad uppfattning af ordet i dess vanliga bemärkelse af *imottaga, taga*. Har man i minne det om dibarn vanliga uttrycket, att de *taga bröstet*, faller det sig helt naturligt att återgifva Upplands-lagens (Æ. B. 11: 1): *ok þæt barn þa miolk aff moþor spinæ*, med: »och det barn tog mjölk ur moders bröst (spenar)», Östgöta-lagens (Vinsorþ. B. 6: 7, yngre hdskr.): *thå miölck och moder spinna didde*, med: »tog mjölk och moders spenar didde». Samma sak med det anförda stället ur Yngre Vestm. Lagen (Æ. B. 12: 4). Vestgötalagen har på jemförliga ställen *diþi*. Betydelsen *þiggia* = »dia», hvilken ur logisk synpunkt visserligen kan försvaras, synes oss desto mera misstänkt, som hon, så vidt oss bekant är, icke eger motsvarighet i isländskan, hvilket språk hvarken eger ett *dia*, ej heller i denna betydelse gör bruk af verbet *þiggia*, utan i motsvarande fall brukar verben *súga, drekka*. Härtill kan läggas, att irländskan har ett *did* = engl. *pap, dug*, och ett *dinim, dighinim* = *to suck*. Den af hr R., med all varsamhet och under uttrycklig reservation, framstälda hypotesen anse vi således ohållbar. I sammanhang med denna fråga fäster hr R. uppmärksamhet derå, »att *di* och *dia* äro främmande för gamla allmogespråk» (I, 120), hvilka i stället begagna sig af andra, anförda uttryck, bland hvilka förekommer ett *tjik (kik)*, hvilket erbjuder intressanta jemförelser med såväl det irländsk-gaelska *cioch* (qvinnobröst) som med liknande och likbetydande ord i slaviska språk [1]).

I sin »återblick på tredje konjugationen» berör hr R. frågan om »ursprungligheten af vokalslut i verbets stam» (I, 140). Det är då, som hr R. anmärker, visserligen sant, att, om man stannar inom det germaniska fältet och särskildt vid »vissa» företeelser

---

[1]) Jmfr. Diefenbach, *Vergl. Wörterb.* II 609.

uppå det skandiska området, som ega motsvarighet uti de äldsta tyska språken, erfarenheten vitnar mot ett ursprungligt dylikt vokalslut. Spörsmålet är i många hänseenden svårt att tillfredsställande besvara. Att först och främst upprätthålla behörig skilnad mellan »rot» och »stam», har sig icke alltid lätt. Går man sedan, för att finna det »ursprungliga», till jemförelse med befryndade tungor, stöter man någon gång på förhållanden, som klart lägga i dagen, att en lösning knappt står att vinna, om man begränsar sin forskning inom ett visst område, t. ex. det germaniska språkfältet. Det ursprungliga återfinnes ej derinom. Så t. ex. med verbet *kunna* och dess afledning *känna*. I flertalet af germaniska tungor uppträder detta verb konsonantslutande. Engelskan har dock, vid sidan af *con*, ett *know* och fornhögtyskan *chnahan*, efter Bopps åsigt otvifvelaktigt vokal-slutande. Att en omställning här på någondera sidan egt rum, är tydligt; men på hvilken? Svaret lemnas af de icke-germaniska språken, latin *(no-sco, gno-sco)*, grekiska *(γι-γνω-σκω)* och sanskrit *(dschniâ. gnâ)*. I många fall är saken dock ej så invecklad. Visserligen förnekar Grimm i german-språk »rötter» af *blott vokal* (D. Gr. II, VI) och förklarar i inledningen till »ordbildningen», efter upprepande af samma sitt påstående, att vokal icke slutar roten i »egentligt» verb annorlunda, än på sin höjd *skenbart*, der konsonanter bortfallit (D. Gr. II, 2), en åsigt, mot hvilken Bopp inlägger protest (Vergl. Gr. I, 233; 3 uppl.). Då Grimm imellertid, vid behandlingen af den fornnordiska konjugationen (D. Gr. I, 926, f.), utan anmärkning anför såsom verbalrötter med vokal-slut ett stort antal isländska verb, torde man få antaga, att den vidtberömde forskaren denna, som mången annan, gång på vissa enskilda iakttagelser bygt en lag, åt hvilken han, med sin kända förmåga att snart finna fäste för teoretiska slutsatser, gifvit en obehörig utsträckning. Utom de af Bopp (se ofvan) till stöd för sin sats anförda *vô (vaian)* och *sô (saian)*, gifves utan fråga inom german-språken åtskilliga andra verbalrötter med »ursprungligt» vokal-slut, deribland äfven ingå många af de utaf Grimm anförde isländska verben. Hyllar man för öfrigt den nya af Schleicher och hans skola utbredda läran om stambildning, lärer icke någon brist uppstå hvarken på vokalslutande verbal- eller nominal-»stammar».

Under *fjerde konjugationen* har hr R. stält de s. k. *starka* verben, hvilkas utmärkande kännetecken äro hvar man allt för väl bekanta att behöfva framdragas. Författaren redogör först i få drag för Grimms teori om vexel-ljudet, och sammanställer med hans klassindelning den af Rask antagna, hvilken senare hr. R., såsom för *sitt* ändamål mera lämplig, följer vid granskningen af de starka verbens forna böjning. Det är öfverflödigt att anmärka, att vi här finna samma finkänslighet och varsamhet i behandlingen, samma rikedom på tillförlitliga detaljer, som öfverallt möter oss i hr R:s verk och som gjort det till en guldgrufva för svensk språkforskning. Den starka verbalböjningens stora betydelse för ordbildningen har gifvit hr R. osökt tillfälle att genom inströdda uppgifter belysa denna intressanta sida af språkutvecklingen. Mindre här än annorstädes kan ifrågakomma att följa författaren i enskildheter. I allmänhet må dock upprepas, att den historiska utredningen af hvarje fråga är ytterst tillfredsställande, att förf:s kritik städse är sträng, men sund, och att hans etymologiska hänföring öfverallt vitnar om så solida insigter och så äkta vetenskaplig metod, att, äfven der tvifvel någon gång vill uppkomma [1]), man aldrig ett ögonblick känner sitt förtroende för den skarpa granskareblicken rubbas. Det är sant, att den känsla af trygghet, med hvilken man följer hr R. i hans etymologiska spekulationer, till någon del kan bero deraf, att han icke leder undersökningen in på hvarje möjlig väg eller afväg, att han, synbarligen af föresats, undviker klyftigheternas snår, der, honom förutan, nog många ändå älska att dväljas; men långt ifrån att i detta förhållande söka ämne för tadel, anse vi det, tvärtom, som en förtjenst. Enligt vår uppfattning gäller nämligen ej mindre för den vetenskapliga forskningen, än för det poetiska skapandet, skaldens minnesvärda ord: »in der Beschränkung zeigt sich erst der Meister», och icke minst härutinnan, i den säkra gränsbestämningen mellan det verkligt gifna och det blott möjliga, antagliga, bär hr R:s verk en prägel af sant mästerskap.

Under hufvudrubrik »Konjugationerna inbördes» egnar hr R. ett kapitel åt granskning af *Gamla anomalier, Nya anomalier* samt *Vacklande verb*. Dervid blott en anmärkning. På tal om »vacklande verb», särskildt dem, som omvexlande hafva både stark och svag böjning, framhåller hr R., och detta med rätta, på åtskilliga ställen ordning och regelbindning af dessa godtycklighetsförhållanden som ett önskningsmål, och hemställer till den ändan förslagsvis, ena gången att uppgifva den starka och behålla blott den svaga böjningen, såsom t. ex. för verben *sluka, dyka* (I, 297), *sprida* (I, 298), andra gången tvärtom, såsom t. ex. för verbet *begrafva* (I, 298). Hvad *sluka* beträffar, är den starka böjningen redan så

---

[1]) Som t. ex. i fråga om derivationerua *bar* = naken, (af *båra*, I, 156), bord (af *båra*, ib.)

godt som uppgifven [1]); derimot äro formerna *dök, stred, spred* ännu vid så friskt lif öfverallt i vårt land, att det svårligen lärer lyckas Stockholms-dialekten att så snart bringa dessa sina äldre syskon till förtvining och död. Om, som det vill synas, hr R:s mening är att för *smyga* (I, 299) uppställa en dubbel böjning, en stark för den intransitiva och en svag för den transitiva betydelsen, kunde väl ett sådant förslag förtjena afseende, såvida ej, hvilket vi anse för lämpligare, den utvägen stode öppen till befästande af lag och ordning, att för båda fallen bibehålla den starka böjningen och låta den svaga helt och hållet försvinna, åtminstone ur skrift-verk, som uppträda med anspråk på att häfda modersmålets kraft och renhet, gent imot en skock af maskulina och feminina skribenter, utan insigt och utan öra, som oförtrutet arbeta på språkets upp-lösning och förplattning, så i romaner som i dagblad, under och öfver strecket. Det är allt för möjligt att *smygde* och gelikar efterhand skola tvinga sig in och vinna fast fot i det bildade språket, men ännu så länge är deras rätta hem barnkammaren.

»Tredje boken», omfattande den 1852 utgifna senare afdelningen af första bandet, redogör för verbal-böjningen förr och nu, hvarmed här förstås alla de olika böjnings-ändelserna i verbets skilda tempora och modi. Med samma reda och klarhet, som man hos denne vetenskapsman städse är van att finna, framlägger hr R. äfven här språkforskningens vunna resultat, med sjelfständig kritik och med sorgfällig tillämpning på det till behandling föreliggande ämnet, hvartill som positivt tillägg kommer en historisk belysning, hvars systematiskt ordnade detaljer utgöra den säkra grund, på hvilken granskningen öfver allt hvilar. Huru rikt detta område än må vara på intressanta punkter, måste vi dock afstå från ut-förlighet. »Inledningen» redogör i korthet för *Grimms* och *Bopps* något skiljaktiga uppfattning af den s. k. flexions-vokalens bety-delse (I, 305, f.) och framställer som »en ganska antaglig gissning» att i böjningen »samma person-konsonant tillhört alla verb i hvart tempus och hvarje finit modus» (I, 306). Vid genomgående af personal-ändelserna hvar för sig, anmärker hr R., beträffande *pres. indik.* en skiljaktighet mellan de skandiska språken, som uppenbarar sig i 1 pers. sing., bestående deri, att vissa klasser af isländska och forn-norska verb sakna ändelse eller också först i andra och tredje personen tillsätta ett —*r*, då i svenskan åter det gält som regel i både yngre och äldre tider, »att hafva *alla*

---

[1]) Imperf. *dök* har starkt tycke af arkaism; part. pret. *sluken* förekommer sedan långt tillbaka endast i sammansättning; starkt supin. är oss obekant.

personer af pres. ind. sing. lika; ändelse må förefinnas eller icke», (I, 307). Ett i Vestgötalagen befintligt *æm iak* (är jag, þiuuæ B., 14) leder hr R. in på frågan efter den ursprungliga flexions-konsonanten för 1 sing., hvilken af både Grimm och Bopp antages vara detta -*m*, som qvarstår icke blott i det gamla svenska hjelp-verbet, utan äfven i det mösogötiska *im*, det angelsaxiska *eom* och det isländska *em*. Då det dessutom är väl bekant, att ett dylikt *m* återfinnes i de flesta språk af den indo-europeiska stammen, anser äfven hr R. dess ursprunglighet för mycket sannolik (I, 311). Beträffande den af Grimm för 1 sing. antagna flexions-vokalen *i* (urspr. *a*), hvilken skulle utfallit ur de isländska *fer*, *fell* m. fl., finner hr R. denna hypotes, så vidt fråga är om *a*, i viss mån kunna påräkna stöd af ett par äldre handskrifter (äldre Vestgöta-lagen och Codex Bureanus), i hvilka *a* ofta förekommer i de starka verbens pres. sing.; men anmärker tillika, att detta stöd mycket försvagas af den omständigheten, att i dessa handskrifter *a* ofta brukas utom verbal-området i st. för *æ* eller *e* (I, 311), hvartill kommer det egna förhållande, »att formen för den mera sällan använda 1:a pers. skulle spridt sig till 2:a och 3:e». Hvad den senare betänkligheten vidkommer, tillåta vi oss blott den invänd-ningen, att, då hr R. talar om ett »mera sällan», han synes hafva skrift-språket något för uteslutande i åtanka. I tal-språket före-kommer väl 1 pers. åtminstone lika ofta som någon af de andra, och det är väl talet, som ligger till grund för skriften, icke tvärtom. Derimot saknar i svenskan hypotesen om ett utfallet gammalt af-lednings-*i* det stöd hon i isl. eger uti de starka verbens öfvergångs-ljud [1] i presens, och om äfven i 2:a konjug:s svaga verb öfvergångs-ljud är regel, så förekommer detta äfven i infin., och dess tillkomst lemnar dessutom rum för olika förklaring, allt efter som man uppfattar det *i*, hvilket ännu qvarstår, såsom tillhörande ändelsen eller icke. (I, 311, f.).

Om 1:a pers. plur. af pres. indik., hvars ändelse i isl. är om-vexlande -*um* och -*om*, anmärker hr R., att densamma i de äldsta ornsvenska skrifterna utgick på -*um*, i de yngre oftare på -*om*

---

[1] Äfven danskan saknar denna ljud-förändring. Öfvergångs-ljud, framkalladt af ett böjnings-*u*, hvilket förekommer i isl. (t. ex.: *köllum*, pl. pres. ind. af *kalla*) och, i vexling med *a*, under formen *o* uppträder i forn-norskan (*kollom, kallum*), saknas såväl i svenskan och danskan, som i tyska språk, ett förhållande, som väl kan gifva an-ledning till den förutsättningen, »att denna ljudskiftning först senare utvecklat sig, och kommit att på Island vinna mer stadga» (I, 323). Med skäl reserverar sig hr R. i sammanhang härmed mot Petersens vågade förutsättning att detta ljudskifte »bortfallit» i svenskan och danskan (I, 321).

(I, 313). I sextonde århundradet kämpade detta -om med ett från Danmark inkommet e, hvilket senare, till en tid segrande, slutligen utträngdes af det »i många rigtningar djerft framträngande a» (I, 315). — En särskild verbal-form för dualen saknas både i isl. och fornsvenska (I, 315). — Den för svenskan egna 2:a plur. på -n, som, med undantag af ett kort tidskifte under sextonde århundradet, då han måste vika för ett naket danskt e, intill våra dagar bibehållit sig orubbad, förklarar hr R. (I, 318), såsom tillkommen genom ljudvexling frå Þ (ð) till n, ett byte som förekommer icke blott i gammal isl., utan äfven i vårt fornspråk (äldre Vestgötalagen har både maþer och man) och räddar dermed verkligen »hypotesernas heder». Tredje pers. plur. af pres. indik., hvilken äfven, under språkförbistringen på 1500-talet, måst lida intrång af ett danskt -e (I, 320, f.), är lika med infin. och har således i verb med konsonantiskt stamslut ändelsen -a. Svenska språkhistorien har för sin del ingenting som bestyrker Rasks förutsättning af ett i denna person bortfallet -nt eller -nd (enligt Grimm, -nd).

Öfvergående till imperfektum och dess böjning, omnämner hr R. den egendomliga preteritalform på -ra och -ri, som tillhörde de isl. verben gnúa, snúa, gróa, róa, sá (I, 324). Munch och Unger kalla dessa preteriter »besynderlige», utan försök till förklaring. (Det Oldn. Sp:gs Gr., s. 36, f.). Sammalunda Aasen (N. Gr. s. 213). Grimm yttrar derom i andra upplagan af sin grammatik (I, 927): »Hier ist dunkel», men gör likväl ett par tolkningsförsök, bland hvilka ett är det genom reduplikation, en hypotes, till hvilken han återkommer i sin Geschichte der deutschen Sprache (sid. 601, 2:a uppl.). Då bevisning här icke kunnat åstadkommas och fältet således ligger öppet för gissningen, må det tillåtas oss att hänvisa på den keltiska preterital-partikeln ru (ro), re[1] såsom värd att uppmärksammas vid lösningen af detta problem. Här är icke platsen, att i detalj redogöra för de skäl, på hvilka ett dylikt antagande kan vågas; men så mycket är visst, att detta lån — om det nu är ett sådant — ingalunda är det enda, som qvarstår vitnande om den germaniska språkstammens, och särskildt den vestskandinaviska tungans, forna beröring med den keltiska, särskildt den irländsk-gaelska. — På tal om det starka verbets imperf. anmärker hr R., att uti isländskan och fornsvenskan kännebokstafven g oftast är utesluten (I, 326). Denna egendomlighet,

---

[1] Se Zeuss, Gram. Celtica, 2:a uppl., s. 418 ff.; O'Donovan, Grammar of the Irish Language, p. 175; Beitr. zur vergl. Sprachforsch. von Kuhn u. Schleicher (I, 310, V, 13).

som delvis ännu qvarstår i norska folkspråket [1]), men som alldeles försvunnit ur vårt skriftspråk, säger sig hr R. ofta ha hört i det »dagliga talet» (här är ej fråga om bygdemålen). Kanhända. — Vid genomgåendet af imperfektens person-ändelser, kommer äfven 2:a sing. till behandling (I, 330). Gamla isländskan och fornsvenskan öfverensstämma deruti med möso-göt., att de alla ha ändelsen -*t* i starka verb, dervid dock att märka, att verbal-stammar, slutande med *t*, ha i isl. -*et* eller -*tt*, i fornsvenskan (liksom i möso-götiskan) -*st*. I ny-isl. inträder öfverallt ändelsen -*st*, hvilken, i fråga om starka verb, icke osedd i äldre svenska handskrifter, i stor mängd finnes använd i Gustaf I:s bibel, derifrån han, enligt hr R:s mening, skulle utflyttat till allmoge-målet (I, 332). Om beskaffenheten af detta -*st* äro åsigterna delade. Grimm, i sin Geschichte (s. 612), förlänar deråt en ursprunglighet, till hvilken ny-tyskan »instinktmässigt återvändt». Bopp anser *s* i -*st* såsom i vissa fall rent evfonisk »tillsats», i andra beroende på ljudförändring. Det angelsaxiska -*st*, som ännu qvarstår i engelskan, kallar Koch (*Hist. Gram. d. Engl. Spr.* I, 334) »det förstärkta -*s*». Redan i sanskrit visar sig en dubbel preterital-bildning i 2:a sing.; perf. har person-ändelsen -*tha*, öfriga tempora för förfluten tid -*s*. Grekiskan bildar sin 2:a sing. genomgående med -*s*. I möso-göt. är -*s* herskande i svaga verb, -*t*, som nyss är nämdt, i starka. Der -*st* förekommer i starka verb, tillhör *s* stammen och har uppkommit genom en stam-slutande dentalbokstafs öfvergång till *s* framför *t*. Det *st*, som äfven visar sig i verb med vokaliskt utgående stam, anser Bopp vara tillkommet genom falsk analogibildning efter de dental-slutande starka. I fornhögtyskan råder -*s* i svag böjning; i den starka bortkastar 2:a sing. pret. konsonanten helt och hållet i person-ändelsen. Endast några få anomala (t. ex. *scalt, maht*) bibehålla ändelsen -*t*. I medelhögtyskan först framträder -*st* i svaga verb; de starka bibehålla likväl fortfarande den föregående periodens böjning i indikativen, men konjunktiven företer ett -*st*. Fornsaxiskan öfverensstämmer i bildningen af böjningsändelser ganska nära med fornhögtyskan, liksom angel-saxiskan med medelhögtyskan. Först i den senare forn-engelskan börjar den svaga böjningens -*st* visa sig i den starkas förut vokaliska person-ändelse (Jmfr. Mätzner, Engl. Gr. I, 325). Ungefär samtidigt träder således ändelsen -*st* fram i de germaniska medeltidsspråkens verbal-böjning, segerrikt försva-

---

[1]) Man finner der *slo, two, do; tok, drog, log;* jemf. Aasen, Norsk Gr., 2 uppl., s. 204.

rande sin plats i ny-högtyskan och ny-engelskan, snart nog försvinnande ur danskan och svenskan, i hvilka språks svaga verbalflexion han, märkligt nog, aldrig gifvit sig tillkänna. Som man häraf ser, finner läran om ett ursprungligt -st föga eller intet stöd i det historiskt gifna, och ur rent teoretisk synpunkt har man lika svårt att finna skäl för ett sådant antagande, då både *s* och *t* *(th)*, hvar för sig, i skilda lägen äro fullständiga representanter af ett ursprungligt *tva*. Vi kunna derför icke dela Grimms åsigt om det latinska -sti, och den förklaring, som i främsta rummet erbjuder sig, såväl för detta som för den germaniska svaga böjningens -st, synes oss fast mer vara den af Koch framlagda: *förstärkt s;* för den starkas -st derimot, der det icke beror af konsonantöfvergång, ett upptagande af *s* ur den svaga böjningen, ett slags *förstärkning* af *t*, hvilken i de skandinaviska språken icke osannolikt funnit inträde på efterhärmningens väg. För öfrigt gäller äfven om denna intrasslade fråga Grimms ord: »Hier ist Dunkel». — I sammanhang härmed förtjenar anmärkas den af hr R., under imperativen, påpekade egendomlighet i svenska folkvisan, att hon begagnar en 2:a sing.: *höres du, ses du,* hvilken hr R. anser för en »tillbråkning i enlighet antingen med det tyska -st i 2:a sing. af pres., eller med det gamla svenska *ästu, vetstu* (I, 369). Eget nog förekommer denna form äfven i forn-engelskan — *Heris thou? Herestow not?* (Chaucer), *Sestow* (Piers Ploughm.) — och i skotskan (jmfr. Mätzner, Engl. Gr. I, 321, f.).

Sedan hr R. med vanlig sorgfällighet genomgått äfven konjunktivens böjningsändelser, och derunder omständigt och försigtigt behandlat det i 3:e plur. egendomligt uppdykande -in, som, fastän försvunnet ur riksspråket, likväl ännu i senaste tider spökande uppträder i lagstiftningsspråket (I, 346), vänder han sig till *imperativen* (I, 362 ff.), hvars 2:a sing. i isl. och forn-norskan med få undantag alltid företer stammen oförändrad och fri från afledningsvokal, utom 1:a klassens svaga verb, som behålla sitt *a (ia)*. Det såsom undantag, ur Völundarkviða, efter Rask anförda *vaki þú* bör utan tvifvel läsas *vakir*. Enligt hvad hr R. sjelf anmärkt (I, 365) är detta också den af Munch upptagna läsningen, sedermera vidhållen af Grundtvig och Bugge. Det konjunktiva i detta *vakir* är temligen problematiskt. Som konjunktiv kan derimot, om man så vill, Eddans *Vaki mær, vaki min vina* (Hyndl., 1) och *vaki þú* (Gróg., 1), i likhet med det af hr R. anförda *þegi þú*, betraktas. Vid imperativens 1:a plur. fasthåller hr R. (I, 373) med rätta mot Grimm det indikativa i Eddans *tökum, göngom*, och visar, att äfven i svenska fornspråket den indikativa formen -um (-om)

är den rådande (I, 374). I skrift qvarstår visserligen detta *-om*
ännu i nysvenskan, som en egendomlig form, tillfälligtvis begagnad
att gifva uttrycket en viss ålderdomlig eller komisk prägel, men
ur hvardagsspråket har det försvunnit, och ersättes vanligen med
en omskrifning: *låt* (i högtidlig stil: *låtom*) *oss taga, bedja*, o. s. v.,
hvilken i Gustaf I:s bibel lyder: *låt (låter) oss*, i Carl XII:s: *låter*
(låt) oss, hos Tjällman: *låter oss*, men hos hans samtida Svedberg:
låtom oss. Imperativens 2:a plur., som logiskt står indikativen
nära (I, 377), men formelt är obestämbar i skandinaviska språk,
alldenstund 2:a plural. är densamma i både pres. indik. och pres.
konjunkt., har i fornsvenskan ändelsen *-in (-n)*. Omotiverad är
den ur Gustaf I:s bibel fortplantade ändelsen *-er*, som, troligen
inkommen från Danmark, ännu håller sig qvar i vår bibelöfver-
sättning (I, 379, f.).

Infinitiven gifver hr R. anledning (I, 384 f.) att yttra sig i
frågan om det slutande *-n*, som teorien gerna vill antaga såsom
en gång tillhörigt äfven de skandinaviska språkens infin., ehuru
det nu mera är försvunnet. Med det historiskt gifna till förnämsta
utgångspunkt, bör det ej förundra, att hr R., som ingenstädes
bland de skandinaviska språklemningarne finner fullt säkra spår
af en *n*-slutande infinitiv, med stor varsamhet behandlar detta
ämne. Mot »möjligheten» af ett forntida *-an*, gör hr R. ingen in-
vändning; men *den* »visshet» han önskat vinna, är ännu icke
vunnen[1]); deri äro vi med honom fullt ens. Det analogi-slut, hvilket
andre språkforskare ansett innehålla så bindande bevisning, att
hvarje tvifvel bör försvinna, kan visserligen anses afgörande; men
så länge verkligheten tiger eller vitnar sväfvande, står frågan
strängt taget ännu öppen. Med rätta anmärker hr R., att »mycket
beror på uppfattningen af infinitivens första bestämmelse och
bildning» (I, 385). Som ett moment af betydelse i denna tvistiga
sak skulle vi vilja framhålla de abstrakta substantivens på *-an*
ställning till infinitiven. En utredning af förhållandet mellan
dessa två hvarandra så nära stående former, måste otvifvelaktigt
bringa *något* ljus i saken.

Om *partic. prcs.*, hvilket i svenskan, som bekant, har ändelsen
-ande (-ende), fordom mera ofta *-andi*, anmärker hr R., att det-
samma genom sitt i alla germanspråk bevarade *n*, åt dessa språk
beredt ett partikulärt företräde framför sjelfva sanskrit (I, 402).
Ligger i detta *-n* verkligen något ursprungligt, ålderdomligt, och
sammanställer man dermed den af hr R. (I, 405) antagna satsen,

---

[1]) Jmfr. *Svenska språkets lagar*, delen IV, sid. 426, f.

att partic. pres. bildats på infinitiven, kunde väl äfven härur framletas ett skäl för en gammal gemensam germanisk infinitiv på -*n*, då nasaleringen väl måste föras till den förutsatta infinitiv-stammen, icke till participial-suffixet.

I betydelsen af latinskt gerundium användes i det skandinaviska fornspråket, vanligen predikativt, sällan attributivt, part. pres. med passivt begrepp (I, 413 f.) I nysvenskan, der den predikativa användningen nästan helt och hållet kommit ur bruk, qvarstår dock ännu den attributiva i några uttryck tillhörande »embets- och handelsspråket» (I, 415), såsom: *afgifvande räkning, erläggande afgift*, för hvilka vi ha tyskarne att tacka. Af tysk börd eller bildning äro väl äfven de »djerfva förbindelserna»: *fallande sot* [1]), *svindlande höjd* m. fl. (jmfr. Grimm, Gr. IV, 67). En annan participial-bildning, som i svenskan, danskan och norska folkspråket vunnit större utbredning, än hon egde i isl. och forn-norskan, är den som förekommer i: *olofvandes, springandes* m. fl. (I, 415, ff.) Först vid medlet af fjortonde århundradet började denna bildning, af ursprungligen adverbialt kynne, att användas attributivt (I, 418), en användning som nu åter kommit ur bruk. Den grammatikaliska bestämningen af denna form är, säger hr R. (I, 415) »en af de mest invecklade och svårlösta frågor i vårt språk». Grimm finner den analoga nyhögtyska bildningen i *eilends, zusehends* m. fl. »anmärkningsvärd», men lemnar ingen vidare förklaring (Gr. I, 1020). Säve sammanställer *lefvandes* och *hafvandes* med de möso-götiska part. pres. *libands, habands*. Hr R. sjelf, som icke godkänner denna hypotes (I, 422), antager förslagsvis, att i dessa former, för hvilka ursprungligen ligger till grund dels ett reflexivt, dels ett genitivt *s*, under tidernas lopp de båda *s* »mött hvarandra i den allmänna föreställningen» (I, 423) och tillägger, att möjligtvis ock »under tyska språkets tillväxande inflytelse dels omedelbart, dels medelbart genom danskan, det tyska gerundium i någon mån inverkat på spridningen af den i fråga varande formen» (anf. s.) För båda åsigterna tala många sannolikhetsskäl; men beträffande den senare gäller väl endast med största inskränkning, att den påtryckning, vårt språk äfven här lidit, medelbart eller omedelbart, från tysk sida, skulle utgått från det tyska gerundium. För den öfvervägande mängden af dessa bildningar, så vidt de äro efterbildningar från tyskan, ligger väl det väsentliga af imitationen mindre i reproduktion af det modala, än i upptagandet af det

---

[1]) Det förtjenar dock antecknas, att man äfven i forn-engelskan finner: *the fallynge evylle* (= falling sickness), liksom i angels.: *of farendum vege* o. s. v.

adverbiala *s*, en genitiv-ändelse af vidsträckt användning, som har ingenting särskildt att skaffa med gerundium.

Under *partic. pret.*, som delat öde med adjektivet och i likhet med detta efterhand mist sina forna böjningsändelser, påpekar hr R. åtskilliga felaktigheter och oegentligheter i rättskrifningsväg (I, 446, ff.), såsom det oriktiga *begärdta, förmäldta, sjelfmandt, enskildta, särskildta* m. fl. Om *enhänd* och *tomhänd* anmärkes (I, 450), att det *t*, som i dem ofta uppsticker *(enhändt, tomhändt)*, är lika tillfälligt som i *landtman, handtverk, ändtligen*, m. fl. I *rättskaffens* har svenskan skapat sig en »felaktig och ohandterlig» form af ett ursprungligen tyskt adjektiv, hvilket, om det skall behållas, måste afkläda sig sin stereotypa, adverbiala drägt och låta böja sig i likhet med starka part. pret., således: *rättskaffen, rättskaffet, rättskaffne*, följaktligen äfven *rättskaffenhet* (I, 451).

Det svenska *supinum* är »ett i den svenska språkläran infördt nytt begrepp, som ur rättskrifningen inkommit i ordböjningen» (I, 455). Fordomdags var det ingenting annat än neutrum af part. pret. i förening med *hafva*. Sahlstedt var den, som i sin grammatik (1747) först gjorde anspråk på en särskild plats för det s. k. supinum. Honom följde Botin. Af bruket blef denna gränsskilnad mellan sup. på *-it* och part. pret. neutr. på *-et* först långt senare godkänd. Ännu år 1801 vågade Svenska akademien, i sin »Afhandling om svenska stafsättet», icke påyrka strängt upprätthållande af det neutrala *-et* i partic. Långt in i våra dagar var supinum af svenska grammatici misskändt. »Denna form af verbet, säger Broocman (*Lärebok i svenska språket*, 1820, 3:e uppl., s. 36), hafva någre språklärare kallat supinum; andre participium, men den är egentligen intetdera. Den är blott ett obestämdt uttryck af det förflutna». Moberg (*Försök till en lärobok i Svenska Gr.*, sid. 41) kallar det »ett från infinitiven hemtadt oböjligt *preteritum*». Väl hade Boivie, i sitt »Försök till en svensk språklära», (omarb. uppl. 1834, sid. 255), gifvit den fingervisningen, att supinum, som kan tyckas vara grundformen till part. pass., tvärtom torde kunna härledas ifrån participium (jmfr. Sv. spr. l:gr. I, 457); men Svenska akademiens två år senare utgifna språklära, ignorerande ej blott den svenske skolrektorn Boivie, utan äfven hans store föregångare Rask och Grimm, af hvilka upplysning kunnat vinnas, förklarar lika fullt, att *»supinum* eller *supin* kallas ett från infinitiven härledt oböjligt preteritum» (s. 142), som om ett *druckit*, ett *brunnit*, ett *skurit*, ett *lagt*, ett *brutit*, m. fl. aldrig funnits till. Efter att ha anfört några exempel på bruk af böjdt partic. pret. i förening med hjelpverbet *hafva*, tagna såväl ur våra fornkällor, som ur de romaniska språken, anmärker hr R., att, fastän denna syntaktiska ställning är för den nyare svenskan mera främmande (I, 458), man dock kan säga: »ansökningen, som jag har skrifven, i stället för skrifvit» (I, 459). Visserligen; men med olika skiftning i betydelsen: det böjda partic. uttrycker en omständighet, det oböjda handling; det förra intager en mer sjelfständig attributiv ställning, det senare uppgår helt och hållet i predikatet. »I stället för» betyder här således icke lika med. De båda satserna täcka ej hvarandra.

Efter en utmärkt framställning af Passivet, hvarpå följer ett kapitel om Förkortning, afslutar hr R. det första bandet af sitt i dubbel bemärkelse stora verk med en, hufvudsakligen refererande, granskning af Verbal-böjningens ursprung.

V. E. ÖMAN.

Några ytterligare upplysningar till besvarande af frågan om billiga jernvägar och deras trafikförmåga.

Uti Novemberhäftet för 1870 af denna tidskrift förekommer en afhandling om vilkoren för jernvägsbygnadernas fortsättande och jernvägarnas framtid i Sverige, hvilken hufvudsakligen har till utgångspunkt den frågan, huruvida Sverige skall vara det enda land, der jernvägar icke kunna anläggas af enskilda utan uppoffring från hela landets skattskyldige invånare. Vi hoppas att läsarne af Framtiden icke skola anse öfverflödigt, att vi återkomma till detta ämne, i ändamål att meddela några ytterligare, och som vi våga tro, särdeles upplysande bidrag till nyssnämda frågas besvarande.

För att göra klart för sig hela vigten och omfattningen af det problem, som härutinnan är att lösa, torde det vara tjenligt att först framställa en annan fråga, hvaraf vi likväl icke kunna tillegna oss uppfinningen, emedan den öfverallt erbjuder sig sjelf, nämligen denna:

Hvaraf kan det komma att jernvägarna, oaktadt de draga till sig hela trafiken eller transporterandet af både resande och varor från alla de trakter som icke äro alltför långt aflägsna, eller med andra ord, oaktadt de nästan monopolisera transportrörelsen, likväl hittills i så många fall icke lemnat en behållen inkomst som ens motsvarar full ränta på det nedlagda kapitalet?

Erfarenheten om detta förhållande har redan längesedan i England vändt tankarna derpå, huruvida icke något grundfel kunde ligga i hushållningen med denna industri. Härifrån har man vidare kommit till och blifvit ense om tvenne andra meningar eller rättare sanningar. Den ena är, att om jernvägar icke kunna byggas utan sådant understöd af staten, som fordrar påläggande af ökade skatter på folket, så måste ett fortsatt byggande af sådana vägar förr eller senare och snart nog upphöra; och det förtjenar härvid alltid att hållas i minnet, att de svenska stambanorna, oaktadt trafiken derå småningom ökat sig, ännu i denna stund gå med en förlust som staten måste ersätta, och *som i medeltal förtärt hela den allmänna bevillningen*, eller med andra ord, att *om ej det årliga tillskottet till jernvägarna erfordrats, så hade landet icke behöft betala någon direkt bevillning* under de sista tio åren (i medeltal räknadt).

Den andra meningen eller sanningen är, att det kommunikationsmedel som jernvägarna lemna är ett så vigtigt vilkor för odlingens framåtskridande och de naturliga hjelpkällornas tillgodogörande i hvarje land, att det står nära nog framför alla andra vilkor för materiel förkofran. Sammanhållandet af dessa båda sanningar bredvid hvarandra leder vidare naturligt till den frågan, om det icke är möjligt att annat än undantagsvis drifva rörelsen så, att jernvägarna verkligen löna sig och blifva ett föremål för kapitalbildning i stället att gifva förluster, eller ungefär samma fråga som var utgångspunkten för den förra uppsatsen i *Framtiden*.

Detta problem har på de sista åren blifvit föremål för allt flere studier bland jernvägsingeniörer i andra länder och forskningarna deröfver hafva ledt till högst märkliga resultat. Vi meddelade i den förra artikeln ett i detta hänseende märkligt protokoll öfver de försök som blifvit gjorda för att visa hvad som kunde framföras å en särdeles billig bana af 2 fots spårvidd (den så kallade Festiniogbanan i Wales). Vi tro nu, att det skall intressera läsaren att taga kännedom af några andra upplysningar i samma riktning, afgifna af framstående utländske ingeniörer, och som icke böra förblifva okända här under den period, då den svenska riksdagen är i färd med att besluta om vilkoren för de understöd, tillämnade enskilda jernvägsbolag begära af staten.

Den ena af dessa handlingar är ett utlåtande af den engelske ingeniören Fairlie, infördt i engelska tidskriften *The Engineering* för den 23 sistlidne September, hvaraf ett utdrag jemväl varit meddeladt i Helsingfors Morgonblad. De upplysningar denna afhandling lemnar, äro i hög grad märkvärdiga och skola måhända komma att bilda en afgörande vändpunkt uti striderna imellan bred- och smalspåriga banor. Den andra handlingen är ett i danska tidskriften *For Ide og Virkelighed* infördt utlåtande af de bekante ingeniörerne English och Hansen rörande ungefär samma ämne.

Vid senaste årssammanträde som hölls i Liverpool af den bekanta föreningen »The british association for the advancement of science», förelades af den nyssnämde engelske ingeniören mr Fairlie, känd bland annat för sina lyckade och förtjenstfulla arbeten för utvecklingen af det s. k. bogiesystemet för lokomotiv, en intressant och förtjenstfull afhandling om den smala spårviddens vigt och betydelse för en billig jernvägstrafik. Ett kort referat deraf kan lemna ett begrepp om de ledande argument, hvarpå den är grundad.

Det är icke mera det smalare spårets billigare anläggningskostnader samt den ekonomi i afseende å intresse och amortering å anläggningskapitalet, hvilken härflyter deraf, som hr Fairlie nu gör till föremål för sin framställning, ej heller den en tid äfven ifrågasatta förmågan hos ett smalt spår, att kunna prestera den för en ansträngdare trafiks behof erforderliga hastigheten och säkerheten. Hufvudföremålet för hans afhandling utgör den visserligen icke heller förbisedda, men i allmänhet hittills mindre uppskattade besparing, som det smala spåret föranleder i *driftkostnaderna eller de dagliga utgifterna för transporten.*

Den omständighet, som härvid — under för öfrigt lika ekonomiskt sätt att handhafva trafiken — är den hufvudsakligast bestämmande, utgöres af *förhållandet imellan nyttig last och s. k. död last,* eller mellan betalande och icke-betalande last. För att forsla fram imellan tvenne punkter en qvantitet gods, som afsändes med banan, måste å densamma tillika nödvändigt framforslas de vagnar, hvari detta gods är lastadt. Det är vigten af godset, för hvilket betalningen erlägges, som utgör den nyttiga eller betalande vigten; vigten af vagnarna, som användas till deras framsläpande, utgör den döda vigten. Och då det är uppenbart, att forslings- och transportkostnaderna, såsom bränsle, skenornas slitning m. m. beror af *hela* den tyngd som föres fram, antingen den hör till det ena eller andra af de anförda slagen, så är det äfven klart, att ju mindre den s. k. döda vigten är i förhållande till den vigt gods, den tjenar till att föra med sig, desto större är besparingen i driftkostnaderna, eller med andra ord, desto mindre kostar det att forsla fram en viss qvantitet trafikgods.

Huru gestaltar sig detta förhållande för banor med bredt spår och för banor med smalt spår? Det är med belysandet af denna fråga, hr Fairlies uppsats förnämligast sysselsätter sig.

Han åberopar härvid den kända och om man blott tänker derpå lätt insedda satsen: att *en viss qvantitet material, anordnadt med understödspunkter längre ifrån hvarandra, har mindre bär- styrka, än om understödspunkterna ligga närmare.* En bjelke, understödd vid hvardera ändan, kan t. ex. bära en vida mindre last, än tvenne hälften så långa, understödda på samma sätt. Följden deraf måste uppenbarligen blifva, att en godsvagn på ett smalt spår i förhållande till sin vigt måste kunna bära mycket mer än en godsvagn på ett bredare spår. Såsom exempel härpå anför mr Fairlie, att en godsvagn på den bekanta Festiniogbanan af 2 eng. fots spårvidd förmår fullastad bära ända till 6 gånger sin egen vigt, medan godsvagnarne å de 4 fot 8½ tum (eng.) breda jernvägarne, icke förmå att som full last taga mera än 2 gånger sin egen vigt.

Äfven om banorna ständigt kunde använda fullastade vagnar, blefve således förhållandet imellan den döda vigten och den nyttiga eller betalande vigten vida fördelaktigare för det smala spåret, än för det breda.

Men nu kan trafiken aldrig gestalta sig precis så, att man ständigt kan forsla fram endast fullastade vagnar. Ju mera ett bantåg har att på sina skilda stationer upptaga och afgifva last och ju mera snabbhet i expeditionen kommer i fråga, desto mer blir det nödvändigt att låta vagnar gå, fylda endast med en del af hvad de kunde föra som fullastade. Och följden deraf är, att i England det förhållande eger rum, att i afseende å passagerare- trafiken den döda vigten är 29 gånger större än den nyttiga vigten och att densamma i afseende å godstrafiken nedgår endast till 7 gånger den nyttiga eller betalande vigten; d. v. s. för att forsla fram en ton gods, måste man sätta i rörelse sju tons såsom bihang dertill, och för att förflytta passagerare, vägande tillsam- man en ton, måste man för deras skull släpa med dem tjugunio tons extra.

För att åskådliggöra, hvilken förbättring häruti är möjlig genom ett smalare spår, tager Fairlie till jemförelsepunkt för- hållandet å »London—North Western»-banan af 4 fot 8½ tums spårvidd, hvilken anses för en af de bäst skötta i England. Dess godsvagnar väga i medeltal 4 tons. Om man nu också antager, att den döda vigtens förhållande till den nyttiga eller betalande utgör icke 7 till 1, utan endast 4 till 1, så framforslas å densamma af hvarje vagn 1 ton för hvarje eng. mil den rör sig. För en spårvidd af 3 eng. fot beräknar mr Fairlie, att hvarje vagns vigt skulle utgöra en ton, samt att vagnarna fullastade kunde föra tre gånger sin egen vigt.

Hvad hindrade att, ifall spårvidden vore 3 fot, med samma antal träner, bestående af ett lika antal en-tons vagnar, forsla fram denna last, då dessa en-tons vagnar äro i stånd att lasta tre gånger den vigt, de 4 tons vägande nu framföra? Det vill säga: i stället för att behöfva belamra godstrafiken med en död vigt, fyra gånger godsets egen, skulle den hafva att såsom död vigt föra med sig endast lika mycket som godset sjelf väger. Tre gånger godsets egen vigt, eller tre femtedelar af hela den last som nu måste framsläpas, skulle då utgöra besparingen i minskad död vigt. Med endast två femtedelar af den dragkraft, som nu måste användas, skulle samma nytta åstadkommas! För att befordra fram 10 millioner tons trafikgods — hvartill mr Fairlie beräknar den i fråga varande bredspåriga engelska banans rörelse — skulle erfordras en dragkraft för endast 20 millioner, i stället för den nu behöfliga dragkraften för 50 millioner tons. Och härvid, tillägger mr Fairlie, bör man icke förbise, hvilken ofantlig besparing som derjemte skulle uppstå i afseende å slitning och nötning, då den framforslade vigten blefve 20 millioner i stället för 50 mill. tons.

För att framhålla hela betydelsen af detta resultat, framställer hr Fairlie det ifrån flera olika sidor. Om vi antaga, säger han, att samma antal tåg för dagen användas, så reduceras vigten af hvarje sådant från 255 tons — hvilket är deras nuvarande medelvigt — till 102 tons, eller om man bibehåller samma bruttovigt för tågen [1]), så kunde tågens antal nedgå i samma förhållande; och skulle det åter finnas tillräcklig trafik för att lasta smalspåriga vagnar så, att det erfordrades både samma antal tåg och samma vigt på tågen som nu användes, så blefve resultatet, att det 3 fot

---

[1]) »Det skall kanske», säger mr Fairlie i sin uppsats, »falla några af mina åhörare in att vid denna punkt af min framställning uppkasta den frågan, hurnvida man kan bygga lokomotiv, som äro i stånd att på en 3 fots bana draga fram tunga tåg med samma hastighet, hvarmed de nu föras fram på ett bredt spår. Mitt svar härtill är afgjordt: Ja. Den Fairlie'ska dubbla bogiemaskinen kan icke endast fås att draga fram träner fullt ut så tunga och med samma hastighet, som nu forslas fram på de breda spåren, utan den gör detta på en s. k. lätt jernväg, med skenor, som i vigt icke behöfva öfverstiga 50 skålp. på yarden (= ungefär 15 skålp. på sv. fot); och dessa skola dervid blifva ärligt utslitna, i stället för att krossas och gnidas sönder, såsom sker med 84 skålp.-skenorna under det nuvarande systemet.»

breda spåret skulle, utan tillökning af en enda penny i kostnad för dragkraft eller slitning och renovering, kunna föra fram en betalande last af 25 millioner tons i stället för de 10 millioner, som nu föras fram. — Vore derföre »London—North Western»-banan af 3 fots spårvidd i stället för af 4 fot 8½ tums, som den nu är, skulle en högst vigtig besparing ske endast derigenom, utan minsta vidare förändring i systemet för dess skötande; och fördelad imellan allmänheten och aktieegarne kunde densamma i betydlig grad på en gång reducera tariferna för den förra, och öka dividenderna för de senare.

För att än ytterligare påpeka vigten och verkningarna af dessa på det smala spåret beroende besparingar i *driftkostnaderna*, tillägger mr Fairlie vidare: »Låtom oss för ett ögonblick supponera att prisförhållandena för sjelfva byggandet i afseende å de smalspåriga och bredspåriga jernvägarna vore raka motsatsen af hvad de verkligen äro, samt att det skulle kosta dubbelt så mycket att anlägga en 3 fots bana, som att bygga en bana af 5 fot 6 tums spårvidd; *äfven i så fall skulle skilnaden i kostnad för befordrandet af hvarje ton gods å banan vara så ofantlig, att det smalare spåret i längden slutligen skulle blifva det vida billigare af de två*».

De allmänna slutsatser mr Fairlie med anledning af denna undersökning vill göra gällande, framgå ur följande yttranden i hans uppsats:

»Man behöfver sannerligen icke vara särdeles stor tänkare för att inse, att det smala spåret är i hvarje hänseende oändligt öfverlägset till och med 4 fot 8½ tums spåret, och det borde vara djupt inpregladt i hvarje ingeniörs själ, *att hvarje tum, lagd till spårvidden utöfver hvad som oundgängligen erfordras för trafiken, är en tillökning i bygnadskostnader, i den döda vigtens förhållande till den nyttiga och i driftkostnaderna, samt följaktligen en tillökning i fraktsatserna för allmänheten, alltså en förminskning i samma mån af jernvägens nyttiga verkan*».

»Jag önskade att genom tillhjelp af denna förening (»The British Association» till hvilken afhandlingen var inlemnad) upplysa invånarne i alla länder, der jernvägar behöfvas, huru de kunna erhållas billiga och ändamålsenliga. — I måttligt tempererade klimat skola spår af 2 fot 6 tum (eng.) vara fullt tillräckliga för hvilken trafik som helst på jorden, och jag vågar påstå för en hastighet af 30 eng. mil (= 4½ svenska) i timmen, medan 3 fots spårvidd skall vara tillräcklig för vare sig mycket heta eller mycket kalla klimat och skall kunna erbjuda en hastighet af 40 eng. mil (= 6 svenska) i timmen. — Jernvägar kunna göras billiga och på samma gång fullkomligt dugliga och ändamålsenliga; och de hvilka förfäkta motatsen äro, faktiskt, fiender till framåtskridande och civilisation. Det finnes intet land för fattigt att hafva jernvägar, tillräckliga för dess behof; och jernvägar erbjuda det möjligast billiga sättet för transport, så framt de icke förderfvas genom verkningarna af den oförmåga och extravagans, som vi så ofta se förenade tillsammans. Jag anser det som en skyldighet för hvarje man i vårt land att bistå invånarne i andra länder i att uppvisa, huru de kunna draga nytta af vår dyrköpta erfarenhet, samt huru de kunna undvika de gropar, i hvilka alltför många af våra innehafvare af jernvägsaktier hafva fallit».

Vi låta nu herrar English & Hansens utlåtande följa, och öfverlemna sedan åt läsarne att sjelfve draga sina slutsatser.

»De hittills i Danmark anlagda jernbanor hafva samma spårvidd och konstruktion som banorna i andra och större länder (4' 5.5" engelskt mått); man har företagit stora och dyrbara genomgräfningar, uppfört höga bankar och broar, och icke skytt kostnaden af att expropriera dyrbara egendomar för att kunna få banorna så horisontela och raka som möjligt. Man har gjort skenorna tunga nog för att kunna bära lokomotiv af 40,000 till 60,000 skålpunds vigt, och man har anskaffat motsvarande lokomotiv och vagnar, allt i afsigt att kunna draga stora lass med största möjliga hastighet och på billigaste sätt, men man har för dessa mycket riktiga teoretiska beräkningar glömt att taga i betraktande, att så stora utgifter icke kunna förväntas af vår ringa trafik, och att hvad som är fördelaktigt och ändamålsenligt i ett stort land, blifver ofördelaktigt och opraktiskt hos oss, der man knappt har tillräckligt fraktgods till två à tre tåg om dagen.»

»För att en jernbana — liksom hvarje annat tekniskt företag — skall kunna bära sig, är det nödvändigt att materiel och personal äro i oafbruten verksamhet. Detta är förhållandet på åtskilliga af utlandets banor, der trafiken är så stor, att man kan afsända många tåg om dagen; ett proportionsvis lika gynsamt resultat kunna vi hos oss uppnå *endast genom att göra tågen mindre och lättare, men talrikare, och genom att bygga våra banor i ett passande förhållande till dessa lätta tåg.*

»Vid våra tunga banor med få tåg är i sjelfva verket hela den dyrbara inrättningen: bana, lokomotiv, vagnar och personal, blott några timmar om dagen i verksamhet, medan ränta på kapitalet, banans underhåll och aflöning till personalen kräfva stora utgifter för hvarje timme af dagen.

»En mycket väsentlig olägenhet vid det tunga systemet är dessutom, att vagnarna i ett långt tåg måste vara utomordentligt starkt bygda för att icke krossas; — ett sådant tåg väger icke sällan tio till tjugo gånger så mycket som de passagerare och det gods som finnes på detsamma; — *och utgifterna för materielens och banans underhåll samt kolförbrukningen, som står i förhållande till den öfver skenorna rul-*

lande tyngden, blifva derföre långt större, än om transporten kunde ske i mindre tåg, hvarvid förhållandet mellan materielens vigt och den betalande tyngden blir långt gynsammare.

De här nämda olägenheterna undgås och betydliga fördelar erhållas när våra banor byggas smalspåriga och med lättare underbygnad. Den för våra förhållande bäst passande spårvidd är den redan i flera länder använda af 3 fot 6 tum engelskt mått. Erfarenheten har redan länge visat, att väl konstruerade lokomotiv kunna med fullkomlig säkerhet och med större hastighet än de själländska banornas iltåg gå uppför sluttningar med en stigning af en på fyrtio, och genom kurvor med 800 fots radie; och genom att använda sådana stigningar och kurvor blir det möjligt att gå omkring de flesta hinder af terrängen, såsom djupa dalar, backar, mossar och dyrbara tomtplatser, och inskränka expropriations- och planerings-arbeten till det minsta möjliga belopp. *Genom att använda lättare lokomotiv, och fördela trafiken på många små tåg, vinnes ytterligare den besparingen, att broar, sleepers och skenor kunna vara lättare och likväl — i förhållande till den tyngd de skola bära — starkare och varaktigare än motsvarande delar af en bredspårig och med tungt materiel trafikerad jernbana; att stationshusen kunna vara mindre, men likväl tillräckliga för det ringare antal passagerare, som medföljer hvart och ett af de många tågen, och att likaledes stations- och tåg-personalen icke behöfver vara så talrik, som der stora tåg skola befordras.*

Genom dessa många inskränkningar i anläggnings- och drifningskostnad, och genom att i alla hänseenden använda en förnuftig ekonomi, blir det möjligt att bygga solida och försvarliga jernvägar fullkomligt trafikfärdiga och mer än tillräckliga för våra behof och förhållanden för 120,000 till 140,000 rbdlr milen, inklusive expropriation, ränta på kapitalet under bygnadstiden, ingeniörs- och administrationskostnader jemte materiel. Förräntningen af kapitalet, underhåll af bana och materiel, såväl som utgifter för lokomotivkraften, löner och arvoden, blifva derigenom högst betydligt reducerade, *och då tillika de talrikare tågen skola medföra en tillökning i passagerarnes antal, så kan den lätta banan med säkerhet räkna på en större inkomst än en tung bana på samma linie, och ett gynsamt finansielt resultat kan derföre uppnås genom en lätt bana på en linie, der en tyngre bana alldeles icke skulle kunna betala sig.*

Huru mycket till och med den lättaste och smalaste jernbana är i stånd att transportera, derom gifver banan mellan Festiniog och Port Madoc i Wales ett godt vitnesbörd. Denna bana, som blott har 2′ spårvidd, är 13 engelska mil lång. Under trafikåret 1867—68 gingo på denna bana dagligen sex tåg åt hvartdera hållet, 2,240,000 centner skiffersten och 293,000 centner varor och gods af alla slag transporterades på banan, och dess inkomst af passagerare utgjorde 60,800 rdr. — samtliga inkomsterna utgjorde 611,200 rdr. Utgifterna voro: skatter och afgifter 42,800 rdr och drifningskostnad 120,000 rdr. Öfverskottet utgjorde alltså 448,400 rdr, eller 30 procent af det ursprungliga kapitalet. Inkomsten af person- och godstrafik var för banmil nästan fem gånger så stor som på de jutska eller fyenska banorna. Då tågens antal på denna bana utan svårighet kan ökas till 12 eller

15 i hvardera riktningen, så skulle den alltså rikligen tillfredsställa våra behof till och med på landets mest trafikerade linier.

»Den smalspåriga banan mellan Antwerpen och Gent (3 fot 6 tums spårvidd) har trafikerats sedan 1847. — Dess längd är 6 ⅔ mil, dess båda ändpunkter äro stora fabriks- och handelsstäder med öfver 100,000 invånare; de öfriga stationerna hafva hvardera 2—5.000 invånare, och trakten på båda sidor om banan är en af de bäst befolkade i Europa. På denna bana gå dagligen 8 tåg i hvardera riktningen. Tågens hastighet är större än på de själländska banorna och afgifterna betydligt lägre, och likväl var inkomsten lika stor på båda banorna, men öfverskottet på Antwerpen—Gentbanan långt större, då denna i en följd af år varit mellan 6 och 8 procent, medan den vestsjälländska banan endast gaf 4 till 5 procent.

I Tyskland hafva redan i en följd af år flera smalspåriga jernbanor varit med fördel trafikerade, och anläggandet af flera nya är påtänkt. En komité af jernvägsingeniörer har nyligen på samtliga tyska jernvägsstyrelsers vägnar afgifvit ett officielt betänkande om smalspåriga banors ändamålsenlighet och deri uttalat, att de kunna byggas långt billigare än lätta bredspåriga banor; att de egna sig lika väl för personsom för godstransport, äfven för större hastighet än 3 mil i timmen. Som passande spårvidd förordas dels 1 meter (3 fot 4 t.) dels ¾ meter, (2 fot 6 tum) kurvor af minst 80 meters radie och sluttningar i ett förhållande af 1 till 25 förklaras vara användbara, men mindre radier och brantare sluttningar afrådas. Komitén förordar i synnerhet smalspåriga banors användning på sådana ställen, der godstransporten icke är särdeles stor och der endast banans ena ändpunkt står i förbindelse med en bredspårig stambana, och framhåller i synnerhet, att de böra byggas och drifvas billigt, för att rätt kunna svara mot ändamålet.

Äfven i andra verldsdelar har det smalspåriga jernvägssystemet funnit vidsträckt användning. I Queensland (Australien) äro 48 mil sådana banor i full gång och 60 mil under bygnad. I Canada är en 60 mil (400 engelska mil) lång smalspårig jernbana under bygnad, och i Ostindien har en sådan bana redan i flera år varit trafikerad. Om Queenslandsbanan berättas, att på den på kunna tolf timmar befordras 8,000 centner gods och 800 passagerare, och att man genom att lägga dubbla spår skulle kunna befordra 6 gånger så mycket.

På alla dessa banor har det visat sig, att man med fullkomlig säkerhet kan köra 30—40 engelska mil (4½ till 6 sv. mil) i timmen, men vanligtvis köres endast med en hastighet af 2 till 3½ svenska mil i timmen. — Vi tro att följande yttrande af öfveringeniör Fitzgibbons om Queenslandbanan också kan tillämpas på våra förhållanden:

»Vi hafva ansett det lämpligt, att först sörja för våra nuvarande behof genom att införa ett jernbansystem som passar för våra tillgångar, och att öfverlemna åt våra efterkommande att göra mera, när deraf göres behof. — Detta tro vi vara bättre än att efterlemna åt dem en skuld genom att inlåta oss på företag, hvilkas framtida värde är tvifvelaktigt, medan deras närvarande olägenheter äro säkra. Hade vi bygt bredspåriga banor, skulle derigenom ökade kostnader hafva hindrat anläggandet af banor inuti landet, och en stor oproduktiv

skuld hade blifvit oundviklig, till stor skada för landets utveckling och
välstånd, utan att vi likväl hade någon säkerhet för att de nu gjorda
offren skulle lända våra efterkommande till nytta, ty vid teknikens
hastiga framsteg kunde det möjligen hända att vi, i stället för att
lemna åt våra efterkommande några hopsparda medel, endast efterlem-
nade åt dem banor af gammaldags, olämplig konstruktion, betungade
med en dryg skuld.»

I kommersielt hänseende skulle en omlastning vid den jutska
gränsen väl hafva varit mindre behaglig, än så som det nu är, men
tar man i betraktande att hela vigten af allt af varor och kreatur, som
under trafikåret 1868—68 ut- och infördes, endast utgjorde 127,473
centner; att detta, i likhet med hvad som eger rum vid Herrljunga
station i Sverige, kan omlastas för mindre än 2,000 rbdlr årligen, och
att man för att undvika denna omlastning har bygt banorna omkring
10 millioner rbdlr dyrare, än de skulle hafva blifvit så framt de hade
varit smalspåriga, så skall hvarje merkantil man snart inse, att of-
vannämda beqvämlighet är köpt med en uppoffring af 500,000 rbdlr
om året (räntorna på de för mycket utgifna 10 millionerna) och derföre
helt visst med oss säga: »att man också kan köpa guld för dyrt.»

Till förestående upplysningar kan tilläggas, att de deruti
påpekade och utredda fördelarna af det smalspåriga systemet jem-
väl bekräftas af erfarenheten i Norge, der detta system med spår-
vidd af 3 fot 6 tum blifvit antaget såsom det normala för jern-
vägsbygnadernas fortsättande, och att bygnadschefen derstädes hr
Piehl, enligt ett likaledes i tidskriften *The Engineering* med-
deladt utlåtande, beräknat anläggningskostnaden af en sådan bana
till två tredjedelar af kostnaden för en bana med 5 fots spårvidd,
när nämligen ej blott kostnaden för sjelfva banan, utan ock för
den rörliga materielen inberäknas; och härtill kommer sedan den
här ofvan enligt mr Fairlies utlåtande beräknade stora fördelen
af en minskad trafikkostnad.

L. J. H.

Anmälningar.

Sveriges Dramatiska Litteratur till 1863. Bibliografi af G. E. Klemming. 1:a häftet 1863, 2:a häftet 1870. — Utgörande 40:e och 55:e häftena af Svenska fornskriftsällskapets samlingar. *(Pris tills.: 5 rdr rmt)*

Vår bibliografiska litteratur har på senare tider erhållit tvenne värderika bidrag, hvilka på ett utmärkt sätt fylla några af dess känbaraste brister, nämligen H. Linnströms boklexikon samt ofvanstående förteckning på Sveriges dramatiska litteratur. Väl är intet af dessa båda arbeten ännu fullständigt utgifvet, men då det sistnämda, af öfvervägande betydelse i litteraturhistoriskt hänseende, redan hunnit till och med år 1847, torde vi icke böra försumma att med några ord omnämna detsamma såsom en särdeles vigtig grundval för historien om vår sköna litteratur.

Det är en känd sak att vi icke ega någon nationel dramatik att jemföra med den, hvaraf bättre lottade länder kunna berömma sig, men det skall dock utan tvifvel blifva allt mera uppenbart att vi i detta, likasom i så många andra fall, icke förstå att fullt värdera hvad vi sjelfve ega. Oaktadt man måste medgifva, att de ojemförligt flesta af de i denna förteckning upptagna arbeten redan sjunkit i glömskans natt, utan hopp om uppståndelse, så finnas dock der äfven andra, hvilkas ovanskliga skönheter fröjda det fosterländska sinnet, och hvilkas värde, om ock bortglömdt för stunden, sannerligen en gång skall göra sin rätt gällande. Väl hafva just de senare åren, som icke ännu blifvit i förteckningen intagna, skänkt oss några af den svenska dramatikens dyrbaras'e perlor — exempelvis de båda mästerstyckena från Auras strand — men äfven den redan utkomna delen af det arbete vi nu anmäla, torde med fog kunna sättas i händerna på dem, hvilka företrädesvis borde handhafva den svenska dramatikens intressen, och hvilka derur skulle kunna hemta mången helsosam lärdom.

För att rätt uppfatta den möda detta arbete kostat författaren, bör man besinna, att här icke gälde att förteckna en redan färdigbildad samling af svenska dramatiska arbeten, utan det måste föregås af fullständigandet af den ganska bristfälliga samlingen å det kongl. biblioteket och af uppsökandet af de arbeten i dramatisk form som försökt att gömma sig t. ex. i tidskrifter eller andra samlingar af blandadt innehåll. Härtill kom sedermera framletandet af de anonyma arbetenas författare, öfversättare, bearbetare, musikkompositörer, jemte en mängd andra små uppgifter, dem utgifvaren måste uppsöka på spridda håll. Det oaktadt har han lyckats ernå en berömvärd fullständighet, och med kännedom dels om teaterpjesers ofta efemeriska natur, dels om det icke ovanliga företaget att utgifva dem i en mycket inskränkt upplaga, för att derigenom tillförsäkra dem åtminstone sällsynthetens värde, bör man icke förvånas, om möjligen en eller annan sådan pjes icke blifvit i samlingen upptagen. Dessa undantag äro dock högst få, och begäret hos de talrike enskilde samlarne att söka en triumf genom deras uppletande, torde nog drifva dem att tillkännagifva sina upptäckter, hvarigenom man kan hoppas erhålla den största möjliga fullständighet, då arbetet en gång blifver afslutadt. Detta arbetes stora värde för litteraturhistorikern bevisas redan nu af de talrika uppgifter, som derur blifvit hemtade af författaren till *Svenska dramat intill slutet af sjuttonde årkundradet*, och för hvarje bildad svensk bör det vara af synnerligt intresse att på dessa blad studera utvecklingen af denna betydelsefulla gren af den fosterländska odlingen.

Samlingen inledes med ett »qväde från medeltiden», sannolikt en öfversättning från latinet, och omedelbart derpå följer *Tobie Comedia*, författad af Olaus Petri, tryckt 1550, och sålunda utgörande Sveriges äldsta originalarbete inom dramatiska området. Prof. Ljunggren har i sitt ofvannämda arbete, hvilket omfattar tiden intill det s. k. skoldramats upplösning, utförligen behandlat de vigtigaste hit hörande arbeten, och yttrar om dem, att »de vida mera än man skulle förmoda, afspegla de då herskande tidsriktningarne och ej blott litteraturhistorien, äfven vår kulturhistoria kan ur dessa gamla halfförmultnade luntor hemta mången värderik upplysning». Af de 50 stycken, hvilka, förutom balletter och karuseller, blifvit författade före 1665, då Urban Hjärnes tragœdia *Rosimunda* bildade öfvergången ifrån medeltidens till renaissancens skådespel, äro 16 af bibliskt och 15 af historiskt innehåll; af de sistnämda hafva 10 hemtat sina ämnen ur Sveriges egna häfder och bära vitne om den brinnande patriotism och nationalstolthet, som vaknat upp till fullt lif under Gustaf Adolfs hjelteperiod, då »lyriken var folkvisa, epiken inhemsk rimkrönika, dramatiken inhemsk historia». Sedan den franska smaken redan under Kristinas tid börjat vinna burskap hos oss, dröjde det icke länge innan de franska klassiska dramaturgerna äfven blefvo här bekanta. År 1684 uppfördes af hoffruntimret Racines *Iphigenie*, med M. A. von Königsmark i titelrolen. Sannolikt skedde denna föreställning på originalspråket, ty den första kända öfversättning af de fransyska mästarne utgöres af samme författares *Ester*, hvaraf ett exemplar i handskrift kommit med Tessinska papperen i kongl. riksarkivets ego, och på hvilket finnes antecknadt af Ulrika Eleonora d. y., att det var ämnadt att uppföras »uppå kungens födelsedag 1693, den 22 Nov., men drottningens död kom emellan, som skedde den 26 Juli om onsdagen». För öfrigt ega vi ifrån senare delen af sjuttonde århundradet 25 originalstycken, de flesta författade för högtidliga tillfällen, 7 öfversättningar, hvaribland 4 ifrån Terentius, samt åtskilliga baletter och karusellprogrammer. Det följande århundradet inledes med Magnus Stenbocks *Glädie, Spel och Ähresång i anledning af den öfver Ryssarne vunna oförlikneliga segern*, uppfördt i konungens vinterqvarter vid Lais slott Carlsdagen 1701», och längre fram påträffa vi de odödlige mästarne Holberg (*Den politiske kannstöparen*, 1729), Molière (*Tartuffe*, 1731), Corneille (*Le Cid*, 1740), Voltaire (*L'indiscret*, 1747), Calderon (*Den värdige medborgaren*, 1789), Kotzebue (*De okände*, 1791), Goethe (*Stella*, 1794), Shakspeare (en scen ur *Coriolanus*, 1796) samt Schiller (*Röfvarebandet*, 1799).

Man erfar en känsla af egendomligt behag, då man vid öfverskådandet af originalarbetena slutligen upptäcker för första gången den tredje Gustafs namn. Det är 1773, då han uppgjorde planen till Wellanders opera *Thetis och Pelée*. Ifrån detta år märker man huru de fosterländska sånggudinnorna allt närmare nalkas sin konungslige beskyddare, till dess de snart i hans krona inflåta sina lagrar. Under årtiondet 1773—1782 hade svenska scenen att framvisa sådana snillen som Gyllenborg, Oxenstjerna, Kellgren, Lidner, Hallman och Kexél, och det dramatiska elementet hos sjelfve Bellman antog ock stundom dramatisk form. Af de rika blomster, som då prydde den svenska parnassen, kunde man ana att sommaren var nära, och ännu i dag, då vi vilja upplifva den svenska dramatikens skönaste minnen, älska vi att uppsöka den tid, då den krönte dramaturgen frammanade på scenen »ädla skuggor och vördade fäder», och då våra blickar njuta af deras åsyn, tro vi oss vara berättigade att af den svenska dramatikens flydda solskensdagar ana att ännu en gång, då tiden gjort sitt kretslopp, skola en ny vår och en ny sommar åter inbryta. Och om äfven vår dramatiska litteraturs dyrbaraste skatter måste sökas ibland de öfversättningar som innevarande århundrade har att uppvisa, så har det dock äfven gifvit oss originalarbeten af så beundransvärd skönhet som Leopolds *Virginia*, Beskows *Thorkel Knutsson*, Börjesons *Erik XIV* m. fl. Så må vi då ega skäl att hoppas, att de skönaste bladen i den svenska dramatikens historia ännu icke blifvit skrifna, men redan nu är hon dock väl förtjent af vår uppmärksamhet, och forskaren på detta område skall förvisso icke glömma att erkänna sin stora förbindelse till den man, som skänkt honom en sådan ledsagare som det af oss nu anmälda arbetet.

C. S—E.

Skrifter med anledning af kriget.

Frankrike, Tyskland och Skandinavien. Några ord till den preussiska politikens svenska försvarare. Af G. K. Hamilton och C. T. Odhner (Aftryck ur Nordisk Tidskrift för 1870). Andra öfversedda och tillökade upplagan. Stockholm, A. Bonnier.

Tyskland, Frankrike och Sverige. Af W. W. (Aftryck af artiklar i Stockholms Dagblad). Stockholm, A. Bonnier.

Några betraktelser i anledning af kriget mellan Frankrike och Tyskland år 1870. Tal i Kongl. Krigsvetenskapsakademien d. 12 November 1870. Af Henning Hamilton. Stockholm, P. A. Norstedt & Söner.

Hr von Bismarcks Værk 1863—66. Sadowa og Syvdagesfelttoget. Af J. Vilbort. Oversat fra Fransk af L. Moltke. Kjöbenhavn. F. H. Eibe, 1870.

Upprop till svenska folket af En Fosterlandsvän. Stockholm, Iwar Hæggström 1871.

Genast efter utbrottet af det förfärliga krig, hvars fortsatta rasande inför våra ögon öppnat afgrunder af elände och ondska, angåfvo vi i denna tidskrift, med en tydlighet som ej lemnade rum för missförstånd, vår ställning till den inom pressen ifrigt afhandlade politiska frågan för dagen. *Ett* stod fast för oss redan från början, och vi skyndade att uttala det: lika visst som det från vår sida varit ett straffvärdt lättsinne, om vi i dessa tider velat öfvergifva vår afvaktande ställning, lika maktpåliggande måste det vara för svenska nationen, att noggrant öfverväga den så oförmodadt utbrytande fejdens rätta karakter, innan hon, om ock blott inom »sympatiernas» område, toge parti för den ena eller andra af de stridande. »Menskligheten», yttrade vi i vår uppsats i Augustihäftet, »är ett lefvande helt, en andlig kropp, hvars lemmar äro nationerna; det hugg som träffar den ena kroppsdelen, sänder en våldsam smärtryckning genom hela organismen. Och än mera: då stridens uppblossande föregåtts af en långvarig, svekfull kränkning af rättens och hedrens grundsatser, kan det ej vara betydelselöst, åt hvilkendera af de stridande vi egna våra välönskningar. Öfver folken, såväl som öfver den enskilde, skall domen en gång fällas ej blott på grund af det i handling fullbordade, utan lika mycket med afseende på de begär, syften och af viljan beroende åsigter, hvilka äro den goda eller onda gerningens jordmån.»

Det gälde alltså att vinna en korrekt uppfattning af situationen med fästadt afseende å *vår* nations deltagande stämning för endera af parterna. »Frankrike eller Preussen — det är frågan.» Inledningsvis besvarade vi denna fråga med följande ord:

»Så mycket är obestridligt och vigtigt att fasthålla: Frankrike har brutit freden *utan giltig anledning för tillfället*; det har fått krig, emedan det med berådt mod och nästan till hvad pris som helst sökte framtvinga kriget. Åtrån att skaffa upprättelse åt

hvad kabinettsretoriken benämner »Frankrikes kränkta ära», kan,
då saken betraktas ur en högre rättvisas synpunkt, omöjligen ur-
skulda den franske statschefens tilltag att, innan absolut nödtvång
var för handen, öfver millioner oskyldiga och för dynastipolitikens
förvecklingar främmande individer utbreda krigets namnlösa elände.
Efterverldens dom öfver den krönte våldsverkaren har blifvit på
förhand afkunnad genom Englands fria press, då den enhälligt för-
klarar, att »på den franske kejsaren och hans ministrar hvilar blod-
skulden af det förrycktaste och grundlösaste krig, historien känner.»
Ingen svensk skriftställare har, oss veterligt, med större skärpa
uttalat sin förkastelsedom öfver den franska imperialismens syften
och olycksbringande handlingssätt. Från Napoleon III:s sida var
krigets förklarande — i dessa ord sammanfattade vi vårt omdöme —
»rätt och slätt ett schackdrag af en egoistiskt beräknande person-
lighetspolitik, ett brott, och ingenting annat.» — Vi ha velat er-
inra om dessa våra föregående yttranden i krigsfrågan af den an-
ledning, att vi nu, då en ny årgång af tidskriften börjat utkomma,
sannolikt ställa vårt tal till många, som ej förut tillhört *Framtidens*
läsarekrets. Möjligt vore att någon, som icke från början följt tid-
skriftens uppträdande mot den nutida preussiska politiken, kunnat,
på grund af hvad angående våra åsigter omförmälts i ett eller annat
tidningsreferat, bringas på den tron, att vi förbisett eller sökt för-
ringa den från fransk sida begångna orätten. Citaten ur Augusti-
häftet lägga i dagen att vi *icke* gjort oss skyldiga till något dylikt [1].
Det hade naturligtvis varit en ofantlig lätt sak att vidlyftigare, än
som skedde, utbreda oss öfver de franske maktinnehafvarnes
klandervärda förfarande, såvida detta hört till vårt ämne för till-
fället. Men hvar sak för sig: det var ej i främsta rummet *derom*
vi önskade yttra oss, när vi den gången fattade pennan. Vår upp-
gift var en annan: att nämligen, med inskärpande af anfallskrigets
fördömlighet, tillbakavisa det från ett kändt håll inom pressen gjorda
försöket, att med buller och bång proklamera den anfallnes förträff-
lighet och oskuld. Ty denne anfallne — hvem var han i sjelfva
verket? »Tyskland!» hördes en ärad författare i Göteborgs Han-
delstidning utropa — »det framåtsträfvande, frihetsälskande, med
vetenskapens segrar krönta, med samvetsfriheten och kulturen so-
lidariska Tyskland.» Vi svarade: nej, ingalunda! »Vore detta

---

[1] Dessa citat ställa äfven i dess rätta belysning den förebråelse, Göteborgs Han-
delstidning riktar imot oss den 14 sistl. December: »För hvad Frankrike vållat nu
och i förflutna tider har tidskriften icke, såvidt vi kunnat upptäcka, haft ett ord att
säga.» Som hvar man finner, har vår vedersakare här haft djerfheten framkomma med
en beskyllning, som står i uppenbar strid med den faktiska sanningen. — Det smärtar
oss att ännu en gång nödgas vexla bittra ord med en publicist, för hvilkens sträf-
vanden vi städse hyst högaktning. Men om onödig skärpa insmugit sig i detta me-
ningsutbyte, hvilar skulden härför icke på oss. Ej utan öfverraskning ha vi iakt-
tagit, hurusom H.-T. vid polemiken mot vår tidskrift den ena gången låtit sig
hänföras till begagnande af kränkande epiteter, den andra gången ledes af just en så-
dan »fördomsfull» sanningskärlek, som den tidningen — genom ett styggt skriffel —
nyligen rekommenderat till vårt omfattande. Vi öfverlemna åt allmänheten att fälla
den slutliga domen öfver detta H.-T:s beteende mot oss. hvilket redan ådragit tid-
ningen tillrättavisningar från mer än en af dess yrkesbröder inom pressen.

sätt att uppställa stridsfrågan det riktiga, då — vi medgifva det gerna — kunde ingen tvekan råda angående hvartåt vi borde vända oss med våra sympatier. Men det uttalande, vi citerat, förråder, enligt vårt förmenande, en handgriplig missuppfattning af sakförhållandena.» Påståendet var, i den form det blifvit framställdt, en dogm, som ej borde kritiklöst antagas. Det skulle måhända visa sig, vid närmare pröfning — åtminstone var detta åsigten hos de framstående politici, till hvilkas skrifter vi hänvisade — att *imellan* den anfallande och Tyskland befunne sig en tredje makt, ett uti en person förkroppsligadt system, och att det alltså egentligen blefve *detta*, som komme att träffas af det tillämnade dråpslaget. Det kunde hända att, om Tyskland i dess ädlaste lifsyttringar måste anses solidariskt med framåtsträfvandet, samvetsfriheten, kulturen, så representerade derimot *det bismarckska systemet*, minst lika afgjordt som napoleonismen, våldet, sveket, reaktionen, hvaraf då följde, att en det officiela preusseriet tilldelad grundlig näpst skulle »ha gjort en väsentlig tjenst åt tidens högsta idéer, åt nationalitetssträfvandet, åt folkfriheten, ja, åt den sanna protestantismen.»

Sådan var vår ursprungliga ställning till tvistefrågan om de svenska sympatiernas befogenhet. Vi önskade gifva ett uppslag till en sjelfständig pröfning af förhållandena; bidrag dertill lemnade sedermera flera i *Framtiden* offentliggjorda afhandlingar. Resultatet af undersökningarna blef, att vår nations politiska samvete instinktlikt träffat det rätta vid protesten mot den åsigten, att Sverige borde, äfven *under nuvarande förhållanden*, egna sina välönskningar åt det land, der statsrodret hvilar i en Bismarcks hand. — Men det är ej blott den folkliga rättsinstinkten som gifvit ett så lydande utslag. Vid sidan af framställningarna i ämnet uti denna tidskrift föreligga nu flera beaktansvärda utlåtanden af tänkande och historiskt bildade skriftställare, genom hvilkas resonnemanger går som en röd tråd varningen till vårt folk för hvarje tanke på anslutning till den stat, der, om någorstädes:

> »Ved Styret Vold og Uret står,
> Og Sandhed har kun slette Kår,
> Og Frihed lider Nöd.»

Det är på dessa nya inlagor i diskussionen vi önska att med några ord rikta våra läsares uppmärksamhet.

Hrr Odhners och Hamiltons ord »till den preussiska politikens svenska försvarare» äro redan till innehåll och syfte bekantgjorda för en större allmänhet genom den dagliga pressens organer. Närmast med anledning af de felaktiga »tendenser och ensidigheter», som uppvisas såsom förekommande i en bekant broschyr af hr H. Forssell, ha de båda författarne i *Nordisk Tidskrift* lemnat en sakrik och genomförd vederläggning af hr F:s hela betraktelsesätt, ådagaläggande hans förutsättningars starkt framträdande *ohistoriskhet* samt det, ur synpunkten af fosterlandets högsta intressen, politiskt ohållbara i den af honom intagna ståndpunkten. Utrymmet medgifver oss ej att närmare redogöra för hufvudpunkterna i denna polemik; vi hänvisa imellertid de för ämnet intresserade till hr Odhners välgrundade kritik af hr F:s antagande, »att våra nationela sympatier före den moderna »borussianismens» framträdande gått afgjordt i tysk riktning och ej i fransk» samt till hans karakteristik af »den store våldsmannen Bismarcks» tyska och europeiska politik under de senare åren. Tvenne andra anmärkningar af hr Odhner återgifva fullständigt de tankar, vi sjelfve uttalat i dit hörande frågor: »det gör ett eget intryck», yttrar hr O. på tal om de så mycket omordade preussiska segerbulletinerna, »att se den man. som undandragit sig att uppfylla ett i den treenige Gudens namn afgifvet löfte, i tid och otid föra Guds namn på tungan; och dessutom står det tyska krigssättet i en alltför skärande kontrast mot den föregifna religiösa stämningen». Vidare erinrar han derom, att våra antipatier »hufvudsakligen gällt Preussen och det preussiska systemet, men blott i mindre grad tyska nationen, och att särskildt i vårt land ej försports någon motvilja mot den tyska enhetstanken, utan blott mot det sätt, hvarpå den af Preussen blifvit tillämpad.» — Hr Hamiltons uppsats utgör ett slående genmäle å hr Forssells utlåtanden rörande »Ejderpolitiken» och skandinavismen öfverhufvud, hvilken senare af hr H. definieras såsom »nationalitetsgrundsatsen tillämpad på Skandinavien», och hvars ledande grundtanke säges vara öfvertygelsen »att den skandinaviska folkstammen näppeligen skall kunna häfda sin berättigade sjelfständighet, säkerligen icke till fullo utveckla sin kultur och fylla sin folkliga lifsuppgift, om icke Skandinaviens faktiska enhet jemväl kommer att motsvaras af statsliga former, lämpade efter de närvarande förhållandena och möjliggörande en nationelt skandinavisk politisk utveckling.»

De ganska talangfullt skrifna uppsatserna i Stockholms Dagblad, hvilka nu utkommit i broschyrform, röja en författare med klart omdöme, sakkunskap och frisinnad politisk uppfattning. Den preussiska politikens svenska försvarare ha i hr W. W. funnit en motståndare, som ej så lätt torde låta slå sig vapnet ur händerna; också har ingen af dem hittills ansett rådligt upptaga den utkastade stridshandsken. Lika litet som hr Odhner är hr W. W. någon vän af det föga samvetsgranna förfarandet (hvaraf man sökt göra bruk äfven mot oss), att åt den rådande oviljan mot *Preussen* gifva en tydning, som skulle hon innebära en fiendtlighet mot *Tyskland* i dess helhet. »En stor förblindelse fordras i sanning», yttrar han, »för att förblanda det Tyskland, som i så många afseenden eger grundade anspråk på verldens tacksamhet och beundran, Luthers och Goethes land, med det Tyskland, hvars storhet är personifierad i en Moltke och en Bismarck och som sedan sex år tillbaka äflats att bringa i glömska allt hvad ädelt och stort det förut verkat i kulturens och mensklighetens tjenst.» Maningen till oss svenskar, att vi skulle utsträcka vår öfverhufvud taget välvilliga stämning mot Tyskland äfven till det bismarckska Preussen och dess falske Messias, kan svårligen bero på annat än vare sig en förvridning i de politiska begreppen eller en ej ringa slapphet i rättskänslan. Man kan ej undgå att så döma, om man

opartiskt genomläser hr W. W:s bevisföring för sin åsigt, att »de
lysande framgångar, Preussens politik nu vunnit, äro till väsentlig
del förberedda genom uppenbara rättskränkningar, genom ett klokt
begagnande af alla maktens och listens resurser, genom ett oupp-
hörligt vädjande till styrkan såsom högsta, snart sagdt enda in-
stans. Preussens segrar hota att menligt inverka på den allmänna
moralen, den allmänna rättskänslan. En förvirring i rättsbegreppen,
en förvildning i tänkesätten hotar att inträda, som kan föra civili-
sationen ett ansenligt stycke tillbaka på utvecklingens bana.»
    Hr W. W framhåller, att den annekteringslystna militärstaten
Preussens oerhörda maktutvidgning »måste åtminstone kunna *tänkas*
medföra faror för verldsfreden», hvadan det är klart, »att vi och
många med oss icke utan oro kunna betänka de naturliga konse-
qvenserna af den bismarckska enhetspolitiken.» En dylik oro sy-
nes, om ock blott i varsamma ordalag, ha kommit till uttalande i
grefve Henning Hamiltons tal vid nedläggandet af styresmansbe-
fattningen i Kongl. Krigsvetenskapsakademien. Talaren har tagit
till ordet för att erinra om den oafvisliga nödvändigheten af ett
snart och fullt tidsenligt ordnande af vårt försvarsväsen; utgångs-
punkten för hans betraktelser är det sorgliga, af den senaste tidens
tilldragelser bekräftade faktum att de offentliga rättsgrundsatserna
äro stadda i ett upplösningstillstånd, i följd hvaraf de mindre sta-
terna ej längre kunna påräkna att »i traktaters ord, historisk rätt
och traditioners helgd finna nödigt skydd mot de större öfver-
makt.» Tvärtom är numera »de små staternas sjelfständiga tillvaro
beroende af stormakternas uppfattning af hvad deras egen fördel
kräfver» — såvida nämligen, tillägga vi, de små staterna uraktlåta
att i tid träffa anstalter för betryggandet af sin sjelfständighet.
    Den farhåga, särskildt med afseende på *vårt* lands politiska
ställning för ögonblicket, som man möjligen kunde se framskymta
mellan raderna i hr Henning Hamiltons föredrag, röjer sig alldeles
oförbehållsamt i det af »en fosterlandsvän» nyligen utfärdade upp-
ropet till svenska folket. Hufvudtanken äfven i denna broschyr är
en energisk uppfordran till nationen att, i afseende på försvarsfrå-
gan, utan obeslutsamhet och uppskof besinna hvad vår frid tillhörer.
Med lågande ifver påyrkar författaren att regeringen, representa-
tionen och folket omsider måtte i vår nationela lifsfråga skrida
från ord till väl öfverlagd och kraftig handling. Han söker gifva
ökadt eftertryck åt sitt upprop genom att föra oss till minnes det
tyska krigföringssättets gräsligheter samt »bismarckianismens» ökända
fiffighet i att, när tillfället anses lämpligt, uppfinna krigsanledningar
mot andra stater. En kraftig uppfordran för oss att i tid tänka
på vårt försvar ligger, enligt förf., äfven i den omständigheten, att
det tysk—franska kriget skall efterföljas, *icke* — såsom några tro,
af en varaktig europeisk fred, utan tvärtom — efter längre eller
kortare mellantid — af ett krig på lif och död *mellan Tyskland
och Ryssland*, i hvilket krig vi endast genom en kraftig arméor-
ganisation skola kunna upprätthålla vår neutralitet mot båda par-
ternas anspråk. Till stöd för sitt antagande, att ett sådant krig
förestår, redogör förf. i korthet för den nya politiska tvistefråga,

som likt ett hotande åskmoln höjer sig vid horisonten: den *Baltiska frågan*, eller den redan började häftiga konflikten mellan de ryska och tyska befolkningselementen i Rysslands Östersjöprovinser.

Till skrifter med anledning af kriget kan äfven hänföras det skaldestycke af Henrik Ibsen, som under titeln »Ballongbref till en svensk dame» finnes infördt i norska *Morgenbladet* d. 8 Januari. Sannolikt skall det intressera våra läsare att taga kännedom om den paralell, en djuptänkande och mäktig ande sådan som Ibsen uppdrager mellan den fornegyptiska kulturen och det preussiska systemet under Bismarcks egid. Vi återgifva här nedan det hufvudsakliga af diktens innehåll.

Grækerfolkets faldne guder
lever jo den dag idag.
Zeus bor end på Kapitol,
hist som »tonans», her som »stator».
Men Egyptens livs-idol?
Hvor er Horus? Hvor er Hathor?
Intet mærke, intet minde;
ej en sagnstump er at finde.

Svaret ligger ganske nær.
Hvor personligheden mangler,
hvor ej formen i sig bær
hadet, harmen, jublen, glæden,
pulsens slag og blodets skær, —
der er hele herligheden
kun en benrads tørre rangler.
Hvor er ikke Juno sand,
bleg og høj i vredens band,
når hun gubben overrasker —?
Hvor er ikke Mars en mand —
under garnets gyldne masker?

Men hvad var Egyptens guder?
Tal i rækker og i ruder.
Hvad var deres kald i livet?
Blot og bart at være til,
sidde malet, strammet, stivet,
på en stol ved altrets ild.
En fik høgenæb at bære,
og en anden strudsefjære;
en var gud for dag, for nat,
en for dit og en for dat; —

ingen fik det kald at leve,
ingen det at synde, famle,
og af synden sig at hæve.
Derfor ligger nu det gamle
fire tusend års Egypten
som et navnløst lig i krypten.

———————————

Atter er kong Gud på tronen,
atter flyder bort personen
i et mylr, som kaver, stunder,
bryder, bygger, grubler, grunder
rundt omkring og nedenunder.
Atter rejses pyramiden
som produkt af hele tiden.
Atter svulmer alle årer,
atter flømmer blod og tårer.
For at verden stort skal se
kongegudens Mausolé.

Det er samtids-karavanen
med sin Hathor, med sin Horus,
og, for alting, med sit chorus,
der i blinde svær til fanen.
Hvilke storværk bygges ej
langs den lige sejersvej!
Hvilken magt i folke-stormen!
Hvor egyptisk hver og en
fuger in sin lille sten
på dens plads i helheds-formen!
Hvor uklanderlig er tegningen;
og hvor sikker er beregningen!

Ja, i sandhed, det er stort,
stort, så verden står og gaber; —
og dog dirrer der et »aber»
midt i gabets åbne port.
Tvivlen kommer lindt til orde:
Er det rigtig stort, det store?
Ja, hvad gør vel stort et værk? —
Ikke værkets store følger,
men personen klar og stærk,
som i værkets ånd sig dølger.

Godt; men nu Germanner-skaren
på sin stormgang mod Paris?
Hvem står hel og klar i faren;
hvem bær enligt sejrens pris?
Når slog ud i glans personen,

så at millioners munde
bar ham hjemmet rundt i sang? —
Regimentet, eskadronen,
staben — alias spionen —
koblets slupne flok af hunde,
sporer vildtet på dets gang.

Derfor ved jeg, glorien svigter. —
Denne jagt får ingen digter;
og kun det kan fremad leve,
som en digters sang kan hæve.
Tænk på Gustaf Adolf bare,
forrest i sin svenske skare;
husk den fangne mand i Bender, —
Peder Wessel på fregatten,
lig et lyn i mørke natten, —
Kongedybets muntre helte; —
over dem jeg mindet spærder
som et kor, der høres vælte
sine tonebølgers belte,
under klap af tusend hænder,
fra en vårfests smykte telte.

Og så tænk Dem dageus mænd,
disse Fritzer, Blumenthaler,
og de herrer generaler,
nummer den og nummer den!
Under Preussens dødning-farver —
sorgens sorte-hvide klud —
bryder dådens lodne larver
ej, som sangens fjærild, ud.
De kan sagtens silke spinde
til en tid, men dør derinde. —
Just i sejren bor forliset.
Preussens sværd blir Preusser-riset.
Aldrig svulmer der en løftning
af et regnestykkes drøftning.
Intet dåds-digt blir at tolke
fra den stund af, da en folke-
rejsning, skønhedsfyldt og fri,
blev et stabs-maskineri,
spækket ud med kløgtens dolke, —
fra den stund da herr von Moltke
myrded kampens poesi.

Så dæmonisk er den magt,
som fik verdens gang at råde:
sfinxen, på sin visdoms vagt,
dødes af sin egen gåde.

Ziffer-sejren får sin dom.
Øjeblikkets blæst slår om;
lig en storm på ørken-sletten
vil den fælde afguds-ætten.
Bismarck og de ande gubber
vil, som Memnons søjle-stubber,
sidde spröd på saga-stolen
uden sang mod morgensolen.

Men som vi, Khedïvens gæster,
efter færden blandt de døde,
under lys og klang af fester
drog en nyfödt tid imøde, —
så vil åndens lifs-forhåbning,
ad det vordendes kanaler,
i et verdens felttogs-møde,
under hymner og choraler,
under skønheds-lampers brand,
styre frem til morgenrøde
på sejlads mod løftets land.

Thi mod *skønhed* hungrer tiden.
Men det ved ej Bismarcks viden.

Stora förändringar äro säkerligen att motse i Tyskland, äfven om »Bismarcks vetande» ej trängt nog djupt för att i tid spåra deras annalkande. Det är sörjdt derför att träden, vare sig att de vuxit ur god eller ond rot, ej skjuta upp i himmelen. Måtte det som komma skall lända till den tyska nationens sanna bästa! Vi skulle vilja göra till våra egna följande ord, hvarmed Vilbort, skildraren af »Hr von Bismarcks verk», afslutar detta sitt arbete:

»Och nu ett sista ord till Tyskland, icke till de med hundra-åriga fördomar belastade länsherrarne i Tyskland, men till det af så många store män, hvilka spridt ljus öfver civilisationens väg, för-härligade folk af tänkare och arbetare i kulturens tjenst! Dessa våra bröder fråga vi, om deras andliga behof verkligen tillfredsställas genom den utställning af kanoner, bössor och sablar, de föreskrifter rörande härväsendet, de krigiska öfningar, marscher och kontra-marscher, som förvandla Tyskland till en kasern och ett läger? Vi fråga detta ädla folk, som uppsvingat sig så högt genom snille och kunskaper, om det ej eftertraktar annat i nutid och framtid, än att träda upp på paraden i preussisk uniform, om det ej frågar efter annan musik än trummors och trumpeters och sätter sin ära i att visa sig rustadt till tänderna för Hohenzollrarne? Inser då ej det tyska folket, att alla dessa träldomens och dödens redskap kunna vändas mot det sjelft, när det en gång vill blifva sin egen herre samt bygga sin nationela enhet, icke på sabelväldet, utan på *friheten?*»

C. v. B.

Månadsöfversigt.

Det var med en lätt förklarlig känsla af spänd väntan svenska folket i år motsåg mötet mellan regeringen och representationen vid riksdagens öppnande. Under loppet af det sist förflutna halfåret har vår nation knappast ett ögonblick varit tveksam i fråga om rätta synpunkten för bedömandet af krigstilldragelsernas sannolika politiska följder *för Sverige*, och huru domen utfallit, är allom bekant. Ofärden sågs lura från det håll, der näfrättens målsmän, vordne än öfvermodigare genom den vunna framgången, handhafva ärendenas ledning; derföre borde den svagare vara på sin vakt; derföre gick budkaflen: »sluten krets, stånden fast, alle svenske män!» ännu en gång kring våra bygder. En fråga återstod dock att besvara: i hvad ljus betraktades det timade och sakernas nya skick af landets förste män: vår konung och hans råd? Skulle folkets ombud, vid en tidpunkt af verldshistorisk betydelse samlade kring tronen, nödgas lyssna till blott och bart en diplomatiskt intetsägande fraseologi, måhända ämnad att beslöja det slags fatalistiska resignation, som låter sig vaggas till ro genom orakelspråket: »det verkliga är det förnuftiga»? Eller skulle nationens stämning och politiska öfvertygelse hos Sveriges konung finna ett öppet och manligt återsvar?

Ovissheten i nämda hänseende synes nu skingrad. Det bifall, hvarmed konungens trontal mottagits — ej mindre än det klander, som riktats mot detsamma af en enstaka röst inom pressen — har varit bygdt på en utan tvifvel riktig tolkning af de kommenterade strofernas mening. Då H. M., med erinrande om traktaternas i våra dagar allt oftare kränkta helgd, uttalar den åsigten, att för närvarande *det politiska rättstillståndet kan anses hvila på osäker grundval*, så stå dessa ord i full samklang med den hos svenska allmänheten förherskande opinionen. Ingens rätt till ostörd fred — således ej heller *vår* — är under det rådande rättslöshetstillståndet i och genom sig sjelf betryggad. Derföre gäller det att rusta sig och vara redo! Preussens »kulturhistoriska mission» skall för den närmaste framtiden blifva, att i alla stater bringa *försvarsfrågan* främst på dagordningen. Hvad Sverige beträffar, kräfver frågan om vårt försvar ej allenast en grundlig, utan äfven en *snar* lösning. Att orda om tryggheten af »vårt geografiska läge», röjer en anmärkningsvärd kortsynthet. Tänkvärda sanningar rörande den här afhandlade frågan finnas uttalade i den af oss korteligen anmälda broschyren af »en fosterlandsvän,» Vi tro oss ej kunna bättre använda det återstående utrymmet, än genom att anföra något ur denna framställning.

»Om du såge en ensam man», yttrar författaren, »som i ett öde land, der ingen hjelp vore att förvänta, nödgades vandra mellan tvenne starkare ledsagare, som redan en gång förr aftalat hans plundring, och om du såge huru denne man, under det hans ledsagare voro rustade i vapen från hufvud till fot, ändå vandrade vägen fram obeväpnad, dels på god tro om att ingen fara vore för handen, dels emedan han skydde de utgifter, som en tillräcklig vapenrustning skulle medföra; — visst skulle du ropa till honom: »arme man, såvida egendom, frihet och lif äro dig kära, så sky ej kostnaderna för en fullgod beväpning!» — Svenska folk! Det öde landet, der ingen hjelp är att förvänta, är Europa, och den ensamme vandraren är du sjelf! Endast genom att underkasta dig en fullgod beväpnings kostnad skall du i längden kunna vandra trygg mellan dina starkare ledsagare. — Men antag att dina nyssnämda grannar numera *icke* mot dig hysa några aggressiva planer; de skola en dag, förr eller senare, komma i strid *med hvarandra*, och då skall det ej *tillåtas* dig att vara neutral; du skall, trots dina fredliga afsigter, likväl — dels på grund af ditt i *den* kampen *vigtiga* strategiska läge, dels till följd af omöjligheten att *då* uppfylla *båda* parternas *olika* anspråk på en obrottslig neutralitet — *tvingas* att deltaga i krigets elände och underkastas alla dess fasor, derest du ej kan genast uppställa en så talrik och redan under freden väl öfvad här, att hvardera parten känner sig ur stånd att påtvinga dig sitt bundsförvandtskap. — Akta på tidens tecken! Belgien undgick att vid närvarande krigsutbrott blifva besatt af Napoleons arméer, endast derigenom, att det, på hans förfrågan och hotelse om besättning, utefter sina gränser uppstälde en fullt rustad armé till sin neutralitets skydd. Huru vill då *Du* möta en sådan förfrågan och hotelse i ett kanske nära stundande krig, om du ej redan *nu* rustar och väpnar dig? Derest en sjöstrid utkämpas i närheten af din strand, och den besegrade flyr in på ditt område, huru vill du, såsom nu Belgien, kunna tillfångataga och afväpna honom utan en längs dina stränder uppstäld talrik här och ett tillräckligt kustförsvar till sjös? Huru vill du skydda det strategiskt vigtiga Gotland mot besättning af endera parten, utan ett väl organiseradt försvar? — Vidare: antagom för ett ögonblick, att det nu förespådda kriget aldrig inträffar: är du säker om att alltid få sitta i ro? Är icke *vår* tid *våldets* tid, och har icke ditt fattiga land dock mycket, som kan egga mäktiga grannars roflystnad? Har du ej sjelf erfarenheten af huru man i förra seklet köpslog om ditt eget land och aftalade dess styckning? Hvarföre skulle du då nu få vara i fred? Har *Du* fått något särskildt privilegium på att vara försvarslös och dock fri? Eller skola stormakterna hjelpa dig? Hvem hjelpte Polen? Hvem hjelpte Danmark 1864? Hvem hjelper i dag Frankrike? Ingen. Och då man *icke* hjelper det enda folk, som verkligen *gjort* något för friheten i Europa — då man låter *detta* folk utan hjelp strida och blöda, skall man derimot hjelpa *dig?* Tvärtom: erkänner du dig sjelf inför Europa vara ett nytt exemplar af »den sjuke mannen», så nog skola stormakter komma till din sjukbädd, men *icke* för att rädda dig. utan för att påskynda din hädanfärd och sinsimellan skifta qvarlåtenskapen: »der som åtelen är, dit församlas ock örnarne.»

Och derföre — instämma vi med broschyrförfattaren —: *»vill du fred, så rusta dig för kriget!»*

C. v. B.

Frihets- och enhetssträfvanden inom nordens skaldskap på 1790-talet.

Vårt århundrade har man ej utan skäl kallat *folkens*. »Menniskan är ett sent begrepp i historien» (Geijer), men *samhället* är senare, och *folket* det allrasenaste. Slutet af förra århundradet är en af historiens intressantaste tidrymder, emedan då först folkmedvetandet på allvar vaknar. Det är gryningen till folktidens dag.

Folkmedvetandets sträfvanden i våra dagar gå i tvenne hufvudriktningar: de syfta såväl åt *friheten* som åt *enheten*. Båda hade i förra århundradet den furstliga purpurn länge trängt i skuggan. Folken voro ännu icke myndiga; furstarne voro såsom deras fäder; under deras vård uppfostrades ofta tillsamman barn, som *trodde* sig vara bröder utan att vara det, medan på samma tid köttsliga bröder drefvos i strid mot hvarandra med väpnad hand.

Då kom den stora franska revolutionen. Åskan rullade hän öfver Europa. Här högt uppe i norden hade vi lyckan att njuta af det vederqvickande regnet, utan att träffas af de krossande åskstrålarne. Dånens skallande genljud endast *väckte* nordens folk: de skilda grenarne återkände hvarandra. Först kände de dock sig sjelfva såsom ynglingar, hvilka vuxit från det faderliga allenastyrandet.

Braket af franska revolutionens utbrott nådde först *Danmark* såsom närmare vulkanen i mellersta Europa. Tydligast uppfattades ljudet af Peter Andreas Heiberg (född 1758); och han gick att väcka sina landsmäns uppmärksamhet [1]. På skolbänken satt då Malte Konrad Bruun (f. 1775; hans önskan redan som gosse var: »O, måtte jag en gång kunna ställa mig vid Heibergs sida!»

Ville man på den tiden talas vid i politiska ämnen, måste man låta sin röst ljuda i klubbarna. Der samlades nämligen

---

[1] Nästan alla hänvisningar äro uteslutna ur denna afhandling, emedan förf. förbereder utgifvandet af en utförligare (om *Nordens politiska digtning 1789—1804*), der tillräcklig upplysningar om källorna skola lemnas.

männen om aftonen, för att vid en rykande bål och en munter
visa dyrka »den skuldlösa glädjen.» Genom *den politiska visan*
infördes franska revolutionens grundsatser i, Danmark af P. A.
Heiberg. Såsom ett prof meddela vi här nedan två verser af hans
»Sælskabssang d. 25:de sept. 1790»:

> Ordener hænger man på idioter,
> stjærner og bånd man kun adelen gi'er,
> men om de Mallinger, Suhmer og Rother [1])
> man ej et ord i aviserne ser.
> Og har man hjærne,
> kan man jo gærne
> undvære orden og stjerne.
>
> Rigdomen våkser i adelens bleer,
> og, som en skomager nylig har sagt [2]),
> ene de van'er og von'er og de'er
> hålder Fortuna og Plutus i agt.
> Har vi ej meget,
> er det vårt eget,
> som ej fra staten er sveget».

Thomas Thorild (f. 1759) — hemkommen till Stockholm från
England, der han ville börja »verldsrevolutionen» — kunde till
samma ändamål välja andra medel. I Sverige hade folkfriheten
aldrig varit så fullkomligt tillintetgjord som i »tvillingsriket» Dan-
mark-Norge. Äfven en annan skilnad rådde mellan förhållandena
på ömse sidor om sundet. Den främmande, i synnerhet tyska,
adeln i Danmark var ganska frihetsfiendtlig och derföre det för-
nämsta föremålet för »demokraternas» hat, medan konungahuset, i
synnerhet kronprinsen, och statsministern grefve A. P. Bernstorff,
enväldets egentlige innehafvare, voro särdeles omtyckte. I Sverige
derimot var adeln inhemsk; de ifrigaste »demokraterna» funnos
bland dens ledamöter, medan konungen, som genom Säkerhetsakten
gjort sig nästan envåldig omedelbart före franska revolutionens
utbrott, naturligtvis här måste blifva främsta föremålet för hatet i
de »jakobinska» klubbarna.

Sedan Gustaf III fallit för en adelsmans skott, kom förmyn-
dareregeringen under Gustaf IV Adolfs minderårighet. Den nya

---

[1]) Mån af verklig och allmänt erkänd förtjenst.

[2]) När den nygifte kronprinsen Fredrik och hans unga brud (d. ♅ s. å.) höllo
sitt högtidliga intåg i Kjöbenhavn, hade en skomakare i sitt fönster satt ett långt
poem, till hvars innehåll här häntydes.

styrelsen, i hvilken Reuterholm var den egentliga själen, ville gifva sig ett sken af att vara liberal; och den s. k. »hertig Carls tryckfrihetsförordning» utfärdades den 11 Nov. 1792. Sjelfve Thorild lät sig dåras af skenet. Han trodde sig nu kunna fritt uttala, hvad som låg honom om hjertat. Men när han pekade på den fyrdelta ståndsriksdagen, och med »ärlighet» ropade till statsskeppets styresman: »Eröfra dessa fyra barbariska nationer, gör oss till *ett* folk!» — då vräkte denne honom öfver bord.

Tryckfrihetens inskränkning och Thorilds fängslande sådde i Upsala det frö, utur hvilket sedermera den efter hufvudmännen s. k. Höijer-Silfverstolpeska »juntan» skulle skjuta upp. Bekant är huru, vid »tryckfrihetens begrafning», studenterna, midt på ljusa dagen, i ett fackeltåg buro hertig Carls förordning till en öppen plats, der den nedsänktes och jordades i en djup graf, under det att de sjöngo:

»Frihet och jemlikhet råde bland oss!»

Under tiden satt Thorild i Stockholms rådstuguhäkte och diktade sina Götmannasånger eller Dalvisor. Detta var det medel han kunde begagna till frihetsgrundsatsernas insjungande i Sverige. Men denna hans sång blef endast en svanesång. Flyktande måste han lemna hemmet. Han for mot söder; någon tid ännu vistades han dock i nordens söder, i Danmark.

Nästan midt i Kjöbenhavns Store Kongensgade, nära »marmorkyrkans» qvarlefvor, ligger på högra sidan, när man kommer från Kongens Nytorv, en gammal röd gård (numera n:o 72). Der bodde 1793 en Thorilds vän, den i öfrigt icke alldeles välfrejdade Carl Ingman, som utom sitt hemland Sverige benämde sig Manderfeldt och bar titeln af svenskt »landtråd». Han hade inbjudit Thorild att komma till Kjöbenhavn såsom »den rätta fristaden för alla snillen», och att taga bostad hos sig. Endast några månader uppehöll sig dock Thorild och hans trogna följeslagarinna, Gustava v. Kowsky, såsom nygifta, i Kjöbenhavn. Det är näppeligen möjligt att numera afgöra huruvida Thorild har umgåtts med P. A. Heiberg. Så mycket vet man dock, att Manderfeldt räknade många bland Kjöbenhavns framstående författare till sina närmaste umgängesvänner. Och i tidskriften *Rigsdalersedlens hændelser*, som Heiberg utgaf på den tiden, kallar han Thorild — utan dock att nämna honom — »en god ven» [1]). Det är sannolikt, att de ha

---

[1]) Jfr. *Rigsdalersedlens hændelser* II, 297—298 med Thorilds *Kritik öfver kritiker* i Saml. skrift. III, 33—34.

personligen känt hvarandra, dessa två, som först här i norden
riktade sina landsmäns uppmärksamhet på de sanningar, ur hvilkas
djup den franska revolutionen sköt upp i dagen.
Sedan år 1790 hade nu P. A. Heiberg skrifvit visa på visa,
skådespel på skådespel, satir på satir. Men detta hade också
vållat honom process efter process och böter efter böter. Han
var utan förmögenhet och dertill familjfader. Sedan 1790 var den
derefter så frejdade romanförfattarinnan fru Gyllembourg[1]) hans
maka; och år 1791 föddes deras son Johan Ludvig, den en men-
niskoålder senare så berömde diktaren. Under tiden hade Malte
Bruun växt upp och, fast blott 19-årig, redan stält sig, i kampen
för de franska frihetsidéerna, vid Heibergs sida. Följande året
(d. 1 Sept. 1795) skref denne till en vän: »Fægter jeg da ikke mere
for friheden, der heller ikke trænger til min arm, så skal jeg dog
aldrig fægte imod den». Och efter loppet af några år tystnade
Heibergs politiska diktning småningom, medan Bruuns höjde sig
mer och mer.

I att svänga satirens gissel blef den unge Malte Bruun snart
sin nära 17 år äldre mästares vederlike. Början af »Aristokratisk
sælskabssang», en af hans första politiska visor (utan tvifvel från
slutet af 1794), må tjena som prof:

>»Bort jakobinskhed fra dette lag!
>bort frihedsskåler og alt deslige!
>for *Monarkiets* den gode sag
>skal våre ønsker til himlen stige.
>gid bajonetter og gid kanoner
>må trygt beskærme al jordens troner!
>Hvær trones skål!

>Næst efter tronen bör *Adlen* stå,
>og derpå først de gemene komme.
>Ti gammel orden håndhæves må,
>trods alle næsvise nye domme.
>Du hjørnesten for alt kongedømme!
>højbårne adel, af hjærtet tømme
>vi hær din skål!

---

[1]) Hon omgifte sig 1801 med den efter Gustaf III:s mord landsflyktige svenske
friherre K. F. Ehrensvärd (f. 1767 † 1815), som i Danmark antagit namnet Gyllem-
bourg (liksom den äfven landsflyktige grefve K. F. Horn (f. 1763 † 1823) i Danmark
kallade sig Claesson).

Dig, store *Tyskland*, vi takke bör;
du adelsmænd os i mængde sender.
I sær i krig du mirakler gör
og sejrer altid, når du ej render.
Og havde fransken så *grov* ej været,
I sikkert var til Paris marsjeret.
De tyskes skål!

Prins *York* [1]) er tapper og rask og snild,
men høflig, høflig, han er tillige.
Han ret ej altid behålde vil,
og tit man ser ham sin plads at vige.
Til verdens lykke han længe være
anfører for sin hr. faders hære!
Prins Yorkes skål!

Kan retten tolkes med bædre fynd,
end når man tolker den med kanoner?
Og tör vel nogen det kalde synd,
hvad konger gör for at vinde troner?
O, I, som delte nys Polens rige!
for Jer skal ønsket til himlen stige:
Gud lönne Jer!»

Malte Bruun är dock ingalunda att betrakta blott och bart
såsom en efterhärmare af P. A. Heiberg, fastän denne varit hans
föredöme. Bruun är en sjelfständig diktare; och i lyriken står
han äfven högt öfver Heiberg. Der den senare är kall och lugn,
är den förre varm, ja glödande. Bruun har mera hjerta, Heiberg
mera karakter. Der Heiberg verkar såsom *is*, verkar Bruun såsom
eld. Icke utan skäl har man skrifvit under Bruuns bild:

»Rousseau ham hjærte gav,
Voltaire gav ham vid.»

Deras olika lynne kunde icke länge tillåta dem att följas åt. Från
år 1796, då en i öfrigt alldeles opolitisk teaterstrid skilde dem,
vandrade de hvar sin väg, icke vänner, om ock just ej ovänner.

Också i ett annat hänseende rådde olikhet imellan P. A. Hei-
berg och Malte Bruun. Heiberg var alls icke fiendtligt stämd
imot den vaknande nordiska enhetstanken; men — om man un-

---

[1]) *Fredrik*, hertig af *York* (f. 1763 † 1827), engelske konungens, Georg III:s
son, anförde från 1793 de brittiska härarne i Nederländerna.

dantager Jens Kragh Høst — omfattades denna tanke näppeligen af någon med samma värme som Bruun. Äfven år 1794, då han först framträdde på författarebanan, hade F. M. Franzén låtit »svenska sånggudinnan till den danska» sjunga sina vackra verser, och R. Frankenau hade svarat i danska sånggudinnans namn. Samma år hade tryckfrihetens vän ministern A. P. Bernstorff återuppväckt den väpnade neutraliteten imellan Danmark-Norge och Sverige. Samma år hade sjelfve »aristokraten», diktaren J. Zetlitz, skrifvit i sin »Sang for den forenede danske og svenske flåde»:

> »vi alle Nordens stolte mænd
> er *et* igen.»

Samma år hade Franzén åter gripit i lyrans strängar och låtit höras en »Röst från Östersjön», låtit »Skandiens sköldmör» ge hvarandra handen »att stänga Bältens port». — Alla dessa nordiska toner funno det starkaste genljud hos Malte Bruun. Nordiska enhetssången smälte hos honom samman med frihetssången måhända fullkomligare än hos någon annan, vare sig förr eller senare. Man läse endast körerna till två verser af hans »Nordbosang»:

> »O, frihed, som manden gör dydig og stor,
> dit strålende tempel stå evigt i Nord!»

> »O, lighed, du herske i nordboens land!
> kun strålende borgerdåd adle sin mandl»

I sista versen heter det:

> »Et folk, o kun *et* være folket i Nordl»

och kören slutar:

> »O, landsmandskab, slyng med velgörende hånd
> om Norden ubrødelig kærligheds bånd!»

Rena stodo både enhets- och frihetsidealerna för Malte Bruun, och hans öppna hjerta tillät honom icke att dölja, hvad han kände. Dock måste man medgifva, att äfven han hänfördes af den yra, som i Frankrike, kämpande för friheten, dränkte sjelfva friheten i blod. Till melodi af »La marseillaise» skref han år 1795 en »Nordisk frihedssang». Sista raden, som upprepas af kören, har följande hofsamma lydelse:

> »I Nord på trældomsgrus skal friheds tempel stå!»

Men härtill fogade han en gång följande upplysning: »Således synger den frihedsælskende monarks sig følende borger, og monarken selv bör kunne og ville synge det med. Er *frihed* og *monarki* modsigende begreb? Jeg spörger kun derom. *Dersom de ere det*, så forandre man straks den sidste linie til:

I Nord på *troners* grus skal *republiken* stå!»

Längst i ytterlighet gick Malte Bruun kanhända i sin ryktbara »Aristokraternes katekismus» [1]), som utkom den 4 Nov. 1796. Redan två dagar senare hade Sjællands biskop N. E. Balle angifvit honom inför danska kansliet, — icke, såsom man kunnat vänta, på den grund att författaren hade bespottat treenighetsläran »et ceteris ecclesiæ mysteriis» — utan derföre att han hade talat ironiskt om »Constitutionen af 1660», om det kungliga enväldet och om arfsföljden. Han hade bl. a. låtit »en aristokrat» yttra:

> »at fødslens slumpetræf, en blodig sejer,
> et ja, fralokket dels ved trusler, dels ved list,
> er mer, langt mer end nok for ret at have,
> når man gör en nation till *arveslave*.»

Bruuns vänner fruktade, att han skulle blifva häktad, och de rådde honom att flykta. I en båt roddes han af tre trogna vänner till Hven. På kortare väg kunde han icke komma utom riket. Från skånska kusten följde han de starka rörelser, som hans verksamhet och hans flykt åstadkommit i Kjöbenhavn; sjelf deltog han fortfarande med sin qvicka penna i de vittra och politiska fejderna. Bittert var hans sinne dock ingalunda; och allvaret vexlade hos honom ofta med skämtet. Nya vänner tillvann han sig; och de hjelpte honom att sprida de nordiska enhets- och frihetstankarnes utsäde.

Då dog A. P. Bernstorff den 21 Juni 1797, han, som så ihärdigt hade motsatt sig tryckfrihetens inskränkning, han, som var upphofsmannen till det nordiska försvarsförbundet, genom hvilket norden njutit af fredens välsignelser, under det att nästan hela Europa brann i krigslågor.

---

[1]) På Stockholms kongl. bibliotek finnes imellan två bref till Gjörwell (af d. 13 och 14 Aug. 1796) ett svenskt (G:s egna?) utdrag af denna lilla bok med tillfogade noter, hvilka äro ganska upplysande med afseende på tidsandan. Boken har varit myeket spridd i Sverige.

»Den faldt, den eg, i hvis udstrakte skygge
Dan, Nor og Svea, hånd i hånd,
omslynged' af et nyfødt rosenbånd,
midt i Europas storm sad jublende og trygge».

Så sjöng Malte Bruun i sin sköna »ode», och sången rörde
allas hjertan i hemmet. Åtalet mot honom med anledning af
»Aristokraternes katekismus» häfdes, och fritt vände Bruun tillbaka
inimot slutet af September s. å. efter nära 1½ års frivillig »lands-
flykt» (om detta ord här bör användas, då han ju dock icke varit
utanför det nordiska fäderneslandets gränser).

Denna »landsflykt» skulle imellertid blifva försmaken till en
mycket långvarigare. De nye maktinnehafvarne efter Bernstorff
ville inskränka tryckfriheten; alla frihetsvännernas pennor kommo
i rörelse; och Bruun skulle svikit sitt ideal, om han af falsk tack-
samhetskänsla mot sina höga gynnare låtit återhålla sig från kam-
pen. Ty — såsom Thorild sjöng 1792:

»brott mot Sanning är — brott mot Guds majestät.»

I början af December 1797 måste Bruun ånyo flykta öfver
sundet. Från Malmö sände han sådana förklaringar till sina do-
mare i Kjöbenhavn, att han derigenom i ungdomligt öfvermod
sjelf gjorde återvändandet omöjligt. I Lund tyckes han ha velat
uppslå sina bopålar för alltid. I förening med akademidocenten
i litteraturhistoria L. P. Wåhlin (f. 1772 † 1834) utgaf han från
nyåret 1798 några häften af tidskriften *Carolina*. Snart skref
han svenska, äfven i bunden form, lika obehindradt som danska;
och mycket i denna lilla tidskrift bär hans signatur eller vitnar
om hans penna. Hans »kontubernal» var den i de akademisk-
fosforistiska striderna sedermera så ryktbare kämpen P. A. Wall-
mark (f. 1777 † 1858), ja, Bruun blef på sätt och vis den yttre
anledningen till att Wallmark kom att spela denna sin betydelse-
fulla roll. Genom Bruun lärde sig nämligen Wallmark att älska
den dansk-norska litteraturen, och genom den Danmark. Då detta
rike så ärofullt motstått Englands lömska öfverfall i April 1801,
skref han ett skaldestycke, ytterst gustavianskt; men derigenom
vann han Leopolds ynnest och blef sedan dennes vapendragare.
Redan i Mars 1798 hade Leopold imellertid upptäckt Bruun såsom
svensk diktare, och i Svenska akademien uppläst hans »Eglès
bortresa.»

Men under allt detta solsken hade åskmoln skockat sig. Biskopen i Lund, P. Munck (f. 1732—1803), har utan tvifvel spelat samma rol imot Bruun som biskopen i Kjöbenhavn två år tidigare. Huru Bruuns vistelse i Sverige slutades, inses bäst af hans egna ord. Från Malmö skref han den 8 April 1798 till en vän i Kjöbenhavn ett bref, som utan tvifvel är något af det sista, han skrifvit på nordisk grund. I detta utmålar han först sin glada vistelse i Lund: »Jeg dansede med pigerne, pratede med professorerne, og havde de fleste unge dosenters, adjunkters og studerendes venskab og agtelse». . . . »Således gjorde jeg regning på et særdeles skönt liv i Sverige, da der på *en* dag (og kontrasigneret af *en* person) kommer 1:mo hemmelig befaling att hindre fræmmede journalers indførsel, at observere læsesælskaberne i Lund og Malmø, som jakobinske o. s. v. 2:do en förordning [1]), der aldeles tilintetgör trykkfrihedens sörgelige rester, 3:tio en ordre till mig, som en person *uden pas* (og en farlig demokrat), at forlade Sverige inden 14 dage.» — Öfver Lübeck, Hamburg och Leipzig reste han till Paris. Frankrike blef hans nya och gästfriare fädernesland. Aldrig glömde han dock sitt kära norden, fastän hans namn få år senare flög öfver hela Europa såsom tidens störste geograf. —

När Malte Bruun drefs bort från norden, vistades stiftaren af Skandinaviska Litteratursällskapet, J. K. Höst, i Upsala och i Stockholm. Det nämda sällskapet hade stiftats i Kjöbenhavn hösten 1796. Nu skulle Höst söka för dess räkning vinna svenska ledamöter. Han, i samband med andra, vann många inflytelserika män, skalder sådana som Adlerbeth, Franzén (i Åbo), Gyllenborg, Leopold och Oxenstjerna, lärde såsom Fant, Hallenberg, Thunberg, Tingstadius och Ödmann, höga prelater såsom Lehnberg och Lindblom (den senare var biskop i Linköping). Men olyckligt var det, att enhetsvännerna, i den tidens mening, icke tillika voro frihetsvänner. G. Adlersparre och bröderna Silfverstolpe blefvo väl ledamöter; men när Höst arbetade för valet af en B. Höijer eller en Hans Järta tyckes han ha stött på oöfvervinnerligt motstånd hos de kjöbenhavnska ledamöterna, bland hvilka »aristokrater» funnos i mängd.

Följden blef, att enhets- och frihetsvännerna gingo skilda vägar, ja äfven nötte upp sina krafter i inbördes kamp. Derigenom måste både *enhets*saken och *frihets*saken gå förlustiga om, hvad

---

[1]) »K. M:s nådiga Kungörelse och Påbud angående ansvar för brott och förseelser emot K. M:s förordning om Skrif- och Tryckfriheten» är undertecknad den 26 Mars 1798.

de genom naturlig sammanslutning kunde vunnit. Ty, såsom redan nämts, de äro två hufvudsidor af samma sak: *folk*saken. — Utaf Malte Bruuns vän, H. G. Svejstrup (f. 1770 † 1824) i Kjöbenhavn, ega vi ett bitande omdöme angående Gustaf IV Adolfs tryckfrihetsförordning af d. 26 Mars 1798. Han inledde nämligen på följande sätt sin satirisk-politiska lärodikt »Angivelsen»:

> »O, du, som blandt dit ælskte folk i Nord
> (jeg mener det, der hist hos björnen bor)
> ved hin prisværdige *ukase*
> forbød den fule skrivepest at rase,
> og evig sprærrede hvær oprørstanke ind
> i sanskulottens eget grumme sind; —
> der, mere vis en somme lolk dig skatte,
> ej håldt det gyldne språg for vind,
> *»at selv i töfler blot en jakobinsk façon*
> *kan före til en jakobinsk façon at fatte.»*
> og skrev hint strænge bud mod *pantalon*
> og sko med bånd och brug af runde hatte.»

Efter Malte Bruuns bortfärd hade uppstått ett tomrum i danska litteraturen. Svejstrup var bland dem, som med största framgången sökte fylla detta. Sjelfve P. A. Heiberg återupptog sin satiriskt-politiska penna. Mot slutet af 1798 skref han sin »Språggranskning», — ingen lärd afhandling, efter hvad följande profbitar tillräckligt visa:

»*Aristokrater*. Den bædste sort jagthunde, der pudses på demokrater, og får steg for at bide dem.

Mennesker. Regnepenge i kongers og ministres spillepartier.

Patron. Aristokraternes vældige værn, ænten samme nu findes i et audiensgemak eller i et soldatergevær . . .

Sandhed. Et meget forhadt og farligt brug af sit talent» o. s. v.

Hur farligt detta bruk af talangen blef för Heiberg sjelf, visade sig julaftonen 1799, då han dömdes till landsflykt, närmast med anledning af denna skrift. Också han begaf sig till Paris, der Malte Bruun hade hyrt ett rum åt honom. Bruuns dom utföll icke förr än den 19 Dec. 1800. Begge dogo i Paris: *Malte-Bruun* — såsom han nu kallades — 1826, P. A. Heiberg 1841. De bilda tillika med Thorild en treväppling af den nynordiska frihetens första martyrer. —

Men ännu stod Hans Järta qvar. De fallne hade medverkat till att bryta bygd för honom. Snart fick han tillfälle att framträda med större lycka än sina föregångare.

Den 9 Nov. 1799 föddes en arfvinge till Sveriges tron: prins Gustaf af Vasa. Vid Svenska akademiens högtidliga sammankomst i anledning af kronprinsens födelse uppläste skalden Leopold sitt 56 verser långa poem:

Det slutande århundradet.

»Stormen har fattat det menskliga sinnet,
folkslagen uppstå med rytande mod;
taflor af tronfall och strömmande blod
lemnas åt minnet.»

Då ser skalden liksom i en hägring »det kungliga barnet» och höjer profetiskt sin röst:

»en gång skall han visa hvar styrande like
hur man, mot folkyrans krossande flod,
hägnar ett rike.»

Hans faderliga regering utmålas än vidare:

»Så skall han styra; och furstarnes ätt
lära af honom att tronerna pryda;
folken med skyddad, men lagbunden rätt
lära — att lyda.»

Säkrare och säkrare ljuder skaldens röst:

»Framtida spegel af konungapligten!
nej, du är ej med smickrande hand
skapad af dikten!

— — — — — — — — —

»Ren kring ditt hufvud jag diktmolnet ser
skingras, som skyar, dem vindarne sprida:
sanningen ohöljd står qvar, — att ej mer
lemna din sida.»

Det är väl obehöfligt att bedja läsaren minnas: prins Gustafs lott blef aldrig att »styra» ett folk — endast ett regemente österrikiska soldater kanhända. Hade man kunnat förutse detta 1799, hur mycket större eftertryck skulle parodien icke då vunnit.

Snart läste man Hans Järtas

Det slutande århundradet.

»Höre hvart folkslag mitt gräsliga larm.»

Ty värr medgifver oss icke utrymmet att aftrycka annat än smärre utdrag ur denna alldeles sjelfständiga, ingalunda satiriskt efterhärmande parodi:

»Himmelska makter! Här störtas allt ner,
djupt under gruset af ramlande troner
ren jag i andanom liggande ser
        hela nationer.

Märk, till nationer, min läsande vän,
räknar jag först allt, hvad hofherre heter,
näst dessa höga och lysande män
        deras poeter.

Samlom i stort allt det grymma, som skett
Vidt kring i tusende länder och riken;
det blir ett noll mot de fasor, man sett
        i republiken.

Trälar i Rom under fröjdfulla rop
mellan de hungriga tigrarna slitna,
och i Vestindien af blodhundars hop
        dödligen bitna.

Neger, långt från deras fädernesland,
gjutande, under det gisseln dem sårar
ända till benen, på främmande strand,
        blodmängda tårar.

Slafvar i grufvor, för snålhetens gull
dömde till lifvets mest rysliga öden,
svarta som klyftornas väggar och mull,
        magra som döden.

Folken tolf sekler, af munktyranni
upp till palatsen från uslingars kojor,
sänkta i dumhetens mörker och i
        feghetens bojor.

Allt detta mindre än ingenting är
mot det fransyska förderfliga ljuset;
och, det som följd af dess villosken är:
jemlikhetsruset.

Galna och menniskohatande flock
af filosofer, som våldt denna yra,
tror du, att folk utan påfveligt skråck
låta sig styra?
Bländade, vilda, förvända nation,
som Bonaparte [1]) och Fan nu regera,
tror du att utan marquis och baron
stater florera.»

Parodien slutar med en förutsägelse om en ny gyllene tids-
ålder då

»Gardariks furste» (d. ä. Rysslands),
— — — bland regerande stor utan like,
Gud, mellan helgon i Gardariks hof,
säll gör sitt rike.

Ty, när med skänker och nådigt behag
städs mina skaldsånger lönas från tronen,
står det ej väl till, så vet intet jag,
då med nationen.» —

Ännu starkare frambröt Järtas qvickhet under riksdagen i
Norrköping 1800. Flärden och fjäsket vid Gustaf IV:s hof ut-
gjorde bakgrunden, framför hvilken hans politiska satirer trädde
så mycket bjertare i dagen [2]).

Biskopen från Lund, — redan nämd i denna afhandling
höll d. 15 Mars 1800 riksdagspredikan; och han förkunnade, huru
»Gud nu gifvit Svea rikes inbyggare en konung efter sitt eget
hjerta; en konung, som, fri från deras fel och svagheter, liknar en
gudfruktig David, en from Hiskia och en nitisk Josia . . .» (kan man

---

[1]) Man må icke glömma, att denna dikt skrifvits någon tid efter den 18:de
Brumaire. Då spelade Bonaparte ännu sin republikanska roll så skickligt att, när
oietes ville göra honom till »grand-électeur» med flera millioner francs i årlig inkomst
och bostad i Versailles, afböjde han anbudet med följande ord: »Comment avez-vous
pu imaginer, qu'un homme de quelque talent, et d'un peu d'honneur, voulût se ré-
signer au rôle d'un cochon à l'engrais de quelques millions?»

[2]) Bland dessa finnas hans »Morgonböner» (»aristokratens», »prelatens» o. s. v.)
aftryckta i Framtiden 1869, 6:te häftet s. 863—864 och hans visa »Fyllom våra glas
o. s. v.» i Framtiden 1870, 10:de häftet, s. 334—335, hvartill hänvisas. —

undra på, at denne konungske undersåte vid riksdagens slut fick Nordstjernans ordenstecken?) Hvilken otur konungen hade med sin häst m. m. på den högtidliga kröningsdagen den 3 April s. å., är för allmänt bekant för att här behöfva upprepas. Mindre bekant torde drottningens otur vara. Biskoparne buro den dagen för första gången sedan katolska tidehvarfvet åter de höga mössorna. Vid ingången till kyrkan, der kröningspredikan skulle hållas, stod vår vän, biskop Munck och »bugade sig så djupt, att hans mössa gaf drottningens näsa skrapnos.» I sjelfva kyrkan predikade biskop Lindblom, och han tycktes i konungasmicker vilja täfla med sin embetsbroder från Lund. Efter att hafva framstält Gud såsom den kristlige regentens »höga urbild», efter att hafva tecknat Gud såsom en konungs oupphinneliga ideal, utbröt han med salvelse, vänd mot sina åhörare: »Från det rum, som är helgadt åt sanningens Gud, der ingen röst får höja sig till ett fåfängligt menniskopris, från detta rum vågar jag uppmana eder, att i denna svaga teckning igenkänna den konung, under hvars milda spira vi lefva, den konung, af hvilkens kristliga tänkesätt och sanna dygder vi ega den mes. hugnande erfarenhet och det säkraste hopp om vår framtida sällhet!»

All öfverdrift kräfver imellertid med naturnödvändighet ett omslag, och det är uppfriskande, efter dylika krypande utgjutelser, att läsa Järtas visa: »Var fri! den lott blef dig beskärd», fast de vildaste jakobinska upprop, som finnas i någon politisk dikt från förra århundradets slut, det starkaste genljud af franska skräckväldet, förekomma i samma visa, i synnerhet i följande vers:

> »Se denna guldbesmidda bof,
> se denna trälaskara,
> se fosterlandet bli ett rof,
> se dig en usling vara,
> och kryp, du kan en stjerna få
> och se'n fördömd ur lifvet gå!
> Dräp denna guldbesmidda bof,
> fräls denna trälaskara!»

Så långt hade sjelfve Malte Bruun aldrig gått, fast en icke ringa likhet stundom råder mellan desse två jemnårige frihetssvärmares diktning. Man jemföre slutet af Järtas »Fyllom våra glas o. s. v.» med slutet af den sång, som Malte Bruun skrifvit 1795 »ved Hollands indtagelse.» Hos Järta heter det:

»Bröder, ett vänskapsband vi sluta:
hellre döden än slafveri!
Ljuft är sitt lif för friheten gjuta,
krossa tyrannen och dö — fri!»

Efter att Malte Bruun påvisat, att det icke är nog att sjunga
om och dricka för frihetens seger, slutar han:

»Nej, op til dåd! Vår kække hånd
skal knuse tyranni.
För vi vil bære trældomsbånd,
för vil vi dø som fri.» —

Men — under det att *frihets*sången i Danmark åter tystnade
i detta århundrade, ända till 1848 (i Norge endast till 1814 eller
de närmast följande åren), under det derimot *enhets*sången i Danmark fick starkare klang efter 1803 med Oehlenschlægers dikter om
nordens forntid — på sätt och vis en fortsättning af Thorilds
korta qväden om »Göters lag och lära» —, under allt detta grodde
frihetens utsäde i Sverige, intill dess att fröet sköt upp 1809.
Vid riksdagen i Norrköping stämdes instrumenten till 1809
års svenska revolution. Tiden fortsätter sedan dess utan uppehåll
sitt stora historiska sångspel! *Måtte frihets- och enhets-*
rösterna i vårt norden mer och mer smälta tillsamman! Detta
bör vara hvar och en äkta nordbos hjertligaste önskan.

FREDRIK BAJER.

Om marknader

och deras inflytande på handel och arbete.

Man hör ofta talas om att vi skola göra »direkt affär», att vi böra undvika mellanhänder, att det förmånligaste för oss vore att sjelfva afsätta våra varor i första hand m. m. Detta är fullkomligt riktigt och i sin ordning; vi böra blott göra oss reda för hur det i sjelfva verket går till att göra direkt affär, och i hvilken riktning den nyare tidens handel synbarligen utvecklar sig, så att vi ej arbeta åt motsatt håll, och arbeta förgäfves.

Man har sedan århundraden tillbaka laborerat med handeln, och sökt gifva den en viss riktning eller form som man ansåg fördelaktig, och reglera den på många olika sätt. Dess ofantliga vigt och inflytande på menskliga arbetets utveckling har man redan länge uppskattat till sitt fulla värde; handeln är i sjelfva verket ett så oundgängligt vilkor och ett så naturligt resultat af arbetets fördelning och utveckling, att man har svårt att afgöra hvilkendera som är orsak eller följd dervidlag, så nära sammanhänga de med hvarandra. De olika och ganska olikartade experiment, som man försökt med den ena af dessa två saker, ha alltid återverkat på den andra, och vi ha såväl i vårt som i andra länder en ganska rik erfarenhet, om vi vilja begagna den, af huru en hämmad och försvårad handel äfven verkar qväfvande på arbetet, och tvärtom.

Först inom allra senaste tiden, och ännu inom helt få länder, har man börjat lemna handeln någon frihet, och låtit den utveckla sig på ett naturligt sätt; men den har genast tagit en så bestämd riktning, att vi redan kunna tydligt skönja hvartåt den sträfvar. Det blifver allt mer och mer klart att tendensen hos den nya tidens handel är att skapa och utbilda *marknader*, och koncentrera affärerna på dessa. Den stora rörelsen har så afgjordt tagit denna riktning, sedan man lemnat den fri, att det svårligen längre kan betviflas att en sådan riktning är den naturliga och rätta. Det är dessutom förgäfves att sträfva imot, äfven om man skulle anse det löna mödan att försöka och finna någon orsak dertill; den mäktiga strömmen tager oss med sig. med eller mot vår vilja, och det kan vara skäl att åtminstone iakttaga detta fenomen och dess inflytande.

Hvad vi i dagligt tal kalla marknader, är ännu en mycket primitiv form af sådana, ehuru otvifvelaktigt de mera utvecklade under tidernas lopp utgått från en lika enkel och anspråkslös början. Vi veta alla hur våra marknader se ut: allmogen på trakten kommer in med en mängd nödtorft i sina skrindor, och till vederbörlig ort anlända på utsatt tid hr Leja m. fl.; och dit församlas äfven jätten Shampi i nationaldrägt, och general Tom Thumb i sällskap med »den starkaste menniska på jorden», och underbarnet, som är 13 år och väger några hundra skålpund, samt hr Gautier med alla hästarne. Man köper och säljer under några dagar, och plägar sig för resten, och beskådar märkvärdigheterna tills det är slut, då stånden tagas ned och stoppas in bakom rådstun, hvarefter konungens befallningshafvande länsmän komma med sina efterräkningar för slagsmål och fylleri. Dylika marknader äro lika mycket hvad man i England kallar »fairs», der ändamålet är att roa sig, som hvad man der kallar »markets», der meningen är att göra affär. Orsaken till detta förhållande kan omedelbart sökas i att *arbetet* i vårt land ännu är föga utveckladt och fördeladt. Både som nation och som individer hålla vi ännu på med mångslöjder, och söka att arbeta uteslutande för eget behof, och sålunda förse oss sjelfva med mycket, som med mera fördel kunde hemtas hos andra; vi ha derför jemförelsevis ganska litet att sälja, och naturligen äfven helt obetydligt att köpa, och på våra landsortsmarknader blifver ofta sjelfva affären en bisak och lindansarne hufvudsak. Den ringa omsättningen inom hvarje särskild affärsgren gör äfven att sjelfva handeln blir af ganska klen beskaffenhet, och det inflytande, som dessa marknader utöfva, blir derföre jemförelsevis ganska obetydligt, och kan svårligen anses välgörande, sådana de ännu se ut.

I England, der arbetet i följd af deras fria handel blifvit vida bättre fördeladt, särdeles inom landtbruket, skiljer man mycket noggrannare mellan »fairs» och »markets»; på de förra lemnas fritt spel åt menagerierna, men på de senare är endast fråga om affärer. Dessa blifva också mera omfattande inom hvarje särskild gren, och kunna utföras billigare, enklare och mera vinstgifvande, då de besökande hafva mera både att köpa och sälja, än hvad fallet var under föregående tiden, då landtbefolkningen der, liksom ännu hos oss, idkade mångslöjden och ej lärt sig att rikta sitt arbete hufvudsakligen på jordbruket, och på en viss gren deraf. Deras lokala marknader eller torgdagar tillgå också i flera afseenden annorlunda än våra, och affären sker både billigare och beqvämare, än hvad vi ännu i allmänhet äro vana vid. Den underlättnad och de fördelar för omsättningen, som hos oss endast stå till buds på de större och mera utvecklade affärsplatserna, ha der redan kommit de små till godo. Man säljer t. ex. så mycket som möjligt efter profver, der det låter sig göra, och på leverans till bestämd tid och ort; härigenom undvikas betydliga kostnader för öfverflödiga transporter, som lätt uppkomma då en vara torgföres utan att vara såld, eller utan säkerhet att blifva det till ett pris som lemnar behållning, samt utan visshet att transporten skett åt rätta hållet, att ej varan måhända bort föras i en helt annan riktning, för att på närmaste väg komma den slutliga konsumenten till handa. Det blir möjligt att arrangera så att varan kommer på lämplig tid, och man kan passa ihop sina uppköp och försäljningar, så att de förra kunna afhemtas vid samma station och på samma tid, då de senare levereras.

Liqviderna ske mera genom vexlar, hvilket lättare kan gå för sig, då affärerna hvar för sig äro något större, och man får härigenom en möjlighet att begagna sin kredit på ett beqvämt och förmånligt sätt.

Flera andra fördelar för omsättningen erbjudas i den mån som dessa marknader tilltaga i betydenhet; men det utmärkande draget hos dem är likväl, att man börjat tillämpa *mäklaresystemet*. Detta är ett resultat af utvecklade marknader, och mäklare äro snart oskiljaktiga från nyare tidens handel; denna är i så hög grad beroende af dem (ej på ringaste sätt af den ene eller den andre, men af institutionen i dess helhet), att det kan vara af intresse att dröja ett ögonblick vid detta ämne och i korthet antyda, hvari deras verksamhet består.

Det finnes så många olika slag af mäklare, och deras arbete tillgår så olika på skilda ställen, att det är svårt att gifva en gemensam definition, som passar in för dem alla, och gifver ett begrepp om hvad de egentligen äro. De ha uppkommit genom att tilloppet af folk på en affärsplats blifvit så stort, att köpare och säljare ej längre äro i stånd att personligen sammanträffa med alla som bjuda ut, eller som åstunda en viss artikel, och sålunda sjelfva bilda sig en opinion om det pris som bör gifvas eller hegäras, hvar den i fråga varande artikeln kan fås bäst och billigast m. m. Man har derföre lemnat detta åt en tredje person, som gör till sitt yrke att sköta det mekaniska i affären, och som har att springa omkring, eller på annat sätt arrangera att han träffar en mängd säljare, om han har order att köpa, eller tvärtom, och komma till en uppgörelse i enlighet med den order han fått. Man har funnit att dessa professionela affärsmän kunna sköta ett uppköp eller en försäljning vida förmånligare, än man är i stånd att göra det sjelf, och man har sett sin fördel i att anlita dem mer och mer, så att affärerna på de större marknaderna nästan uteslutande bedrifvas genom mäklare, då de äro af någon betydenhet: man riskerar åtminstone att komma till korta, om man försöker sjelf. Deras yrke är egentligen att på ett eller annat sätt utföra affär åt andra, utan att sjelfva vara intresserade i den. Såväl en agent som en mäklare utföra affärer åt andra, men skilnaden är att den förre har ett intresse i den affär han gör (ehuru risken faller på en annan); han måste äfven utöfva sin diskretion i högre eller lägre grad, alltefter den större eller mindre frihet han har att röra sig. Den senare har ingen sådan frihet; han har sin order att utföra, och behöfver ej fälla något eget omdöme, får det till och med ej i många fall. Han är alldeles ointresserad i affären; hans kommission eller courtage utgår visserligen med en viss procent, men den är så obetydlig, att ett något högre eller lägre pris är honom fullkomligt likgiltigt, helst som han ej är ansvarig. Hans intresse är att sälja snabbt, så att omsättningen blir liflig, och genom sin storlek ersätter ringheten af hans vinst på hvarje särskild transaktion. En agent bör och måste vara partisk till förmån för sin konstituent, men en mäklare bör alltid vara opartisk, hvad sorts mäklareaffärer han än bedrifver, och hur han må sköta dem.

Man har mäklare af många olika slag, från de edsvurna mäklarne, hvilka äro publika tjenstemän, som endast inregistera och kontrollera gjorda affärer, utan att för öfrigt befatta sig med dem, till sådana som äro helt och hållet oberoende af annan kontroll, än den som utöfvas af den stora allmänheten; deras verksamhet är också mycket olikartad i följd af deras olika ställning på olika marknader och inom skilda grenar af handeln. Det utmärkande draget i hela institutionen är likväl (eller borde åtminstone vara), att de äro helt och hållet ointresserade i den affär de ha för händer. Fördelen af hela mäklaresystemet ligger just deri; man får en klass af män, som äro opartiska, och som genom den mängd af affärer, som gå genom deras händer, komma i besittning af många notiser rörande handeln, och som slutligen ha ett afgjordt intresse i att offentliggöra allt hvad de veta, och kontrollera andras uppgifter dervidlag. Denna publicitet är nämligen ett vilkor för deras existens; finnas der ej tillräckligt säkra och tillräckligt omfattande uppgifter, för att man skulle kunna kontrollera sin mäklare, så vågar man ej anlita någon sådan, utan måste sjelf eller genom sin agent bivista marknaden, för att kunna bilda sig ett personligt omdöme. — De storartade noteringar rörande handeln, som man ser från de större affärsplatserna, tillkomma hufvudsakligen genom mäklare af ett eller annat slag, och de kunna ej komma från annat håll, om de skola vara pålitliga; alla uppgifter från andra, som äro intresserade på ena eller andra sidan, måste naturligen blifva skefva. Vigten af dessa noteringar skall här nedan i korthet vidröras.

Hela mäklaresystemet är ännu ganska ofullständigt; endast på de största affärsplatserna har deras verksamhet utvecklat sig till ett bestämdt yrke för sig, som alldeles utesluter hvarje annat. På de mindre lokalmarknaderna, hvarom här är fråga, sysselsätta de sig t. ex. ofta, utom med sitt egentliga yrke, äfven med att diskontera vexlar, eller förskjuta penningar mot varor som konsigneras till försäljning, och dylikt som annars anses som bankaffär; de tillhandagå stundom sådana af sina kunder, som de kunna lita på, med sin accept på de vexlar som dragas mot deras inköp; de sköta äfven spedition och andra uppdrag. Sådant är naturligtvis oegentligt, men dels ha de ej full sysselsättning af sitt eget yrke på en liten affärsplats, och dels saknas dessa beqvämligheter till en stor del, om de ej anskaffa dem åt sina kunder. Dessa »brokers» äro måhända något amfibier till sin natur, men deras verksamhet bidrager likväl att framkalla och kontrollera de notiser rörande priser, tillgång, omsättning, köplust m. m. som äro nödiga för att sprida upplysning öfver beskaffenheten af en affär.

Ur sådana mindre, lokala marknader ha så småningom de större, mera omfattande utvecklat sig, och dessa underhållas och matas fortfarande till en del af de mindre, som koncentreras omkring en gemensam medelpunkt, af hvilken de blifva beroende, och som i sin tur blifver beroende af dem alla tillsamman. Samma ställning som producenten intager gent imot detaljuppköparen i en mindre köping eller by, intager denne till grosshandlaren i en stad, och denne måhända i sin tur till de stora spekulationerna i produktion på de allmänna verldsmarknaderna, der dessa möta andra, som spekulera i konsumtion hvar på sitt håll, och som göra sina uppköp der deras varor utbjudas i massor, så att de hafva mycket att välja på, hvarefter de hafva att placera sina uppköp till försäljning i mindre partier på mindre marknader inom den ort der de spekulera. Hvad de mångfaldiga torgdagarne äro i en by, äro veckodagarne i en köping, och börsdagar eller börstimman i en stad med större affärer. Det karakteriserande för en marknad, hur den i öfrigt må se ut eller tillgå, är alltid att köpare och säljare infinna sig, personligen eller genom ombud, för att uppgöra sin affär för egen räkning.

Den riktning i hvilken verldshandeln sträfvar, är att koncentrera dessa marknader så mycket som möjligt, för att undvika de mellanhänder som äro behöfliga, då transaktionen har att genomgå flera stadier, hvilka alltid måste fördyra den. Såväl producenter som konsumenter ha en fördel af att, så vidt möjligt är, förbigå dessa mellanhänder, och låta transaktionen försiggå mera direkt; det ligger derföre i deras ömsesidiga intresse att vända sig omedelbart till de stora verldsmarknaderna, dit menniskor från många håll samla sig för affär. På en större marknad, der man kan gifva rörelsen en betydlig utsträckning, och der man i följd af ett utveckladt bankväsen kan bedrifva stor affär med litet kapital, kan man låta sig nöja med en jemförelsevis ganska ringa vinst på hvarje särskildt företag, och ändå ha god behållning. Man tvingas dertill af den konkurrens, som ovilkorligen måste uppstå, då många menniskor samla sig på ett ställe för samma ändamål. Äfven den s. k. vinstfoten måste alltid hålla sig lägre på en större marknad, än på en mindre; likaså räntefoten, eller afgiften för begagnandet af det för omsättningen nödiga kapitalet.

Det är således lätt att inse hvarför den stora verldshandeln sträfvar att koncentrera sig; det är en naturlig och riktig rörelse som är omöjlig att hämma eller förekomma, äfven om man af en eller annan orsak skulle se den med oblida ögon.

För att öfvergå till de verkningar och det inflytande på menskliga arbetets utveckling, som denna rörelse måste medföra, så faller måhända först i ögonen den tendens, som vi finna hos nutidens handel, att småningom afskaffa spekulation. All sådan måste med tiden bortfalla; den innebär alltid mer eller mindre hazard, och visar redan derigenom att den måste bort. Ingenting i naturens stora hushållning är stäldt på måfå, allting lyder vissa bestämda, en gång för alla fastställda grundlagar; och att vår handel här i verlden tagit en sådan riktning, att den innebär ett vågspel, visar endast, att vi ej ännu kommit till klarhet i fråga om de naturliga lagarne för omsättningen, eller åtminstone att vi bryta mot dessa lagar. Men i den mån vi lemna handeln fri att välja sin egen väg, utan tvång eller inblandning af välvilliga fuskare, som vilja hjelpa till och ställa naturen till rätta, så finna vi, att den afgjordt sträfvar att borttaga risk.

Förluster af ett eller annat slag äro oundvikliga, så länge menniskor ännu äro utsatta för att begå misstag, men de kunna till en del förutses och beräknas, och det är möjligt att fördela dem på ett flertal, som äro utsatta för samma olyckor, och sålunda utjemna dem; det är nämligen ej sjelfva förlusten, utan den obestämda risken för denna förlust, som är oegentlig och måste bort. Här är dessutom ej fråga om risk för olyckor genom eld och sjöskada m. m.; ehuru vi finna att den nyare tidens handel sträfvar att utjemna och fördela äfven denna, utan om en sådan som medföljer affären sjelf genom oriktiga beräkningar och misstag. Denna risk måste ju minskas allt mer och mer, i den mån menniskor sammanträffa för uppgörandet af sin affär, så att uppköpen göras i den mån behofven framställa sig, och af dem som sjelfva erfara dem, ej längre på en slump, efter en mer eller mindre lös beräkning af en tredje person, som gör sig en vinst genom att underkasta sig risken för de förluster som kunna uppstå genom andras misstag.

Under närvarande förhållanden är spekulationen ej endast nyttig, emedan den förser menniskor, som eljest skulle vara ur stånd dertill, den är rent af nödvändig, om man ej anser det likgiltigt att några hundra millioner menniskor inom kort skulle afflytta till en bättre verld, der man slipper tänka sig för; ty spekulationen leder just sitt ursprung från menniskors bristande förmåga att beräkna och på förhand tillgodose sina behof.

Det är i brist man spekulerar här i verlden; närmast i andras brist på varor af ett eller annat slag, mera aflägset i bristande kommunikationer, dåliga affärsförbindelser, outveckladt kreditväsen m. m., som allt kan hänföras under bristande förmåga hos andra — men djupast i bristande kunskap och intelligens hos sina medmenniskor. Ju mera hjelplösa vi äro i ett eller annat afseende, desto högre blifver också vinsten på spekulation. Likasom kapitalräntan stiger eller faller i mån af tillgången på kapital i jemförelse med efterfrågan, så rättar sig spekulationsvinsten efter den större eller mindre tillgång på intelligens, kunskaper och affärsförmåga i ett eller annat afseende, som finnes hos allmänheten. I den mån som dessa egenskaper spridas och tilltaga, minskas äfven vinsten på spekulation, och den blir alltmera öfverflödig.

Vi kunna i förbigående anmärka, att vi här ha ett ganska godt och tydligt bevis på att menniskoslägtet gått framåt ansenligt i detta afseende under den senaste tiden, då man börjat i någon mån frigifva handeln. Vi kunna nämligen iakttaga just under denna tid, måhända mer än under någon annan, att vinsten på spekulationsaffärer i allmänhet aftagit högst betydligt. Utan att ingå i några sifferberäkningar, minnas vi lätt de tider, då man på en jemförelsevis ganska liten och inskränkt affär kunde göra sig en ganska stor vinst, då derimot numera en affär måste utsträckas ganska betydligt, utan att måhända ändå lemna samma behållning, som man förr hade på en vida mindre. Många affärshus, som förr sysselsatte sig med spekulation för egen räkning, ha börjat öfvergå till agenturaffärer för andra, såsom mera öfverensstämmande med tidens fordringar. Alltsamman ger tillkänna, att vi gått framåt.

I detta afseende ha marknader haft ett ofantligt mäktigt och ganska direkt inflytande, genom att till en större allmänhet sprida den förtänksamhet i affärer, som förr endast stod att finna hos ett spekulerande fåtal — genom att samla och sprida alla möjliga upplysningar rörande handeln, och till en del skingra det mörker och borttaga den osäkerhet, som voro ett oundgängligt vilkor för spekulation — genom att utveckla och för allmänheten öppna alla möjliga lättnader för bedrifvandet af affärer, och derigenom minska den öfverlägsenhet dervidlag, som förr endast fanns hos några få, och som satte dem i stånd att göra ett monopol af handeln — men framförallt genom att från många håll samla ihop menniskor, som annars stannat hemma hos sig, och väntat på någon spekulerande mellanhand för att utföra en transaktion, hvilken de alltför väl kunnat sköta sjelfva, eller som i bästa fall måst fara omkring och taga reda på hvarandra, för att komma till affär.

Att tänka sig för är ingen lätt sak; och det är svårt att med bestämdhet påstå att vi, hvar för sig, härutinnan stå öfver våra förfäder. Men vi ha börjat med något, hvarom våra förfäder ej hade något begrepp, och vi ännu på det hela ett ganska ofullständigt och otydligt, ehuru vi kunna ana, att der i detta afseende ligger framför oss en stor framtid — nämligen att *tänka i massa*. — Det är ej så lätt att tydligt angifva, hvad som bör förstås under detta uttryck; det inskränker sig ingalunda till hvad vanligen menas med associationsväsendet, ehuru detta är ett uttryck deraf. Ännu svårare skulle det vara att beskrifva hur det tillgår, hur massan i sin helhet kan tänka och komma till en sjelfständig öfvertygelse, liksom en individ. Men vi kunna iakttaga resultat, yttringar af denna massans gemensamma tankeverksamhet, som visa att den finnes till, så att vi ej behöfva grubbla öfver den saken.

För att kunna spåra detta tänkande i massa inom handelns område, måste man vända sig till de stora marknaderna, der det försiggår, och der man har tillfälle att i första hand iakttaga dess verkningar, ehuru dessa sedan återkännas öfver hela verlden. Många menniskor samla sig för en viss affär, och hvar och en

har en opinion rörande densamma, om ej annat, så åtminstone
hvad han sjelf vill aflåta under olika förhållanden, och till olika
priser, hvad han skulle kunna producera, hvad pris han ytterst
vill taga imot etc.; eller å andra sidan, om han är köpare, hur
mycket han behöfver eller skulle kunna behöfva, eller önska, eller
nöja sig med, allt efter större eller mindre tillgång, hvad pris han
är sinnad att betala, eller måste gå till, om han blir tvungen.
Ur alla dessa enskilda åsigter bildar sig på ett eller annat sätt
en gemensam, allmän åsigt, ehuru man svårligen kan säga hur
det tillgått, eller hvad denna åsigt är, likasom man har svårt att
definiera den allmänna opinionen inom något annat område, eller
säga hur den uppkommit. Men yttringarna af denna åsigt kunna
observeras på flera håll: i prisförändringar, i större eller mindre
lif i omsättningen, med ett ord i gången af hela affären; och man
finner hur olika omständigheter hafva sitt olika inflytande på
denna åsigt och dess yttringar; det sker ej på slump, utan der
ligger en tanke under alltsamman. Det är ej den enes opinion,
eller den andres som gör sig gällande härvidlag, utan den stora
allmänna, gemensamma. Hvems det är, hör dessutom på det hela
icke hit; *es denkt*, och detta är nog; första vilkoret för spekulation,
nämligen tanklöshet hos publiken, faller så småningom bort. Den
ene eller den andre tänker måhända ej mera än förut, men denna
tankeverksamhet koncentreras, och lemnar ett bättre, säkrare och
framför allt mera omfattande resultat. Ju större den marknad
är, i hvilken man deltager, ju flera som tänka i förening, desto
säkrare blir också resultatet. Fel i omdömet hos enskilda väga
alltid åt ena hållet; hos ett flertal är det visserligen möjligt att
alla felen kunna falla åt samma håll, men sannolikheten är dock
för att de falla på ömse sidor om det rätta, och sålunda motväga
hvarandra. Medeluppfattningen, den allmänna opinionen närmar
sig alltmera till det rätta, ju flera menniskor som tänka till-
samman.

På de stora marknaderna samlas vidare alla de uppgifter och
notiser af många olika slag, på hvilka den allmänna opinionen
stöder sig, och derifrån spridas de sedan för allmänhetens ledning.
För att med någon säkerhet bedrifva en köpenskap, det må nu
vara för egen eller andras räkning, måste man känna något om
sin vara: hur mycket deraf som produceras på olika ställen, hvad
som går åt under vanliga förhållanden, hvilka förråd som finnas
m. m., så att man har en ledning för sitt omdöme om det pris,
som bör gifvas eller begäras. Alla sådana uppgifter komma in
till en marknad; hvar och en bringar något, och alla hafva ett

intresse af att få reda på de notiser, som andra föra med sig. Ett utmärkande drag i nyare tidens handel är den offentlighet, som den sträfvar att gifva åt all affär; man vill veta allting om allting; och det kommer alltmera fram, i den mån som flera menniskor vilja detsamma. Hvar och en skulle nog vara böjd för att dölja något, i afsigt att bereda sig en fördel af hvad han vet mer än andra, men det stora allmänna intresset tvingar fram allt, som är nödigt att veta.

Vi yttrade här ofvan några ord om att tänka i massa, såsom en nästan ofrivillig process, hvilken utföres snart sagdt utan att man vet af den; man skulle här kunna finna spår af en *verksamhet*, som försiggår lika omedvetet. Månne de ej båda äro en naturlig följd af friheten, likasom andningsprocessen i menniskokroppen är en naturlig (ehuru lika ofrivillig och omedveten) följd af lifvet? Lemna ett fält öppet för den fria tanken och verksamheten, och der tänkes och handlas — mer eller mindre rätt, allt efter som fältet är mer eller mindre fritt. Handeln har sedan gammalt varit ansedd och hållen som ett afstängdt experimentalfält, der statsmän fått fritt handskas med monopoler och skydd och reglementen och dylika påfund af en inskränkt och ensidig uppfattning; men detta fält har blifvit öppnadt och till en del frigjordt, och der börjar nu gå en sjelfständig tanke genom den nyare tidens handel. Det nya systemet i omsättningen, som sträfvar att göra sig gällande, är ett resultat af *friheten*. Skulle vi ej våga påstå, att det endast *derför* måste vara godt?

Genom den offentlighet, som enligt detta nya system råder i handeln, får arbetet en säker ledning, och vinner derigenom i stadga. Man finner ut hvad som har åtgång och hvad som säljer sig trögt, och kan rätta sitt arbete derefter, så att det ej onödigtvis förspilles på sådant, som ej har efterfrågan.

Marknader ha vidare ett ganska stort inflytande på beskaffenheten af de artiklar, som äro föremål för omsättningen derstädes. Många sådana äro en gång för alla bestämda till sin natur och kunna ej förändras; men för alla som kunna det, göra sig vissa modeller och mönster företrädesvis gällande, och produktionen såväl som konsumtionen rättar sig efter dem. Då produktionen innefattar många sådana olika modeller, uppstår alltid större risk för öfvertillverkning, än då den koncentreras på ett färre antal, som blifva mera allmänt gängse, och der man har lättare att följa förändringarna i allmänhetens smak.

De stora marknaderna ha ett ofantligt inflytande genom att jemna priserna, och sålunda förekomma att arbete på ena hållet blir öfverbetaldt, under det annat har svårt att betinga sitt pris.

Af de notiser som tillhandahållas rörande tillgång och efter-frågan, har man en ledning för sitt omdöme, huruvida en tillverk-ning för tillfället eller för framtiden bör drifvas upp eller tvärtom, och risken för öfverproduktion minskas härigenom betydligt.

Ännu mera minskas denna risk genom att menniskor mera göra sina uppköp för egen förbrukning, ej för spekulation, och göra dem i mån af behof.

Härigenom minskas äfven i hög grad behofvet af förråd. Sådana kunna visserligen ej helt och hållet undvaras, och de äro alltid nödvändiga af artiklar, som endast kunna åstadkommas på vissa tider, såsom spanmål m. m., och som måste förvaras och småningom utdelas, under en tid då ingen produktion eger rum. Men af allt möjligt, som kan tillverkas i mån af behof, kunna förråden minskas, då produktionen mera direkt framkallas af behofvet. Ju mera en marknad tilltager i betydenhet, och ju flera mindre sådana som hafva en gemensam centralpunkt, desto mindre lager blir också behöfligt i jemförelse med omsättningens storlek.

Sådana förråd väga alltid tungt; de äro ett kapital, som är taget från produktionen, för att tjena som reserv för handeln, och som bör i möjligaste grad återställas till arbetet, i stället för att ligga dödt.

Slutligen minskas kostnaden för handeln högst betydligt, såväl genom att spekulationen småningom bortfaller och dess vinst qvar-stannar hos allmänheten, som genom det billigare sätt hvarpå omsättningen försiggår på en stor marknad. Det kapital, som är nödigt för handeln, kan härigenom förminskas och komma det produktiva arbetet till godo.

Utan att längre orda om fördelarne af detta system, så finna vi ändå, att det ovilkorligen gör sig gällande; handeln har en af-gjord tendens att koncentrera sig på de stora affärsplatserna, som alltmera draga till sig köpare och säljare från de mindre. Då vi tydligen kunna skönja att rörelsen tagit denna riktning, är det ju af vigt att de åtgärder af ett eller annat slag, som må vidtagas för att utveckla vår handel och lätta vår afsättning, äro riktade åt samma håll, ty att arbeta åt ett motsatt, är nog förgäfves.

Att göra »direkt affär», i den mening som många taga detta: genom att söka upp våra kunder och sjelfva tillhandahålla dem våra varor, är vanskligt nog. Utom att ett sådant förfaringssätt är osäkert, och medför stora svårigheter och kostnader, så gör det oss i hög grad beroende af våra kunder, utan att de å sin sida äro det af oss, ty det står dem fritt att när som helst vända sig till en marknad, der de äro säkra att finna hvad de behöfva, utan att anlita oss. Om vi placera våra försäljningar på en betydligare marknad, blifva vi vida mindre beroende af efterfrågan på ena eller andra hållet, utan mera af konsumtionen i dess helhet. Utom den fördel, som detta är i sig sjelf, och den större lätthet i och för affärer, som råder på de större marknaderna, så kunna vi alltid vara säkra om att förr eller senare der träffa de kunder, som vi eljest skulle göra oss besvär att söka upp. Om vi än icke genast träffa dem i första hand, så träffa vi alltid någon, som är i beröring med dem, och som kan lättare och säkrare komma till affär från en stor marknad, än hvad vi kunna med förbigående af en sådan.

Der fordras nämligen förbindelser, för att handel skall kunna försiggå mellan tvenne platser; ej endast kommunikationer, ehuru sådana naturligen äfven höra dit (vi märka likväl ofta, att varutransporten tager en helt olika väg med affären) — utan affärsförbindelser af ett och annat slag. Sådana uppstå ej på måfå, utan framkallas af behofvet. Likasom det vore oegentligt att bekosta en väg, der man ej är säker om trafik och om tillräcklig sådan, för att vägen skall göra skäl för sig, så vore det ju ej i sin ordning att inleda förbindelser, om man ej kan draga tillräcklig handel i denna riktning för att underhålla sådana förbindelser, så att de bära sig och ej förfalla, och om man ej är någorlunda säker att denna handel icke sedermera tager en annan, naturligare riktning, med förbigående af de inledda förbindelserna, som ju i sådant fall äro öfverflödiga.

Man kan ofta framkalla trafik genom att bana en ny väg, men den måste dragas i den riktning som trafiken fordrar; och ännu en sak: den måste göras beqväm nog, för att locka menniskor att begagna den. Det händer ofta att ginvägar, ehuru kortare, äro så obeqväma, att man föredrager den stora vägen, der det går fortare undan.

Vi kunna ej inleda tillräckligt beqväma affärsförbindelser med alla möjliga orter, der vi med fördel skulle kunna finna afsättning, och med hvilka vi naturligen vilja komma i så direkta affärer som möjligt, utan det bästa och äfven säkraste sättet att inleda sådana, är otvifvelaktigt att arbeta på goda förbindelser med de affärsplatser, der den stora verldsmarknaden försiggår.

HERMAN ANNERSTEDT.

Svensk språkforskning.

Johan Er. Rydqvist.

III.

Efter det läran om verbet blifvit fullständigt afhandlad, följde, med fem års mellantid, år 1857 fortsättning af *Svenska språkets lagar*, denna gång omfattande läran om substantivet. Uti »Inledningen» redogör hr Rydqvist först och främst för den indelning, som af äldre och nyare svenska grammatikförfattare blifvit uppstäld för de svenska substantivens böjning, en indelning, som utgått från språkets nuvarande skick och som uteslutande haft afseende på praktiska ändamål, »med skolboken och ordboken till ögonmärke» (II, 2); hvarpå följer en framställning af Rasks och Grimms mer vetenskapliga böjningssystem, till hvilket senare, med någon jemkning, hr R. ansluter sig i fråga om de fornsvenska substantivens deklination. För nysvenskan åter har han, »utgående från det verkliga och för hand varande», för att vinna »yttre stödjepunkter», vidtagit en mera praktisk anordning, som »ej är oförenlig med det nya vetenskapliga systemet och ej står fjerran från det hos oss förut vedertagna» (II, 6). Af de tvenne hälfter, den *starka* och den *svaga*, i hvilka äfven substantivets böjning sönderfaller, har dock här den *starka*, på grund af de dit hörande ordens öfverlägsenhet i antal, fått sig främsta platsen tilldelad. Sedan böjningsmönster ur möso-götiskan, fornhögtyskan, isländskan, fornsvenskan och nysvenskan blifvit meddelade (II, 8 ff.), öfvergår hr R. (II, 22) till en framställning af den fornsvenska substantivböjningen, som belyses med en stor massa exempel, åt hvilka förf. gifvit ett förhöjdt intresse genom inströdda jemförelser med landskapsmålen och med beslägtade språk af germanisk börd, genom iakttagelser rörande ordens kön, deras öfvergångar och förbindelser med afseende på betydelsen, o. s. v. Då här ej kan i fråga komma att sida för sida följa en omfångsrik framställning, utmärkt såväl hvad fullständighet som kritisk noggranhet beträffar, tillåta vi oss blott en och annan detacherad anmärkning. Vid *las* (= lås, II, 33) hade, beträffande könet, folkvisans: *drag låsen ifrå* måhända förtjent att ihågkommas. Vid *hvass* (= strandrör II, 33) anmärker hr R. att detta ord är för svenskan eget. I norskan förekommer likväl både *rasrør* ¹) och *vatnrør* (Jmfr. Jenssen-Tusch: *Nordiske Plantenavne*, s. 165). Detta, jemte den omständigheten, att benämningen på en betydlig del af våra allmännare svenska växter ur folkspråket, der *vass* i betydelsen *ratten* är vidsträckt använd, ingått i skrif- och riksspråket, torde förläna åtminstone lika godt stöd åt ordets härledning från *vatten* *(rass)*, som från *hvass.*

Om ordböckernas *ekra* anmärker hr R. med rätta, att den »i sjelfva verket ingenting annat är, än den i folkspråket på vanligt sätt åstadkomna bestämda böjningen af *eker*», som i plur. alltid har *ekrar* (II, 70). Under *ros* (II, 91 f.) upplyser hr R., att den oriktiga pluralformen *rosor* (i st. f. *roser*), som genom Dalin vann den vittra skolans tycke och efterbildades af Lidner och andra, ändtligen blifvit på den lärda vägen försvarad genom en förment äldre sing. *rosa*, den man »försummat att ur någon gammal urkund framdraga». Sid. 95 prickas det »barbariska»: *med högan röst.* Om *hemman* (fordom: hem, boning) anmärkes (II, 119), att den nu gällande inskränktare betydelsen, som ej i bibeln är antagen, på sätt och vis vunnit stadfästelse i 1734 års lag. Det oorganiska *d* i den nya teckningen *träd* visar hr R. (II, 137) tillhöra ordets bestämda böjning (träet, trät, träd), som vid medlet af förra århundradet, vexelvis med *trä*, synes hafva börjat användas äfven för den obestämda formen. I en »återblick» på 1:a och 2:a starka deklin. i fornsvenskan fäster hr R. (I, 139, f) uppmärksamheten vid den olika tonvigt, som i vårt nuvarande språk tillkommer stamstafvelsen i afledningar utbildade med *l, n, r*, allt efter som dessa ord i isländskan (*l* och *n* oftast i fornsvenskan) skrefvos *utan* afledningsvokal (t. ex. isl. och forn-sv. *gafl.*, ny-sv. *gáfvel*). eller *med* sådan (t. ex. isl. *ketill*, forn-sv. *kætil*, nysv. *kittel*). Förhållandet eger nog sin riktighet; men bland de anförda exemplen på dylika ord med grav accent i nysv. passar knappast *sadel* (I. 140), hvars motsvarighet i isl., *söðull*, måhända icke heller kan göra anspråk på nordisk hemfödslorätt.

Under den svaga dekl. anmärker hr R. vid *hani* (= lat. mas, masculus), att ingen etymologisk grund finnes för den allt sedan medlet af förra århundradet ofta sedda teckningen *hanne* (II, 182), som förmodligen tillkommit för att skilja detta ord från *hane* (= tupp), såvida ej, hvilket väl äfven kan vara möjligt, en mera

---

¹) Hr R. anför sjelf ett norskt *rassgras* = vass.

»galant» smak trott sig med ett onödigtvis tillagdt *n* kunna adla det simpla uttrycket för ett rätt naturbegrepp. En af hr R. på flera ställen (II, 200, f., 244) anmärkt benägenhet hos det nya språket att låta maskulina på -e (i) öfvergå till feminina på a, dels oåterkalleligen, t. ex. *sveda, dvala, åsna* m. fl., dels under användande vexelvis, godtyckligt eller med tillkonstlad meningsskiljaktighet, af begge formerna, t. ex. *hjerne (-a), lie (-a), ande (-a),* har någon gång vållat olägenhet. Så har exempelvis det nya femin. *kärna,* med den delikata pluralen *kärnor,* råkat sammanträffa med *kärna* (redskap för smörtillverkning). För att rädda den nye medtäflaren, säger hr R. (II, 182), tog man sig för att skrifva *tjärna.* Måhända hade man för ögonen skilnaden mellan *kära* och *tjära,* och trodde sig vara i sin fulla rätt. Obekant med modersmålets både inre och yttre historia, visste man synbarligen ej att det nymodiga *tjärna* fordomdags het *kirna,* ej heller misstänkte man någon dess slägtskap med *qvarn.* Man kunde lika godt ha skrifvit *tjälla, tjärlek, tjänna,* o. s. v. Beträffande för öfrigt denna »oafbrutet fortgående förvandling af maskul. på -e, pl. ar, till femin. på -a, pl. or», uttalar hr R. om henne i »återblick» på svaga dekl. i fornsvenskan (II, 244) ett strängt, men rättvist omdöme, då han säger, att denna omhvälfning, »som aldrig tycks vilja upphöra, vitnar om, att språket ännu befinner sig i slyngelåren och i ett aflägset fjerran sätter tidpunkten för sin rätta stadga.» Han visar att ombildningar af samma slag, såsom de »i förra seklet särdeles omhuldade» *maga, haga, hara, näfva,* m. fl., återgått till sitt förra goda skick och förefalla oss »osmakliga som förlegade kramvaror», och han finner i sin ordning, att tryckpress och skola, de nya sjelfmedvetna makter, som trädt i stället för »folkelementets dunkla, hemlighetsfulla naturkraft», måtte häfda språkets rätta art och »inskärpa det sanna, det äkta fosterländska» (II, 245). Det är troligt nog att denna ädla maning skall finna gehör och efterföljd, när vetandet en gång hunnit gro, der instinkten för länge sen dött ut.

Slutartikeln -en, -et (isl. -enn, -inn, -hinn; neut. -et, -it, -hit), »egendomlig för de skandiska språken och ursprungligen ett demonstrativ-pronomen, sällsynt i den äldsta isländska skaldekonsten, (II, 249), tyckes i svenskan vara så sent inkommen, och länge i vissa kasus så föga brukad, att några kasualändelser hunnit föråldras» (a. s.). Vid sidan af de oartikulerade formerna bibehålla sig likväl de artikulerade i fornspråket (II, 256). Carl XII:s bibel »innehåller de sista spillrorna af det gamla systemet för substantivartikeln», hvilket i 1734 års lag är föga anlitadt (II, 257).

Under öfverskriften »Fornsvenska namn» följer ett intressant kapitel om folk- och ortnamn i det gamla språket, i hvilket hr R. utom böjningen här och der ingår på härledningens område. Af alla etymologier äro de geografiska utan fråga de mest svåra och invecklade. På intet område af forskning har fantasien ett friare spelrum, och de hafva icke heller felats, som låtit den skena med fria tyglar [1]. »Detta fält», säger hr R., »är så vidsträckt och i så ringa mån undersökt, att det nog ensamt fordrar sin man att rödja och odla» (II, 283), och väl en man, kunna vi tillägga, ej blott med mycket vetande, utan ock med kritiskt skarpsinne och lugn blick. Den flyktigaste blick på våra geografiska namn visar genast, att de äldsta tillkommit under en tid, då den folkstam, som nu är den herskande i norden, der ännu ej nedslagit sina bopålar. De flesta benämningarna på våra sjöar, floder o. s. v., oförstådda af det nu varande slägtet, erbjuda endast olösliga gåtor för den forskning, som till sitt förfogande ej eger andra hjelpmedel än dem, hvilka de germaniska språken, äfven i sina äldsta former, kunna lemna. Några få, som under tidernas lopp troligen undergått förändring, tillåta en skrufvad tydning. Historien har dock lärt oss, att den befolkning, som nu till största delen besitter Europa, nästan öfverallt, och äfven i vårt land, till föregångare haft en annan stam, af ursprungligen samma blod, men tidigare utsläppt eller utstött från det gemensamma fädernehemmet: den keltiska. Lyckligtvis har detta folk, kufvadt, förtryckt och ständigt undanträngdt längre och längre mot vester, ända till våra dagar förmått bevara sitt lif och sitt språk, det förra visserligen tynande och uselt nog, det senare mer och mer uppblandadt, vanstäldt och utdöende, men likväl med tillräckligt bevarad styrka, att, innan dess sista stund slår, aflägga vitnesmål om den tid som varit. Det är till den keltiska brödrastammens tungomål, sådant det ännu lefver på Irlands gröna ö, bland Skotlands klippor, i det vildsköna Wales och bland det stormiga Bretagnes kraftiga bebyggare, det är till dessa folks bevarade fornurkunder, man måste vända sig, för att vinna svar på de dunkla spörsmålen. Att dessa svar i otaliga fall blifva sväfvande och osäkra, att massvis frågor qvarstå olösta, deröfver förundrar sig icke den, som tagit kännedom om de svårigheter, hvilka möta, å ena sidan i den förvrängning benämningarna under seklernas gång lidit, å den andra i de keltiska dialekternas ljudbygnad,

---

[1] Jemför till exempel Obermüller, *Deutsch-keltisches, geschichtlich-geografisches Wörterbuch.*

som redan i sitt äldsta historiska skick träder oss till möte som en uråldrig ruin. På sätt och vis en lättnad, ehuru på samma gång en våda, för språkforskningen på detta område, är det förhållandet, att de namn, som blifvit låntagna från förgångna slägten, såvidt de ej genom någon ljudlikhet lockat till omgestaltning, i enlighet med efterträdarnes språk [1]), eller eljest företett mer invecklade ljudförhållanden, icke varit i någon väsentlig mån påverkade af de annars så djupt ingripande lagarne för konsonantöfvergång och således nästan uteslutande måste bedömas efter det yttre skick, i hvilket de ännu förekomma. De hafva bibehållit sin ursprungliga prägel, om än dragen deraf äro bortnötta ända till otydlighet. Så qvarstår t. ex. i det af hr R. under *kind* (= barn etc., II, 278) anförda *Kinnekulle* (äldre form: *Kindkulle*) det keltiska *ceann* (*cend* = hufvud, kulle, bergtopp) oförändradt [2]). På samma sätt i sjönamnen *Usken* = irl. *uisge* (vatten), *Teen* = irl. *Táin* (vatten), *Barken* = irl. *bairchne* (sjö), *Hörken* = irl. *earc* (vatten), *Skarfven* = irl. *sgairbh* (fjord, grundt vatten) m. fl. Att *garn* i ortnamnen *Östergarn, Akergarn* m. fl. (II, 278) ingenting har att beställa, hvarken med *garn* (tråd) eller med det af Ihre åberopade *ga-rinnan*, taga vi för alldeles gifvet. Enklare faller sig att sammanställa det med irl. *garrán* (skog, lund). Att *Kalmar* (II, 282) är en sammansättning af irl. *cala* (landningsställe) eller än sannolikare *caolas* (sund) och *mara* (genit. af *muir* = haf), synes oss vara påtagligt. I *Kolmorden* (II, 274) återfinna vi det irl. *coill* (skog) [3]), hvilket sannolikt också ligger till grund för namnet *Käglan*. Om det hypotetiska *morp* eller *marp* (= skog) våga vi ej yttra oss; dock passar det irl. adjekt. *mór* (stor) i detta fall utmärkt väl som epitet. *Kolmorden* blefve då helt enkelt = *stora skogen*. Med det till sin betydelse mycket omtvistade *Thule* stämmer förundransvärdt det irl. *dúile* (= ett angenämt land).

---

[1]) Naturligtvis för att der vinna någon betydelse. Folkfantasien är, som bekant, ännu i dag mycket benägen, att genom dylika ombildningar gifva ett ordaförstånd åt för den främmande ofattliga uttryck. Ett dylikt exempel från hedenhös, är, enligt vår åsigt, första sammansättningsleden i vår hufvudstads namn, som efter all sannolikhet, trots den välbekanta sagans vitnesbörd, icke har något att skaffa med *stock* (trästam), utan här, liksom i *Stocksund*, räknar närmare slägtskap med det irländska *stunic* = framskjutande klippa. Möjligheten af ett radikalt sammanhang mellan orden kan här lemnas å sido.

[2]) Namnet *Kinnekulle* utgöres, liksom *Klockhammar*, *Bålsjön* och otaliga andra, af två sammankopplade ord, af hvilka det senare, här det svenska, är blott en öfversättning af det förra, det keltiska.

[3]) Jmfr. härmed Ihres försök till tydning, i Gloss Suiogoth. under *kolmord*.

Efter bön om öfverseende med detta tillfälliga afsteg in på ett främmande område, som först i senare tider öppnats för vetenskapen, beträda vi åter känd historisk grund, då vi vända oss till »substantivets kön i ny-svenskan» (II, 286 ff.), ett ämne, »som ej väckt ringa bekymmer i språkläran och ordboken.» Grunden för en könsåtskilnad i språkets verld är utan tvifvel först och främst att söka i »det verkliga sexualförhållandet hos lefvande varelser», som återspeglar sig i benämningarnas *naturliga genus*. Dock går detta kön, som hr R. riktigt anmärker (II, 287), föga utom kretsen af menniskor och husdjur. Måhända kunde man utsträcka gränsen något längre och säga: de större, mera allmänna djuren Björnen, vargen, räfven m. fl. ha lika väl ett naturligt genus, som hästen, fåret, geten o. s. v. Större utsträckning än det »naturliga» har imellertid det s. k. *grammatiska* eller *linguistiska* könet, »väl utgånget från samma iakttagelse, men redan vid språkens första daning öfverfördt på alla subst., äfven dem som uttrycka liflösa föremål och abstrakta begrepp» (II, 286). Äfven det grammatiska könet beror ej af godtycklig öfvergående sedvänja, derom vitna såväl fornspråkets fasta könsmärken i ändelser och attributiv-ord, som folkspråkets trogna bevarande och utmärkande af ett bestämdt genusbegrepp. »Bonden vet härom mera än den grundlärdaste man» (II, 291). I samma mån odlingen och lärdomen aflägsna sig från folklifvet, försvagas känslan af ordens könsegenskaper, ja det kan väl komma derhän, att den raffinerade halfbildningen finner det »galant» att, prålande med sin okunnighet, säga *han* om *daggen, själen, dörren*. Så fin var man redan på *Tjällmans* tid (II, 290), och ingen under är då, att nära hundra år senare denna galanta vana i hufvudstaden så öfvergått till en andra natur, att kunglig sekreteraren Sahlstedt, som utgaf en en svensk ordbok, utan att, så vidt man vet, känna hvarken sitt modersmåls historia eller de språk som till detsamma stå i närmaste frändskap, med undantag möjligen för danskan och tyskan, bland maskulina uppförde *ackt, brist, drift, kraft, höft, acktning, byggning, klo, klöf, district* o. s. v., bland feminina, *bonad, byggnad, båtnad, hugnad, kostnad* m. fl., Verkningarna af Sahlstedts omotiverade språklagstiftning sträckte sig långt in i vårt århundrade. Ännu år 1834 uppför Boivie bland maskulina: *tjenst, vinst, ö, slef, harf, tång, klo, hjord, grind* m. fl. och bland feminina: *hafra, kostnad* o. s. v., detta likväl under åberopande af Sahlstedts auktoritet och på samma gång uttryckt, klagan öfver brist på tillförlitliga källor att rådfråga, der det gälde att veta »huru språket småningom utvecklat sig och huru allmogen talar» (*Förs. till Sv. Språkl.*, s. 155). Också han rekommenderar i tvistiga fall bruket af *den* i st. för *han* eller *hon* (s. 157). Svenska Akademiens grammatik innehåller äfven en paragraf om »substantivernas *Gener*» (§. 4., s. 105), som till inledning har några sväfvande betraktelser öfver ämnet, bland hvilka en är den, att ett blott godtycke, »i språkens början eller under deras utbildning,» synes ha spelat en vigtig rol vid bestämmande af ordens «gener». Blicken vidgas och kastas till och med utöfver det egna området. Man finner att neutrum saknas »i Ebreiskan, Italienskan och Fransyskan» [1]. I den särskilda behandlingen, der genus granskas under de tre hufvudtitlarne: *bemärkelse, ändelse* (med den högst egendomliga underafdelningen: obestämd *ändelse* och *bestämd ändelse* samt *bruk*, hade man vid regeln om de efter bemärkelsen maskulina årstiderna bort kunna påräkna ett: »Tag undan»: *vår*. Bland mask. träffas här *körslor* (s. 90). Bland femin. efter »obestämd ändelse» finnas uppförde subst. på -*nad* (s. 108). Om ordet *ting* anmärkes, att det är »i obestämd form maskulin uti vissa talesätt: *en ting, ingen ting, någon ting*» (s. 109). Bland feminina »genom bruket» förekomma *smak* (»i estetisk bemärkelse»!), *stad* och *väf* (s. 111). På denna oreda, dessa vacklande eftergifter för den fashionabla okunnighetens bruk och för en på insigt blottad papperslagstiftnings tomma föreskrifter, har ändteligen hr R. gjort ett slut. Han har funnit den rätta ledtråden till en verklig utredning af den invecklade frågan, som är ingen annan än »den yttre erfarenheten om hvart särskildt ord» (II, 296), sådan hon kan hemtas ur forn- ock folk-språket, och han har icke skytt en dylik gransknings möda, som varit stor nog, fastän på ett håll, genom Schlyters sorgfälliga glossar till landskapslagarne, betydligt lättad. Skilnaden imellan dessa båda auktoritetærs utsagor har han funnit »jemförelsevis obetydlig» (II, 297). Hvad särskildt folkspråket angår, förekommer dock i vissa ord en märkvärdig skiljaktighet i kön inom olika landskap, synnerligast mellan Svea och Göta rike (II, 298). De granskade orden har hr R. uppfört hvart under sin deklination. Hvarje sida bär vitne om författarens stora insigt, flit och sorgfällighet. Blott på ett och annat ställe dröjer man tvekande. Så vid det bland 1:a starka deklinationens maskulina upptagna *skarf*

---

[1] En likartad anmärkning gör hr R. (II, 286), och nämner bland de tungomål, i hvilka neutr. saknas: »Hebreiskan, Keltiskan (Galiskan), Lithauiskan och Romaniska språk», med tillägg att »spanskan har det likväl i några pron.« Hvad keltiskan beträffar, hade ingen inskränkning behöft göras, så vidt fråga är om det yngre språket, och det undantag, som åberopas för spanska pronomen, gäller väl äfven i sin mon om de franska: *ce, ceci, cela, quoi,* liksom om det italienska *ciò.* Motsvarigheter härtill förekomma äfven i de keltiska språken.

(II, 301), bland femininerna vid *hasp, lagg, borg, flik, fock*, (II, 305), *slang* och *sluss* (306). Bland 2:a starka deklinationens maskul. träffas *färg*, som temligen våldsamt blifvit knuffadt på en ny plats, och *last*. Till denna deklinations femin. räknar hr R. också *plös, flod* och *kust*. Af allra största inflytelse har hr Rydqvists forskning varit på senare grammatikförfattares och lexikografers behandling af genusläran och angifvande af ords kön. Osäkerheten har upphört, lag gjort sig gällande och öfverensstämmelse åstadkommits. De ändringar Dalin i detta hänseende vidtagit i sin *Svensk Handordbok* ha otvifvelaktigt hr R. att tacka för sin tillkomst och äro utan gensägelse förbättringar. Brodéns och Sundéns svenska språkläror ha båda ur hr R:s stora verk tillgodogjort sig hvad för dem varit användbart. Samma goda auktoritet har äfven hr M. Ullman följt i sin *Svensk Språklära*, den gång likväl icke, då han (s. 33) gjort *sång* till feminin.

Vid 2:a starka deklinationens neutra uppmärksammar hr R. (II, 313 f.) en med svenska språklynnet oförenlig neutral plural på *-er*, inkommen från Tyskland direkt, eller öfver Danmark, som flitigt användes i t. ex. *bergslager, behofver, förråder, härader*, m. fl., och som redan bitit sig så fast i *ständer, kläder* och *bräder*, att han från dem icke kan skiljas. Hit höra köpmansspråkets: *viner, priser, lärfter, garner*, m. fl., och vetenskapens: *salter*, hvilka alla förråda sin främmande börd genom den för 2:a dekl. främmande akuta tonvigten i pluralen (II, 314). En reaktion mot denna oorganiska böjning har under de senaste åren varit märkbar hos författare, som vårdat sig om språkriktighet. Qvarstående lemningar af fornböjningar äro: *i lifve, åt åre, man ur huse, med råds råde, i vredes mode*, allt gamla dativformer, af hvilka de tre första vanligen i det nya, »städade» språket få sig ett onödigt *t* efterhängdt.

Under 1:a och 2:a svaga deklinationen påpekar hr R. (II, 323) en oorganisk plural på *-or*, som stundom förekommer i *stöflor* och *ränkor*, oftast i *svanor, kattor, spånor*, m. fl., alltid i *vågor* och *rosor*. Det nya språkets förkärlek för de öppna, fylligare vokalerna är dock så rotfäst, att en plural på *-er* för de flesta fall har ringa utsigt att vinna burskap. Spår af fornböjningen qvarstå i: *å sido, utan återvändo, i förmågo af, i min ego, i så måtto, till salu, i delo, med visso, gatufred, giftorätt*, m. fl. (II, 323 f.). Äfven i den artikulerade böjningen förekomma dylika fornljud, t. ex. *dagsens sanning, ljusens ängel, riksens ständer, herrans smorde, i andanom, i herranom* (II, 341),

Vid behandlingen af nysvenska namn protesterar hr R. (II, 344) mot den, »utan skäl och behof, liksom till yttermera visso», åtskilliga folkslags namn tillagda ändelsen *-are*. Vi dela fullkom-

PREMTIDEN. FJERDE ÅRGÅNGEN.

ligt denna åsigt. Allmänt brukas *Amerikanare;* hvarför då icke *Indianare, Morianare* o. s. v.? Icke stort bättre är samma ändelse i ·lånorden *sekreterare, kamrerare, officerare* (II, 352). Nästan komisk är motspänstigheten hos den engelsk-svenska benämningen på vår mest använda rotfrukt, jordpäronet. I sing. har man både *potates, potatis, potat* och *potät,* i plur. *potatisar, potater* och *potäter.* Svårigheten är att bland dessa många former finna ett par, som passa någorlunda ihop både i en- och flertal. Den allmännast brukliga sing. är för visso: *potatis,* eller, om det skall vara mera fint: *potates.* Olyckligtvis har den regelbundna plur. *potatisar* en vulgärt-löjlig anstrykning, som gör denna flertalsform omöjlig för den »högre förfiningen», hvilken synes bäst kunna fördraga *potäter.* Svårligen skall man lyckas, att få antagen en dertill svarande sing. *potät;* snarare då *potat,* i hvilket senare fall man ju finge en ståtlig stark böjning med öfvergångsljud och allt. Lycklig du, okonstlade menighet, som nöjer dig med dina *jordpäron!*

Andra bandets senare afdelning, utgifven i slutet af år 1860, omfattar läran om adjektivet, pronomen och räkneordet, samt slutar med en öfversigt af nominal- och pronomial-böjningen. Sin behandling af adjektivet öppnar hr R. med en kort inledning (II, 359, f.), hvari först angifves, att denna ordklass, som med substantivet har många jemförelsepunkter, liksom detta eger en svag och en stark böjning, för hvilken senare man väl förutsatt att vokalerna *a, i* och *u* låge till grund, utan att man dock kunnat uppställa en osviklig norm för de af *i* och *u* beroende böjningssätten, af hvilka ofullständiga lemningar förekomma endast i mösogötiskan. Efter böjningsmönstren följa (II, 370, ff.), såsom urkundliga intyg för de båda böjningssätten, flockar af fornsvenska adjektiv, om hvilka hr R., som vanligt, äfven lemnat etymologiska och språkhistoriska ströanmärkningar. Fornsvenskans *anomala* adjektiv (II, 421) afvika ofta blott genom sin oböjlighet från den vanliga ordningen. För åtskilliga af dem *(gramse, harmse* m. fl.) anser hr R., på goda skäl, en med *e* utbildad adverbial genitiv ligga till grund (II, 426, f.). Vid adjektivets *gradförhöjning* förtjenar märkas, bland annat, att den med isl. öfverensstämmande, kortare formen *-ri* och *-ster,* »liksom de starka verben i motsats till de svaga, och af samma skäl, förlorat i välde med hvart sekel» (II. 434). I stället trädde *-are* och *-aster,* tidigt förekommande vid sidan af *-ri* och *-ster.*

Vid behandlingen af det nysvenska adjektivets deklination, kommer hr R. (II, 460) att beröra frågan om *-e* eller *-a* i obestämd plural och i hela den bestämda böjningsformen. Stockholmaren brukar för alla kön -a. »Understödt af den temligen allmänt i landet antagna pl. -a i obest. böjning äfven af maskul. t. ex. snälla gossar, hvita hästar», har detta -a »allt mer inbitit sig i skrift.» Vid detta förhållande, och »sedan hos en stor del af den bildade befolkningen känslan af det grammatiska könet förkolnat, och begreppet om det naturliga genom ovanor förslappats» (II, 461) gifs ej annan råd, menar hr R., än att till en viss grad åt godtycke och smak öfverlemna användningen af -e och -a för mask. »alltid med gifvet företräde åt -e i personligt mask., hvaremot ett stadigt -a för fem. och neutr. bör kunna upprätthållas.» Att genom bruk af -e i casus rectus och -a i casus obliqvus vilja åstadkomma äfven en formel skilnad dem imellan, anser hr R. visserligen icke omöjligt; men »det kännes stelt, och har med hvar dag allt mindre att påräkna efterföljd.» Sjelf har hr R., såsom vi redan förut nämnt, sökt genomföra detta i sin »Resa i Tyskland, Frankrike och Italien», och hans förslag har på senare tiden vunnit icke blott godkännande utan äfven ganska utbredd tillämpning i skrift.

Från adjektivet öfvergår hr R. (II, 471, ff.) till Pronomen, först i fornsvenskan. Då inskränkt utrymme allt mer och mer manar till korthet, måste vi nöja oss med en och annan anmärkning, nästan på slump gripen ur det rika förrådet. I þvi och hvi hade både Grimm och Bopp funnit instrumentalform. — Det slutande -n i possessivpron. min, din, sin finner hr R. ej med nödvändighet radikalt (II, 485, 487), i hvilket fall läran om ett i neutr. utfallet -n förlorar sitt stöd. — I runornas och Vestgötalagens demonstrativpronomen sar (II, 490, ff.) har hr R. trott sig finna en »fornform af den högsta ålder» (II, 539), en åsigt, som blifvit motsagd af Wimmer och Bugge. — Den obestämda artikeln, en, om hvars mycket sparsamma användande i det äldre språket (II, 500, f.) nu gällande lag bär fortfarande minnen, är i logisk hänsigt ofta temligen öfverflödig (II, 501). — Grimms af hr R. (II, 502) förkastade hypotes, att -an i folkvisornas stoltan Valborg, i högan loft o. dyl., vore en till adj. »ansluten artikel», torde dock för vissa fall icke vara så alldeles oförtjent af uppmärksamhet. Pronominal-anslutning, hvarmed hr R. förstår en vidhängning af det förkortade pronomen efter ett föregående ord, såsom t. ex. i uttrycken: ta fatt på'n, ta hit'na, skär i sär'et, se stjernan på'n m. fl., förekommer redan i de gamla lagarne och träffas ofta i senare medeltidsskrifter. Nu mera icke rätt liden i vårdad prosa, har detta slags förkortning dock fördelen af stor lätthet och smidighet, och det hade utan tvifvel varit en vinst för språket, om man i tid tillgodogjort sig detta ypperliga medel, att undvika de släpande formerna *honom* och *henne* (II, 536). För den, som möjligen kan känna sig frestad att i detta hänseende beträda nyheternas farliga väg, rekommenderar hr R. »hofsamhet, säkert öga och fin smak», och varnar för en »tung och ovarsam hand» (II, 537). — Öfvergående till nysvenskan, anmärker hr R., att det personliga pron. sedan århundraden förlorat sin genitiv, af hvilken blott en lemning från öfvergångstiden qvarstår i talesättet *sins* (sig) *emellan* (II, 540). Om *ni*, som tilltalsord, yttras: »Detta nyttiga språkbruk (användandet af *ni* till *en* person, upptaget i vårdad skrift under Gustavianska perioden) har icke dess mindre, nästan hela tiden, liksom förstulit sig inom den ideala verlden, och det högtidliga fördraget. Man säger allt jemt på skådebanan *ni* till en furste, i ett lärdt samfund till den högst uppsatte; men i umgänget och i enskilda skriftliga meddelanden befarar man att dermed säga en ohöflighet. Ett vindkast i sällskapslifvets vanor kan till äfventyrs rubba denna föreställning, och en tongifvande person i den vackra verlden kan härutinnan mera verka med sina behagliga nycker, än alla snillen och forskare med samnad hand, understödde af alla vettets vapen. Med förnuftsskäl besegrar man ej en fördom, som har fåfängan till bundsförvandt» (II, 540). — *Din narr!* skulle enligt Grimms. af hr R. anförda åsigt, ha uppkommit genom tvenne uteslutningar och egentligen lyda: *du och din narr;* »emedan», såsom hr R. vidare efter Grimm citerar, »man kanske förestält sig vara beledsagad af en god och en ond ande, som meddelade ingifvelser.» Förklaringen är i sanning betänkligt djupsinnig, och tager sig något egendomligt ut vid sidan af ett och annat af de anförda exemplen, t. ex. *ditt domedags nöt! din dumma hund! din slyngel!* (Grimm D. Gr. IV, 296). — Om det interrogativa *hvem*, lemnar hr R. den upplysning, att denna dativforms uppflyttning i nominativen »vann helgd af den vittra skolan i Gust. III:s tid» (II, 545). Samtidigt sätter hr R. »den något barbariske genit. *hvems*, om hvilken kan anmärkas, att han redan uti fornfrisiskan har sin like i *hwammes (hwams)*, genit. af frågande pronomen *hwa*. — Under obestämda pronomina omnämner hr R. (II, 549) vid *all* den gamla genitiv, som qvarstår i *alls-köns* (af *all* och *kyn, kön* = art, slag), ett ord, hvars förfall till ofattlighet för det nutida allmänna språkförståndet troligen påskyndats af ett falskt uttal. Adverbet *alls* är äfven genitiv. Andra gamla kasusändelser finner man bevarade i: *med allo, i allo, allt i allom, allom gifvet, allra* (genit. plur.). *In alles* och *aller* vitna om tyskeri. —

»Ett neut. *inget*, med sken af regelbundenhet, har man utan framgång sökt bringa upp till välde» (II, 549). Om *hvarje* anmärkes, att det sällan begagnas i någon kasus om personligt maskulin, ett förbehåll som nu mera icke gäller. Herr Rydqvists behandling af *räkneorden* är hufvudsakligen språkjemförande och vetenskapligt lärd. Af den gamla böjningen qvarstår i 1834 års lag dativen *tvem* (II, 557). Ännu lefva i *treggehanda* och *treggehanda* gamla genitivformer. *Begge*, hvars ursprungliga skaplynne redan mot medeltidens slut var oklart för det allmänna språkbegreppet, hade i 1734 års lag helt och hållet förlorat sin genitiva bestämmelse (II, 583). *Tu*, ursprungligen neutr af *trer* (två) och i det nutida riksspråket inskränkt till några formelartade talesätt med neutralt grundbegrepp, har dock i uttrycken: *på tu man hand, klockan tu, klockan är tu* öfverskridit sin rätta gräns (II, 590). Nytt och för svenskan eget är *tjog* (II, 595).

Med ett i teoretiskt hänseende intressant och lärorikt kapitel, innehållande »Öfversigt af nominal- och pronominalböjningen», afslutar hr R. andra delen af sitt grammatiska verk. Tyvärr tillåter oss icke tidskriftens utrymme, på hvilket vi redan gjort allt för stora inkräktningar, att följa hr R. längre på den väg hans lärda mödor delvis jemnat, delvis först banat genom vårt språks obygder. Då sannolikt också den värderade läsaren redan tröttnat vid en ciceron, som till sitt förfogande eger hvarken den öfverlägsna sak; kännedomens tvingande makt eller framställningens lockande behag, kunde, då dertill kommer, att såväl det 1863 utgifna tredje bandet (»Ordboken»), som det i två delar 1868 och 1870, utkomna fjerde bandet (omfattande »Ljudläran») af »Svenska språkets lagar» öfverhufvud gifva ringa stoff för en populär framställning, här lämpligt synas att nedlägga pennan. Imellertid har hr R. försett den egentligen vetenskapliga afhandlingen i sitt verks fjerde band med ett märkligt tilläggskapitel, öfverskrifvet »Rättskrifning och språkriktighet», hvilket, såsom berörande en tvistefråga för dagen, icke bör helt och hållet förbigås.

I detta kapitel, hvars innehåll, under titeln »Ljudlagar och Skriflagar», äfven i särskildt aftryck blifvit den stora allmänheten tillhandahållet, vänder sig hr R. i starkt polemisk ton mot de förslag, som på sista tiden blifvit framstälda till förändringar i vår vacklande rättstafning, förslag, hvilkas grundtanke och förnämsta syfte varit, att bringa uttal och ljudbeteckning i så nära öfverensstämmelse med hvarandra som möjligt. Af dessa »nyheter» har hr R. tagit anstöt. Derom är ingenting att säga: tanken är fri, och vid afvikande åsigt kan det ej förundra, att en man med så grundade anspråk på auktoritet äfven velat göra sitt ord gällande. Hvad man dock svårligen kan gilla i en dylik meningsstrid, är, om granskningen vänder sig från sak och till person, om, för ändamålet att behålla öfverhand, medel begagnas, hvilka mera afse att fånga allmänbildningens lösa bifall med sarkasmer, godtyckliga deductioner in absurdum och pointerade tillvitelser, än att öfvertyga genom lugn och opartisk bevisning. Rask har yttrat några tänkvärda hit hänförliga ord i företalet till sin »Vejledning» (XLIII, noten). För hvar och en, som genomläst hr R:s stridsskrift, bör det vara påtagligt, att förf. på mångfaldiga ställen fallit ur den ton af, låt vara skarp, men alltid upphöjd, granskning, som tillhör den utmärkte vetenskapsmannen. För den af våra ordinarie och extraordinarie qvickhufvuden mer än tillräckligt hudflängda »språkkongressen», denna församling »af för öfrigt aktningsvärda personligheter, men utan litterära uppdrag och utan ansvar» (IV, 469), har äfven hr R. ett rikt förråd på stickord, och esomoftast får detta mötes »concepist», hr Artur Hazelius, personligen sitta imellan. Hvartill nu allt detta? Hvartill de ur diverse dagblad och tidskrifter hopletade stänkomdömena, till exempel hr Spe's, ur Nordisk Tidskrift för 1869, till yttermera visso två gånger (IV, 480, 520) anförda iakttagelse att *ä*, »bräker», ett infall så hufvudlöst, att man mot detsamma vore frestad att använda hr Spe's egen qvickhet? Man hade icke väntat något dylikt.

Att vår rättstafning lider af många brister och oegentligheter erkännes ganska allmänt och äfven af hr R. Ingen under då, om i en tid, när intresset för modersmålets studium omsider vaknat till friskare lif, uppmärksamheten dragits äfven åt detta håll. Redan vid det flyktigaste ögnande i våra s. k. rättstafningsläror visar sig för den granskande blicken i de många reglerna en regellöshet, som är förvånande, i de oräkneliga undantagen en godtycklighet, som icke synes veta af några gränser, i allmänhet ett oförsvarligt åsidosättande af allt hvad grundsats heter. Men, frågar man, har då rättskrifningen några grundsatser, och framför allt några vetenskapliga? Det vore egendomligt nog, om just här skulle föreligga ett område, der eftertanken hade ingenting att bestämma, der motsägelserna fräckt kunde drifva sitt spel, der godtycket, nycken, slumpen hade sig förbehållen en laglöshetens fria, oantasteliga republik. Det är ej heller så. Öfverallt der man antagit ett fonetiskt skriftspråk, vare sig att man sjelf uppfunnit ljudtecknen eller lånt dem från annat håll, har man dock alltid utgått från den grundregel, att hvarje tecken skulle representera ett visst bestämdt ljud, eller omvändt, att samma ljud skulle återgifvas med ett visst bestämdt tecken. Dennas grundsats har sin fulla giltighet ännu i dag. Hvarje afvikelse derifrån vitnar antingen om någon brist i sjelfva ljudteckensystemet eller om en efterlåtenhet i tillämpningen, som kan bero af hvarjehanda orsaker och vara mer eller mindre ursäktlig. Då detta ämne blifvit omständligt behandladt i en af hr Artur Hazelius för någon tid sedan utgifven skrift: *Om rättstafningens grunder, med särskildt afseende på svenska språket*, en skrift lika utmärkt genom vårdadt, behagligt framställningssätt, som genom reda i tankegång och styrka i bevisning, anse vi bäst vara, att till detta arbete hänvisa en hvar, som önskar vinna närmare kännedom om en fråga, den vi icke tilltro oss att här i korthet bringa på det klara; och vi göra detta så mycket hellre, som de af hr Hazelius förfäktade åsigterna principielt öfverensstämma med våra egna. Enligt vår uppfattning af saken kan nämligen ingen annan högsta lag uppställas för rättskrifningen än den, att rätta sig efter *uttalet;* men som uttal gäller för oss, icke stockholmsjargonen med sina många »sväfvande», hopsmältande och öfverslagna ljud, utan den bildade uppsvenskens rena svenska dialektfria mål. Åt *härledningen* kunna vi inrymma blott en underordnad plats. Der hon ej står i uppenbar strid med uttalet, må hon tolereras, t. ex. der en numera stum konsonant sprider ljus öfver ordets etymologi, såsom i *hvilken, hvad, hjul, gjuta* m. fl.; må hon ega makt att återtaga hvad henne med rätta tillhör, såsom fallet är t. ex. med *kärna* (bereda smör), *järpe.* *Analogi*, öfverensstämmelse i teckning, anse vi för en lag, som ej utan nödfall bör kränkas. Skrifver man *tjäll*, bör man ock skrifva *fjäll, spjäll* o. s. v. Denna regel bör iakttagas äfven vid skrifning af utländska ord, som efter långt bruk vunnit medborgarrätt i vårt språk. Derimot bryter den, som vid sidan af *pangsion* ställer *renta*, som tecknar efter hvarandra *begära* och *fremmande*, ett vacklande mellan uttal och härledning, som väl har sin rot i den enskilda *smak*, om hvars betydelse för rättstafningen blifvit så mycket ordat. Ja, »smaken» han är nu, gunås så visst, mycket olika! Hvar och en har naturligtvis smak; hvar och en har dessutom *sin* smak, och hvar och en har omsider den bästa. Förgäfves skall man visa, att denna bokstafs-smak ej har någon hållbar objektiv grund, att han ingenting annat är än ett subjektivt tycke, en innött *vana* att se en sak blott på ett visst sätt. Det hjelper föga, ty för skäl är det inbitna, blinda tycket otillgängligt, och der det fått ordet, behöfs å motsatta sidan både mod och ihärdighet, först för att hålla stånd och sedan för att kunna något uträtta. Det är med afseende härpå vi, vid ett föregående tillfälle, kallat hvarje försök att bringa förnuft, ordning och öfverensstämmelse i modersmålets rättskrifning, ett »i det närmaste lönlöst, tacklöst arbete». Der Rask tills dato misslyckats, hoppas hr Hazelius på framgång. Och hvarför icke? Tiden har dock gått framåt, vetandet vidgas med hvarje dag; hvarför skulle man då förtvifla om en god sak, för hvars slutliga seger, tidig eller sen, så många förnuftsskäl tala?

V. E. ÖMAN.

Undersökningar rörande lifvets och organismernas ursprung.

Bland de snart sagdt otaliga vigtiga och svårlösta frågor, åt hvilkas utredning den moderna naturvetenskapen egnar sig med ifver och lysande framgång, är det i synnerhet en, på hvilken forskningsintresset för närvarande synes riktadt med afgjord förkärlek. Denna fråga är följande: huru böra vi tänka oss uppkomsten af de olika former utaf växter och djur, som åtskiljas från hvarandra genom den vetenskapliga beteckningen: *arter* eller species? Bekant är, huru svaret på nämda spörsmål utfallit i och genom den epokgörande teorien om arternas uppkomst genom naturligt urval, hvilken efter sin ryktbaraste nu lefvande målsman erhållit benämningen *darwinismen*. Darwins lära, enligt hvilken allestädes inom tillvaron den regelbundna *utvecklingen* från ett lägre till det högre träder i stället för det plötsliga ingripandet genom godtyckliga, oberäkneliga *skapelse*handlingar — denna lära, följdriktigt fattad och tillämpad, innebär otvifvelaktigt ett af nutidens väldigaste kulturhistoriska framsteg. Likasom under det sextonde århundradet den då förkunnade »heliocentriska» åsigten inom astronomien blef uppslaget till en helt ny fysisk verldsåskådning [1]), så skulle någonting liknande kunna sägas äfven om »selectionsteorien» i dess inflytande på våra dagars naturbetraktelse. Var Copernici reformatoriska upptäckt en af dessa veten-

---

[1]) Jmfr. härom vår uppsats *Reformatorer och deras motståndare*. Ett blad ur den fria forskningens historia, i Julihäftet af *Framtiden* år 1870.

skapens morgonstjernor, som bebåda annalkandet af en ny tid, så eger äfven darwinismen förtjensten af att ha öfvervunnit en betydande återstod af den ännu i vår tid fortlefvande medeltiden.

Vi ha imellertid ej nu för afsigt att ingå uti en närmare redogörelse för Darwins lära om den organiska naturens utveckling, hvilken dessutom till dess allmänna grunddrag torde vara bekant för *Framtidens* publik [1]). I stället önskade vi denna gång påkalla våra läsares uppmärksamhet för en annan naturvetenskaplig tvistefråga af stor betydenhet, hvilken står i nära samband med föremålet för Darwins undersökningar, ehuru hon ej blifvit af den engelske naturforskaren sjelf upptagen till direkt besvarande. Nämda fråga, genom hvilken vi förflyttas, så att säga, ett steg längre tillbaka i tiden, än genom den af Darwin framstälda rörande *arternas* uppkomst, lyder sålunda: huru uppstod öfverhufvud på vår jord för första gången *lifvet,* de första och enklaste *organismerna?* Vid bemödandet att härpå gifva ett tillfyllestgörande svar ha framstående representanter för den äldre och nyare naturforskningen förts till uppställandet af läran om »sjelfalstringen» eller den s. k. *generatio æquivoca* [2]). Vi skola i det följande lemna en öfversigt af den i fråga varande lärans historia, dervid anförande de skäl, som från motsatta ståndpunkter inom naturvetenskapen gjorts gällande för och imot densamma. Härvid ansluta vi oss hufvudsakligast till en framställning uti ämnet af den berömde lärde Th. Huxley vid de engelske naturforskarnes möte i Liverpool i September 1870.

---

[1]) Jmfr. uppsatsen om *Darwinismen* af N. J. Andersson i *Framtiden*, 5:te häftet år 1869.

[2]) Den tekniska termen *generatio æquivoca* härrör medelbart från Aristoteles. Denne använder nämligen för de föremål, hvilka äro lika till namnet, men olika till väsendet, beteckningen *homonymer*, hvilket uttryck Boethius i sin öfversättning af Aristoteles' skrifter återgaf med det latinska: *æquivocum.* Man förstår sålunda med »generatio æquivoca» en alstring, genom hvilken icke den alstrandes slägte eller art, utan något med densamma olikartadt, fortplantas. I stället för »generatio æquivoca» användas äfven beteckningarna generatio *spontanea*, g. *originaria* l. g. *heterogenea.* Den motsatta åsigten uttryckes genom formeln: *omne vivum ex ovo*, d. v. s. det lefvande uppstår endast genom ett annat lefvande, hvarvid underförstås, att hvarje art endast kan framalstra individer hörande till samma art (= generatio *homogenea*). — Skolastikerna under medeltiden formulerade problemet, i öfverensstämmelse med deras teologiska sätt att uttrycka sig, i frågan, huruvida Adam haft en nafvelsträng eller ej. Den medeltida alkemiens ansträngningar att producera en »homunculus» gick i samma riktning som senare tiders försök att i laboratorierna framtvinga lif ur det oorganiska och döda.

1.

Vi göra dagligen den erfarenheten, att det är svårt att hindra många födoämnen att förskämmas, att en frukt, som ser frisk ut, ofta har maskar i kärnan, att kött, som utsättes för luftens inverkan, ruttnar och uppfylles af mask, ja, att till och med det vanliga vattnet förr eller senare börjar ruttna och uppfylles af lefvande organismer, då man låter det stå i öppet kärl.

När man frågade forntidens filosofer om orsaken till dessa företeelser, hade de strax ett svar till hands, som lät mycket sannolikt. Det föll dem icke in att betvifla, att dessa lågt stående former af lif alstrades i de ämnen, der de förkommo. Lucretius, som druckit djupare ur vetandets bägare än mången annan skald i äldre och nyare tider, talar mera som filosof än som skald, när han utbrister: »Med rätta har jorden fått namn af moder, ty allt frambringas af jorden; äfven nu framgå ur henne många lefvande skapelser, i det de utveckla sig af regnvatten och solvärme». (De rerum natura V. 793—96). Den grundsatsen i forntidens vetenskap, att »det enas undergång är det andras födelse», framträdde i sin populära drägt i den tron, att fröet måste dö, innan plantan kan uppspira, en tro som var så vidt utbredd och så djupt inrotad, att apostelen Paulus åberopar den i en af de mest lysande yttringarna af sin glödande vältalighet (1 Kor. 15: 36). »Du dåre», säger han, »det du sår blifver icke lefvande, om det icke dör.» Att lif kan framgå ur och verkligen framgår ur hvad som icke har lif, var således antaget både af filosoferna, skalderna och sjelfva folket hos de mest upplysta nationer för 1800 år sedan och fortfor att vara det lärda och olärda Europas gängse åsigt hela medeltiden igenom, ända till sjuttonde århundradet.

Det räknas allmänt till den berömde engelske naturforskaren Harveys många förtjenster, att han var den förste, som ådagalade, att fakta stodo i strid med denna, så väl som med mången annan genom sin ålder vördnadsvärd auktoritetstro. Vi kunna imellertid icke finna någon tillräcklig grund för ett dylikt antagande. Af Harveys arbete Exercitationes de Generatione framgår, att han antog att alla djur och växter uppkomma från hvad han kallar ett »primordium vegetale», ett uttryck som nu för tiden skulle kunna återgifvas med »ett vegetativt frö», och om detta säger han, att det är »oviforme» hvilket icke nödvändigt innebär, att det skall ha äggets gestalt, utan endast att det har dess natur och beskaffenhet. Men att detta »primordium vegetale» nödvändigt alltid skall härstamma från en lefvande moder, säger Harvey ingenstädes. Fastmera nyttjar han uttryck, som antyda en fullständig tro på sjelfalstringen. Öfverhufvud är ämnet för hans skrift icke alstringen, utan utvecklingen.

Det första bestämda uttalandet af den hypotesen, att allt lif utvecklat sig ur ett äldre, förut tillvarande lifsfrö, kom från en yngre samtida till Harvey, en lärjunge af samma skola, italienaren Francesco Redi — en af de kunskapsrikaste och mångsidigast begåfvade män, lika utmärkt som filolog, skald, läkare och naturforskare — som genom sitt för 200 år sedan utgifna arbete *Esperienze intorno alla generazione degl'insetti* skänkte verlden den tanke, hvilkens senare utveckling vi här vilja skildra. Redi's bok upplefde på tjugo år fem upplagor. Den utomordentliga enkelheten i hans försök och klarheten i hans bevis skaffade hans åsigter och deras konseqvenser nästan allmänt insteg.

Redi gjorde sig icke mycket hufvudbry med spekulativa betraktelser, utan vände sig blott på den experimentala vägen mot vissa fall af förment sjelfalstring. »Här äro några döda djur eller köttstycken. Jag utsätter dem för luften i värmen, och få dagar derefter äro de fulla med maskar! Man säger mig att dessa alstras i det döda köttet. Men om jag lägger dylika ämnen i fullkomligt friskt tillstånd i ett kärl och binder öfver det med fint tyg, visar sig icke en enda mask, oaktadt de döda ämnena ruttna alldeles som förr. Det är således tydligt, att maskarne icke alstras genom köttets förmultnelse, och att orsaken till deras alstrande måste vara någonting, som utestänges af tyget. Man skall icke heller länge förblifva i ovisshet om, hvilka dessa fasta smådelar äro, ty spyflugorna svärma, lockade af köttets lukt, omkring kärlet och lägga, drifna af en stark, ehuru här missledd instinkt, på tyget ägg, af hvilka strax maskar utkläckas. Vi komma således oundvikligen till den slutsatsen: maskarne alstras icke af sig sjelfva i köttet, utan äggen, som frambringa dem, ditföras genom luften af flugorna.»

Dessa försök äro så enkla, att de nästan förefalla oss barnsliga, och man kan icke annat än förundra sig öfver att ingen förut försökt sig på dem. Oaktadt sin enkelhet förtjena de dock att väl studeras, ty alla sedermera i dessa ämnen anstälda försök äro gjorda efter det af den italienske forskaren uppstälda schemat. Då resultaten af hans försök voro de samma, huru olika än de ämnen voro, som han använde, uppstod helt naturligt hos Redi den föreställningen, att i alla dylika fall, der lif tyckes alstras i döda ämnen, den sanna förklaringen var, att ett lefvande frö kom in i dem utifrån. Sålunda antog den hypotesen, att det lefvande alltid uppkommer från ett förutvarande lif, en bestämd gestalt, och kunde numera göra anspråk på att tagas i betraktande och att i hvart särskildt fall vederläggas, innan grundlige tänkare kunde medgifva, att lif uppstår på något annat sätt. Då vi så ofta måste nämna denna hypotes, vilja vi för korthetens skull kalla den *biogenesis*hypotesen, och den motsatta läran, att lif kan framgå ur det döda, *abiogenesis*hypotesen (= »generatio æquivoca»).

I sjuttonde århundradet var som sagdt den sistnämda åsigten den rådande, den som stöddes af gammal häfd och auktoritet, och det bör här anföras, att Redi icke undgick stora upptäckares vanliga öde, att nödgas försvara sig mot anklagelsen för angrepp mot skriftens auktoritet; ty hans motståndare invände, att alstrandet af bin i ett lejons kadaver i Domareboken angifves som källan till den berömda gåta, med hvilken Simson satte filisteerna i förlägenhet: »af frossaren utgick mat och sötma af den starka»!

Trots denna öfvermakt kämpade Redi förträffligt för biogenesen, utrustad med det kraftiga vapen, som ligger i bevisade fakta. Men man bör icke förbise, att han uppfattade denna lära på ett sådant sätt, att han, om han nu lefvat, otvifvelaktigt skulle räknats till försvararne af sjelfalstringsläran. Redis lära kan sammanfattas i satsen: »omne vivum ex vivo». Längre gick han icke. Det är ett märkvärdigt vitnesbörd om hans vetenskapliga försigtighet och opartiskhet, att han, ehuru han ganska riktigt uttänkt, på hvad sätt maskarne komma in i frukt och galläplen, oförbehållsamt medgifver, att bevisen för riktigheten af denna förmodan ännu icke voro tillräckliga, och han föredrager derföre det antagandet, att de framalstras genom en ombildning af sjelfva det lefvande växtämnet. Han betraktar dessa utväxter såsom organer, medelst hvilka växten föder djuren, och anser denna alstring af bestämda djur som den djupare afsigten med danandet af galläplen och vissa frukter. En dylik förklaring gifver han på tillvaron af parasitdjur i menniskokroppen.

Biogenesishypotesen fortgick nästan ett århundrade obehindradt i sin segerbana. Mikroskopet uppenbarade en så sammansatt bygnad hos de lägsta och minsta lefvande varelser och så rikliga resurser till deras alstrande genom frön, att abiogenesishypotesen måste förekomma icke endast osann, utan rentaf orimlig. Den var derföre nästan enhälligt förkastad, då Needham och Buffon åter upptogo frågan i medlet af adertonde århundradet.

När ett stycke af ett djur eller en växt lägges i vatten, upplöses det småningom, och allteftersom detta försiggår, börjar vattnet hvimla af små lifliga varelser, de s. k. infusionsdjuren, hvilka utan mikroskopets tillhjelp är alldeles osynliga, ja, af hvilka många i det adertonde århundradets mikroskop endast kunde visa sig som punkter och linier.

Med stöd af åtskilliga teoretiska skäl betviflade Buffon och Needham, att Redis hypotes kunde tillämpas på infusionsdjuren, och Needham ville på grund af en mycket riktig tanke underkasta frågan experimentets prof. «Om dessa infusionsdjur komma af frön», sade han, »måste dessa frön antingen finnas i mossan, af hvilken infusionen är tecknad, eller i vattnet, som är begagnadt till densamma, eller slutligen i luften öfver den. Alla fröns lifskraft tillintetgöres af hetta. Om jag således kokar infussionen, omsorgsfullt tillproppar den, väl tillkittar proppen och sedan upphettar kärlet genom att nedgräfva det i het aska, måste alla de frön, som kunna vara förhanden, nödvändigt dödas. Om jag derefter tager bort infusionen och låter den afkylas, skall det — såvida Redis hypotes håller streck — icke utveckla sig några smådjur i densamma, hvarimot sådana småningom skola framträda, i fall de icke äro beroende af några förut förhanden varande frön, utan alstras af ämnena i sjelfva infusionen.» Och Needham fann att under de omständigheter, under hvilka han anstälde sina försök, smådjur utvecklade sig i infusionen, när så lång tid förgått, att de kunde utveckla sig.

I många af sina undersökningar hade Needham arbetat tillsamman med Buffon och resultaten af deras försök stämde förträffligt öfverens med den store fransmannens hypotes om »de organiska molekylerna». Denna gick nämligen ut på, att lifvet är en omistlig egenskap hos vissa oförstörbara smådelar, som finnas i alla lefvande ting och ha vissa från dem oskiljaktiga krafter, genom hvilka de skilja sig från den liflösa materien. Hvarje lefvande organism är bildad genom en öfvergående förening af dessa molekyler. De förhålla sig till densamma som de enskilda vattendelarne till ett vattenfall eller en hvirfvelström. Organismens former bestämmas sålunda af kampen mellan de yttre vilkoren och de krafter, som bo i dess organiska smådelar, och liksom förstorandet af en vattenhvirfvel endast tillintetgör en gifven form, men lemnar vattendelarne med alla de i dem inneboende krafter öfriga, äfvenså är hvad vi hos en växt eller djur kalla förruttnelse eller död endast ett sönderbrytande af formen, endast ett upphörande af de band, som förenade dess organiska smådelar, hvilka nu sättas i frihet såsom infusionsdjur.

Man finner lätt, att denna lära icke sammanfaller med abiogenesen, med hvilken hon så ofta förvexlas. Enligt Buffons hypotes är ett stycke kött eller knippa hö endast dödt i inskränkt mening; köttet är en död oxe, hö ett dödt gräs, men oxens eller höets organiska smådelar äro icke döda, utan tvärtom färdiga att uppenbara sin lifskraft, så snart den ox- eller gräshamn, som håller dem fängslade, spränges genom uppblötningen i vattnet. Hypotesen skall i deras ögon, som vilja vara nog rättvisa att ihågkomma, att den framstäldes innan den nyare kemien och den nyare optiska kemien blifvit till, stå som en sinnrik och fruktbar tanke.

Ej lång tid derefter var det åter en italienare, abbén Spallanzani, i skarpsinne, snille och lärdom en värdig efterföljare af Redi, som underkastade Needhams försök och slutsatser en experimental kritik. »Förutsatt att Needhams försök gåfvo de resultat han beskref, bevisade de äfven hvad de skulle bevisa? Var det icke möjligt, att han först och främst icke lyckats fullständigt utesluta luften med sitt kitt och sina proppar, och för det andra, att han icke tillräckligt upphettat infusionen och den öfver denna befintliga luften?» Båda dessa tvifvelsmål upphöjde Spallanzani till visshet genom att visa, att då glaskolfven, som innehöll infusionen, blef lufttätt tillsluten genom halsens igensmältande och derefter i tre fjerdedels timme utsatt för värmen af kokande vatten, utvecklade sig i densamma aldrig några smådjur Man måste medgifva, att Spallanzanis försök och bevis utgjorde en fullständig vederläggning af Needhams. Men endast alltför lätt glömma vi, att ett är att vederlägga en sats, ett annat att bevisa sanningen af den lära, som direkt eller indirekt är den vederlagda åsigtens motsats, och vetenskapen visade snart, att äfven om Needham hade fullkomligt orätt, följde deraf dock icke, att Spallanzani hade fullkomligt rätt.

Den nyare kemien, ett barn af det adertonde århundradets sista hälft, skred imellertid framåt och stod snart ansigte mot ansigte med de stora frågor, som biologien förgäfves sökt att lösa utan dess tillhjelp. Syrets upptäckt ledde till grundläggandet af en vetenskaplig teori för andedrägten och till en undersökning af de märkvärdiga vexelverkningarna mellan organiska ämnen och detta grundämne. Förhandenvaron af fritt syre visade sig vara ett af vilkoren för lifvet så väl som för de märkvärdiga förändringar i de organiska ämnena, som vi känna under namn af jäsning och förruttnelse. Härmed hade frågan om infusionsdjurens uppkomst inträdt i ett helt och hållet nytt skede. »Ty hvad kunde icke i Spallanzanis försök hafva föregått med de organiska ämnena eller med syret i luften? Hvilken säkerhet egde man för att den utveckling af lif, som skulle hafva egt rum, icke blifvit hindrad eller hämmad af dessa möjliga förändringar? Striden måste således upptagas ånyo. Det var nödvändigt att förnya försöken under sådana förhållanden, att man kunde vara säker på att hvarken luftens syre eller sammansättningen af de organiska ämnena undergått förändringar, som gjorde det omöjligt att lefva för organiska varelser.

Schulze och Schwann upptogo frågan från denna synpunkt 1836 och 1837. Luftens genomgång genom rödglödgade glasrör eller stark svafvelsyra förändrar icke dess syrehalt, men måste nödvändigt hämma och tillintetgöra alla i luften upptagna organiska ämnen. Dessa experimentatorer uppfunno derföre inrättningar, genom hvilka de försäkrade sig om att all den luft, som skulle komma i beröring med en kokt infusion, antingen gick igenom rödglödgade glasrör eller genom stark svafvelsyra. Det resultat de uppnådde var, att i en sålunda behandlad infusion utvecklade sig alldeles ingenting, hvarimot lefvande organismer hastigt och i stor mängd uppträdde i samma vätska, när hon sedermera blef utsatt för luften. Dessa försöks tillförlitlighet har än blifvit bestridd, än åter försvarad, men om man medgifver deras bevisningskraft, är allt hvad de verkligen bevisa det, att den behandling, som luften undergick, förstörde *något*, som var nödvändigt för att lif skulle utveckla sig i infusionen. Detta »något» kunde vara luftformigt, flytande eller fast; att det just skulle bestå af frön, var endast en mer eller mindre sannolik hypotes.

Samtidigt med dessa försök gjorde Cagniard de la Tour en märkvärdig upptäckt. Han fann att den vanliga jästen består af en ofantlig mängd små växter. Mustens jäsning under vin- och ölberedningen åtföljes alltså af en hastig utveckling och bildning af dessa jästsvampar (Torulæ). Såvida alltså jäsningen åtföljes af en utveckling af mikroskopiska organismer i oerhörd mängd, blef den en med upplösningen af en animalisk eller vegetabilisk infusion beslägtad process, och den tanken låg nära till hands, att organismer på ett eller annat sätt vore orsak både till jäsningen och förruttnelsen. Kemisterna med Berzelius och Liebig i spetsen logo i början deråt; men år 1843 underkastades denna åsigt af en på den tiden ännu ung man, som sedermera uppnått en lika hög plats inom matematiken, fysiken och fysiologien, den berömde Helmholtz, experimentets prof genom en lika vacker som afgörande uppfinning. Han skilde en förruttnande eller jäsande vätska från en, som kunde gå i förruttnelse eller jäsning, men ännu icke gjort det, genom en hinna, som tillät vätskorna att blandas, men hindrade fasta kroppar att gå igenom. Resultatet var, att ehuru de för förruttnelsen eller jäsningen mottagliga vätskorna upptogo i sig produkterna af de förruttnelse- eller jäsningsprocesser, som försiggingo på andra sidan om hinnan, gingo de sjelfva hvarken i förruttnelse på vanligt sätt eller i jäsning, ej heller uppstodo i denna någon af de organismer, som voro så talrika i den ruttnande eller jäsande vätskan. Orsaken till utvecklingen af dessa organismer måste derföre ligga dold i något, som icke kan gå genom hinnor, och då Helmholtz' undersökningar i tiden gingo långt före Grahams undersökningar angående »Colloïderna» (limaktiga ämnen, som endast upplösas ytterst långsamt, och dervid bilda geléartade substanser), kom han helt naturligt till den slutsatsen, att den af hinnan uteslutna agensen måste vara ett fast ämne. Närmare granskadt, inskränkte Helmholtz' försök möjligheterna till följande: det, som åstadkommer jäsning och förruttnelse och på samma gång framkallar bildandet af lefvande varelser i en för dessa processer mottaglig vätska, är hvarken en luftart eller en vätska, utan antingen en »colloïd» eller ett i mycket fina, fasta smådelar upplöst ämne.

Schröders, Duschs och Tyndalls försök hafva ådagalagt, att den vanliga luften hvimlar af utomordentligt fina, fasta smådelar, att dessa nästan fullständigt kunna tillintetgöras af värme, och att de hållas borta och luften göres optiskt ren, när man låter den gå genom bomull. Pasteur har visat, att bland dessa fasta smådelar verkligen finnas frön, som i lösningar af passande beskaffenhet kunna framkalla lefvande organismer.

Låtom oss nu sammanfatta hela denna långa kedja af erfarenheter!

1. Det är bevisligt, att en vätska, som företrädesvis är egnad att utveckla de lägsta former af lefvande varelser, men hvarken innehåller frön till sådana eller proteinföreningar, alstrar dessa organismer i oerhörd mängd, om hon utsättes för vanlig luft, hvarimot en sådan utveckling icke eger rum, om den luft, med hvilken hon sättes i gemenskap, på mekanisk väg blifvit siktad från de fasta smådelar, som i allmänhet sväfva i densamma och genom lämpliga medel kunna göras synliga.

2. Det är bevisligt, att den allrastörsta delen af dessa smådelar förstöras af hetta, och att några af dem äro frön eller lefvande smådelar, som äro i stånd att frambringa samma slags organismer som uppstå, när vätskan utsättes för icke renad luft.

3. Det är bevisligt, att tillsättandet till den vätska, med hvilken experimentet skall anställas, af en droppe, som veterligen innehåller dessa små lefvande varelser, framkallar samma fenomen i densamma som dess utsättande för icke siktad luft.

4. Slutligen har det visat sig, att dessa lefvande smådelar äro så fina, att man utan ringaste svårighet kan antaga, att de sväfva i den vanliga luften. I anseende till deras lätthet och den stora utbredningen af de organismer som frambringa dem, är det omöjligt att tänka sig, att de icke skulle sväfva i atmosferen i tiotusental.

De direkta och indirekta bevisen för biogenesens giltighet för alla lefvande varelser hafva således en icke så liten vigt.

Den enda uppgift från motsatta sidan, som förtjenar uppmärksamhet, är den, att lufttätt slutna vätskor, hvilka varit utsatta för stark och långvarig hetta, stundom, när de öppnats, visat sig innehålla lågt stående organismer.

Det svar härpå, som ligger närmast till hands, är, att sannolikt ett eller annat fel blifvit begånget vid dessa försök, emedan de dagligen anställas i största skala med ett alldeles motsatt resultat. Hvart år konserveras kött, frukter och grönsaker — föremål som gifva de för förruttnelse och jäsning mest utsatta infusioner — till ett belopp af flere tusen tunnor efter ett förfaringssätt, som icke är någonting annat än en tillämpning af Spallanzanis försök. De saker, som skola konserveras, kokas väl i en blecklåda med ett litet hål, som tillslutes, när all luft i lådan blifvit ersatt af ånga. Efter denna behandling kunna de hålla sig i åratal utan att ruttna, jäsa eller förskämmas. Detta kommer sig icke deraf, att syret är utdrifvet, ty det är bevisadt, att förruttnelse och jäsning icke fordra förhandenvarandet af fritt syre; icke heller deraf, att lådorna äro lufttomma, ty »vibrioner» och »brakterier» kunna, såsom Pasteur visat, lefva utan luft eller fritt syre; och — såsom de, hvilka haft den olyckan att vara ombord på ett med illa tillslutna lådor försedt skepp, väl veta — det är icke heller derföre, att icke de kokta kött- och grönsakerna mycket väl kunna ruttna eller öfvergå till jäsning. Hvilken kan orsaken då vara, om icke att fröen äro uteslutna? Abiogenisterna tyckas böra besvara denna fråga, innan de fordra, att man skall göra afseende på nya försök af alldeles samma slag.

Och äfven om resultaten af de antydda försöken äro aldrig så säkra, följer icke deraf att en »abiogenes» har egt rum. Lefvande organismers förmåga att uthärda hetta är, som bekant, mycket olika och beror till en viss grad på det omgifvande mediets kemiska och fysiska egenskaper. Om vi på vetenskapens nuvarande ståndpunkt måste välja mellan att antaga *antingen* att frön kunna uthärda en högre värmegrad, än som hittills varit kändt, *eller* att atomerna af död materia — utan att dertill kan angifvas någon giltig eller förnuftig grund — skulle kunna ordna sig på nytt till lefvande organismer af alldeles samma beskaffenhet som de, hvilka bevisligen ofta frambringas på annan väg, kunna vi icke fatta, att valet ett enda ögonblick kan vara tvifvelaktigt.

Men dermed vare icke sagdt, att en abiogenes aldrig egt rum eller kan komma att ega rum. Medan organisk kemi, molekularfysik och fysiologi ännu äro i sin barndom och för hvar dag göra underbara framsteg, skulle det vara dumdristigt att påstå, att icke de vilkor, under hvilka materien antager de för lifvet karakteristiska egenskaperna, en vacker dag skulle kunna åstadkommas genom konst. Och blicka vi tillbaka i det förflutna, finna vi ingen ledtråd i fråga om den första början till lif, och kunna icke bilda oss någon bestämd föreställning om vilkoren derför. *Tro*, i ordets vetenskapliga betydelse, är en allvarsam sak och fordrar starka skäl. Vid frånvaron af alla vitnesbörd skulle det derföre vara ett missbruk af ordet, om vi sade, att vi trodde det eller det i fråga om sättet, hvarpå de former, lifvet iklädt sig, blifvit till. Men det kan vara tillåtet att förmoda, hvad man icke har rätt att tro; och kunde vi skåda tillbaka öfver de oerhörda tidrymder, som lemnat spår efter sig i djur- och växtlemningar, till den ännu aflägsnare tid, då jorden endast genomgick kemiska och fysiska förändringar, hvilka hon lika litet ånyo kan upplefva, som en menniska kan lefva om sin barndom igen, då skulle vi vänta att se, huru ett lefvande alstringsslem utvecklade sig ur den liflösa materien. Vi skulle vänta att se lifvet börja med ytterst enkla former, begåfvade — likasom vår tids svampar — med förmåga att dana nytt alstringsslem ur sådana ämnen som kolsyrad ammoniak och vinstensyrade salter, alkaliska och jordartade fosforföreningar och vatten, utan tillhjelp af ljuset.

Detta är historien om de framsteg, Redis stora biogeneslära gjort. Med den nyss antydda inskränkningen tyckes hon ända till närvarande stund ha segrat utefter hela linien.

2.

Den utmärkte forskare, af hvilkens åsigter i ämnet vi här lemnat en sammanträngd öfversigt, är, som man finner, icke en principiel motståndare till antagandet af möjligheten utaf en »generatio æquivoca». Väl bestrider Huxley sjelfalstringshypotesens giltighet för nutiden, men lemnar derimot oafgjordt, huruvida icke en »abiogenes» kan tänkas ha egt rum någon gång under jordens af oss så föga kända urtid. Från ett annat håll inom den samtida naturforskningen har man tagit steget fullt ut. En framstående tysk vetenskapsman, prof. Ernst Häckel i Jena, författare till de högst förtjenstfulla skrifterna *Generelle Morphologie der Organismen* (1866) och *Natürliche Schöpfungsgeschichte* (2:dra uppl., 1870), uppträder såsom en af de främste i ledet bland försvararne af »autogoniens» eller sjelfalstringens tänkbarhet äfven på vår planets nuvarande utvecklingsstadium. Till stöd för detta sitt antagande hänvisar Häckel i synnerhet på de s. k. *monererna*, d. v. s. de ytterst outvecklade öfvergångsformationerna mellan det oorganiska området och den primitiva cellen. Monererna, om hvilkas vetenskapliga undersökning Häckel inlagt mycken förtjenst, äro till sin yttre gestalt strukturlösa slemklumpar, i stånd att sammandraga och åter utvidga sig. De gränsa omedelbart intill de lägsta hafsinvånarne, rhizopoderna, hvilka dock, till skilnad från monererna, äro försedde med ett kalkskal. Deras fortplantning sker, oberoende af könsförhållanden, förmedelst en vid en viss tidpunkt af sig sjelf inträdande itudelning, hvarigenom af den ena moneren uppstår tvenne. — Men låtom oss höra, huru Häckel sjelf motiverar sitt åskådningssätt angående »den naturliga skapelsen!»

»Försöken att besvara frågan om möjligheten af en autogoni eller sjelfalstring», yttrar Häckel i sin under form af föreläsningar utgifna skrift *Natürliche Schöpfungsgeschichte*, »ha ännu icke ledt till något säkert positivt resultat. Men vi måste akta oss för att tro, att genom dessa experiment omöjligheten af en ursprunglig alstring öfverhufvud blifvit ådagalagd. De fleste naturforskare, som sträfvat att på den experimentala vägen afgöra nämda fråga, och som vid användandet af alla möjliga försigtighetsmått icke sågo några organismer uppstå, uppstälde på grund af detta negativa resultat genast det påståendet: »det är öfverhufvud omöjligt, att organismer uppstå af sig sjelfva, utan att födas af föräldrar». Detta lättsinniga och förhastade påstående stödde de endast och allenast på det negativa resultatet af sina experiment, som dock icke kunde bevisa någonting vidare, än att under de eller de af experimentatorerna framkallade, i hög grad artificiela förhållandena ingen organism bildade sig. I intet fall kan man af dessa försök, hvilka mestadels anstäldes under de onaturligaste vilkor, draga den slutsatsen, att den ursprungliga alstringen öfverhufvud är under alla förhållanden omöjlig. Omöjligheten af densamma kan aldrig en gång för alla bevisas. Ty huru kunna vi veta, om icke i denna äldsta urtid helt andra förutsättningar funnos till än nu — förutsättningar, hvilka gjorde en ursprunglig alstring möjlig? Ja, vi kunna till och med med fullkomlig säkerhet påstå, att de allmänna lifsvilkoren under primordialtiden måste hafva varit helt olika mot nutidens. Må vi blott ihågkomma det faktum, att de oerhörda massor af kol, som vi nu finna aflagrade i de primära stenkolslagren, först genom växtlifvets verksamhet öfvergått till fast form, och att de utgöras af de väldigt sammanpressade och förtätade lemningarna af otaliga växtlik, hvilka hopat sig under många millioner år. Men på den tid, då organismer för första gången uppkommo genom ursprunglig alstring på den afsvalnade jordskorpan, efter vattnets öfvergång till flytande form, var denna ofantliga qvantitet af kol för handen i en helt annan form, sannolikt till största delen fördelad i atmosferen under form af kolsyra. Atmosferens hela sammansättning var således utomordentligt olik den nuvarande. Vidare voro, såsom man kan sluta af kemiska, fysikaliska och geologiska grunder, atmosferens täthetstillstånd och elektriska förhållanden nödvändigtvis helt andra. Likaledes var den kemiska och fysikaliska beskaffenheten af det urhaf, som då betäckte hela jordytan, alldeles egendomlig. Dess temperatur, täthet, salthalt m. m. måste hafva varit mycket olika de nuvarande hafvens. Således kunna vi åtminstone icke bestrida, att på denna tid, under helt andra förhållanden, en ursprunglig alstring var möjlig.

Men härtill kommer vidare, att genom kemiens och fysiologiens nyare framsteg det gåtfulla och underbara, som i och för sig tyckes ligga i den så mycket bestridda och dock nödvändiga uralstringen, till större delen eller egentligen helt och hållet skingrats. Det är ännu icke femtio år sedan alla kemister påstodo, att vi icke äro i stånd att på artificiel väg i våra laboratorier framställa någon sammansatt kolförening eller en s. k. »organisk förening». Endast den mystiska »lifskraften» skulle kunna åstadkomma dessa föreningar. Då år 1828 Wöhler i Göttingen för första gången faktiskt vederlade denna dogm och på artificiel väg af rent oorganiska kroppar (cyan- och ammoniakföreningar) framstälde det rent »organiska» urin-ämnet, blef man derföre i högsta grad öfverraskad. I nyare tider har det nu genom den syntetiska kemiens framsteg lyckats att rent artificielt ur oorganiska substanser framställa en stor mängd sådana »organiska» kolföreningar t. ex. alkohol, ättiksyra, myrsyra m. m. Till och med många i hög grad komplicerade kolföreningar sammansättas nu genom konst, så att all utsigt är för handen att äfven de mest sammansatta och tillika nyttigaste af alla, ägghvitföreningarna eller plasmakropparna, förr eller senare skola frambringas med konst i våra laboratorier. Men derigenom har det djupa svalg mellan organiska och oorganiska kroppar, som man förut allmänt fasthöll, till en stor del eller egentligen helt och hållet blifvit undanröjdt och vägen banad för föreställningen om ursprunglig alstring.

Af ännu större, ja af den allrastörsta vigt för hypotesen om uralstring äro slutligen de högst märkvärdiga *monererna*, icke endast de enklaste bland alla hittills *kända* organismer, utan rentaf de enklaste som kunna tänkas. Af dessa »organismer utan organer» känna vi redan sju olika slägten, bland hvilka några lefva i sött vatten, andra i hafvet. I fullkomligt utbildadt och fritt rörligt tillstånd förete de ingenting vidare än en strukturlös liten klump af en ägghvitartad kolförening. Endast genom sättet för sin fortplantning och utveckling samt upptagandet af födan skilja sig slägtena och arterna något litet. Genom upptäckandet af dessa organismer, som är af den allrastörsta betydelse, förlorar antagandet af en uralstring största delen af sina svårigheter. Ty då de ännu sakna all organisation, all åtskilnad mellan olikartade delar, då alla lifsfunktioner förrättas af en och samma likartade och formlösa materia, så kunna vi mycket väl tänka oss deras uppkomst genom sjelfalstring. Då vi nu äro i stånd att i våra kemiska laboratorier med konst framställa dylika sammansatta kolföreningar, så har man alls ingen grund att antaga, att icke äfven i den fria naturen förhållanden finnas, under hvilka dylika föreningar kunna uppstå. Så ofta man i forna tider sökte bilda sig ett begrepp om sjelfalstringen, strandade detta bemödande mot den organiska sammansättningen hos alla då kända organismer, äfven de enklaste. Först sedan vi lärt känna monererna och i dem påträffat organismer, som alldeles ej äro sammansatta af organer, utan bestå blott af en enda kemisk förening och det oaktadt växa, skaffa sig näring och fortplanta sig, är den hufvudsakliga svårigheten undanröjd, och sjelfalstringshypotesen har derigenom vunnit en grad af sannolikhet, som sätter den i stånd

att fylla luckan mellan Kants kosmogoni och Lamarcks descen-
densteori.

De första monerernas uppkomst genom sjelfalstring var ett na-
turligt och nödvändigt resultat af jordens egen utvecklingsprocess.
Hvad beträffar de ännu i dag lefvande monererna, så ha vi i fråga
om dem att välja mellan följande alternativ: *antingen* härstamma
de verkligen direkte från de tidigast uppkomna, äldsta monererna,
och i så fall ha de i millioner år fortplantat sig i oförändrad
gestalt, *eller* ha de uppstått vid en mycket senare period af jordens
utvecklingshistoria, och under denna förutsättning kan en sjelf-
alstring lika väl ega rum ännu i dag. Uppenbarligen har det
sistnämda antagandet vida större sannolikhet för sig, än det
första.

Besluta vi oss ej för antagandet af sjelfalstringens möjlighet,
blir följden den, att vi nödgas taga vår tillflykt till tron på en
»öfvernaturlig skapelse», d. v. s. till en för det vetenskapliga för-
ståndet alldeles ofattbar föreställning. Förutsätta vi derimot sjelf-
alstringen såsom gifven, så föras vi derigenom till insigt i det på
alla punkter obrutna sammanhanget mellan jordens egen och de
af henne framalstrade organismernas utveckling.»

Så långt Häckel. De skäl, hvarmed denne forskare söker
ådagalägga rimligheten af en »generatio æquivoca», kunna anses
som en sammanfattning af hvad som för närvarande kan anföras
till den ofvannämda lärans försvar. Det afgörande utslaget i
tvistefrågan rörande lifvets ursprung torde böra väntas från ett
annat vetenskapsområde än det empiriska, nämligen från förnufts-
vetenskapen eller *filosofien.*

A. F. ÅKERBERG.

Studier öfver våra folkvisor från medeltiden.

I.

Hedendomens poetiskt-religiösa verldsbetraktelse och dess ombildning genom kristendomen.

Lyssna till den granens susning,
Vid hvars rot ditt bo är fästadt!

(FINSKT TÄNKESPRÅK.)

I anledning af C. Hauchs »*Bemerkninger over nogle ved Christendommen modificerede Oldtidsminder i vore Viser fra Middelalderen.*»

I »Ny Række» af *Afhandlinger og æsthetiske Betragtninger* af C. Hauch står den skarpsinniga och intressanta skrift införd, hvilken närmast gifvit anledning till denna uppsats. Professor Hauch har nästan uteslutande betraktat Danmarks folkvisor ur den synpunkt, som ofvan anförda titel utvisar. I det vi för att rikta svenska läsares uppmärksamhet på denna högst värdefulla afhandling, hvilken väl förtjenar att i original studeras, i kortaste öfversigt påpeka hufvudpunkterna i prof. Hauchs framställning, är det vår afsigt att meddela de svenska motstycken till de af honom anförda visor och vers, som i våra samlingar återfinnas, samt äfven andraga några andra, med de förra beslägtade svenska och norska medeltidsqväden, hvilka i någon mån tyckts oss vara egnade att vidga och belysa det förelagda ämnet, synnerligast med hänsyn till det faktum, att många hedniska föreställningar, långt ifrån att af kristendomen hafva kunnat utrotas, blott bytt om skrud, förändrats, ofta nog till det sämre, och obemärkt qvarlefvat, stundom ända till våra dagar.

Då våra folkvisor i början af detta århundrade (1814—1816) först utgåfvos af flitiga samlare, väckte de ett välförtjent uppseende för sin poetiska skönhet. Dock påpekade redan på Geijer i sin hittills oöfverträffade och kanske oöfverträffliga »essay», hvilken står såsom inledning i första bandet af hans och A. A. Afzelii samling, dessa visors rent kulturhistoriska betydelse, hvilken på intet vis är ringare än den poetiska. Sedan han gjort en öfverblick af de samhälleliga förhållanden, hvilka i visorna skildras, säger han: »Sådana drag kunna ej ditdiktas af en tid, som har olika seder; de hafva nödvändigt sitt ursprung i sjelfva det samtidiga lifvet. Alla hänvisa oss på den nordiska medelåldern, af hvars tänkesätt, seder och bruk dessa gamla dikter ge oss en högst liflig bild. Deri ligger ock deras historiska värde: och våra häfdaforskare hafva blott föraktat dem, emedan de ej ega, hvad ingen dikt eger, annalistisk tillförlitlighet i anförande af händelser.» På ett annat ställe påpekar han, huru den kristna folkpoesien ifrån början mindre fästat sig vid det historiska än vid det sedligt märkvärdiga, och äfven i det förra blott söker det senare.

På ett likartadt sätt uttrycker sig Adolf Iwar Arwidsson. hvilkens under åren 1834—42 utkomna *Svenska fornsånger* i kanske än högre grad än Geijers och Afzelii samling erbjuda underlag till en historia öfver sederna och den sedliga uppfattningen under medeltiden. »Dessa visor utgöra den enda källan», säger Arwidsson, »för det egentliga folkets utvecklingshistoria. Hvad skriftställaren glömt, såsom icke förtjent af hans minne, det har den lägre klassen berättat inom sig, sjungit vid sin sprakande eldstad, eller, någon gång, dramatiskt framstält i sina nöjen. Den har härigenom danat en lefvande krönika af sin bildnings fortgång, visat hvad den trott och tänkt, hvad den sjelf skapat eller ock lånat af en högre odling. Det är färg och rörelse, ej en död bokstaf i dess häfdateckning; den är bristfällig. i saknad af historiska monumenter, m. m.; men der finnes anda och lif, ehuru icke måttstock och tidsmätning. Taflorna äro ljusa och vexlande, oaktadt de yttre begränsningarne förblifva obestämda och dunkla.»

Dylika uttryck äfven af Strinnholm och åtskilliga andra förtjente historiska författare skulle härutöfver kunna anföras, och dock är det märkligt, att man ännu i tryck sett så godt som inga resultat af en dylik inre, kulturhistorisk granskning af folkvisorna. Orsaken är tvifvelsutan den, att vårt land efter Geijers bortgång aldrig egt en man, hvilken såsom han med den verklige historieforskarens lärdom och skarpa blick förenat den musikaliska och poetiska begåfning, utan hvilken ingen kan stifta någon djupare bekantskap med folkvisan, älska henne, och förmå att uppspåra hennes dolda skatter. En torrhjertad materialsamlare, vare sig i det annalistiska eller litterärhistoriska fackets tjenst, skall aldrig känna sig annat än som en främling i hennes gårdar. Den som åter kommer till arbetet, mottaglig för den sällsamt rörande enfald, med hvilken visan berättar sitt innehåll, men saknar den kännedom om andra urkunder, utan hvilken bilden blir ofullständig, och den kritiska skarpblick, utan hvilken densamma kan bli misstecknad och omotsvarig sitt föremål, löper lätt fara att blifva läsaren en vägvisare, hvilken det varit honom bättre att aldrig påträffa. Den trygghet och det intresse, med hvilka man följer prof. Hauchs framställning, äro en borgen för, att han hvarken i det ena eller andra hänseendet stått under sitt ämnes fordringar. Vi beklaga blott att han ej tagit detsamma vidsträcktare, dels i den mening att han på samma sätt undersökt flera, helst alla hedniska »Old- tidsminder», som gå igen i medeltidens folkvisor, dels i den mening, att han äfven upptagit de vitnesbörd, som förvaras i svenska och norska qväden från samma tid, ty om på någon punkt de tre nordiska litteraturgrenarne stöda hvarandra, så är det i fråga om medeltiden. Det är med hänsyn till detta, som Geijer, långt innan begreppet *skandinavism* fanns till i den betydelse, som vi nu lägga i ordet, från rent historisk ståndpunkt ådagalägger: »Vi finna i de gamla folkvisorna ej blott intet ståndshat, utan äfven intet national- hat emellan de tre nordiska folken. Detta förklarar huru de kunna vara så gemensamma för hela norden; en gemensamhet, som äfven sträcker sig till de äldre historiska visorna. De danska behandla ämnen ur svenska historien; och visor om konung Valdemar i Dannemark och drottning Dagmar har jag hört sjungas i Verm- land och vet äfven, att de finnas i Östergötland. Detta tillbaka- sätter i allmänhet deras uppkomst till tider, då de tre nationerna, ehuru skilda i regering, dock genom seder, språk och åtankan af gemensamt ursprung ännu ansågo sig för en slägt.»

Så långt Geijer.

En särskild uppmärksamhet förtjena de norska visorna, all- denstund de både genom språkets ålderdomliga tycke, innehållets urspunglighet och uttryckens koncisa kraft bilda en grupp för sig, hvilken visserligen har många visor gemensamma med de svenska och danska samlingarna; men också många, och detta just af de yppersta, alldeles egendomliga. Vidare är det af intresse, att då en stor del af de svenska visorna, numera sannolikt utdöda, måst utgifvas efter uppteckningar, gjorda under femton och sexton- hundratalet, såsom efter Harald Olufssons visbok (skrifven 1572— 73), efter Gyllenmärs visbok (från början af sextonhundratalet), efter Pehr Brahes visbok (från 1620) eller från några andra af samma ålder, så äro derimot de norska visorna samt och synner- ligen upptecknade i vårt århundrade och vitna sålunda om den kraft, med hvilken det norska folket hänger qvar vid sina gamla traditioner. Det är visserligen sant och vi skola snart se, att i dessa gamla minnen gömmer sig mycken vidskepelse och mycken öfvertro, ja icke blott katolska utan äfven rent hedniska föreställningar, hvilka nog derföre också i någon mån tryckt sin stämpel äfven på det nutida norska folklynnet; men det är å andra sidan visst, att genom arfvet af dessa fornsånger, hvilka äro i hvars mans ego, finner det nutida slägtet ett band knutet mellan sig och fäderna, hvilket håller tillsamman nationen långt starkare än arfvet af åkertegarne och betesmarken. Den, som åter vill begifva sig ut och vandra mellan bondgårdarne i våra svenska sädesprovinser, för att med egna sinnen utransaka, hvad sjelfva kärnan af vårt svenska folk minnes af sin egen forntid, skall snart besanna den erfarenheten, att traditionen är alldeles utdöd; och all den lefvande historiska kunskap, i förening med en viss folkfödd moral öfver historien, hvilken fordom gick i arf från fader till son. icke genom presenter af någon bok, utan, efter våra folkhögskolors metod, genom lefvande, muntlig, ofta upprepad berättelse denna finnes ej mera till. Fäderna tala aldrig med sina barn om Sveriges forna öden; och det är mestadels lexan från skolan och skrämseln, om vid förhöret något årtal skulle råka vara glömdt. som inprägla hos de små att fosterlandet haft en historia, och till på köpet en historia, som ej är lätt att minnas, men för hvilken det är lätt att få stryk. Mången utvandrare, hvilken med tårar och klagan skiljts vid sitt bohag, sina slägtingar och sina sockenbor har bekänt, att han dock aldrig förr, än då de blåa bergen sjönko för hans syn ned i hafvet. fattat att det fanns ännu något mera, han skiljts ifrån, fattat att han egt, men icke mera eger ett fosterland åt sig och de sina.

Vi svenskar hålla mycket stort tal både på vers och prosa öfver våra hjeltars bedrifter och öfver vårt ärorika Svea; men det kan hvarken fördöljas eller förnekas att andan af sammanslutning, i hvad som rörer fosterlandet, hos oss till dato på intet sätt vunnit på detta myckna hjeltelof. Ty nationalstolthet och uppblåsthet är det utmärkande draget hos allt för många bland dem, hvilkas bildning gjort dem imottagliga för våra retoriska skalders rim, och huru lefver väl denna känsla, som skulle sammangjuta hela nationen till ett, hos massan, hos sjelfva folket, hos dem, om hvilka Geijer sjungit:

> »Vi reda för landet dess närande saft,
> Och blöder det, blodet är vårt»?

Vi hålla före, att partihatets och ståndshatets ytterlighet hos så många bland de till politiskt intresse uppvaknade blott allt för mycket arbetar det stora, fromlande parti i händerna, hvilket såsom ett väsentligt element i den kristnes lif predika afhållelse ifrån och likgiltighet för våra nutida fosterländska, medborgerliga och politiska frågors lösning. Vid sträfvandet efter Guds rike för sig sjelfva glömma de sina barn, hvilka, utan ett fritt fosterland, till sist ej heller skola ega frihet att dyrka Gud på sina fäders vis.

Det lider intet tvifvel, att dylika trångbröstade drag skulle blifva allt sällsyntare, om alla klassers och stånds barnauppfostran, genom sättet för den fosterländska historiens inlärande, knöte icke blott en kedja af namn, utan ett lifs lefvande, andeligt band mellan barnet och de kraftiga fäderna fordom, så att alla, som sedan draga ut till skilda banor, en gång i sitt lif känt sig kraftigt slutna tillsamman kring detta stora, gemensamma ursprung.

Men inga reformer, inga skolor, inga bemödanden kunna på så sätt sluta alla klasser liksom alla åldrar endrägtiga samman och förmå dem att uppoffra sitt eget för det gemensamma, sin lust för att det allmänna ej skall skakas i sär, såvida icke en folklitteratur i egentlig och bästa mening finnes, hvilken flödar som ett lefvande vattusprång, lika tillgängligt för alla och läskande både hög och låg med sin klara bölja. Men då i en sådan folklitteratur just de karakteristiska nationaldragen måste stå liksom etsade inför alla tider, så måste också alltid den historiska berättelsen och den forna folkdikten blifva den medelpunkt, kring hvilken alla nyare folkböcker helt naturligt sluta sig. — — — Denna den gamla folkdiktens stora betydelse, då det gäller att sammansluta folket, har prof. Hauch med synnerlig värma och kraft ådagalagt i sin afhandling. Han börjar densama nätt upp med den frågan, hvad det egentligen är, som förbinder de enskilda medlemmarna af ett folk till en andlig enhet. Icke är det den gemensamma gränslinien, inom hvilken de alla bo; ty då skulle också hvarje lycklig eröfrare, som flyttat; om gränser, hafva med detsamma omskapat eller nyskapat nationaliteter. Icke heller är det språket i och för sig, ty då skulle också större delen af Belgien och Frankrike vara en nation, likaså England och Amerika och många andra stater. Men det är de djupare tankar, som genom språket göra sig gällande, det är det innerliga samlifvet genom tiderna, det är hågkomsten af de gemensamma bedrifter, man utfört, och om den lycka och olycka, som man delat med hvarandra genom århundraden, det är allt detta tillsamman, som förbinder en menniskomassa till ett verkligt och egentligt folk. Det är af denna orsak, som historien, hvilken bevarar dessa minnen, är af sådan betydelse för nationalitetens och folkandans utveckling.

Men det är icke historien fattad i trång och inskränkt mening, hvilken eger denna föryngringskraft. Den lefvande och uppväckande historiens första sida är klippväggen med sin hällristning. Stenyxan, som man funnit i jorden, och flintspetsen, som suttit i spjutets eller i pilens ända, vitna om hvad man förehade i de äldsta tiderna. Sedan man förnöjts af bronsålderns fina smycken, går den lefvande historiens väg förbi bautastenarne på kullen och stensättningen i skogsbrynet till riddarborgens grushögar och klosterruinen. Den lefvande historien glömmer hvarken namn eller åratal; men hon sparar med dem i de äldsta tiderna, på det att icke minnet skall vara öfverlastadt, då man hunnit till Gustaf Vasa och skall taga i tu med det myckna, som sedan följer. Den lefvande historien lyssnar också gerna till hvad folket sjelft en gång berättat eller sjungit om hänfarna dagar och om de ting, på hvilka det sjelf gerna tänkt eller trott. Sålunda »træde Poesiens Syner supplerende til og understøtte Historien.»

Undersöka vi närmare denna folkdikt, skola vi finna att all sådan, då hon är äkta, innesluter mycket, som är fotadt på allmänt menskliga känslor och föreställningar, och äfvenledes mycket, som är uttryck af det särskilda folkets nationalegendomlighet. Allt sådant är värdt att bevaras, och skulle äfven hafva bibehållit sig t. ex. hos oss, om icke en århundraden igenom fortsatt likgiltighet från de bildade klassernas sida och till sist fiendtlighet från de förbildades småningom undergräft folkets aktning för sitt eget. Men all folkdikt innehåller äfven åtskilligt, som är uttryck för en viss tids ensidighet eller villfarelser. Allt sådant måste åter förgås af sig sjelft, i den mån folkets egen utveckling till större klarhet gör dikten omotsvarig och oförenlig med de nya, i kraft växande tänkesätten. Att då också mycket godt, som är genomflätadt med element t. ex af medeltidens öfvertro, ej kan bevaras, utan måste, i följe med det utdömda, förgås, kan af inga bemödanden hindras. Men just detta, sin undergång värda, har för forskningen, som vill genomskåda allt, äfven de dunkla irrgångarna, i hvilka folkandan en gång trefvat sig fram, ett oskattbart värde. Äfven derföre inger prof. Hauchs afhandling ett ojemförligt intresse, att densamma just sysselsätter sig med och uppvisar det betydelsefulla ehuru mera dolda sammanhanget mellan en hel del af dylika hexespök- och gengångarvisor från den nordiska medeltiden och ännu äldre föreställningar om dylika ting, hvilka förefunnits i nordens hedna dagar.

Derföre kastar han också blott en blick i förbigående på kämpavisorna i egentlig mening och på de heroiska sånger, hvari förbindelsen med den hedniska forntiden är mera direkt och uppenbar, och i hvilka han anser att kristendomen märkes blott mycket litet och alldeles icke har påverkat visornas inre väsen. I denna punkt, att kristendomen skulle lemnat de gamla myternas innersta väsen oberördt, måste vi dock bekänna, att vi äro af något olika tanke med författaren Likasom det är visst, att de gamle gudarne, såvida hågkomsten af dem icke helt och hållet utröddes, i allmänhet blefvo nedsatta till dämoner och onda andar, som ville förföra menniskan, så är det dock å andra sidan oförnekligt, att, i trots af de katolska presternas tendens till en dylik upp- och nedvändning af den gamla hednatidens sedliga idealer, höll folkfantasien mycket ofta fast vid dem såsom kraftiga och icke onda makter, ehuru densamma småningom miste ur sigte deras högsta värde och innersta betydelse. Så t. ex. är det visserligen sant, att medeltidsvagabonders försök att göra sig »hårda» eller skottfria genom att under vissa ceremonier, fulla af öfvertro, fem torsdagar å rad låta uppläsa Kristi lekamens messa, visa att torsdagens helighet för hedningarne qvarlefde hos de kristne, fastän blott såsom en grof vidskepelse; men å andra sidan ega vi just om samme Tor uti »Hammar-hemtningen» qvar en folkvisa, hvilken allt igenom visar sig vara en medeltida omdiktning af den äldre Eddans härliga »Hamarsheimt», men en omdiktning, genom hvilken det urgamla stoffets innersta väsen alldeles rådbråkats ¹).

Medeltidsvisan följer det gamla originalet steg för steg. »Torkarl» har mistat sin guldhammare; »Loke», legodrängen, låter göra sig guldvingar och flyger till Trolltrams gård, likasom han i Eddan får låna Frejas vingeskrud och flyger till Trym, tursarnes drott, som bodde i jätteverlden.

I medeltidsvisan läggas följande ord i jättens mun:

»Torkarls hammar har jag tagit, jag döljer honom ej ett ord;
Femton famnar och fyratio ligger han under jord.

Säg nu Torkarl svar igen, han skall aldrig hammarn få,
Förr än jag får jungfru Fröjenborg, den väna solen då.»

I Hamarsheimt åter:

»Jag har Hlorrides (= Tors)
hammare dolt
åtta mil

¹) Professor Hauch har, såsom vi sedan funnit, i slutet af sin uppsats, sjelf påvisat detta med »Hammarhemtningen.»

under jorden;
ingen hemtar
honom upp åter,
om ej han förer åt mig
Freja till hustru.»

I båda dikterna tager Freja sig mycket illa vid öfver detta
budskap; i båda låter Tor kläda sig i qvinnoskrud för att i Frejas
ställe fara till bröllopps hos jätten; i båda dikterna är Loke med
som brudtärna och vänder med sin fyndighet bort jättarnes för-
undran öfver brudens omåttliga matlust och törst. I båda dikterna
är upplösningen bygd på den urgamla seden, att bruden vid sjelfva
vigseln skulle beröra den heliga hammaren. När nu sålunda Tor
genom denna af Loke uttänkta list får hammaren åter i sin hand,
så dräper han i båda dikterna med densamma hela jätteföljet.
Och dermed slutar det hela.

Utsidan af den för hedningarne heliga myten, sjelfva stommen
deraf står således qvar, skenbart oberörd af kristendomen; men
det inre är i våra ögon långt ifrån detsamma. Väl har Tor i
medeltidsvisan qvar både sin matlust och sin armstyrka; men
hvart har den stolta harm tagit vägen, med hvilken han i Eddan
först tillbakavisar Hejmdals förslag, att han sjelf, Tor, skulle kläda
sig till qvinna? Väl tar jungfru Fröjenborg så illa vid sig öfver
jättens våldsamma önskningar, att bloden sprack ut af hvarje
finger, en företeelse, hvilken åtminstone numera aldrig åtföljer
sorgen, såvida man icke får tänka sig, att hon vred sina händer
så hårdt, att bloden rann: men mot den gudaborna storhet och
kraft, hvarmed Eddan skildrar hennes qval, sjunker dock detta
dunkla uttryck betydligt samman. Men ännu mer röjer sig olik-
heten, om man spanar efter den innersta, djupaste betydelsen
af hela äfventyret. Denna är i medeltidsvisan ingen. Man ser
blott en stark man, som slåss med troll och jättar. I Eddans
»Hamarsheimt» åter möter oss genast från jättens mun, strax han
får se Loke komma att söka hammaren, den betydelsefulla frågan:

>>Hur är det fatt med åsar?
Hur är det fatt med alfer?
Hvi är du ensam kommen
Till jättehemmen?»

Och derpå svarar Loke:

»Illa står det till med åsar!
Illa står det till med alfer!
Har du Hlorrides (= Tors)
Hammare stulit?»

Detta samtal yppar att de goda makternas verld vacklar; ty Torshammaren, dess yppersta försvarsvapen, är stulen. Å andra sidan spelar förkänslan af segrens glädje tydligen igenom jättens innehållsrika fråga, der öfvermodet dolt sig i deltagandets drägt. Det gäller således en strid på lif och död mellan godt och ondt. Än klarare träder detta grundallvar i den skenbart humoristiska dikten fram, då Tor vägrar att låta påkläda sig brudelin; ty han får till svar:

> »Tig du, Tor!
> Med det talet nu.
> Strax jätteynglet
> Skall i Åsgård bo;
> Om ej du din hammare
> Hemtar åter.»

Det är denna konseqvens, men intet annat, som vållar att Tor betvingar sig sjelf och beqvämar sig att bruka den i hans ögon förnedrande qvinnodrägten. Och sålunda ändar det hela med gudarnes och det godas seger.

Men just detta drag, hvilket gaf lif åt den hedniska myten och var hennes hjerta och medelpunkt, är i den kristna bearbetningen fjerran försvunnet.

På detta sätt hafva flera hedniska myter gått öfver till kristendomen, ehuru de, såsom Sven Grundtvig i sitt stora verk öfver folkvisorna påpekar, mestadels pådiktats någon af den kristna tidens heroer, såsom t. ex. Olof den helige. Likvisst är denna visa den enda, som helt igenom är bygd på en af Eddans sånger.

Den första egentliga hufvudafdelningen i prof. Hauchs afhandling omfattar de visor, som handla om naturandarne, de underordnade elementarandarne, såsom alfer eller elfvor, dvergar och dylika väsen.

Man måste djupare tänka sig in uti hedningarnes uppfattning af sina gudar och af förhållandet mellan det andliga och det lekamliga för att kunna inse, huru tron på dylika väsen uppkommit, och man får lof att göra sig lika förtrogen med de tendenser till öfvertro hos det katolska tidehvarfvet, genom hvilka medeltidens helgonadyrkan utvecklat sig, för att inse slägtskapen mellan båda och grunden, hvarföre tron på dessa underordnade hedniska gudomligheter ingalunda upplöstes, utan tvärt om växte i styrka under katolicismen och godt trifdes tillsamman med tron på hennes egna, af ett Sanct eller Sancta utmärkta undergudomligheter. N. M. Petersens afhandling om »Overtro» i hednatiden ger inom det första af dessa områden en handräckning af samma höga värde som prof. Hauchs antydningar i afseende på det sistnämda uti den skrift, med hvilken vi nu sysselsätta oss.

Då menniskans i känslan hvilande grundbehof af något högre eller högsta att sluta sig till, vaknade till medvetande hos våra äldsta fäder, och då de började att söka och spana efter detsamma, är det ju helt naturligt, att de först vände sig till den underfulla natur, som omgaf dem, och hvars storartade företeelser gjorde på dem ett så mycket djupare intryck, som de icke kunde genomskåda dc hemlighetsfulla krafter, hvilkas verkningar de i henne sågo. Just det, som de i naturen icke kunde förstå, blef derföre i deras ögon gudomligt. Detta drag, hvilket är betecknande särskildt för den nordiska mytologien, leder oss genaste vägen in på vårt egentliga ämne, från Petersens allmänna uttryck: »när den tanken lägges till grund, att naturen är Gud, så framkommer det, som vi kalla för hedendom.»

Först måste vi likväl med några ord vidröra, huru mångguderiet är en naturlig följd af den hedniska grundåskådningen. — Ehuru nämligen såväl i Eddan som andra urkunder finnas spår af en djupare gudsuppfattning, af en aning om en enda gud med så höga egenskaper, att den dödlige icke ens dristade sig att fatta honom med något namn, så splittrade sig likvisst för både folktron och kulten det sökta, högsta väsendet i många gudagestalter, just derför att hedningen i naturen aldrig fann enheten, utan blott mångfalden, vexlingen, kampen mellan alstrande och förödande krafter. Derföre fick också hvarje gud, liksom hvarje husfader, sin gård och grund, sitt lilla egna område, der han och ingen annan var herre, men utom hvars gräns han också icke betydde mera än hvad omständigheterna och hans kraft att besegra dem tillstadde. Ville man åter med denna grunduppfattning för ögonen hafva sport hedningen, hvad han trodde att hans gudar uträttat, skulle han hafva visat rundt omkring sig och sagt: se! — I källan, som läskar den törstande, i det frodiga gräset, som föder hjorden, i solen, som drifver korn och kärna, såg han uppenbarelser af gudars makt, men ock i haglet, som slår ned äringen, i stormen, som krossar kölar, och i nattmörkret, som fostrar oron, aningen, grubblet. Liksom olika gudars gerningar sålunda voro olikartade och stundom kunde upphäfva hvarandra, så stötte det heller icke hedningen för hufvudet, att tänka sig gudarne sjelfva i strid sinsimellan. Åtminstone utvecklade sig saken derhän, såsom vi se af Hårbardssången. Detta beror· derpå, att då hedningen drefs att tänka sig gudarne såsom personligheter, hvilka åstadkommo de förändringar, som i naturen uppenbarade sig, så kunde han icke gifva dem något annat andligt väsen än det, som han fann uti sitt eget och sina stamslägtades inre. Der bodde en mäktig vilja, men också mäktiga lidelser; sjelfständig kraft, men också tygellöst sjelfsvåld; köld och vulkanisk glöd; naiv oegennytta och förslagen vinningslystnad; makt öfver sig sjelf och vanmakt gent imot njutningens lockelser. Allt detta bodde derföre också uti hans gudar. »Deras väsen var hans likt, fastän i vissa hänseenden förhöjdt, lekamligt förstoradt och i andligt hänseende långt mäktigare», såsom Petersen säger.

Det var ursprungligen naturens, icke den sedliga ordningens krafter, som i gudarne tagit gestalt. Derföre kunde också en gud i de sista tiderna tillvita den andra osedliga gerningar, utan att den skyldige derför mindre kom att anses för gud än förut. Derföre hade hedningen bland sina många gudar ej heller kunnat tänka sig något grundondt väsen, någon djefvul; ty Loke, ehuru uttryck för det skadliga och oädla i naturen och i menniskan, är dock icke desto mindre sjelfve Odins fosterbroder och en ständig deltagare i gudarnes samqväm.

Men om än hedningen, utgående från det öfversvinneliga, det ofattbara i naturföreteelsen, sökte qvarhålla och i gudagestalterna så vidt möjligt harmoniskt begränsa de hufvudkrafter, hvilka han förestälde sig verkande i densamma, så ter sig derimot hans fantasi så mycket mer dimmig och vidtsväfvande, då det gälde att gifva form åt de underordnade väsen, hvilka, ehuru af annan art än både gudar och menniskor, dock enligt hedningens åsigt jemte de förra i icke ringa grad utöfvade makt och inflytande icke blott på den sinliga, utan äfven på den andliga verlden. Dylika väsen voro t. ex. *alfer* och *dvergar*. Dvergarne, hvilka qvicknat till lif såsom maskar i urjätten Ymes kött, äro tjenande väsen; alferna fritt verkande i naturen, enligt N. M. Petersens åsigt. Dvergar funnos både öfver och under jorden, ja äfven i vattnet. Alferna delades i ljusalfer och mörkalfer. Mellan dessa dunkla väsen är det stundom mycket svårt att finna någon skilnad. Så vistades de underjordiska dvergarne i högar under mull och stenar. Likaså mörkalferna, hvilka tyckas nära sammanfalla med dvergarne. Dessa, hvilkas smiden voro så prisade, lydde under Loke; men kunna icke, likasom jättarne, betraktas såsom gudarnes fiender. Ljusalferna voro tydligen gudarnes vänner.

Minnet af dessa väsen har bland folket bevarats ända till våra dagar. Arvid August Afzelius berättar, att ännu finnas alfaltaren, der offer anställas för sjuka, likasom man fordom utförde

»Alfablôt». Medeltiden upptog den hedniskt vidskepliga ceremonien, öfvertygad att det bifogade korstecknet på en gång kristnade densamma och förhöjde den verkan, man åsyftat. Vår tid, som tagit arf efter medeltiden, har behållit den hedniska vidskepelsen, blott kryddad med katolska tillsatser.

Det är eget att se huru dessa underordnade hedniska makter bibehållit sig långa århundraden, sedan sjelfva de öfverordnade eller gudarne försvunnit till och med ur folkfantasien. Tilläfventyrs torde detta i någon mån bero derpå, att man redan under den hedniska tiden tänkte sig vissa af dessa väsen såsom bestämdt onda och andra såsom bestämdt goda, såsom vi se redan i indelningen af mörkalfer och ljusalfer. Då nämligen kristendomen sedermera uppstälde en skilnad, mellan det sedligt goda och det sedligt onda, inför hvilken sjelfva gudarnes gerningar icke bestodo, så kunde man derimot icke finna samma skäl att fälla ljusalferna. Mörkalferna åter torde på en gång förberedt folkets inbillningskraft för tron på djefvulens anhang och sjelfva genom sin slägtskap med detta senare beredt sig tillfälle att allt framgent få lefva.

Professor Hauch framhåller isynnerhet, att då den gamla hedendomen grundade sig till stor del på naturtillbedjan, så väckte denna omständighet hos de strängare kristna en stark misstro just till naturen. Deraf uppkom i medeltiden ett eget förhållande. Naturen stod qvar, densamma som förr, hvarje vår lika skön, hvarje sommar lika yppig och fruktbärande, hvarje vinter lika hård och härdande som förr. I ett nu kunde ej heller folklynnet förändras. »Det fanns derföre ännu i mångens själ en djup längtan efter naturens härlighet; denna längtan blandade sig med kärleken till fornsägnerna, till forntidens karaktersdrag och till all den underbara trollglans, som tycktes hvila öfver dessa flydda dagar. Å andra sidan kräfde kristendomen strängt, att man skulle fly detta såsom lockelser af den makt, som ville fresta själen, och som kunde störta henne i förderf. Sålunda verkade naturen å ena sidan med en underbar dragningskraft, medan fruktan och förfäran å andra sidan jagade menniskan ut ifrån henne.

Professor Hauch visar huru något dylikt redan antydes i vissa hedniska sägner. Så lockas kung Svegder om qvällen efter solfallet af en dverg in i en jättestor sten under förespegling, att han der skulle möta Odin. Men så snart kung Svegder kommit inom dörren, tillslöts stenen strax, och Svegder kom aldrig åter. Så lockar också en alfqvinna af utomordentlig skönhet Danmarks konung Helge till sig. Denna alfqvinna födde sedan Skuld, som bragte undergång öfver Helges son Rolf.

Det är just denna förföriska sida af naturandarnes väsen, som gjorde att de lefde qvar hela medeltiden igenom. Jungfrun, som vandrat ut i skogens gömslen, lockas af en dverg in i klippan; riddaren glömmer både Gud och sin käraste för elfvaqvinnornas sång och lockelser. Af dylika ting hvimla medeltidens sägner. Icke att undra på! Då hedningen hörde återklangen af sin egen stämma i vildmarkens ensamhet, var han viss om, att det var ett lefvande väsen, som svarade honom. Han gick dit, derifrån ljudet kom, och ropade åter. Men hör! Då har det svarande väsendet flytt ifrån honom långt, långt fjerran åt ett annat håll, och så åter och åter med samma trolska hemlighetsfullhet. Han söker en varelse, som ingen har sett; har hört en röst, som tyckes vara till blott för att locka och gäcka honom. Det är dvergens röst, det kan icke annat vara. Hände sig så, att någon gick bort sig bland klipporna och omkom, så var det den enklaste förklaringsgrunden, att dvergarne tagit honom. På likartad naturgrund hvila också sägnerna om öfriga naturväsen, såsom prof. Hauch ådagalägger. Men månne väl den kristne under medeltiden var närmare lösningen af den enkla naturföreteelsen? På intet vis. Ej en flik af hemligheternas slöja blef lyftad; men väl inträngde vidskepelse på mången punkt, der man förr sett klart. Det låg i kyrkans syfte att hellre underblåsa än borttaga förfäran för dylika ting, på det hvar man måtte fly till hennes sköte, som hade makt öfver andarne.

Medeltidens elementarandar äro desamma som hednatidens; men menniskornas förhållande till dem har blitvit ett annat. Om de än då och då fordom lockade något offer i förderf, så gåfvo de dock så mycket oftare åt menniskorna goda gåfvor. Under medeltiden hörer deras förförelser till ordningen för dagen, och deras gåfvor äro stundom nästan än förfärligare än deras fiendskap. De visor, i hvilka de icke göra något ondt, stå derför hednatiden närmast.

Lika egendomlig, som en munkprocession tar sig ut bredvid menniskor, som vandra i det dagliga lifvets arbete och bestyr, lika besynnerlig var den kristendom, som missionärerna förde hit upp till norden, i jemförelse med det lif i anda och sanning, som Kristus lefvat och predikat. Men huru grumlad än trons ström blifvit på den långa vägen från källan, der han sprungit upp i klarhet, så fanns dock den vattnande och befruktande kraften qvar i en grad, som ingen kan förneka, och till en välsignelse, som ingen bör förringa. Då hedningen nästan uteslutande lefvat i stundens nu och i den handgripliga verkligheten, så väcktes hos hans kristnade ättling tanken på ett evigt, mot hvilket ögonblicket försvinner, och ett andligt, som är förmer än det lekamliga. Men detta nya och det gamla, evigheten och ögonblicket, det andliga och det lekamliga kunde medeltiden aldrig bringa att genomtränga hvarandra. De stodo såsom motsatser, skilda af ett svalg, öfver hvilket hvarken religionen eller eftertanken kunde slå någon brygga, utan öfver hvilket man flög på längtans och fantasiens vingar. Men ju oftare man företog denna luftiga färd, desto mera höljdes naturligtvis det verkliga lifvets verld af ett sällsamt drömlifs dimmor. »Naturen sjelf», säger prof. Hauch i en träffande liknelse, »skådade man icke i verklighetens ljus, utan man såg henne liksom genom de färgade rutorna i en götisk kyrka, hvarvid hon fick en egen glans, som verkligheten i det klara dagsljuset aldrig kunde få.» —

Medeltiden är morgonens, dagbräckningens stund i historien. Solen stiger; men, dold bakom de vikande dimmornas slöja, liknar hon mera en blodröd brand vid horisonten, än det rena ljus, som värmer oss om middagen. Mörkret strider, ännu nästan oförsvagadt, mot ljuset, och natten har sparat sina kallaste flägtar just till denna stund. Likasom vandraren i solgången känner en isande rysning, så har också det underbara och skräckfulla i medeltiden en makt öfver menniskan, hvilket det hvarken förr eller sedan haft.

Sjelfva naturandarne äro mycket mer trolska, än de någonsin varit under den hedniska tiden. Elfvorna, hvilket är det nutida namnet på asatidens alfer, äro höga som menniskor, men spensliga och fina. De förföriskt sköna elfjungfrurnas dans öfver gräset gör detta frodigare. Men förledas de att leka, tills hanen galit tre gånger, blifva de *dagstånd,* det vill säga, de stå qvar såsom fastvuxna på det rum, der tredje hanegället nådde dem. För menniskan är ett dylikt dagstånd osynligt, men hon känner af strax påkommande plåga och sjukdom, om hon varit detsamma för nära. Några kallas *gårdselfvor* och bo under menniskoboningar; andra kallas *kyrkfolket* och bo under kyrkornas golfhällar. De förra, hvilka äro små, älska renlighet och ordning. De bringa helsa, trefnad och stundom rikedom till de hus, der de få lefva i frid; till andra åter död och olycka. — Kyrkfolket, bidande, såsom alla elementarandar, efter förlossningens timma, föröka sitt slägte, döpa sina barn och fira nattliga gudstjenster efter de kristnes föredöme. De kallas på finska »Kirkonwäki», äro mycket små och vanskapliga, samt locka gerna kristna qvinnor till hjelp, då deras hustrur ligga i svår barnsäng. De elfvor, som i visorna lemnat mest spår efter sig, äro dock otvifvelaktigt *högfolket.* I grönskande kullar, berg och ättehögar hafva de sitt hem. De plågas af sinliga begär, längta efter de kristnas umgängelse, men äro dem till förderf, som de lyckats att locka till sig. Sitt största välde uppenbara de genom sina sångers förtrollande kraft. Med dessa utöfva de ett underbart herravälde icke blott öfver gräs och lunder, öfver djuren i marken, fågeln i luften och fisken i vattnet, utan ock öfver sjelfva menniskan. Prof. Hauch anför bevis för detta ur den sköna visan »Elverhøi.» Äfven på svenska hafva vi motstycken, dels i den af Grundtvig påpekade parallelvisan: »Jag var mig en fager ungersven,» dels i visan om »Riddaren Tynne», der det heter om Ulfva, lilla dvergens dotter, då hon med trollsång (runoslag) ville »vända riddaren till sig:»

>»Det första slag hon på gullharpan slog,
Så ljufligt det månde klinga,
De vilda djur i mark och skog
De glömde hvart de ville springa.
I styren väl de runor!

Det andra slag hon på gullharpan slog,
Så ljufligt det månde klinga,
Den lilla grå falk på qvisten satt,
Han bredde ut sina vingar.
I styren väl de runor!

Det tredje slag hon på gullharpan slog,
Så ljufligt det månde klinga,
Den lilla fisk i floden gick,
Han glömde hvart han ville simma.
I styren väl de runor!

Här blomstrade äng, här löfvades allt,
Det månde de runeslag vålla:
Riddar Tynne sin häst med sporren högg;
Han kunde honom ej mera hålla.
I styren väl de runor!»

Riddaren är vanmäktig mot trolldomen, och liksom Svegder fordom följde dvergen, så följer han Ulfva in i berget, kallande henne »en ros öfver alla liljor.» Men han blir ej qvar, såsom Svegder, utan frälsas nu af Tora, lilla dvergens fru, som

»var född af kristet folk
och sluten i berget in.»

Hon satte honom nämligen i dvala, tog fram de fem rune-böckerna och löste honom ut af de runor, i hvilka hennes dotter bundit honom.

Prof. Hauch anför vidare den danska visan »Elverskud», der en elfvajungfru med löften om de ypperstä gåfvor söker locka en riddare att tråda dansen med henne. Grundtvig anför beslägtade visor eller sägner icke blott af norskt, färöiskt och isländskt, utan till och med af engelskt, tyskt, slaviskt och keltiskt ursprung. Vi ega äfven en motsvarande visa i Sverige, under namn af »Herr Olof i elfvornas dans.»

»Der dansa elf och elfvamåg,
Elfvakungens dotter med utslaget hår.

Elfvakungens dotter räckte hand från sig:
»Kom hit, herr Olof, tråd dans med mig!»

Hittills är allt en tjusande lockelse. Och man kan lägga märke till den finhet, med hvilken folkdikten tror att de mäktiga naturandarne förmå att utfinna och till förförelsen begagna sig af de olika böjelser, som helt naturligt förefinnas hos olika åldrar och olika kön. Liksom de göra sig en vän i den gamla bond-hustrun genom gåfvan af hyfvelspån, som i hennes förkläde för-vandlas till guld, så uppenbara de sig för jägaren såsom svanor, hvilka i vattnet bli bländande hvita qvinnor, och för riddaren så-som lekande, lockande jungfrur med utslaget hår. Villfar man deras önskningar, blifva de vänligt stämda. Så berättar traditio-nen om en namngifven slägt i Småland, att stammodren till den-samma, en ung, skön elfjungfru, med solstrålarne flugit in genom ett qvisthål i väggen. Sedan hon af husets son blifvit tagen till hustru, dröjde hon qvar, tills hon födt honom fyra barn, hvarefter hon försvann på samma sätt, som hon kommit. I dylika fall tyckes deras makt hafva ungefär samma omfång och styrka som menniskans naturliga, sinliga begärelser. Den starke kan behålla sig oförderfvad af deras bruk, den svage blir allt mera maktlös. Trotsar man dem åter och sätter hvad än det må vara, våld eller pligt, imot dem, så hafva de makt att hämnas både på stark och svag. Då derför i ofvannämda visa herr Olof svarar:

»Slätt intet jag vill, ej heller jag må,
I morgon så skall mitt bröllopp stå!»

så framträder strax den dämoniska hämden, mot hvilken han är vanmäktig:

»Elffruns dotter slog upp med sin hand:
Sot och sjukdom skall följa dig fram!»

I den danska visan slår hon honom mellan hans härdar, och
»i detta slag ligger döden», såsom Hauch säger. Den norska visan
om »Olaf Liljekrans» afslutar äfventyret på samma sätt. I den
svenska kommer han hem, blek, stiger till sängs och dör.

Den som går framåt, rättrådig i hågen, är ännu, hvilket val
han än gör, svagare än den sinliga naturen; dygden dukar under
för trolldom; hedniska tankar och rättsbegrepp stå ännu lifskraf-
tiga midt bland de kristne.

Innan vi lemna området af naturandarnes lockelser, böra vi
påpeka sägnerna om *necken* och *hafsfrun*. Professor Hauch har
icke upptagit dem, tilläfventyrs derför att det torde vara svårt
att uppvisa dessa väsens anknytningspunkt med några kända hed-
niska myter. Hvad i äldsta tider kallas »necken» (fornsv. *niker*,
isl. *nykr*) var ett väsen, som, alltid i skepnad af en appelkastad
häst, om dagen uppsteg ur vattnet, och om hvilket aldrig berättas,
att det egt den musikaliska begåfning, som städse tillhör de kristnes
skildringar af necken. Men om föreställningen om dessa väsen
i mensklig gestalt sålunda icke sträcker sin rot djupare i tiden än
till de katolska århundradena, så är densammas uppkomst just då
så mycket märkligare, som detta bevisar, att folkfantasien, som
då ännu kunde skapa något nytt, rörde sig långt mer inom en
hednisk än en kristen föreställningskrets. Ty både necken och
hafsfrun, hvilken sistnämda tydligen är slägt med de sydländska
folkens sirener, äro i botten lika goda hedningar, som någonsin
elfvorna och dvergen; lika förföriska, lika olycksbringande. De
tillhöra, om vi så få säga, ett slags ny hednisk mytologi, upp-
kommen uti kristna århundraden och beslägtad med de fantastiska
element, som så skarpt trädde i förgrunden ej mindre hos den
segrande än hos den besegrade religionsformen.

Det lärer finnas en tradition, att ej mindre de olika arterna
af dvergar och elfvor än neckarne, skogsfrun, hafsfrun o. s. v.
blifvit på en gång besegrade uti en stor strid och förvisade, hvar
och en till någon viss plats, att der förvaras till domedag. Af de
kristne betraktades de såsom olyckliga, ehuru mäktiga väsen; hvilka
med all naturen längta efter förlossning, och äfven en gång skola
få densamma. Detta är det väsentligen kristna elementet i dessa
sägner, och likartade drag möta i många rörande folkberättelser
af nyare slag, hvilka vi här nödgas att förbigå, blott påpekande,
att medelpunkten i dem alla är denna alla väsens längtan och

trängtan efter frihet och frid, samt folkdiktarens visshet att de
skola nå sin längtans mål; hvarjemte det alltid framställes såsom
något okristligt af en menniska att söka nedslå detta deras hopp.

Bland de visor, som handla om necken, finnes en, uti hvilken
han säger sitt ursprung:

> »Min fader och moder ä' böljorna blå,
> Mina vänner och fränder ä' stickor och strå.»

Den egendomliga lockelse och den egendomliga skräck, hvilka,
förunderligt sammansmältande uti en enda, helgjuten stämning,
väckas af att länge lyssna till forsens brus eller böljornas svall
mot stranden, hafva tagit form och röst i detta naturväsen. Såsom
elfvorna och dvergen drages han af jordiska begär och vinner,
skön, såsom han oftast är, än säkrare än klippornas vanskaplige
son den jordiska jungfru, för hvilken han ställer sitt försåt. Så
fort hon hängifvit sig åt honom, så är hon förlorad, och då
heter det:

> »De sökte den jungfrun allt öfver bro,
> Der funno de hennes gullspända skor.
>
> De sökte den jungfrun allt upp efter fors,
> Der funno de hennes liflösa kropp »

Det är bekant, att necken är den mest musikaliske bland alla
dessa naturväsen. Huru högt man fordom tänkte om tonernas
förtrollande kraft, hafva vi förut påpekat. Dessa båda omständig-
heter, tonernas makt och neckens kärlek för musik, uppträda på
ett högst egendomligt sätt uti en af våra medeltidsvisor. Det
trollmedel, som vanligtvis utgick från naturväsendena, användes i
denna visa på detta väsen sjelft. Det är i den bekanta sången
om »harpans kraft». Då jungfrun på sin bröllopsdag drunknat,
låter nämligen hennes fästman hemta sin harpa, och börjar att
spela för necken:

> Det första slag han på gullharpan slog,
> Då satt der necken på vattnet och log.
>
> Det andra slag på gullharpan lät;
> Då satt der necken på vattnet och gret.
>
> »Hör du ungersven, du spela ej så hårdt,
> Du skall väl få igen din unga brud ändå.»

Och du skall få igen din unga brud så röd,
Som aldrig hon legat i böljorna död.»

En dylik dikt måste tillhöra de senaste tiderna af mytbildningen, då naturväsendena blifva vanmäktiga gent imot menniskan, som för sedliga ändamål vänder mot dem sjelfva de medel, som *de* fordom, drifna af lägre lustar, brukat till hennes förderf. Äfven hafsfrun, hvilken, enligt Geijer och Afzelius, liksom skogsfrun betecknar den råa sinligheten, är i senare dikter väl mäktig att röfva de obetänksamma ned i djupet; men måste lemna åter sitt rof, då någon i ädla afsigter återkräfver det.

Så framgår äfven inom denna verld af folkföreställningar småningom en alltmera ädel och kristlig tro, att naturen och hennes dämoniska lustars makt till slut måste vika och besegras af anden.

(Forts.)

P. A. GÖDECKE.

Anmälningar.

Några ord om den nyaste litteraturen i Sveriges historia.

Det förflutna året har burit ej ringa frukter för fosterlandets historia; för att blott nämna de förnämsta: C. G. Malmströms *Sveriges politiska historia från Carl XII:s död till statskvälfningen 1772*, tredje delen, omfattande åren 1742—51; gr. v. Fersens *Historiska skrifter*, femte och sjette delarne, omfattande tiden 1781—87; J. Mankells *Finska arméns och Finlands krigshistoria*, 2 delar; hvartill må läggas Bernhard v. Beskows *Lefnadsminnen*.

Dessa skrifter föra oss in i temligen olika, men hvar för sig märkvärdiga tider: midten af den s. k. frihetstiden, tillika en af dess för samhällets bestånd vådligaste perioder, då författningens brister framstodo som värst, då riksdagen betydde allt, allt annat så godt som intet; dernäst senare delen af Gustaf III:s regering, då konungen betydde allt, och riksdagen, efter hans mening åtminstone, så godt som intet, fastän riksdagen just då började taga sin rätt igen; slutligen de olyckliga åren 1808 och 1809, då det kungliga enväldet bar sina bittra frukter, och dermed gick till sin undergång.

Om frihetstidens betydelse har förts mången strid, och kommer än att föras. Den erbjuder nog många både goda och dåliga sidor, för att gifva hållpunkter till både beröm och tadel. Men man har vanligen fästat sig för mycket vid ettdera. Och framför allt har man, särdeles å den tadlande sidan, velat påstå, att den medförde något alldeles nytt, hittills osedt i vårt statsskick, och från detta misstag har månget missförstånd haft sitt upphof.

Det finnes i vår historia mera än en hastig öfvergång från ett slags statsskick till ett annat, som synes vara dess motsats. Men något språng utan öfvergång, någon nyhet utan ursprung i äldre förhållanden, har lika litet hos oss som i andra stater funnits. Det Pfalziska husets envälde hade till stor del sin grund i våra gamla traditioner och vanor, och i de gamla lagarnes föga bestämda ordalydelse, som nästan till allt kunde lämpas. Det nya i detta envälde var af tyskt ursprung, låg i alla de tyska furstehusens vana vid mera oberoende styrelse, låg framför allt i det aldrig rätt svenska embetsmannaväldet.

Då Carl XI bröt adelsväldet, trädde i dess ställe embetsmannaväldet, som bildar öfvergången till frihetstiden, under denna bibehöll sig, och i betydlig mån ingick i oppositionen mot Gustaf III:s envälde. Frihetstidens riksdagsvälde har åter ganska gamla och aflägse rötter. Redan under Axel Oxenstjernas tid, när riksrådet styrde i en omyndig drottnings ställe, heter det: När, Gud bättre, ingen konung finnes, är summa majestas hos ständerna.

Hvad då låg i tankarne, trädde öppet i handling under nästföljande förmyndarestyrelse för Carl XI, då ständerna kraftigt ingrepo i styrelsen, och deras framstående män såsom riksdagsledare banade sig väg till rådkammaren. Johan Gyllenstjerna är af sådana män den mest namnkunnige, en fullt värdig föregångare till frihetstidens koryféer; och Magnus Gabriel De la Gardie i sitt slag är en föregångare till Carl Gustaf Tessin, till Gustaf III sjelf: svag för beröm och för tadel, för mycket betagen i sig sjelf för att framgent kunna vara aktad af andra, och styra andra.

Hvad riksdagsväldet brutit, hvad ondt det i sitt öfvermått åstadkommit, och hvarthän det i sitt missbruk måste leda, framstår klarast just i den af Malmström behandlade tiden kring 1743.

Man har nyligen i en annan tidskrift sett en litterär strid rörande historiska både åsigter och fakta. Striden har i någon mån påmint om den som gälde »aristokratfördömandet», särdeles som den ene kämpen i den striden nu ock, efter några tiotal af år, var med i denna senare; han var då den anfallande, nu den anfallne. Så bitter som då var striden ej nu, men icke utan sin bitterhet, ehuru den nu hade något tycke af akademiska disputationer: ej så att man omvexlade med stridshugg och artigheter; men deruti att opponenten imellanåt ej läste till punkt, der han sökte ämne till tvist, och derföre gjorde försvaret lätt nog i vissa delar. Striden om aristokratfördömandet afstannade ej alldeles med den ene kämpens död; torde ock hända att nu så går. Åtminstone söker aristokratiens försvarare gång efter annan påminna om sina idéer, äfven med anledning af sitt nuvarande arbetsfält, frihetstiden, der det ofta nog kan vara svårt att säga, hvilket parti motsvarar aristokratien. Vi våga tro, som Tengberg och andra, att Fryxells författarskap mera förlorat än vunnit på hans teoretiserande.

Striden har imellertid ej blott gält åsigter om särskilda tidskiftens betydelse, om de maktegandes olika förtjenster af fosterlandet. Den har gält äfven fakta, den har gält forskningens grundlighet, omdömets skärpa. Fryxell har blifvit beskyld för mindre pålitlighet i uppgifter, för lättrogenhet i vissa fall, der utländska källor blifvit begagnade kanske med förkärlek. Och som måttstock vid allt detta har Malmströms arbete blifvit begagnadt. Man har slutligen angripit Fryxells framställningssätt, såsom numera ej passande för hans ursprungliga syftemål: ungdomens inledande i kännedomen af fosterlandets öden.

Fryxell lärer nog både vilja och kunna försvara sig sjelf. Onekligt förefaller det oss visserligen, att Malmströms starka sida, der han kan synas Fryxell öfverlägsen, är kritiken; vi mena härmed ej bekämpandet af andras uppgifter eller idéer, ty detta undviker han med rätta mestadels; vi mena urskiljandet af det verkligen sanna i hvarandra motsägande framställningar, och urskiljandet af hvad som mera eller mindre förtjenar att upptagas. Han har synbarligen läst noga i massan af råds-, stånds- och utskotts-protokoll. Och dessa äro blott alltför mycket det väsentliga i frihetstidens historia, då riksdagen, när den var samlad, var både representation och styrelse.

Malmströms framställningssätt har sin egna karakter, egentligen bestående deruti, att det är fritt från alla egenheter; det är lugnt och jemt, som en ström utan forsar och fall. Men det är lika-dant, då han utreder riksdagsstridernas trassel, och då han, som i den sista delens första kapitel, skildrar dalkarlsupproret och prin-cipalatsfrågan. Äfven dessa de mest dramatiska företeelser under frihetstiden, utom kanske 1756 års revolutionsförsök, draga honom ej med sig till en lifligare berättelse. Sedan man läst detta kapitel i hans bok, tager man så gerna åter till Fryxell eller Tengberg [1]), eller ögonvitnet Fersen. Malmström synes ock i dalkarlsupprorets skildring hafva undvikit detaljer, för hvilka han hänvisar till Tengberg, och undvikit att så mycket begagna Fersen, som han kunde, och efter vårt förmenande *borde* hafva gjort. Dermed blir hos honom t. ex. en Lagercrantz ej annat än en vanlig riksdags-kämpe. Till och med det väsentligaste i hela striden, frågan om kommitenternas eller folkets rätt i afgörandet af allmänna ärenden, får ej sin fulla färg; och icke heller den väsentligaste följden: hela samhällets hotande upplösning.

Med skildringen af tiderna efter 1743, af riksdagen 1746, samt af k. Fredriks senaste år, är Malmström åter inne på det fält, der hans lugna stil kan ostörd fortgå, der partitvister komma och gå som hafvets böljor, dock utan svårare stormar. Han förskonar oss med rätta för uselheterna af kungens enskilda lefnad. Han miss-tror, och med giltiga skäl, uppgifterna om tillämnade våldsamma hvälfningar till kronprinsens fördel, och uttalar sig först här mot sin föregångare, med genomförd kritik.

Vi talade om samhällets hotande upplösning. Hvad kan man annat kalla det, när fienden borttagit tredjedelen af riket, och står nära dess hufvudstad med öfverlägsen styrka? När riksdagen tvistar om tronföljareval, under det rikets egen allmoge står i vapen, eller rustar sig, med bondeståndets vetskap och begifvande, för att på-tvinga de andra ständen dess vilja i detta fall. När ett landskaps allmoge, med stöd af andra rundtomkring sig, intränger väpnad i hufvudstaden, rådsherrar fly eller dölja sig, och konungen sjelf, öfvergifven, bereder sig till flykt; när trupper, som kommenderas mot de upproriske, vägra sin tjenst. Hade upproret haft en duglig ledare, hade riket kunnat vara förloradt, eller åtminstone det sty-relsesätt, som i tjugufem år herskat. Och efteråt måste, mot Dan-marks anspråk på svenska tronföljden, väpnad hjelp sökas från den nyss försonade fienden, som blott alltför tydligt visade sin goda vilja att framgent skydda och herska.

Detta sista, att söka rysk hjelp mot grannen i söder och mot dess anhängare inom landet, torde med skäl räknas för hattpartiets

[1]) *Bidrag till historien om Sveriges krig med Ryssland åren 1741—43.* Lund 1857, 60.

största felsteg i den yttre politiken; men det godtgjordes lyckligt nog under följande åren genom visad sjelfständighet. Man gör frihetstiden orätt, när man jemför Sverige under denna tid med Polen, hvars partier alltjemt sökte och underhöllo förbindelser med främmande makter. Det ligger en grundskilnad mellan de två staternas inre skick just deri, att i Polen fanns blott ett stånd, adeln, som hade allt att säga; i Sverige motvägdes dess inflytande af de tre ofrälsestånden. Snarare erinra våra inre strider om Englands, den enda stat, jemte Nederländerna och Sverige, som egde verkligen konstitutionel författning före franska revolutionen. Och med Englands förhållanden voro stiftarne af 1719 års styrelseform väl bekanta.

Som man vet, var de ofrälse ståndens angrepp mot adeln ett af de bidragande skälen till framgången af Gustaf III:s första statskupp; i den andra (1789) begagnade han dem sjelf mot adeln, för att göra sig enväldig. Redan den första statskuppen skaffade honom en makt, som det skulle ha behöfts en kraftigare, konseqventare karakter att rätt begagna och behålla. Gustaf III trodde sig bringa partihatet i grafven genom att betaga det allt tillfälle till strid, då det tvärtom är genom inbördes rifning, men under återhåll af en stark hand, som fördomar försvinna. Under frihetstiden hade man riksdag ungefär hvart tredje år, under Gustaf III efter sex år först, sedan efter åtta.

Man antager gemenligen — och härmed komma vi till grefve v. Fersens skrifter, — att det var först vid 1786 års riksdag, som motståndet mot Gustaf III fick sitt utbrott, och att den af 1778 var endast ett komplimentsmöte. Men v. Fersen visar i sin fjerde del, att redan då mycket missnöje egde rum, och motstånd ej blott i bankfrågan. Presterna motarbetade sjelfve frågan om en särskild presterlig orden — man tyckte då ännu att ordnar ej pryda prestrocken — och ännu mera den om religionsfrihet. De åtta år senare fullföljda frågorna om bevillningens bestämmande för vissa år, ej till nästa riksdag, och om tre stånds afgörande rätt i beslut, väcktes redan då, och den senare påskyndade riksdagens slut. Märkligt nog framstår konungens försök att i riksdagsbeslutet insmyga en mening härutinnan, stridande mot hvad han sjelf för ständerna betygat. Dock har man för denna sak ännu blott Fersens vitsord. Han omtalar ock, huru två forna riksdagskämpar tänkte, med utländska ministrars hjelp, bilda ett organiseradt motstånd mot konungen, men af honom, Fersen, derifrån afråddes.

Vid 1786 års riksdag organiserades, tydligen under hans ledning, ett konseqvent motstånd hos adeln, hvaruti ock de andra stånden indrogos, äfven bondeståndet, med anledning af bränvinsbrännings- och passevolansfrågorna. Blott dessa två af de många frågor, som då afgjordes eller framburos mot konungens vilja, behandlas af Fersen med någon detalj. — Här må erinras, att Gustaf III:s ställning till ständerna år 1786 har blifvit temligen olika bedömd af v. Beskow, som äfven häruti gifvit konungen rätt i så godt som allt, och af en af vår tids framstående riksdagsmän, nu medlem af vår konungs konselj, C. F. Wærn, hvilken söker visa, att ständerna häfdade dels hvad dem af gammalt rätteligen tillkom, dels hvad som sedermera blifvit dem tillerkändt. — För öfrigt innehåller grefve v. Fersens skrifters sjette del, likasom den femte, mycket om både inre och yttre politiska förhållanden mellan riksdagarne, och om konungens utländska resor, samt ännu mera af hofsqvaller; båda delarne med ogillande i de flesta fall af konungens åtgärder, och framhållande af hans svagaste sidor, i en ton som ovilkorligt synes vitna om den från väldet undanträngde partichefens troligen alltför ofta skefva omdöme.

Bernhard v. Beskows lefnadsminnen tillhöra en helt annan art af litteratur, den art som beqvämligen studeras på soffan. Han för oss in först i studentlifvet i Upsala, sådant det var i början af detta århundradet, och sådant det förblef ett par tiotal af år, så att de äldre af oss rätt väl känna det igen: med alla dess originaler bland lärarne, med dess dels rumlande studenter, dels tévattens-gossar o. s. v. Till de senare hörde v. Beskow sjelf, jemte flera ynglingar af förmögnare familjer, sedermera betydande män i staten; och till deras umgänge hörde, för musikens skull, eller af andra skäl, vetenskapsmän sådane som Geijer o. a. Allt behandlas i en lekande stil, med en fin satir, med hofmanshandskar; allt utom fosforisterna, hvilka, jemte Grewesmöhlen och hans likar, synas undantagna från den allmänna amnesti, som följt på författarens litterära strider i mognare åren. Det ser ut, som om äfven hos mildare naturer vissa slags sår vore oläkliga.

Större delen af boken egnas åt de olyckliga åren 1808 och 9, hvilka författaren till en del tillbragte i fädernehemmet, ett rikt, väl ordnadt, till åsigter rojalistiskt hem. Äfven i denna del af boken leker den fina satiren, då han talar om den hemliga sammansvärjningen mot konungen, som nästan hela verlden visste af, men ingen röjde; om den högtbetrodde man, som den 12 Mars personligen hos konungen sökte insinuera sig till en presidentsyssla, och hade Adlersparres proklamation i fickan; uppgiften var dock hemtad från en medtäflare om makten; — om Rosenblad, fem regeringars tjenare, som med samma lugn gaf befallning om proklamationens tryckning mot Vestra armén, och dagen derpå kontramanderade tryckningen; om v. Hauswolff, som gjort rikshäroldstjenst vid konungens kröning, och nu måste göra samma tjenst i och för regementsförändringen o. s. v.

Men jemte all·denna, med lätt hand utströdda satir, går ett djupt allvar af rojalism, af tillgifvenhet för den i sin inre styrelse rättvise och opartiske, i sin lefnad enkle och hushållsaktige konungen, tills denne genom en ohjelpligt dåraktig yttre politik gjorde sig omöjlig; och sedan af tillgifvenhet för hans familj, och aktning för dess rätt; hvarföre v. Beskow ej kan förlika sig med Adlersparres beteende, ej heller med den utsigt för framtiden, som denne beredde riket genom Carl Augusts kallande till tronföljare. Men Carl Johans snille, den nya tid af inre lugn och yttre anseende som han beredde Sverige, finner hos v. Beskow sitt fulla erkännande.

Han visar för öfrigt sinnesstämningen i hufvudstaden under finska krigets tid såsom ej betryckt; man roade sig, mestadels okunnig om krigets verkliga förlopp, tills fienden för andra gången stod på Åland, stod vid Grisslehamn; i Upsala trodde man sig ha sett kosacker vid Vaxalatullen. Och efter revolutionen följde åter en tid af yrande nöjen.

Om 1808 och 9-årens krig innehåller Mankells bok, i andra delen, en allvarlig och okonstlad berättelse, som i detalj upptager alla militäriska dispositioner; och derföre, läst med en fullständig karta, gifver mycket att lära, för militärer kanske mycket att begrunda. Möjligen blir denna bok, likasom andra af Mankell, minst uppburen i militäriska kretsar; om med skäl, eller af fördom, lemna vi derhän. Man vill beskylla honom äfven för bristande noggranhet och pålitlighet i uppgifter. Han har imellertid öppnat en bana för vår krigshistoria, på hvilken vi af hjertat önska honom vidare framgång och efterföljare, helst sådane som göra sin sak ännu bättre än han; det är det bästa slags kritik vi känna.

T—M.

Teaterfrågan.

Underdånigt betänkande, afgifvet den 21 Januari 1870 af Kongl. Teaterkomitén.

Ludvig Josephson. Våra Teaterförhållanden. Betraktelser och uppsatser. Stockholm 1870.

Edvard Stjernström. Några ord om Teatern. Stockholm 1870.

Den maktpåliggande kulturfråga, som afhandlas i ofvanstående skrifter, kan väl icke i dessa upprörda tider påräkna samma intresse som de stora politiska och sociala frågorna för dagen; men ett folk, som under en långvarig fred åtminstone icke saknat tillfälle att använda sina krafter ej mindre till odlingens höjande än till befrämjandet af det materiela välståndet, borde mindre än andra kunna vägra sitt skydd åt konstens fredliga idrotter, hvilkas förädlande inflytelse det så länge i ostörd ro fått erfara. Denna fråga ingår ock i de förhandlingar, som föreligga den nuvarande riksdagen, hvarföre hon, såsom hörande till dagordningen, torde så mycket mera böra uppmärksammas af den fosterländska konstens vänner.

De nämda trenne skrifterna innehålla tillsamman en utförlig skildring af våra dagars inhemska teaterförhållanden, betraktade så väl från konstens som från den ekonomiska förvaltningens synpunkter. Med anledning af dem, äfvensom af de senaste riksdagsförhandlingarna, vilja vi här söka något närmare belysa teaterfrågans närvarande ställning i Sverige.

18

Herr Josephsons insigter i våra teaterförhållanden äro icke nu först allmänheten bekanta, och då han funnit nödigt att i förordet utlofva en fullt opartisk behandling af sitt ämne, erhålla hans anmärkningar så mycket större värde. I hr Stjernström åter finna vi en af vårt lands ypperste teaterdirektörer, som efter en i alla afseenden ovanligt lycklig verksamhet, trodde sig öfverlemna den scen, åt hvilken han egnat sina talanger, i goda händer, då han hembjöd den Kongl. Maj:t till inlösen, men som nu, antingen sviken i sina förhoppningar eller otillfredsstäld af de lagrar, han redan skurit, synes icke vara obenägen att återtaga sitt forna mödosamma kall. Båda desse författare ha skrifvit sina uppsatser med särskildt afseende på det betänkande, som förra året afgifvits af den Kongl. teaterkomitén, hvilken blifvit tillsatt hufvudsakligen för att utreda teaterns intrasslade affärer, och som derföre äfven erhöll till ordförande en af vårt lands mest framstående financierer. I likhet med denna komité ogillar hr J. yrkandet, att teatern borde lyda under något af statsdepartementen eller ock öfverlemnas till enskild person eller bolag. Vi dela äfven fullkomligt den åsigten, att ärendenas skyndsamma afgörande vid en teaterinstitution icke kan lida den tidsutdrägt, som nödvändigt måste uppstå vid den långsamma kansliberedningen, och att öfverlemna landets förnämsta scen till enskilde spekulanters okontrollerade affärsverksamhet, torde icke vara förenligt med dess högre ändamål, som då sannolikt skulle komma att förbises ännu mera än hittills skett. Ifrån främmande länder har teaterkomitèn hemtat stöd för sina åsigter om teaterinstitutionens behof af det särskilda skydd och understöd, som hittills varit den förunnad. I de *nordtyska* staterna tillsättes styrelsen öfver de kongl. teatrarne, likasom i Sverige, af monarken sjelf; Kongl. Hofteatern i *Dresden*, likasom de största teatrarne i de tyska länderna, beskyddas äfvenså omedelbart af konungen och förvaltas enligt hans vilja och befallning; i *Italien* lemnas det patronela skyddet till en del af lokala myndigheter och sällskap, såsom i Neapel af municipalitetet, i Florens af ett akademiskt sällskap o. s. v.; i Frankrike understödjer staten sex scener i Paris, och i de öfriga städerna bestämmer municipalitetet det understöd som skall af statens medel utgå; endast i *Kjöbenhavn* är teatern en statens inrättning, hvars budget för hvarje år regleras af riksdagen.

Lifsfrågan för teatern är och förblir, att dess ledning anförtros åt personer, fullt vuxne detta uppdrag, och svårigheten härvidlag faller så mycket lättare i ögonen, om man besinnar, att inom detta verk någon succession imellan tjenstemännen alls icke förekommer, ehuru det vill synas som om den person, hvilken åtminstone bär namn af att vara *andre direktör*, väl borde vara någon gång berättigad att komma i åtanka vid direktörsplatsens tillsättande. Om något sådant förhållande blefve vid teatern infördt, skulle yngre förmågor få tillfälle att småningom utveckla sig till full kompetens att sköta denna svåra tjenst, men såsom det nu är, har följden visat sig vid hvarje afgång blifva, att en ny och alldeles opröfvad förmåga tagits i anspråk, och det har sålunda inträffat att valet fallit på personer, som lika litet efter som före anträdandet till sitt nya kall förmått ådagalägga sina insigter i dithörande ämnen.

I kapitlet om »Teatern och förste direktören» framkastar hr J. åtskilliga anmärkningar imot den nuvarande regien, hvilkas befogenhet man nödgas godkänna, äfven om man å andra sidan tager i betraktande, att vår teater under en följd af år och direktörer råkat i en ställning, der det estetiska måste sättas i sista rummet och hufvudsaken vara att i det längsta motarbeta den upplösning, som hotar genom det ekonomiska betrycket. Att konsten verkligen blifvit vanlottad och tillbakasatt, är en ofta upprepad beskyllning, som synes för hvarje dag alltmera grundad, och om man öfverskådar den senaste tidens repertoir, kan man icke tillbakahålla sitt befogade missnöje, som blifver så mycket större, då man af hr J. erhållit intressanta förteckningar på hvad de kongl. teatrarne kunna och böra erbjuda publiken. Hvarje vän af vår fosterländska odling måste högeligen beklaga, att i den tvetydiga ställning, hvari teatern för närvarande står till riksdagen, som dock i sista instansen har att bestämma öfver dess »vara eller icke vara», direktionen icke varit betänkt på att bättre häfda den svenska skådebanans anseende, hvilket visat sig redan förut icke stå så synnerligen högt hos åtskilliga bland våra värda representanter. Hvad särskildt angår den någon gång direktionen tilldelade förtjensten, att ha genom upptagandet af några yngre författares alster befrämjat den inhemska dramatikens utveckling, torde på detta beröm mycket kunna afprutas, om man besinnar, huru de gryende talangernas egna intressen att utveckla sig till hvad de möjligen framdeles kunna blifva, nog kunna anses tillräckligt kraftiga för att förmå dem att sålunda af egen drift hålla sig framme. Äfven om man gerna ville i vår nyaste dramatik se en grundad anledning till förhoppningar för framtiden, kunna vi icke inse, att publiken härför står i någon förbindelse till teaterdirektionen.

Efter att ha låtit oss kasta en blick bakom kulisserna och göra bekantskap med det ganska invecklade teatermaskineriet, kommer hr J. slutligen till den visserligen mest prosaiska, men dock för närvarande vigtigaste sidan af teaterfrågan, nämligen den ekonomiska, det vill säga: *skuldsättningen*. Denna fråga hänger på det närmaste tillsamman med förenandet af de båda teatrarne och bör sålunda betraktas i sammanhang dermed. Teaterkomitén beskrifver förloppet med den dramatiska teaterns inköp sålunda:

Det har alltid varit erkänt att Kongl. Stora teatern, afsedd egentligen för den lyriska scenen och det större skådespelet, icke väl lämpar sig till talscen i allmänhet, särdeles hvad beträffar komedien. Från äldre tider ända till dess den å södra delen af Carl XIII:s torg belägna Dramatiska teatern nedbrann, fanns för de kongl. spektaklerna en särskild talscen och efter nyssnämda olyckshändelse kändes lifligt och uttalades äfven af teaterstyrelsen behofvet af en sådan. Derföre, då direktören Stjernström år 1862 beslöt att afyttra den s. k. Mindre teatern, ingaf direktionen till Kongl. Maj:t en promemoria, hvari yttras, att sålunda ett efterlängtadt tillfälle för Kongl. Maj:ts teater yppats till erhållande af en, efter nutidens fordringar med hänsigt till såväl akustiska förhållanden som lagom afpassadt utrymme fördelaktigt lämpad dramatisk scen; och vågade kongl. direktionen så mycket hellre föreslå det erbjudna tillfället begagnande, som Kongl. Maj:ts teater, ehuru den i afseende på personalen länge egt tvenne scener, en sång- och en talscen, hvilkas arbetssferer allt mer och mer blifvit från hvarandra afsöndrade, likväl med hänseende till rummet dittills nödgats inskränka sig till en enda scen, som vore otillräcklig för ofvanberörda begge konstgrenars olika verksamhet. Vid skärskådandet af de till detta, af konungen gillade köp hörande handlingar, kommo de komitterade till det vigtiga resultat, att konungen ingalunda uppdragit åt kongl. teaterdirektionen, att för konungens personliga räkning inköpa den Stjernströmska teatern, utan att direktionen föreslagit köpet, såväl för att befria Kongl. teatern från en skadlig konkurrens, som för att bereda tillgång till en lämpligare talscen, och att den dramatiska teatern tillhör Kongl. teaterinstitutionen och sålunda befinner sig under konungens vård och garanti, dock utan någon förbindelse för konungen att fortfarande uppehålla teaterinstitutionen, och att sålunda ingenting hindrar honom att låta densamma upphöra, samt att för skuldernas betäckande använda dess befintliga tillgångar.

Dem, som önska närmare kännedom om teatrarnes ekonomiska ställning, hänvisa vi till komiténs intressanta betänkande, och för att icke öfver höfvan trötta våra läsare med torra sifferuppgifter, vilja vi endast anföra några af de vigtigaste i rundt tal:

Teatrarnes utgifter 1863—1869 utgöra årligen i medeltal 600,000 rdr.
Deras inkomster .... 568,000 »

I dessa senare ingå såväl statsanslaget, som 1863—1868 utgick med 75,000 rdr, men 1869 blef nedsatt till 67,500, som ock de af konungen enskildt lemnade bidragen, hvilka för dessa sex år utgöra tillsamman 550,000 rdr. Inköpssumman för dramatiska teatern uppgick till 270,000 rdr, å hvilken summa hr Stjernström visat sig ha erhållit 8 procents ränta under de senaste tre spelåren. De Kongl. teatrarnes skuldsumma utgör, enligt konungens till den nuvarande riksdagen lemnade proposition, 468,140 rdr rmt.

Att numera, sedan köpeskillingen för den dramatiska teatern under sju år blifvit till en del amorterad, och de båda teatrarne, hvad angår såväl personal som materiel, vuxit tillsamman, ånyo skilja dem ifrån hvarandra, hvilket utgör ett af hr Stjernström framkasta dtförslag, torde vara i det närmaste omöjligt, utan alltför stora förluster för den Kongl. teatern. Och då det enligt komiténs åsigter icke torde vara anledning att hoppas, att teatrarnes verksamhet skall under den närmaste framtiden medföra ett så lyckligt resultat, att utan förhöjning i det nu utgående anslaget inkomsterna skulle kunna, efter att ha betäckt omkostnaderna, lemna så mycket qvar, att ens räntan på deras skuld skulle kunna betalas, är det en oundgänglig nödvändighet att, om de skola komma att uppfylla sitt ändamål, institutionen befrias från den skuldsumma, som nu vidhäftar densamma.

Konungen har derföre nu till riksdagen ingifvit ett förslag, att staten skulle öfvertaga och under tre års tid gälda inköpet af den dramatiska teatern; vidare skulle en teaterns skuld till sjuk- och begrafningskassan, stor 30,000 rdr, alldeles utgå, och det resterande beloppet ville konungen sjelf åtaga sig. »Härigenom» — heter det i den kongl. propositionen — »inskränkes den af riksdagen begärda summan till det belopp, för hvilket statsverket kan anses erhålla full valuta i den fastighet, som nu begagnas för den Kongl. teaterns dramatiska scen, och som för framtiden skulle upptagas bland kronans egendomar.»

Det höfves en konung, som icke blott älskar, utan äfven sjelf utöfvar de sköna konsterna, att med så ädelmodiga uppoffringar taga vård om dem, och vi vilja hoppas, att riksdagen äfven skall visa sig förstå sina skyldigheter härutinnan. Om vi dock nödgas yttra någon farhåga härvidlag, sker det på grund af de åsigter, som under förra riksdagen försökte, ehuru lyckligtvis förgäfves, att göra sig gällande inom representationen och som äfven i år funnit ett uttryck i en motion om teateranslagets indragning, hvarvid dock motionären finner för godt att försigtigtvis tillägga, att han icke vill »ingå i någon vidare pröfning af teaterns nytta för samhället». Under förra riksdagen framstäldes äfven en dylik motion, hvari yttrades, att »sedt ifrån de skattdragandes sida vore anslaget till Kongl. teatern en utgift för staten, som icke alls lemnade något nyttigt spår efter sig, utan tyckes vara till mera för att en skara aktörer och aktriser skola blifva underhållna (!) samt en sysslolös publik tillfredsstäld (!), än för något annat ändamål». Statsutskottet hänförde dock denna motion till dem, hvilka icke böra till någon riksdagens åtgärd föranleda, och Första kammaren ansåg ingen diskussion behöfva föregå bifallandet af det utaf regeringen begärda understödet, men icke så Andra kammaren. Här uppstod en öfverläggning, som föranledde en af ledamöterna att »högeligen beklaga, att man i representantförsamlingen skall få höra ord, vitnande om så föga intresse för bildning och konst». En talare menade sig gifva ett uttryck åt allmogens opinion genom att föreslå fullständig indragning af anslaget; en annan — hvilkens beryktade uppträdande vid detta tillfälle lemnade ett nytt, sorgligt vitnesbörd om den bornerade kulturfiendtlighet, som ligger på botten hos en viss dogmatisk riktning inom svenska kyrkan — önskade »icke blott såsom representant, utan för egen räkning och såsom far för många söner (!), att teatern aldrig funnes till» o. s. v.

Man kunde måhända häraf tro sig ega anledning till fruktan, att den svenska teaterns öden skulle bestämmas af personer lika obekanta med den dramatiska konstens i folkens historia på ett så storartadt sätt häfdade betydelse, som otillgängliga för denna konsts bildande inflytande, och hvilkas åsigter om teaterns gagn för ett kulturfolk, tydligast uttalas i deras egen okonstlade bekännelse: »Vi kunna icke fatta, hvari gagnet består.» Men hvar och en som älskar att tro på intelligensens slutliga seger, må sätta sin förtröstan till dess målsmän. Hos oss har med en stigande bildning behofvet af en teater blifvit allt allmännare, och publiken har lärt sig att icke

såsom ett flyktigt tidsfördrif, utan såsom en njutning af ädlare art
betrakta skådespelarens sköna konst, hvars höga och svåra uppgift
är, att af det material en författare lemnat, konstnärligt likasom
dana en form, hvari den bild skall gjutas, som sedermera fram-
ställes för åskådarne. Det är just här de dramatiska konstnärernas
skapande kraft verkar, och deras snille hufvudsakligast har till-
fälle att göra sig gällande. Högt böra vi uppskatta den drama-
tiska konstens betydelse äfven för vårt land, och dem det vederbör,
vilja vi, med en af riksdagens ledamöter, påminna om, att denna
konst »sannerligen ej är ett lumpet Stockholmsintresse, utan ett
redan länge erkändt *svenskt kulturintresse*».

C. S—e.

Lyrik och drama.

Sånger af Z. Topelius. — II. Nya Blad. Stockholm, Albert Bon-
niers förlag 1870.
Samlade Dikter af Johan Gabriel Carlén. Med musikbilagor.
Stockholm, P. B. Eklund 1870.
Ackorder af Lotten von Kræmer. Upsala, Esaias Edqvist 1870.
Lyriska Dikter af Edvard Bäckström. Stockholm, Jos. Seeligmann
1870.
Dramatiska Studier af Edvard Bäckström. Dersammastädes.

Många ord behöfvas ej, då uppgiften är att fästa svenska litte-
raturvänners uppmärksamhet på en ny samling dikter af Z. To-
pelius. Hans sångmö, rik på fägring och behag, är känd och äl-
skad, så långt nordiskt tungomål talas; hans strängaspels ömsom
vekt smältande, ömsom friskt och spänstigt klingande toner tränga
till själens innersta och väcka genklang uti hvarje bröst, som klap-
par varmt för det ädla och sköna. Mer än de fleste af den senaste
tidens diktare på svenskt språk är den finske skalden en den
stämningsfulla innerlighetens målsman inom sången. När han höjer
sin röst till det älskade fosterlandets förhärligande, skildrande i
sina »nordiska taflor» Finlands natur med dess snöstormar öfver
isiga slätter, dess norrskensupplysta midvintersnatt, dess korta, men
tjusande vårar — då bjuder han oss ej, i likhet med den poetiska
frasens hjeltar, på ett uppstyltadt ordprål, en bildståt, hopplockad
utifrån till skylande af ingifvelsens matthet. Enkel och osökt na-
turlig i den dock så fulländadt konstnärliga yttre formen, genom-
värmes hans diktning af en djup hängifvenhet för lifvets ideala
makter, framför allt af kärlek till fosterjorden och dess ärorika
minnen. Detta »tusen sjöars land», åt hvilket Fänrik Ståls-dik-
tens store skald rest så mången oförgänglig minnesvård, har äf-
ven inspirerat Topelius till flera af hans skönaste sånger. Åter-
klangen af Runebergs »Vårt land» är lätt förnimbar i stycken af

Topelius sådana som t. ex. det vackra poemet: »I Finlands vinter», hvaraf vi göra oss ett nöje att här nedan meddela några strofer:

»O, land af is! O, luft af snö!
O, frusna våg i fjettrad sjö!
O, bleka, sorgsna, döda sol,
Begrafven vid en öde pol,
Hur kan så kär du vara?
O, Finlands jord, hur kan, så arm,
Du ega än en hydda varm
Att töa upp en menskobarm?

Din vår är kort, din sommar slut
I sjelfva knoppningens minut;
Du ler en dag i färg och doft;
Om qvällen är din fägring stoft
I höstens kulna dimma.
Ditt blåa öga skådar gladt
Ur tusen sjöar upp, för att
Bortslockna långt i vinternatt.

Ditt skönsta löje är en tår
Af fruset rim i björkens hår;
Din blomstergård är bygd af snö
På rutans glas och dömd att dö
Vid första sol, som dagas.
Din rika skatt, din perlekrans
Och snödemantens ystra glans
Är vinterfrost och ökenglans.

Alltfrån vår späda barndoms tid
Lät du oss skåda nöd och strid,
En bädd af kärr med mossa på,
Ett golf af din granit, den grå,
Som inga mödor tämja.
En ringa hydda var vår verld;
Den sol, som lyst vår hufvudgärd,
Är furans flamma på vår härd.

Vi famnade med härdig arm
Din hårda, frusna modersbarm,
Vi sådde vår uti ditt bröst
Och bergade så ofta höst,
Men sådde ständigt åter.
Vi skördade ju stormens brus,
Vi sågo aska, blod och grus,
Men sådde hopp och sådde ljus.

O, land af snö, o fosterland,
Hvad hemlig tjusning bär din strand,

Att han för oss, fast arm och hård,
Är mera kär, än rosengård
Och ljufva blomsteröar?
Hur kan, så rikt på sviket hopp,
Så ständigt dödadt i din knopp,
Du i vår kärlek blomstra opp?

Ack, dyrast ej i lifvet är
Det som oss fröjd och lön beskär,
Men högst vid det vår själ är fäst,
För hvilket vi ha lidit mest
Och våra tårar strömmat.
Och derför, derför hårda land,
Så oupplösligt fast du band
Vårt hjerta vid din kulna strand.

På ett poetiskt tilltalande sätt sammansmälter fosterlandskärleken med den religiösa andaktens känsla i »Julnatten»:

Nu börjar den snöiga stormen sin färd
Kring dalar och fjäll uti norden,
Och brasan, hon flammar i fladdrande härd,
Och ljusen de brinna på borden.
Ty julen är kommen, den älskade gäst,
Han kom ifrån himmelen neder;
Den fattige reder sin stuga till fest
Och halmen på tiljorna breder.
Guldlockiga små
Så väntande stå,
Och klockorna ringa,
Och bjellrorna gå,
O, juletid!
O, barndomsfrid uti norden!

Nu bygger den frostiga vinter sin bro
På sjöarnas blånande vatten;
Den frustande fåle med klingande sko,
Han ilar till kyrkan i natten.
Långt lin vill han åka, det bästa i byn,
Och ungmön hon rodnar vid färden,
Och stormarna hvina vid himmelens bryn,
Och isarna braka på fjärden.
Men strålande skön
I psalmer och bön
Står kyrkan derborta
På kullen vid sjön.
O, juletid!
O, barndomsfrid uti norden!

Ej mindre rent och fromt talar den religiösa stämningen ur en i samlingen införd äldre »Julvisa»:

Det mörknar ute och vindens sus
Far öfver de dunkla dalar;
Natt faller öfver den armes hus
Och rike mans stolta salar.
Hvar är det ljus,
Det klara, som oss hugsvalar?

I dödens skugga, der än vi gå,
Vi blinde och sorgsne alla,
Hvar är du stråle vi hoppas på,
Som skall i vår skymning falla?
Guds himmel blå,
När skall du till dig oss kalla?

De eviga stjernor stråla klart
I däldernas dunkel neder.
Af festliga ljus ett underbart,
Ett glänsande sken sig breder
Kom snart, kom snart,
Guds ljus, som allen oss leder!

Någon gång kläder sig skaldens trosnit uti en polemisk form, då nämligen, när han af vetenskapen och dess sakförare synes befara ett obehörigt intråg å »barnatrons» fridlysta område. Vid sådana tillfällen röjer sig hos Topelius en viss trånghet i uppfattningen, som här och hvar haft till följd en tvetydig oklarhet i uttrycken och en handgriplig orättvisa i omdömena. Godt och väl att barnet har sin egen astronomi, sådan hon beskrifves i »Aftonstjernan», men icke böra väl derför vetenskapens läror om centrifugalkraften m. m. ringaktas såsom »kiselstenar.» Och då Topelius i poemet »Voltaires hjerta» känner sig manad att inskärpa, att »hans *nej* var rikt, hans *ja* var armt: de kunde vara qvitt», så bör i den historiska sanningens namn härvid erinras, hurusom de många »nejen» hos Voltaire i främsta rummet voro riktade mot lika många sekelgamla vidskepelser och fördomar samt att hans »ja» dock ingalunda var *så* fattigt, att någon lugnt pröfvande skulle kunna instämma i det lika skefva som hårda påståendet:

Han ryckte Gud Allsmäktig ned
Från stjernornas palats
Och satte sen, att gyckla med,
En sköka på hans plats..

Fri var han, — fri från hvarje band,
Som menskor heligt är:
Gud, oskuld, dygd och fosterland,
Den prisade Voltaire.

En opartisk forskning har vetat riktigare uppskatta Voltaires betydelse för det menskliga framåtskridandet, vid hvars lagbestämda

fortgång äfven de så ofta förkättrade »destruktive» andarne ha en
högvigtig mission att fylla. Efterverlden skall tillerkänna den store
»förnekaren» vitsord imot hans belackare, då han yttrar följande
om sitt egentliga syfte:

> Mais de ce fanatisme ennemi formidable,
> J'ai fait adorer Dieu, quand j'ai vaincu le diable.
> Je distinguai toujours de la religion
> Les malheurs qu'apporta la superstition.

Och att hans sträfvande ej gick ut på blott ett ofruktbart
förstörande i fråga om det religiösa, betygar han sjelf sålunda:

> Je vois venir de loin ces temps, ces jours sereins,
> Oú la philosophie éclairant les humains,
> Doit les conduire en paix aux pieds du commun maître:
> Le fanatisme affreux tremblera d'y paraître;
> On aura moins de dogme avec plus de la vertu.

Det var ej mot dygden i och för sig, Voltaire drog i härnad,
men väl mot den olycksbringande läran, att dygden ingenstädes
kan slå rot utan i förening med tron på dogmen. De finnas
visserligen, som ännu i våra dagar omfatta detta af Voltaire be-
kämpade åskådningssätt, men — huru ha väl desse män studerat
sin bibel? sin psykologi? sin verldshistoria?

Topelius såsom lyriker är företrädesvis de milda och innerliga
känslornas skald. Annorlunda artadt är sångarlynnet hos den
vidtbekante svenske diktare, hvilkens nu ånyo utgifna stycken på
vers till stor del länge varit för allmänheten kända. Måhända
skall man tillvita oss ett tycke för det paradoxa, om vi uppkasta
frågan: hvilken likhet finnes mellan romarnes Cato och stockhol-
marnes Johan Gabriel Carlén? Vi skynda derföre att upplysa om,
att vi ingalunda mena oss kunna anställa någon allsidigare jem-
förelse mellan den stränge republikanske sededomaren och den
framtida verldsrepublikens profet i vår sköna Mälarestad. Men i
ett afseende skulle dock hr Carlén kunna sägas vara vår svenske
Cato; han har nämligen, äfven han, sitt »ceterum censeo», ja, noga
efterräknadt, torde han väl befinnas disponera öfver minst två à
tre sådana. Vi sysselsätta oss imellertid ej nu med festtalaren
och skålproponenten Carlén, utan med den politiske skalden; i
dennes idékrets har en viss bestämd tanke trängt sig i förgrunden:
det i ord och åthäfvor bistra, för att icke säga morska rysshatet.
Det traditionela grollet mot »vår arffiende» har fått fritt svängrum
och ett i viss mån typiskt uttryck i åtskilliga af hr Carléns qväden.
Hörom t. ex. följande ur »Nordisk frihetssång»:

> I mulnande öster vi varsna en syn:
> der kretsar en storm-örn i slingriga ringar
> med hungrande blick öfver vågen och skyn.

Mot friden, som hvilar med nedfälda vingar,
tvehöfdade spejaren spänner sin klo
till rof i de dalar, der kämpar dock bo.

Från Nastrand han kommit — och dit står hans färd:
bakom honom skymtar i dimmornas slöja
en slafhop med blodiga pikar och svärd,
och mörkrets är fanan, som målarne höja.
Som »döde-mäns» likfärd går tåget framåt
med tystnad alltjemt i förrädiskt försåt.

Den synen vi sett — och den hägrar väl än,
men bort skall den blekna. Vi frukte den föga!
Treenig står Skandia, värnad af män,
och mäter hvar blick i den listiges öga:
med blottade klingan på segervan arm
hon skyddar sin friska, ungdomliga barm.

Till poemen af samma kategori höra styckena »Rysslands frihetsbön», »Svensk krigsmarsch», »Veteranen», »Förposten», »Olyckan vid Pultava» samt det brakande kraftstycket »Österns jätte». Om detta poem, som i anledning af det andra allmänna nordiska studentmötet 1856 afsjöngs vid en fest i Stockholm, meddelar författaren i en not, att dess reciterande våren derpå vid en promotionsfest i Helsingfors hade till följd att dåvarande magister primus, numera professoren A. E. Nordenskiöld, genom ett kejserligt reskript efter mycket trassel förklarades »för alltid skild från universitetet», hvarefter han for öfver till Sverige och bosatte sig här. Vi afskrifva till våra läsares uppbyggelse de två första verserna af den på sitt sätt »historiska» dikten:

> Ostvart hän i hedniska natten
> längs kring kärrens tuughäfda vatten
> dvaldes djupt bland bergen en jätte,
> ständigt vädrande kristet blod.
> Himlens klockljud han gat ej höra:
> ljusets lära, som nått hans öra,
> möttes jemt af hans vilda hånskratt,
> skallande vidt öfver tidens flod.

> Än han bor och bygger på jorden —
> senast drog han närmare norden
> med sin trollhop, röfvande åt sig
> allt hvad Suomi ädlast bar.
> Der ur frihetens fallna fäste
> (snart ett träldomens gyllne näste)
> nu kring verldens förväxta lemmar
> bojan allt hårdare åt han drar.

Hr Carléns poesi är behäftad med flera lätt märkbara brister; så t. ex. röjer sig hos honom ofta nog en stark lutning åt det hvardagliga och triviala, som på ett egendomligt sätt kontrasterar med hans ofvan omnämda försök i den högpatetiska genren. Men der går dock genom hans sång ett tema, som, om ock ej anslaget just med mästarehand, dock förmår att fängsla hvarje svenskt sinne; detta tema är kärleken till *friheten* och *fosterlandet*. Oviljan mot monarker i gemen och mot alla ryssars sjelfherskare i synnerhet är hos vår poet egentligen blott, så att säga, afvigsidan af en uppriktigt menad hänförelse för vårt gamla Sverige, för dess ära och sjelfständighet. Hvad som befruktats utaf denna hänförelses källåder, utgör och det varaktiga i J. G. Carléns författarskap, det, för hvilket skalden skall ha tack och heder.

Förläggaren af fröken Lotten von Kræmers *Ackorder* gjorde måhända mot sin vilja sin klient en otjenst dermed, att han för allmänheten presenterade de blyga barnen af hennes sångmö i en så aristokratiskt prydlig utstyrsel. Det eleganta omslaget, det fina papperet och nitida trycket ha nämligen förledt en och annan bland hrr recensenter att egna sin uppmärksamhet och sina loford åt dessa bokens i ordets fulla bemärkelse *yttre* förtjenster; innehållet har man temligen knapphändigt halkat förbi — och de som det gjort, ha ändock ej varit de oartigaste. Andra kritici, mindre fallne för estetisk courtoisie, ha låtit författarinnan tydligt nog förstå, att hennes »ackorder» i deras öron ljödo som idel dissonanser. För vår del äro vi af den åsigten, att de alltigenom tadlande omdömena — vi ha blott hört ett enda, som, jemte anmärkningarna, äfven haft ett ord af erkännande åt författarinnan — icke så obetydligt skjutit öfver målet. Fröken v. Kræmer är visst icke en betydande poetisk individualitet; man söker hos henne förgäfves efter någon i sångens språk omsatt tanke eller stämning, om hvilken författarinnan skulle kunna säga: se; detta är mitt eget! Så känner och sjunger *jag*, till skilnad från de andra! Men denna ingifvelsens och det poetiska uttryckets nyhet och ursprunglighet — *snillets* kännemärken inom konsten — huru ofta påträffas väl de i vår nutida »efterklangs»-poesi? Ett fint sentiment, en bildad smak, en ej sällan högt uppdrifven versifikatorisk förmåga äro öfverhufvud taget utmärkande för våra yngre skalders begåfning; ett högre mått af andlig sjelfständighet hör allestädes till de fåtaliga undantagen. Resignerar man sig till att afstå från fordran af en dylik skaldeoriginalitet, och är man för öfrigt besluten att låta hvar sak gälla hvad den kan, så torde man stanna vid det omdömet, att fröken v. Kræmers dikter icke stå djupare under den poetiska medelmåttans nivå, än att de, väl befordrade till tryckning, äfven kunna förtjena att läsas. Stycken sådana som t. ex. »Vid elfmynningen», »Bergtallen» »Julen,» den vackra teckningen af »blomstervännen Daniel Müller», de vemodsfulla afskedsorden till en älsklig Upsala-personlighet, skaldinnan Tekla Knös — »den oupphunna i känslans finhet, rörlighet» — dessa stycken, och ännu ett par, tre andra, skola hos den poetiskt mottaglige läsaren qvarlemna ett bättre intryck, än det som framkallas af bilden och klangen allenast, Sin hängifvenhet för det stora och framtidsrika i tidens ideela sträfvanden har författarinnan lagt i dagen särskildt genom minnesrunan öfver den svenske tänkaren C. J. Boström, om hvilken hon yttrar sig, som följer:

När vantrons töcken skymde ljusets land,
Du kom och tog på målet syfte;
Och hastigt deltes villans sky; — din hand
På evighetens förlåt lyfte.

O ja, en fläkt af nyväckt, mornadt hopp
Har rensat lifvets qvafva lunder!
Må den som stormvind härja — friskt i topp
Verldsträdet höjer sig derunder.

Och främst bland dem, som denna anda väckt,
Så ren, så klar som himlaljuset,
Din genius strålar hög, med Platons slägt,
Med hans förent nu ofvan gruset.

När lifvets stjerna bakom moln har gått,
Dem hjertats vilda stormar jaga
På själens himmel upp, då är det godt
Af säkert sjökort ledning taga.

Ett sådant — ditt system — du verlden skänkt.
Men nordens stolthet är och ära,
Att ur dess hjerta vuxit hvad du tänkt,
Ditt allvars rot, din höga lära.

O allt, hvad men'skohjertat dyrast är,
Är evigt ock; blott skrankor svaga,
Som småningom ha multnat, man begär
Att bort ur helgedomen taga.

I templet, hvarest gudamagter bo,
Den inre helga tempelgården,
Som bygs i men'skobröst för hopp och tro,
Res åt den vise minnesvården!

Att titlarne på de nyligen utgifna lyriska och dramatiska diktsamlingar, hvilka äro alster af hr Edvard Bäckströms fint skurna penna, fingo sin plats nederst på listan af de arbeten, vi denna gång hade att anmäla, skedde till åtlydnad af den gamla vinken: »det bästa till sist.» Ty hvem håller ej den lofvande förhoppningen kärast, helst när denna redan är något mer, än blott en förhoppning? Imellertid har vår gynsamma tanke om hr Bäckströms dikter haft en opåräknad följd: vårt utlåtande rörande dem måste blifva af knapphändigaste korthet, då vi nu stå vid slutgränsen af det för vår anmälan tillgängliga utrymmet. Det är således ej någon kritik, vi kunna bjuda på; blott en hjertlig lyckönskan till den begåfvade unge skriftställaren, hvilkens konstnärliga lärospån röja anlag, som i flera afseenden synas på väg att öfvergå till full och mogen verklighet. Till denna lyckönskan foga vi en uppmaning, stäld till författaren af »En krona» och »Fången på Kallö»: måtte han, som ännu tyckes obeslutsam i valet mellan dramats olika genrer, blifva trogen den kallelse för det fosterländskt-historiska skådespelet, hvilken otvetydigt framträder i hans förstlingsskapelser på detta område! Hvilken rikedom af äkta dramatiskt stoff ligger der ej innesluten, oförarbetad, i våra svenska häfdeböcker, bidande den sånggudinnornas utkorade, som skall till lif på scenen frambesvärja de höga minnena, de mäktiga gestalterna från framfarna dagar! Arbetsfältet är här vidsträckt, men de verkligt duglige arbetarne ej talrika; med så mycken större tillfredsställelse välkomna vi hvarje hoppgifvande ämnesven på detta för vår odling betydelsefulla område.

C. v. B.

Månadsöfversigt.

Midt under den allmänna spänning, hvarmed landet följer de pågående vigtiga riksdagsförhandlingarna, har från en upphöjd plats inom svenska samhället en röst låtit sig höras, som ur flera synpunkter eger giltiga kraf på vår uppmarksamhet. Vi sysselsatte oss i vår senaste månadsöfversigt med konungens trontal; denna gång vilja vi egna några ord åt *erkebiskop Sundbergs herdabref.* Likasom det konungsliga talet är det öfverstepresterliga sändebrefvet ett i sitt slag märkligt tidens tecken, men på motsatta grunder. Till folkets representanter talade Sveriges monark behjertansvärda ord om enighet och sammanhållning under en tid af öfverhandtagande politisk otrygghet; partistridigheterna måste undanskjutas; nu mera än någonsin böra vi låta oss genomträngas af den stärkande nationela gemensamhetskänslan och den enskildes intressen underordnas det helas välfärd. Huru mycket fullständigare — må man väl härvid anmärka — borde ej endrägten, den fördragsamma, kärleksfulla sammanslutningen vara inom religionens helgade område! Då först får arbetet i statslifvets tjenst sin rätta mening och styrsel, när det utgår ifrån och i sista hand ledes af en sant religiös uppfattning af högsta målet för samhällets och individens utveckling och verksamhet. Har nu en sådan uppfattning — en den kristliga sämjan och friden befordrande — kommit till orda uti det i fråga varande af svenska kyrkans högste ranginnehafvare utfärdade aktstycket? Härom må våra läsare sjelfve döma!

Efter att, i enlighet med det häfdvunna brukets föreskrifter vid dylika tillfällen, ha aflagt en »ödmjuk och uppriktig sjelfbekännelse» om sin egen ovärdighet till det ansvarsfulla embetet och sin förmågas svaghet, jemförd med de närmaste föregångarnes, öfvergår hr erkebiskopen till några allmänna betraktelser rörande den kyrkliga ställningen i nutiden. Han finner denna ställning vara sådan, att hon ger anledning till den allra största oro. I likhet med den katolska kristenhetens högste biskop i Rom och uti ordalag, som på ett slående sätt återkalla i minnet den senaste påfliga encyklikan, utbreder sig den protestantiske prelaten i en dyster skildring af den så tidt och ofta öfverklagade »otrons» fruktansvärda framfart. »Kyrkans skepp», heter det i herdabrefvet, »vräkes våldsamt af stormar och hennes fiender vänta med glädje hvarje ögonblick, att det skall krossas i bränningarne. Gudsförnekelsen och allt henne åtföljande elände hos alla Europas folk framträda i vår tid med en fräckhet och i en utsträckning, hvartill näppeligen någon period af kyrkans historia kan uppvisa ett motstycke. Men kyrkans osviklige styresman sofver ej, utan håller fortfarande rodret i sin hand och stillar ovädret, när det honom behagar. Otron har aldrig begripit och skall aldrig begripa detta förhållande. Från första stund Guds rike började utbreda sig i verlden, har hon tvärtom, oaktadt sin förnekelse af hvarje under, inbillat sig sjelf kunna utföra det största af alla under: att omintetgöra den allsmäktiges eviga rådslut.»

Det anförda utgör förpostelden; hufvudangreppet följer strax derpå. Det är riktadt mot åtskilliga namngifna partiåsigter och sträfvanden på det kyrkliga området, men förnämligast dock mot det moderna forskningsarbete, som gjort till sin uppgift att på den historiska kritikens väg gifva oss en trogen framställning af Kristi lära i hennes ursprungliga renhet och sanning, sådan hon af stiftaren sjelf förkunnades. Denna s. k. kritiska skola, hvilken, som bekant, funnit försvarare och talrika anhängare äfven i vårt eget land, drabbas af hr erkebiskopens bittraste tadel. Hon tillhör, menar han, de mot kristendomen fiendtliga makter, som »i löndom hota med ofärd»; en »försåtlig godtycklighet» utmärker hennes vetenskapliga förfarande, hvars resultat är begreppsförvirring i fråga om hvad som är kristligt eller icke'; hon är mindre uppriktig, mindre sanningsälskande än till och med materialismen, i det att hon förklarar sig fortfarande vilja egna Kristus all den vördnad, som måste tillkomma »idealmenniskan», mensklighetens högsta föredöme, då derimot materialismen »för längesedan varit nog ärlig att förklara Kristus för afsatt.» I betraktande af allt detta »torde till mer än en af den här antydda vetenskapliga riktningens apostlar kunna på goda grunder ställas den allvarliga samvetsfrågan: *förråder du menniskones son med kyssande?»*

Så lyder i denna punkt den nye erkebiskopens egendomliga fridshelsning till församlingen. Vidlyftiga kommentarier äro här öfverflödiga. För hvarje någorlunda klarsynt uppfattning innebär beskyllningarnas öfverdrifna skärpa deras egen vederläggning, och sjelf har den högkyrkliga skrifvelsens författare dessutom genom ett af sina yttranden råkat ohjelpligt blotta sin ståndpunkts ohållbarhet. Mot bibelkritikens erinran, att dess angrepp ingalunda gälla kristendomen i och för sig, »utan endast föråldrade dogmer, som numera äro obrukbara,» ställer nämligen hr erkebiskopen det käcka påståendet, att *det är just i dessa förkastade dogmer, som hela kristendomens kärna ligger innesluten.»* Man lägge märke till denna trosbekännelse: genom henne angifves kort och bestämdt, hvarom striden rör sig mellan den kyrkliga ortodoxien och hennes motståndare. Icke genom ett *lif* i Kristi anda, i oegennyttig sträfvan för de kristna idéernas förverkligande, utan genom *församthållandet* af ett visst qvantum teologiska dogmer — hvilka till stor del helt och hållet sakna stödjepunkter i de bibliska skrifterna — visar man sig, enligt hr erkebiskopens och de med honom liktänkandes förmenande, ha i sanning fattat »kristendomens kärna.» Att herdabrefvet på ett annat ställe definierar kristendomen såsom »ett nytt lif i Kristo Jesu», förändrar ej saken, enär denna utsago — såvida hon ej bör hänföras till de éclatanta sjelfmotsägelser, man blifvit van att påträffa uti en »bekännelsetrogen» tankegång — naturligtvis hvilar på den obevisade och obevisliga förutsättningen, att detta nya lif omöjligen står att finna hos andra än dem, som en gång för alla »tagit förnuftet tillfånga under trons lydnad», d. v. s. gått in på att såsom vilkor för saligheten antaga den athanasianska treenighetsläran, den augustinska arfsyndsläran, den anselmiska försoningsläran, etc. etc.

Mycket vore utan tvifvel att säga angående halten af denna erkebiskopliga kristendom och dess praktiska följder, i fall den oimotsagd finge göra sig gällande. För närvarande åtnöja vi oss med att instämma uti den befogade protest, hvarmed Göteborgs Handelstidning d. 27 Januari tillbakavisar herdabrefvets anklagelser mot bekännarne af den icke-ortodoxa kristendomen: »Må kyrkan ej glömma, att namnet »kristen» tillkommer i *första* rummet hvarje *Kristi efterföljare* i tro och kärlek, i verkande och lidande, och först i andra rummet, om ens i detta, de teologiska systemen rörande hans menskliga och gudomliga natur.» Förbiser kyrkan detta, »är fara värdt, att Judaskyssandet faller just på den sida, hvaråt erkebiskopen vill uteslutande häfda det kristna namnet, d. v. s. på den sida, der man bringar Kristus de högsta gudomliga vördnadsbetygelser *i orden*, men förråder honom i handling. »Hvad du icke gör en den minsta af mina bröder, *det gör du ej heller mig.*»

C. v. B.

Rättelser.

I Februari-häftet sid. 128, r. 2 uppifr. *står:* instituter; *läs:* universitet.
» sid. 137, r. 8—9 nedifr: hela parentesen utgår och uppflyttas till r. 7 uppifr. efter ordet: fakta.

Politiska betraktelser.

6.

Om det svenska beskattningsväsendet samt om den politiska och kommunala rösträtten.

»Majoritetens tyranni» har blifvit ett slagord bland demokratiens motståndare; och hvilka förskräckelser hafva ej framkallats af detta blotta ord! Man har ock hört talas om stora förskräckelser för de »röda», för socialisterna, för socialdemokraterna, för Gud vet hvad. Det är af intresse att göra sig någon reda för alla dessa förskräckelser. Detta skall utgöra en tjenlig inledning till det ämne vi här gå att behandla, nämligen med afseende på den speciela synpunkt, hvarur vi hafva för afsigt att behandla detsamma.

Ett »majoritetens tyranni» existerar utan tvifvel. Man har anfört, såsom ett exempel derpå, bland andra, huruledes i Boston i Förenta Staterna teologen Parker med möda lyckades finna någon boktryckare, som ville trycka hans mot det der rådande teologiska systemet stridande skrifter. Sådant händer och måste hända, menar man, företrädesvis i en republik, och man kan icke med nog starka färger utmåla det »tyranni», som sålunda skall utöfvas af en demokratisk majoritet. Men på samma sätt skulle i Skottland majoriteten ropa: korsfäst! — och kanske mer än ropa — öfver den, som på söndagen vågade företaga något, som vi för vår del äro vana att anse helt lofligt. Och samma majoritetens tyranni har, säger man, i våra dagar tvingat kejsar Wilhelm att bombardera Paris. Ja, det tvingar till och med alla ryssars sjelfherskare att göra eller låta mycket, som han utan detta »tyranni» icke skulle göra eller låta. Hvad vilja vi härmed säga? Jo, att majoritetens förtryck uppenbarar sig egentligen i *sederna*, att det gör sig gällande ungefär på samma sätt som »modet», som hvad man kallar »allmänna opinionen», och det under *alla slags* politiska förhållanden; ofta under inflytandet af någon tillfällig uppbrusning eller fanatisering af sinnena; men — är majoriteten verkligen med kall beräkning förtryckande *i politiken?* det är frågan. — Visserligen i så fall, att den vill representeras af vissa personer hellre än af andra; men så vill hvarje parti, det må utgöra majoritet eller minoritet. Hufvudfrågan härvidlag är, om dessa personer *såsom lagstiftare* utöfva något förtryck. Hvad visar erfarenheten? Äro de lagar, som stiftats uti länder, der makten ligger hos majoriteten, orättvisare än de länders lagar, der en minoritet är förherskande? Är beskattningen hård och orättvis för minoriteten? Har minoriteten beröfvats politiska rättigheter? — Är det så, då är »majoritetens tyranni» konstateradt; men är det icke så, då är talet om »majoritetens tyranni» endast ett munväder.

Tocqueville har uti sin temligen vidlyftiga framställning rörande detta ämne [1]) icke framdragit något enda bevis af den beskaffenhet vi här antydt. Vi hafva ock all anledning att antaga, att Förenta Staternas lagar äro utmärkta af fullt ut lika mycken visdom och visserligen af *större* rättvisa mot alla medborgare, än förhållandet är i länder, der en minoritet stiftar lagar. Uti intet annat land samlas så lätt och så ymnigt rikedomar på enskilda händer; man kan således icke tala om något förtryck utöfvadt mot de rika. Vi hafva oss ej bekant, att *någon* folkklass i Amerika — sedan slafveriet blifvit upphäfdt — har skäl att klaga öfver förtryck af lagstiftnings- eller regeringsmakten. Man kan icke annat än beundra den hofsamhet — om än i det fallet något våld till slut måst utöfvas — hvarmed t. ex. en så af det allmänna tänkesättet förkastad och mot all god samhällsordning uppträdande minoritet, som mormonernas, blifvit bemött (flera andra att förtiga). Man må icke heller invända, att det amerikanska samhället är nytt och oförsökt. Det är nu snart 100 år sedan unionen grundlades, och under denna tid, som sett statsform efter statsform vexla i de flesta europeiska stater, har demokratien i Amerika varit orubbad, endast småningom utvecklande sig till större och större fullkomlighet. Och en samhällsform, som visat sig kunna bestå, i trots af den svaghet som jemförelsevis tillhör en federativ författning, imot sådana påkänningar som immigrationen och det stora inbördeskriget i Amerika, lärer svårligen kunna bedömas såsom bland de svagare. — Hafva de schweiziska demokratierna visat ett annorlunda beskaffadt skaplynne? Har der »eganderätten», hvarom man från ett visst håll hör talas på ett sätt, som om densamma skulle undergräfvas af de demokratiska tendenserna, varit hotad? — Och hvilken lagstiftande församling har någonsin stiftat

---

[1]) *De la Démocratie en Amérique.* Liv. II. chap. VII.

visare och rättvisare lagar, än Frankrikes under den stora revolutionen? Och detta, märk väl, midt under de tmassans lidelser voro lössläppta till hämd för sekelsgammalt förtryck! — Hvar finner man då omsider detta »majoritetens tyranni» — uttaladt, såsom vi hafva fordrat, för att det skulle kunna erkännas, uti *lagstiftning* och *beskattning?* Är det kanske de »röda» och »socialdemokraterna» m. fl., som satsen gäller? — Men vi veta i detta afseende mycket litet, eller rättare intet, om de röda och socialdemokraterna m. fl. Vi veta, att dessa partier utgöras af personer, som hysa ett ohjelpligt misstroende till både personer och klasser, som hittills haft makten i händerna; men har ej erfarenheten visat, att de icke så helt och hållet saknat skäl för ett sådant misstroende? Vi veta ock, att de stundom icke skytt våldsamma åtgärder för att befrämja sina afsigter. Derimot hafva vi *intet* bevis på huru de skulle bete sig *såsom lagstiftare;* ty allt hvad man i det fallet uppdukar imot dem är ingenting annat än *supposition,* — en supposition, vanligen stödd på extravaganta åsigter hos en eller annan författare inom partiet och oftast på något lösryckt yttrande af en sådan. En dylik slutsats är ungefär lika bindande, som det skulle vara att af en eller annan konservativ entusiasts »sabrez la canaille» vilja sluta till hvad det konservativa partiet skulle företaga, om det komme till makten.

Vi sammanfatta hvad här yttrats uti det påståendet, att, så långt erfarenheten går, har man ingen anledning att, vare sig i lagstiftnings- eller beskattningsväg, frukta något slags förtryck af folkmajoriteten. Och skälen härtill äro ganska påtagliga; ty dels ligger uti den demokratiska samhällsförfattningen den tanken och den förhoppningen, så att säga, för hvar mans dörr att kunna *stiga* i samhället, att kunna *förbättra sina vilkor;* och ingen kan vara intresserad att genomdrifva lagar, som i en framtid skulle lända vare sig honom sjelf eller hans barn till skada; dels är det ändock under *alla* samhällsformer, den stora massan af de mindre bemedlade, som ej blott med armar, utan äfven med penningar måste hålla samhället uppe, under det den förmögnare lilla minoritetens bidrag äro och måste vara relativt af underordnad vigt, och ej utan en påkänning, som endast skulle lända *alla* till skada, någonsin lära kunna höjas till i det stora hela mera betydande proportioner; hvartill kommer, såsom ett hufvudmotiv, att den glädje och det jemnmod i lynnet, som alstras af den politiska friheten och af allas jemnlikhet, gör hvar och en böjd att lyssna till den naturliga rättskänslan, som talar i menniskans bröst, och utesluter denna surmulna afund, som tyvärr så ofta — och af naturliga skäl — utmärker den stora massan i länder, der hon under långliga tider varit van vid förtryck och ofrihet. Med allt detta vilja vi visst icke säga, att vi åtaga oss att såsom mönster af visdom och rättvisa försvara *hvarje* lagstiftningsåtgärd af representatiouer, som kunnat anses valda af folkmajoriteten, vare sig på denna eller andra sidan Atlantiska hafvet; men vi våga påstå att det sagda icke strider mot den *allmänna karakteren af demokratisk lagstiftning.*

Kan man med skäl säga detsamma om minoriteternas lagstiftning? — Vi behöfva i det afseendet endast hänvisa till hvad historien lärer om det sätt, hvarpå t. ex. dessa minoriteter, som vi kalla dynastier, adel, presterskap behandlat majoriteterna: huru de utan något undseende tillskansat sig *all* samhällsmakt och sedan begagnat denna makt för att utöfva ett oerhördt politiskt våld och en olidlig utpressning, så att nationerna många gånger velat digna under bördan af andligt och ekonomiskt förtryck. Hvad vårt fädernesland beträffar, äro vi lyckligtvis numera, åtminstone i teori och hvad lagstiftning beträffar, befriade från detta här nämda förtryck, om än i praktiken åtskilliga reminiscenser från det gamla systemet qvarstå; och belåtenheten med en sådan förändring är, såsom vi våga antaga, temligen odelad. Vi hafva inträdt uti ett annat utvecklingsskede. Makten har öfvergått i händerna på *rikedomens* minoritet såsom sådan. Det är af intresse att se huruvida *denna* minoritet för sin del lyckats i någon högre grad tillämpa en allmän rättvisas grundsatser. Detta är hvad vi här skola försöka att göra med hänsyn till beskattningsväsendet och grunderna för utöfvandet af politiska rättigheter i Sverige. Och man skall, kanske i högre grad än man väntat, finna, att minoritetens »tyranni» endast uppenbarar sig på ett *annat* område än majoritetens, nämligen *just* på det politiska, eller på *lagstiftningens* och *beskattningens* område, och att det derigenom endast blir så mycket mera tryckande, på samma gång det måste anses ännu mera *oursäktligt*, än alla de tillfälliga excesser, för hvilka man någon gång haft att anklaga en uppretad folkmassa, och i hvilka man så gerna velat se bevisen för »majoritetens tyranni».

Hvad som dervid först slår en betraktare i ögonen är att hela den direkta *förmögenhetsskatten*, på jordbruks- och annan fastighet samt på inkomst af kapital och arbete, sammanlagdt icke uppgår till mera än de personela skatterna. Den förre utgöres hufvudsakligen af den förmögnare klassen, som har den politiska makten, de senare derimot till den väsentligaste delen af arbetsklassen, som har *ingen* makt i samhället. Det är väl sant, att en stor del af den förmögnare klassen, till hvilken vi då skulle räkna äfven den representerade delen af allmogen, har sin förnämsta beskattning under rubriken grundskatter; men äfven om man tager dessa i beräkning, skall man finna den personela skatt, som utgöres af arbetsklassen, uppgå till en högst betydlig andel — kanhända tio à femton procent — af den sammanlagda summan af de nämda skattetitlarne, under det de, som hafva att utgöra denna andel, icke dessmindre äro fullkomligt uteslutne från *allt* vare sig direkt eller indirekt inflytande på beskattningen. Ännu bjertare framstår detta missförhållande, när man tager de *indirekta* skatterna i betraktande. Det är dessa, som gifva statsverket den betydligaste delen af dess inkomster, och det är till dem som arbetsklassen, eller i allmänhet den minst förmögna delen af nationen, förnämligast bidrager. Tullmedlen uppgå till omkring 14 millioner, bränvinsskatten till omkring 10 millioner: är det för mycket, om vi säga att t. ex. blott en tredjedel häraf kontribueras af den delen af befolkningen, som har intet inflytande på beskattningen? Hvad giltigt skäl kan väl anföras för att de, som bidraga med sådana belopp till statens underhåll, skola sakna ett sådant inflytande, under det en liten förmögen minoritet, som säkert icke bidrager så mycket, det oaktadt uteslutande representeras i första kammaren och äfven har ett väsentligt inflytande på tillsättningen af den andra och således till stor del beherskar både lagstiftning och beskattning? Man måste åtminstone på fullt allvar fråga, *huru* denna minoritet begagnar denna sin makt. Sker detta med iakttagande af rättvisa och billighet, så kan man visserligen tycka att arbetsklassen har mindre skäl att beklaga sig, ehuru denna synpunkt långt ifrån uttömmer frågan om arbetsklassens representation. För att inse, huru dermed förhåller sig, måste vi lemna de föregående allmänna antydningarna åsido, såsom otillräckliga, och i stället ingå uti en detaljerad undersökning om skattebördornas större eller mindre tyngd på olika folkklasser. Vi skola försöka att finna, hvad en arbetare *verkligen* betalar i årlig skatt till statens underhåll, och huru detta belopp förhåller sig till den förmögnares beskattning. Lyckas vi härutinnan, skola vi hafva svaret gifvet på den fråga vi föresatt oss.

Vi vilja såsom exempel antaga en arbetare med 400 rdr årsinkomst d. v. s. det minimibelopp, som bevillningsförordningen bestämmer för bevillnings utgående. Minsta delen af arbetare äro i denna lyckliga ställning, som förutsätter 1⅓ rdr arbetsförtjenst om dagen under 300 arbetsdagar om året, hvilket visserligen öfverstiger pluraliteten af svenska arbetares vilkor. Man skall lätt finna, att för alla dem, som stå på en lägre grad af inkomst, kommer den proportion, hvarom nedanför handlas, att utfalla ännu ofördelaktigare än för de förstnämde. Vi skola ock antaga — efter den vanliga beräkningen af fem personer på ett hushåll — att arbetarens familj består af honom sjelf, hustru och tre barn. Det vigtigaste härvidlag är naturligtvis att kunna på nöjaktigt sätt bestämma de *indirekta* skatterna. Vi skola i det fallet väsentligen inskränka oss till tullbevillningen på de hufvudsakligare konsumtionsartiklarne, såsom socker, kaffe, m. m. samt bränvinsaccisen. Hvad då först sockret beträffar, så är bekant att i riket årligen införes omkring 40 à 50 millioner skålp. hvilket för person gör 10 à 12 skålp., och således för fem personer 50 à 60 skålp. om året. Med afseende på den relativt större förbrukningen af denna vara bland den förmögnare än bland den fattigare klassen, måste sistnämda siffra likväl betydligt nedprutas. Vi skola ej antaga den högre än 20 skålp., hvilket tal derimot, enligt de underrättelser vi på enskild väg kunnat förskaffa oss rörande en arbetarefamiljs ekonomi, mer än väl kan försvaras. Af kaffe införas årligen omkring 17 millioner skålp. eller omkring 4½ skålp. för person; hvilket således skulle för vår beräkning gifva 21 à 22 skålp. för år. Och som skilnaden mellan förbrukningen inom den förmögnare och den fattigare klassen i detta fall är betydligt mindre, böra vi här göra en vida mindre reduktion än i förra fallet. Vi skola sätta årsförbrukningen inom en arbetarefamilj till 1½ skålp. i månaden eller 18 skålp. om året, hvilket temligen nära öfverensstämmer med hvad vi veta ega rum inom sådana familjer af till och med lägre vilkor, än dem vi här förutsatt.

Årliga importen af tobak går till omkring 6 millioner skålp.; och om den manliga befolkningen öfver 20 års ålder anses såsom konsumenter, så blir, då denna befolkning är ungefär 1,200,000, konsumtionen ungefär 5 skålp. för hvardera. Denna siffra torde böra bibehållas oförändrad. Hvad slutligen bränvinskonsumtionen beträffar, så utgör hela årliga tillverkningen omkring 14 millioner kannor eller ungefär 11 à 12 kannor för person, enligt nyss förut anförda beräkningsgrunder. Vi kunna gerna antaga en betydligt högre proportion för de mera bemedlade, och vilja endast upptaga 6 kannor för arbetaren. Detta senare är en årlig konsumtion, som ännu icke kan anses omåttlig. Tyvärr befara vi, att, tvärtimot hvad man ur andra synpunkter kunde önska att säga, verkligheten i det fallet gifver en siffra, som ännu mer än den i fråga varande skulle vara egnad att ådagalägga det förhållande, hvarpå vi här väsentligen velat fästa uppmärksamheten.

På dessa grunder kunna vi nu börja att uppgöra arbetarens effektiva debetsedel på sätt som följer:

Sockertull å 20 skålp. à 14 öre .... rmt rdr 2.80.
Kaffetull å 18 skålp. à 12 öre .... » » 2.16.
Tobakstull å 5 skålp. à 26 öre.... .... » » 1.30.
Bränvinsaccisen å 6 kannor à 70 öre .... » » 4.20.
Tillägg tull för fiskvaror och öfriga födande varor » » 50.

Tillsamman indirekt skatt för nämda varor rmt rdr 10.96.

Af bomull, som är tullfri, importeras omkring 11 à 12 millioner skålp.; men då skyddstullen å garn är 8 öre för skålpundet, så följer att man kan anse motsvarande tull lagd på den importerade bomullen; likaså är skyddstullen 25 öre å bomullsväfnader samt å ylleväfnader 75 öre. Då man nu svårligen kan antaga en mindre årlig förbrukning för hela familjens beklädnad än 1 à 2 skålp. ylleväfnad och 10 à 15 skålp. rå bomull, så är det visserligen en låg beräkning, om man ensamt på konto af garn, tråd och väfnader af alla slag skulle uppföra .... rdr 2.50.

För öfriga föremål för förtullning uppföres................... » 50.

hvarigenom uppkommer summa indirekta skatter...... rmt rdr 13.96;
och detta efter i allmänhet *låg* beräkning.

Läggas härtill direkta skatterna, nämligen personlig ...... » 1.80,

samt bevillning ...., ... » 1,

tillsamman rdr 2.80,

så uppkommer en summa af 16 rdr 76 öre, hvilken med tillägg af öfrige poster på debetsedeln således ej obetydligt öfverstiger 16 rdr eller 4 procent af den antagna årsinkomsten 400 rdr. Vore inkomsten, såsom i alltför många fall är förhållandet, endast omkring 300 rdr, så skulle procenten troligen komma att stiga till minst 5 procent.

Dessa detaljer skola kanhända af en och annan läsare anses alltför småaktiga uti en politisk afhandling. Men huru obetydliga de än må anses, äro de likväl alldeles nödvändiga för att man skall kunna göra sig en klar och på fakta stödd föreställning om en sak, som sannerligen *icke* är någon småsak, utan en sak af grundväsentlig vigt i politiken; såsom vi hoppas att läsaren skall erkänna, sedan han tagit kännedom om såväl våra premisser som våra slutsatser.

För att kunna anställa en jemförelse, borde man nu äfven likaledes i detalj framlägga beloppet af direkta och indirekta skatter för en förmögnare familj. I detta fall möter man likväl stora svårigheter, enär lefnadssättet är så oändligen olika på högre och lägre förmögenhetsgrader. Vi vilja till jemförelsepunkt antaga en tio gånger större årsinkomst eller 4,000 rdr, och såsom rättesnöre för hvad som rör hushållet skola vi begagna uppgifter, som hemtats ur en bekant hushållsbok [1]), angående åtgången i ett hushåll af 10 à 12 personer. Vi hafva gjort oss den mödan att efter nu gällande tulltaxa beräkna tullen för hvarenda deruti upptagen artikel, ifrån kaffe och socker, risgryn, mannagryn, helgryn, perlgryn, sagogryn etc. etc. etc. ända till oliver, champignoner och portugisisk lök, och funnit summa tull för alltsamman uppgå till ej fullt 55 rdr; i följd hvaraf vi hafva att för ett hushåll af endast fem personer, — såsom vi för jemförelsens skull måste antaga — på detta konto uppföra ej öfver 27 rdr 50 öre. Om i stället för 6 kannor bränvin vi antaga 30 kannor vin, så är detta visserligen det högsta som kan komma i fråga för ett hushåll med den i fråga varande ej alltför betydliga årsinkomsten; tullen derför, efter högsta tullsats, utgör 16 rdr 50 öre. Anslås årliga tobakstullen till 5 rdr, så är detta troligen ej alltför njuggt beräknadt. Hvad slutligen beklädnads- och andra varor beträffar, skola vi uppföra jemt 20 riksdaler, ehuru detta förmodligen är nog högt tilltaget. Hela sammanlagda summan uppgår till 69 rdr som, tillsamman med den direkta bevillningen och personliga skatten gör 110 rdr 80 öre, det vill säga mellan 2 och 3 procent af inkomsten.

Vid denna jemförelse är nu att anmärka, att vi med flit och för att ej i någon mån synas öfverdrifva, för det fattigare hushållet hållit beräkningen så låg som gerna är möjligt, för det förmögnare åter snarare något öfver medelmåttan, och att för det förra väsentligen upptagits hvad man (till en del illa nog) torde få lof att anse som husbehof, under det för det senare åtskilligt bestämdt måste rubriceras såsom öfverflöd.

Ju *större* årsinkomsten är, desto förmånligare för den förmögnare utfaller denna proportion. Millionären skattar, huru yppigt han än må lefva, ganska obetydligt öfver sin ena bevillningsprocent; vi tvifla på att han någonsin kan komma att, med inberäkning af de indirekta skatterna, betala ens så hög skatt som 2 procent af årsinkomsten.

Man finner här således — och detta är det märkliga resultat, hvartill dessa små detaljer leda — att vi här hafva exempel på en *progressiv* beskattning i *motsatt* riktning mot hvad man eljest trott sig kunna fordra: millionären betalar i skatt 1 à 2 procent

---

[1]) Enligt uppgift, författad af en f. d. hushållerska åt afl. expedit.-sekreter. Askelöf.

af sin årsinkomst, under det arbetaren betalar 4 à 5! Der ser man då tillika ett exempel på *rikedomsminoritetens* rättvisa i lagstiftningen mot de *fattige.* Vi tvifla på, att man skall kunna framlägga något enda exempel af att folket, eller denna »majoritet», hvars »tyranni» man säges frukta, infört något dylikt beskattningssystem till de *rikas* förfång, — nej, icke ens under en revolutions yra.

Man kan visserligen säga, att de fattige få skylla sig sjelfva, som använda kaffe, socker etc.; men ett sådant tal vitnar endast om en hög grad af hyckleri; ty man har likväl *grundat* budgeten på det *antagandet, att* de fattige skola använda dessa saker. Vi vilja för öfrigt här icke inlåta oss på frågan om nyttan eller skadan af bruket af kaffe och socker etc., men vi fråga blott: *om* det är skadligt, *hvems* är felet, att arbetaren ej blifvit bättre upplyst? — Sjelf kan han omöjligt tillräknas, efter han har ingen röst vid ordnandet af vare sig stat, kyrka eller skola. Och *hvems* är felet, om han arbetar under så tryckande yttre omständigheter, att han i stället för sund föda måhända *nödgas* stilla sin hunger med dåliga surrogat? — Det är icke han, som ordnat hela det politiskt-ekonomiska system, af hvilket hans ve och väl likväl är beroende.

Imellertid bör ingen tid klandras derför, att den imottagit traditioner af orättvisa från en annan tid. Man bör icke förebrå personer, som nu lefva, att de åtnjuta fördelar, som grundas på en förutvarande generations misstag; ty man kan icke ställa sig utom verlden, utan måste taga sakerna såsom de äro. Men hvad man kan fordra är, att uti hvarje tid hvarje rättänkande menniska *erkänner* de orättvisor, som blifvit såsom arf öfverlemnade från en föregående tid, äfven om hon af dem har personlig fördel, och att hon är villig till deras afskaffande. Hvad finna vi nu i det fallet för benägenheter hos t. ex. vår närvarande representation, hvilken, såsom anmärkts, väsentligen representerar den förmögnare klassen? — För några riksdagar sedan beslöt denna representation en *förhöjning* af de redan förut alltför höga tullafgifterna på kaffe och socker, till betäckande af en iråkad statsbalans, d. v. s. beslöt att arbetsklassen, som *icke* för sin del varit vållande till den åsamkade statsbristen, efter denna klass aldrig haft något med statens affärer att göra, likväl måste än ytterligare betungas, för att afhjelpa den rådande klassens politiskt-ekonomiska felsteg! Och när det vid innevarande riksdag väckts fråga om ett betydligt anslag till förbättrande af vårt försvarsväsen, huru lät den första stämma, som höjde sig i den kammare, hvilken i första rummet representerar

rikedomsminoriteten, om ej: lägg blott för all del den nya bördan
på de indirekta skatterna! det vill med andra ord säga: på den
redan förut af skatter orättvist betungade arbetarebefolkningen!
Och man finner det så skönt, ja verkligen beundransvärdt att
dessa slags skatter »icke kännas». D. v. s. att blott den skattdragande
möjligen af okunnighet ej märker, *hur* han tryckes, så har man
ingenting imot *att* han tryckes — en härlig maxim! Men *den*
omständigheten, att om ensamt på bevillningsrubriken »kapital eller
arbete» lades en så stor beskattning, att (allt inberäknadt) den
rike drabbades af *proportionsvis lika* tunga med den fattige (och
detta vore kanske ej mer än billigt?), man skulle erhålla, inom den
gifna tiden, allt hvad regeringen för det i fråga varande ändamålet
begärt, — den förtiges visligen!

Detta rikedomsminoritetens beteende får en desto svårare ka-
rakter, när man tager i betraktande, att äfven de *personliga* offren,
arbetaren har att göra för fäderneslandets försvar, äro för honom
relativt vida känbarare än för den förmögne; äfvensom att taxe-
ringen af inkomster i allmänhet torde få anses noggrannare för
den lägre, än för den högre inkomsten, under det för de högst
skattande (absolut taget) den taxerade inkomsten väl sällan torde
uppgå till mer än hälften eller två tredjedelar af den verkliga [1]); och
än mer, när man besinnar den prekära naturen af arbetarens in-
komst i jemförelse med de flesta andras. Kapitalistens penningar
bära ränta äfven den dag han är sjuk; embetsmannen åtnjuter
tre fjerdedelar af lönen under den sjuka dagen; jordbrukarens
skördar växa, fabrikantens maskiner upphöra icke att vara i rö-
relse o. s. v. derför att egaren är sjuk; och ehuru dessa senare
visserligen äfven måste förlora på en längre tids frånvaro från
yrket, hafva de likväl i allmänhet sina saker så stälda, att de utan
olägenhet kunna vara frånvarande en eller annan dag; hvarimot
arbetaren förlorar sin arbetsförtjenst hvarje dag som han af sjuk-
dom eller tillfälliga omsorger för hus och hem är hindrad från
arbete. Besinnar man allt detta, skall man nödgas erkänna, att
ett beskattningssystem i den riktning, vi visat ega rum, är mer
än orättvist — det är oädelt. Och om man nu frågar, hvar-
för arbetsklassen behöfver något politiskt inflytande, så kan svaret
helt enkelt blifva (ehuru vi för vår del betrakta saken ur ännu
en högre synpunkt): för att skydda sig mot att genom ett orättvist

___

[1]) För en del tjenstemän upptages visserligen hela inkomsten, der inkomsten är
inskränkt till blotta lönen; derimot tro vi det vara temligen vanligt — åtminstone
veta vi det i många enskilda fall vara förhållandet — att icke för embetsmannen taga
i beräkning enskild förmögenhet eller inkomster bredvid tjensten.

beskattningssystem utarmas! Det är ett skäl, hvars vigt måste erkännas äfven af dem bland våra och demokratiens motståndare, som hafva för sed att yttra sig mycket hånligt om allmän »menskorätt», men derimot ständigt föra på tungan en ogemen vördnad för »eganderätt»; ty arbetaren bör otvifvelaktigt hafva lika full eganderätt till sin med svett och möda förvärfvade dagspenning, som millionären har till sina gods och gårdar och bankaktier. Men vi gå att undersöka sjelfva hufvudfrågan från ännu en annan sida.

Det är verkligen upprörande att se, hvilka snart sagdt oräkneliga konstgrepp de maktegande minoriteterna i alla tider och alla länder användt för att af massan utpressa de största möjliga skattebidrag. De indirekta skatterna gifva, bland annat, ett ypperligt medel att »omärkligt», som det heter, betunga den fattige. Men ett ännu på sitt sätt fullkomligare beskattningssystem är det som förverkligats genom skatter lagde på jorden. Dessa senare skatter äro för skattejorden i vårt land så oerhörda, att de säkert uppgå ända till 20 à 30 procent af afkastningen, ja deröfver, (åtminstone veta vi detta i flera konkreta fall ega rum), för att icke tala om sådana undantagsfall, der det, i följd af skattebördorna, knappt nog lönar sig att bruka hemmanet. Ett sådant lika mycket mot billighet som mot all sund statsekonomi stridande förhållande skulle naturligtvis med inga slags skäl af *vanligt* förnuft eller *vanlig* rättvisa kunna försvaras: man har derföre nödgats att för ändamålet upptäcka en särskild och egendomlig rättsgrund. Hvad som af förnuft och rättvisa måste ogillas, har blifvit gjordt till ett slags *naturnödvändighet:* man har uppfunnit *teorien om grundskatter!* Och vetenskapen — en pseudo-vetenskap naturligtvis · — har varit framme och helgat detta ingrepp på sunda förnuftets område med för ändamålet afpassade benämningar och definitioner!

För hvarje oförvilladt sinne är det klart, att så väl *rättigheter* som *skyldigheter* endast kunna tillkomma *personer*, icke *ting*. Då man derför talar om ett onus, som hvilar på »jorden», så är det helt enkelt ett nonsens. Man brukar ofta i det fallet göra jemförelse mellan inteckningar i jord och grundskatter; men denna jemförelse, om hon rätt anställes, visar bäst den fullkomliga orimligheten, ja omöjligheten (ur rättens synpunkt) af grundskatter. Ty väl är det sant, att en inteckning uti en egendom kan gå ur hand i hand genom generationer, och att räntan i det fallet faktiskt kan anses hafva samma betydelse som en grundskatt; men det är dervid den vigtiga omständigheten att iakttaga, och som visar att här är fråga om rent *personliga* rättigheter och skyldigheter, ehuru dessa i och genom panten öfverflyttas från en person till en annan och sålunda *skenbart* kunna synas ligga *uti* sjelfva panten, dels att uti dess ursprung inteckningens tillvaro berott på jordegarens fria vilja och det vederlag han erhållit, dels att i följden densamma kan genom rent personliga tillgöranden, vare sig af jordegaren eller inteckningsinnehafvaren, beröfvas all kraft och verkan. Jordegaren kan t. ex. genom vanhäfd bringa egendomen derhän, att en inteckning, som en gång haft värde, icke längre får något; en inteckningshafvare kan, genom försummande af förnyelse eller genom försumlighet eller ekonomisk oförmåga att bevaka sin rätt vid en utmätning, förlora sin fordran o. s. v. Men alla dessa kriterier saknas i fråga om grundskatter. Ingen dödlig kan bevisa, att vid tiden för grundskattens införande *detta* speciela hemmans egare godkände en så beskaffad intecknings tagande uti hans egendom; tvärtom talar all sannolikhet för att han ogillade en sådan åtgärd. Och månne en slik åtgärd kan *rättsligt* göras utan en egares speciela tillåtelse? Man säger visserligen, att individen måste vara beroende af en laga regerings och representations beslut; men ·— oafsedt den omständigheten att denna regering och denna representation, på de tider grundskatterna infördes, i allmänhet endast representerade eller gjorde gällande vissa klassers intressen, de der omhuldades, under det andra klasser förtrycktes — månne verkligen en regerings eller en representations maktfullkomlighet *kan*, förnuftigtvis, anses sträcka sig ända derhän? Ingen fråga, att ju ej ett lands regering eller representation bör kunna af *medborgaren* fordra alla de skattebidrag, som erfordras för statsverksamhetens underhållande; men är det ens *möjligt* — allt ur förnuftets synpunkt — att de kunna med ett penndrag tillägga sjelfva *jorden* permanenta egenskaper, till godo eller till ondo, för alla tider? I fråga om *stiftandet af lagar* har aldrig någon regering éller representation, huru vis den hetat, ansetts ega en sådan befogenhet, utan hvad som i det fallet på en tid gjorts, det har på en annan tid ansetts kunna upphäfvas eller ändras efter godtycke; huru skulle förhållandet kunna vara annorlunda i fråga om beskattningen? Men på detta senare område tror man det förnuftigt omöjliga kunna göras, och *dödliga* menniskor hafva rätt att stifta *eviga* lagar; ty detta senare är hvad som sker, när man pålägger *jorden* en beskattning för alla tider. Härvidlag finnes ingen makt, som kan åstadkomma en förändring: om jorden försämrades ända derhän, att behållningen blefve ingen, måste grundskatten i alla fall betalas, — så vida det ej till slut skulle komma derhän, att man af nödvändigheten gjorde en dygd,

d. v. s. välvilligt erkände en fysisk omöjlighet såsom ett faktum: vi hafva oss ej bekant, om det någonsin inträffat. Menniskor hafva, med ett ord, gifvit *jorden*, materien, en egenskap, som den icke fått i skapelsen, och hvarken åska eller jordbäfning eller andra menniskors makt förmår att borttaga densamma!

Skulle man åter verkligen medgifva, att skyldigheterna icke åligga materien, *jorden*, utan personerna, *jordens innehafvare*, så skulle utaf teorien om grundskatter följa, att en personlig rättighet eller skyldighet kunde obegränsadt och ovilkorligt fortplantas såsom appendix till den tillfälliga omständigheten att ega en viss jordbit (ty att detta senare är något tillfälligt i förhållande till personligheten, lärer väl ej kunna bestridas); och erkännes detta såsom rätt, då måste, af lika skäl, äfven ärftligt adelskap eller slafveri, beroende likaledes på de tillfälliga omständigheterna af börd, ansigtsfärg o. s. v., vara berättigadt; och i sjelfva verket talade slafegarne i Nordamerikas sydstater om ingrepp i »eganderätten» å abolitionisternas sida med alldeles samma resonnemanger, som man hos oss hör riktas mot dem, hvilka yrka grundskatternas afskaffande.

Sådana absurditeter, som här nämts, läras och antagas imellertid såsom trosartiklar; på dem byggas många spetsfundiga teorier och många riksdagsbeslut. De enkla sanningarna, som sunda förnuftet lärer: att en representation icke kan, förnuftigtvis, pålägga någon skatt, som icke kan af en kommande representation (hvilken påtagligen har lika stor befogenhet som den förra) upphäfvas; att hvad man kallar grundskatten icke är annat än ett *beskattningssystem*, som på en tid antagits och på en annan tid kan förkastas; att om en representation *vill*, hon *kan* — ty makt dertill har hon, — göra *all* beskattning till personlig, eller till grundskatt eller till bevillning, hur hon behagar, eller fördela beskattningen hur orättvist hon vill mellan dessa kategorier, dock allt detta endast med vilkor att nästa representation må — med fullkomligt samma rätt — göra motsatsen af hvad den förra gjort: dessa enkla sanningar vill man ej fatta. Man skall imot dem invända, att en representation likväl ikläder sig åtskilliga förbindelser — t. ex. genom upptagande af lån — som följande representationer ändock *måste* erkänna: och således kan ju en efterföljande representation verkligen *bindas* af en föregåendes beslut. Men man måste hafva föga urskilning, om man sammanblandar så olikartade saker. Hvad här förut yttrats består likafullt, *om* man äfven erkänner att en regering eller representation, såsom moralisk person, är skyldig att uppfylla de förbindelser, som en föregående regering eller representation åtagit sig; ty detta är ju en helt annan fråga. I förra fallet är fråga om ett förhållande mellan person och person, nämligen staten och individen; i senare fallet är det blott en, nämligen *staten*, som är i fråga; och då staten är en kontinuitet, må dess representanter (regeringar och representationer) på olika tider med något skäl kunna anses såsom utgörande en och samma personlighet. Men för öfrigt kan sannerligen mycken fråga vara, huruvida, å ena sidan, det verkligen är förnuftsenligt rättsligt tillåtet för en regering eller representation att sålunda draga på framtiden, och, å andra sidan, om detta i följd af klokhetsberäkningar ändock sker, huruvida skyldigheten att erkänna på sådant sätt ingångna förbindelser i sjelfva verket är något annat än en *klokhetspligt*: såsom sådan är den naturligtvis imperativ.

De ofvannämda sanningarna finna imellertid på vissa beskattningsområden fullständigt erkännande. De skatter, som i vårt land utgå under namn af bevillning, till ett flerdubbelt belopp mot grundskatterna, *dessa* anses likväl såsom beroende *endast af ett beskattningssystem*, hvilket kan från riksdag till riksdag förändras. Sådana förändringar hafva ock tidt och ofta blifvit gjorda, till ruin för somliga, till uppkomst för andra; men hvarken har man hört att de förra erhållit något skadestånd, eller att de senare ansetts böra gifva något sådant, vare sig till de lidande eller till staten. Men detta är hvad man fordrar i fråga om grundskatterna, der det ändock ej gäller så stora summor, och der de enskilda vinsterna eller förlusterna relativt troligen icke skulle blifva större genom en skeende förändring. Hvadan denna olika uppfattning, som till och med så uppenbart strider imot de enklaste ekonomiska läror och de derpå grundade naturligaste klokhetsberäkningar? Ty det är klart, att om grundskatterna afskaffades, så skulle detta — ehuru hemmanen naturligtvis derigenom icke befriades från skatter, men finge utgöra dessa såsom en efter billiga och för alla lika grunder beräknad bevillning, — icke desto mindre i en utomordentlig grad tjena att i ekonomiskt hänseende lyfta de små landtbrukarne, den stora mängden af Sveriges jordbrukande befolkning. Och hvad innebure detta? Hvad betyder det i allmänhet för ett lands ekonomiska tillstånd, om de smärre jordbrukarne och arbetarne äro i en jemförelsevis god ställning? — Vår jernvägstrafik kan, bland annat, i det fallet lemna oss ett ganska vältaligt svar. Vid hvilka stationer är det i sjelfva verket som rörelsen är liflig och trafiken betalar sig? Är det vid dessa, som omgifvas af några få stora herrgårdar med en tynande arrendators- och arbetarebefolkning, eller dessa, vid hvilka den trafikerande allmänheten utgöres af smärre jordegare, af en välbergad allmoge? Förhållandet i detta afseende är icke obekant; och enahanda förhållande — d. v. s. det välgörande inflytande, som alltid blir en följd af *den stora massans välbefinnande* — skulle äfven komma att spörjas såsom resultat af grundskatternas aflyftande. Jordegarne sjelfve skulle visserligen i första hand komma att deraf hafva fördelen; men i andra hand skulle *alla*, fabrikanten, handlanden, advokaten, läkaren o. s. v. med ett ord, *alla* som *arbeta*, äfvenväl derigenom finna en ny och kraftig uppmuntran och sålunda i ökadt mått få ersättning för den skattetillökning, som kunnat blifva en följd af åtgärden. Endast den lättjefulle fideikommissarien och kapitalisten skulle i någon mån komma att deraf lida; och det är då af sådan orsak som man motsätter sig en på en gång förnuftig, rättvis och klok åtgärd, och som man glömmer den stora satsen, att *en stor reform bör storsint utföras.*

Hvadan kommer nu detta? — Af intet annat skäl, än att den lägre jordbruksbefolkningen alltjemt varit ansedd såsom skapad för att bära bördor, och att rikedomsminoriteten aldrig visat sig särdeles benägen till eftergifter, der den en gång lyckats att förvärfva ett orättvist privilegium. Man väger på guldvigt de fördelar, som *nuvarande* innehafvare af skattejorden skulle vinna genom grundskatternas afskaffande, och man ropar ideligen på ersättning; men hvad ersättning gafs väl åt *de* innehafvare af samma jord, som först fingo sig dessa bördor pålagde? Man lägger en ofantlig vigt på den omständigheten, att den nuvarande innehafvaren köpt sitt hemman för ett så mycket lägre pris som motsvarar grundskatten, och att han har ingenting att beklaga sig öfver; men att det vore en alltför stor present, om han finge skatten efterskänkt. Den nämda suppositionen kan möjligen hafva grund; men det är ock möjligt, att hemmanet *gått i arf* från far till son, alltsedan skatten infördes; och *då* har ju ett ekonomiskt förtryck äfven gått i arf från far till son, precist på samma sätt som slafveri och lifegenskap ärfves? Och hvad ondt ligger egentligen uti att en eller annan enskild har fördel af en gammal orättvisas afskaffande (såsom så många gånger enskildas fördel varit en följd af förändringar i tulltaxan), då *ingen ny orättvisa införes i stället?* Ty, såsom förut är anmärkt, meningen är ju icke att göra skattehemmanen skattefria, utan blott likstälda med andra? — Eller är verkligen till slut ett skattehemman i skapelsens jordebok inskrifvet såsom en mörk fläck på Guds gröna jord? Eller är det för en ädel och upphöjd politik *samvetssak* att drifva en sekelgammal orättvisa till alla dess yttersta konsequenser? Är detta en högsta *klokhet?* Vi betvifla det. Och månne ej våra privilegierade klasser tillförene

i sjelfva verket, genom allehanda företrädens afskaffande, lidit —
utan ersättning — långt mer än här kunde komma i fråga? Och
månne ej sådant alltid är att, enligt naturens ordning, befara, der
rättigheter och företräden byggas på en orättvis grund? Eller
månne ej den, som bygger på vulkanen, om än hans efterkommande
genom generationer skulle der sitta orubbade, ändock för någon
efterkommande bereder olycka? — För öfrigt vilja vi icke här yttra
oss om den rent praktiska sidan af denna fråga; endast så mycket
vilja vi säga, att äfven med antagande i hufvudsak af här fram-
stälda åsigter skulle åtgärder kunna vidtagas, som gjorde öfver-
gången, visserligen icke omärkbar, men dock på långt när icke för
dem, hvilka deraf närmast berördes, så känbar, som man gerna
är böjd att föreställa sig.

Imellertid, huru det nu än må vara med skatterna till staten,
så menar man likväl kanske, att åtminstone i fråga om de *kom-
munala* skatterna de rike göra fullt skäl för sig. Och så är det
ju i sjelfva verket, efter kommunalskatterna väsentligen — ehuru
ändock icke *mer* utan, om man vill räkna noga, verkligen något
mindre än i rätt proportion efter förmögenheten — drabba de
förmögnare samhällsklasserna. Tyvärr uppväges denna eftergift åt
rättvisan af ett annat slags orättvisa, som hotar att göra denna
beskattning ännu vådligare för de obemedlade klasserna, än nå-
gonsin beskattningen för statens ändamål. Vi hänsyfta på den
obilliga *röstgrunden,* af hvilken man redan börjar se verkningar,
som i sanning äro egnade att väcka de största farhågor; och
likväl hafva vi endast så godt som nyss beträdt den farliga bana,
som vi gå att påpeka. Förmodligen skall jernvägsfebern, som
redan på det politiska fältet gjort så mycket ondt, äfven inom
det kommunala lifvet komma att verka upplösande och förstörande,
om ej röstgrunden snart ändras. Beklagligtvis har det redan
vunnit godkännande att göra jernvägsanläggningar till en kommunal
angelägenhet; och sedan sålunda prejudikatet numera är gifvet,
behöfves icke mer än att en kommun har några få jernvägs-
yrande eller i saken egennyttigt intresserade herremän med stort
röstetal, för att denna kommun skall tvingas in i de mest hals-
brytande jernvägsföretag, de mindre bemedlade skattdragande må
protestera hur mycket de vilja.

Men det är icke nog härmed; ty det har visat sig, att man
förstått att nästan obegränsadt tänja ut begreppet om kommunal
verksamhet. Vi hafva i tidningarna läst, huru man på ett ställe,
om vi ej missminna oss, anlagt ett lafbränvinsbränneri eller någon
dylik inrättning för en kommuns räkning, huru en annan kommun

låtit uppsätta salubodar till uthyrande o. s. v. — allt företag, likasom jernvägsanläggningarna, af rent industriel natur. Hufvudstaden har genom sitt beslut rörande den Molinska fontänen visat, huru kommunalinrättningen kan användas för estetiska ändamål[1]) o. s. v. Har man blott kommit så långt d. v. s. till att anse kommunen såsom en inrättning »för nytta och nöje» i allmänhet, så gifves ingen gräns för de utsväfningar i beskattningsväg, hvartill den närvarande röstberäkningen kan leda. Ett par possessionater i en socken på landet, hvilka med sitt öfvervägande röstetal beherska kommunalstämman, vilja t. ex. för sitt nöjes skull uppföra ett ridhus. De skulle hafva ingenting imot att göra detta på egen bekostnad; men *efter* kommunalinrättningen finnes, hvarför ej begagna densamma, för att låta de öfriga sockenborna bidraga med tredjedelen eller hälften af kostnaden? Det kan ju anses ländа till hästrasens förbättrande; det kan ju ock anses tjena för bildandet af ett frivilligt nationalförsvar till häst; och skulle det sålunda icke vara berättigadt? På enahanda sätt med en skjutbana. På enahanda sätt med en musiksal — hvad kunde låta bättre än en musiksal? o. s. v. Ja, om en på kommunalstämman öfvermäktig possessionat önskade att pryda sin park med ett monument öfver någon företrädare på egendomen, så skulle ingenting kunna hindra honom från att låta socknen deltaga i kostnaden derför. Kanske har denne företrädare i något hänseende varit socknens välgörare; och om monumentet dertill skulle vara ett konstverk af estetiskt värde, huru berättigad vore ej hela saken? Med ett ord, hvarhelst det finnes ett par eller tre jernvägsyrande eller eljest yrslande possessionater med öfvervägande röstetal på kommunalstämman, der äro de mindre bemedlade tillspillo gifna, der gifves det i sanning icke längre något »lås för bondens lada».

Om förhållandet i det fallet är betänkligare i stad eller på landet, torde imellertid icke vara lätt att afgöra. Visserligen har numera det högsta röstetalet i stad blifvit reduceradt: men så är man der åter i händerna på en delegation. Derimot har staden i ett hänseende ett gifvet företräde, emedan der ändock alla kommunala förehafvanden äro underkastade mera kontroll af publiciteten, än i allmänhet förhållandet kan vara på landet. Men frågar man nu *hvarför* det är af någon vigt att den kommunala röstgrunden förändras, så kan helt enkelt svaras: på det de mindre bemedlade icke må vara ut-

---

[1]) Man kan härom säga, att det hade varit en *skam* för Stockholm, att ej tillegna sig detta ypperliga konstverk; men att det hade varit en *heder* (och, vi må säga, en pligt) för de förmögnare samhällsklasserna i Stockholm, att på sin bekostnad förvärfva detsamma åt kommunen.

satta för att plundras af de rika! Äfven härvidlag kunna vi väl icke annat än vinna bifall af dem, som bruka med så mycket eftertryck ifra för »eganderättens» helgd? Men ingenting tillfredsställande kan i detta fall vinnas, med mindre *jemnlikhetens* grundsats *fullständigt* genomföres; hvilket senare för öfrigt är desto mera i sin ordning, som denna grundsats kan sägas vara teoretiskt erkänd genom sjelfva den bestämmelsen, att i allmänhet kommunalutgifterna skola utgå i proportion efter förmögenhet; ty detta innebär, att den fattige med sitt mindre bidrag gör lika stor uppoffring, relativt, som den rike med sitt större bidrag, att för den ene skillingen är af lika stor vigt och betydelse som för den andre riksdalern; genom hvilket en skarp motsättning är fastställd mellan kommunen och ett industrielt bolag och i följd hvaraf äfven orimligheten af att på kommunen tillämpa den inom ett så beskaffadt bolag brukliga röstberäkningen faller i ögonen. De rika kunna icke heller — just på grund af hvad förut anförts — hafva något att frukta af en sådan jemnlikhet; men de fattiga hafva deruti ett värn mot ett fruktansvärdt skatteförtryck, som under nuvarande förhållanden kan vara att befara.

Sammanfatta vi nu i korthet de resultat, till hvilka vi kommit, så äro de: att hvad först skatterna till staten beträffar, så betalar efter gällande författningar millionären mellan 1 och 2 procent af sin inkomst, arbetaren derimot minst 4 à 5 procent af sin, och skattebonden 20 à 30 procent, ja deröfver, af sin; och hvad kommunalskatterna åter angå, att dessa visserligen i allmänhet utgå efter förmögenheten, men att på samma gång en *oinskränkt* makt blifvit lagd i de *förmögnares* händer att hindra, om de det vilja, äfven de för kommunen angelägnaste åtgärder, men att derimot, om de det vilja, tvinga kommunen att betala äfven till de för dess verksamhet allramest främmande ändamål. Och härutaf torde visa sig, huruvida den rikedomsminoritet, som för närvarande innehar den politiska makten i vårt land, verkligen har genom upphöjda och rättvisa tänkesätt gjort sig i någon mån förtjent af ett sådant företräde; och huruvida det är denna minoritet, som har skäl att frukta för ingrepp i »eganderätten», i fall majoriteten komme till väldet; öfverhufvud huruvida samhällets och alla dess medborgares väl ligger tryggast i majoritetens eller i den nämda minoritetens händer.

Den uppfattning af den förmögnare klassen, såsom ett politiskt element, hvilken här blifvit antydd, skall utan tvifvel af somliga helsas med benämningen »röd», eller Gud vet hvad för annan benämning. Men denna åsigt, — här anknuten till fakta, hvilkas vitnesbörd icke lärer kunna jäfvas, och till sin princip öfverensstämmande med hvad våra religiösa urkunder på flerfaldiga ställen lära — grundar sig imellertid ytterst på hvad så väl psykologiska grunder som dagliga erfarenheten gifvit vid handen, att nämligen rikedomen föder njutningslust och högmod, med deraf följande sjelfviskhet och hjertats hårdhet — ett förhållande, hvars verklighet ingalunda upphäfves af mycken befintlig enskild menniskokärlek och välgörenhet bland de rike; ty utan att på minsta vis vilja i enskilda fall förringa värdet af denna senare, tro vi likväl, att då här icke är fråga om *individer*, utan om en *klass*, och om man i *stort* betraktar de rikas förhållande gent imot de fattige (hvartill det föregående äfven lemnar ett litet bidrag), så kan man säga, att detta förhållande är ungefär likartadt med furstarnes välgörenhet, hvilka, under det de låta den fattiga befolkningen skjuta tillsamman, såsom skatt, millioner för deras underhåll, på samma gång låta dyrka sig som halfgudar för några hundratal eller tusental, gifna, såsom allmosa, åt de fattige. Allt detta må för många synas »ett hårdt tal»; men det är otvifvelaktigt berättigadt. Det gäller för öfrigt mindre de rikas *personer*, än sjefva *rikedomen*, d. v. s. den frestelse, som ligger i rikedomen. De fattiga, som beklaga sig öfver de rikas förtryck, skulle, om de sjelfva blefve rika, icke vara bättre. Det är *materiens* välde, som härutinnan gör sig gällande; och om resultaten icke vore sådana, som nämts, skulle i sanning materien icke vara materie.

Dock — det torde invändas, att denna senare framställning bättre skulle passa i en moralisk, än i en politisk afhandling. Vi vänta en sådan invändning. Man har blifvit så van vid en moral i skolan och en annan moral i lifvet, synnerligen det offentliga lifvet, att det endast väcker förväning, då någon i det fallet yrkar på ett annat förhållande. Men det är den moderna demokratiens obestridliga förtjenst, att hafva betonat angelägenheten af att en gång låta religion och moral träda ut ur kyrkan och skolan och det enskilda lifvet, der de hittills varit instängda, för att äfven i verklighet och sanning ingjutas uti det *offentliga* lifvet och derigenom omsider göra fruktbärande den eviga sanningens och rättvisans grundsatser i verlden; och alla ärfda små politiska knep och spetsfundigheter, äfven der de antagit det vördnadsbjudande namnet af lagar eller lärda teorier, skola icke förmå att motstå det välsignelserika inflytande, som sålunda vill göra sig gällande.

Hvad är i sjelfva verket demokratiens praktiska uppgift? — Vi hafva i det föregående angifvit *en* sådan af den allra största betydelse för hela samfundslifvet; men icke nog härmed. Kanhända är, utaf allt hvad man af det demokratiska styrelsesättet har att vänta, ingenting betydelsefullare, ingenting mera för samhället välsignelsebringande, än demokratiens gagneliga reaktion på de *rikare* och mest *bildade* klasserna. När nämligen dessa klasser icke längre kunna med *rösträttens maktspråk* styra samhället, blifva de — så har erfarenheten visat — desto mer intresserade att med *upplysningens* och *öfvertygelsens makt* göra det; och när de ej mera kunna oinskränkt befalla öfver folkets tillgångar, skola de finna sig desto mer manade att genom enskilda uppoffringar verka för bildningens och det allmännas väl; så att man i alla riktningar i samhället kan få se något mer, än hittills, af »richesse oblige»; och på allt detta skall ej blott det allmänna vinna, utan äfven *de sjelfva*, som derigenom *förädlas* och indirekt erhålla ett icke *mindre*, men *mindre motsagdt* inflytande bland medborgarne. Lägges härtill den utomordentliga *ekonomiska* lyftning, som en demokratisk konstruktion af samhället är egnad att medföra, och det icke blott för *en* klass, utan för *alla* klasser — utom kanhända de *lates*, ehuru äfven de icke kunna undgå att röna ett välgörande inflytande af hela samhällets blomstring — så är uppenbart, att demokratiens praktiska verkningar äro af den allrahögsta ordning och att demokratien *just på denna grund* framför allt är eftersträfvansvärd.

Vi vilja ännu tillägga ett ord rörande den allmänna rösträtten. Författaren af denna uppsats frågade en gång en amerikanare, hur man i Förenta Staterna vågade att så snart, som sker, gifva invandrarne politiska rättigheter. »Hur vill ni» — blef svaret — »att de eljest skulle så, som skett, försvarat unionen under inbördes kriget?» Äfven detta är en synpunkt, som förtjenar att beaktas. Och om nu verkligen så väl de europeiske invandrarne, som de frigifne negrerne, befunnits *med sin rösträtt* vara ett ej blott oskadligt, utan nyttigt politiskt element; skulle verkligen våra hemmavarande arbetare vara sämre än dessa deras kamrater, som giort resan öfver atlantiska hafvet, eller dessa genom följderna af århundradens slafveri degraderade negrer, som blifvit frigifne och med ens erhållit politiska rättigheter? — Hvilken förfärlig dom skulle ej deruti ligga öfver de klasser, som hittills i vårt land innehaft den politiska makten!

—T—

Studier öfver våra folkvisor från medeltiden.

I.

Hedendomens poetiskt-religiösa verldsbetraktelse och dess ombildning genom kristendomen.

(Forts.)

Innan vi lemna det område af den medeltida folkpoesien, hvarmed vi sysselsatt oss i den föregående afdelningen af denna uppsats, vilja vi påpeka ett par norska qväden, hvilka i ett och annat hänseende vidga vår kännedom om den första kristna tidens uppfattning af dessa naturväsen. De norska visor, som egentligen endast bekräfta riktigheten af de iakttagelser, som vi hittills gjort, förbigå vi alldeles.

I »Haugebonden som leikar og rimar» möter oss en visa, hvartill intet motstycke finnes i de svenska och danska *vis*-samlingarna (icke ens hos Grundtvig, så vidt vi funnit), ehuru hennes innehåll är beslägtadt med de af oss förut påpekade *sägnerna* om högfolket och om gårdselfvorna. Det ser ut, som om dessa väsen, hvilka hoppas och vänta sin förlossnings timma, hade ett intryck af julhelgens betydelse och isynnerhet under denna tid ville nalkas menniskan och glädjas med henne. Så börjar också denna norska visa:

»Det var den heliga julaftons qväll:
Bonden ville bort finna limar, (= grenar, ris eller julträ)
Och då han kom sig i rosens lund,
Då hörde han hur högbonden rimmar.

Det var den heliga julaftons qväll,
Bonden ville bort finna kransar,
Och då han kom sig i rosens lund,
Då hörde han hur högbonden dansar.»

Då högbonden märker den kommande, vänder han sig mot honom och klagar:

»Höre du det, du gode bonde sjelf,
Hvi tuktar du ej drängarna (sönerna) dina?
Det är aldrig så helig en julaftons qväll,
De dunka uti hallarna mina.

Det är aldrig så helig en julaftons qväll,
De slänga efter mig med skålen.
Hade det ej varit för goda bonden sjelf,
De skulle ha mist hörsel och målet.

De gåfvo mig så ondt ett slag
Utaf det stora ölkruset.
Hade det ej varit för goda bonden sjelf,
Der skulle ha hörts rammel i huset.»

Bonden svarar med att påminna högbonden om hvad godt
denne å andra sidan åtnjutit genom att utan ersättning få bruka
bondens båt uti åtta år eller till och med nio. Detta manar genast
högbonden till erkänsla:

»Nu har jag varit alla dessa år
Ute på dina grund så länge,
Ingen skeppshyra har du kraft,
Och ingen har du fångat (= fått).

Men gack du nu i bakstammen bort,
Der hänger en förgyllande brosa [1]);
Der stånda uti små kistorna nio,
Och nycklarna hänga uti låsar.

Och deruti ståndar en silfverskål
Han står på fyra gullfötter:
Det är icke fulla femton år
Som hon gått i nio mansböter.»

Bland åtskilliga andra gåfvor nämnas också slutligen följande,
hvilka yttermera bekräfta, huru trollen, genom att fira julen, liksom
de kristne fröjdade sig åt försonarens ankomst i verlden:

Och deruti ligger en kappa röd,
Är sömmad med guldet, det rena,
Och den kom aldrig på Malfreds rygg,
Bara juledagen, den ena.   *

--- ---- ----- ---

[1]) Detta ords betydelse är förf. obekant. Det återfinnes icke i Ivar Aasens ordbok
öfver norska allmogespråket.

Och deruti ligger en silkessärk,
Är stickad i liljor och kransar,
Och den kom aldrig på Malfreds rygg,
Bara juldagen, då han dansar.

Och deruti ligger en silkesduk,
Är väfven i röda gullstrimmor,
Och den kom aldrig på högbondens' bord.
Bara i julen, då han dansar och rimmar.»

I denna sköna och säkerligen mycket gamla visa stå trollen ännu på intet vis såsom trolösa och försåtliga gent imot de kristne. Brytningen med naturen tyckes ännu icke hafva inträffat, utan menniskan och naturandarne glädja sig på sätt och vis gemensamt åt att Guds nåd nalkats verlden.

I den norska visan om »Herr Byrting og elvekvinna» skildras ett möte af samma slag som i den danska visan »Elverskud», den norska »Olaf Liljekrans» och den svenska »Herr Olof i elfvornas dans;» men denna skiljer sig deruti från sin samslägtade, att hjelten, fullkomligt maktlös mot förförelsens lockelse, glömmer fosterland, fästmö, himmel och jord och den Gud, som skapat honom, och sjunger:

»I Elfvaland der vill jag lefva och dö,
I Elfvaland der finner jag min fästemö.»

Här besjunges den ädlare varelsens, menniskans, vanmakt, i de nyssnämda huru hon kämpar och lider döden, hellre än att gifva vika.

Den i poetiskt hänseende kanhända känsligaste af alla nordiska visor om bergtagna torde vara den norska, som har till öfverskrift »Dansen i berget.» En yngling, som mistat sin käraste, går att söka henne.

»Och som han kom till det vallbygda hus,
De spela' munharpor och brände vaxljus.»

Han gläntar på dörren och får se sin käraste i trollens makt, men icke sörjande, utan i gamman och glädje. I salar af marmorsten med taket af glimmande juveler dansar hon. Sedan vänta henne borden, dignande af rätter på gyllene fat. Så säger visan:

»Han höll så länge uti dörr-ringen,
Till istapp hängde från hvarje finger.

Han höll så länge i dörrens knapp,
Allt till hans hjerta i sönder brast.

Han tordes ej annat än smälla den dörr'n i lås,
Han fick aldrig mera sin käraste se.

Den poetiska motsatsen mellan qvinnan, som glömmer allt för glitter och glädje, och mannen, som står utanför och ser derpå, tills han i dubbel bemärkelse fryser ihjäl, träder här onekligen mera i förgrunden, än den skildring af trollens makt, som visan dock väsentligen innehåller.

Bland de visor, som vi ega om bergtagna qvinnor, fortgå åtskilliga till den punkt, då den röfvade eger barn samman med röfvaren, liksom vi äfven hafva neckvisor af samma slag. Den strid, som då gemenligen uppstår i det känsliga qvinnohjertat, mellan de nya moderliga pligterna och den kärlek, som drager henne tillbaka till det gamla föräldrahemmet, är naturligtvis ett af de mest lockande ämnen för folkfantasien. Olika visor af detta slag hafva mycket olika upplösning. Dock tyckes i de svenska hufvudvigten falla på den unga qvinnans förhållande till sina föräldrar och på dessas berättigade vrede, då derimot i de norska på ett särdeles älskligt sätt framhålles, huru hon försonar sig med sitt öde genom sina egna barns kärlek. Sålunda heter det i visan om »Liti Kersti, som vart inkvervd», sedan hennes moder utforskat att hon egde barn tillsamman med elfvakungen i berget:

Och elfvakungen had' sig en gångare spak,
Han lyfte liten Kerstin upp på hans bak.

Så redo de sig genom grönan lund,
Der kom intet ord af hennes mun.

Tycker du vägen att den är lång,
Eller tycker du sadeln är dig för trång? —

Åh, icke är sadeln mig för trång,
Men jag tycker vägen den är så lång. —

Och som de nu kommo sig till berget fram,
Hennes små barn imot henne sprang.

Och somma de lekte och somma de log,
Och somma strödde perlor för modrens fot.«

I de svenska visorna är röfvaren gemenligen elak mot den röfvade, i de norska åter motsatsen. Denna omständighet jemte det vackra sätt, hvarpå barnen träda fram i upplösningen, visa huru den norska folkfantasien, långt förtroligare än den svenska, varit införlifvad med dessa väsen, och mindre än den svenska ansett dem såsom oförlikliga med kristna menniskor. I allmänhet stå de norska visorna på en uråldrigare nordisk grund och botten.

Af huru stort intresse det än skulle vara, att utförligare få redogöra för de medeltidsvisor, som handla om elementarandarne, dessa mystiska väsen, hvilka ännu på långt när icke mistat sin betydelse för de vidskepliga bland folket, fastän de skönaste qvädena om dem äro glömda, så nödgas vi dock nu för utrymmets skull att öfvergå till de visor, som orda om runor och den trolldom, som med dem bedrefs.

Tron på runornas öfvernaturliga kraft hänger mycket nära tillsamman med tron på elementarandarne. Vi erinra i detta hänseende om den ofvan citerade visan om »Riddaren Tynne», hvilken just med runoslag förtrollades af »Ulfva, lilla dvergens dotter.» Sjelfva runorna voro dock icke upptäckta af dessa väsen. I det hedniska »Håvamål» berömmer sig Odin af att vara deras upphof och herre. Prof. Hauch anför det väsentligaste af hvad Odin i denna sång säger sig kunna uträtta med den makt, han i dem inlagt. Detta är idel väldiga ting, såsom att frälsa från sorg och sjukdom, döfva svärd, hejda flygande pil, stilla storm och eld. Runobesvärjelsen torde alltid hafva skett under sång, hvarföre sång i och för sig sjelf också ofta anses utöfva samma trollkraft som runor [1]. Då derföre Odin i Håvamål säger sig med runor kunna förvilla trollen, som fara genom luften, så att de fara vilse från sin vanliga hamn (gestalt) och från sina vanliga tankar, så påminner detta i icke ringa grad om medeltidsvisan, i hvilken riddaren med harpospel först lockar och sedan binder necken, så att denne måste återgifva sitt rof. När han åter med runor väcker upp den döde, enligt orden:

> »Det kan jag för det tolfte,
> Om uppe i trädet jag ser
> En död dingla i repet:
> Så ristar jag
> Och i runor tecknar,
> Att den karlen kommer
> Och talar mig till.»

---

[1] I Håvamål säger Odin än: »svå ek gel», d. v. s. »så sjunger jag»; än åter: »svå ek rist», d. v. s. »så ristar jag», i hvilka båda fall runor underförstås.

Så se vi en hednisk förebild till den uppväckelse af de döda, som i kristna visor sker under andra omständigheter och i andra ändamål, såsom vi i det följande af denna uppsats skola se.

Som Odin var runornas upphof, betraktades icke utöfvandet af den trolldom, som låg i runorna, under hednatiden såsom något oädelt. Deras tillvaro hade ingått uti det allmänna föreställningssättet; deras underbara makt var ett faktum. I Eddans sång »Sigdrifumål» (af prof. Hauch citerad under namn af Brynhildar-qvida Buddladotter I) finnes en lång räcka af olika slags runor, som Sigurd skulle lära sig att förstå: segerrunor, dryckesrunor. förlossningsrunor, hafsrunor, grenrunor, talrunor och hugrunor. Vi må anföra åtminstone en enda dylik hednisk runvisa för att åskådliggöra, dels huru de hemlighetsfulla tecknen anbringades, dels huru de sades skola verka. Det är Brynhild, som under namn af Sigrdrifa undervisar Sigurd:

> »Rista hafsrunor,
> Om du rädda vill
> Segelhästen på hafvet:
> Rista dem på stammen
> Och på styrbladet,
> Bränn in dem med eld i åran;
> Hur bränningen bryter
> Och böljan svartnar,
> Hinner du då hamn från hafvet.»

Men Sigdrifumål berättar ej blott huru runorna böra användas och huru de, rätt använda, verka, utan äfven i urgamla visor (= strofer) af stor skönhet, huru Odin sjelf får den första kännedomen om dessa tecken, i det han lyssnar till det tal, som utgår från Mimers hufvud. Detta sade, att de stå:

> »Ristade på skölden
> Framför skinande guden,
> På Årvakers öra,
> På Allsvirms hof,
> På den hjulring, som rullar
> Under Rögnes vagn,
> På Sleipners tänder
> Och på slädfjättar [1]).

----

[1]) Originalet har »Å sleðn fjötrum«, der »fjöturr» betyder »hvar och en af de stöttor, som äro infälda i slädens medar, och uppbära den öfre delen». Som i Östergötlands sydvestra skogsbygd, såsom på Omberget, en sådan stötta kallas »slädfjätte«, har öfversättaren ansett sig kunna upptaga detta ord.

På björnens ramar
Och på Brages tunga,
På ulfvens klor
Och på örnens näbb,
På blodstänkta vingar
Och på brokanter,
I förlösarens handlof
Och i lindrarens fotspår.

På glas och på guld,
Och på gagnande skyddstecken,
På vin och vört,
Och på Valans stol;
På Gugners udd
Och på Granes bröst;
På nornans nagel
Och på näbben af ugglan.»

Alla dessa hafva sedan skafts utaf och sändts, blandade uti det heliga mjödet, ut åt alla håll. De finnas derföre bland åsar, bland alfer, några hos visa vaner och några hos menniskor. När nu den hedniska sången gifvit runorna ett så heligt ursprung, och då de sedan på mångahanda sätt brukats under hela den hedniska tiden, så är det att vänta, att de också, såsom föremål för öfvertro, länge skola lefva qvar under den kristna tiden. Medeltidens visor bekräfta också detta.

Då menniskohjertats hemligaste rörelser, synnerligast kärleken mellan man och qvinna, i medeltidens folkdikt framträdde långt mera i förgrunden än någonsin förr, är det klart, att man begärligt skulle tillgripa runorna såsom förklaringsgrund för många af de skenbart oförklarliga företeelser, som man just på detta område mötte. Redan Odin hade sagt i Håvamål, att han med runor icke blott kunde locka till sig en jungfru, om han ville, utan äfven med samma medel qvarhålla hennes sinne fånget. Detta hedniska drag går mångenstädes igen. Så anför prof. Hauch den danska visan om »Ridder Stig», som af misstag kommer att kasta runor på Regisse, hans konungs syster:

»Det du ville ride til Verdsens Ende,
I Aften hun kommer dog ved din Seng.

Hun sætter sig paa Din Sengestok,
Hun leger fast med Din gule Lok.

Hun kysser Dig paa Din Mund saa rød. —
Du lig saa stille som Du var død!»

Nu måste hon sålunda följa honom, dag och natt, i lif och
död, liksom Käthchen von Heilbronn i Kleists drama följer Graf
vom Strahl. Författaren känner icke, om vi svenskar ega någon
runevisa, som i lika grad uppenbarar folkets tro på runornas
dämoniska makt att binda man och qvinna vid hvarandra på ett
rent hedniskt vis, utan att de personer, det gäller, ega någon makt
till motstånd, sedan blott endera utkastat dem. I den förut an-
förda visan om »Riddar Tyrme» bör bemärkas, att det icke är en
mensklig jungfru, utan dvergens dotter, som utöfvar kärlekstrolldom
med runor.

Prof. Hauch anför vidare en dansk visa om »Den onde Sviger-
moder», hvilken med runor hindrar sin sonhustru att framföda
barn, samt en visa om »Kæmperne paa Dovrefjeld», i hvilken upp-
räknas alla de konster, som kunna utföras med runor. Den förra
återfinnes i vår svenska visa om »liten Kerstins förtrollning»; den
andra tyckes vara egendomlig för Danmark. Sverige är öfverhufvud
icke synnerligen rikt på runevisor. Derimot ega vi uti den stor-
artade norska visan om »Hermod Ille» ett ställe, som är i högsta
grad upplysande för nordbornas tro på runornas kraft ända in i
medeltiden. — En jungfru Hæge är under sin älskares frånvaro
på vikingatåg af sin fader tvingad att äkta en annan man. På
brölloppsdagen vänder hon sig då till hafsmannen (»hava kallen»,
såsom han benämnes i originalet) och beder honom att resa till
Östervågen och hafva älskaren, Hermod Ille, med sig hem till
henne. Då nu hafsmannen vägrar, så heter det:

»Och det var jungfru Hæge,
Hon vart i hågen så vred:
»Tro jag tarfvar icke lefva den dag,
Att jag skulle bedja dig mer.»

Och det var jungfru Hæge,
Hon kastade ut runorna blå;
Och det var den usla hafsmannen,
Honom föllo runorna på.

Hon kastade så mycket de ramma (— starka) runor,
På hafsmannen träffade de;
Dess längre han rakt fram rodde,
Dess längre kom han på sne.

Hon kastade så många de runoblad
På hafvakarlens båt;
Dess mera han inåt landet rodde.
Dess längre kom han ifrå.

Nu kan hafsmannen ej längre göra motstånd, utan tvingas att tjena jungfrun och med underbar hastighet hemta Hermod. I Sverige ega vi intet motstycke till detta qväde.

Slutligen anför prof. Hauch bland runevisorna ett danskt qväde om »Ungen Svegder» (l. »Svendal») och påpekar, efter Sven Grundtvig, detta medeltidsqvädes slägtskap med den hedniska sången »Grôgaldr.» I denna sistnämda dikt väcker en son sin moder ur grafven, på det att hon för honom skall sjunga sånger, som kunna frälsa honom från faror på vägen till hans älskade. Hon sjunger då flera rune- och trollqväden för honom. — »Ungen Svegder» går sammalunda ut att uppväcka sin döda moder, emedan hans styfmoder kastat runor på honom för en qvinna, som han aldrig sett.

På samma sätt går slutligen äfven i en motsvarande svensk visa »Unge herr Svedendal», hjelten, ut »på hårda stålberg» att tala med sin döda moder tre ord i anledning af en på ett högst underbart sätt påkommen kärlekslängtan. Modren ger nu, väckt ur dödens dvala, både i den svenska och danska visan sin son — icke trollsånger — men magiska trollgåfvor, som skola blifva till hjelp på den farliga vägen till den älskade. I den svenska visan utgöras dessa af en häst, som lika lätt löper öfver det salta vatten som öfver det löfgröna land, ett förtrolladt svärd, och ett glimmande guld, på hvilket jungfrun skall igenkänna sin rätte befriare. Gåfvorna i den danska visan äro väl andra, men dock likartade. Prof. Hauch gör vid dessa gåfvor en slående anmärkning. Han visar nämligen huru mycket djupare den hedniska dikten, der allt verkas genom runosång, är anlagd, än medeltidsvisan. »Ty den andliga kraften kunde väl modren hafva tagit med sig i grafven; och de starka sånger, som utgått från denna kraft, kunde hon näppeligen glömma ens i dödens rike.» Derimot ligga ju de lekamliga trollmedlen långt mer fjerran från de bortgångnas verld. — Innan vi lemna denna visa, vilja vi hastigt antyda, huru en viss fläkt af den sköna Eddasången »Skirnismål» tyckes oss hvila öfver skildringen af riddarens färd och mötet med fäherden. Liksom Gerdas sal i Eddan, så är ock jungfruburen i vår visa omgifven af farliga försåt. Men liksom Skirne på sin gudaskänkta häst spränger öfver de rasande lågorna kring salen, så rider hr Svedendal orädd fram och kommer också oskadd förbi de

»tolf snöhvita björnar,
Som hålla om jungfrun vård.» —

På dylikt sätt lefva de gamla hedniska minnena upp i medeltiden, halft igenkänliga som gamla bekanta, halft förvirrade till sina drag, liksom sagans bergtagna komma åter efter en natt af hundrade år, och gå till hälften främlingar i de bygder, der de sjelfva fordom herskat.

Men vi hafva ännu två svenska och en norsk visa af stort värde, hvilka alla tre, hvad sjelfva *uppslaget* till händelsen beträffar, mycket likna Grôgaldr. — I de svenska visorna om »Orm Ungersven» och »Hertig Silfverdal», liksom i den norska »Orm-Ålen Unge», är det nämligen åter en son, som väcker, ej sin moder, utan sin döde fader ur grafven, för att han skall utlemna ett härligt svärd, efter hvars erhållande Orm också blef »stor och mannastark», så att kämpar föllo honom till fota. I dessa sistnämda sånger synes oss sjelfva uppväckelsen vara det märkligaste. Vi vilja först erinra om, huru Odin i Håvamål säger sig med runors tillhjelp kunna få en död man att komma och tala med honom. Vi erinra vidare om, huru Odin i Håvamål än brukar verbet »rista», än »sjunga» om sina runobesvärjelser. Då det derföre heter i den svenska visan:

»Det lider så fast åt aftonen,
De leda sina hästar till backe;
Det var Orm Ungersven,
Han lyster sin fader att väcka.

Det var Orm Ungersven,
Begynte till att kalla;
Det remnar mur och marmorsten,
Och så de hårda hallar.

Det var Orm Ungersven,
Han begynte till att rista;
Det remnade mur och marmorsten,
Och fågeln faller af qviste.

»Hvem är det mig väcker,
Hvem är det mig kallar,
Medan jag icke sofva får
Under de hårda hallar»;

så kan det icke nekas, att häri röjer sig en ännu långt in i medeltiden fast och qvarlefvande tro på den gamla runobesvärjelsens makt öfver de döda. Ty att sådan besvärjelse menas, synes oss otvifvelaktigt, af verbet »kalla», äfven om »rista» här skulle stå i betydelsen »rysta» (nämligen grafvens stenar). Hela vår visa har dessutom en märklig slägtskap med det ställe i den af hedniska minnen genomandade Hervararsagan, der dottren Hervör drager till Samsö och med allt starkare besvärjelser, slutligen under storm, blixt och lågor, tvingar sin döde fader Angantyr att kasta svärdet Tirfing ut ur högen.

Då vi stå inför dessa ännu i sin undergång och i sina sista återspeglingar storartade ruiner af våra äldsta fäders verldsåskådning, då vi söka att lefva oss in i forntidens tankar, se sammanhanget mellan spillrorna, och åter hopfoga de bitar af bygnaden, som ännu finnas qvar, så är det väl sant, att mången lucka yppar sig, att mången punkt finnes, der vi ej veta huru det gamla sett ut; men det, som vi för det inre ögat kunna samla, är dock så mäktigt och så betydelsefullt, att det ej nog kan beklagas, att vår svenska ungdom ej mera, än som sker, uppväxer i intrycket deraf. På denna punkt vilja vi blott påpeka en enda omständighet, hvilken just framgår ur de sist undersökta visorna. — Väl äro tankarna, isärtagna efter klassisk måttstock eller ur logikens synpunkt, otympliga; väl framgå många skildrade händelser under omständigheter, hvilka på samma gång strida imot naturens och den andliga verldens lagar; väl breder den krassaste vidskepelse stundom sitt dunkel öfver allt för vida rymder. Men ur denna otymplighet, denna oreda, detta dunkel, framlysa sådana drag än af trohjertenhet, än af karaktersstorhet och skarpblick, än af känslodjup, att vi få gå långt för att uppleta några likartade. Huru fast är för exempel icke här, uti Orm Ungersvens visa, sångarens tro på att den döde lefver, att slägternas leder höra tillsamman, att bandet ej brustit mellan den, som kämpar på jorden och den, som slumrar »under de hårda hallar?» Deruti ligger det ideala, som är värdt vår beundran, trots de skrofliga oegentligheter, uti hvilka det, så att säga, är infattadt. Och liksom Orm Ungersven först då blef stor och mannastark — uti hvilka egenskaper ju ligger löftet om en hel framtid — sedan han trädt ned till sin fader i högen och fått svärd af honom, så torde också vi för vår framtids skull behöfva rådslå med fäderna, mer än som sker, och väpna oss med hvad de egt.

Efter runvisorna genomgår prof. Hauch de danska visorna om förvandlingar, omskapelser, troll i äldre mening (d. v. s. jättar) och om andra med dessa ting beslägtade föreställningar. Var Sverige mindre rikt på runvisor, så tyckas vi ega så många fler minnen af jättar och förvandlingar.

Det är klart, att dessa ting helt och hållet hafva sin rot i hedendomen. Vi skulle vilja indela berättelserna såväl om de från hednatiden som de från den kristna omtalade förvandlingarna i två slag: i dem, der någon förvandlar sig sjelf, och i dem, der någon förvandlas af en annan.

Under hednatiden hade man ett eget ord, som hos en menniska betecknade den egenskapen, att hon kunde afkläda sig sin egen gestalt och ikläda sig en annan. En sådan person sades vara »hamramr», hvilket således ungefär skulle kunna öfversättas med: mäktig öfver sin gestalt. Ynglingasagans Odin var hamramr. Det heter nämligen om honom i sjunde kapitlet, att »han skiftade hamu. Då låg kroppen såsom inslumrad eller död; men han sjelf var då fågel eller fyrfotadjur eller fisk eller orm, och for då på ett ögonblick till fjerran land i sina egna eller andras ärenden.» — Huruvida den uppfattningen var allmän, att den egentliga kroppen låg sig lik, under det att anden i en annan hamn ilade bort, torde vara mer än tvifvelaktigt. Den gängse åsigten tyckes hafva varit, att just den naturliga kroppen förvandlade utseende och organer på dens befallning, som egde förmåga att så omskapa sig sjelf eller andra. Prof. Hauch anför, såsom exempel på förvandlingar, konung Siggeirs moder, som förvandlade sig till en elg och kung Atles moder, som tog hamnen af en orm. Många likartade sjelfförvandlingar skulle ännu kunna anföras från den hedna tiden, såsom hexan Geirhild på Island, som påtog sig hamnen af en ko, och hexan hos Saxo, som, likaledes i skepelsen af en ko, stångade ihjäl kung Frode. Bland Islands nybyggare funnos två män, som voro hamramme. De hade också blifvit inbördes oense med hvarandra. Nu såg en dag en tredje person, huruledes från den enes gård kom en björn, från den andres en tjur, hvilka två djur stredo med hvarandra. Björnen vann seger, d. v. s. den, som iklädt sig en björns gestalt. — Dylika sjelfförvandlingar finnas också omtalade i medeltidsvisor, ehuru högst sällan. Huruvida i dem någorstädes förekommer, att menniskor förvandlat sig sjelfva, kan författaren icke erinra sig. Men om necken heter det än:

> »Necken han gångar på snöhvitan sand;
> Så skapar han sig till en väldiger man.»

än åter:

> »Necken han kläder af sin styggn sjöa-hamn,
> Så kläder han sig till en herreman.»

Bland det senare slaget af förvandlingar kunna från hednatiden många påpekas. Såsom för exempel då hexan Katla omskapade sin son, så att han än såg ut som en bock, än såsom en spindel(?) o. s. v. Prof. Hauch anför, huru i Rolf Krakes saga Bodvar Bjarkes fader af sin stjufmoder blef förvandlad till en isbjörn. Dessa två sista förvandlingar kunna isynnerhet betraktas såsom förebilder för de talrika historier om dylikt, hvilka äro bevarade från medeltiden. Isynnerhet är det stjufmödrar, hvilka genom dylik trolldom söka förderfva de åt dem anförtrodda små. Något tvifvel på möjligheten af att en menniska verkligen kan på sådant sätt skada en annan, tyckes icke förefinnas. Våra katolska fäders öfvertro var i den punkten på intet vis svagare än de gamla hedningarnes; snarare tvärtom. Bland de många svenska och norska visor, som bestyrka detta, hinna vi blott att anföra några få. Mest hednisk och oberörd af kristendomen synes oss de norska visorna om »Beiarblacken» vara. Denne är en häst, om hvars uppkomst det heter:

> »Der sutto tre kärringar under en sten,
> De skapade blacken af menniskoben.»

Denne »Beiarblacken» blef sedan en stridshäst, som utför förunderliga bedrifter, och blir, sedan han stupat, så sörjd af konungen, att denne skulle lagt honom i vigd jord, om han ej fruktat det beställsamma ryktet. På svenska hafva vi ett par helt obetydliga fragment af en visa om »Blacken», hvilka dock utfylla hvad i den norska saknas. I dem får man veta, af hvilka menskoben de tre hexorna skapat hästen. Det heter nämligen, dels att

> »Blacken han ville intet drottningen bära.
> Han visste henne en trollkona vara»;

dels heter det, att konungen, då Blacken är fallen,

> »går för högalofts bro,
> Med ångerfullt hjerta och sorgfullt mod.
>
> Vare nu fattig eller vare rik,
> Gud nåde den, sin barn ser slik.»

Blacken är således en konungason, och drottningen, hans stjufmoder, är en af de tre trollqvinnorna i den norska visan, af hvilken det äfven framgår, att konungen var medveten om förtrollningen, men oförmögen att lösa densamma? Den danska visan »Bedeblak» är öfverensstämmande med de förra.

Vi hafva dröjt länge vid denna sång, emedan densamma kraftigt bevisar, huru man ansåg att den förvandlade, ehuru ur stånd att meddela sig, dock är fullkomligt medveten om sitt egentliga värde, samt handlar i öfverensstämmelse dermed. Detta påminner om ett drag, som ofta återfinnes hos Shakspeare, nämligen att personer af hög börd, hvilka från barnaåren blifvit uppfödde i okunnighet om sitt stånd, dock genom storheten af sina tankar och genom arten af de ämnen, på hvilka deras hug leker, uppenbara sitt ursprung. Detta är också här fyndigt utfört, dels i den svenska versionen:

> »Blacken han ville intet äta hö,
> Hellre ville han sitta mellan jungfrur och mör»,
>
> Blacken han ville intet dricka ur källan,
> Hellre ville han stå på förgyllande hällar.»

Dels i den ena norska:

> »Fjorden var aldrig så bred,
> Att ej Beiarblacken öfver den steg.
>
> Fjorden var aldrig så lång,
> Att ej Beiarblacken öfver den sprang.
>
> Blacken gjorde mera med hof och tand
> Än kungen gjorde med alla sina män.»

Dels i den andra norska:

> »Det första steget, som Blacken sprang,
> Svarta mullen efter honom rann.
>
> Det andra steget, som Blacken sprang,
> Då kom han till helvetet fram.
>
> Det tredje steget, som Blacken sprang,
> Då kom han till himmelen fram.
>
> Och då han kom till himmelrikes dörr,
> Der tyckte han, att han varit förr.»

Det kunde af de anförda ställena synas, som om vårt omdöme varit förhastadt, då vi sade, att denna visa var mest hednisk och af kristendomen oberörd af alla hithörande. Men vi grunda denna åsigt derpå, att trolldomen här på ingen punkt besegras, utan skildras såsom ett öfvermäktigt ondt, som drabbar den oskyldige, hvilkens öde och död blott besjunges med elegiskt deltagande. Kristendomens första lärare mäktade icke att taga bort tron på trolldomen, och ville det kanhända icke heller; men tron på hans oöfvervinnerlighet upplöste de dock småningom. Då imellertid de äldsta visor, som fira trolldomens vanmakt, måla, huru den önskliga segren vanns, må vi ingalunda föreställa oss, att det är något rent kristligt som vinner. Långt derifrån! I början är det trolldom, som besegrar trolldom. Så heter det om en svensk riddare, som blifvit förvandlad till varulf, att han lade sig i försåt för sin stjufmoder, och sedan han dragit henne af hästen:

> »Så tog han till med harm,
> Hennes foster ur hennes barm.
>
> När han druckit sin broders blod,
> Vart han en riddare bold och god.»

I en norsk visa lyder domen något mer mensklig, nämligen, att tvenne skola gå såsom björnar, ända tills de tagit barnet ur sin moders lif, men icke dödat detta också, utan uppfostrat det till en man.

De visor, i hvilka det med handen slagna korstecknet eller det med läpparna uttalade namnet på Marias son häfver dylik förtrollning, kunna vi för vår del icke anse vara annat än förklädda vitnesbörd om ett hedniskt åskådningssätt. Man har blott tillgripit Kristusnamnet eller symbolen af förlossarens lidande som trollmedel mot andra trollmedel. En visa, deri dylikt sker, är den af prof. Hauch anförda om »Dalby Björn». Just detta mirakulösa tager också Sven Grundtvig till utgångspunkt för en genomgående kritik öfver dessa oäkta foster af hedendom och kristendom, hvarimot han framhåller huru den nya religionen i de äldsta visorna aldrig har något inflytande på sjelfva handlingen. Denna är hednisk alltigenom, och det lilla, som bemärkes af kristendomen, ligger blott på ytan.

Långt djupare berörda af kristendomen synas oss de visor om förvandlingar, i hvilka en inom menniskan lefvande och verksam andlig kraft sliter en varelse ut ur förtrollningens nät. Som medeltiden är de romantiska känslornas tid, är det lätt begripligt, att kärleken skulle bland allt, som kan bo inom menniskan, blifva ansedd såsom det mäktigaste. Så blef det också mestadels kärleken, som löste hvad en ond vilja eller mörkrets makter bundit. Den

vackraste visa om denna kärlekens frälsande kraft, som vi på
svenska ega, torde vara visan om »Nils Lagesson»:

> »Och grant vet jag hvar skogen är,
> Som kallas Apella linde;
> Derinne spela de fagraste djur,
> Som kallas hjorten och hinden.
> Medan svennen må den vänaste vinna.
>
> Der inne spela två lustiga djur,
> Som man kallar hjorten och hinden;
> Der efter går Herr Nils Lagesson,
> Han aktar den hinden att vinna.

Medan nu Nils Lagesson flätar en snara af gyllene trådar för
att oskadd fånga den hinden, så omskapas tärnan af sin stjuf-
moder för andra gången. Hon är nu »en villande hök, som flyger
så högt upp i qviste». Herr Nils får nu det rådet, att med en
blodig brå (= åtel) söka fånga höken.

> »Så skar han den bråden ur sitt bröst,
> Och kastar så högt upp bland qvistar;
> Så ynkeligt lät den vilda hök,
> Att den adre han så skulle minsta.
>
> Höken tog den blödande brå
> Och satte sig på en tufva;
> När han hade ätit den bråden upp,
> Så var han en stolts jungfruga.
>
> Så taga de nu hvarandra i famn
> Med begges deras goda vilja:
> Den är icke född eller födas kan,
> Som oss båda skall åtskilja.»

Blott den, som offrar för den älskade sitt hjerteblod, mäktar
frälsa henne från allt ondt, tyckes vara folkdiktarens mening.
Samma tanke är själen i många dylika visor, hvilka vi här nödgas
förbigå, efter att blott hafva angifvit det allmänneligaste af deras
innehåll. Än är det en jungfru, som blifvit förvandlad till en
lind; än är det en yngling, som dväljes i skepelsen af en björn,
varulf eller lindorm. Men alltid är det kärleken, som frälsar och
förvandlar dessa olyckliga. Folkvisan har öfverhufvud sin egen-
domliga erfarenhet af tingens gång. Öfver trolldom och naturens
element segrar alltid kärleken, blott i kampen mot menniskors

motstånd går han under. Vacker är isynnerhet upplösningen i visorna om lindormen. När denne nämligen en natt fått hvila vid en ren jungfrus sida, heter det:

> »När Signa lilla vakna och kringom sig såg,
> Så var det en konungason, på hennes arm låg.
>
> Allting var förändradt och allting var godt,
> Begge så vaknade de i sitt slott.»

Märklig är en not i Geijers-Afzelii upplaga af våra folkvisor, att man nämligen ännu i början af vårt århundrade var så förtrogen med tanken på dessa vidunderliga omskapelser, att allmogen efter krigsåren 1808—1809 allmänneligen trodde, att de svenska fångarne af ryssarne förvandlades till varulfvar och hemsändes att plåga landet. Varulfven har nämligen alltid betraktats med skräck, då derimot det alltid har hållits för lyckligt att möta en lindorm. Så omtalar Linné i sin vestgötaresa »den kloke gossen», hvilken genom mötet med en lindorm, hvars hvita skinn han fått, med ens, sedan han kokat detsamma och doppat sitt bröd i spadet, erhållit förmågan icke blott att genomskåda naturens förborgade krafter, utan äfven att använda dem till läkemedel och »andra underbara förrättningar.»

Har prof. Hauch genom den begränsning, han satt för sitt ämne, jemförelsevis haft föga att berätta oss om tron på dessa förvandlingar, så manar han fram för vår syn en så mycket märkligare skara medeltida ättlingar af de jättar eller troll, som varit gudars och menniskors fiender allt från Odins dagar till Ansgarii. »De föreställningar», säger han, »som i hedendomens tid lågo till grund för dessas väsen, äro förvisso de otamda och otämjeliga naturmakterna, det vilda fjället, det stormande hafvet, den ödeläggande bergforsen. Alla dessa troll äro hedningar; deras kroppar äro omåttligt stora; de likna mera klippor än menniskor.» Vi hafva anfört dessa ord, som i korthet gifva den mest slående bild af de nu följande visornas hjeltar.

Främst påpekar prof. Hauch den danska visan om »Rosmer Hafmand.» Denne jätte är en personifikation af den vilda hafs- och fjällnaturen. Han har röfvat en jungfru. Denna har nu i berget gömt en ung man, hvilken dristat sig dit att frälsa henne. Men jätten erfar detta strax, då han kommer hem, ej genom någon klokhet af högre slag, utan, nästan såsom hunden finner villebrådet, blott med sitt skarpa väderkorn. I den svenska visan om »Hafsmannen», som är bygd på samma fabel, heter det att »Väna lilla» vid jättens hemkomst sätter sin broder, som kommit för att frälsa henne, »i minsta vrå, den minsta i berget månd vara». Men detta hjelper blott föga:

>»Rosmer han kom till berget hem,
> Så börjar han på till att vädra:
> Och grannt känner jag här kristenmanna-blod,
> Kristenmanna-blod är mig nära.» —

Väna lilla undskyller sig:

>»Det flög en korp allt öfver vårt tak,
> Han hade ett mannalår i munnen;
> Der dröpo tre droppar derutaf;
> Jag torka så godt jag kunde.»

Men jätten hade allt för godt väderkorn, och vid hans förnyade fråga måste jungfrun uppenbara, hvem hon gömt. Sven Grundtvig anför ett märkligt qväde från Färöarna, der alldeles samma fabel möter oss. Der är Gånge-Rolf hjelten.

Vi kunna ej neka, att den tanke uppstått hos oss, att medeltidsdiktarne, då de format dessa vida spridda qväden, anslutit sig till någon halft förbleknad, halft förvriden, men dock i folkets minne bevarad qvarlefva af det ställe i Eddans sköna sång »Hymiskviða», då Tor och Tyr, lyckligt hunna till jätten Hymes sal, i öfverraskningen öfver bullret vid den skräckingifvandes ankomst, då de stora isklumparna i hans frusna skägg skramlade mot hvarandra, med jättehustruns hjelp gömma sig under kittlarna bakom bergsalens pelare. I Hymesqvädet förbereder qvinnan sin vredgade make på gudens dervaro, liksom Väna i medeltidsvisan söker att draga ut på tiden, för att den i bottnen godmodige må hinna att lugna sig. — Men då i Hymesqvädet stenpelaren för jättens vreda blick sprang midt utaf, så att takåsen brast och åtta af kittlarne ramlade ner, hvarvid de gömda måste stiga fram, så är medeltidens jätte med all sin styrka dock vida fogligare. Han gifver nämligen sin ovälkomne gäst en kista med guld för att blifva honom qvitt. Men då han till yttermera visso tager såväl gåfvan som imottagaren och bärer dem trehundrade mil bort från sin bostad, lurar han sig sjelf; ty Väna lilla har tömt ut guldet och lagt sig sjelf i kistan, genom hvilken list både hon och ungersvennen sålunda räddas.

Denna upplösning bjuder oss en god ledtråd, om vi vilja undersöka skilnaden mellan de olika uppenbarelser af naturkraften, som möta oss i jättarne och i elementarandarne. De förra med sina oformliga, bålstora gestalter stå ännu helt och hållet på den lägre naturens ståndpunkt. Ledda blott af de första drifterna, veta de icke af någon skilnad mellan godt och ondt. »De äro blott vilda som sjön och fjället», säger prof. Hauch. Men denna deras vildhet återhålles gemenligen af ett slags säflig, obetänksam godmodighet, liksom många af de mest muskelstarka djuren äro tålmodiga och sålunda lättast för menniskan att leda. En sådan varelse är vår visas hafsman. I necken se vi åter typen för en elementarande. Han är af vanlig, mensklig storlek, oftast skön. Hans drifter ha eldats till passioner. och han brukar förtrollande list och lömskhet, der hafsmannen helt klumpigt brukar sin styrka. Derför är också hafsmannen genom sin godtrogenhet lätt att besegra; då derimot necken blott kufvas genom en trolldom, starkare än hans egen. I det hela betraktas derför hafsmannen såsom temligen oskadlig; då derimot folkfantasien i necken tecknat en varelse, som i rot och kärna är af samma slag som den skottska folkdiktens »Deamon-Lover».

Det är klart, att jättarne förr eller senare skulle få en komisk anstrykning. Vårt folk har i alla tider haft sinne för en något skroflig och råbarkad humor, som redan framskymtar i Eddans teckning af jättarne, och än mer utvecklas i medeltidsvisornas. Vi meddela såsom profbitar ur den svenska visan om »Esbjörn Prude och Ormen Stark» följande replik till jätten Bruse:

»Hästeman och bockaragg,
Det hänger i din bringa;
Du har naglar som bockahorn
Och femton på hvar finger.

Och uti dina ögon
Flytande holmar två;
Än äst du det fulaste troll,
Jag nånsin med ögon såg.»

I Eddan äro jätteqvinnorna ännu icke så frånstötande. En utaf dem, Skade, Thjasses dotter, blir till och med maka åt guden Njord. I medeltiden tyckes imellertid den qvinliga rasen ha betydligt försämrats. I en norsk visa möter oss en jätteqvinna, hvilkens näsa liknas vid nötfejset, medan munnen ser ut som ett svintryne. Gemenligen möta de oss i svenska och norska visor vid en utbrunnen eld, i hvars aska de påta med näsan. Och i den svenska visan om »Bergtrollet» heter det:

»Kärringen for ut ur berget blå
Öfver de mörka skogar;
Hvart det trä i marken stod
Böjde sig ned till jorden.

Det var Hemming Unge,
Kom mot den salta fjärd;
Efter kom den gamla gumma,
Hennes tunga hängde ned till jord.»

I en visa, som tyckes bilda öfvergången mellan dessa medeltidens jätteqvinnor och den protestantiska tidens trollpackor, rider hjeltinnan på en björn, har ulfven till sadel och ormen till piska, en skildring, till hvilken motstycken kunna uppvisas till och med i Eddan. Vi se huru naturväsendena starkt närma sig medeltidens föreställningar om djefvulens brokiga anhang.

Under hednatiden tänkte man sig jättarnes verld ligga i det yttersta fjerran, höljd i ett evigt mörker, liksom dvergarnes boningar under jorden. Hvarken de förra eller de senare kunde derför fördraga dagsljuset. När sålunda Tor i Eddasången ville blifva qvitt sin dotters friare, dvergen Allvis, uppehåller han honom med frågor, som voro egnade att kittla det lärda pundhufvudets fåfänga. Allvis glömmer sig också på det sättet qvar, tills morgonen inbryter. Och då Tor utropar: »Nu skiner sol i salen», är dvergen i samma ögonblick förstenad. I en annan Eddasång: »qvadet om Helge Hjorvardsson», uppehålla Helge och Atle med vidlyftiga samtal jätten Hates hämdlystna dotter Rimgerd, tills solen går upp. Då qväder Helge:

»Se mot öster, Rimgerd,
Om ej med runostafvar
Helge till Hel dig lockat.»

Och Atle:

»Nu är dager, Rimgerd,
Men dig har Atle
Till döden sinkat med samspråk;
Man tycks skönja ett löjligt
Sjömärke,
Der du står, en sten, på stranden.»

Härmed må dels sammanställas den norska visan om Hermod Unge, hvilken, förföljd från fjäll till fjäll af en jätteqvinna, slutligen frälsas, då han vänder sina ögon mot öster och ser solen gå upp, dels den ofvan citerade svenska visan om Hemming Unge, som förföljdes af jätteqvinnan:

»Innan han kom till långe bro,
Der som korset ståndar:
Herre Gud tröste mig, fager unge sven,
Och hjelpe mig nu af vånda'. —

När kärringen kom till långe bro
Och fick se korset stånda;
Så sprang hon i stycken sönder
Och Hemming blef utan vånda.

Hör du Hemming, hvad jag säger dig,
En ting vill jag af dig tigga;
Hjelp mig nu i berget igen,
Att jag här icke må ligga!

Hör du kärring, hvad jag säger dig,
Med dina usla särker,
Du äst intet bättre värd
Än ligga till vägamärke.»

Uttryckets och hela påhittets likhet, då jätteqvinnan i Eddan förstenas och blir ett sjömärke och i medeltidsvisan förstenas och blir ett vägamärke, kan icke gerna vara en tillfällighet. Det är samma föreställningssätt, hvilket lefver qvar och som gifvit upphof till den senare dikten, liksom till den förra. Skilnaden är blott, att korset trädt i den första solblickens ställe.

Mest poetiskt klingar, bland alla visor om dylika försteningar, upplösningen i den norska sången om Steinfin Fefinson. Omringad på alla sidor af troll och vidunder, hvilka ej blifva färre, huru många han än fäller med sina skott, säger visan, att han började ledas. Men då bräcker morgonen, och han brister ut i glädje:

»Se nu kommer hon, den klara sol,
Upp på de skumma hedar!»

Det är som i dessa ord ett rop efter ljus utginge från hela folkets af en tusenåra vidskepelses bilder qvalda sinne. Men folket är också visst om, att ljuset en gång skulle komma och, då det kommit, segra. Ty det heter strax derpå om trollen:

»Somma de flögo i flintesten
Och somma i gråberg då;
Det vill jag för sanning säga,
De stånda här utmed å.»

Både Sverige och Norge äro, synnerligast utmed kusterna, rika
på klippor, om hvilka snarlika sägner ännu i dag äro gängse. En-
samt vid Kylleis hamn på Gotland har förf. sett hela skaror af
dylika »stenjättar.»

En iakttagelse, som författaren trott sig göra, och hvilken, om
densammas riktighet bekräftar sig, är ganska betecknande för jät-
tarnes grundhedniska väsen i jemförelse med elementarandarne,
rörer de förras förhållande till den kristna julen och till de kristnas
gudstjenst i allmänhet. Då nämligen ett återsken af julens glädje
sprider sig ända ned i dvergens hem och gör honom förtroligare med
menniskorna, så tyckes derimot julen upptända jättarne till hätsk-
het. Så är det t. ex. på en julqväll, som den hemlighetsfulle
gångekarlen i vår svenska visa kommer till Esbjörn Fruenkämpe
och eggar honom till den farliga färden in i »Trollewalk», der han
sedan var nära att gå under i kampen mot jätten Bruse och den-
nes till en bålstor katta förtrollade moder. Likaledes är det på
en julnatt. som den dunkla jätteqvinnan i en norsk visa ville upp-
sluka Rolf Gangar, och äfvenså på en julnatt, som »gyvre-möri»,
jättemodren, i den norska visan om »Kappen Illhugin» stal bort
jungfrun »Helleliti.»

I samma olika ställning stå dvergarne och jättarne till sjelfva
den kristna kyrkobygnaden. Dvergar taga bo under hennes golf-
hällar och söka efterlikna gudstjensterna, då derimot jättarne en-
ligt otaliga sägner slungat väldiga stenblock för att krossa mu-
rarna, innan de fullbordats, liksom de pinas af att höra klockorna
ringa samman. Samma fiendskap möter oss i en svensk visa om
»gigaren» (ett urgammalt ord på jätte, beslägtadt med det isländska
»gygr» — jätteqvinna), der det heter.

»Hemming åtte (= egde) en fästemö,
Och det var mycket länge;
Gigaren stal henne af kyrkan ut
Under så stort ett tränge.

De blandade sig sålunda djerft in i trängseln vid sjelfva guds-
tjensten, för att öfva odåd. —

Jättarne äro alltså hedningar, men af ett äldre ursprung än
Asa-trons anhängare. De förföljdes, enligt Eddan, isynnerhet af

Tor, af hvilken omständighet ett minne ännu qvarlefver dels i våra svenska sägner om deras rädsla för åskan, såsom vi snart skola se uti en stort anlagd norsk visa. Efter kristendomens ankomst blef S:nt Olof, såsom prof. Hauch visar, den segrare, som enligt folktron blifvit insatt i Tors embete att ödelägga jättarne. Han föreställdes också, liksom fordom Tor, med ett rödt skägg.

Vi kunna ej neka oss att anföra de ståtliga verser ur en dansk visa, genom hvilken prof. Hauch ådagalägger detta. Det är då konung Olof skall segla i kapp med sin broder Harald, om hvilken af dem det är, som skall blifva konung i Norges land. Det heter om konung Olof och hans män:

»Saa seiled de over Bjerg och Dale;
De blefve, som de vare vand hiut klare.

Saa seiled de over de skaanske Knolde,
Til Sten da bleve de sorte Trolde.

Ude stod en Kjærling med Rok og Teen:
Sanct Oluf, hvi seiler du os til Meen?

Sanct Oluf med det røde skjæg,
Hvi seiler Du over min Kjældervæg? —

Sanct Oluf sig tilbage saae:
»Stat du der, bliv till Kamp saa graa!»

Som förf. icke känner, om vi ega några svenska motstycken till de danska visorna om »Trolden og Bondens Hustru» samt till den mycket märkvärdiga om »Germand Gladensvend», hänvisas om dem till prof. Hauchs sakrika undersökning.

Men innan vi nu alldeles vända ryggen åt jättarnes dunkla boningar i det skräckfulla landet vid verldens yttersta ända, må vi med »Åsmund Fregdegævar», den norska visans hjelte, göra ännu ett sista besök der.

Visan börjar med att en konung i Irland talar till sina män och frågar dem:

»Hvem skall nord i trollebotten
Och hemta min dotter hem?

Farna äro nu så många
Fräjdade svenner och frida;
Ingen af dem är kommen åter,
Nu kan jag ej längre bida.»

Konungens högste rådgifvare stiger då fram och säger:

> »Åsmund är både stor och stark,
> Han är så fräjdad en man.»

Men hjelten svarar på konungens uppfordran:

> »Hvad har jag mot dig brutit,
> O kouung, der du står,
> Då du vill mig ändtligen sända till straff
> Långt norr ut i trollens verld.

> »Du skall få jungfru Hermelin,
> Hon är så vänt ett vif,
> Vill du i norr till den mörka verlden
> Att våga för henne ditt lif.

> »Och vill du gifva mig dotter din,
> Den väna jungfru Hermelin,
> Så reser jag i norr till den skumma verlden,
> Der ej sol eller måne skiner.»

I dessa strofer afspeglar sig tydligt folkets föreställning om jättarnes verld. Sjelfva detaljerna af skildringen stämma för öfrigt godt öfverens med vinternaturen i de ödsliga fjälltrakterna utmed hafvet öster om Nordkap ända bort mot det Hvita hafvet. Detta kallades också »Gandvik», hvilket betyder »Trollviken», »Trollbottnen.» Tilläfventyrs hafva dessa nejder i folkets traditioner så mycket lättare bibehållit sitt rykte att vara ett hem för vidunderligheter, som nordmännen i den historiska tiden der träffade samman med de i trolldom och signerier kunniga finnarna, till hvilkas mäktiga »Bjarmaland» dessa fjällkuster hörde.

Dit drager nu Asmund på »Olafs-skeppet», som de kalla »Ormen lânge.» I följe har han Torkild Adelfar, hvilket namn äfven återfinnes hos Saxo Grammatikus, der det tillägges en man, hvilken såsom vägvisare var med på ett tåg just till »Jötunheim.»

Efter skildringen af resan och landstigningen heter det om hans vandring in i berget:

> »Som han kom i den första salen,
> Der var så underligt vulet,
> Dukarne voro tvagna i blod
> Och ormar spela utefter bordet.

> Som han kom i den andra salen,
> Han var i så mycken våda;

Trolldoms-karet på golfvet stod,
Och trollen kringom det tråda.

Som han kom i den tredje salen,
Der månde han det bättre lika;
Der voro goda sängar uppredda,
Och bredda med silket hvita.

I denna sal sammanträffar han också med jungfru Hermelin, men denna ropar:

»Släpp mig, släpp mig, Åsmund,
Håll mig icke i famn;
Kommer hon in, kära moder min,
Hon äter upp hvar kristen man.»

Då uppenbarar Åsmund hennes verkliga ursprung från kung Harald; men fröken Hermelin ropar ånyo:

Släpp mig, släpp mig, Åsmund! ￼
Håll mig icke i hand;
Kommer hon in, Targerð Hûkebrûð,
Hon krossar dig under sin tand.»

Om man än måste medgifva, att de norska visornas flitige samlare och utgifvare, prosten Landstad, i sina noter under texten allt för ofta gör skäligen djerfva sammanställningar af ord och namn, för att bevisa medeltidsdikternas ursprung från hedniska stoff, så kan det dock icke förnekas, att den likhet, han här påpekar mellan ofvanstående jättinnenamn, »Tagerð Hûkebrûð», och namnet på den af Håkon Jarl, höfdingen Gudbrand i Gudbrandsdalen, höfdingen Grimkel på Island och åtskilliga andra dyrkade gudomligheten »Torgerd Hörgabrud», tål att tänka på. Detta hemlighetsfulla väsens dyrkan tyckes hafva utgått från Hålogaland, hvilket för de sydligare fylkenas inbyggare måste förefallit ligga nästan lika långt bort som sjelfva Jötunheim. Då dertill kommer, att jemförelsevis få tyckas hafva deltagit i denna dyrkan och känt sjelfva betydelsen af denna gudom, så är det sannolikt, att densamma redan af flertalet bland sjelfva hedningarna betraktas såsom en demonisk makt, härstammande från gränslanden utmed jättarnes och det eviga mörkrets verld, inom hvilken han sedan för de kristnes fantasi fortlefde såsom ett fullkomligt vidunder. Åtminstone tyckes oss denna visa vitna derom.

Då nu Targerd sjelf kommer in, uppstår, såsom man väl kunde vänta, tvedrägt mellan henne och Åsmund. Nästan hvarje ord, som yttras i denna träta, är af största intresse. Genast då Åsmund nämner sitt namn »Fregöegævar», svarar jättinnan med en strof, hvars kraft synts oss omöjlig att genom någon öfversättning uttrycka, hvadan vi återgifva densamma ordagrannt i original:

> »Â inki er du den fregöaste,
> Som bûr uti detta land,
> Men kem han en Tor med tungum hamrum,
> Han er fulla fregöari han.»

Visans ålder kan väl inses af denna strof. Hon förskrifver sig från en tid, då »Tor med tungum hamrum» ännu ej på långt när trädt tillbaka för S:nt Olof. Den kristne riddaren anser sig nämligen behöfva den senares skepp, men jättarne rädas ännu långt mer för den förre.

I nästa strof frågar Åsmund jätteqvinnan, hvarifrån hon fått det breda bälte, hvarmed hon är prydd. Och han får till svar:

> »Det var ej i fjol, men i förårs,
> Uti sankt Olofs välde,
> Då jag skulle lifvet af kungen taga
> Så sent om en julaftons qväll:

Vi möta ju häruti ännu ett uttryck af den jättarnes ställning till de kristnes jul, hvarom vi förut talat. Hon skildrar vidare:

> »Jag tog kungen på min rygg,
> Jag tyckte mig vara ung;
> Men som jag kom i dörrahallen,
> Då falt han mig för tung.»

Än svårare blef imellertid hennes ställning, då yttermera en prest kom till stället, hvilken slog henne i hufvudet med missalet.

> »De slogo mig med bok i skallen,
> Det kunde jag icke lida;
> De vigvatten efter mig stänkte,
> Jag känner ännu det svider.

Med dylika medel segrade kristendomen på den tiden öfver de hedniska trollen. Targerö säger nämligen:

> »Det fann jag på landen deras,
> Der egde jag ingen fred:
> Så slet jag bältet af kungens rygg
> Och sjönk uti jorden ned.»

Jättekraften hade vikit för vigvattnet och boken. Det ser likvisst ut, som om man förut förgäfves sökt besegra henne med andra medel; ty hon säger i nästa strof till Åsmund, att han skulle taga ett glödande jern och bära till henne. Men då denne med tystnad söker unddraga sig, tillägger hon:

>»Jag har varit i de kristna landen,
> Der folket kallar på Gud,
> Jag har tagit i de glödande jernen;
> Jag är mycket starkare än du.»

Vid dessa hennes ord ger Åsmund henne ett dödligt hugg. Men ehuru numera kraftlös, söker hon på ett nytt, listigt sätt att kunna skada honom. Liksom nämligen sagans Starkad, led vid lifvet, söker intala sin baneman, att denne skulle blifva osårbar, om han hunne löpa fram mellan det afhuggna hufvudet och kroppen, innan denna föll ned, så uppmanar också jätteqvinnan i vår visa Åsmund att klyfva henne med ett hugg i två delar

>»Och sjelf mellan delarna gånga.»

Men Åsmund svarar:

>»Jag skall hugga dig i delarna två
> Och lösa dig af din vånda;
> Men det må fanden i helvetet
> Imellan de delarna gånga.»

Targerds mening var nämligen, alldeles som Starkads, den, att locka den lycklige segraren så nära, att denne skulle krossas af den fallande jättekroppens tyngd.

Vi se huru lifligt folket ännu under den kristna tiden hållit fast vid de hedniska traditionerna om dessa fantastiska vidunder, då till och med dylika sidoordnade karaktersdrag gå igen.

Visan innehåller ännu en omständighet, som är värd att sättas tillsamman med hvad vi förut påpekat angående förvandlingar. Då Åsmund nämligen efter Targerös och de öfriga trollens besegring skall rädda jungfru Hermelin och sig sjelf ur berget, lyckas detta genom en ung häst, som han påträffat. Denne är imellertid jungfruns förtrollade broder, och hon räddas af Åsmund derigenom, att denne hugger af sin högra hand och gifver honom:

>»Dä vart han en kristen man,
> Adalbert, hennes yngste broder,
> Kungens son af Engeland.

Näppeligen sammansmälta någorstädes hednisk öfvertro och katolsk vidskepelse till ett så lefvande helt, som i denna visa. Hon målar för vår fantasi en mörk bild ur medeltidens lif. Hvad är det, som folkanden i densamma vill prisa, om icke kraften af Gud till seger öfver det onda? Men blicken ledes ej längre än till ett hårdpermadt missal, några stänk af vigvatten och till ett kanhända förtrolladt svärd.

I sammanhang med jättevisorna anför prof. Hauch (liksom Afzelius i sina *Sagohäfder*, tredje delen pag 90 och följande) ett märkligt fall, då en hednisk myt med högst ringa förändring öfvergått till katolsk legend. — Det berättas nämligen i den prosaiska Eddans Gylfaginning, i sammanhang med Sleipners födelse, huru gudarne, sedan de bygt Midgård och Valhall, fingo besök af en okänd byggmästare, hvilken erbjöd sig att på tre halfår kring gudarnes bostad bygga en borg, hvilken skulle göra densamma ointaglig för jättar och rimtursar. Han betingade sig såsom lön Freja till hustru och derutöfver sol och måne. Asarne gingo in på förslaget. Arbetet gick raskt undan, och tre dagar före den bestämda tidens slut var bygnaden färdig, så när som pa sjelfva borgaledet. Nu blefvo imellertid åsarne oroliga; ty byggmästaren befanns vara en jätte, och lönen, om densamma utbetalades, skulle beröfva Valhall antingen solens ljus eller skönhetens glans. Hvad våld icke kunde uträtta, vanns dock med list. och både solen och Freja blefvo räddade.

Det är tydligen ett minne af denna myt, som i katolska tiden lefvat upp i berättelsen om S:nt Laurentius, som gjort beting med en jätte om uppbyggande af Lunds domkyrka. Jättens lön skulle äfven här blifva sol och måne. Men mäktade S:nt Laurentius icke att gifva honom dem, så måste han i stället skänka honom båda sina ögon. Verket nalkades i rätt tid sin fullbordan, och S:nt Laurentius skulle mistat sina ögon, om han ej genom list och slump lyckats besegra jätten.

Afzelius anför en tilläfventyrs ännu äldre kristen återspegling af nämda myt. I densamma är sjelfve konung Olof den helige hjelten och vinner (liksom gudarne och S:nt Laurentius), seger öfver jätten med list.

Dylika sägner anför Afzelius äfven om en gammal romanisk kyrka i Östergötland, Heda, som, belägen helt nära Omberget. skulle vara bygd af en jätte, Påvel, från Rödgafvel. Likaså anföres sägner om Eskilsäters kyrka i Vermland, om den forna kyrkan i Kalmar, om Skara domkyrka m. fl., hvilka sägners talrikhet kraftigt synas vitna om den gamla Eddamytens stora utbredning bland folket.

I den sista delen af sin afhandling genomgår prof. Hauch de så kallade gengångarvisorna från medeltiden och påpekar hvad slägtskap dessa kunna hafva med bevarade hedniska dikter eller berättelser. Innan vi närmare inlåta oss på att följa denna undersökning, har det dock synts oss vara af vigt att redogöra för sjelfva det underlag, hvarpå dessa gamla hedniska traditioner hvila, d. v. s. redogöra för Åsatrons uppfattning af menniskans tillstånd efter döden. Bland framställningar af detta ämne torde ingen vara mera tillfredsställande än prof. R. Keysers i dennes afhandling om Nordmændenes |Religionsforfatning i Hedendommen, hvadan vi också i allt väsentligt sluta oss till hans deri uttalade uppfattning.

Prof. Keyser framhåller, att Åsatron bestämdt uttalat menniskosjälens odödlighet i sammanhang med ett vedergällningstillstånd på andra sidan grafven. Detta stod således fast och rubbades näppeligen under hedendomens hela utvecklingsgång. Men frågan om förhållandet mellan själ och kropp, sedan lifsgnistan slocknat, liksom om förhållandet mellan Odin och Hel, mellan Valhall och Helhem var så mycket mer dunkel och vacklande. I den prosaiska Eddans Gylfaginning heter det, att de, som föllo för vapen, kommo till Odin i Valhall; men de, som dogo på sjuksäng eller af ålderdom, kommo till Hel och Helhem. Efter denna uppfattning afgjorde dödssättet om det eviga tillståndet. Denna lära kommer imellertid i strid redan med Valospå, som är det mest urgamla uttrycket för våra fäders tro, och hvilken dikt hänvisar på, att det var efter sedliga och icke efter mer eller mindre tillfälliga grunder, som domen gick öfver död man. I Gimle skulle nämligen dygdiga skaror njuta glädje evigt, då derimot i Nåstrand menedare, mördare och förförare skulle vada i tunga etterströmmar. De uppenbara motsägelserna mellan dessa gamla urkunder söker nu imellertid prof. Keyser på ett ganska sinnrikt sätt att lösa. Anslutande sig till det bekanta uttrycket, i hvilket det heter, att Odin gaf de ännu till allt oförmögna menniskovarelserna ande, men Lodur (= Loke) blod och ett vackert yttre, säger han, att genom den förra tillhörde menniskan andens verld, himmelen, genom det senare materiens verld, djupet. (Härvid återstår dock alltid den tredje gåfvan, förståndet, som Höne gaf). Dessa två, anden och materien, äro under jordelifvet förenade med hvar andra; i döden återvända de, hvar och en till sitt upphof. Själen i ett finare lekamligt hölje (ty alldeles utan något slags yttre kunde de gamle icke tänka sig något) gick till Odin och gudarnes hem;

medan kroppen med det lägre lifvets andel gick till Hels boning, för att sålunda blifva ett byte för Lokes dotter. Menniskans väsen delades alltså mellan Odin och Hel. Och som den förre tillika var stridens Gud, tänktes han helt naturligt kräfva sin andel genom vapendöden, då derimot Hel gjorde det genom sotdöden. Att falla på slagfältet var sålunda en lycka; ty det vitnade om Odins ynnest. Att någon stupade betydde egentligen, att Odin kallade honom till sig, innan ännu Hel utkräft sin andel. Denna senare beröfvades derföre icke sin; mer tvifvelaktigt torde det vara, huruvida något af uslingars, menedares och dylikas väsen fick komma till Odin.

Om nu än denna prof. Keysers teori är riktig som uttryck af Åsaläran, följdriktigt fattad, och på densammas höjdpunkt, så lider det dock intet tvifvel, att menige mans sätt att se saken ej varit sådant hela hednatiden igenom. Särskildt hvad ädla personligheter beträffar, framstod det i de äldsta tiderna så öfvervägande, att de lefde efter döden såsom enhärjar hos Odin, att Hels rätt föga torde kommit med i räkningen. Å andra sidan började man mot hednatídens slut, då tron på gudarne var stadd i upplösning, att allt mer glömma Valhall. De döde bodde i sina högar och förde der ett ofta nog hemskt lif. Längre sträckte kanske blott få sina tankar. Huru genomgående fast man under denna tid trodde, att den döde verkligen bodde i högen, kan ses af det kapitel i Öbyggarnes saga, der det berättas, att en viss Torulf, som var höglagd på sin gård Hvam, efter solnedgången lemnade ingen, som vågade sig utom dörren, i ro. Han gjorde boskapen galen och tog lifvet af menniskor; och alla de, som på sådant sätt blifvit döde, vordo sedan sedde i följe med honom på hans nattliga färder. Förr fick man nu icke ro i bygden, än Torulf förts in uti en ny hög, som blifvit uppkastad så långt bort i ödemarken, att (såsom man sannolikt ansett) han på natten icke kunde hinna till den plågade trakten och tillbaka igen.

Man har på isländska ett eget namn på dessa, som lefva i högen. De kallas »draugar.» Och märkligt är, att man sedermera under kristen tid i en gammal biblisk historia brukat samma glosa om Samuels skugga, liksom man ock i en pergamentsskrifven »Matiæ saga», hvilken förvaras i Stockholm, nämner Lazarus som en »draugr.»

Från alla hednatidens utvecklingsskeden eger man gengångarhistorier. Med fasthållande af prof. Keysers teori är det lätt att sätta sig in uti, huru Åsalärans trogne tänkte sig möjligheten af en sådan gengångares framträdande. Liksom nämligen anden i

· 4·

dödsögonblicket, återvändande till sitt ursprung, skilde sig ifrån det högre lifvet och kroppen, hvilka gingo till Hel, så tänkte man sig honom också hafva makt att om nattetid, då de lefvande slumrade, från gudarnes verld åter besöka jorden, för att under korta timmar i grafhögen åter förena sig med den från Helhem lössläppta lekamliga skuggan. Sålunda kunde då den döde stundom visa sig i den öppnade grafhögen i samma gestalt som han haft i lifvet.

En för fantasien mycket lefvande teckning af en sådan uppenbarelse finnes i 79:de kapitlet af Njålssagan, der det på följande sätt berättas, huru den dödade Gunnar från Lidarände visar sig för sin egen son Högne och för Njåls son Skarpheden:

»En afton voro Skarpheden och Högne ute vid Gunnars hög på södra sidan. Det var klart månsken, men stundom drog en sky öfver himlen. Det förekom dem, att högen var öppen, och att Gunnar hade vändt sig i högen och såg mot månen. Dem tycktes, att de sågo fyra ljus brinna i högen, och ingenstädes var der skugga. De sågo, att Gunnar var munter, och att glädjen spelade på hans anlete. Han qvad en visa, och det så högt, att de tydligt kunde höra densamma, ehuru de stodo långt ifrån:

> »Ofta dådfull kämpe stod
> Drypande af valens blod;
> Högnes fader, oförskräckt,
> Svang mot ovän svärdet käckt.
> Hellre — qvad han, bjelmbetäckt,
> När han mot den hätska slägt
> Högg och stack tillika —
> Hellre dö än vika!
> Hellre dö än vika!

Derpå slöt sig högen igen.»

Uppenbarelsen skedde alltså *för ett bestämdt ändamål*, nämligen att egga Högne till att hämnas sin faders död. Denne tog också efter återkomsten genast ned från väggen sin faders spjutyxa, »och då klang det högt i densamma», tillägger sagan. Tillfrågad, hvarföre han rörde sin faders vapen, svarade då Högne: »Jag tänker att bringa min fader yxan, att han kan hafva henne med till Valhall och framvisa henne der på vapenting.»

Sedan vi tillagt, det icke på långt när alla gengångareberättelser från hednatiden äro uppburna af en så ädel stämning som ofvanstående, öfvergå vi till att följa prof. Hauchs framställning. —

Han uppvisar genom exempel ur en mängd sagor, huru under hednatidens allrasista skede gengångarne tänktes vara af en temligen handfast natur, så att de syntes verka mera med lekamliga än med andliga krafter. I motsats mot den ädle Gunnars gengång i en (ur hednisk synpunkt) upphöjd afsigt, ansåg man, att det mestadels var de i lifvet obändiga, trätolystna och frånstötande personligheterna, som efter döden gingo igen. De betedde sig då också merendels såsom den ofvan omtalade Torulf. Slutligen uppträdde de i stora skaror, såsom de högst vidunderliga berättelserna i slutet af Öbyggarnes saga visa. Vi skola dröja något litet vid dessa berättelser, emedan de tydligen äro upptecknade i afsigt att ådagalägga kristendomens segerkraft öfver alla olika ting.

En qvinna, Torgunn, från Söderöarne (de nuvarande Shetlandsöarne) var död på gården Frodå. Som hennes sista vilja ej till fullo följts, hämnades hon genom spökeri. Först tog hon lifvet af gårdens fåraherde. Sedan dräpte dennes vålnad, Torer, en man, som vistades der i huset. Sedan visade sig fåraherden och Torer tillsamman och dräpte inalles sju af gårdens män. — Kort före jul drog så sjelfve husbonden på Frodå, Torudd, följd af fem män, sjöledes bort för att hemta hem fisk. I hans frånvaro spökade någon, troligen Torgunn, i skepelse af en sälhund, som stack upp hufvudet genom golfvet. Imellertid omkommo såväl Torudd som hans fem följeslagare på hafvet. Och då först började det fullständiga huserandet af gengångare. — Första qvällen af arfölet, då gästerna fått plats längs eldarne i salens midt, kom nämligen den drunknade husbonden, Torudd, in med sitt följe, alla våta. De gingo längs bänkarna hän till elden, der de satte sig, utan att bry sig om någons helsning. De lefvande gingo afsides, men de döde sutto qvar, tills eldarne brunnit ner. Så skedde hvarje qväll under grafölet. Man menade, att allt skulle blifva lugnt, sedan gästerna dragit bort. Men långt derifrån! Första qvällen, sedan husets folk blifvit ensamma, blefvo eldar tända som vanligt. Men strax kommo också Torudd och de fem andra gengångarne och satte sig liksom förut vid eldarne, och började att vrida vattnet ur sina kläder. Knappast hade nu dock dessa fått plats, förr än den förut nämde Torer med sina sex dräpta följeslagare också trädde in. De voro alla fulla af jord och rystade sina kläder rena gent imot de förra. Alla lefvande flydde då ur stugan och fingo hvarken njuta ljus eller värme den qvällen. Nästa afton tände man eld på ett annat ställe; men gengångarne hittade till sällskapet likafullt. Tredje qvällen tände man långeldar i salen, men mateldar i ett mindre hus. Då togo gengångarne ensamt plats på det förra stället; och husets lefvande folk fingo spisa i ro vid den mindre elden, hvilket förhållande sedan fortfor hela julen igenom.

Slutligen, sedan ännu flera omkommit genom dessa hemska gästers tillskyndan, nedsattes i samråd med en kristen prest en formlig rätt, hvilken på grund af vitnesförhör dömde gengångarne, en efter annan, att draga ut genom motsatt dörr imot den, genom hvilken de kommit in. Det Torgunns efterlemnade gods, som gifvit första anledningen till att den döda brutit in i de lefvandes förhållanden, brändes upp. Derefter återvände arfvingen och de qvarlefvande; resten bar vigvatten och reliker genom huset, hvarpå der hölls en högtidlig messa. Och dermed slutade spökeriet. Gengångarne kunde lika litet som jättarne fördraga att blifva nedstänkta med vigvatten.

Vi hafva ansett så mycket vigtigare att utförligt framställa dessa hedniska gengångarehistorier, hvilka, ehuru upptecknade på Island, tvifvelsutan en gång varit uttryck af folkets uppfattning af denna sak öfverallt i norden — så mycket vigtigare, säga vi, som på intet område hedendomen mera torde ligga qvar bland menige man, än i fråga om de döde, om sättet för deras tillvaro, samt om deras förhållanden till de qvarlefvande. Långt ifrån att kunna på ett verkligt kristligt sätt qvarhålla de bortgångnas rent andliga, förklarade och af våra kroppssinnen oförnimbara väsen, tänka sig de fleste dem på ett sätt, som i sjelfva verket är mycket snarlikt de gamle hedningarnes. I medeltiden togo de döde ibland sin kista på ryggen; ännu i vårt århundrade lära de hafva flyttat möbler. Åtminstone är det säkert, att de ramlat om i mången »illa möblerad öfvervåning», för att bruka en spirituel qvinnas sätt att benämna klena hufvuden.

Prof. Hauch framhåller imellertid, att de bättre medeltidsvisorna, i motsats mot berättelserna från hedendomens sista tid, skildra de dödes gengång såsom orsakad »af en djupare och mer i en högre verldsordning grundad bevekelsegrund.» De kommo nämligen »för att försona någon orätt, som de gjort i lifvet, eller emedan de voro snärda af någon jordisk böjelse, som för dem spärrade tillträdet till de evigas ro; eller också kommo de såsom hämnare, utsända af en högre rättfärdighet för att hejda syndaren på hans väg, medan de på samma gång bragte tröst till den oskyldigt förföljde.»

Som vi imellertid ofvan visat, att hedendomens egen uppfattning af gengångarnes väsen tid efter annan blef allt lägre och mera sinlig, möter oss den egendomliga företeelsen, att just de

äldsta hedniska gengångaretraditionerna äro de ädlaste, och att de
yppersta bland de medeltidsvisor, som handla om dylika ting, ansluta sig t. ex. långt mer till forngestalterna i Eddan än till de
vidunderliga sagoskepelser, som fostrades i hedendomens allrasista
dagar. Af vigt är härvid att taga i betraktande, att sagorna nedskrefvos först i medeltiden. Men den tidens skrifkunnige voro antingen katolske prester eller desses lärjungar. Som nu ingen saga
kommit oss på annan väg till handa, är det ytterst svårt att kontrollera den presterliga uppteckningens öfverensstämmelse med sin
till grund liggande folktradition; men då folkvisorna, hvilka först
långt senare upptecknats i skrift, trots all sin vidskepelse, genomandas af en långt ädlare tro, än de sista sagornas teckning af förhållandet mellan det sinliga och det öfversinliga, ligger den gissning mycket nära till hands, att de katolska presterna antingen
nog tendentiöst behandlat de hedniska minnena, eller också rent
naivt i dem insmugit mycket af sina egna vidskepliga föreställningar, och att sålunda de af dessa odlingens budbärare oberörda
folkvisorna just uppenbara den verkliga, aldrig utslocknade, ej blott
den hedniska tiden utan alla våra folkåldrar tillhöriga grunduppfattningen af lifvets och dödens gåta och af förhållandet mellan
dem, som lefva, och dem som afsomnat [1]).

I detta hänseende är det imellertid mycket lärorikt att granskande jemföra de två gengångarehistorier, som bevarats till våra
dagar i Eddans härliga sång *Helgakviða Hundingsbana önnur* och
i medeltidsvisan om sorgens makt, eller, såsom hon på danska benämnes, *Visen om Ridder Aage og jomfru Else.* Det är först
Sven Grundtvig, som uppdagat dessa dikters slägtskap, och prof.
Hauch, liksom vi, ansluter sig blott till denne grundlige forskare,
hvilken äran af denna upptäckt ensamt tillkommer.

Som den förra af dessa dikter på en gång visar tillbaka på
den äldsta hedniska perioden och tillika utgör ett bland de skönaste minnen, vi från denna aflägsna tid ega qvar, torde det icke
vara ur vägen att i öfversättning meddela hela det stycke deraf,
som för vår undersökning är af vigt.

Sedan nämligen Helge fallit och hans jordiska qvarlefvor blifvit höglagda, men den oförgängliga delen af hans varelse härligt
imottagits af Odin i Valhall, skildrar sången, huru den efterlefvande Sigruns tärna en afton gick utmed Helges hög och såg att
Helge (d. v. s. hans vålnad) kom ridande till högen med många
män. Hon säger då:

---

[1]) Åtminstone har denna tanke ofta föresväfvat oss.

»Är det ett bländverk,
som för min blick skymtar,
eller Ragnarök?
Rida väl de döde,·
efter I huggen
edra hästar med sporre,
eller får höfdingen
Komma hem åter?»

Hvarpå Helge svarar:

»Det är ej ett bländverk,
som för din blick skymtar,
ej åldrarnas ända,
fast du oss ser,
fast vi hugga
våra hästar med sporre,
ej heller får höfdingen
komma hem åter.»

Då gick tärnan hem och sade till Sigrun:

»Gack ut, Sigrun
från Sevafjällen!
om du är hugad, att härens
herre träffa.
Högen står öppen,
Helge är kommen;
Dolkspåren drypa,
din drotten bad dig,
att du sårens flöde
söfva skulle.»

Sigrun gick då in i högen till Helge och qvad:

»Nu är jag så glad,
så glad vid ditt möte,
som härfadrens
hungrande korpar,
när de varsna valens
varma byten,
eller, däfna af dagg,
se dagbräckningen,

Dig vill jag kyssa,
döde konung!

förr'n du blodig
brynja kastar af.
Ditt hår, Helge!
är höljdt med rimfrost;
du är genomvåt
af valens dagg,
händerna fuktkalla
På Högnes måg;
hvad bör mig, herre!
att bota dig?»

Derpå svarade Helge:

Blott du vållar det, Sigrun
från Sevafjällen!
att Helge simmaf
i sorgens dagg;
du gråter, guldsmyckade,
grymma tårar,
du solhvita från söder,
förr'n du att sofva går;
hvar tår föll blodig
på bröstet af fursten,
töade iskall,
tung af ångest.»

Och än vidare, men med glädje:

»Nog få vi dricka
dyrbar must,
Fast land och lifvets
lust vi mist!
Ingen qväde
klagosång,
fast på mig han ser
sår på bröstet;
ty nu bo och bygga
brudar i högen,
hjeltars diser
hos oss, döde!«

Sigrun redde en säng i högen:

»Här jag bäddat
dig, Helge, en säng,

>Deri du sofver sorglös,
son af Ylfing!
Låt mig, furste,
i din famn somna,
liksom du lät mig
i lifvet fordom!»

Derpå svarade Helge:

>»Nu skall mig intet
omöjligt tyckas,
sent eller tidigt,
på Sevafjällen,
när *du* sofver
på den dödes arm,
snöhvit, i högen,
Högnes dotter,
du konungsborna,
som är qvar vid lif!»

Och till slut qvad han:

>»Nu måste jag rida
rodnande vägar,
låta bleka springarn
spränga genom luften;
jag måste vara vester
om vindhjelmens bro,
innan Valhalls hane
väcker enhärjar.»

Helge och hans följe redo då sin led, men qvinnorna gingo hem till gården. Qvällen derefter lät Sigrun tärnan hålla vakt vid högen; men vid skymningen, då Sigrun kom till högen, qvad tärnan:

>»Kommen vore nu,
om han komma tänkte,
från Odins salar
Sigmunds ättling.
Nu bleknar hoppet
att herskaren må komma,
då ren örnarna slumra
på askens grenar,
och allt folk drager
till drömmars ting.

Yra icke så,
att du ensam går,
kungars dotter,
till de dödas hus;
ty mer mäkta,
o mö, vid nattetid
dödas vålnader
än vid dagsljuset!»

Sigrun var icke mera sig sjelf mäktig. Hon lydde icke rådet.
utan gick hvarje afton till högen. Men blott en gång kom Helge,
sedan aldrig mera. Då dog Sigrun af sorg och smärta.

Från denna högstämda, djupt anlagda fornsång är steget icke
på långt när så stort till medeltidsvisan om Åke och Elsa, som
till de förut anförda hedniska gengångaresagorna.

»I väfven silke och I spinnen gull;
En fästmö gråter sin fästeman ur mull »

Så lyder uppslaget. Den döde kommer åter. Elsa tvår Åkes
fötter i vin, och de hvila under natten vid hvarandras sida, såsom
Helge och Sigrun. Men vid första hanegället måste de skiljas åt:
ty Åke skall under dagen dväljas i de dödas boningar, såsom
Helge i Valhall. Elsa följer riddaren till kyrkogården och hör ur
grafvens djup, dit han försvunnit, följande ord, hvilka äro upp-
sprungna ur alldeles samma tankegång, som en af Helges skönaste
repliker i Eddadikten:

»För hvar och en tår, som du fäller på jord,
Min kista hon blifver så full utaf blod.

Men hvar gång på jorden, du är i hjertat glad,
Min kista hon blifver så full af rosors blad.»

Den vanligaste svenska versionen slutar med dessa ord; men enligt
en annan uppteckning tillägges, i större likhet med den danska,
af Hauch följda texten, om jungfrun, sedan hon sörjande suttit på
grafven »den kalla, långa natt»:

»Och jungfrun, då hon utaf grafven gick,
Så hastigt hon de dödssotar fick.

Och der blef glädje för mycken sorg och gråt,
De unga kom tillhopa, som ha va't skilda åt.»

Äfven slutet på de älskandes historia vinner således i medeltidsvisan största tycke af den hedniska sångens upplösning; ty liksom i båda dikterna »den döde blott en gång kommer tillbaka, så drages också uti båda den efterlefvande, qvinnan, så utaf sorg och längtan, att hon snart följer efter.»

Prof. Hauch anför äfven ett par mera rent katolska uttryck i den danska visan, hvilka vi förbigå, emedan den svenska tyckes hafva gått fri ifrån dylik påverkan af konfessionela beståndsdelar. Dessa drag, »genomträngda af den mörka, katolska andan‘ från medeltiden», göra imellertid den danske »Ridder Aages» tillstånd efter döden mer skärseldsartadt och mer påminnande om den sista hednatidens »draugar», än den svenska visans kortfattade målning af riddar Åke. I denna, synes det oss, röjes mera oblandadt en fläkt af samma naiva tro, som så vackert uppbär qvadet om Helge och Sigrun, ehuru å andra sidan det är oförnekligt, att den danska visan i poetiskt hänseende är långt mera rik, mera känslo- och stämningsfull.

Prof. Hauch säger uttryckligen, att han icke anser riddar Åkes visa såsom en omdiktning af det hedniska originalet; ty detta var efter all sannolikhet fullkomligt okändt af den medeltida diktaren; men derimot håller han för troligt, att bland folket (eller, såsom vi ville säga, bland folken i hela norden) fortplantats »meningar och minnen, som varit beslägtade med det äldre diktverket, eller rent af utgått från detsamma, och hvilka, oaktadt troslärans förändring, bibehållit sig århundraden igenom», tills de slutligen åter klädt sig i versens skrud och funnit ett nytt, den nyare, kristna tiden tilltalande uttryck i medeltidsvisan om riddar Åke och jungfru Elsa.

Våra folkvisupplagor gifva talrika upplysningar om likartade folkdikter hos flera andra stammar af germanisk rot: men Sven Grundtvig mäktar äfven att hos folk, som icke äro af nordisk härkomst, uppspåra beslägtade föreställningar. Sålunda anför han, huru till och med den grekiske Protesilaos, som stupat först af alla under landstigningen vid Troja, af gudarne fick tillstånd att komma åter och i tre timmar vistas hos sin sörjande hustru, och att också hon dog kort tid efter detta gengångarebesök.

»Detta visar», säger prof. Hauch till slut, »att slika sägner vandra vida omkring, och att det gifves ett hemligt slägtskap, som ofta förbinder det, som är vidast åtskildt i tid och rum.»

Närmast visan om Åke och Elsa kommer bland gengångarevisor i värde och intresse den, som, allmänt sjungen i norden, än kallas »den dödas återkomst», än »stjufmodren» och än åter »herr

Ulfver och fru Sölfverlind.» Ja, den danska versionen har rent af strofer, hvilka ord för ord igenfinnas i Aages og Elses visa. Äfven denna dikt har imellertid ett likhetsdrag med det gamla Helgaqvadet, ehuru å andra sidan · sjelfva fabeln är en helt annan. Denna likhet består deruti, att äfven i visan om stjufmodren är det de efterlefvandes sorg och klagan, som väcker upp en död. Om de små barnen, som fått en elak stjufmoder, heter det nämligen:

> »De fattiga barnen, de togo af sitt råd,
> Så gingo de upp på kyrkogård.
>
> Der gingo de på sin moders graf att stå,
> Der fälde de så mången modigan tår.
>
> Det ena gret tårar, det andra gret blod,
> Det tredje gret upp sin moder ur jord.»

I en version vänder hon, den rätta modren, sig då till Gud, i en annan till Kristus, i en tredje till den himmelska englaskaran, för att få lof att återvända till jorden, och då ändamålet med hennes återkomst är ett rättfärdigt, får hon i hvardera fallet detta tillstånd, men gemenligen åtföljdt af en kraftig varning att vara tillbaka före hanegället. Sålunda på sätt och vis kommen på den gudomliga rättvisans vägnar, lyckas hon att kufva den onda stjufmodrens anslag och bereda sina små barn frid, men denna hennes rätt att vistas på jorden räcker ej en minut längre, än tills tuppen galer. Det är väl dock troligt, att det icke är detta hanens rop i och för sig, som tvingar hvarje varelse från andra verldar att fly, utan fastmera den uppgående solens strålar, för hvilkas annalkande den stundom i ett jordiskt hus dröjande gengångaren genom tuppskallet varnas. Vi hafva förut påpekat den första solstrålens magiska kraft öfver väsen, som icke tillhöra den jordiskt menskliga verlden. Man vore frestad att tro, det berättelsen om Petri förnekelse i evangeliet bidragit att på detta sätt göra hanegällen till ett allmänneligt talesätt, liksom »sôl er ûppi» fordom varit till betecknande af morgonen. Imellertid förekomma hanegäll redan förut, och märkligt är, såsom prof. Hauch visar, att i några varianter af denna visa förekomma, liksom i den danska texten af riddar Aages visa, tre hanar, hvilket påminner om Valospå, der det också omtalas tre hanar, hvilkas galande skall för alla verldar förkunna den stund, då tiden är förbi och all tings ända är förhanden.

Vi hafva sett ett fragment af en norsk variant, utmärkt på en gång af sitt sköna omqväde och af sitt uråldriga tycke. Enligt denna är det i den underfulla juletiden, då stjufmodrens misshandling skulle kännas så mycket bittrare, som den döda uppenbarar sig. I denna glädjetid, då alla fröjda sig, och till och med högbonden i sina gömslen leker, rimmar och dansar, heter det mycket målande om den dödas återkallelse från de lefvandes verld:

> »Nu galer hanen den hvite,
>   för kullen;
> På honom tör jag icke lita.
> Tungt är tråda dansen under mullen.

> Nu galer hanen den svarte,
>   för kullen;
> På honom tör jag icke akta.
> Tungt är tråda dansen under mullen.

> Nu galer hanen den röde
>   för kullen;
> Då måste hon vika, den döda.
> Tungt är tråda dansen under mullen.»

Det märkliga stället i Valospå, der tre hanar omtalas, lyder på följande sätt:

> »Der satt på högen
> Och harpan slog ˉ
> Gyjeväktarn,
> Den väne Egder.
> Gol för honom i skaran
> af skogens fåglar
> den fagerröde hanen,
> Som Fjalar heter.

> Gol för Åsar
> Gullkam,
> som i Härfaders hus
> enhärjarne väcker;
> en annan galer
> under jorden,
> en sotröd hane,
> i Hels salar.

Äfven i riddar Aages visa är den ene hanen hvit, den andre röd, den tredje svart, hvilken öfverensstämmelse näppeligen kan vara en tillfällighet.

Men denna gengångarevisa är märkvärdig äfven i ett annat hänseende. Hon ger nämligen ett nytt bidrag till våra studier öfver de gamle fädernas åsigter om sättet för de dödes tillvaro. I en rad heter det nämligen, att den döda verkligen nere i den jordiska grafven uppfattar sina barns klagan, i den nästa att hon är i himmelen och talar med englaskaran, eller står framför Kristus eller går fram till Gud fader. Ja, uti en svensk uppteckning stå motsatserna i dessa båda uppfattningar än bjertare gent imot hvarandra än i någon annan. Det heter om barnen:

> »De greto tårar, som föllo på kind,
> De greto sin mor *ur himmelen*.

> De greto tårar, de greto blod,
> De greto sin mor *ur svartan jord*.»

Huru det egentligen är bestäldt med den dödes väsen, enligt denna medeltidens uppfattning, är i och för sig icke lätt att inse. Något väsentligt tyckes finnas uppe i himmelen, något väsentligt tyckes också det vara, som ligger i jorden. Detta sista måste vara med, då den döde skall åter visa sig. Det heter nämligen om stjufmodren i den danska visan, strax sedan hon »gått för vår Herre att stå»:

> »Hon sköt upp sina trötta ben,
> Då remnade mur och marmorsten.»

Och i den norska, sedan hon fallit på knä för Jesum:

> »Så rystade hon af sig all mull och sten:
> Åh, stigen nu upp, mina trötta ben!»

Oss synes denna visa, trots sin katolskt kristna stämning, och trots det goda ändamålet med spökeriet, ådagalägga, att de ur den djupaste hedendom upprunna, vidskepligt sinliga föreställningar om de dödes lekamliga gengång, hvilka bjertast framlyste ur Öbyggarnes saga, ännu i medeltiden på intet sätt gifvit vika. Just de af kulten oberörda visorna hafva derimot genom sin naivité undgått det krassa i dessa vidskepelser, i hvilket de öfriga derimot, under sitt bemödande att taga både jord och himmel med, fastnat.

Och dessa vidskepliga drömmar sjelfva hafva väl icke ens ännu bland menige man gått upp uti en verkligt kristen och upplyftande åsigt om detta ämne, för hvilket menniskohjertat är så känsligt. Åtminstone hörde författaren till dessa rader för icke längesedan dessa ord: »Gråt icke så, att tårarna falla på grafven, ty det trycker och plågar den döde.» Imellertid är det af stort intresse att följa alla dessa, folkföreställningarnas metamorfoser.

I den norska varianten förekommer det äfven, att hundarne tjuta och skälla på den döda, som kommer åter, till hvilket drag åter många motsvarigheter skulle kunna åberopas ända ifrån hednatiden till våra dagar. Öfverhufvud står den norska visan mycket högt i poetiskt hänseende.

I visan om Herr Mårten af Fågelsång möter oss ett nytt motiv för den dödes gengång, och just det, som, genom sitt slägtskap med den kristna sedelärans stränghet, bäst bibehållit sig i folkmedvetandet ända till våra dagar. Herr Mårten förföljes nämligen ända in i det andra lifvet af sitt onda samvete:

> »Jag får intet ligga,
> Jag får ingen ro,
> Förr än jag varit i Fågelsång,
> Bytt från mig den orätta jord.»

Liksom Helge Hundingsbane kommer han, såsom det en riddare anstår, till häst och i stort följe. Men dettta följe är af dämonisk art:

> »Svart var hans sadel,
> Och svart var hans häst,
> Och svarta voro de rackorna,
> Som lupo herr Mårten näst.»

Han sänder bud till sin hustru och beder henne, »om hon vill honom väl»,

> ... »att taga den lilla tomt
> och lägga bort från sig.»

Enkan gör detta och anställer derutöfver sjuttio själamessor för herr Mårtens salighet.

Om än detta motiv, ett ondt samvete, helt naturligt i alla följande tider väckt den djupaste anklang, så saknas detsamma dock icke i den hedniska tiden alldeles. Prof. Hauch anser sålunda på goda skäl, att den trollqvinna, som i Eddan sinkar Brynhild på hennes färd till Hel och förehåller henne de ogerningar, hon begått, egentligen är att anse »som ett uttryck af hennes egna tankar, hvilka icke ens efter döden lemna henne någon ro.»

I Hedebys gengångare framträder slutligen ännu ett annat, nytt motiv, eller, kanhända det äldsta af alla, nämligen hämden. Det är en man, som qväfts af sin hustru, och som efter femton års förlopp kommer åter, hvilken i denna visa är hjelten. Liksom spökerierna i Öbyggarnes saga ytterst hafva sin upprinnelse i den hämd, som, enligt dessa tiders åsigt, en död är mäktig att kräfva, om hans yttersta vilja är våldförd, så hägrar ej blott i denna medeltidsvisa utan äfven i den nutida folkuppfattningen tron på möjligheten af en våldsam vedergällning, utkräfd af innebyggarne i dödsriket. Vi stå således åter vid en folktro, som, ännu vid friskt lif, dock sträcker sina rötter ända in i hedendomens grund.

Äfven på svenska hafva vi samma visa under namn af »Gengångaren», och den danska visans Hedeby är hos oss Medelby. Man finner lätt huru visorna blifvit spridda. Sångaren har, så godt han kunnat minnas, sjungit hvad han en gång hört andra sjunga. Rimmen hafva varit minnets hållpunkter. Det öfriga i verserna, ja till och med i sjelfva rimorden, har undergått små förändringar.

Prof. Hauch påpekar huru gengångaren vänder sig till sina *fränder*. Också i denna omständighet gömmer sig ett hedniskt minne, ett minne från den gamla slägthämdens dagar. Folkdiktarens fantasi rörer sig helt och hållet i den forna tidens rättsförhållanden. Kristendomen har ännu icke mäktat i statens hand öfverflytta rätten att straffa. Hvarje slägt är fortfarande en liten sjelfständig stat för sig, hvars medlemmar äro skyldige att hämnas hvarandra.

Bland de af en hednisk anda genomfläktade medeltidsqvädena nämner prof. Hauch vidare den danska visan om Sven Vonved, en vild kämpagestalt, som drager från kamp till kamp. En episod af samma visa finnes äfven upptecknad i Sverige och är för första gången, under titeln Sven Svanehvit, utgifven af Atterbom i *Poetisk kalender* för 1816. Detta fragment är en dialog, erinrande i viss mån om Eddans Vafþruðnismål och Alvíssmål. Visan är åtminstone ett vitnesmål om att folket fortfarande fann ett behag uti den gamla seden att underhålla sig med klyftiga frågors besvarande. Skilnaden är blott den helt naturliga, att då dessa urgamla frågor gälde den hedniska gudasagan och verldsutvecklingen, så frågar Sven Svanehvit om de kristnes himmel, om englarne och om helvetet och om verlden. Om detta, som om så mycket i medeltiden, kunde godt sägas det ordet, som prof. Hauch använder om de heroiska sångerna, att det, noga sedt, blott är »en öfverkorsad hedendom.»

Härmed hafva vi afslutat denna undersökning, hvilken, betydligt försvårad derigenom, att professor Sven Grundtvigs ovärderliga arbete öfver *Danmarks Gamle Folkeviser*, redan utgånget ur bokhandeln, endast några få dagar stått till vårt förfogande, på intet vis uttömmer det rika ämnet. Kunde vi imellertid dels fästat svenska läsares uppmärksamhet på prof. Hauchs afhandling, dels lyckats påvisa några af de i vårt land hittills mindre bemärkta länkar, som förbinda vår medeltids odling med den föregående hedniska verldsuppfattningen, så hafva vi nått vårt mål.

Öfverhufvud torde det vara visst, att en religionslära, en tro, som en gång kraftigt genomträngt ett folk och lyftat detsamma till en viss grad af kultur, icke så lätt förgås. Men det är bedröfligt, att just det bästa af densamma merendels fördunstar, och att det, som lefver qvar, blott är den tomma hamnen. Vi hafva såsom stöd för denna sats i dessa rader visat, huruledes så mycket af gammal hedendom går igen i medeltiden, ja ännu i denna dag spökar i folkuppfattningen. Det torde vara ännu lättare att påpeka katolska minnen, som ända intill våra dagar äro qvar vid lif. Men derför att sådana öfverlefvor af forntida tro nu med rätta brännmärkas såsom vidskepelse, må dock ingen förneka, att samma tro, när hon först uppträdde, varit ett framsteg i förhållande till hvad som förut funnits, hvadan också ingen rättvis slutdom öfver ett förgånget tidehvarf kan fällas, om man betraktar detsamma blott från synpunkten af den högre odling, som till-äfventyrs utvecklat sig i en efterföljande tid. Denna sanning skulle vi synnerligen vilja framhålla gent imot de nästan uteslutande stränga och förkastande omdömen, som nu fällas öfver vår medeltid.

Vi hafva här tecknat åtminstone några få drag ur en sida af denna medeltids kulturlif. Vi hafva sett, huru denna tids banérförare gjort allt för att qväfva och rota ut hedendomen; men vi hafva också sett, huru densamma af dem icke kunde utrotas, utan lefde qvar, halft förvrängd, halft förklädd till kristen, och dämoniskt beherskade de enfaldigas sinnen. Orsaken är för vår tid icke svår att upptäcka. Omvändelsen, ehuru icke blodig, arbetade nämligen förmycket med sinliga, förlitet med andliga vapen. Den tiden visste ej af annat. Numera erkännes intet som en sann omvändelse, såvida det icke, sjelft af rent andlig art, helt och hållet genomtränger anden, dödar den gamla menniskan och verkar ett nytt lif. Men för att komma till denna punkt, har vårt slägte måst genomgå medeltidens skola. Barbarernas söner skulle icke strax hafva kunnat fatta en lära sådan som Luthers.

P. A. GÖDECKE.

Luther i hans betydelse för vår tid.

Freden har omsider gjort ett slut på krigets fasor, men det återvunna lugnet sträcker sig blott till ytan. På samhällslifvets djup i nästan alla länder råder en den starkaste oro och jäsning, som bådar storm för den närmaste framtiden. Vi skola måhända ej så snart ånyo få höra talas om blodig menniskoslagt och sköflade landsträckor, men andra strider äro förvisso i annalkande, ej mindre våldsamma än de som utkämpas på slagfälten. Det gifves i våra dagar knappast något vigtigare område för mensklig kunskap eller handling, der man ej varsnar en och samma syn: brottningen mellan det gamla, genom fördom eller vana häfdvunna åskådningssättet, och det nya, tidsenligare, som steg för steg arbetar sig fram i trots af det sega motståndet. Jemförda med denna idéernas kamp om väldet, denna i tysthet fortgående andliga luttringsprocess, hvarigenom metallen utsofras från det odugliga slagget — huru oväsentliga äro ej, för det menskliga framåtskridandet i stort, en sjelfvisk furstepolitiks intrigspel och fejder! Betydelsefullare än de på krigets väg framtvungna frågorna om ny gränsreglering och staternas yttre maktställning är, i kulturhistoriskt afseende, det stora sociala nutidsproblemet: huru skall på bästa sätt upplysning, frihet och välstånd kunna meddelas åt *alla?* Men vigtigare, oafvisligare än något af spörsmålen rörande det ändamålsenliga ordnandet af våra timliga förhållanden är frågan om menniskans och det jordiska lifvets rätta förhållande till det eviga. Kan, på civilisationens och vetenskapernas nuvarande utvecklingsståndpunkt, den kristna religionen med oförminskadt inflytande bestå vid sidan af den moderna bildningen? Kan *tron* sämjas med *vetandet?* Genom sjelfva sitt innehåll, såsom berörande lifvets högsta angelägenhet, har denna fråga det giltigaste kraf på vår uppmärksamhet. Men hon har det äfven ur en annan synpunkt. Man kan ej förneka — ty den dagliga erfarenheten bekräftar det med otaliga röster — att de sociala och politiska förvecklingarna till stor del stå i samband med och föranledas af vår tids omhvälfningar på det *religiösa* området. Frihetssträfvandet inom statslifvet i dess sunda och berättigade yttringar väckes och vidmakthålles af enahanda impulser, som de, hvilka äro det religiösa reformarbetets driffjädrar. Den i rörelse sättande kraften är på båda hållen det klarnande medvetandet om *personlighetens* betydelse och rätt till harmonisk utveckling, i förening med viljan att göra denna rätt gällande gent imot förtryck och konstlade hinder. Afsöndradt ifrån det religiösa, såsom det understundom framträder, saknar det borgerliga frihetssträfvandet sin fastaste stödjepunkt: men då blir det oimotståndligt, när ifrandet för personlighetstankens genomförande inom rättens och sedens områden hemtar styrka ur den insigten, att sant personligt lif är ett lif i Gud, i religiös förening med honom. En sådan insigt rörande frändskapen mellan den sanna religiositeten och den sanna friheten är ej främmande för vår frihetsälskande samtid. Den religiösa frågan, grundligt uppfattad, visar sig som den kulturarbetets medelpunkt, kring hvilken en mångfald af samhällsfrågor naturligt grupperar sig, och äfven på grund häraf kan hon betecknas som vår tids egentliga lifsfråga.

Betraktad, så att säga, på sitt eget gebiet, oberoende af hennes samband med beslägtade ämnen, framstår vår tids religiösa fråga inom kristendomen såsom en strid mellan två olika *trosbegrepp*. Hvartdera begreppets utmärkande natur hafva vi förut i denna tidskrift sökt bringa till åskådlighet genom dess sammanträngande i en kort formel. Gemensam för de båda motsatta ståndpunkterna är, yttrade vi då, »öfvertygelsen om att religionen är för såväl den enskilde som för samhället den högsta angelägenheten, samt att kristendomen är af alla religioner den högsta. Gemensam är för dem vidare den åsigten, att i kristendomen alla strålarne samla sig kring stiftarens person, att det är *på honom* man måste tro, när man vill sätta tro till kristendomen. Men — här upphör äfven öfverensstämmelsen, för att, när fråga blir om det kristna trosbegreppets närmare bestämmande, lemna rum för den mest afgjorda meningsskiljaktighet. »Fasthåll såsom det vissaste af allt, att i Kristus blifvit förkroppsligad den andre personen i treenigheten!» detta är den fordran, som ställes till hvarje om sitt eviga väl bekymrad menniska utaf dem, hvilka älska att beteckna sig sjelfva såsom »de bekännelsetrogne». »Eftertrakta såsom det vigtigaste af allt, att Kristus må *i dig* blifva förkroppsligad!» så lyder hufvudsumman af buden hos dem, hvilka af motståndarne förkättras såsom »de otrogne.» — Mellan dessa båda motsatta trosbegrepp måste valet göras af hvar och en, som vill för sig göra klar sin ställning till den vigtiga frågan om Kristus och kristendomen. På ena sidan står den tro, hvars slagord och hufvuddogm är dogmen om »den bekännelsetrogna dogmatiken», och enligt hvilken sålunda det vigtigaste af allt är ett visst förståndets förhållande till en opersonlig läroformel. På den motsatta sidan möter oss den i våra dagar med nyfödd kraft sig utvecklande tro, som främst af allt vill vara ett den lägre personens i kärleken, hängifvenheten och *viljan* grundade lif i den högre. Är en vägledning behöflig för valet mellan den opersonliga tron och den personliga — må då den väljande göra sig förtrogen med de båda olika åskådningssättens följder för det praktiska lifvet!» [1])

Dessa följder, för så vidt de härflyta ur den förstnämda af de motsatta åsigterna om tron, finnas till deras hufvuddrag beskrifna i den ofvan citerade uppsatsen. Det är till medeltiden — kättareförföljelsernas, djefvulstrons, hexeriprocessernas, inqvisitionens tidsålder — man måste vända sig, om man vill göra sig bekant med verkningarna af den krassa ortodoxiens konseqvent utförda kristendomsuppfattning. »Om medeltiden öfverhufvud med rätta betraktas såsom, i jemförelse med den nyare tiden, en mörkrets och barbariets, en den kristnade hedendomens tidsålder, så är förklaringsgrunden till dess andliga lyten utan tvifvel att söka i denna fördunkling af det kristliga trosbegreppet, som lägger hufvudvigten på det teoretiska, på bekännelsens korrekthet. Allt det outtömligt djupa och innerliga, som för de förste kristnes uppfattning förenade sig med de helgade orden: att »tro på Kristus», alla de rika flöden af kärlek och hopp, som ledde sitt ursprung från den troendes mystiska lifsgemenskap med den för honom döde, och dock evigt lefvande, ständigt närvarande försonaren — alla kristendomens nya insatser i historien syntes på väg att gifvas till spillo under en förstenad bokstafstros inverkan. *Der* kunde ju ej blifva fråga om ett sammanhang mellan personerna förmedelst kärlekens föreningsband, hvarest en materialistisk kyrka sökte förebygga söndringen genom de förbannelser öfver med henne olika tänkande, som begynna och afsluta »Athanasii symbolum», detta — såsom Geijer yttrar — »genom de hårdaste fördömelseformer för andaktens väckelse minst tjenliga, det för den kristliga kärleken mest frånstötande af alla 'symbola.» Upplösningstillståndet i kyrkans inre skyldes blott svagt af den formela enheten i det yttre; men desto mera brinnande var just derför den nitälskan, hvarmed hvarje kyrkans lydige son lånade sitt bistånd till den kyrkliga uniformitetens upprätthållande, till skyddandet af »bekännelsens enhet.» Den falska objektiviteten blef den afgud,

---

[1]) Jmfr. uppsatsen *Vår odlings framtid*, s. 24 f. i första häftet af denna tidskrifts första årgång.

inför hvilken kristenheten under sin genom sekler räckande omyndighetsålder knäböjde i stoftet. Hvarje yttring af en mera utprägladt subjektiv lifsåskådning var oroväckande, när den ej lät sig inordnas i schemat af det som blifvit trodt »alltid, allestädes och af alla»; hvarje kritik var fördömlig, när den ej ledde till »bekännelsetrogna» resultat. »Otroshjeltarnes» utrotande blef vilkoret för kyrkans bestånd; den misstänksamma ofördragsamheten blef en dygd och den grymmaste förföljelse en pligt för betryggandet af den korsfästes verk och — »på det att Guds ära derigenom måtte förhöjas!»

»Helt visst», tillade vi, »är det påståendet berättigadt, att den i fråga varande ortodoxa teorien om »renlärighetens», »bekännelsetrohetens» obetingade nödvändighet för möjligheten af ett sant kristligt troslif, representerar — den må nu möta oss inom sjelfva medeltiden eller hos gengångarne från medeltiden i våra dagar — ett i sina konsequenser söndrande och derigenom »kristendomsfiendtligt» åskådningssätt, farligare än något annat af dem historien har att uppvisa» [1]. — Är detta en sanning, så följer deraf skyldigheten att, till den *sanna* kristendomens försvar. bekämpa den träldomens och söndringens anda, som falskligen smyckar sig med det kristna namnet. Äfven inom svenska kyrkan har en dylik anda fått rotfästa sig der som annorstädes alstrad genom det ensidiga, ofruktbara stirrandet på de symboliska böckernas artiklar och paragrafer, med förgätenhet af reformationens fältrop: *bibeln* och *förnuftet*. Mot hvarje sådan från protestantismens princip affällig riktning uppträder i främsta rummet den protestantiska kyrkans egen lärofader. Hyperlutheranismen med dess sjelfgjorda trosbegrepp utdömes af just den store troshjelten Martin Luther.

Luthers verksamhet såsom reformator, med särskild hänsyn till dess betydelse för vår tids religiösa frihetskamp, har nyligen blifvit skildrad i tvenne ungefär samtidigt utkomna skrifter, fulla af intressanta upplysningar och förträffliga lärdomar. Författarne äro två af den tysk-schweiziska protestantismens mest framstående målsmän: professor Daniel Schenkel i Heidelberg, utgifvare af *Allgemeine kirchliche Zeitschrift*, och pastor Heinrich Lang i Meilen vid Züricherssjön, utgifvare af tidskriften *Zeitstimmen aus der reformirten Kirche der Schweiz*. Schenkels arbete bär titeln *Luther in Worms und Wittenberg und die Erneuerung der Kirche in der Gegenwart*. (Elberfeld 1870); Lang har benämt sitt *Martin Luther, ein religiöses Charakterbild* (Berlin 1870). — Vi ansluta oss

---

[1] a. st. s. 23.

i det följande hufvudsakligast till det förstnämda arbetet, såsom i
flera afseenden det rikhaltigaste.

Om prof. Schenkels behandling af temat: Luthers betydelse
för vår tid, yttrar sig en af den frisinnade tyska teologiens för-
nämsta organer, *Protestantische Kirchenzeitung*, (d. 6 Aug. 1870)
i följande ordalag:

»Medelpunkten i den nu pågående verldshistoriska kampen
inom kyrkan — hvilken kamp efter de krigiska förvecklingarnas
slut skall blossa upp med fördubblad styrka — utgöres af denna
fråga: skola, vid ordnandet af den kristna församlingens angelägen-
heter, frihetens och sjelfstyrelsens grundsatser göras gällande, eller
skall ärendenas ledning öfverlemnas åt samvetstvångets målsmän,
åt det biskopliga och påfliga förmynderskapet? För att härpå
finna ett tillfredsställande svar, måste man, såsom Schenkel fram-
håller, gå tillbaka till Luthers ursprungliga grundidéer, med syfte
att enligt tidens behof och i vårt århundrades anda tillämpa dem
på de bestående förhållandena. Endast uti dessa idéer ligger en
verkligt *kyrkligt förenande* kraft, ej blott hvad beträffar vår genom
konfessionel dogmatism och pastoral hierarkism splittrade protestan-
tiska kyrka, utan äfven med hänsyn till den romerska kyrkan, i
hvilken just för närvarande uppföres ett det mest oerhörda skåde-
spel utaf en med »stor makt och argan list» tillverkad påfvegud,
som härigenom rest en ny skiljemur mellan romarekyrkan och
dem, som väl ej vilja låta kristendomen fara, men ej heller äro
sinnade att göra gemensam sak med det slags kristendom, som
uppbygges på det andliga slafveriet.

Schenkel tillkommer förtjensten af att hafva klart uppfattat och
i deras historiska sammanhang utvecklat Luthers i fråga varande
tankar, på hvilka, såsom på en räddande ledstjerna, han riktar
nationens uppmärksamhet. Den bild, han ger oss af den store
reformatorn, utmärker sig genom psykologisk finhet och sanning,
och öfverhufvud kan hans bok sägas vara en tillfällighetsskrift i
ordets bästa mening. Klarare och skarpare kan nutidens religiösa
uppgift ej tecknas, än genom återupplifvandet af hågkomsten utaf
den väldige från Worms och Wittenberg, i hans dristiga uppåt-
stigande till den reformatoriska höjd, dit tidsåldern i dess helhet
icke följde honom, och der han sjelf ej förmådde stadigt qvarstå,
men som dock utgör den enda fasta grundvalen för framtidens
nya kyrkosamfund.»

Men det är tid att öfvergå till en redogörelse för hufvudinne-
hållet af vår författares arbete. Sin teckning af Luthers verk-
samhet såsom reformator anknyter Schenkel inledningsvis med

några tänkvärda yttranden till den närvarande kyrkliga ställningen. Vi lemna här ordet åt honom sjelf, med erinran derom, att hans åskådningssätt i väsentliga punkter sammanfaller med de tankar, som redan förut blifvit uttalade i denna tidskrift rörande sambandet mellan reformationstidehvarfvets idéer och vår tids religiösa brytningar.

»Den kyrkliga frågan», säger författaren, »har i våra dagar erhållit en sådan vigt och utsträckning, att hvarje tänkande menniska, som med deltagande följer det religiösa och kulturhistoriska framåtskridandet, måste egna henne en spänd uppmärksamhet. Till och med de hittills likgiltiga finna sig uppfordrade, att åtminstone i någon mån begrunda de kyrkliga angelägenheterna, och den tidpunkt torde ej vara aflägsen, då ingen mera skall undandraga sig pligten, att både åt sig utbilda en bestämd religiös och kyrklig öfvertygelse samt att söka göra densamma gällande i partiernas kamp.

Denna vår tids kamp på det kyrkliga området är en strid *mellan grundsatser*, nämligen kristendomens och samvetsfrihetens å ena sidan och å den andra kyrkodespotismens, prestväldets;. ytterst sålunda mellan kulturen och barbariet. Stridens slutliga utgång kan omöjligen vara tvifvelaktig. Det är ej möjligt att tillbakaflytta solvisaren på verldshistoriens ur, äfven om det låter sig göra, att för någon kort tid dölja den andliga frihetens sol bakom en osund dimma, och inbilla sig, att hon ej lyser, derför att hon för tillfället ej är synlig.

Ett är visst: det gifves ingen annan lösning af den dagligen växande förvirringen inom kyrkan, än den, som anvisas oss genom de verldshistoriska händelsernas egen utvecklingsgång. Reformationen är den vändpunkt, från och med hvilken kyrkan, betraktad som en teokratisk anstalt, faktiskt inträdt i sin upplösningsprocess, och den religiösa frihetens tidsålder tagit sin början. Men emedan reformationen gjorde halt alltför tidigt, emedan hennes andliga spännkraft förlamades redan vid de första försöken till en högre flygt, emedan hon till stor del blef sin egen bestämmelse otrogen, kom hon ej utöfver de första försökens ståndpunkt, hvaraf följden blifvit, att det sedan ett halft århundrade tillbaka lyckats den teokratiska åsigtens representanter att göra de reformatoriska grundsatserna verldsherraväldet stridigt.

Mot dem som nu med ovilja vända sig bort från de konfessionela restaurationsförsöken, riktas ej sällan den förebråelsen, att de vilja införa »en ny religion.» Det kunde verkligen tyckas, som hade reformationens forne bekämpare — en Eck, en Miltitz, en

Cajetanus — stått upp igen ur sina grafvar. Äfven Luther måste ju uppbära beskyllningen, att han ville stifta »en ny religion», som hade ingenting gemensamt med kristendomen, mer än namnet. Men sanningen är, att *vi* ej vilja veta utaf någon annan religion än just den, som Luther med de honom till buds stående medlen sökte på nytt upplifva och göra till det fasta rättesnöret för menniskans handlingar. Med rätta skiljer man dock i Luthers reformatoriska verksamhet mellan tvenne till skaplynnet helt olika perioder. Under den första perioden följer han, efter en längre tids oklarhet och vacklande, dragningskraften hos den nya princip, som beherskade honom: bilden af en kyrka, som, obesmittad af konfessionalismens förvrängningar och hierarkismens orenhet, vore ett troget uttryck af kristendomens sanna väsen. En sådan kyrka var Luthers ursprungliga ideal; men hans tro på detsamma led under den senare perioden af hans lefnad en betydande rubbning. De idéer, han förfäktade, ville ej taga kött och blod. Lutheranismens kyrka erhöll småningom ett från stiftarens tidigaste planritning väsentligen afvikande utseende; ty ingenting kan vara mera främmande för den äkta protestantismen, än det med den andliga ofriheten nära förbundna statskyrkovälde, hvars första grundläggning Luther bevitnade vid en redan framskriden ålder.

Det närvarande tillståndet inom staten och kyrkan innebär en kraftig maning till oss att åter upplifva minnet af en man sådan som Martin Luther. Måhända äro de faror, som nu omgifva oss, ännu mera hotande än de Luther med okufligt mod vågade trotsa, och hvilka han äfven till någon del lyckades öfvervinna. Hans verldsåskådning var visserligen i mycket olik vår nuvarande. Hans fantasi slog en djerf brygga mellan himmel och jord, och i andanom såg han en gudasänd räddare nedstiga från himmelen. Ännu blott en sista strid, manligen genomkämpad — och härlighetens herre skulle segrande sätta foten på »den gamle fiendens» drakhufvud. Då finge man se det förflutnas redan murkna samhällsbygnad störta samman i spillror, och en högre verldsordnings annalkande bebådas genom den evangeliska sanningens och frihetens strålande morgonrodnad.

Luthers glänsande dröm har ej gått i uppfyllelse. Kunde han nu nedstiga från de saliga andarnes regioner, för att, efter mer än trehundra år, anställa mönstring inom sin kyrka — hvilken öfverraskande syn skulle ej då möta hans öga! Han skulle finna, huru påfven och den romerska hierarkiens banérförare häftigare än någonsin smäda och fördöma den sak, hvars rättmätighet han med lågande vältalighet sökte inskärpa, och huru de sanningar, för hvilka han vågade sitt lif, fått en plats i den bekanta påfliga encyklikans »förteckning på vår tids förnämsta villfarelser.» Och om han då såge sig omkring efter *män* af en med hans egen befryndad sinnesart, med oförskräckt sinne och redligt uppsåt, redobogne att, utan sjelfförhäfvelse eller menniskofruktan, i förnuftets och kristendomens namn träda upp imot prestväldet — huru länge skulle han då ej nödgas söka, innan han påträffade dem! Och än vidare: hvad skulle han väl säga om tillståndet inom den tyska protestantiska kyrkan och om hennes hållning gent imot den romerska ligans anlopp? Hvad om den djupa splittring, som råder mellan kyrkolärans män och nationens bildade klasser? Luther frigjorde vårt folk från det klerikala oket; men nu skulle han nödgas åse kyrkomatadorernas beställsamma äflan, att i församlingarna på nytt befästa »embetets» herravälde. Huru? *dessa* lutheraner, som ej mäkta tygla sina egna hierarkiska lustar, skulle vara i stånd att skydda vår kyrka mot Roms stämplingar? Dessa, hvilka såsom ett affall från kristendomen brännmärka den fria forskningen i skriften, tillika med bemödandet att utjemna tvedrägten mellan kyrkans lära samt vetenskapen och den moderna kulturen, och som vilja insnöra menniskornas religiösa öfvertygelser och samveten i ett system af läromeningar, hvilket ej ens af reformatorerna sjelfva någonsin blifvit faststäldt såsom en för alla tider gällande trosnorm, utan endast som ett uttryck af åskådningssättet och det teologiska vetandet på *deras* tid — dessa män skulle förmå att afvärja de ultramontana angreppen? Huru snart skulle ej vår Luther på det tydligaste inse, att en protestantisk kyrklighet af dylik art omöjligen kan ega den rätta inneboende kraften till att leda folken på sanningens, frihetens och fridens väg!

Och dock skulle han, i trots af detta sakernas betryckta läge, ej ett ögonblick hafva misströstat om sitt verks lifskraft och segerrika framtid. Ty var ej Luther en *trons* man, och hade han ej, stående på sin verksamhets höjdpunkt, utstrött en ymnig sådd af framtidsdrägtiga idéer, hvilka endast behöfde en gynsam jordmån, för att nå sin fulla mognad? Hans missgrepp och svagheter tillhöra det förflutna, men kärnan af hans verk är oförgänglig. Just under innevarande tidpunkt böra vi, gent imot såväl de katoliserande tendenserna inom den lutherska kyrkan, som det af Luther i principen öfvervunna påfvedömet, stadigt hålla blicken riktad på de för alla tider giltiga religiösa sanningar, åt hvilkas förkunnande han egnade sitt lif.»

Hvilka voro dessa sanningar? och i hvad sammanhang framträdde de efterhand för Luthers egen uppfattning? Derom upplyser oss Schenkel i sin skildring af huru Luther i följd af omständigheternas uppfostrande makt och sin egen andliga utveckling växte till jemnhöjd med den stora uppgift, som genom honom skulle erhålla sin lösning.

En hufvudsynpunkt vid besvarandet af frågan om reformationens väsen och betydelse är dess uppfattande såsom en *den verldsliga lifsåskådningens seger öfver den ensidigt kyrkliga*. Öfverallt i Europa hade folken länge sedan hunnit tröttna vid det tryckande presterliga förmynderskapet; sedan statsmakten trädt i vasalltjenst hos kyrkan, gafs ingenstädes mera någon säker tillflyktsort för den nationela och personliga friheten. Vetenskapen var kyrkans lydiga tjenarinna; konsten anlitades förnämligast i och för den religiösa kultens ändamål; skolor och universitet stodo under det högre presterskapets ledning; seder och bruk öfvervakades på det strängaste af kyrkans tjenare, hvilka äfven såsom biktfäder inträngde i familjerna och föreskrefvo hvar och en hans tro och handlingssätt. Talrika arbetskrafter begrofvos i klostren och ordenssamfunden, och den skada, som derigenom tillfogades det nationela välståndet, var så mycket oberäkneligare, som dessa tillhåll för lättjan ofta nog tillika voro plantskolor för lasten.

Aldrig förr i verldshistorien har det visat sig så tydligt som då, att allt verkligt framåtskridande ytterst beror af folklifvets *sedliga*. och *religiösa* beskaffenhet. Hade påfvedömets inflytande ej lidit ett så stort afbräck genom reformationen skulle ej heller Europas folk kommit i besittning af utvidgade sociala och politiska rättigheter; vetenskapen skulle då ej kunnat tillkämpa sig sin nuvarande oafhängiga ställning, och öfverhufvud hade hela mängden af vägrödjande uppfinningar och upptäckter på naturvetenskapernas område uteblifvit, då okunnigheten och den-dolska trögheten voro de rådande makterna. Reformationens epokgörande bragd bestod deruti, att genom henne staten och lekmannaståndet frigjordes ur kyrkodespotismens bojor.

För egen del var imellertid reformatorn ej strax från början klart medveten om, hvarthän det steg, han tagit, till slut skulle leda honom. Då Luther d. 31 Okt. 1517 uppspikade sina 95 teser på dörren af slottskyrkan i Wittenberg, åsyftade han ingalunda en genomgripande reformation af kyrkan i alla hennes delar; det beundrande jubel, hvarmed hans handling helsades i alla bildade länder, snarare förskräckte, än gladde honom. Teserna föranleddes, som bekant, genom aflatskrämeriets ofog; Luther benämde dem en »protestation», och så till vida buro de visserligen en *protestantisk* prägel. Men hvarken mot påfvens öfverhöghet eller mot romerska kyrkans auktoritet opponerade sig teserna, utan endast mot ett skändligt missbruk, som framkallats genom vinningslystnaden och lättsinnet. Striden på dess första stadium berörde öfverhufvud ej troslärans område. Vill man betrakta teserna som reformationens utgångspunkt, så är dermed ådagalagdt, att kyrkoförbättringen härledde sig icke ur dogmatiska, utan ur *sedliga* bevekelsegrunder. I en skrifvelse till den beryktade Tetzels höge gynnare, kurfursten Albert af Mainz, klagar Luther öfver att aflatshandeln förlamade ångerns och botfärdighetens anda och derigenom undergräfde kristendomen. Men så föga ansåg han då ännu det ondas rot ligga i sjelfva de kyrkliga institutionerna, att ett af skälen hvarföre han önskade att ofoget snart måtte stäfjas, var hans farhåga, att kyrkans och hennes dignitärers anseende eljest komme att lida någon men.

Snart skulle Luther dock finna, huru mycket han misstagit sig, då han trodde sig kunna påräkna de makthafvandes bistånd till skyddande af kyrkans enligt hans mening kränkta värdighet. På hans hemställan till kurfursten följde intet svar. Ännu dröjde han dock, innan han tog något nytt steg mot aflatshandeln. Våren 1518 var han till och med fast besluten, att icke gå vidare på den beträdda vägen, såvida hans åtgöranden ej godkändes af hans förman, biskopen af Brandenburg. »Man borde», genmälde han på sina vänners ifriga uppmaningar, »endast med fruktan och bäfvan tala sanningen inom kyrkan.» För öfrigt hade han likväl redan då en liflig känsla af att intet fortgående till ett bättre vore möjligt på den hittills följda stigen; att man derför borde göra ett slut på det skolastiska skoltyranniet, det ofria, pedantiska sättet att behandla teologien och filosofien, afskaka de kanoniska stadgarnas ok samt vid teologiens studium gå tillbaka till den ursprungliga normen: bibeln och kyrkofäderna. Men att uppträda polemiskt mot kyrkans högsta auktoriteter, åberopande sig på *sitt* samvete, sin enskilda öfvertygelse, skulle vid den tiden tyckts honom vara en förmätenhet utan gränser.

Just denna Luthers något skygga hållning stegrade det romerska partiets öfvermod till det yttersta; man trodde sig nu kunna våga allt imot honom. Munkar och prester kunde ej förlåta honom, att han uppträdt till bestraffande af deras sedeslöshet och omättliga penningelystnad. Tetzel, den i främsta rummet angripne, utgaf i Mars 1518 en stridsskrift mot Luther: »till den katolska trons försvar och den heliga apostoliska stolens förhärligande.» Afsigten med denna skrift var att framställa Luthers teser mot aflaten såsom ett mot påfvens auktoritet riktadt angrepp. Den påfliga ofelbarheten förfäktades med utfordrande käckhet af Tetzel, härutinnan en värdig föregångare till den yttersta högerns män å det senaste romerska konciliet. Påfven såsom enskild person, yttrar Tetzel i sin skrift, kan visserligen misstaga sig, men han kan det ej då, när hau, såsom kyrkans öfverhufvud, talar i hela kristenhetens namn. Luthers vädjande till den heliga skrift afvisar Tetzel med invändningen, att kyrkan bekänner många sanningar, som alldeles icke finnas omtalade i bibeln. Att tadla och förkasta hvad som blifvit af påfven godkändt, vore att förgripa sig på kyrkans majestät. Härigenom stäldes alltså aflatskrämeriet, med alla dess missbruk, under kyrkans allsmäktiga beskydd. Vidt omkring i landet förkunnade Roms utskickade fortfarande den skamliga läran, som bragt Luther i harnesk, att »Gud vill icke syndarens död, utan att han *betalar* och lefver» [1]).

Den första stridsskriften mot Luther efterföljdes snart af flera. Från Rom utfärdade den påflige hofmästaren och öfverste bokcensorn Sylvester Mazolini de Prierio en dundrande protest mot de lutherska teserna (*»Dialogus in præsumptuosas M. Lutheri conclusiones de potestate Papæ»*), och såsom den tredje opponenten uppträdde en man, hvilkens namn då för tiden glänste som en stjerna af första ordningen på teologiens himmel. Denne man var prokansleren vid universitetet i Ingolstadt, »kättaremästaren» i Bajern och Franken, domherren dr Johannes Maier, från sin födelseort Eck i Schwaben känd under namnet Johannes Eck. Utrustad med en omfattande teologisk lärdom och stor dialektisk färdighet, brann han af begär att skörda ny utmärkelse genom den namnkunnige kättarens vederläggande. Under titeln *»obelisker»* offentliggjorde Eck en kritik utaf 18 af de 95 teserna, i hvilken han bland annat yttrade, att Luther inkastat en brandfackla i kyrkans tempel och att hans satser voro fulla af böhmiskt (hussitiskt) gift.

Nu ansåg Luther sig ej längre böra iakttaga tystnad. I Augusti 1518 utkom hans svarsskrift *»(Asterisci adversus Obeliscos Eccii»)*, deri han öppet uppträdde mot den påfliga infallibilitetsteorien. »Påfven är en menniska och kan alltså misstaga sig;

---

[1]) Åtskilliga detaljer om aflatshandeln meddelas i Ludwig Häussers *Geschichte des Zeitalters der Reformation* (Berlin 1868), s. 21 f. Priset på syndaförlåtelsen stod i förhållande till förbrytelsens storlek, bedömd efter kyrklig måttstock. Så t. ex. kostade aflaten för mord på fader eller moder fyra dukater, för hexeri sex och för kyrkostöld nio dukater. Sedan Innocentius VIII:s tid kunde man köpa sig fri från skärselden och Julius II lät åren 1507—1512 aflaten gälla till och med för kätteri.

endast Gud är ofelbar.» »Hvad den helige fadren mäktar bevisa *genom skriften och med förnuftet*», yttrar han vidare, »det antager jag; allt annat håller jag för rätt och slätt en villfarelse.» Härmed hade omisskänneligen en ny auktoritetsprincip blifvit uppstäld, och i denna princip låg reformationens grundtanke innesluten. — Imellertid önskade Luther alltjemt uppriktigt att bevara freden med Rom. Han utgaf en ny skrift, de s. k. »resolutionerna», till vidare utveckling af de i teserna innehållna lärorna, och skickade denna till påfven, jemte ett bref, deri han försvarar sig mot anklagelsen för kätteri. De sannskyldige kättarne voro aflatskrämarne, som förvände sanningen och hopade vanära öfver kyrkan.

I Rom fann man det rådligast att ännu ej gå till väga med synnerlig stränghet mot den nye orostiftaren. En tysk riksdag stod i begrepp att sammanträda i Augsburg; det påfliga sändebudet hade att der framlägga ett antal anslagsfordringar, som måhända skulle mindre välvilligt mottagas, om man vidtagit fiendtliga mått och steg mot den af folkmeningen i Tyskland högt uppburne munken, som derjemte egde till beskyddare en inflytelserik furste, Fredrik den vise af Sachsen. Man beslöt derför att söka bilägga saken i godo. Legaten kardinal Cajetanus — en ifrig anhängare af den påfliga absolutismen — fick i uppdrag att med så litet uppseende som möjligt öfvertala Luther att återkalla sina satser. Den högmodige kyrkofursten var dock ingalunda vuxen sitt uppdrag. Mellan honom och Luther kom det snart till en häftig tvist angående påfvens ofelbarhet, hvilken bestreds af den sistnämde, som dervid åberopade sig på Paulus och Augustinus och bestämdt vägrade att återkalla något, af hvad han offentligen förkunnat, så länge man ej vederlagt honom med skriftens egna ord. Underhandlingen slöt dermed, att den förbittrade Cajetanus förklarade sig ej längre vilja hafva att skaffa med »den tyska besten med de djupt liggande ögonen och de underliga spekulationerna.» Luther å sin sida bedyrade, att kardinalen ej mera förstode sig på teologi, än en åsna på harpospel.

Det första försöket att stifta fred på diplomatisk väg hade sålunda fullständigt misslyckats (i Oktober 1518). Luther flydde om natten från Augsburg, då han på goda grunder befarade stämplingar mot sin personliga säkerhet. Till påfven stälde han en ny skrift *(Appellatio a papa male informato ad papam melius informandum)*, deri han · fordrade sin saks undersökning af fullt opartiska domare; deras utslag ville han ställa sig till efterrättelse.

Ännu ansåg Leo X det ej vara tid att drifva saken till sin spets. Han ville göra ett nytt försök och sände sin nuntius, Carl von Miltitz, en fint bildad verldsman, till Luther, för att intala honom att hålla sig stilla. Miltitz skötte sitt uppdrag med mycken slughet; han sökte framför allt vinna Luthers förtroende, bemötte honom derför med stor vänlighet och lade i dagen en stark förtrytelse öfver Tetzels förfarande. På teologiska dispyter inlät han sig ej, men förstod derimot att inverka på Luther från den sida, der denne ännu till sitt åskådningssätt helt och hållet var munk, nämligen i fråga om hans aktning för kyrkans auktoritet. Luthers fasta tillförsigt tycktes vackla, då Miltitz i bevekliga ordalag förehöll honom, att han, den ensam stående, ej borde uppresa sig mot Kristi kyrka. Ett formligt fördrag kom till stånd mellan den stolta romarekyrkan och den oansenlige augustinermunken; Luther förband sig till att ej mera predika, skrifva eller i handling företaga något mot aflaten; till gengäld härför skulle Miltitz hos påfven utverka, att en kommission af lärda biskopar fingo i uppdrag att undersöka stridsfrågan. Endast under förutsättning af att han blifvit grundligt vederlagd på den fria diskussionens väg, ville Luther återkalla; i denna hans förklaring röjer sig protestantismens anda.

Den ingångna vapenhvilan skulle dock ej blifva långvarig. På föranstaltan af den outtröttlige d:r Eck beramades tills i Juni 1519 en stor teologisk disputationsakt i Leipzig. De af Eck utgifna teserna voro visserligen närmast riktade mot Luthers anhängare och kollega vid universitetet i Wittenberg, Carlstadt; men af deras innehåll framgick tydligen, att egentliga syftet var ett nytt angrepp mot Luther. Nu ansåg denne fredsfördraget vara brutet från motståndarnes sida, hvadan han sjelf alltså ej längre vore förpligtad att tiga stilla. Han tillkännagaf sin afsigt, att personligen uppträda till sina åsigters försvar mot Eck. »Hittills» yttrade han till sina vänner, »har striden blott varit en lek, men nu skall det bryta löst på allvar, och med Guds hjelp skall denna disputation slå illa ut för den romerska uppblåstheten.»

Den 27 Juni 1519 började det berömda »religionssamtalet» i Leipzig. Akten öppnades med all den pomp och ståt, som på den tiden brukade åtfölja dylika i högt anseende stående ordfäktningar. Hertig Georg af Sachsen, en nitisk papist, hade upplåtit en rymlig hofsal åt den teologiska envigeskampen; öfver Ecks plats hängde en bild af St. Georg, drakbetvingaren. Ett talrikt auditorium, till större delen män ur den lärda verlden, hade infunnit sig; förhandlingarna inleddes med en högtidlig mässa. Först uppträdde Carlstadt mot Eck; striden dem imellan rörde sig hufvudsakligen kring den fria viljan, med anledning af Carlstadts påstående, att menniskan utan Guds nåd, d. v. s. utan öfvernaturlig hjelp, endast vore i stånd af syndiga handlingar. Såsom disputator hade Carlstadt ringa framgång; han egde ej i någon högre grad ordet i sin makt, bläddrade ständigt i sina böcker, ur hvilka han föreläste långa stycken; då han i en eller annan punkt hårdare ansattes af sin motståndare, nödgades han bedja om uppskof med svaret tills följande dag. En helt annan katederhjelte var Johannes Eck, en verklig »Herkules i disputerandet» såsom Melanchton benämde honom. Obehindradt och ledigt förfogade han öfver sitt ansenliga lärdomsförråd; hans stämma var hög och genomträngande, gestalten och hållningen imponerande; på hvarje argument hade han snabbt en fintlig replik till hands; hans oerhörda minnesstyrka, skarpsinne och lysande talkonst bländade åhörarne. Så mycket större var spänningen, då omsider, d. 4 Juli, Luther trädde inom skrankorna mot påfvedömets väldige stridsman. Tvekampen mellan dessa båda var i sjelfva verket, såsom den klarsynte Melanchton skref till en sin vän, en strid mellan »Kristi teologi» och de tomma menniskofundernas; en strid, kunde man säga, mellan den *historiskt fria* och den *dogmatiskt trälbundna* kristendomen — så föga utkämpad ännu i våra dagar, som för trehundra femtio år sedan.

Vid debatten med Eck tog Luther sin utgångspunkt från satsen, att Kristus ensam vore kyrkans hufvud; om alltså påfven tillvällade sig gudomlig myndighet, vore detta en obehörig förmätenhet. Han bevisade med anförande af ovederläggliga fakta, att någon påfvens supremati icke varit erkänd under de fyra första kristna århundradena, och att den apostoliska kyrkan ingalunda erkänt Petrus såsom sitt öfverhufvud, långt mindre den romerske biskopen. Eck var bragt i förlägenhet, men hjelpte sig genom att åberopa sig på koncilierna; det i Constanz t. ex. hade ju bekänt sig till läran om påfvens öfverhöghet, men fördömt Huss och hans satser; Luther ville väl ej påstå, att vare sig det ena eller det andra skett med orätt? Detta var en *quæstio captiosa*. Hussiterna voro illa anskrifna i Sachsen. Men Luther, sedan han ett ögonblick betänkt sig, svarade frimodigt, att han hyste den öfvertygelsen, att bland de af konciliet fördömda satserna utaf Johannes Huss voro åtskilliga äkta kristna och evangeliska. Denna djerfva förklaring väckte stor uppståndelse bland åhörarne; hertig Georg, som var närvarande, utbrast vredgad: »Das walt die Sucht!» och Eck, som nu trodde sig hafva demaskerat »kättaren», genmälde med triumferande skadeglädje: »I sådant fall, ärevördige fader, betraktar jag Eder såsom en hedning och en publikan!»

Nu var från Luthers sida brytningen med medeltidskyrkan fullständig. Då han såsom munk uti klostret i Erfurt råkat läsa något af hvad Huss skrifvit och dervid med häpnad upptäckte, att kättarens åsigter i mycket stämde öfverens med hans egna, hade han, gripen af en plötslig ångest, slagit igen boken, emedan det föreföll honom »som om murarna måste störta tillsamman och solen mista sitt sken vid tanken på blotta möjligheten deraf, att den så gräsligt handterade måhända dock hade haft rätt.» Resultatet af Leipziger-sammankomsten blef, att Luther gjorde gemensam sak med Huss i oppositionen mot romarekyrkan såsom den högsta myndigheten i trosfrågor. Vid sitt första uppträdande hade han endast bekämpat aflatspredikanterna samt vissa af skolastikens läror, men uttryckligen fasthållit de påfliga dekreterna; derefter hade han visserligen förkastat de sistnämda, men vädjat till ett konciliums domslut; nu sade han sig lös äfven från denna sista auktoritet, för att ställa sig uteslutande på bibelns grundval [1]).

Efter religionssamtalet i Leipzig trodde sig Luthers fiender hafva spelet vunnet. Hertigen af Sachsen och teologerna firade dr Eck med äreskänker och fester; sjelf reste han till Rom, för att mottaga lyckönskningar af påfven och utverka en bannlysningsbulla mot det lutherska kätteriet. Men äfven antalet af reformatorns vänner ökades med hvarje dag. Den tillgifnaste af dessa var den grundligt lärde Filip Melanchton; den kraftfullaste var humanismens dristige banérförare, »den politiske Luther», Ulrich von Hutten. Betydelsefullare än understödet från enskilda var dock det högljudda bifall, hvarmed Luthers uppträdande mot papismen helsades af så godt som hela det tyska folket. Innan kort hade nationen utkorat honom till sin älskling. Han var den man, som på ett för hvar och en fattligt språk klart och skarpt sagt ut, hvad sedan lång tid dunkelt föresväfvat mången from och redlig fosterlandsvän, utan att dock någon vågat eller förmått uttala det så, som han. Hans skrifter lästes ej blott i Tysklands hyddor, utan äfven i aflägsna trakter af Frankrike, Italien och Spanien. Riddare och borgare voro lika beredvilliga att offra gods och lif för honom. I synnerhet bland adeln funnos på den tiden många bildade och frihetsälskande män, som gerna skulle medverkat till påfvedömets förödmjukande.

Till denna del af det tyska ridderskapet vände sig Luther, i Juni 1520, med sin mästerliga skrift *An den christlichen Adel deutscher*

---

[1]) Jmfr. den utförliga skildringen af Leipzigerdisputationen och dess följder med afseende på Luthers teologiska ståndpunkt i L. von Rankes *Deutsche Geschichte im Zeitalter der Reformation*, Erster Band, s. 277 f. (Leipzig 1867).

Nation, hvilken kan betraktas som reformationens stiftelseurkund, dess *magna charta*. Utan omsvep uttalar han här sin nyvunna öfvertygelse, att den djupt sjunkna kyrkan vore i behof af en genomgripande reform, men att en sådan ej kunde utgå från det i villfarelser snärjda presterskapet, utan endast från lekmannaståndet. »Stillatigandets tid är förbi; tiden att tala har kommit» — med dessa ord inleder Luther sin afhandling. Tre stora, i kristendomens väsen rotfästade, från detsamma oskiljaktiga, men sedan århundraden tillbaka utaf kyrkan förgätna och förnekade grundsatser uppställas såsom skriftens ledande tankar, nämligen *församlingsprincipen, samvetsprincipen* samt principen om *den fria kyrkan i den fria staten*. — På församlingsprincipen, såsom på en fast grundval, hvilar reformationens verk. »Man har påfunnit·, skrifver Luther, ·att benämna påfven, biskoparne, presterna och klosterfolket det andliga ståndet, och att derimot kalla furstar, herrar, handtverkare och åkerbrukare det verldsliga ståndet. Men *alla* kristna äro i sanning ett andligt stånd, så att för embetets skuld allenast bör ingen åtskilnad dem imellan göras, utan alla äro vi en kropp, dock så, att hvarje lem har sin egen förrättning, hvarmed han tjenar de andra. Detta gör, att vi alla hafva ett dop, ett evangelium, en tro, och äro alla lika kristna.» Luther erkänner således i sin skrift endast *ett* prestadöme, nämligen det, som tillkommer alla kristna utan undantag. Dermed hade han alltså bestridt giltigheten af det presterliga ståndets hittills innehafda undantagsställning, grundad på den katolska läran om embetet, med dess genom invigningen erhållna *character indelebilis*. Kyrkan såsom prestanstalt var utdömd; i hennes ställe trädde *den fria religiösa församlingen*, uti hvilken, i fråga om medlemmarnes rättigheter, hvarje ståndsskilnad är upphäfd. — Såsom uti denna församling hvarje kristen borde vara sin egen prest, så tillkom det ock hvar och en att bilda sig en egen öfvertygelse genom fri forskning i skriften. Den herskande fördomen att endast påfven vore befogad och i stånd att tolka skriftens mening, benämner Luther »en brottsligt uppdiktad fabel.» I motsats till auktoritetstron förkunnade han en »det frigjorda samvetets kristendom», hvars nödvändiga förutsättning är tänkandets och undersökningens frihet. — Den fria kyrkan i den fria staten är Luthers tredje grundsats. De båda »regementena», det andliga och det verldsliga, böra strängt skiljas från hvarandra, såsom hafvande hvartdera sin särskilda uppgift, hvilken icke får hopblandas med den andras. Kyrkans ändamål är fromhet; statens är yttre frid och ordning; de böra hvardera vara sjelfständiga inom sitt område och den ena ingalunda förpligtad att gå den andras ärenden. Framför allt får kyrkan icke söka stöd hos verldslig öfverhet. »De kristna», yttrar Luther, »gifver det andliga svärdet, Guds ord, så mycket att skaffa, att de väl må lemna det verldsliga svärdet i ro och öfverlåta det åt andra, som ej hafva att predika.» Liksom Luther fordrade af kyrkan, att hon icke skulle stöda sig på statens myndighet, så fordrade han äfven af staten, att han ej skulle blanda sig i trosangelägenheter eller utöfva samvetstvång. Med beundransvärd klarhet anvisade han åt statens myndighet dess riktiga ställning till de religiösa frågorna. »Det verldsliga regementet» yttrar han, »har lagar, som icke sträcka sig längre än öfver kropp och egodelar och hvad yttre är på jorden. *Öfver själen kan och vill Gud icke låta någon annan än sig sjelf regera. Fördenskull, hvarest verldslig makt är nog förmäten att stifta lagar för själen, der ingriper hon i Guds regemente och förförer och förderfvar själarna.»* Alla samvetstvingande lagar stämplar han som *brottsliga* (»Frevelgebote»), och dem, som utöfva sådant tvång, kallar han *»djefvulsapostlar»*.

Fullständig samvetsfrihet är också en nödvändig konklusion ur Luthers ursprungliga trosbegrepp. Han framhåller med eftertryck, hurusom det är en galenskap, att den ena menniskan vill med yttre medel tvinga den andra att tro och tänka på ett gifvet sätt, fastän själens tankar äro uppenbara för Gud allena, samt att denna galenskap tillika är en förbrytelse, emedan tron är en rent personlig angelägenhet, hvarmed enhvar är skyldig att sjelf komma på det rena. *»Enhvar måste sjelf se till, att han tror rätt.* Lika litet som en annan kan i stället för mig fara till helvetet eller himmelen, lika litet kan han tro eller icke tro å mina vägnar. *Det är en fri sak med tron, hvartill man ingen kan tvinga.* Ja, det är ett gudomligt verk i anden; skall då yttre våld framtvinga och skapa det?»

Vid den tid då han yttrade detta, hade han med ogillande förmärkt, att furstarne i de reformatoriskt sinnade delarne af Tyskland visade stark benägenhet att rycka till sig ledningen af de kyrkliga angelägenheterna, hvilken Luther, äkta demokratiskt, velat anförtro åt det kristna folket sjelft. Denna furstarnes lust »att inrätta statskyrkor» tadlar Luther i häftiga ordalag. Redan då funnos sofister, som sökte försvara samvetstvång från statens sida med det ömkliga argument, att när staten uppträder mot en »irrlära», förtrycker han icke samvetena, utan skyddar blott den offentliga ordningen, som genom religions- och sektfriheten skulle kunna råka i fara. Detta påstående bemötes af Luther med följande ord: »Kätteri kan aldrig med våld afvärjas; dertill behöfs ett annat grepp; här gäller en annan strid än med svärdet. Guds ord skall här strida; uträttar Guds ord icke saken, så blir hon outrättad äfven af den verldsliga makten, om också denna fylde verlden med blod. Kätteri är ett andligt ting, som man ej kan sönderhugga med jern, ej bränna i eld, ej dränka i vatten.» — Statsmakten, tillade Luther, är dessutom icke befogad att döma och ingripa i andliga ting, har således ej heller rättighet att »afvärja irrläror»; detta öfverskrider den förnuftiga gränsen för dess verksamhet [1]).

Uppropet till den tyska nationens kristliga adel blef af stor och varaktig verkan. Få veckor efter skriftens utgifvande voro redan fyra tusen exemplar sålda. Den upprörda stämningen stegrades ytterligare, då Luther kort tid derefter offentliggjorde en ny stridsskrift mot påfvedömet, under titeln »om kyrkans babyloniska fångenskap» (De captivitate babylonica ecclesiæ), deri han riktade ett häftigt angrepp mot den katolska läran om sakramenten. Kristenhetens öde under romarekyrkans tyranniska ok tyckes honom likna de i Babylon fångne judarnes. Såsom de fjettrar, hvarmed kyrkan håller samvetena fängslade, betraktade han de sju sakramenten, hvilka enligt hans öfvertygelse icke egde någon grund i bibeln. De inverka icke på menniskans förstånd eller fria vilja, utan deras verkan är en teokratiskt-mirakulös, härflytande ur den magiska kraft, som troddes tillkomma den presterliga förmedlingen. Sakramentsläran i romarekyrkan stod i nära samband med denna kyrkas innersta väsen, såsom företrädesvis en hierarkisk prestanstalt; Luthers kritik af nämda lära var alltså ett mot påfvedömet riktadt dråpslag.

De tvenne ofvan nämda skrifterna af Luther voro af väsentligen polemisk natur; deras syfte var i främsta rummet att vederlägga och nedrifva. En helt annan ton anslås i det tredje af reformationens grundläggande aktstycken, skriften Von der Freiheit eines Christenmenschen (Oktober 1520), hvilken Luther lät åtfölja ett sitt bref till påfven, deri han uppsäger Rom all tro och lydnad. Denna skrift är alltigenom en fredlig och uppbyggande. Hon behandlar frågan: hvad är det som gör menniskan from? eller: hvari består religionens väsen? Den romerska kyrkan hade härpå svarat: religionens väsen består i uppfyllandet af de gudomliga buden, uti iakttagandet af kyrkans föreskrifter om goda verk

---

[1]) Jmfr. den i det ofvanstående af oss följda redogörelsen för Luthers åsigter om kyrkans förhållande till staten i Schenkels arbete *Christenthum und Kirche im Einklange, mit der Culturentwicklung.* Zweite Abtheilung, sid. 171 f. (Wiesbaden 1867).

samt i tron på kyrkans lära. Mot detta svar ställer Luther tre skarpa antiteser: 1. Uppfyllandet af de gudomliga buden är ej möjligt, såvida ej menniskan redan förut är from. Ett godt verk förutsätter ju en till sin andliga riktning god personlighet. Frukterna göra ej trädet godt, utan ett godt träd bär goda frukter. — 2. Utöfvandet af kyrkans s. k. goda verk kan ej öfverskyla eller ersätta menniskans bristande förmåga af en fullkomlig laguppfyllelse. »Det gagnar själen intet», säger Luther, »att kroppen anlägger heliga kläder, såsom prester och munkar det göra, ej heller att han vistas i kyrkor och på heliga orter, eller att han späker sig, fastar, vallfärdar, o. s. v. Det måste komma något annat dertill, för att själen må kunna blifva sannskyldigt from och fri. Ty alla dylika verk kunna ju lika väl förrättas af onda menniskor, som det oaktadt ej blifva annat än skälmar och hycklare.» Alltså: religionens väsen kan icke bestå i något yttre, som kan utöfvas eller ej, utan att sinnesriktningen derigenom förändras. — 3. Invänder man nu, att till religionens väsen väl åtminstone måste höra tron på kyrkans läror, så är klart, att äfven denna tro allt för väl kan vara ett rent yttre verk, som icke har något att skaffa med personlighetens kärna. Men en sådan tro är utan religiöst värde. »Det är icke nog med att predika Kristi lefnad och verk såsom en annan berättelse eller krönika, utan så måste man predika honom, att derur uppväxer och bibehålles tro, d. v. s. en full förtröstan och hjertlig hängifvenhet åt den Gud, som genom Jesus Kristus gifvit mig en fast försäkran om sin kärlek.» Så uppstår en vexelverkan mellan Gud och menniskan, dervid Gud gifver sig tillkänna som den nådige och kärleksfulle, hvilken genom sin kraft uträttar hos menniskan hvad lagen icke kunde åstadkomma, under det att menniskan å sin sida kommer Guds nådeverkan till möte med själ och hjerta, med alla förståndets, viljans och känslans förmögenheter. Denna menniskans odelade hängifvenhet åt det gudomliga, i tillit och kärlek, är hvad Luther förstår med ordet tro, och om denna tro — hvilken han med ett från mystiken lånadt uttryckssätt beskrifver såsom en själens förmälning med brudgummen Kristus — säger han med rätta, att hon ensamt gör menniskan from, rättrådig och evigt salig.

Denna kärlekens religion, hvars hjertpunkt är tron, är tillika den sanna frihetens. Jemför man i fråga om denna del af läran den lutherska skriften med en af nya testamentets märkligaste urkunder, Pauli bref till Galaterna, så finner man en påtaglig likhet i deras tankegång. Båda skrifterna förfäkta »en kristen menniskas frihet», den ena gent imot judaismens träldom under lagen, den andra mot den i ett judiskt väsen återsjunkna kyrkoläran. Hos Luther såväl som hos Paulus utgöres det i religionen väsentliga icke af de yttre verken, ej heller af den dogmatiska tro, som blott är ett mekaniskt försanthållande, utan af den i kärlek verksamma tro, som omskapar menniskan till vilja och sinnelag och gör henne till »ett nytt kreatur.»

Efter offentliggörandet af dessa trenne skrifter afvaktade Luther i förtröstan till sin saks rättvisa hvad som komma skulle. Under tiden hade Eck återvändt från Rom, medförande den påfliga bannlysningsbullan, deri förordnades, att Luthers skrifter skulle uppbrännas och han sjelf, såvida han ej inom sextio dagar återkallat sina kätterska satser, »såsom en torr och ofruktbar gren afsöndras från kyrkans vinträd», d. v. s. dömas såsom en oförbätterlig »otroshjelte.» Tillika fingo myndigheterna i uppdrag att gripa honom och föra honom fängslad till Rom. Då dröjde reformatorn ej längre med sitt svar. Han utgaf en till nationen riktad förklaring *Wider die Bulle des Antichrists* (i December 1520), deri han på det kraftigaste uppfordrade lekmännen till motstånd mot den påfliga despotismen. Der sanningen förnekas och fördömes af dem, som borde vara hennes vårdare, inträder för det kristna folket rättigheten till nödvärn. Det vore tid att furstarne, adeln och borgerskapet förenade sig, för att rensa kristenheten från biskopar, prelater och munkar. — Den 10 December 1520 lästes på den svarta taflan i Wittenbergs universitetsbygnad en inbjudning till den studerande ungdomen att samma dag deltaga i uppbrännandet af »antikrists skrifter.» Ett glädtigt tåg studenter med Luther i spetsen styrde kosan till en öppen plats utanför en af stadsportarne; här upptändes ett bål, hvarpå Luther inkastade i elden böcker rörande den kanoniska rätten, några skolastiskt teologiska verk, flera skrifter af Eck samt slutligen sjelfva den påfliga bullan. Den djerfva handlingen lifvade hans anhängare till efterföljd; i Erfurt förjagades Eck af studenterna, och bullan kastades i vattnet; i Torgau släpade man henne i smutsen, och i Magdeburg uppspikades hon på skampålen.

Den kyrkliga frågan hade blifvit en nationel angelägenhet i Tyskland. Förgäfves hade Rom sökt afvända den växande faran med goda ord, varningar, hotelser; blott *en* utväg var öfrig: anlitandet af den *verldsliga* maktens mellankomst. Efter kejsare Maximilians död (1519) hade tyska kejsarekronan öfvergått till en spansk furste af det österrikiska huset, den strängt katolske Carl V. Till hörsammande af en uppmaning från påfven utfärdade den nye kejsaren en befallning till Luther att infinna sig vid riksdagen i Worms, för att der inför rikets församlade stormän afgifva en sista förklaring, huruvida han ville återkalla sina »mot den kristna tron fiendtliga läror», eller ej. Luthers vänner afrådde honom, af omtanka för hans välfärd, från att begifva sig till Worms, men sjelf svarade han det kejserliga sändebudet, att han skulle komma, sjuk eller frisk: den guden lefde ännu, som bevarade de tre männen i den brinnande ugnen. Beundransvärd är den rastlösa litterära verksamhet, han utvecklade under dessa dagar af oro och vedermöda, då han var omringad af faror utaf alla slag. Stämningen bland nationen var i hög grad gynsam för hans sak; oviljan mot de påfviske var stark hos menige man; det hade blott behöfts ett ord af Luther, och tusen skulle hafva gripit till vapen för att skydda honom. Men han ville ej begagna sig af andra vapen än andliga. »Genom ordet har kyrkan grundlagts», sade han, »genom ordet har hon hållits vid makt; genom ordet skall ock antikrist och hans anhang nedgöras.» I tvenne nya skrifter inskärpte han ännu en gång sin stora grundsats om de kristnes allmäuna prestadöme samt uppstälde, i fråga om skriftuttolkningen, den vigtiga maximen, att bibeln borde, såsom andra böcker, tydas efter ordens enkla, historiska mening. Härigenom bröt han stafven öfver den af kyrkan godkända allegoriska eller mystiska tolkningsmetoden samt beredde väg för den moderna bibelkritikens grundsatser.

Luthers färd till Worms liknade ett triumftåg. I de större städerna, genom hvilka resan gick, hade borgerskapet anordnat ett festligt imottagande. Förnyade varningar, att ej våga sig in i Worms, afvisade han med den kraftiga försäkran: »jag vill begifva mig dit in, om der ock funnos så många djeflar, som tegelstenar på taken.» Förmiddagen d. 16 April 1521 höll han sitt intåg i staden, sittande på en öppen vagn med tre följeslagare; en ofantlig menniskomassa hade strömmat till för att se honom, och följde honom till herberget. Dagen derefter kallades han att infinna sig inför riksförsamlingen, en lysande krets af furstar, kardinaler, biskopar och andra höga herrar, och midt ibland dem kejsaren. Tillfrågad, om han ville återkalla hvad han skrifvit, begärde han anstånd med svaret till följande dag. Då han nästa dag fick företräde, indelade han sina skrifter i tre klasser: till den första klassen hörde de, som handlade om den kristna tron och sedeläran; af deras innehåll kunde han ej återkalla någonting; den andra klassens skrifter voro riktade mot påfvedömet och dess läror, som spridt förderf och andligt elände öfver kristenheten, — till att afpruta något af hvad han härom skrifvit, var han så mycket mindre benägen, som detta vore att ånyo öppna portarne för gudlösheten. Skrifterna af den tredje klassen voro riktade mot enskilda personer, som försvarat det romerska tyranniet, och här bekände han sig understundom hafva begagnat ett häftigare språk, än som anstode en evangeliets stridsman. Men äfven här hade han dock talat till försvar för den kristna sanningen. Måtte man öfverbevisa honom om att han misstagit sig! Han skulle då sjelf vara den förste att kasta sina skrifter på elden. — Här afbröt man honom med förklaringen, att det ej vore riksförsamlingens afsigt att inlåta sig i någon religionstvist med honom; man fordrade af honom ett kort och bestämdt svar: ville han återkalla sina läror? Ja eller nej?

Detta var det ögonblick, som afgjorde öfver riktningen af den följande kulturutvecklingen i religiöst, politiskt och sedligt afseende. Den europeiska odlingens framtid berodde på en mans okonstlade ord.

»Alldenstund», svarade Luther, »Eders kejserliga majestät och furstliga nåder önsken ett enkelt och oförtydbart svar, så vill jag gifva ett sådant, som hvarken skall hafva horn eller tänder: så framt jag ej blir öfverbevisad och vederlagd genom skriftens vitnesbörd eller genom allmänt fattliga, klara och tydliga grunder (ty jag tror hvarken påfven eller koncilierna ensamt, enär det ligger för dagen, att de ofta misstagit sig samt motsäga hvarandra inbördes), så kan och vill jag icke återkalla något. Ty jag är i mitt samvete fången och öfvervunnen genom Guds ord, och det är icke rådligt att något företaga imot samvetet. Gud hjelpe mig! Amen» [1]).

Bibelns lära och *förnuftets intyg* — detta var alltså den grundval, hvarpå Luther ville bygga framtidens kyrka. Den äkta protestantismen, som i vår tid på nytt blifvit en lifskraftig, befriande makt, har i arf från sin upphofsman mottagit dessa båda principer, såsom ett bålverk mot hvarje oprotestantisk myndighets-

---

[1]) I fråga om slutorden i Luthers berömda tal inför riksförsamlingen i Worms föreligga en mängd olika versioner. Såväl Schenkel som Lang ansluta sig till den meningen, att Luther icke yttrat orden *»Hier stehe ich, kann nicht anders»*, alldenstund dessa ord saknas i fjorton af de samtida redogörelserna för talet, och förekomma blott uti en enda. — Lang tillägger träffande: »Efterverlden skall dock ej genom detta sakförhållande låta sig afhållas från att fortfarande citera de i fråga varande orden såsom det klassiska uttrycket för ett modigt faststående vid sin öfvertygelse, i kraft af hvilken man, i förbund med Gud, trotsar hela verlden, — lika så litet som hon, oaktadt källornas liknande beskaffenhet, upphört att citera Galileis föregifna yttrande inför inqvisitionens domstol: *»eppure si muove!»*

tro. Till grund för dem båda ligger det religiösa åskådningssätt, som hos Luther blifvit en hela hans andliga lif beherskande öfvertygelse, att nämligen menniskan rättfärdiggöres icke genom gerningarna i och för sig, utan genom *tron* allenast. Med andra ord återgifven innebär denna protestantismens realprincip, att det i religionen väsentligen maktpåliggande är den inre sinnesförfattningen och uppsåtet eller *den* tro, som utgöres af en den menskliga personens fullständiga bestämdhet af Gud. Denna menniskans bestämdhet af det gudomliga, eller hennes religiositet, framträder, alldenstund menniskan såsom person är ett fritt väljande och handlande väsen, företrädesvis såsom en *viljans* riktning på Gud eller det högsta goda, hvilken icke behöfver eller kan af några mellanmakter förmedlas. Ty då det sant religiösa förhållandet är ett den enskildes personliga förhållande till Gud, i stadig vilja och helgadt uppsåt, så är klart, att alla här inskjutna mellanmakter — biktfäder, kyrkliga verk och ceremonier, påfven och presterskapet, förespråkande helgon o. s. v. — måste störa det religiösa förhållandets innerlighet och förvandla detsamma från ett omedelbart till ett medelbart och i någon mån opersonligt. Då nu Luther i den historiskt gifna kristendomen sökte efter stöd för sin i fråga varande åsigt om tron — hvilken i hans eget inre var frukten af en långvarig och häftig själskamp, ur hvilken omsider frambröt den oimotståndliga, triumferande vissheten — lyckades han ej finna något sådant i katolicismens trosnormer: kyrkomötenas beslut och traditionen. Dessa medgifva nämligen — i likhet med den från protestantismens grundtanke affälliga lutherska ortodoxien — genom hela sitt skaplynne religiositetens uppfattande såsom något opersonligt (försanthållandet af dogmer, legender, mirakler, passiv åtlydnad af kyrkans befallningar, m. m. dylikt). Återstod således blott, att från den grumliga rännilen gå tillbaka till källan, till sjelfva de kristna urkunderna. På detta sätt blef uppställandet af bibeln såsom protestantismens formal- eller religiösa kunskapsprincip en naturlig följd ur sjelfva realprincipen. — Men just i det gjorda yrkandet låg en uppfordran att gå ännu ett steg längre. Protestantismen fordrar uttryckligen en med bibeln öfverensstämmande tro och bekännelse, men — huru afgöra hvad som verkligen är sant biblisk lära? I formelt hänseende utgör bibeln icke ett enda sammanhängande helt med en af sig sjelf klar och för enhvar fattlig grundåskådning, utan han rymmer inom sig, som bekant, ett antal till innehåll och syfte olikartade skrifter, en litterär mångfald, ur hvilken man har att framleta enheten. Att få sigte på denna enhet eller bibelns egentliga mening, och sålunda att bilda sig en på bibeln grundad religiös öfvertygelse, är naturligtvis rentaf omöjligt, såvida man ej för tänkandet systematiskt ordnar det bibliska skriftinnehållet, så att hufvudsak skiljes från bisak, väsentligt från tillfälligt. Härtill erfordras ett sjelfständigt tankearbete; påtagligen är alltså *förnuftet* oumbärligt, för att menniskan må kunna göra sig bibelordet till godo. Vädjandet till bibeln såsom trosnorm får sin giltighet först då, när, såsom protestantismens väsen det fordrar, dermed åsyftas den *enligt förnuftets lagar* tolkade bibeln. Men den menskliga intelligensen, likasom hennes förnuftsförmögenheter öfverhufvud, är stadd i utveckling och tillväxt; deraf möjligheten af ett ständigt fortskridande till ett djupare och allsidigare uppfattande af bibelns mening. Den fria forskningen i skriften är den grundsats, hvilken hvarje på traditionens väg eller genom kyrkomötens beslut antagen tolkning af skriften måste underordna sig. Då från katolicismens och den reaktionära lutherska konfessionalismens förutsättningar vetenskapen om den kristna religionen måste blifva *dogmatik*, och såsom sådan stationär, oförmögen af vidare utveckling, så kan samma vetenskap, enligt protestantismens princip, endast blifva *symbolik*, d. v. s. uttrycket af en viss tids och vissa individers uppfattning af kristendomen, hvilken uppfattning, just i följd af denna dess subjektiva karakter, är underkastad möjligheten af misstag och derigenom nödvändigheten af en fortgående granskning.

Luthers betydelse för vår tid framstår i sitt rätta ljus i synnerhet då, när vi föra oss till minnes hans tidigare oupphörliga ansatser till ett förnuftsenligt tänkande i fråga om det religiösa, för hvilkas undertryckande han under en senare lefnadsperiod behöfde anstränga hela kraften af sin jättestarka vilja. Hans ställning till det af honom inför församlingen i dess renhet framlagda bibelordet var, under det att han ännu stod på sin andliga utvecklings höjdpunkt, en fritt pröfvande, i allo motsatt den, som intages af den ortodoxa inspirationsteoriens anhängare. Det var under hvilotiden från yttre strider i undangömdheten på slottet Wartburg Luther började sitt egentligt grundliga studium af bibeln, hvars storartade resultat blef hans *tyska bibelöfversättning*. Från denna tid och den närmast föregående perioden förskrifva sig de djerfva och frisinnade yttranden af Luther angående åtskilliga af de bibliska skrifterna, med stöd af hvilka man icke utan skäl kan benämna honom »en föregångare till Lessing och Schleiermacher uti den sant *historiska* uppfattningen af Jesu lära» (Schenkel) samt »en målsman för vår tids *liberala* kristendom» (Lang). Väl utöfvade Luther ej biblisk kritik i modern mening; dertill saknade han de erforderliga vetenskapliga förutsättningarna; men han skilde dock noga mellan det nya testamentets »rätta större hufvudböcker» och dess skrifter af ringare tillförlitlighet och värde. Redan år 1519 frånkände han andra Mackabeerboken i gamla testamentet och Jakobs bref i det nya kanonisk giltighet. Senare kallar han det nämda brefvet »eine rechte stroherne Epistel»; »den som kan förlika denna epistel med 'Paulus», utbrister han, »på honom vill jag sätta min doktorsbarett och låta honom utskämma mig som en narr!» Men äfven Pauli bref äro i hans tycke här och der alltför litet stickhaltiga i bevisningen. Hebreerbrefvet anser han hvarken vara skrifvet af Paulus eller af någon annan bland apostlarne; äfven bestrider han riktigheten af brefvets tankegång. Judæ bref, ett utdrag¡ ur Petri skrifter, är »en onödig epistel.» Om Uppenbarelseboken förklarar han rent ut: »Mig felas i denna bok mer än ett, hvadan jag hvarken kan hålla henne för att vara apostolisk eller profetisk. Min ande kan ej skicka sig uti den boken, *och detta är mig orsak nog till att ej akta henne högt*.» Han ville, säger han, endast hålla sig till de nytestamentliga böcker, som stälde honom Kristus klart och tydligt för ögonen.

Men ej blott i hvad som rörde den enskildes samvetsställning till bibeln, utan äfven när frågan gälde de kyrkliga dogmernas rimlighet, hördes Luther under lång tid vädja till »förnuftets» utslag. Den katolska läran om brödets och vinets förvandling i nattvarden förkastade han, såsom stridande »både imot skriften och förnuftet.» Påfven förebrår han, att denne ännu aldrig öfvervunnit en motståndare »genom skriften eller förnuftet», utan städse blott genom våld; de påfviskes predikan är ej blott obiblisk, utan derjemte »rakt motsatt allt förnuft.» Och då, efter dagen i Worms, några hans vänner frågade honom, om det vore sant, att han förklarat sig ej vilja gifva vika, så framt han ej blifvit vederlagd genom bibeln, svarade han: »ja, *eller genom tydliga och solklara förnuftsgrunder.*»

Flertalet af de ortodoxa »centraldogmernas» oförenlighet med förnuft och tankelagar har Luther klart insett och mångfaldiga gånger öppet uttalat. Märkliga yttranden af honom i denna riktning, t. ex. om den kyrkliga arfsynds- och satisfaktionsteorien, anföras af Lang. Alla dessa s. k. »renläriga» trossatser, vrångbilderna af Kristi egen och det nya testamentets kristendom, de onjutbara stenar, som i våra kyrkor och skolor bjudas de andligen hungrande i stället för evangelii närande spis — de hade då ej ännu, så länge han blef sin egen utgångspunkt trogen, fördunklat hans skarpa blick och fylt hans sinne med bitterhet och ängslan. I Worms, på Wartburg och i den derpå följande kampen mot »bildstormarne» i Wittenberg och andra religiösa svärmare var Luther ännu helt och hållet den lefvande, bibliska kristendomens man. Och när omsider, då under det oerhörda trycket af inre och yttre strider hans andliga spänstighet och forna hurtiga förtröstan ej mera voro desamma som förr, hans förnuftsenliga kristendom var på väg att stelna i en dogmatisk form — då var det först efter en kamp på lif och död, som mer än en gång förde honom till randen af förtviflans afgrund, han till slut böjde sin fria ande under dogmens träldomsok.

Förloppet af den tragiska process, hvarigenom den medeltida auktoritetstrons store vedersakare småningom fördes till att omfatta en annan, i sina verkningar föga mindre förderflig auktoritetstro, har blifvit utförligt och på sina ställen med gripande åskådlighet skildrad af Lang, till hvilkens lärorika arbete vi hänvisa de för ämnet intresserade. Den dogmatiskt ofria riktningens öfverhandtagande hos Luther föranleddes genom striden om nattvardsläran, denna »reformationens olycka och det gift, som undergräfde dess upphofsmans andliga helsa.» För att fatta, huru den läran kom att spela en sådan roll i hans lif, böra vi erinra oss, hvilken fråga det var, som utgjorde den lutherska religiositetens medelpunkt. Hon lydde så: eger jag visshet om mina synders förlåtelse hos Gud? Eller: — enligt den tidens sätt att färglägga frågan — kommer jag efter döden till himmelen eller i helvetet? Vi hafva funnit, att Luther härpå svarade: »*om du tror*, eger du rättfärdighet inför Gud och blir evigt salig.» Tron, underpanten på saligheten, var, i motsats till den katolska fromhetens goda verk, en borgen af rent andlig art. Häri låg dess sanna styrka, men häri ock, för den i medeltidens krasst försinligade åskådningssätt uppvuxne, dess svaghet. Ty: må vara att tron rättfärdiggör; detta lärer bibeln, alltså är det visst, men — huru för egen del ernå visshet om, att jag verkligen är i besittning af tron? Ett massivt, handgripligt stöd, en underpant på egandet af sjelfva underpanten syntes behöflig, för att det af syndaångesten qvalda hjertat måtte blifva delaktigt af frid och hopp. Påfvedömet hade insöft samvetena medelst aflatsbrefven; denna köpta syndaförlåtelse förkastade Luther med sedlig ovilja, men detta hindrade ej, att ju äfven han erfor ett eggande behof af en yttre hållpunkt för tron, för att dervid likasom haka sig fast med krampaktig styrka. En sådan hållpunkt trodde han sig hafva påträffat uti instiftelseorden till nattvarden: »äten, dricken; detta är min kropp — — detta är mitt blod, utgjutet till syn-

dernas förlåtelse.» Sakramentets värdiga åtnjutande blef för honom
den åtrådda underpanten om syndaförlåtelsen; men värdigt kunde
det åtnjutas endast af den, som enligt deras fulla bokstafsmening
trodde orden: »detta *är* min kropp», etc. Härmed hade Luther
frångått sitt ursprungliga trosbegrepp samt gifvit uppslaget till de
dogmatiska tvister, hvilka snart söndrade protestantismen i tvenne
motsatta läger.

Vår tids uppgift på det religiösa området är, att med följd-
riktigt tillämpande af Luthers ursprungliga principer bringa hans
för tidigt afbrutna verk till sin fulländning. En svensk tänkare —
professor Axel Nyblæus — har nyligen i *Svensk Tidskrift* uttalat
sig härom i följande ordalag:

»Stor och genomgripande var visserligen den andliga om-
hvälfning, hvilken åstadkoms af Luther, men ännu större och mera
genomgripande är den förändring i menniskighetens hela inre lif,
hvilken våra dagars religiöst reformatoriska rörelser synas förebåda.
Änskönt nämligen protestantismen inflyttade religiositeten på det
inre andliga området och gjorde gällande menniskans andliga sjelf-
ständighet — detta ligger i Luthers grundsats, att menniskan rätt-
färdiggöres genom tron, en grundsats, som upphäfver katolicismens
begrepp om kyrka och presterskap samt ställer menniskan i ett
af alla yttre, medlande myndigheter oberoende förhållande till
Gud — så bröt den dock icke på ett fullständigare sätt med den
religiösa verldsåskådning, som låg till grund för katolicismen.
Fastmera bibehölls denna verldsåskådning i sina väsentligaste
punkter, enligt hvad man finner af de äfven i protestantismen
qvarstående lärorna om Guds treenighet, Kristi gudom, satisfactio
vicaria, djefvulen och den eviga fördömelsen. En genomgående
ombildning af denna verldsåskådning är nu i fråga och det såväl
i teoretiskt som praktiskt afseende. Och vi misstaga oss troligen
icke, om vi påstå, att detta ombildningsarbete är vår tids löftes-
rikaste företeelse, den företeelse, som kan låta oss på allvar hoppas,
att en ny tingens ordning, en ny och högre kultur slutligen skall
framgå ur den upplösning af gamla former, ur den förvirring och
strid af hvarandra korsande riktningar, som utmärker vår tid.
Men om så är, så skall det säkerligen lända vårt fädernesland till
ära, att det lemnat sitt bidrag till de vetenskapliga forskningar,
som utgöra härden för den nya religiösa verldsåskådningen, den
nya och högre uppfattningen af kristendomens väsentliga innehåll.»

Vi återkomma i denna tidskrift till en skildring af Sveriges
deltagande i det väldiga ombildningsarbete, hvars frukt blifvit vår
tids »nya religiösa verldsåskådning.»   CARL VON BERGEN.

Anmälningar.

Estlander, C. G. Den finska konstens och industriens utveckling hittills och hädanefter. Helsingfors 1871.

Det är en särdeles anmärkningsvärd omständighet att frågan om konstens och industriens förhållande till hvarandra på så många skilda håll behandlas och företages till utredning; ty det bevisar, att hon står bland de främsta på dagordningen inom Europa och den öfriga bildade verlden. Den som tror att hon blott innebär ett ofruktbart teoretiskt spörsmål, misstager sig på det svåraste. Tvärtom är hon en af de vigtigaste bland de många sociala lifsfrågor, dem vår samtid för sig har uppstält till lösning; och skulle någon tvifla härpå, ville vi på det varmaste anbefalla den ofvan angifna skriften till hans uppmärksamhet. Det är visserligen sant, att denna närmast angår den finska konsten och industrien; men den mångkunnige och skarpsynte författaren har förstått att behandla detta ämne från en så allmän synpunkt och belysa det från så många sidor, att läsningen af hans lilla skrift utan tvifvel skall skänka nöje åt en hvar, som sysselsatt sig med den vigtiga frågan om konstens och industriens framtid. Och då denna fråga äfven inom vårt land begynner allt mer träda i förgrunden, ha vi ansett det kunna vara af intresse att i korthet skärskåda hufvudpunkterna i den värderade författarens framställning, af hvilka många ega full tillämplighet äfven på våra svenska förhållanden.

Författaren utgår från den kända omständigheten, att i hela Europa från början af detta århundrade så småningom uppstod en klyfta mellan konst och handtverk, som allt mer vidgades, tills hon ändtligen hotade att blifva oöfverstiglig. Konsten lyftes upp i regioner af den öfversinligaste höjd, från hvilka hon med det mest aristokratiska förakt blickade ned på handtverket, medan detta utan konstens ledning nedsjönk till en allt plumpare formgifning, en allt större brist på ädelhet. Men detta i grunden onaturliga förhållande måste hämna sig främst på konsten. Hon stod på väg att förlora allt fotfäste i verkligheten; särdeles inom Tyskland måste konstsinnet ersättas af ett filosoferande konstförstånd, och den större allmänheten tvangs att genom de invigdes synglas beundra en konst, som hon icke förstod och derför icke kunde älska. Konstföreningarna med sitt utlottningssystem förmådde väl någon tid hålla denna hyperidealistiska konst uppe, genom att bereda mästarne utkomst; men dessa inrättningar voro och äro endast ett palliativ, en öfvergångsform, som ej i längden kan sammanhålla en konst, uppkommen och utöfvad under så osunda omständigheter som de ofvan antydda. »Konstens pauperism» är för Tyskland och åtskilliga andra länder mer än en tom fras; ty hellre svälta ihjäl eller lefva utan ära på den höga konsten, än förvärfva anseende och bröd inom industrien — det var mer än en vilseledd konstnärsgenerations lösen både der och annorstädes. Ännu, sedan friskare strömningar från alla håll begynt inom konsten, sedan lifvet och naturen ånyo tagit ut sin rätt, finnes nog mycket qvar af dessa ett idealistiskt åskådningssätts fördomar, och äfven vårt land torde ännu lida under en och annan qvarlefva af dem.

Icke bättre gick det handtverket och industrien. Författaren har, hvad Finland angår, med de ovederläggligaste siffersammanställningar och de omsorgsfullaste beräkningar bevisat, hvad de förlorat på sin skilsmessa från konsten, och dermed gifvit en den intressantaste inblick i kännedomen om denna senare såsom en social drifkraft af vigtigaste slag. Såsom hufvudresultat af hans utförliga undersökning framgår: att från 1843, då data för Finlands fabriksindustri först begynte samlas, denna i det hela befunnit sig i en jemförelsevis obetydlig tillväxt; att denna tillväxt nästan uteslutande visat sig på de områden, der konstens inflytande är mindre oeftergifligt, såsom i fråga om mekaniska verkstäder, glasbruk, åkdonsfabriker o. dyl., hvarimot de öfriga fabrikationerna, som stå i närmare samband med konsten, tvinat »på den punkt och i den mån konsten bort inverka»; att den inhemska alstringen förhåller sig till importen som 1 till 2 hvad angår de senare; och slutligen att handtverkerierna bestämdt gått tillbaka ifrån samma år eller 1843. Han afslutar denna del af sin framställning med några betraktelser af så slående tillämplighet äfven för Sverige, att vi ej kunna neka oss nöjet att här afskrifva dem. »Vi äro», yttrar han, »en gång för alla ohjelpligen indragne i den moderna industriutvecklingens väldiga ström; och då så är, tyckes det vara värdigare och mera enligt med våra anspråk på en plats bland nationerna, att vi beslutsamt gå fram, hellre än dragas. Äfven det att man med kastad handske markerat sitt ställe på dessa tornerplatser [verldsutställningarna] är ett kännetecken — och i modern mening ett icke ringa — på nationlig tillvaro. Visst är att, kan man der hålla sin plats, så eger man hemma lifsvilkoren för en mängd högre intressen, bland andra främst för konsten. Det ligger således all makt uppå, att vi en gång för alla bortkasta denna föreställning om och denna min af att vara ett illa lottadt folk, det der i stort icke kan åstadkomma annat än råämnen i ursprungligt skick eller i första stadiet af tillyxning.» »Det är således denna brist [på formsinne] som stänger till stor del vår industri från främsta rummen, dit dess öfriga egenskaper vore mäktiga att bära henne. Ty man må också lägga märke till att sådana egenskaper som de henne allmänneligen tillerkända, af soliditet, pålitlighet, hållighet och enkel ändamålsenlighet, äro en oskattbar grund att bygga på. Hafva dessa, så att säga, moraliska och intellektuela egenskaper bragt henne så långt, trots penningkriser och hungersnöd, kan hon, blott de estetiska komma till, en dag stå framme vid målet.» »Ställa vi de nämda egenskaperna fullt och utan prut under inflytelse af konsten, liksom ock under fullare inflytelse af vetenskapen, skall dess lifgifvande impuls verka vidt och djupt och ännu i hemslöjdernas bottenlager drifva skott af oanad friskhet och styrka. Det gäller icke blott att häfva den brist på formsinne som motverkar afsättningen genom att förringa värdet af våra nuvarande industrialster, ej heller blott att utföra våra egna råämnen till högsta grad af formfulländning; frågan gäller införandet i samfundslifvet af en ny produktiv princip, ty sådan är konsten, tillämpad på industrien: hon lär menniskan uppfinna, drifver oansenliga arter till oväntad blomstring och skapar nya på oberäkneligt sätt, i full analogi med hvad vetenskapen verkar på sitt håll.»

Författaren har för denna erfarenhet äfven sökt och funnit ett mäktigt stöd i utlandets konst- och industrihistoria. Han uppvisar, i likhet med flere författare, att det var den första stora verldsutställningen af 1851 som inom England, och derigenom äfven medelbart i Tyskland, gaf första stöten till en konstindustriens omskapning, hvilken ej heller blifvit utan betydlig inverkan på Frankrike, dennas gamla moderland. Med siffror ådagalägger han, huru hvad som för tjugo år sedan skulle ansetts som ett förfluget påstående, eller att England skulle importera konstindustrialster till Frankrike, nu är en obestridlig verklighet. Detta förvånande resultat har vunnits derigenom att Englands statsmän, en gång frångående sin mening om obehörigheten af statens inblandning i folkundervisningsväsendet, gjort konstindustribildningen till en statens angelägenhet. Men detta har, såsom författaren riktigt anmärker, ingalunda skett för konstens skull, ej heller ens för att upprätthålla nationens anseende i täflingen med Frankrike, utan derför att man häri såg ett vigtigt bidrag till arbetarefrågans lösning. Det är konstindustrien med hennes fordran på personlig skicklighet, säkert handlag, smak och kännedom om konstutvecklingen — det är hon som skall återskänka brödet åt alla dessa menniskor, dem maskinerna och tillverkningen i stort hotat med nöd och undergång. Häri ligger en tanke af omätlig vigt för Europas framtid; och vi hoppas, att man ej heller hos oss må förbise honom, om än de missförhållanden, som kallat honom till lif, ej här på långt när nått en så skriande höjd som i England.

Författaren redogör derefter i all korthet för South-Kensingtons-Museum, den storartade och fruktbärande följden af denna statens inblandning. Oss synes som om han kunnat något utförligare uppehålla sig vid denna inrättning, hvilken ju gifvit väckelsen till alla dylika i Tyskland uppkomna; och i all synnerhet borde han något mer än här skett framhållit den ofantliga betydelsen af det åskådningsmateriel som museets samling af konstindustrialster erbjuder. Det är just denna förening af teckningsskola och mönstersamling som utgör grundtanken i South-Kensington och de tyska inrättningar hvilka bildats efter dess föresyn. En något mindre utförlig framställning af de preussiska åtgörandena i frågan kunde derimot allt för väl stått tillsammans med författarens syfte. Författaren erkänner också att de burit föga frukt, och att rörelsen i södra Tyskland utvecklat sig kraftigare och bestämdare. Han omnämner Krelings skola i Nürnberg och något utförligare det vigtiga Österreichisches Museum für Kunst und Industrie i Wien, det enda af detta slag som temligen troget slutit sig till den engelska förebilden, och som också derför verkat mycket under sin korta tillvaro (från 1863). Med skäl synes han mot anordningen af museets teckningsskola anmärka, att man snarare tycks åsyfta att fostra artister för industrien än att konstnärligt utbilda hennes arbetare; och måhända misstager man sig i den beräkningen, att dessa konstnärer sedan sjelfva skola kunna bilda arbetare. En kort sidoblick egnas äfven åt förhållandena i Frankrike, der teckningsskolorna, redan en skapelse af förra århundradet, utvecklat en så mäktig konstindustri, och der endast en renare smak behöfves för att ge dennas alster fulländningens prägel.

Med synnerligt nöje ha vi förnummit det odelade bifall författaren slutligen skänker slöjdskolan i Stockholm, som från en ringa början år 1846 nått en exempellös utveckling, så att hon för närvarande både i elevantal och årligt anslag står öfver skolan i South-Kensington. Då han ej synes närmare granskat hennes organisation, har han imellertid förbisett de båda hufvudbristerna i denna inrättning, nämligen den sammanblandning af elementarskola och slöjdskola hon i grunden innesluter, af hvilka den förra utan tvifvel snart måste frånskiljas, så vida skolan skall kunna fullfölja sitt egentliga ändamål, samt saknaden af en mönstersamling af verklig betydenhet. Just denna sida af det engelska systemet har — vi upprepa det — visat sig vara den måhända mest fruktbärande delen i detsamma; och det blir således förr eller senare nödvändigt att äfven för Sverige anskaffa ett liknande museum. Om en tredje ytterst vigtig punkt i detta system, hvilka äfven vunnit insteg i det österrikiska, nämligen de vandrande utställningarna och filialskolorna i orterna, har författaren ej alls utlåtit sig, måhända af det skäl att denna del af systemet föga lämpar sig på Finland

Efter att ha egnat några betraktelser åt den lyftning, konsten otvifvelaktigt skall erfara genom den närmare föreningen med industrien, och åt den ställning konstnärerna komma att intaga till den nya sakernas ordning som nu förberedes, återgår författaren till frågan om en konstindustriskola för Finland, hvilken fråga, som bekant, redan begynt vinna en praktisk lösning. Hela hans skrift är för öfrigt hållen i den lifliga och anslående stil, som utmärker alla denne författarens arbeten, och andas en så varm kärlek till fosterlandet, konsten och industrien, att vi och sannolikt hvarje hans läsare måste betyga honom vår hjertliga tacksamhet för den lärorika öfversigt af den vigtiga frågan, som hans bok skänker.

—RN.

Rättelser.

I Mars-häftet sid. 194, r. 13 nedifr. *står:* statsministern; *läs:* ministern.

»   »   202, r. 13 uppifr. *står:* en somme lolk; *läs:* end somme folk.

»   »   202, r. 6—7 nedifr. *står:* Malte-Bruun; *läs:* Malte-Brun.

»   »   205, r. 7 nedifr. *står:* oioyès; *läs:* Sieyès;

»   »   283, r. 7 uppifr. *står:* målarne; *läs:* trälarne.

»   »   284, r. 12 uppifr. *står:* och; *läs:* ock.

Arbetarerörelsen i Sverige, dess utveckling och framtidsutsigter.

Den bekante engelske skriftställaren John Stuart Mill yttrar angående »de arbetande klassernas sannolika framtid» — med beteckningen »de arbetande klasserna» afseende kroppsarbetarnes massa — följande ord:

»Om arbetarne i åtminstone de mera framskridna länderna i Europa kan uttalas såsom visst, att de icke mera skola underkasta sig det patriarkaliska eller faderliga regeringssystemet. Denna sak var afgjord på samma gång som de lärde sig att läsa och fingo tillgång till tidningar samt politiska afhandlingar; då schismatiska predikanter tillätos att gå ibland dem och vädja till deras själsförmögenheter och känslor i strid mot de trosåsigter, som kunde bekännas och understödjas af dem, som voro öfver dem; då de kunde få komma tillsamman i massa, för att arbeta i gemenskap under samma tak; då jernvägar satte dem i stånd att förflytta sig från plats till plats samt byta om arbetsgifvare och mästare lika lätt som de byta om västar; då de uppmuntrades att söka deltaga i regeringen genom valrättens frigifvande. Arbetsklasserna ha tagit sina intressen i sina egna händer. De ha trädt ur ledbanden och kunna ej längre styras eller behandlas som barn. Omsorgen om deras öde måste nu anförtros åt dem sjelfva. Folken i våra dagar måste lära sig, att ett folks välstånd ernås genom de enskilda medborgarnes rättrådighet och sjelfstyrelse. Beroendeteorien söker att frisäga de beroende klasserna från nödvändigheten af att ega dessa egenskaper. Men nu, då äfven de börja att i sin ställning blifva allt mindre beroende och deras lynne mindre och mindre finner sig i den grad af osjelfständighet, som ännu återstår, är det oberoendets egenskaper de behöfva. De råd, uppmaningar eller vägledningar, som man vill gifva åt arbetsklasserna, måste hädanefter meddelas dem såsom åt *jemlikar* och af dem mottagas med öppna ögon. Deras utsigter för framtiden bero af den grad, i hvilken de kunna göras till förnuftigt handlande personer.

Det finnes ej något skäl att tro dessa utsigter skola blifva annat än förhoppningsrika. Framstegen ha hittills varit och äro ännu långsamma. Men inom massan försiggår en frivillig uppfostran, hvilken kan genom lämpligt understöd högligen påskyndas och förbättras. Den undervisning, som erhålles genom tidningar, kan icke alltid vara den solidaste, men den är en ofantlig förbättring mot ingen undervisning alls. Inrättningarna för läsning och diskussion, de gemensamma öfverläggningarna angående frågor af allmänt intresse, yrkesföreningarna, den politiska agitationen — allt bidrager till att hålla allmänandan vaken, att sprida en mångfald af idéer bland massan och att hos de mera intelligenta framkalla eftertanke och betraktelser. Fastän den okunnigaste klassens för tidiga erhållande af politisk valrätt skulle kunna fördröja, i stället för att befrämja dess egen förbättring, kan det likväl vara föga tvifvel underkastadt, att denna klass i hög grad uppryckts just af försöket att förvärfva den nämda rättigheten.

Imellertid äro arbetsklasserna nu en del af det allmänna; i alla förhandlingar om ämnen af allmänt intresse deltaga de nu genom många sina medlemmar; alla, som begagna pressen till språkrör, kunna ha dem till åhörare; de tillfällen till undervisning, genom hvilka medelklasserna förvärfva sig sådana föreställningssätt, som dem de ha, erbjuda sig äfven åtminstone för arbetarne i städerna. Med dessa hjelpkällor är det obestridligt, att de skola öka sin intelligens, äfven genom sina egna ansträngningar, under det att man har skäl att hoppas, att skolundervisningen skall allt mera förbättras och att massans framsteg i själsodling samt de egenskaper, hvilka deraf bero, skola ske snabbare och med färre mellanskof eller förirringar, än om hon lemnas åt sig sjelf.»

I dessa ord har Mill uppdragit konturerna af arbetarerörelsen, hvilken, alla krigskonvulsioner, alla ramlande troner och yttre politiska vexlingar till trots, är och förblir en af vårt århundrades vigtigaste angelägenheter. Att egna denna fråga en allvarlig uppmärksamhet, är derför ett tidsbehof. Också sysselsätter man sig med ett stigande deltagande med frågans utredning äfven i vårt land, hvarest rörelsen i skydd af våra fria lagar och vår ännu friare sed jemförelsevis hastigt utbredt sig. Några på erfarenhet stödda anteckningar öfver detta ämne torde derför icke skola sakna intresse för denna tidskrifts bildade läsare.

1.

Äfven om vi lemna ur sigte alla de mer eller mindre illusoriska inrättningar, som jemväl här i landet följde på den franska februarirevolutionen, och hvilka alla lika snabbt försvunno, som de plötsligt tillkommo, samt endast hålla oss till senare tiders mera praktiska utveckling af arbetarerörelsen, så visar det sig här, såsom öfverallt annorstädes, att arbetarnes sträfvanden efter att ernå den jemlikhetsställning, som är tidens tendens, valt *associationen* som ett medel för sig. De ha kommit till insigt af, att det i sammanslutningen för ett visst gemensamt måls vinnande ligger en ofantlig kraft, under det att erfarenheten af förrunna tiders förhållanden visat dem, huru svaga de äro, isolerade hvar för sig. Arbetarne förstå med Wakefield, att tvenne stöfvare, som jaga tillsamman, kunna döda flera harar, än fyra stöfvare, som löpa hvar för sig. Och eftersom arbetarerörelsen har ett dubbelt mål, så karakteriserar detta äfven associationens utveckling inom våra arbetsklasser: hon har en *ekonomisk* och en *socialt-politisk* riktning.

Behofvet af sammanslutning för ett visst *ekonomiskt ändamål* utgör sjelfva arbetarerörelsens grundval. Denna sammanslutning antog också först associationens ursprungligaste form, den som utgör ett arf från medeltidsgillenas tid, hvarifrån den öfvergick till skrålådorna, nämligen såsom *kassor för ömsesidigt understöd.*

Under skråtiden, då det var en allmän sed, att arbetarne inom de olika yrkena skulle, sedan de lärt ut, företaga sina gesällvandringar från stad till stad, för att studera olika arbetsmetoder och sålunda vinna ökad skicklighet i de respektive yrkena, afsågo dessa kassor: *dels* att arbetarne skulle understödja sina yrkeskamrater under dessas vandring genom upprättande af herbergen på de olika platserna för deras hysande och genom penningar för ökande af deras reskassa; *dels* att de på en plats och inom ett och samma yrke varande arbetarne skulle ömsesidigt understödja hvarandra mot antingen sjukdom och nöd eller intrång af främlingar och opatenterade fuskare.

Den allmänna meningen utdömde efter hand helt och hållet gesällvandringen, emedan den hos arbetarne befrämjade smak för sysslolöshet med deraf följande liderligt lefnadssätt och brott. Det började betraktas som en skam för en arbetare att icke kunna stanna på ett eller några få ställen, isynnerhet som yrkesskicklighetens ökande ej längre behöfde vandringen såsom medel, sedan pressen och ångan skapat snabbare andliga och kroppsliga förbindelsemedel. Derför upphörde småningom herbergena och med dem äfven yrkesarbetarnes understödjande af hvarandras vandringar. Med skråförfattningarnas upphäfvande upphörde äfven sjelfva gesällskapet och dess rätt att förhindra någon i det fria arbetets utöfning.

Det enda som återstod var alltså kassorna för ömsesidigt understöd i händelse af sjukdom. I de större städerna, der ett härför tillräckligt antal arbetare af samma yrke fans, förvandlade dessa nämda gesällkassor till *sjuk- och begrafningskassor*, genom hvilka de medelst periodiska insatser understödde hvarandra vid sjukdom eller de närmaste anhörige vid medlemmars inträffade dödsfall. Yrken med fåtaliga arbetare blefvo utan, och i de smärre städerna kunde naturligtvis icke heller sådana yrkeskassor uppstå. På dessa senare platser vaknade också först behofvet af *gemensamma* sjuk- och begrafningskassor för alla arbetare inom samhället, hvilka ville deraf begagna sig. Det är sålunda från en obemärkt småstads arbetareförhållanden den moderna associationen i Sverige i detta hänseende uttagit första steget; det är der, som känslan af gemensamhet först gifvit sig ett uttryck. Flera yrken öfvergingo med tiden från handtverk till fabriksdrift och fabriker uppstodo för nya industrigrenar, hvilka sysselsatte ett större antal arbetare, hvarför äfven på fabrikerna bildades sjukkassor, hvilka ofta framkallades och understöddes af fabriksegarne, som sjelfva hade deraf fördel, emedan deras i lag påbjudna förpligtelser mot sjuka arbetare derigenom betydligt underlättades.

Mellan de sålunda uppståndna olika kassornas delegare följde öfverläggningar, hvilka skärpte deras vaknande håg att sjelfva tillvara taga sina intressen i stigande utsträckning. Härtill bidrog äfven den omständigheten, att åtskilliga större arbetsgifvare ville utöfva ett visst förmynderskap och godtyckligt handhade de i deras vård stående kassorna, bildade genom af dem sjelfva gjorda afdrag från deras arbetares veckolön, i det att de nämligen icke ansågo sig behöfva lemna några redovisningar, endast de ansvarade för de insjuknade arbetarnes vård. Följden häraf var en naturlig misstro, hvilken närdes genom det tillstånd af oförenlighet i intressen, som arbetaren ansåg förefinnas imellan honom och hans arbetsgifvare.

I fabriksstaden Norrköping, der arbetarnes intressen voro på grund af deras ställning som fabriksarbetare mera gemensamma, beslöt ock ett antal arbetare att genom en ömsesidig förening bilda en af dem sjelfva förvaltad och efter af dem sjelfva uppgjorda bestämmelser ordnad sjuk- och begrafningskassa, till inträde i hvilken alla samhällets arbetare — *men inga »herrar»* — inbjödos såsom delegare. Tanken väckte genklang och fann stark tillslutning, så att derstädes den första större arbetareföreningen i Sverige uppstod. Denna kände snart sin styrka växa. Hennes sjelftillit höjdes äfven i samma mån, och blicken vidgades bortom tanken på tillfällig hjelp vid sjukdom.

Såsom medlemmar af ett nästan uteslutande fabriksidkande samhälle, insågo Norrköpings arbetare bäst betydelsen af den omhvälfning i arbetsklassernas ställning, som måste följa af skrånas upphörande och yrkesarbetets successiva öfvergång från handtverk till fabriksdrift. De sågo arbetaren stå ensam här i verlden, hänvisad uteslutande till sig sjelf och beröfvad hvarje annan hjelp, om olyckorna skulle hemsöka honom eller hans näringsgren, än det förödmjukande understöd, som samhället ger åt tiggaren. Han var en fri man för sig, men han måste ock i denna sin egenskap kämpa ensam med verlden och lifvets vexlingar. I denna kamp visade sig dock, tyvärr, hans styrka ofta otillräcklig. Såsom handtverksarbetare kunde han hysa hopp om att genom flit, skicklighet och sparsamhet en dag sjelf bli mästare och komma i besittning af de fördelar, som tillfalla en sådans ställning; men såsom fabriksarbetare blef hans belägenhet mera oviss och mindre beroende af honom sjelf. Han kunde icke se framför sig det härliga målet att få bli »sin egen», ty en fabrik kräfver kapitaler, kunskaper och annat, som kroppsarbetaren gemenligen icke eger; han fann sig dömd till att under hela sitt lif nödgas vara i andras arbete, beroende af konjunkturernas vexlingar och med den nedslående tanken inom sig, att han vid sitt lifs solnedgång, det vill säga då hans krafter slappats och utnötts, skulle af den arbetsgifvare, som under hans helsas och styrkas dagar begagnat honom till verktyg, bortkastas såsom utsliten och oförtjent af sin forna aflöning, för att kanske falla den allmänna barmhertigheten, som alltid *måste* vara njugg, till last. De sågo, att denna ställning af öfvergifvenhet ofta kom arbetaren att lefva mera för dagen, än för framtiden. Det fordras också en sällan med den svenska folkkarakteren öfverensstämmande ihärdighet, seghet och kraft, att, då arbetslönen är den minsta möjliga, likväl kunna genom stora försakelser och uppoffringar spara så mycket, att man har något öfver för gamla dagar. Alltför många läto derför dag komma och dag gå, och glaset och råhetens öfriga bihang blefvo deras sällskap på lediga stunder.

Det länder de arbetare i Norrköping, som insågo detta, till största beröm, att de togo ett första steg till ändring deri. Emedan vi veta att så varit förhållandet annorstädes, antaga vi, att de till en början voro ovissa om medlen. Tvenne vägar lågo framför dem: den ena, att genom arbetsinställningar *(strikes)* och sammangaddningar tilltvinga sig sådan förhöjning i daglönen, att arbetaren derigenom kunde ha möjlighet för sig att bättre tillgodose sin framtid; den andra, att höja arbetarens *sociala* ställning genom att ingifva honom aktning för sig sjelf och sitt yrke samt smak för förädlande tidsfördrif, hvilka stärkte i stället för att försvaga hans kropp, renade hans sinne och skonade hans kassa, så att han äfven i *ekonomiskt* hänseende väl använde sitt möjliga öfverskott, för att ha en samlad styfver för arbetslöshetens dagar, och med en stigande upplysning kunde göra anspråk på omedelbar delaktighet i utöfningen af allmänna värf, d. v. s. på äfven *politisk* jemlikhet med medlemmar ur andra samhällsklasser.

I det förra fallet hade man arbetarnes föredöme i England att följa, hvilka genom sina yrkes- eller skråföreningar *(Trades unions)* organiserat ett formligt krig mellan kapitalet och arbetet. Medelst associationsmedlemmarnes periodiska insatser samla dessa kapitaler, med hvilka de understödja hvarandra och sig sjelfva, under det de gå sysslolösa i väntan på att arbetsgifvarne, hvilkas kapitaler genom inställandet af arbetsdriften lida så betydlig afbräck, skola, för att rädda sig sjelfva från ruin, bevilja den begärda förhöjningen i arbetslönen. Metoden har dock oftast misslyckats, emedan arbetsgifvarne å sin sida efter samma princip bildat föreningar, genom hvilka de understödja hvarandra mot de »strikande» arbetarne, tills dessa, som ju äro de kapitalfattigaste och dessutom många (således äfven glupskare kapitalätande) mot de färre arbetsgifvarne, efter att ha uppätit sina förenings- och enskilda besparingar, ja, ofta bragt sig sjelfva i ett tillstånd af det yttersta elände, se sig tvungna att parlamentera och underkasta sig arbetsgifvarnes godtycke. Medan detta krig mellan kapitalet och arbetet — hvilket beteckningssätt vi bibehålla, fastän det i grunden är oegentligt — vanligast slutats med nederlag för arbetarne, är det dock visst, att det varit i sina verkningar af något gagn för dessa senare, i det att det fästat den allmänna uppmärksamheten på en mängd abnormiteter i dels arbetarnes egna omständigheter — de der nyligen drastiskt tecknats i Charles Reade's nya roman *Put yourself in her place* — dels förhållandet mellan arbetsgifvare och arbetstagare, hvaraf följt en påtryckning på lagstiftarne och seden till förmån för arbetets bättre ordnande. hvilken alltjemt pågår och visar sig uti flera inrättningar. Bland dessa äro äfven de så kallade *industrial partnerships*, egentligen ett slags kompromiss mellan arbetsgifvare och arbetstagare, som dock kan i riktig, praktisk utveckling blifva af den största vigt för en framtida lösning af problemet.

Norrköpings arbetareförening valde imellertid icke denna väg, att genom ett ständigt fortfarande krigstillstånd mellan kapitalet och arbetet åstadkomma bättre vilkor för det senares utöfvare. Föreningen* insåg det vedervärdiga i ett sådant tillstånd och i en taktik, hvilken för öfrigt är så godt som alldeles otillämplig i vårt land, hvarest produktionen ej är större, än att öfverskott på arbetskrafter oftast finnes, så att en arbetsgifvare här utan synnerlig svårighet kan skaffa sig andra arbetare i stället för de, som tillgripit utvägen att göra »strike». Massorna af fabriksarbetare äro icke heller så stora, att de kunna hålla sina intressen skilda från samhällets lugna och ostörda verksamhet. De spridda utbrott af håg för arbetsinställningar, som visat sig inom vårt land, ha derför ock blifvit af den möjligaste korta varaktighet, och, hvilket är ännu vigtigare, de ha allmänt ogillats icke allenast af de andra klasserna, utan äfven inom sjelfva arbetsklassen.

Då nämda arbetareförening derför klokt valde den andra vägen, gaf hon ett föredöme, som särskilt må omnämnas, emedan det blef betecknande för hela rörelsen, sådan denna hittills utvecklat sig. Sedan man först genom sjukkassorna betryggat sig mot olyckans tillfälliga hemsökelser, riktade man, såsom vi antydt, närmast sin uppmärksamhet på arbetarnes *sociala* ställning. Det kan icke förnekas, att arbetaren i staden alltför länge setts öfver axeln af sina andra medborgare. Sjelf har han dock haft en ej ringa skuld häri, emedan han å sin sida länge öfverlemnade sig åt den förfäande och utarmande dryckenskapslasten. Genom denna lasts allmänna utbredning bland arbetsklassen var dess ekonomiska ställning af helt naturliga skäl äfven djupt undergräfd. Och då den i elände försänkte arbetaren måste intaga den mest beroende ställning till sin arbetsgifvare, genom den kredit denne nödgades lemna honom, bidrog detta äfven till att göra den förres sociala förhållanden snarlika trälens. Lagstiftarne insågo det olyckliga och för fäderneslandets framtid farliga deri, att lasten sålunda tärde på märgen hos folkets massa; de statsekonomiskt kunniga ibland dem beräknade i siffror, huru detta efterhand ruinerade landets nationalförmögenhet. Varmhjertade patrioter uppträdde å predikstolen, tribunen och i pressen, för att genom ordets makt söka hämma syndafloden. Men mörkrets skuggor kunna endast skingras af ljuset. Då hotelserna om evighetens straff för fyllerilasten icke hulpo, måste man söka vinna den förnuftiga öfvertygelsen på sin sida, hvilket endast kan ske långsamt och metodiskt. *Folkskolans* sak blef derför en nationens lifsfråga. De burgna klasserna, hvilkas arbetsafkastning hotades med att bli uppslukad af fattiginrättningar och sålunda få ovilligt skatta till ett särskilt slags kommunism, tvekade ej heller att på folkskolan uppoffra betydande summor, för att rädda de nya slägtena och dermed värna sitt eget ekonomiska bestånd. Men det är med lasten som med ett giftfrö. Då hon börjat rasa i hemmet, måste hon angripa barnen och deras sinnen, deras hjertan. Folkskolan kämpade mot arbetarebarnens hemseder. Den förras ljus kunde föga förmå, om sedligt mörker tillät lastens svampväxter sprida sin röta i familjen. Man måste söka att hejda äfven den närvarande slägtleden, om man skulle kunna rädda de kommande. För detta ändamål sökte lagstiftarne att försvåra tillgången till lastens förutsättning, bränvinet, genom att fördyra och stifta med afseende på detsamma stränga strafflagar, under det att patrioterna med vältalighetens hela eld fortforo att afskräckande skildra eländet.

Allt detta skulle dock gagnat till föga och varit blott tillfälliga palliativ, om icke besinningen börjat vakna bland arbetarne sjelfva, väckt, vi medgifva det, hufvudsakligen genom pressens tordönsstämma. Norrköpings arbetareförening tog första steget genom en åtgärd lika enkel som följdrik. För sitt sociala syftemål bildade hon sina samqväm, der upplysande och äfven roande föredrag höllos, der den härliga nordiska sången ljöd och stämde sinnet högt samt gjorde det mottagligt för ädlare känslor. Föreningen sammanträdde och förhandlade offentligt om sina angelägenheter, hvarvid behofvet af gemensamhet mer och mer utvecklade sig, under det att samtidigt den sjelfviskhet småningom minskades, hvilken annars är ett stående drag hos den isolerade arbetaren; hon diskuterade äfven på dessa sammanträden, såsom en samling medborgare i ett fritt land, allmänna frågor, hvarvid under meningarnas brytning omdömet vidgades och äfven insigten af, att allt här i verlden kan, när man så vill och önskar, utföras efter idealets snitt, men att mycket arbete erfordras, många jemkningar och uppoffringar af enskilda tycken och intressen äro af nöden för stora reformers genomförande. Med glädje skyndade arbetarne att begagna sig af dessa tillfällen till för dem nya njutningar, under det att de mer och mer öfvergåfvo krogen med dess lockelser eller de små »spelhelveten», som här och hvar upprättats. Genom samvaron utöfvade de den bästa kontrollen öfver hvarandra, och det ordningssinne, den goda hållning och hofsamhet, som nu började visa sig inom arbetarnes egen krets, väckte till en början de andra samhällsklassernas undran, hvilken känsla öfvergick till en mot dem allt mera välvillig stämning, så att slutligen arbetsgifvarne sjelfva blefvo denna sociala rörelses vänner.

»Den, som vill reformera, måste börja med att reformera sig sjelf», heter det, och den satsen ha arbetarne i allmänhet stält sig till efterrättelse. Allt förtroende måste grunda sig på aktning. För att få samhället omkonstrueradt efter principen af större jemlikhet, ålåg det arbetarne att skaffa sig andras aktning. Men till grund för denna måste sjelfaktningen ligga. Denna sjelfaktning återigen stödjer sig på ett gillande och lugnt samvete. Samvetets bifall kan endast vinnas genom renhet i lefverne. Der således arbetarne hvar för sig vinnlägga sig om en otadlig vandel, der tillvinner sig äfven hela deras klass aktning och förtroende. Och då menniskan adlar yrket, så måste man äfven skatta kroppsarbetet, hvarigenom första steget till jemlikheten är uttaget. Vi känna personligen en mängd arbetare, hos hvilka denna logiska tankegång har gjort sig gällande och som derför äfven med större lugn betrakta de allmänna angelägenheterna, sägande: »Vi veta, att vår tid kommer: det beror endast på oss sjelfva att påskynda dagen, och vi vilja och skola påskynda den.» Arbetareföreningens samqväm äro således ett icke ovigtigt, utan snarare ett högst betydelsefullt element i den stora rörelsen.

Det fans imellertid hittills en omständighet just i afseende på arbetareassociationens sociala del, som måste bli af hämmande, om icke rent af skadlig inverkan. *Man uteslöt nämligen ur området för dess verksamhet både qvinnor och andra än kroppsarbetare.* Det var arbetarnes skygghet för att möjligen kunna komma att beherskas af andra, som föranledde den senare bestämmelsen; det var bristande tillit och aktning för arbetareqvinnan, som dikterade den förra.

Genom att *inskränka sig till sig sjelfva* uppdrogo arbetarne ett skrank mellan sig och de andra klasserna, fastän det just var deras närmaste syftemål att genom associationen höja sig till social jemlikhet med dem. I stället för att nedrifva alla gränsskäl, uppdrogo de sjelfva ett sådant, dermed faktiskt ådagaläggande, att de för egen del icke funno klasskilnaderna oberättigade. Naturligt var att de härigenom äfven beröfvade sig sjelfva tillgången till en mängd krafter, hvilka kunde genom en mera utvecklad intelligens och större erfarenhet i samfundsteoriens många olikartade förhållanden vid tillämpningen blifva dem af stort gagn. Det var dock just denna intelligens, de fruktade, i det de äfven erkände dess öfverlägsenhet. Fastän vi tro, att denna fruktan redan i någon mån skingrats, bibehåller den sig likväl ännu på mer än ett ställe och bör, såsom ett betecknande arf från forna klasskilnadsdagar, här anmärkas. Särskilt ha vi funnit, huru personer, som genom någon yrkesutöfning räkna sig bland arbetarne, men likväl anse sig i ett eller annat afseende stå öfver dem, ifrigt söka att underblåsa denna arbetarnes skuggrädsla, väl vetande, att om den sanna bildningen och intelligensen få representanter i kretsen, halfbildningen och den ytliga frasens glitter derstädes snart spelat ut sin roll.

Hvad angår *qvinnans uteslutande från delaktighet i arbetareassociationen*, låg häri en grym orättvisa, ja, vi kunna benämna det en lemning af råhet, som skulle varit betänklig, om den blifvit mera allmänt följd. Det vida öfvervägande antalet af arbeterskor. tjenstflickor, sömmerskor, fabriksflickor o. a., utgöres af ogifta qvinnor, hvilka för sitt uppehälle bero af sitt arbetes afkastning. De befinna sig på fullt lika ståndpunkt med fabriksarbetaren, så länge de förblifva ogifta. En tillfällig sjukdom kan slunga dem i nöd och elände såväl som den vanlige arbetaren, och han gör det snabbare, ty arbeterskans aflöning är vanligtvis så låg, att hon, äfven med sina ringa behof, i jemförelse med den manliga arbetarens, likväl endast kan med stora svårigheter framsläpa sin bekymmersamma lefnad. Att lemna henne tillfälle till att i en sjukkassa försäkra sig mot sjukdomens hemsökelser och följder, var derför egentligen en befallande pligt för dem, som ville genom sammanslutningen förbättra arbetsklassens ställning. Allt, hvad som kan göras för betryggande och höjande af qvinnans ställning, återverkar i sin mån på arbetsklassens alla förhållanden. Såsom den numera ej sällan med goda kunskaper utrustade qvinnan ur medelklassen vet att förskaffa sig praktisk och någorlunda lönande sysselsättning, som gör henne oberoende, så finnes det äfven arbeterskor, hvilka kunna bereda sig en liknande ställning. De sömmerskor nämligen, som äro i besittning af symaskin, kunna genom denna förtjena så mycket, att de med sparsamhet och flit äro i stånd att lefva ganska drägligt och äfven kunna afsätta något af inkomsten under veckan i sparbanken. Medvetandet häraf ingifver dem en så liflig känsla af sjelfständighet och oberoende, att de blifva nogräknande i sitt val af make och helst endast vilja lyssna till sitt hjertas röst. Sålunda blir arbetarehemmet en association mellan tvenne personer, som älska hvarandra och värdera hvarann. Härigenom blir det ett lyckans tjäll, som håller mannen till ordning och flit; och denna lycka utöfvar på barnen sitt i många afseenden välgörande inflytande. Det finnes naturligtvis undantag. Qvinnans hjerta väljer ofta icke i full öfverensstämmelse med hennes förstånd. Med en på dryckenskap begifven man är också hennes framtid mörk och barnens sedliga uppfostran tvifvelaktig. Den mot all billighet och rättskänsla stridande lag, som gör mannen till egare af hustruns förvärf och egendom, består ännu med sina samhällsförderfliga verkningar.

Ställa vi vid sidan af den ofvan skildrade lyckligare lottade qvinnan arbeterskan under hittills vanliga förhållanden, så blir skilnaden slående. Illa aflönad, utan någon ljusglimt för framtiden, hvilken oftast ter sig för orkeslöshetens dagar, om hon förblir ogift, under bilden af fattigvården, gå hennes sträfvanden i ungdomen nästan uteslutande ut på att fånga en man, hvilken genom sitt arbete kan försörja henne. Men för denna fångst fordras, att hon kan behaga. I likhet med sina medsystrar ur de förmögnare klasserna tror äfven hon, att hennes dragningskraft ökas genom yttre prydnader. Hon följer, så långt hon förmår, modets vexlingar, och hon nedlägger sin lilla förtjenst på det mest improduktiva af allt, på *granna* kläder. Om qvinnan ur de mera välmående klasserna visste, hvad hennes föredöme i detta fall verkar, skulle hon sannerligen, — vi hoppas det för hennes egen skuld — skygga tillbaka för dessa modegalenskaper, åt hvilka hon nu så gerna öfverlemnar sig och hvilka, efterapade af arbeterskorna i städerna, så ofta göra dem olyckliga. Hvarje sträfvan, som går ut på att rikta qvinnans blick på tingens väsen i stället för deras yta, och att vidga hennes synkrets såsom menniska och medborgarinna, är derför en välgerning af stor social betydelse.

Vår grannt utstyrda arbeterska fikar imellertid efter den man, som skulle vilja kasta sina ögon på henne, och fångar vanligen någon ung arbetare. Hon håller honom med girighet qvar, ty han är ju hennes »framtidslöfte», och det till sina följder så förderfliga tidiga äktenskapet inom arbetsklassen ingås, om icke, hvilket tyvärr är allt för vanligt, den unge arbetaren öfvergifver henne i den mest nödstälda belägenhet, sjunken och — moder, då hennes glidande utför det sluttande planet kan ske snabbt, om hon ej har mod och kraft att bekämpa lifvets nu fördubblade svårigheter.

Der åt arbetareqvinnan ej medgifves full delaktighet i den rörelse, som afser höjandet af arbetsklassens ställning, der kan denna rörelse icke heller utveckla hela den kraft och blifva af allt det välgörande sociala gagn, som den annars kan utöfva. Detta förbisåg man dock, som sagdt, i början, tills slutligen ett antal arbetare i Göteborg af egen fri vilja bildade en förening, hvilken *gaf qvinnan full likställighet med mannen och proklamerade frihet till inträde för en hvar, som ansåg sig för arbetare, utan någon skilnad till stånd eller sysselsättning.* Snabbt upprättades nu den ena föreningen efter den andra bland Sveriges arbetare, alla med samma utsträckning; och härmed hade äfven associationsrörelsen i vårt land inträdt i ett nytt skede, hvilket skall göra dess sociala betydelse större och i sjelfva verket gifva den en under utvecklingen mer och mer sant demokratisk prägel, på samma gång den blir genom utjemning mellan klasserna mera samhällstrogen och icke samhällsfiendtlig.

2.

Det är någonting för den svenska arbetareassociationen egendomligt, att hvar helst en dylik förening uppstått, der har man äfven genast, så fort sig göra låtit och sedan den vigtiga sjukkassan först ordnats, skridit till åtgärder, genom hvilka upplysningens ljus kan utbredas bland arbetarne. Man har inrättat bibliotek, hvilka äfven öfverallt flitigt anlitas (Göteborgs arbetareförenings bibliotek utlemnar i medeltal 1,000 volymer i månaden), och man har öppnat lässalar, hvilka efter råd och lägenhet äro tillgängliga hvarje dag eller blott om söndagarna. Här bjuder arbetaren sig sjelf på goda böcker, tidningar och tidskrifter — och han håller till godo, han har en strykande appetit. Redan de gemensamma öfverläggningarna om åtskilliga enskilda eller allmänna angelägenheter ha visat honom, att han är i behof af ett vidgadt omdöme, för att kunna i desamma deltaga, ja, för att kunna eftertryckligt pröfva förhållandena. Denna omdömets utvidgning kan han endast ernå genom att rikta sitt vetande. Medel härtill har han icke förut haft: hans andliga näring har varit inskränkt till predikningen, postillan, »Fäderneslandet» eller ett anspråkslöst lokalblad. Genom associationen, som af de små summorna gör ett kapital, kan han nu åtkomma detta medel. Han får tillgång till ett valdt bibliotek och till tidningar af olika färger, genom hvilka han kan följa den offentliga debatten och göra sig bekant med de olika meningarna. Och han skyndar att bryta malm ur grufvan, han lyder Jesu bud och »söker sanningen, ty sanningen skall göra Eder fria.» Huru mången gång har icke förf. af dessa rader hört arbetare klaga öfver, att de ingenting lärt och att de derför varit i andras ledband och ofria, ty endast den är fri, som *vet!* «Vi behöfva framför allt lära oss något och afhjelpa, hvad som tryter oss i detta fall. Då vi någonting kunna och äro hederliga menniskor, skall nog den politiska makten bli vår. Den, som ingenting vet eller förstår, är i det allmänna svag, om han än lyfter ett stort städ på rak arm. Men det allmännas börda är tung. Vi bereda oss nu till att bära henne — och vi skola ej tillåta någon att förhindra oss derifrån, när vi finna tiden vara inne.» Laboulaye säger också: »Utspridom upplysningen, ju mera folket undervisas, desto mera skall sanningen bli allena rådande. På detta sätt skola vi lyckas tygla lidelserna, hvilka hittills fördröjt frihetens ankomst. Ett märkligt fenomen är det derför äfven, att arbetarne inom föreningarna i de flesta fall redan nu förlorat det radikala gry, som annars utmärker de klasser, hvilka vilja vinna makt och anse sig stå för lågt nere på den sociala stegen; det är deras sträfvande efter sjelfbildning, som gjort denna förändring. Men på samma gång som den passionerade fikenheten efter att taga, hvad man saknar, utplånats, har den sant demokratiska andan utvecklats, hvilken vill rättvisa och jemlikhet, för att göra samhällets frihet till en sanning. »Vi gå», säga de med nämde förf., »med stora steg mot bekämpandet af passionerna; men vi kunna icke hinna dit utan genom kunskapernas utbredning.» Med stor försigtighet och måtta behandlas derför inom föreningarna de politiska frågorna. Hugskott och fraser kunna naturligtvis inom dessa kretsar fängsla ännu outvecklade omdömen; men deras inflytande aftager mer och mer. Och visst är, att den politiske vagabonden af den art, som i Paris t. ex. kan, äfven i denna fosterlandets yttersta fara, uppvigla massorna, skall här i landet bränna sina kol förgäfves. De stilla i landena, de som frukta hvarje yttring af folkviljan, då det gäller hennes makttillökning, och derför äfven med oblida ögon se arbetarerörelserna, uppskrämda af berättelserna om socialisterna i Frankrike, socialdemokraterna i Tyskland, de radikala i Englånd, carbonari i Italien, hvilka alla partier hafva arbetsklasserna till sitt politiska material — de kunna således vara lugna. Associationens ifver efter att ej utsläcka, utan väcka andan, »för att pröfva all ting och behålla det godt är», efter att sprida ljus, för att i detta en sann demokrati med varaktig frihet må på naturlig väg och organiskt utveckla sig, är en lugnande garanti. Långt ifrån att i politiskt hänseende vara revolutionär, har arbetarerörelsen i vårt land tvärtom visat sig vara ordningsälskande, men derför icke mindre bestämdt fordrande, att utvidgade politiska rättigheter må medgifvas åt arbetarnes massa, då denna, såsom hvarje annan klass, visar sig känna deras förutsättning, *skyldigheterna*, är ock villig att uppfylla dem.

Det finnes också en mängd frågor, tillhörande den allmänna lagstiftningens område, hvilka arbetarne en gång skola fordra att få lösta. Bland dem möter oss först och främst den för jordbruksarbetaren så vigtiga frågan om ersättning för nyodling af upplåten jord eller dennas förbättring, samt i afseende på stadsarbetarne frågan om associationernas juridiska rätt. Som bekant, har Schulze-Delitzsch i Tyskland fört en mångårig kamp inom preussiska landtdagen för denna sak. Han fordrar, att en arbetareförening eller association skall ega rätt att betraktas som en kollektiv personlighet, i likhet med hvad som gäller om aktiebolag och bolag med gemensam ansvarighet. Såsom förhållandet nu är i Sverige, kan med en vanlig arbetareförening ingen affär uppgöras annorledes än på god tro. Men förr eller senare, då associationen i denna form fått den utveckling, att hon måste på allt flera områden uppträda med ansvarsskyldighet, skall man finna sig hämmad i affärsförbindelsernas knytande derigenom, att en arbetareförening icke lemnar någon garanti, om den icke är grundad på den vanliga lagen för bildandet af bolag. Men denna lag strider mot en dylik förenings hela natur och väsen, alldenstund i föreningen ett samhälles både stadiga och lösa arbetarebefolkning strömmar in och ut. Den ofta i främsta rummet ideela syftning föreningen har, gör henne också mindre lämplig att lyda under den allmänna bolagslagen med dess stränga ansvarsskyldighet, utom det att den ständiga in- och utströmningen af medlemmar gör det till en i hög grad besvärlig uppgift att hålla reda på de i detta hänseende skeende förändringarna. Alldenstund hvarje förening af denna art likväl representerar ett kapital och således kunde ega rätt att för detta kapital uppträda som juridisk personlighet, skall behofvet af en lagförändring härutinnan visa sig oundvikligt. Likasom man i Preussen, och äfven i England, ryggande tillbaka för de ekonomiska hvälfningar i samhällena, som häraf kunde blifva en följd, allt hittills motsatt sig en dylik reform, ehuru man förr eller senare skall nödgas att gå in derpå. så våga vi icke heller tro, att reformen skall kunna här genomföras, så länge arbetsklasserna sjelfva sakna det inflytande på valen till representationen, att de icke kunna frambära sina önskningar eller tillkännagifva och utveckla skälen för dessa. I afseende på den nu bestående kreditlagstiftningen ha de jemväl behof. hvilka de andra samhällsklasserna icke rätt känna eller i allmänhet icke bry sig om. Det torde kunna antagas, att den lifliga tvisten om indelningsverket med sina dermed sammanhängande stora ekonomiska omhvälfningar äfven väckt arbetarnes eftertanke och stärkt deras fordringar på politisk jemlikhet. Der *en klass* framkommer med anspråk — dessa må nu vara berättigade eller icke — hvilkas tillfredsställande skulle åsamka andra klasser, och ingalunda minst arbetsklassen, stora bördor för kommande tider, der framställer sig det naturliga spörsmålet hos de klasser, hvilka icke äro vid beslutens fattande representerade, men hvilkas intressen deraf likväl starkt beröras, huruvida det ligger någon rättvisa deri, att en klass, som blifvit i stånd att skaffa sig en betydande politisk öfvervigt och vid ett särskilt fall begagnar densamma till att söka på de andra klassernas bekostnad se sig sjelf till godo, skall fortfarande få behålla denna öfvervigt. Och då de andra klasserna äro representerade, men arbetsklassen icke är det i tillräcklig utsträckning, så frågar arbetaren sig, om icke äfven han har rätt att vara representerad gent imot de öfriga klassernas sjelftagna öfvervigt, på det att sålunda *hela* samhällets intressen och behof, utan något förfång för den ene eller andre, må blifva bevakade.

Här kan icke vara fråga om att i detalj ingå på de angelägenheter, hvilkas lösning på ett med arbetsklassens fördel öfverensstämmande sätt denna klass skall med stigande styrka fordra. Vi ha endast vidrört några få, hvilka för närvarande starkast framträda, ehuru vi skulle kunna påpeka ännu flera — såsom t. ex. det uteslutande de bemedlade gynnande bötesstraffet, der det kan ersättas med kroppsplikt, bristen i inteckningslagen i afseende på verktyg och lösöre, den preventiva fattigvården, patentlagen, folkundervisningen, m. m. m. m. —; men vi veta, att såväl dessa som ännu flera »ligga och gro» i sinnena. Det länder våra svenska arbetare till heder, att de icke söka att genom anlitandet af den råa styrkans mellankomst skrämma sig till de eftertraktade fördelarne, utan bida sin tid, medan de nitiskt och hofsamt utbilda sig för skötandet af allmänna värf, så att de stå färdiga att en dag, då deras ovilkorliga rätt inom samhället ej längre kan förbises, klokt och kraftfullt begagna densamma, väl vetande, att *alla* klassers intressen äro lika mycket beroende af samhällets lugna utveckling och alltings jemna gång, deras egna såväl som de andras. Det vore önskligt, att kommunernas inflytelserika valmän sökte att underlätta denna arbetarnes undervisning i offentliga värf, genom att mera allmänt invälja äfven män ur arbetarnes krets i de kommunala representationerna, hvilka kunna vara en god skola för ett mera omfattande representantkall.

3.

Alla arbetarnes egna (och andras för dem) sträfvanden för höjandet af sin *sociala* ställning och efter ernåendet af *politisk* jemlikhet, skola dock endast uppföra en bygnad på lösan sand, om icke deras *ekonomiska* ställning äfven förbättras. Der hela dagens äflan ligger i ett tungt arbete, i kampen för lifsuppehållets vinnande; der tanken sålunda endast sällan kan sträckas bortom de dagliga behofven och deras tillfredsställande; der hemmets armod är den nedslående anblicken efter dagens tunga och barnaskaran en ytterligare anledning till bedröfvelse i stället för till glädje; der dessa barns framtid svårligen kan ses i en mera gynsam dager, än föräldrarnes egen hopplösa nutid; der ålderdomens och orkeslöshetens dagar motses med denna förfärande slöhet, som just modstulenheten framkallar — der kan man icke heller vänta sig, att medborgarandan skall kunna väckas, att de råa lidelserna skola renas och beherskas af förnuftet, att den trånga sjelfviskheten skall vika för känslan af kristlig gemensamhet; att klasshatet skall utplånas genom ett stigande medvetande om den menskliga jemlikhet, som stiftaren af vår religion sjelf förkunnade, då han lärde oss, att vi alla befinna oss i samma ställning till Gud, som barnen till sin fader. Man kan under ett sådant sakernas tillstånd omöjligen vänta, att fosterlandskärleken skall kunna fortfarande hållas varm, och icke öfvergå till denna krassa kosmopolitism, som lärer, att »fosterlandet finnes der, hvarest jag har det godt i timligt afseende»; att armodets son skall älska detta fosterlands frihet och lagar så, att han skulle vilja för detsamma ikläda sig de tunga uppoffringar, som denna dess frihet, dess oberoende kan kräfva. Så mycket mindre kan man vänta detta, då kyrkan, som på hvilodagen borde erbjuda arbetaren tillfälle att höja sinnet och stärka det genom andaktens bad till ny födelse, vanvårdar detta sitt i så hög grad vigtiga kall, derigenom att hon i främsta rummet sätter till sitt ögonmärke inskärpandet af en massa teologiska dogmer, oantagliga för förståndet, oförenliga med det nya testamentets kristendom samt — detta bör framför allt betonas — i grund och botten ofruktbara för det sedliga och religiösa lifvet. Hon visar sig derigenom glömsk af — denna förebråelse drabbar den svenska ortodoxismens målsmän och tjenstandar — att äfven kyrkan bör medverka till åvägabringandet af en sant nationel folkuppfostran. »Ty», säger Jules Simon, »när kärleken till menskligheten icke stödjer sig på fosterlandskärleken, är han endast en illusion, och det är blott för att urskulda sig derför, att man icke älskar *någon*, som man så mycket berömmer sig af att älska hela verlden.»

Ju mera omdömet klarnat hos arbetarne, ha de äfven insett, att de måste sträfva för sitt ekonomiska betryggande, för att kunna verkligen nå en social och politisk förbättring. Vi ha nämt deras allmänna ifver att assurera sig mot sjukdom och skydda sina anhöriga mot alltför stor nöd strax efter familjefadrens frånfälle (begrafningskassorna). Det vill synas, som att den närmaste tanken i följden borde vara riktad på betryggandet af orkeslöshetens dagar. Denna trygghet kan naturligtvis bäst vinnas genom ingående i lifränteanstalter. Fastän dessa välgörande inrättningars verksamhet ökas i en glädjande grad, är det tyvärr dock en sanning, att denna verksamhet ännu icke i någon större mån omfattar arbetsklasserna. De kräfva nämligen hos dessa tvenne egenskaper: förtroende och beredvillighet till uppoffringar, hvilka ännu icke blifvit hos dem tillräckligt utvecklade. Vi ha visserligen sett, huru ganska storartade uppmuntringar gjorts af kommuner och enskilda, för att skaffa de behöfvande ett godt handtag för gamla dagar, och vi uppskatta till hennes fulla värde allt det ädla i en sådan handling, allt det menniskovänliga deri; men dessa handlingar kunna och *böra* väl dock mest betraktas som praktiska exempel, med hvilka man velat tydligt och i ögonen fallande visa, huru den enskilde kan genom omtanke betrygga sin framtid. Vi skulle eljest vara benägna att anse till och med så ädla initiativ för en yttring af den ideala socialismen, hvilken i sina verkningar kunde blifva farlig. Ty på den enskildes egna sträfvanden, på hans egen viljekraft måste hans framtid byggas, om man vill undvika faran af ett annat slags bekymmerslöshet, än den genom hopplösheten framkallade slöheten. Det skulle derför vara gagneligast, enligt vårt förmenande, om de för arbetsklassen i detta fall nitälskande så ordnade sina välsignade bemödanden, att den unge arbetaren, född af fattiga föräldrar, kunde vid den tid, då han vunnit stadga och skicklighet — under vilkoret af sedlig oförvitlighet och flit — påräkna ett bidrag till det förlagskapital, han behöfver för att skapa sin utkomst och sjelf betrygga sin ålderdom. Ett dylikt från kommunen utgånget understöd skulle för den fattige vara en ersättning för arfvet åt den rike mannens son och kunna i ej ringa mån utjemna klyftan mellan de i afseende på förmögenheten så olika lottade samhällsmedlemmarne vid den period, då de skrida som verksamma män ut i arbetets och handlingens verld.

Man må icke tro, att denna fråga icke varit under förhandling bland arbetarne eller att dessa äro blinda för gagnet af de inrättningar, som kunna betrygga deras ålderdom för nöd och elände. Så väcktes t. ex. på det stora skandinaviska arbetaremötet i Stockholm förlidet år förslag om inrättandet af en allmän pensionsförening för de svenska arbetare, som ville i en sådan ingå och assurera sig för ålderdomen. Saken fann då icke någon genklang, emedan man trodde den afse statsunderstöd och derför vara af socialistisk natur. Men derför har tanken ej dött bort, lika litet som planen att arbetarne skola genom associationen såsom häfstång *sjelfva* ordna och förvalta en dylik pensionsförening, eller rättare förening för ömsesidigt ålderdomsunderstöd, då den skall kunna uträtta mycket godt.

Men äfven dessa bemödanden skola stranda, om arbetarnes ekonomiska ställning för det närvarande icke blir i allmänhet sådan, att de kunna af sin inkomst afsätta en sparad penning. Och det är härpå, som arbetarne hittills mycket riktigt haft sin blick riktad. Först framträdde då för dem det problemet: då inkomsterna äro små, huru då ställa till, för att de dagliga utgifterna må bli ännu mindre, så att inkomsterna icke blott räcka till för dem, utan äfven för besparingar till framtiden? Svaret blef, att de hvardagliga behofvens tillfredsställande måste göras billigare. Till de hvardagliga behofven höra främst föda och bostad — huru kunna sänka utgifterna för dem? Genom associationen.

»Alldenstund vi, genom att köpa våra födoämnen hos en mängd detaljörer, icke allenast gifva dessa sitt dagliga bröd, utan äfven ofta göra dem rika, så böra vi genom att sammansluta oss kunna köpa våra förnödenheter i första hand och derefter sälja dem oss imellan, då vi sjelfva erhålla den vinst, som detaljörerna annars skulle få, och hvilken vinst återigen blir den sökta minskningen i våra utgifter för lifsförnödenheter» — så resonnerade arbetarne. I öfverensstämmelse med denna slutledning skredo de härpå till associationens tillämpande genom upprättandet af *konsumtionsföreningar* etc. hvilka, efter att hufvudsakligen hafva vunnit utbredning bland arbetarne i England, tycktes äfven här i landet skola få en god framtid. Men det vigtigaste vilkoret för att en sådan sak som denna skall kunna röna framgång är, att man med ihärdighet och kraft uppehåller, ej blott med nyfikenhet och eld omfattar den. Institutionen utvecklade sig först med förvånande snabbhet, och man började på mer än ett ställe nästan svindla vid tanken på de ofantliga verkningarna af en sådan rörelse. Men det svenska folklynnet — trögt och hetsigt på samma gång —

tillät icke saken att mogna och rättade icke heller munnen efter matsäcken, såsom det heter. På flera ställen kunde föreningarna, på grund af flera olika anledningar, ett år icke lemna den utdelning, för hvilkens vinnande de bildats. Med samma hetsighet, som arbetarne der förut tillegnat sig den nya idéen, förkastade de den nu. Den ene efter den andre drog sig undan, hvarigenom omsättningarna minskades till den grad, att associationen icke kunde bära förvaltningskostnaderna. Oförsigtigt nog, hade man äfven flerestädes gått ifrån den gyllene regeln att endast köpa och sälja mot kontant, hvilket gjorde, att man iklädde sig skulder, de der icke kunde honoreras, med påföljden af stämningar och trakasserier. Vi känna, huru arbetarne på mer än en plats, hvilka ingått i konsumtionsföreningar, genom dessas bankruttering måst lemna ifrån sig sina små besparingar, ja, till och med åtskilligt af sina torftiga bohagsartiklar. På dessa ställen har arbetarnes misstro fått ny näring, så att associationsrörelsens ekonomiska verksamhet der kan vara för många år undanträngd. Man kan ej heller gå tillräckligt försigtigt till väga, då det gäller ordnandet af dylika inrättningar, fastän i här i fråga varande fall arbetarne helt och hållet ha sig sjelfva att skylla; ty enighet och ihållighet å deras sida skulle bäst och lättast kunnat afböja de inträffade katastroferna. Konsumtionsföreningarna, hvilka dock, rätt ledda, kunnat utöfva det största gagn, isynnerhet på landsbygden, betraktas derför orättvisligen nu icke mera med samma förhoppningar som i deras början. Men på många ställen har dock denna associationsyttring burit sig förträffligt och uppfylt billiga förväntningar. Den skall derför icke dö ut, men, lämpligt reformerad, efter någon tid få nog fart, till en början derigenom att arbetarne på fabriker sinsimellan bilda smärre inköps- och utdelningsföreningar, hvilka de turvis och kostnadsfritt förvalta. Denna förvaltning skall dock snart kräfva ersättning; då skola flera sådana smärre föreningar slå sig tillsamman, och derpå skall konsumtionsföreningen åter uppstå i sin rätta och ursprungliga gestalt.

Den nästa fråga, som framställer sig för arbetarne vid deras försök att göra sina lefnadskostnader så billiga, att hushållsboken vid slutuppgörelsen visar på ett öfverskott, är, såsom vi nämde, den om bostaden. Det är hvarje arbetares högsta önskningsmål, den punkt kring hvilken alla hans tankar sammanfläta sig, *att få sig ett eget hus*. Då han eger ett sådant, hvars kostnader han under sin helsas dagar betalt, motser han med mera lugn ålderdomen: han har ju ett annat tak öfver hufvudet, än fattighusets, och han kan möjligen äfven genom uthyrning få en liten inkomst. Den svenske arbetarens åtrå efter att bli husegare bör derför rättvist uppskattas. Men för att den medellöse arbetaren skall kunna tillfredsställa denna sin åtrå, fordras det af honom stora uppoffringar och ansträngningar. Många tröttna på halfva vägen, andra påskynda den efterlängtade stundens ankomst genom att skaffa sig dåligt bygnadsmaterial, så att deras hus, en gång färdiga, bli en härd för vantrefnad och osundhet. Andra skuldsätta sig ansenligt och ha många obehag att utstå, hvilka de visserligen under normala förhållanden kunna bekämpa, men för hvilka de ej sällan duka under, om sjukdomar, arbetslöshet eller andra olycksfall inträffa, då de måste gå ifrån hus och grund och kanske se frukten af sin manliga ålders ansträngningar bortslumpas under auktionsklubban vid den »ovilkorliga försäljningen». I detta sista fall bli de vanligen offer för ny likgiltighet om sitt framtida öde och hemfalla till superi och andra laster, de der någon gång föra uppenbara brott i släptåg.

Man har derför hufvudsakligen i England, Frankrike och Danmark upprättat de s. k. *Bygnadsföreningarna*, hvilka der vunnit stor omfattning och för hvilka följande enkla resonnemang ligger till grund: »Hushyran är räntan på det kapital, som nedlagts på husets uppförande plus dess underhåll. Då arbetaren betalar denna hyra betalar han således räntan. Men han får oftast, nästan alltid, betala så hög ränta, att denna hans årliga utgiftssumma mycket väl skulle kunna räcka till att, möjligen med en liten förhöjning, äfven bestrida amorteringen på bygnadskapitalet, utan att han derför erhåller någon motsvarande fördel i sanitärt hänseende eller andra beqvämligheter, eller har utsigt till att bli husegare. Välan, låtom oss skaffa oss arbetare ett tillräckligt kapital, för att sjelfva bygga dessa hus med alla nyare tiders fördelar i afseende på sundhetsvård och beqvämligheter! Vi ega ej detta kapital, men vi kunna skaffa oss det genom associationen. I det vi betala den något förhöjda hyran, amortera vi kapitalet och bli sålunda med minsta möjliga uppoffring husegare». När vi äro det, afsätta vi fortfarande vår hyresumma, för att skapa en sparstyfver till gamla dagar och till våra barns förbättrade uppfostran. På detta sätt ha de af arbetarne sjelfva bildade bygnadsföreningarna tillkommit, i hvilka arbetarne ingå med en liten veckoafgift. Då föreningarna genom dessa veckoinsatser och billiga lån fått sig ett kapital, bygga de sig ett par hus, hvilka utlottas bland delegarne, som fortfara med sina veckoinsatser plus hyran, så att arbetaren om 18 à 20 år kan vara fullständigt skuldfria och dermed äfven oberoende egare, ej blott innehafvare, af sitt hus, hvilket är ett litet slott mot den träkoja, hans inbillning först drömde sig. Den något förhöjda hyran har han dubbelt igen i hemmets trefnad, i beqvämligheterna och framför allt i möjligheten att genom husets sanitära fördelar kunna bättre bevara sig mot sjukdomar. För daglönaren och fabriksarbetaren, hvilka gemenligen ha sin någorlunda bestämda inkomst, äro dessa bygnadsföreningar isynnerhet af den mest praktiska nytta. Vi vilja hoppas, att konsumtionsföreningarnas misslyckande på flera ställen icke skall undantränga våra svenska arbetares företagsamhet från denna gren af associationsverksamheten, desto heldre som den äfven är af omedelbar social fördel. Innehafvandet af en dylik prydlig bostad, hvilken arbetaren har snar utsigt till att kunna kalla sin, ingifver honom nämligen denna sjelfaktning, som vi visat vara en så nödvändig faktor, för att han ej skall hängifva sig åt förstörande laster, och denna förtröstansfullhet, som låter honom med gladt hopp se framtiden till mötes, stålsätter hans muskler, gör honom flitig, förnöjsam och fosterländskt sinnad.

Vi hafva i denna öfversigt hittills hållit oss till för arbetarne, hufvudsakligen i städerna, gemensamma ekonomiska angelägenheter. Men här dela sig dessa arbetarnes intressen i tvenne hufvudgrupper, hvilka man bör noga särskilja. Först ha vi *den vanlige daglönaren*, den egentlige s. k. arbetskarlen, hvilken kan genom ett klokt begagnande af just de här ofvan omtalade inrättningarna betrygga sin egen framtid, genom sina barns goda uppfostran stadga äfven deras lefnadsmål och bli en till samhällets stack dragande myra, som i sin mån bidrager till ökandet af den nationala förmögenheten. I andra rummet ha vi *fabriksarbetaren* och slutligen i det tredje *handtverkaren* eller den egentlige s. k. näringsidkaren.

För att fabriksarbetaren skall kunna styra om sitt hus i de riktningar, som här framstälts, måste han erhålla en icke allt för låg veckolön. Han måste tvärtom vara bättre aflönad, än arbetaren i allmänhet, emedan han är utsatt för konjunkturernas vexlingar, hvilka visserligen kunna ibland fordra arbete af honom på öfvertimmar, men äfven kunna tvinga arbetsgifvaren att minska arbetstiden och dermed i proportion aflöningen, ja, såsom stundom händer, att alldeles stänga fabriken på grund af någon kommersiel fluktuation. Alla dessa vexlingar bör den ordentlige fabriksarbetaren kunna möta, utan att behöfva stupa ned i eländets afgrund vid första motgång, och derför bör äfven hans aflöning vara högre. Men arbetsgifvarens förmåga i detta fall är begränsad, och då han på grund häraf icke kunnat tillfredsställa arbetarnes for-

dringar, så har afvoghet uppstått hos dessa, och de ha funnit en
ära i att för sin aflöning lemna det minsta möjliga qvantum ar-
bete, hvarpå arbetsgifvaren naturligen betydligt förlorat. Man har
sökt afhjelpa det genom s. k. arbete på beting eller pr styck, men
det är endast inom få grenar af fabriksindustrien, som denna ar-
betsfördelning burit sig. Det är derför man i England infört den
s. k. *industrial partnership*, genom hvilken arbetarne på fabriken
sjelfva bli intressenter och kunna, genom att uppdrifva fabrikens
produktionsförmåga i dess högsta möjliga potens, om handelskon-
junkturerna för öfrigt äro normala, skaffa sig en vinst, hvilken,
lagd till daglönen, ganska betydligt höjt den årliga inkomsten.
Hittills har man icke i vårt land funnit för godt att ansluta sig
till denna form för arbete. Landets rörliga kapital har funnit
mer än tillräcklig sysselsättning i våra s. k. hufvudnäringar och
man har tillochmed satt i fråga, huruvida vårt land, som är så
rikt på råämnen, borde göra annat i den stora verldskonkurrensen
än att producera dem till största möjliga qvantitet och låta dem
utgå, för att af andra kapitalstarkare nationer förädlas. Denna
åsigt synes oss imellertid icke hålla streck längre, än för så vidt
den ifråga varande produktionen af råämnena tager alla befintliga
arbetskrafter i anspråk. Men så snart ett land har öfverskott på
sådana, måste de finna annan användning, om de icke skola trängas
för mycket vid modernäringarna och der genom den för stora till-
gången så våldsamt nedsätta arbetslönerna, att landet hotas med
faran af ett kolossalt arbetareproletariat, hvilket har sin enda
ventil, såsom förut i Irland, i en ofantlig utvandring — en för ett
icke öfverbefolkadt land ohjelplig nationalförlust, af hvilken Sverige
icke heller varit utan känning.

Den nödiga användningen af arbetskrafterna kan endast sökas
i råämnenas förädling, i industrien, hvilken också vanligen stiger
i snabb utveckling, i samma mån som befolkningen tillväxer och
det allmänna välståndet ökas. Sedan nu vårt land i flera rikt-
ningar drifvits till att sjelft förädla råämnena och dervid jemväl
funnit sin fördel, ha äfven kapitalerna börjat mer och mer söka
placering i industriela företag och arbetskrafterna att för dessa
tagas i anspråk. Kommer det att fortgå några år med samma
raskhet, som nu börjar att visa sig, skola arbetslönerna efterhand
ansenligt höjas, tills slutligen genom öfverproduktion ebben åter
inträder och arbetslösheten blir betänklig. Detta ligger i fabriks-
arbetets naturlagar och kan ej ändras. Men de farliga verkningarna
kunna förekommas genom *industrial partnership*. Så känna vi till
en snickerifabrik, hvilken i dessa dagar börjat sin verksamhet.

Densamma har anlagts genom en handelsfirmas kapital. Arbetarne i densamma erhålla bestämd månadspenning, så hög att de kunna ganska godt försörja sig dermed. Derjemte har man öfverenskommit om nettovinstens fördelning sålunda, att firman, såsom representerande kapitalet och försäljningen får hälften af lotterna, disponenten, såsom representerande den ledande själen i företaget, intelligensen, ett par lotter, och arbetarne, såsom representerande sjelfva arbetskraften, de öfriga lotterna. De äro således fullständiga delegare i företaget, under det att de på samma gång äro löntagare för betryggande af sin utkomst. Genom denna anordning undviker man den fara, på hvilken mången af arbetarne sjelfva bildad produktionsförening strandat, nämligen oenighet, framkallad af olika meningar om arbetsföretags ingående och utförande, i det disponenten i detta fall är den ende bestämmande och firmans kontor har bokföringen samt den vigtiga frågan om afsättningen om hand. Alltsom industriens utveckling i vårt land stiger och efterfrågan på arbetskrafter blir större, skall denna nu inledda anordning af förhållandet mellan intelligensen, kapitalet och arbetet äfven blifva allmännare, ty om än vår tillgång på rörliga kapitaler icke skall under många tider blifva så stark och företagsamheten erhålla den utveckling, att efterfrågan efter arbetskrafter blir omåttlig, så är icke heller vår befolkningsnumerär så betydande, att, då industrien eger något lif, tillgången på arbetskrafter kan vara synnerligen riklig. Vi kunna således hoppas, att här icke de stormar skola rasa, som hemsökt andra länder, i hvilka en oproportionerlig öfvervigt legat på ena eller andra sidan; derför skall äfven en sådan uppgörelse som den nämda, blifva med tiden allt mera följd såsom mönster. Den erbjuder också stora fördelar: arbetsgifvaren skall få arbetare, som sjelfva äro intresserade i att fabrikens produktion blir den största, det gemensamma intresset skall göra arbetarne förtroendefulla och verka denna jemlikhetskänsla mellan de båda parterna, som arbetarne så högt eftersträfva, och hvilken de nu, efter hvad man äfven erfor på det nordiska arbetaremötet förlidet år, bittert sakna; arbetarne skola dock på samma gång genom sin aflöning vara skyddade mot de allt för stränga hemsökelser, som missgynnande handelskonjunkturer föranleda.

Den högsta formen för arbetareassociationen är *produktionsföreningen*, i hvilken arbetarne sjelfva blifva både kapitalister, disponenter och arbetstagare. Denna art torde dock icke i afseende på fabriksindustri komma att erhålla någon synnerlig utbredning i vårt land, emedan dertill fordras en ansenlig kapitalstyrka och en bildningsståndpunkt samt ett affärsomdöme, hvilka sällan kunna inom arbetsklassen förenas. En i Göteborg inrättad dylik förening för mekanisk verkstad gick också snart sönder. I Norrköping finnes en mindre klädesfabrik, bildad af arbetare och på aktier, hvilken hittills burit sig godt; om dess framtid kunna vi likväl ej döma.

I det vi sålunda i *the industrial partnership*, sådan vi ofvan framstält den, se det närmaste målet för den svenske fabriksarbetarens sträfvanden efter att ernå den *ekonomiska* vinning af sitt arbete, som kan betrygga hans ålderdom, gifva honom råd att väl uppfostra sina barn — icke för att fika efter deras upptagande i andra klasser, utan för att göra dem till ädla och intelligenta arbetare, hvilka äro en lefvande protest mot de yttre klasskilnaderna — och sätta honom sjelf i tillfälle att vara en närande, aktad, oberoende och fri medborgare med blick för det allmänna och rättvis uppskattning af arbetets värde, öfvergå vi till *handtverksarbetaren*.

Handtverksarbetaren är nu onekligen den minst lyckligt lottade af hela den klass, han tillhör, i det att de olika yrkena mer och mer öfvergå till fabriksdrift, medan han lider af alla svårigheterna vid en dylik öfvergång, som innebär en stor nationalekonomisk omhvälfning. Han har derför en omfattande täflan att bestå med utlandet, hvars alster genom den fria handelslagstiftningen inströmma i vår marknad, och denna täflan omfattar de båda hufvudegenskaperna: alstrens prisbillighet och prydlighet. Handtverkaren, den s. k. mindre industriidkaren, måste göra sina artiklar lika prydliga och billiga som utländingen. Denne senare har en god bundsförvandt i den importerande köpmannen, som i präktiga butiker och med puffande annonser utbreder och prisar hans vara. Handtverkaren måste således äfven bli köpman och veta att »etalera» sina tillverkningar. Härtill fordras ett magasin med rikt sortiment af varor, der köparne kunna göra sitt urval; men ett sortiment har till ovilkorlig förutsättning en viss kapitalstyrka, emedan i de tillverkade artiklarna alltid ett kapital ligger borta.

Häraf framgår, att handtverkaren måste vara i besittning af kapitaler till förlag och af skicklighet för att göra artiklarne prydliga. För att göra dem billiga, måste han tillegna sig utländingens arbetsmetoder, vanligen bestående deri, att hjelpmaskiner, med hvilka ett qvantum arbete utföres, som i prisbillighet vida öfverstiger motsvarande qvantum personligt arbete, förrätta det första, eller egentliga grofarbetet, under det att handtverkaren endast sysselsätter sig med delarnes sammanfogning och med att gifva den sista polityren åt det hela.

Dessa omständigheter ha arbetarne lifligt för ögonen, och man kan väl säga, att de hädanefter skola utgöra förnämsta föremålet för deras föreningsverksamhet, emedan handtverkerierna äro stadda i en betänklig återgång och arbetarne måste skynda sig, på det att den utländska industrien icke må taga arfvet efter en fordom ej ringa yrkesskickligbet och minska arbetarnes näringskällor. Att skaffa den obemärkte arbetaren, sjelfförsörjaren, förlagskapital; att täfla med den importerande köpmannen i etalerandet af hans tillverkning; att om möjligt så ordna, att han kan göra varan ännu prisbilligare än utländingen och sålunda främst bemäktiga sig den inhemska marknaden samt derefter möjligen bereda banan för export — se der det vigtiga, det storartade problem, med hvars lösning tusentals arbetare nu äro sysselsatta. De skulle visserligen kunna, i likhet med skråmästarne, som ännu ha sina traditioner, fordra, att statsmakterna skola skydda dem mot den främmande konkurrensen genom protektionistiska lagar; men det är betecknande, att från ingen enda arbetareförening, såvidt vi veta, någon röst höjts härom. Arbetarne kasta sig tvärtom med mod och handlingslust in i täflingen — men söka medlet för framgång i associationen.

Hvad angår förlagskapitalet, så resonnera de: »Sparbankerna röra sig med många millioner. Dessa penningar utgöra till största delen våra besparingar, hvilka vi der insatt för att göra dem räntebärande. Det är sparbankernas pligttvång att utlåna dessa penningar i ett mestadels större belopp mot första säkerheten, för att undvika förluster, få förvaltningen billig och sålunda kunna hålla räntan hög för insättare. Härigenom komma våra penningar endast i den större affärsrörelsen. Skola vi icke kunna använda våra besparingar till att ömsesidigt hjelpa hvarandra med lån, så att de af oss, som det behöfva, kunna erhålla sitt förlagskapital? Vi vilja försöka.» Och så ha *folkbankerna* börjat uppstå samt andra mindre lånekassor inom föreningarna. Folkbankerna lemna arbetaren förlagskapitalet. Det gäller nu att göra hans medelst förlagskapitalet åstadkomna vara tillgänglig för allmänheten, som svårligen skall uppsöka honom i hans undangömda vrå. Detta närmande mellan sjelfförsörjaren och allmänheten har man börjat inleda medelst åvägabringandet af utställningar, der allmänheten ur en mängd alster af olika slag, vackert ordnade, och genom namnsedlar samt prisnoter blir i tillfälle att anställa sina jemförelser. För arbetaren är det nödvändigt, att han, då han väl tillverkat en artikel, genast kan få den betald och således sälja den billigare, i det han äfven strax kan börja ny tillverkning. Man umgås derför med tanken, att folkbankerna skola utvidga sin verksamhet till att belåna sådana tillverkade artiklar och låta dem försäljas för bankens och låntagarens gemensamma räkning. Härigenom kan man äfven vinna det dubbla målet att skaffa arbetarne en utmärkt, ja, en praktfull butik, der deras varor kunna etaleras mot en ytterst låg afgift och der ett rikligare sortiment, än någon köpmans, kommer att finnas, i det en hvar ditsätter sin lilla produkt. Då arbetarne sålunda befrias från dryg magasinshyra, dyr betjening, från nödvändigheten att ha ett stort räntebärande kapital i ett större sortiment, och i allmänhet kunna genast få penningar för sin vara, så bör denna kunna säljas billigare, än motsvarande artiklar i enskilda butiker. Denna prisbillighet skall befrämja omsättningen, om varorna äfven äro prydliga. Härtill fordras, att arbetaren blir i tillfälle att följa med sin tid. För detta ändamål erbjuder honom föreningens lässal lämpliga yrkestidskrifter med ritningar och planscher. Tyvärr ha hittills sådana populära tidskrifter ej funnits på svenskt språk. För att öfvervinna denna svårighet — hvilken naturligtvis dock blir afhjelpt, i den mån behofvet stiger och förläggarne finna dervid uträkning — har han börjat lära sig lefvande språk; och vi känna sjelfva ett och annat tjugutal, hvilka från fullständig okunnighet häri bragt sig genom flit och ifver till försvarlig och för ändamålet fullt tillräcklig kunskap i ämnet. Man umgås redan med planen att anordna utställningar efter utländskt mönster, der nya uppfinningar, förbättringar, för prisbillighet eller prydlighet synnerligen utmärkta artiklar komma att förevisas till gagn för arbetarne och den spekulerande köpmannen. Så skall man kanske kunna vinna äfven denna och bereda sig till att beherska den inhemska marknaden. I den mån föreningarnas kapitalstyrka tillväxer, skall man inköpa ritningar, planscher, modeller och utskicka arbetare med resstipendier och skyldighet att efter en viss tid återkomma och för sina yrkeskamrater redogöra för hvad de erfarit om de främmande arbetsmetoderna, m. m. Det blir ett nytt slags gesällvandring. Hvad beträffar de oundgängliga hjelpmaskinernas anskaffande, så tänker man, att målet kan vinnas derigenom, att antingen särskilda bolag ingås för inköp och uthyrning af sådana maskiner till yrkesidkarne eller att dessa senare slå sig tillsamman i sina resp. yrken och anskaffa dem, hvarefter de enligt särskild öfverenskommelse begagnas.

Det är naturligt, att utförandet af dessa planer skall möta många svårigheter, ha många fördomar att bekämpa, många klassintressen att undertrycka, mycken sjelfviskhet att utjemna; men då de väl en gång fastnat i arbetarnes egen föreställning kunna de icke mera ryckas derur. De skola, långsamt kanske, men derför icke mindre säkert, utveckla sig till full verklighet och i tillämpningen sedan efter hand vinna allt större och större .utsträckning.

Det låter nämligen tänka sig, att köpmannen skall, sedan han funnit sig i många fall icke behöfva den utländska marknaden för inköp, ja, kanske sett sin fördel i utförsel, blifva en stark afnämare af vissa artiklar. Den ena klassens arbetareförening skall erbjuda honom de bästa träarbetena, en annan de bästa skinnarbetena, en tredje de bästa skodonen etc. etc. I det att verksamheten derigenom kommer att på den ena platsen, genom någon lokal fördel, egna sig åt den tillverkningen, på den andra åt den, skall äfven yrkesskickligheten der uppdrifvas. Härmed skall ock följa öfvergången från det lilla handtverket till den stora industrien, som dock i de flesta fall skall antaga den karakter af fabriksmessig husslöjd, som är ett betecknande drag för urtillverkningen i Schwarzwald, för jernsakerna i Jurabergen och träarbetena i Schweiz, i det att en by förfärdigar den delen af en artikel, en annan by den, hvarefter de föras till fabriken i staden, som sammanfogar dem till ett helt, gifver sista fulländningen deråt och utför dem i marknaden. Det är sant, att handtverkerierna sålunda skola undergräfva sig sjelfva, men detta skall blifva en naturlig och organisk öfvergång. På det sättet skola äfven marknaderna åter uppblomstra — icke marknadsskojet — utan de verkliga affärsmarknaderna. Så skall äfven vårt folk, hvilket genom landets klimatiska förhållanden är af naturen hänvisadt till *husslöjdens* utöfning under den långvariga vintern, kunna genom tidens rätta användande och de inneboende mekaniska anlagens utveckling blifva starkt kapitalbildande samt välmående, utan att behöfva för ett eller par missväxtårs skuld hemfalla åt den tröstlösa förtviflan, som manar den dådlustiga ungdomen att på andra sidan oceanen söka sig ett nytt fädernesland.

Läsaren finner af hvad vi här anfört, hvilket friskt och kraftigt framåtsträfvande lif, som spelar på botten af arbetarerörelsen i städerna och de trakter på landet, der associationen arbetar för samma syftemål. Det är väldiga krafter, som sålunda äro i verksamhet på samhällets djup. Väl är, när lag och sed arbeta så hand i hand, att hvarje förändring sker lugnt och i jemn, organisk utveckling. Alla språng och nyckfulla ansatser äro farliga på området för ett folks ekonomiska och sociala lefnadsförhållanden. Vi hoppas, att de för stora rubbningarna skola uteblifva i vårt land, i det att de andra klasserna göra sig förtrogna med arbetarerörelsens natur, hvars höga syftemål dock egentligen intet annat är, än att arbetarne skola »genom sanningen göra sig fria.» Ty väl veta de tänkande bland dem, att en förbättring af arbetsklassens ställning möjliggöres ytterst genom kraften och viljan hos hvarje enskild medlem af nämda klass, kraften och viljan att odla sitt förstånd och att rena sin håg, för att sålunda utbilda sig till menniska i ordets ädlare mening. Detta, att hos sig och andra bringa till harmonisk utveckling det sant menskliga, kan ju i sjelfva verket sägas vara all sjelfbildnings och uppfostrans yttersta och högsta syftemål. Ty endast genom det menskliga leder för oss menniskor vägen till det gudomliga, uti hvars väsen vårt eget är fästadt med oslitliga rottrådar. Den tid är förbi och skall ej mera återkomma, då en missriktad nitälskan kunde finna gehör för sitt i religionens namn utfärdade påbud om förqväfvandet och stympningen af våra förnuftsförmögenheter genom dessas »tillfångatagande» under den i villfarelser snärjda, rent mekaniska dogmtrons lydnad. Förnuftet — det gudomligas återsken i vår egen ande — har af nutidens tänkande åter fått sig anvisad sin rätta plats, såsom ledstjernan för vår forskning, måttstocken för våra handlingars värde. Dess lagar, hvilka äro ett med vårt eget väsens högsta lag, böra hörsammas äfven inom det område af samhällslifvet, hvarmed vi här sysselsatt oss. Genom sträfvandet att hos sig och andra allt kraftigare utbilda en sann och ädel mensklighet, skall arbetaren göra sig till en gagnelig medborgare i det jordiska samhället, som är förgården till det himmelska, och då äfven känna sig genomträngd af den anda, i kraft af hvilken han med Channing kan utropa:

»Ju längre jag lefver, desto tydligare ser jag ljuset framtränga genom skyarne. Jag är viss om, att solen är der uppe!»

Axel Krook.

Svensk historia i svensk roman.

Ett bidrag till fäderneslandets litteraturhistoria.

I.

Den historiska romanen synes icke numera hos oss röna samma uppmärksamhet, som för några årtionden tillbaka, och en ny romantiserad skildring ur Sveriges historia börjar att blifva en sällsynt företeelse inom vår litteratur. Måhända ligger orsaken härtill i det brinnande begär att söka *sanningen*, som, man må säga hvad man vill, utgör ett af de mest utmärkande dragen hos vår tid, och som gifvit sig tillkänna ingalunda minst inom den historiska forskningen. Hvad som i århundraden gällt för sanning, hemtas nu upp ur historiens djupaste schakt för att skärskådas i dagsljuset, och det händer stundom då, att ett eller annat historiskt minne i den nya belysningen erbjuder en annan bild, än den man förut älskat att skåda, och att den lätta slöja, som en poetisk fantasi sedan långt tillbaka väft omkring de historiska gestalterna, våldsamt ryckes undan, på det att historien måtte framstå i all sin nakna sanning, från hvars åsyn dikten ryggar tillbaka. Detta har dock snart en öfvergång. Sanning och poesi trifvas väl tillsamman, och innan kort torde det visa sig, att invid brädden af historiens källa växer mången fager blomma, hvarmed dikten icke skall försmå att pryda sig.

Den gamla hjeltetiden, med sina af den sublimaste poesi uppfylda myter, hade från årtusenden framalstrat skaldekonstens mästerverk, då man omsider, icke långt före våra dagar, började få ögonen öppna för de underbara gestalter, som här och der framskymtade ur riddartidens töckniga verld. En ny skola inom vitterheten hade känt sina hjertan anslås af de brutna toner, som ännu svagt återljödo från denna tid, och då skaldens fantasi, förut fri som ett naturens barn, sänkte sin flygt till verklighetens verld, uppsökte hon naturligtvis helst den rymd derinom, der den historiska sanningens tvång icke skulle kännas alltför tryckande. Medeltiden syntes henne mest lockande; det låg så mycken poesi redan

i den tidens kärleksvisor och hjeltesånger. »Det var» — säger en
författare — »som om eolsharpor öfverallt varit upphängda, hvilka
blott behöfde vidröras af den lättaste vind, för att bringas till
ljud». De spridda minnena ifrån den tiden började att med brin-
nande ifver hopsamlas, och med diktens trollspö manade man upp
ur grafven gengångare af ett försvunnet slägte. Den ena historie-
målningen efter den andra upprullades, och belysta af medeltidens
romantiska skimmer, kunde de icke förfela att utöfva en mäktig
verkan på poetiska sinnen. Man började anse, att fantasiens rika
och brokiga bilder borde erhålla en bestämdare teckning, om de
ikläddes historiska drägter, och man kom snart till erfarenhet af
att de skildringar, dem skalderna så ofta framstält ur menniskans
historia, lätteligen kunde tillämpas på historiska personligheter.
om man endast egde det snille, den slagruta, som fordrades för
att ur häfderna uppsöka dem. De svårigheter, som härvid äro
att öfvervinna, falla lätt i ögonen; genom djupa studier måste
den historiska blicken så skärpas, att skalden förmår att lefva sig
in i den tid, han vill skildra, att uppfatta dess väsen, känna som
den, tänka som den. Det poetiska elementet måste så innerligt
smälta tillsamman med det historiska, att den flydda tidens ande,
likasom i en själavandring, ånyo uppenbarar sig i och genom de
framstälda gestalterna.

Romanen i allmänhet gifver oss målningar af verlden, icke i
och för sig, utan i hennes förhållande till de personer, hvilka för-
fattaren låter uppträda i verldshvimlet för att verka, kämpa, fröjdas
och lida som en af oss. Den lilla verld för sig, hvaraf vi sålunda
erhålla en bild, är antingen en verklig eller en diktad. Sjelfva
grunden till den förra är alltid historisk, äfven om stundom de
uppträdande personerna äro lånade ur inbillningens verld. Att
vid en jemförelse bestämma det ena eller andra slagets företräde.
är lika omöjligt, som att i allmänhet göra upp en rangordning.
gällande för diktens skapelser. Diktaren eger samma rätt som
hvarje annan bildande konstnär, att ur historiens tideböcker upp-
söka sina originaler, och sedan han funnit dem, gäller för honom
samma regel som för de andre: att skönt framställa sanningen.

Det var, som vi nämde, *den nya skolan* inom vitterheten.
hvilken förberedde den historiska verklighetens antagande till
grundval och utgångspunkt för ett nytt uppslag inom poesien, och
början gjordes med medeltiden, åtminstone i Tyskland och Frank-
rike; i England röjde sig den »realistiska» riktningen tidigast genom
naturmålningar och gick i historien ej längre tillbaka än till
Elisabeth. Såsom lärjunge af den tyska skolan, framträdde Walter

Scott [1]) som realismens förkämpe. Han försmådde de talrika främmande ämnen, dem England genom sin rika och vidsträckta verldserfarenhet kan erbjuda sina skalder, och använde sitt snille till att förhärliga fosterlandets stora minnen och bedrifter. Då han år 1814 anonymt utgaf sin första roman: *Waverley or 'tis sixty years ago*, helsades han af hela det bildade Europa med benämningen »den store okände», och om äfven smädelsen någon gång tillät sig att kalla honom »den vattensprutande hvalen i Nordsjön», tvangs dock ett sådant förtal snart till tystnad af den allmänna beundran, som slutligen skänkte honom det sköna binamnet af »Europas och mensklighetens vän.» Walter Scott har i sina historiska romaner omsorgsfullt och med framgång undvikit ej mindre fransmännens ytlighet än tyskarnes tungfotade och töckniga lärdom och snillrikt sammangjutit verkligheten med poesien, häfderna med dikten. Hans fulländade naturhärmning, det trogna återgifvandet af tid och personer, tankar och känslor, hvarigenom han »sannare än historien» låter oss lefva upp bland längesedan förgångna slägten, hafva upphöjt honom för alltid till ett af de högsta rummen inom den historiska romanens område, äfven om man skulle kunna tänka sig en ännu högre fulländning af denna diktart, der en rikare poetisk känsla skulle framkalla en ännu skönare harmoni imellan det ideela och reela. Väl hafva äfven före honom åtskilliga romanförfattare uppsökt sina ämnen ur folkens sägner och historia, men de hafva utan undantag vid sjelfva framställningen antingen sväfvat bland molnen utan tillräckligt fotfäste i sinneverlden, eller ock gjort sig skyldiga till den motsatta ytterligheten, i det de alltför djupt sänkt sig ned i de minsta enskildheter, och derigenom beröfvat sina bilder rörlighet och färg. Vid Walter Scotts framträdande undanträngdes de snart och råkade i förgätenhet, och honom allena skall efterverlden nämna såsom den historiska romanens fader.

Det tillhör ett stort rykte, att en mängd mindre bekanta namn samla sig deromkring, för att under dess banér vinna ryktbarhet och ära. Så har det äfven gått med Walter Scott, som i alla länder funnit talrika lärjungar och icke heller i Sverige saknat efterbildare, huru föga de än upphunnit sin mästare. Med ett öfverflöd af romantiska skildringar ur svenska historien, har man länge varit i saknad af utförligare monografier öfver enskilda tidskiften, tilldragelser och personligheter, ur hvilka romanförfattarne

---

[1]) Han öfversatte i sin ungdom Bürgers »Leonora» och Goethes »Götz von Berlichingen.»

kunnat hemta stoff till sina berättelser. Måhända skall denna brist snart vara afhjelpt genom dylika bidrag, dem forskarnes flit bringar i dagen; men äfven andra omständigheter synas hämma den historiska romanens utveckling hos oss. Den nordiska naturen är stum och enslig, och äfven öfver hennes mest leende taflor utbreder sig en melankolisk tystnad, som gifver oss intrycket af ödslighet. Väl kan ock Norden framställa i sitt slag gripande naturscenerier. der elfvar brusa eller norrskensflammor sprida sitt egendomliga ljus öfver snöhöljda fjäll, men naturen öfverhufvud förblifver dock hos oss kall och känslolös, och folket, som bor der, »i skogar, på berg och i dalar», eger icke det lynne, som alstrar romantiska karakterer i egentlig mening. Att en poetisk stämningsrikedom, en innerlig mottaglighet för det okonstladt sköna hvilar på djupet af den svenska folkanden, derom bära våra sagor och folkvisor med sin odödliga musik ett storartadt vitnesbörd; men denna lyriska stämning, som likt ett halft beslöjadt månsken breder sitt milda skimmer öfver Nordens natur och folklif, är något alldeles motsatt det lidelsefulla och eldiga skaplynnet hos söderns folk, som ibland dem framkallat så talrika romanhjeltar och hjeltinnor. Att dock historiska personligheter funnits äfven i vårt land, som väl lämpa sig för en poetisk skildring, torde ingen kunna förneka, om de än icke förekomma så talrikt som i andra länder. Knappt har något enda nytt skede inbrutit i vårt folks andliga och politiska utveckling, utan att de menskliga lidelserna blifvit satta i svallning, och de väldiga strider, som då utkämpats äfven hos oss, vitna nogsamt om att äfven »Norden är full af hetsigheter.» Förgäfves skall skalden icke i våra häfder söka efter höga andar att besjunga, hvilka med helig nitälskan kämpat en god kamp för ljusets seger, likasom ej heller hos oss saknats de mörka makternas titaniska kämpar. Hjeltemod och hjeltedöd för fosterlandet äro ristade snart sagdt på hvarje blad af vår historia, och tillräckligt blod har flutit inom våra landamären för att gifva färg åt Clios penslar. Nordens sköldmör dogo icke ut med Blända och Kristina Gyllenstjerna, och folkvisan vet att nämna mången fager tärna. som med Stolts Elisif eller Sigrid den fagra månde täfla om skönhetens och dygdens pris. Att det oaktadt den historiska romanen hos oss ännu icke uppnått någon högre utbildning, torde i väsentlig mån bero på den jemförelsevis fåtaliga publik och sålunda äfven ringa uppmuntran våra författare hafva att påräkna i förhållande till de större folkens öfver hela den bildade verlden bekanta diktare.

Vid en blick på den svenska *dramatiken* och hennes förhållande till den svenska *romanen* finna vi genast huru den förra med större begärlighet vändt sig mot historien, för hvilken riktning vi hafva att tacka den romantiska skolans nationela sträfvanden och hennes beundran för Shakspeares snilleverk. Den inhemska dramatiken har alltsedan Gustaf den tredjes tid, och äfven derförut, rönt betydligt större uppmärksamhet hos oss, än den historiska romanen, och om vi äfven i den långa serien af svenska historiska skådespel, som i afseende på ämnet sträcker sig ända ifrån vår sagoperiod och intill våra dagar, icke påträffa flera än högst få, hvilka motsvara granskarens billiga anspråk, ligger grunden härtill ingalunda i bristen på dramatiska ämnen, utan fast mer i författarnes saknad af djupare historiska insigter och af förmåga att snillrikt uppfatta och återgifva handlingar och karakterer. Vi vilja med bestämdhet påstå, att en dramatisk skald, som vore i stånd att tränga ned i vår historias djup, skulle der finna bilder af så äkta dramatisk natur, att den verkligt geniala begåfningen af dem kunde bilda skapelser af den högsta skönhet. Vi hoppas att i det följande blifva i tillfälle att visa, huru äfven de historiska romanförfattarne förstått att tillgodogöra sig åtskilligt af det romantiska stoff våra häfder erbjuda, och att bland deras arbeten några finnas, hvilka äro af alltför stort värde, för att böra förgätas. Vi förmoda, att mången med oss kommer att erfara huru fosterlandsvännen blir varmare om hjertat vid åskådandet af dessa bilder ifrån eget land, än af främmande, om ock framstälda af en mera konsterfaren hand, och huru ögat med hemlängtans ifver vänder sig till den nordiska naturens dystrare taflor, ifrån söderns rika blomsterfält, om hvilka man utan afund gerna erkänner, att de äro:

> »Bedre, skiönnere maaske.
> Ak! men det er ikke *de.*»

Och om det är sant, — såsom det tvifvelsutan är — att svenska folket med kärlek och vördnad omfattar sina ärorika historiska minnen, tro vi oss icke förgäfves hafva erbjudit våra läsare en öfverblick af de förnämsta romantiska skildringarna utaf de stora personligheterna och tilldragelserna i Sveriges historia.

Det mörker, som hvilar öfver hvarje folks första framträdande på händelsernas skådeplats, herskade länge i norden, och ju noggrannare man vill utmärka gränsen mellan *sagans* och *historiens* tidehvarf hos oss, desto flera århundraden nödgas man inrymma åt det förra. Vår litteratur saknar icke alldeles exempel på försök, som blifvit gjorda att ifrån vår sagorika fornhistoria hemta ämnen till romantiska berättelser; men dessa hafva då icke kunnat gifva oss annat än ofta ganska misslyckade omarbetningar af de gamla poetiskt tilltalande sagorna. Då den historiska nationela romanen, på samma gång hon skildrar menniskohjertats historia i någon af dess otaliga skiftningar, äfven bör i en sammanträngd bild framställa tidehvarfvet med dess olika riktningar och en hel nations andliga skaplynne, kan romanen naturligtvis icke uppsöka sina ämnen längre tillbaka i tiden, än då folkets nationela prägel börjat något tydligare framstå. Ett frimodigt sinne i förening med sjelfständighet i ord och handling, hvilka oftast pläga angifvas såsom de utmärkande dragen hos svenska folket, gifva sig väl på ett storartadt sätt tillkänna hos de gamle kämparne från hedenhös, men hela den moderna verldsåsigt, på hvars grund romanen kunnat uppstå, är så fullkomligt motsatt den fornnordiska, att de uråldriga gestalterna från nordens hednatid skulle i en ny romantisk omklädnad förlora all sin ursprungliga kraft och styrka. Romanförfattaren nödgas derför vända sina blickar till en senare tid, till den tiden, då visserligen papismen och feodalismen i många afseenden påtryckt land och folk en utländsk stämpel, men af hvilken dock kan bildas en bakgrund, imot hvilken de rent nationela typerna framstå med så mycket skarpare teckning.

Medeltidens alla kulturriktningar hade trängt in i vårt fädernesland vid början af det tidehvarf, som fått sitt namn af Birger Jarl. »De gamla krafter» — säger en svensk vältalare — »som hade gifvit karakter åt Sveriges forntid, voro domnade; de nya sökte sina former; samhällets väsen var förändradt, men förändringarna hade icke satt sig i fasta gestalter. Asgårds gudar voro döde; korset triumferade; snart skulle Islands skalder tystna, och i deras ställe riddarsagan och den kristna folkvisan ljuda i festliga samqväm, medan munken beder i sin cell och biskopar på herremöten bygga kyrkans makt. Vikingens drakskepp hade slutat sina färder, men tornerspelens tid i riddarborgen var kommen. Idoge borgare binda sig tillsamman i egna föreningar för fredliga yrken, städer uppstå. Bondehären, om också fri och stundom mäktig, är icke mera ensam att byta ord med konungen, men stora herrar ryckas med hvarandra om rikets makt, ja ock om kungakronan».

— — — Den tidens främste man var den väldige Birger Jarl och till den tiden är händelsen förlagd uti en af våra ypperstå historiska romaner, hvarmed vi vilja börja vår öfversigt, nämligen *Junker Carl*, af A. Lindeberg (3 delar. Stockholm 1847).

Till det af Vilhelm af Sabina utlysta kyrkomötet i Skeninge samlades folk ifrån Sveriges alla landsändar, och bland de vägfarande märktes äfven Birger Jarl med sin unge frände, junker Carl, son af den aflidne jarlen Ulf Fasi. Ett uppehåll i deras resa gjordes vid Kämpestads kyrka. Der bodde den nitiske kyrkotjenaren mäster Laurentius, hvilkens fromma dotter, jungfru Ragnild, den unge junkern lofvat sin tro. Sedan läsaren hunnit kasta en hastig blick in i detta fridfulla tjäll, får han med våra resande fortsätta färden fram till Skeninge, der han inbjudes att öfvervara det märkliga mötet. På ett ganska snillrikt sätt har författaren förstått att begagna sig af en bland de vigtiga läror, som der förkunnades, nämligen den, hvarigenom presternas äktenskap förklarades stridande imot kyrkans anda. Papismens vidskepelse och illfundiga beräkningar drogo härigenom smädelse och förakt öfver de gifta presternas familjer, och deras barns börd råkade sålunda i vanrykte. I presthuset vid Kämpestad mottogs underrättelsen härom med bestörtning, men den renlärige mäster Lars vågade icke yttra ett ord imot hvad kyrkomötet med gudomlig maktfullkomlighet beslutat, af fruktan att derigenom hans äregiriga framtidsplaner skulle gå om intet. Annorlunda var förhållandet med qvinnorna och junker Carl. Den unga jungfruns blygsamma kärlek tager sig så väl ut i denna skildring vid sidan af junkerns ädla trofasthet. Han söker råd af den beryktade fru Ingrid Ulfva, enka efter Magnus Minnisköld och moder till Birger Jarl, hvilken ifrån sin kammare i Bjälbo kyrkotorn skådade ut öfver verlden nedanför henne, och enligt folktron äfven in i andeverlden. Hon svarade honom, att man måste låta sakerna hafva sin gång och undergifvet afvakta den tid, som hon, en ny Vala, bebådade, då

> »Fritt skall vara
> Det sköna Sveriges
> Urgamla rike.»

Vid ett nytt besök hos sin trolofvade, beslöt junkern att hemföra henne såsom sin brud, innan det år förgått, hvarefter mötets beslut skola träda i verkställighet; men då man som bäst var sysselsatt med att på marknaden i Linköping göra förberedelser till det tillämnade bröllopet, ankom bud ifrån Birger med befallning om utrustning till det korståg, han beslutit imot de upproriske invånarne i Tavastland. Birger ville nämligen äfven såsom en kristendomens apostel, utbreda den nya läran i Finland och derigenom närmare införlifva detta land med Sverige. På skilda håll samlades de olika skarorna af korsfarare, och den afdelning, som junker Carl skulle anföra, seglade ut ifrån Söderköping. »Då» — säger den gamla Erikskrönikan —

»Blef mången röder mund der kysst,
Som aldrig sedan kysstes af hjertans lust.» —

Under en stormig färd drefvos en del af skeppen till de Åländska skären, der Carl och några af hans män fingo göra bekantskap med den hundraårige åsadyrkaren Arnfaster. Visserligen tillhör denne de bipersoner, hvilka författaren stundom roar sig med att införa, och hvilka stå alldeles afskilda ifrån hufvudhandlingen, men man måste dock gifva sitt erkännande åt den kraftiga teckningen af denne gamle hedning, som efter att länge hafva vandrat omkring i det kristnade Europa, utan att kunna finna det öfverlägsna i de kristnes dygder, slutligen dragit sig ifrån verlden, för att på en enslig ö i hafvet i ostörd ro få egna de gamla gudarne sin dyrkan. — Slutligen framkom den svenska hären till Finland och fann kusterna uppfylda af talrika hednahopar, klädda i hudar och beväpnade med spjut, pilbågar och stridsklubbor. Carl hade till följeslagare på detta tåg erhållit Ragnilds broder Herbert, och det fostbrödralag, som de båda kämparne med hvarandra ingått, har författaren framstält på ett stundom gripande sätt. Då Carl slutligen föll i fiendens händer, hade Herbert icke mera än *en* tanke, — den att, om ock med uppoffring af sitt eget lif, rädda honom derur. Härvid kom en romantisk omständighet honom till hjelp. En gång, då han uppvaknade i skogen efter en stunds hvila, fann han vid sin sida en ung qvinna, ur hvilkens händer stridsklubban fallit, och som betraktade honom med milda ögon. Ifrån detta första sammanträffande upptändes i deras hjertan en ömsesidig låga, och Illina, — så hette den ljuslockiga finska mön — glömde bort det uppdrag, hon af sin fader erhållit, att smyga omkring bland de kristna vakterna och döda dem. Då Herbert erfor, att den fångne junker Carl blifvit öfverlemnad i hennes vård, lät han henne föra sig till junkerns fängelse, hvarur han lyckades frälsa honom, men var sjelf nära att blifva offrad åt hedningarnas gudar. Han lyckades dock undkomma, men förföljdes af talrika fiender, och utmattad af de sår, desse tillfogat honom, nedföll han slutligen sanslös i skogen, men föll — i sin Illinas armar. Vårdad af henne, tillfrisknade han snart, och sedan hon, efter att af honom hafva blifvit undervisad i den nya läran, erhållit dopet, tog han henne till sin maka. Imellertid hade Birger återvändt till Sverige vid underrättelsen om kung Eriks död, och innan kort återkommo äfven de öfrige kämparne.

och funno huru kungsämnena bland de mäktige slägterna uppväckt split och osämja i landet. Birgers son Valdemar hade dock erhållit kronan, hvilken sattes på hans hufvud af den forne presten i Kämpestad, numera biskop i Linköping, hvilkens ärelystna drömmar sålunda blifvit verklighet. Denna hans upphöjda ställning hade förändrat honom mycket. Han kände väl icke mera de sina, men Carl beslöt att afvärja det hinder, som hotade att uppstå imot förmälningen med hans förskjutna dotter, genom att, såsom Axel Thordson för skön Valborg, af påfven utverka kyrkans stadfästelse och välsignelse. Dessförinnan uppdrog Birger åt honom att åtfölja dennes dotter Richissa till Norge, der hon skulle förmälas med konung Hakon, och under tiden företogo Ragnild och hennes moder en färd för att rådföra sig med den beryktade eremiten vid Ingemo källa. På vägen dit öfverföllos de af den mäktige herren på Möhem (Mem) Guttorm Sigvardsson, en son på sidolinien till Birger Jarl, som fattat behag till Carls trolofvade, och som förde dem till sitt hem. Upptänd af vrede öfver det förakt, hvarmed de båda qvinnorna besvarade hans framställningar, rusade han i ett ögonblick af ursinnig yrsel in i de rum, der de höllos förvarade, i afsigt att döda Ragnild, hvilkens kärlek han ej unnade någon annan, men dolken träffade modren, som bytt sofplats med sin dotter. För att sedan befria sig ifrån ansvaret för detta dråp, anklagade han dottren för att vara mörderskan, hvarpå Ragnild dömdes till döden. Der domen verkstäldes, upprann en källa, som sedan dess burit den jungfruliga martyrens namn. Hämden för detta dåd utkräfdes af den från Finland återkomne brodren, som sedermera af Birger utnämdes till höfvidsman på Tavasteborg, hvarifrån han och hans finska brud utbredde frid och välsignelse öfver det nykristnade folket. Junker Carl begaf sig till svärdsriddarne i Liffland och — efter ett blodigt, men ärorikt slag imot de hedniske lithauerne, fick han återse sin trolofvade, ty, så säger krönikan:

> »Den dagen stridde han tills han dog,
> Nu är han i himmelrik' — det är min tro.» — —

Omkring denna romantiska berättelse har författaren grupperat åtskilliga historiska episoder, som, om de äfven kunna anses gifva åt det hela en obehöflig längd, dock icke läsas utan ett visst intresse, hvartill författarens förträffliga stil i väsentlig mån bidrager. Dit räkna vi Birgers flykt ifrån Bråborg, Folkungen Hollingers afrättning, Valdemars kröning, slaget vid Herrevadsbro, m. fl. Sjelfva hufvudberättelsen är väl anlagd, och några af de uppträdande personerna, såsom t. ex. Birger Jarl och biskop Kol, äro tecknade med mycken originalitet och skulle hafva lämpat sig förträffligt till en dramatisk framställning.

I början af G. H. Mellins novell *Sigrid den Fagra* (Historiska Minnen från Fäderneslandets forntid. Stockholm 1846.) se vi den gamla frun på Bjälbo, Ingrid Ulfva, föras till sin graf. En sägen har länge varit utspridd, att hennes lik blifvit i stående ställning inmurad i en af kyrkans pelare, emedan man trodde, att så länge hon bar sitt hufvud uppe, skulle hennes slägt förblifva mäktig och rik. Vid en på senare tid företagen undersökning har dock intet spår häraf kunnat påträffas. Hennes begrafning firades med pomp och ståt; utom hennes fyra söner, jarlen Birger, lagmännerna Eskil och Bengt samt biskopen i Linköping Carl, jemte en stor samling af rikets ypperste män, hade äfven stora hopar af det lägre folket samlats till denna högtid. Bland dem märkte man en silfverskäggig gubbe och vid dennes sida en ung qvinna, båda i pilgrimsdrägt. Det var biskop Kol, som på vägen till den heliga grafven, för att försona sitt förräderi mot folkungarne vid Herrevadsbro, åtföljdes af den fagra Sigrid. Bengt, upptänd af en häftig kärlek till den sköna pilgrimen, afslog stolt det förslag jarlen gjort honom, att till befästande af ättens välde, förmäla sig med jungfru Richissa, dotter till den mäktige Ivar Blå. Efter månget äfventyr i striderna mot jarlens folk, firade slutligen Bengt sitt bröllop på Ulfåsa med sin utkorade. Novellen slutar med den bekanta historien om Birgers hånfulla bröllopspresent — purpurkjorteln med vadmalsvåden — och om hans möte med sin sköna svägerska, hvilkens fägring och hurtiga skick blidkade hans barska sinne.

Det namn af Sveriges förnämste historiske novellförfattare, som Mellin förskaffat sig, har ännu ingen gjort honom stridigt. Det är naturligt, att man inom dessa novellers trånga gränser förgäfves skall söka någon bestämdare teckning af tid och personer; men de rörliga taflor han för oss framställer, äro målade med friska färger och konstnärligt ordnade. Troget följa de historiens tilldragelser, hvilka de återgifva enkelt och utan flärd. Allmänheten har också med begärlighet mottagit dessa »minnen från fäderneslandets forntid», dem Mellin hopbundit till rika kransar, hvilka påminna oss om ängsblommornas naturliga behag. Det mest poëtiska af dessa minnen har han framstält i *Nunnan i S:t Clara*.

Den beständiga brödrafejden, som rasade bland Birger Jarls efterkommande, hade äfven varit orsak till att konung Birgers son, junker Magnus, efter sin återkomst från Danmark, der han efter Håtunaleken uppfostrades hos sin morbroder konung Erik Menved, blifvit insatt i fängelse på Stockholms slott. Han hade dessförinnan blifvit trolofvad med en pommersk furstedotter, Eufemia, hvilken författaren låter taga doket i S:t Clara. Franciskanerpriorn Botvid utverkar ett dygns uppskof med den dödsdom, rådet fällt öfver den unge fursten, men då nunnan under nattens lopp skulle försöka att rädda honom, och derför vågat att stiga ut på en jernstång, som öfver strömmen hvilade mot muren till prinsens fängelse, fann hon detta tomt; från Helgeandsholmen ljödo dystra psalmer, som tillkännagåfvo, att Matts Kettilmundson icke bedragits af priorns list, utan genast låtit domen verkställas. Eufemia försvann i de brusande vågorna. — Man har med rätta anmärkt, att Mellins noveller se ut som lösryckta kapitel ur något större verk, som man önskade läsa i sammanhang, men en sådan dikt, som »Nunnan i S:t Clara», eger dock anspråk på att anses såsom ett litet mästerstycke i och för sig inom den historiska novellgenren.

Klosterlifvet under medeltiden erbjuder rik näring åt våra skalders fantasi, hvaraf de äfven sedan länge vetat att begagna sig. Redan några af våra äldsta och skönaste folkvisor omtala mången sägen om huru de menskliga passionerna brutit sig en väg genom klostermurarna och vanhelgat det rum, som blifvit invigdt åt försakelse och dygd. Ännu i dag kan man icke utan rörelse genomläsa sången om »Elisif, nunna i Riseberga kloster,» som biskop Nils i Linköping för ett halft årtusen sedan sammanskrifvit. Den skildrar nunnans bortröfvande ur klostret af en bland konung Albrekts tyska knektar, och denna händelse har sedermera blifvit förlagd till Vadstena i romanen *Vadstena kloster*, af C. D. Arfvedson (2 delar, Stockholm 1848). Det poëtiska doft, hvarpå denna folkvisa är så rik, har till det mesta gått förloradt i den prosaiska omarbetningen. Så låter författaren t. ex. den långe Bernhard, röfvaren, innan han någonsin sett Stolts Elisif, på trots erbjuda sig under en fest i helga Lekamens gille i Stockholm, att, såsom bevis på de svenska qvinnornas flyktighet, innan kort taga till sin brud äfven den heligaste nunna, som någon af sällskapet kunde nämna, hvarvid, af en händelse, valet föll på Elisif. Författaren har egnat en icke obetydlig del af sin bok åt sedemålningar, hvarvid han synes hafva begagnat sig af de bästa källor, som stått honom till buds, såsom rimkrönikorna, klosterreglorna, Rasmus Ludvigsons berättelse om Vadstena kloster, o. s. v. All bestämdare karaktersteckning har fått gifva vika för ganska utförliga skildringar af vissa historiska eller kulturhistoriska minnen. Bland de förra må vi nämna den lifliga målningen af slaget vid Falköping och Hättebrödernas sammansvärjning på Käplingeholmen imot den antågande Margareta; bland de senare åter gifva vi det främsta rummet åt de religiösa ceremonierna i klostret och i gillet, de sistnämda utan tvifvel hemtade ur Murbergs förträffliga afhandling härom (i W. H. och Ant. Ak. Handl.).

Vi veta ej, hvilket uppseende denna roman gjorde vid sitt första framträdande, men vi tvifla på, att hon numera finner många läsare. Åtskilliga detaljer af plananläggningen äro desamma som i F. Hedbergs skådespel *Stolts Elisif.*

En annan historisk roman, som varit ämnad att behandla ungefär samma tid, är *Thord Bonde eller slutet af konung Albrechts regering*, af G. W. Gumælius, hvaraf dock endast första delen utkommit (Upsala 1828), och som författaren säger vara det första originalförsök till en svensk historieroman. Utan att vara någon tom efterbildning af de Scottska mönsterbilderna, kan dock dennes inflytande icke förnekas, och härför kan man ju icke annat än hålla författaren räkning. Det sätt den brittiske mästaren infört, att omedelbart låta sina personer uppträda på scenen för att sjelfve presentera sig för läsaren, har här äfven blifvit följdt af lärjungen. Händelsen, eller rättare berättelsen; — ty af handling förekomma här just icke några spår, — är förlagd till en undangömd trakt i Småländska skären, der mäster Hugos fribytareband utvalt sitt tillhåll. Den unge Thord (Rörekson) Bonde har af dem blifvit uppfångad och förd till deras lägerplats, der höfdingens gemål, en förnäm spansk dame, i en mängd poetiska och ganska formsköna verser, för honom förtäljer sin lefnads romantiska saga. Hvad som kunnat utveckla sig i denna roman, torde förblifva en hemlighet, då man nu väl icke kan hoppas på någon fortsättning. Få, om ens någon, komma väl hädanefter att läsa denna början till en svensk roman, hvilken, oaktadt sina 350 sidor, dock endast kan betraktas som en inledning, hvilken synes oss afskräckande genom sin längd, äfven om man gerna erkänner, att författaren inlagt icke obetydlig poesi såväl i de nämda romanerna som i vissa enskilda delar, såsom i berättelsen om den »grundrika jungfrun» — klippan ute i Östersjön. Öfver formen har han visat sig vara mästare, men karaktersteckningen förefaller här i denna början matt, och af det egendomliga i Sveriges natur och folklynne hafva vi icke lyckats påträffa något enda spår.

I den roman, som nu ansluter sig närmast till de förut nämda, få vi åter kasta en blick bakom klostermurarna, och bevitna ett nytt klosterrof. En gammal folkvisa vet att förtälja, huruledes en båld riddare af sin fostermor erhållit det råd att »lägga sig död uppå bår», för att sålunda blifva införd i klostret, der skön jungfrun blifvit vigd till nunna. Då jungfrun under natten vaktade vid båren, rusade riddaren upp, tog henne på sina armar och räddade så sitt unga vif ur klostret.

> »Och alla klosternunnor
> De sjöngo, hvar för sig:
> Krist' gifve en sådan engel
> Kom tog både dig och mig!» —

I *Drottning Filippa*, historisk roman af Wilhelmina (Stålberg) (2 delar, Stockholm 1849), är denna berättelse tillämpad på jungfru Thorborg, öfver hvilkens härkomst en slöja länge hvilat, men som slutligen befinnes vara en dotterdotter till drottning Margareta. Hon hölls af sin fosterfader Abraham Brodersson undangömd i ett torn på Bjälbo gård, under det att så väl Margareta som kung Erik och hans gemål Filippa derstädes gästade på sin färd till Vadstena kloster. Erik och hans fräcke gunstling Peder Gyldenlöwe hade dock beslutit att bortröfva henne, men hon blef frälsad ur deras händer och förd till Vadstena kloster. Då förklädde sig herr Abrahams systerson, riddar Ernst, blef insläppt i klostret och hortförde, enligt folkvisans skildring, den unga jungfrun. Herr Abraham lät derefter föra henne till Sonderburgs slott, hvarest en bland hans förtrogna vänner, grefve Gerhard af Holstein, fordom bott, och hvilkens enka, Elisabeth af Braunschweig, med ömhet mottog hans skyddsling. Då sedan under Eriks krig med Schleswig-Holstein riddar Abraham förde befälet öfver den styrka, som belägrade nämda slott, smög han sig stundom förklädd in i slottet, för att besöka Thorborg; men Eriks spejare, som påträffat honom under en sådan vandring, angåfvo honom för att underhålla förrädiska förbindelser med fienden, hvarföre han dömdes till döden, och domen verkstäldes utanför slottets murar; jungfru Thorborg dog kort derefter, förgiftad af konungens gunstling. Omkring denna saga, har författarinnan uppstält några historiska taflor, ämnade att tjena till en jemförelse imellan de olika karaktererna hos de båda drottningarna, Margareta, »Nordens Semiramis», och den fromma Filippa. Ingendera af dessa kan dock anses såsom romanens hufvudperson, och arbetets värde såsom historisk roman går naturligtvis förloradt, då det hufvudsakligen handlar om diktade personer. I sjelfva stilen finna vi för mycket af den nyare romanens känslosamma utgjutelser, för att kunna lifligt försätta oss tillbaka till den tid, som varit ämnad att skildras, och trots all den stora möda författarinnan gjort sig att nästan i hvarje kapitel med den största utförlighet afteckna personernas prydnader och drägter, har hon dock ingalunda lyckats att åt det hela gifva en verkligt historisk drägt.

Bland våra historiska minnen ifrån medeltiden torde få egna sig så väl till en poetisk behandling, som Engelbrektssagan. Hon har också blifvit framstäld åtskilliga gånger i dramatisk form, såsom af Åkerhjelm, Ling, Blanche m. fl., men enligt vår tanke aldrig så lyckligt som i *Engelbrekt Engelbrektsson*, historisk roman af C. G. Starbäck (2 delar, Stockholm 1868—69). Med djupa studier i fäderneslandets häfder har författaren här troget återgifvit så väl historien sjelf, som äfven bilderna af den tidens mest framstående personer, och äfven förstått att i sin berättelse skickligt inväfva kärlekens röda tråd. Grefve Hans af Elversten, som för försträckningar till kronan kommit i besittning af åtskilliga slott och län här i landet, hade med sin dotter Agnes anträdt en resa uppåt Kopparberget, der konungen gifvit honom anvisning på en del af grufvans afkastning. Under denna resa fick han tillfälle att lära känna det eländiga tillståndet i landet. Öfverallt, der de foro fram, vitnade halfbrända gårdar och folkets trälaktiga behandling om fogdarnes raseri och grymheter. Med lifligt deltagande följde grefven folkets försök att bryta sina fjettrar och helsade med glädje Engelbrekt såsom sitt folks befriare. Äfven ett annat förhållande syntes bidraga till att de båda gjorde gemensam sak. En dag nämligen, då grefvens dotter skulle besöka den ryktbara Jätturvallsgrottan, öfverfölls hon af röfvare, som gjorde sig i ordning att bortföra henne. Hennes räddare var dock icke långt borta, och denne befanns sedermera vara Engelbrekts trogne och tappre sven, Herman Berman. Denne yngling, som Engelbrekt utvalt till sin förtrogne, har författaren låtit taga en ingripande del i hans historia och slutligen äfven hämnas hans död. Man följer med spändt intresse hans öden, vid hvilkas framställning författaren visat sig ega en hos oss ganska sällsynt förmåga att låta diktens rosenskimmer gifva en lifligare färg åt bilderna i historiens helgedom. Bland de mäktige i riket, som sökte ett stöd för sitt välde i en förening med grefve Hans, märka vi äfven riddaren Bengt Stensson, som intet högre önskade, än att se sin son Magnus förmäld med grefvens dotter. Efter mordet på Engelbrekt måste denne dock fly med sin fader ifrån Göksholm. der de uppretade bönderna ville hämnas hjeltens död, och åt deras tappre anförare Herman skänkte grefven sin dotters hand. Engelbrekt sjelf är här tecknad sådan vi ifrån vår barndom varit vana att igenkänna honom, såsom en fosterlandets befriare ifrån träldomens ok, hvilken egt vår hyllning, alltsedan vi i skolan för första gången hörde hans namn. Vi äro öfvertygade om, att detta arbete gerna skall läsas af dem, som älska våra sagohäfder, och vi ville i vår litteraturs intresse högt uttala den önskan, att författaren fortfarande måtte egna sina kunskaper och sin talang åt den fosterländskt historiska romanen.

Den tid, som ligger imellan Engelbrekts död och medeltidens slut, har icke blifvit föremål för någon romantisk skildring, hvilket bevisar huru föga den historiska romanen blifvit hos oss bearbetad. Dertill har, såsom redan blifvit nämdt, i väsentlig mån bidragit det mörker, som ända intill våra dagar hvilat öfver denna tid. Historieskrifvaren må ifrån sin synpunkt aldrig så vidt och bredt orda om de naturliga gränser, hvilka han vill bestämma imellan häfdatecknarens och konstnärens skilda områden, och aldrig så kraftigt söka framhålla de olika ändamålen för bådas verksamhet: det är och förblifver dock visst, att ifall man icke helt och hållet förkastar den historiska romanen såsom ett vidunder, hvilket icke eger rätt att upptagas bland öfriga diktarter, så måste just den historiska vetenskapen här träda i det förhållande till vitterheten, att hon till hennes begagnande erbjuder alla sina samlade skatter, utan att tro sitt eget värde nedsättas genom att sålunda ikläda sig en tjenares skepelse. Då nu historien om vår medeltid icke blifvit så i enskildheterna utarbetad, som vår yngre historia, hafva vi ju funnit en lätt insedd orsak, hvarföre de historiska romanerna, som behandla den tiden, äro i allmänhet mindre tillfredsställande. Vi hafva här utvalt endast ett fåtal, hvilka vi ansett ega några anspråk på att antecknas på ett blad ur fäderneslandets litteraturhistoria; men äfven hos dem röjas lätt brister och svagheter. Knappast finnes det något slag af skönlitteratur, der så mycket ofog kunnat bedrifvas, som inom historieromanen, ty detta namn har man ofta nog dristat att skänka åt förstlingsförsök, hvilkas författare trott sig vara berättigade att utan tillräckliga insigter godtyckligt behandla historiska personer, och sålunda på ett förvillande sätt vanstält sanningen. Man har funnit det ganska beqvämt, att på detta sätt tillgodogöra sig den kraft, historien alltid visat sig utöfva på menniskosinnet, och då äfven den fosterländska anda, som under detta århundrade och redan ifrån slutet af det förra uppväckt hos nationen en utpräglad håg för allt, som rörer deras egna minnen och deras eget lif, gifvit åt konstnärernas verksamhet i allmänhet en riktning åt det historiska, hafva dessa omständigheter tillsamman alstrat talrika skapelser, hvilka icke kunna i något afseende anses värda vår uppmärksamhet. Hvad åter angår de romaner, vi ha uppräknat, böra vi erkänna, att

Junker Carl och *Engelbrekt* vida öfverträffa de andra genom det sätt, hvarpå de låta historien blicka fram genom diktens slöja. Man finner här icke, såsom t. ex. i *Drottning Filippa*, de historiska händelserna uppstälda såsom fristående taflor utan inbördes sammanhang, och hufvudhändelsen utan beröring med tidens historiska personer. Hvad som i dem berättas, rörer sig just omkring personer, hvilka ega betydelse för vår historia, och deras författare hafva genom historiska studier förmått att gifva oss trogna afspeglingar af tidens lynne och tänkesätt. Begäret att inom vissa gifna gränser hopsamla så många intressanta episoder som möjligt har dock stundom förledt författarne till åtskilliga anakronismer, hvilka vi här icke ansett nödigt att påpeka, helst de gerna kunnat uteslutas, utan att derigenom förringa den öfriga framställningens förtjenst. Såsom *historiska* romaner skola de länge bibehålla sitt värde, äfven sedan en rikare tillgång på historiska källor åstadkommit ännu trognare bilder af denna tid, och vi glädja oss åt att kunna anföra dem såsom bevis på hvilka tidsmålningar våra vittra författare redan nu kunnat skänka oss, med det ofullständiga historiska material, som hittills stått dem till buds. Att de dock öfverträffats af skildringarna från en yngre tid, få vi tillfälle att visa i följande afdelning af denna uppsats.

CARL SILFVERSTOLPE.

Niniveh och Babylon i de nyaste upptäckternas ljus.

I.

1.

Af de uppgifter, som häfdatecknarne haft att lösa, torde ingen ha varit förknippad med större svårigheter, än den att skrifva Assyriens och Babyloniens historia, om ock det blott varit fråga om att i ett universalhistoriskt arbete egna några blad åt dessa i sydvestra Asiens tidigaste öden så mäktigt ingripande och genom sin mångsidiga kultur bland de samtidiga statsformationerna så framstående riken. Han skulle bringa ordning i ett kaos af motsägelser, han skulle gifva bestämda konturer åt sväfvande uppgifter och skildringar, dels af traditionelt ursprung och dels meddelade efter mer eller mindre tillförlitliga äldre källskrifter, han skulle rycka de tvenne systerstaterna vid Eufrats och Tigris' stränder ur det mystiska halfdunkel, hvari de så länge framskymtat, för att ställa dem på historiens skådeplats i den kritiska forskningens belysning. Hvad de tidigare perioderna angår, var detta desto omöjligare, som de visserligen blott tillfälliga och fragmentariska, men dock tillförlitliga och vigtiga upplysningar om Assyriens och Babyloniens politiska ställning, deras kulturförhållanden, seder och kult, som flera af bibelns historiska och profetiska böcker innehålla, endast angå en senare tidrymd, nämligen den från 770 till 539 f. Kr. Mot dessa svårigheter måste äfven det allsidigaste och noggrannaste studium af de tillgängliga källorna och den beundransvärdaste skarpsinnighet stranda, tills den serie af upptäckter blef gjord, hvilken det var förbehållet att åstadkomma en fullkomlig omstörtning af så många djupt rotfästade antaganden, att sprida ljus öfver så många dunkla och omtvistade frågor och skänka häfdatecknaren ett lika rikt som oväntadt förråd af materialier.

Det är derför helt naturligt, att dessa staters historia, sådan som vi läst henne i vår barndom och sådan som hon ännu läres i

vårt lands skolor, bär fabelns och den lösa hypotesens stämpel.
I synnerhet är detta förhållandet med det öster om Tigris belägna
rikets, då man ej haft några inhemska anteckningar att lägga till
grund för densamma och då denna eröfrarestat gått under, innan
antikens förnämsta kulturfolk börjat egna någon närmare upp-
märksamhet åt de äldre och nyare förhållandena i de orientaliska
länderna, ja, »innan» — såsom en skriftställare uttrycker sig —
»historien börjat skrifvas.» Hvad Babylonien beträffar, har man
kunnat begagna såsom materialier de ännu existerade fragmenten
af den historia, som den babyloniske presten Berosus 280—270 f.
Kr. skref med ledning af tempelarkivet i Babylon och inhemska
traditioner, hvartill kommer, att denna stats förhållanden och öden
måste ha varit grekerna närmare bekanta äfven af det skäl, att
han ej blott nära ett århundrade öfverlefde detta rike, till hvars
kall han så kraftigt bidragit, utan äfven, i motsats till detsamma,
såsom persisk provins bibehöll mycket af sin forna betydenhet.

Såsom en ytterligare orsak till den ringa bekantskapen med
det rikes tidigare perioder, hvilket var det första i främre Asien,
som förverkligade eröfringsidéen i stor skala, kan anföras den
omständigheten, att Herodotus skrifvit dess historia. Hade nämligen
den såsom historiens fader allmänt vördade hellenen icke ämnat
författa en sådan bok, så skulle helt visst i hans stora verk före-
kommit många vigtiga upplysningar, som nu blifvit sparade för ett
arbete, hvilket så totalt försvunnit, att icke det obetydligaste frag-
ment deraf blifvit räddadt, att icke ens det ringaste citat derur
förekommer någonstädes. Visserligen har en annan grekisk för-
fattare vid namn Ktesias, som mot slutet af det femte århundradet
f. Kr. vistades vid hofvet i Persepolis, skrifvit persernas och assy-
riernas historia enligt det persiska statsarkivet, och hans uppgifter
hafva åtskilliga grekiska författare lagt till grund för hvad de
meddelat om Assyrien, hvartill kommer, att de förvara i sina arbeten
åtskilliga fragment af detta hans historiska verk, hvilket icke mer
existerar i sin helhet. Men han har af både äldre och nyare
kritici blifvit ansedd såsom mindre tillförlitlig, hufvudsakligen på
grund af de fabelaktiga meddelandena i hans indiska historia.
Hvad slutligen angår de armeniska historieskrifvarne, så ha de
bidragit till Assyriens historia endast med konungalängder, som
ingalunda öfverensstämma med de grekiska författarnes och med
tillfälliga meddelanden, oftast af tvifvelaktigt värde. Att de judiska
författarnes uppgifter äro trovärdigare än alla de här framhållnas,
har man länge antagit, men de förekomma alltför enstaka och äro
alltför mycket i saknad af inbördes sammanhang, att man deraf

skulle kunnat bilda någon verklig historia för den tid de angå, helst de oftast strida mot de grekiska författarnes uppgifter. Följden deraf var den assyriska historiens välbekanta osannolikhet och torftighet. Synbart besvärade af att repetera detaljer, om hvilkas fabelaktiga natur de ej kunde misstaga sig, meddelade äfven de bästa historieskrifvare de romantiska berättelserna om Ninos, Ninyas och Semiramis, särskilt framhållande denna drottnings krigsbragder och fredliga idrotter samt de följande assyriska konungarnes oduglighet och veklighet — en egenskap, som hos den sorgligt ryktbare Sardanapal, den siste af dem alla, skulle stigit till den höjd, att han tillbragt tiden i sitt harem, klädd och sminkad såsom de honom omgifvande assyriska skönheterna, och spinnande såsom de, för att slutligen, då han såg sig ur stånd att försvara sig mot de imot honom förbundna konungarne eller ståthållarne i Medien och Babylonien, dö frivilligt lågornas död i sitt palats jemte dem, som deltagit i hans sysselsättningar och njutningar. Ktesias, Julius Africanus, Eusebius och Syncellus låta denna det assyriska rikets undergång inträffa redan år 880, men den sistnämde kallar den olycklige konungen icke Sardanapal utan Thomas Concolems — ett i sanning föga assyriskt namn. För att bringa de bibliska och de grekiska uppgifterna i samklang har man imellertid antagit ett nyare assyriskt rike, i hvilket de i biblen omtalade assyriska konungarne skulle ha herskat, och det desto hellre som, enligt Herodotus, Assyrien skulle ha återvunnit sin sjelfständighet ungefär hundrade år efter det att mederna och babylonierna eröfrat Niniveh. Såsom den siste af konungarne i detta rike ha några nyare historici antagit Sardanapal, alldenstund Moses af Chorene, Abydenus m. fl. äldre författare låta honom komma efter Sanherib.

Assyriska rikets undergång var så fullständig, att det ej kunde blifva fråga om att återuppbygga det en gång så praktfulla Niniveh, helst detta uppenbarligen stred mot segrarnes intressen. Väl tala ännu långt efter Ninivehs förstöring grekiska författare om en då ännu existerande stad i Assyrien vid namn Ninos, men denna torde ha varit belägen öster om Tigris, ungefär der Mossul nu ligger, samt aldrig ha erhållit någon större betydenhet. Då Xenophon tvenne århundraden efter den stora stadens eröfring på sitt återtåg med de tiotusen grekerne marscherat uppåt längs Tigris och gått öfver stora Zab, tycktes traktens innebyggare ej känna Ninivehs namn, ty de betecknade de qvarlefvor af detsamma, som ådrogo sig hans synnerliga uppmärksamhet, såsom tvenne gamla mediska städer vid namn Larissa och Mespila.

Årtusenden förflöto, det gamla Assyrien vexlade herskare gång efter annan, och *tempus edax rerum* förfor obarmhertigt mot dessa ruinstäder, som väckt den grekiske generalens undran. Hvad som återstod af dem och andra dylika återstoder af Assyriens storhet, betäcktes omsider af mull, som om våren höljdes med frisk vegetation, eller ock bygde halfvilda araber sina kojor på dem. Hvar det fordom så härliga Ninive legat, visste ingen, och om landets innebyggare än vetat det, så skulle de föga bekymrat sig derom.

2.

Det nittonde århundradet kom, och med det vaknade hos europeiska resande begäret att uppdaga den plats, der den berömda assyriska hufvudstaden stått, och om möjligt några ruiner af densamma, några spår af dess forna härlighet. Länge voro sträfvandena i denna riktning fåfänga, utan att dock intresset slappades — något som kanske till en del berodde derpå, att Assyrien erinrar mera om det förflutna, än om det närvarande. Landet är öfverallt liksom öfversålladt med ruiner, vitnande om att det bebotts af folk med högre kultur och större idoghet än den, som nu anträffas hos de rofgiriga arabstammar, hvilka genomströfva dessa trakter, eller ens hos städernas och byarnas innevånare, ehuru visserligen de i öppen dag liggande af dessa i de allra flesta fall icke kunna tillskrifvas det folk, som redan ett årtusende före vår tidräknings början utgjorde gamla verldens förnämsta stormakt. Talrika qvarlefvor af fördämningar och kanaler, som säkerligen härstamma från den assyriska tidsålden, gifva iakttagaren en föreställning om huru väl man fordom förstod att beherska Tigris, hvilken, då han med en snabbhet, som visar, huru välförtjent hans namn är, [1]) ilar fram genom landet, ofta sprider förhärjande vattenmassor öfver somliga fält, under det att andra, i följd af bristen på bevattning, af solstrålarna förvandlas till ofruktbara hedar. Missnöjd med de sorgliga följderna af den arabiska håglösheten och förkärleken för nomadlifvet samt af det turkiska administrationssystemets uselhet, vänder man sig med fördubbladt intresse mot det förflutna, sådant som det föresväfvar inbillningen, och söker med stegrad ifver efter några reliker af dess storartade företeelser. Ännu under de närvarande ogynsamma förhållandena gifva många trakter i Tigris' grannskap begrepp om, huru skönt

---

[1]) »Tigris» är ett iraniskt ord, som betyder *pil.*

och fruktbart detta land måste ha varit under tidrymden för assyriernas högsta odling.

Assyrien i ordets inskränktare mening, hvilket utgjorde den stora eröfrarestatens kärna, bestod af Arrapachitis (hebreernas Arphachsad) vid sluttningen af det armeniska höglandets platå, Assur (grekernas Aturia) mellan Tigris och stora Zab, Arbelitis och Adiabene mellan stora och lilla Zab samt Kalachene eller Chalonitis i söder om denna flod, begränsadt, såsom det antages, af den lilla floden Diala. Från det höga Zagrosberget ila talrika bäckar, som vattna sluttningarna, skogar vexla med de ypperata betesmarker, och äfven der slättlandet vidtager är hettan icke så qväfvande som i Babylonien, hvarför icke heller dadeln mognar här.

På Tigris' östra strand midtimot staden Mossul, der Dschesiras (Assyriens) pascha residerar, samt äfven söderut längs floden ser man en mängd kullar i allmänhet liknande hvarandra, men af hvilka några upptill antaga en pyramidlik form. På somliga af dessa kullar har man anlagt byar, men andra äro om våren betäckta af liflig grönska. De begge kullarna, som ligga midtimot Mossul, kallas Nabi-Yunah (enligt den arabiska traditionen profeten Jonas' graf) och Kujundschik. Nordost om dem och på längre afstånd från Tigris ligger Khorsabad, och när man far nedåt floden, har man, oberäknadt många mindre betydliga kullar på venstra sidan, först Karamlis, sedan Nimrud och slutligen på högra sidan Kalah-Schergat. Europeiska resande hade länge undrat, huruvida dessa kullar voro naturliga eller artificiela, och det hade antagits, att åtminstone några af dem voro det senare; men såvidt kändt är hade intet försök att förvissa sig om förhållandet gjorts, förrän för ungefär ett halft århundrade, sedan det engelskt-ostindiska kompaniets resident i Bagdad mr Rich kom till Mossul. Han hade förut låtit anställa gräfningar vid Hillah, der det gamla Babylon stått, och han hade funnit lertaflor och stencylindrar med kilskrift o. d. Nu fästades hans uppmärksamhet vid en gammal mur, som gick från Nabi-Yunah till Kujundschik, och han ansåg den för qvarlefvan af ett fästningsverk. Han hade äfven gifvit akt på andra högar i trakten, då det berättades för honom, att kort före hans ditkomst man funnit en stenskifva med afbildningar af menniskor och djur i bas-relief, och att detta skulpturarbete till den grad väckt de eljest så likgiltiga turkarnes uppmärksamhet genom sin skönhet, att nästan hela Mossuls befolkning strömmat ut att se det, men att det sönderslagits och användts till reparationen af ett hus, sedan ulemas förklarat, att relief-figurerna voro de otrognas afgudabilder. Dylika tilldragelser inträffade ofta i den trakten. Man brukade vid uppförandet af bygnader använda skulptur och marmorblock, som anträffades i ruinhögarna, och Rich berättar, att pålarna under bryggan, som vid Mossul går öfver Tigris, äro uppförda af stenblock, hvilka tagits af den mur, han varseblifvit mellan Nabi-Yunah och Kujundschik.

Han undersökte dessa ruinhögar och Kalah-Schergat samt fann några fragment, men nödgades upphöra med sina försök, utan att ha ernått stora materiela resultat, emedan myndigheterna och befolkningen, som i honom sågo en skattgräfvare, lade hinder i vägen för hans arkeologiska sträfvanden. Imellertid hade han kommit till den öfvertygelsen, att den mur, som han upptäckt, tillhört Ninivehs citadell, och han hade visat hvar undersökningar borde anställas. Mer än tvenne årtionden förflöto dock, innan någon fullföljde undersökningen.

Det var förbehållet Emil Botta, son till den bekante italienske historieskrifvaren, och Austin Henry Layard att bli de egentliga upptäckarne af Ninivehs ruiner. Då den förre år 1842 kom till Mossul såsom fransk konsul med full föresats att anställa gräfningar på de ställen, hvilka Rich utvisat såsom sannolikt döljande qvarlefvor af den namnkunniga jättestaden, hade den senare, som lifvades af liknande önskningar, kommit till Assyrien, tagit dessa ställen i ögonsigte, företagit en utflykt till Kalah-Schergat och egnat en synnerlig uppmärksamhet åt Nimrud, der han några år senare skulle göra så storartade upptäckter. Då Layard reste genom Mossul, för att begifva sig till Konstantinopel, gräfde den franske konsulns arbetare redan i Kujundschik.

Botta hade dock först bestämt Nabi-Yunah till fält för sina undersökningar, och han upptäckte der en underjordisk mur med kilskrift; men det blef ej honom förunnadt att der fortsätta de efterforskningar, om hvilka han gjort sig stora förhoppningar, dels emedan de, som bodde på denna hög, ej ville ha sina hus förstörda, och dels emedan befolkningen bestämdt opponerade sig mot hvad de ansågo för ett vanhelgande af profeten Jonas' graf. Det var då, som Botta började gräfningarna i Kujundschik, och han lät fortsätta dem trenne månader utan synnerligt stora resultat. Väl fann han många tegelstenar och basrelief-fragment med kilskrift, men detta motsvarade ingalunda hans förväntningar. Då inträffade det en dag, att en bonde, som iakttagit, att man vid gräfningarna lade afsides alla tegelstenar med kilskrift, sade till honom: »Om du söker gamla murar och stenar, så följ mig till Khorsåbad, ty der fins så mycket sådant, som du någonsin kan önska.» Botta åtlydde vinken, och han fann, att bonden haft rätt.

I Khorsabad upptäckte Botta den af profeten Esaias omtalade assyriske konungen Sargons palats och dertill ett öfverraskande stort förråd af fint utförda och i flera hänseenden om stor konstnärlighet vitnande skulpturarbeten. Då underrättelsen härom anlände till Paris, beviljade franska regeringen anslag till gräfningarnas fortsättande och sände målaren Eugène Flandin till Khorsabad med uppdrag att afteckna monumenten. Detta senare var desto mera af behofvet påkalladt, som många af de reliefer, hvilka betäckte palatsets väggar, hade genom eld blifvit så sköra, att de sönderföllo, när de utsattes för luftens inflytande. Ett betydligt antal af skulpturer från Khorsabad befinner sig i Louvrens bottenvåning, och Flandins teckningar i *Monuments de Niniveh* af Botta och Flandin gifva begrepp om betydelsen och omfånget af upptäckterna i Khorsabad, liksom de hos allmänheten väckt den första föreställningen om den assyriska konstens skaplynne och den utveckling, hvartill hon kommit.

Det var endast helt naturligt, att den lysande framgång, hvarmed Bottas sträfvanden blifvit krönta, skulle stegra Layards längtan att anställa gräfningar i de ruinhögar, som företrädesvis väckt hans intresse. Men saknaden af tillgångar och af den turkiska regeringens samtycke omöjliggjorde länge den unge engelsmannens planer. Omsider undanröjde det dåvarande engelska sändebudet i Konstantinopel, Sir Stratford Canning, begge dessa hinder, i det han af egen förmögenhet anslog medel till gräfningars företagande och utverkade hos turkiska regeringen det tillstånd för dem och de order till de lokala myndigheterna, förutan hvilka deras fullföljande ej skulle blifvit möjligt. Längre fram erhöll Layard pekuniert understöd af British Museum i London.

Layards personliga egenskaper och hans bekantskap med österländska seder och fördomar samt med arabernes och turkarnes nationela egendomligheter satte honom i tillfälle att besegra de svårigheter, hvarmed hans företag var förbundet. Genom ett energiskt fullföljande af en arbetsplan, hvars uppgörande vitnar om hans säkra omdöme, genom en rådighet och en praktisk förmåga, som äro öfver allt beröm, samt genom en entusiasm för sin sak, som kom honom att förbise alla umbäranden och försakelser, lyckades han att ernå resultat, hvilka helt visst öfverstego hans djerfvaste förväntningar. Han upptäckte fyra konungapalats, tvenne tempel, flera grafvar och en med stenskifvor belagd storartad trappuppgång i Nimrud, och i Kujundschik upptäckte han tvenne dylika slott. I British Museum beundrar den besökande en rik samling assyriska skulpturarbeten och industrialster, som genom Layards försorg blifvit förflyttade från Tigris' stränder till Themsens, och han ser i henne, liksom i den uti Paris befintliga samlingen af assyriska konstskapelser, afgörande bevis på en tidig kultur, som blomstrade yppigast, innan den grekiska börjat knoppas.

Stora planschverk, innehållande afbildningar såväl af de till England hemförda assyriska konstverken, som af dem, hvilka ej kunnat dittransporteras, emedan de varit för mycket skadade eller af andra skäl, sätta för öfrigt allmänheten i stånd att göra bekantskap med den assyriska konsten liksom med kulturförhållandena sådana som de framträdde vid det ninivehtiska hofvet, vid religiösa ceremonier, på fester, vid audienser, på fälttåg, vid belägringar, på jagtpartier, vid straffexekutioner etc. Dertill kommer, att Layard i sina begge förnämsta arbeten *Niniveh and its remains* och *Niniveh and Babylon* på ett synnerligen åskådligt och fängslande sätt skildrat, huru det tillgått vid upptäckterna, under det att dessa böcker derjemte utgöra vigtiga bidrag till skildringen af landet och dess nuvarande innebyggare.

Gräfningarna uti ruinhögarna ha ytterligare med väsentlig framgång fullföljts af flera nitiska forskare, hvaribland vi vilja anföra franske konsuln arkitekten Place, den i Mossul införde engelske konsuln Hormuzd Rassam samt Sir Henry Rawlinson, Mr Loftus, Mr Hector och Mr Taylor.

3.

Oberäknadt de inskrifter, som funnos på många af de till Paris och London transporterade alabasterrelieferna, hade de ninivehtiska ruinernas upptäckare hemfört stora förråd af med kilskrift försedda lertaflor och prismor med sex à åtta sidor, hvilka vanligen bära den mindre riktiga benämningen cylindrar. Uti Assyrien liksom i Babylonien brukade man våt lera och pinnar såsom skrifmaterial och kilformiga skriftteckeu tyckas ha varit den naturliga följden deraf. Genom att sedan låta leran torka i soleu eller bränna den gjorde man den mycket fast. Skuldförbindelser. qvitton, fredstraktater o. d. skrefvos merendels på lertaflor, och de bekräftades då genom aftrycket af ringsigillet eller af fingernageln.

I Sanheribs uti Kujundschik uppgräfda palats, hvilket dennes sonson Sardanapal IV bebodde, under det att hans eget stod under bygnad, har man funnit den sistnämdes bibliotek. Men som vid tillfället, då upptäckten gjordes, arbetarne voro ensamma, fylde de vårdslöst stora korgar med lertaflor och cylindrar, och följden blef att, när fyndet undersöktes, en mängd fragment lågo sammanblandade. Imellertid hade åtskilliga taflor och cylindrar blifvit räddade, hvartill kommer, att många inskrifter voro huggna i sten. Men alla läder- och papyrusmanuskripten hade öfvergått till stoft, och af de politiska traktater, som funnits i Sanheribs palats, ha blott sigillaftrycken i lera blifvit bevarade.

Att den litteratur, som blifvit insamlad ur Ninivehs ruiner, oaktadt denna förlust, är i qvantitativt hänseende högst betydlig och till sitt innehåll af mångsidig natur, finner man af ett redan 1853 skrifvet bref från Rawlinson. Det heter deri: »På de lertaflor, som vi funno i Niniveh och som vi nu kunna räkna i tusental, stå afhandlingar öfver nästan allt, som förekommer på jorden. Man finner der grammatikor och ordböcker, skrifter om talbeteckningar, om skrifkonsten, om mått och vigt, om tidsindelning, i kronologi, i astronomi, geografi, historia, mytologi, geologi, botanik m. m. I sjelfva verket står en fullständig encyklopedi af Assyriens vetenskaper till vårt förfogande.»

Väl torde ingen ha anat ett så rikhaltigt innehåll hos de assyriska inskriptionssamlingarna, då de först kommo till Europa, men mången hoppades dock, att de skulle meddela en och annan vigtig upplysning om Assyriens historia, och man vinnlade sig derför snart ifrigt om deras uttydning. Detta tycktes dock vara ett slags intellektuelt herkulesarbete, då både karaktererna och språket voro fullkomligt obekanta för Europas orientalister, ehuru flera bland dessa redan under några årtionden med öfverraskande framgång sysselsatt sig med kilskriftsinskriptioners tolkning, om ock de första stegen på den väg, som förde till målet, varit verkliga tuppfjät.

Redan för öfver tvåhundráfemtio år tillbaka hade den romerske resanden Pietro di Valle uti den persiska byn Istakhar funnit i det gamla Persepolis' ruiner inskriptioner, om hvilka han slöt, att de skulle läsas från höger till venster. Som detta slags skrift består af kilar och vinkelhakar, kallas den kilskrift [1]). Sedermera anträffades flera sådana inskrifter på det gamla Persiens område. Den tyske resanden Carsten Niebuhr, fader till den berömde häfdatecknaren, tillkännagaf, att i många af dessa funnos tre särskilda delar med hvar sitt skrifsystem, men oaktadt han visste, att de achemenidiska konungarnes statshandlingar voro skrifna på

_____

[1]) Kilen förekommer dels vertikal med den breda änden uppåt, dels horisontel med den breda änden åt venster; i vinkelhakarna äro tvenne kilars breda ändar sammanslutna, och vinkeln är riktad mot venster. Dessa skrifttecken bilda enklare eller andra grupper, i hvilka de stundom förekomma blott i half storlek. Då kilarnas ställning är sned, tjena de att dela orden.

trenne språk, anade han dock icke, att i hvarje del var innehållet detsamma, men återgifvet på ett särskilt språk. Dansken Münter visade den första kolumnens alfabetiska natur och antog, att språket var fornpersiskt, men lyckades dock ej ådagalägga identiteten mellan några kilgrupper och zend- och pehlvispråkets bokstäfver. Det var förbehållet en ung tysk vid namn Grotefend att genom en blott hypotes komma till det mål, som Münter ej kunnat hinna på iakttagelsens väg. Han antog, att begynnelseformeln i kilskriftsinskriptionerna, som traditionen tillskref de achemenidiska konungarne, skulle vara densamma som allt intill våra dagar användts i persiska statshandlingarna, och han lyckades sålunda att finna den grupp af skrifttecken, som motsvarade ordet *konung*, hvarjemte han, som af historien kände de persiska koungarnes slägtregister, äfven fann i texten de grupper, som motsvarade de i fråga varande namnen. Det bokstafsförråd, han sålunda efter hand erhållit, ökade af andra forskare, såsom Rask, Eugène Burnouf och Lassen, hvilka äfven beriktigade några af hans antaganden. Då man efter dessa förberedelser började läsa de persepolitanska inskrifterna och deribland den stora inskriptionen på Bisutunklippan, hvilken består af fyrahundra rader och är beledsagad af en upplysande basrelief, fann man ett tungomål nära beslägtadt med zendspråket. Då Rawlinson, som begagnande sig af de resultat, hvartill hans föregångare kommit, öfversatt helt och hållet denna inskrift, befans den innehålla en med Herodotus' uppgifter märkvärdigt öfverensstämmande beskrifning på Darius Hystaspes' första regeringsår. och läsningen af öfver hundratjugo namn bekräftade riktigheten af Grotefends och de öfriga forskarnes uppfattning.

Af den första kolumnens tolkning betjenade man sig sedan vid försöken att tolka de båda andra, alldeles som Champollion begagnat sig af den grekiska inskriften på den s. k. Rosette-stenen för att uttyda den egyptiska. Man antog först såsom sannolikt, att den andra kolumnen var skrifven på det mediska och den tredje på det assyriska språket, då meder och assyrier lydde under den persiske konungens spira, men sedan hrr Westergaard, Hincks, de Saulcy, Norris m. fl. forskare egnat ihärdig uppmärksamhet åt den andra kolumnen, blef resultatet, att språket var turaniskt och talades af Mediens tartariska innebyggare, hvarför det blifvit kalladt det medo-skytiska. Vidare förklarades, att de kilgrupper, som i denna kolumn utgöra karaktererna, äro stafvelsetecken och icke bokstäfver. Hvad den tredje kolumnen angår, så bestyrktes derimot antagandet genom de åt densammas tolkning egnade bemödandens resultat. Ifvern att uttyda den hade naturligtvis stegrats genom upptäckterna af de assyriska konungarnes palats. Flera ansedda filosofer såsom M. de Longperier, M. de Saulcy, dr Hincks och äfven sjelfva upptäckarne Layard och Botta deltogo i dessa bemödanden, men det är egentligen Rawlinson och M. Julius Oppert, som äran af uppgiftens lösning tillkommer.

Att skrifsystemets natur är i den tredje kolumnen icke alfabetisk utan syllabarisk liksom i den andra kolumnen, ådagalades af dr Hincks. Men i stället för att de medo-skythiska karaktererna äro hundrade, äro de assyriska flerdubbelt talrikare, enligt hvad man redan vet. Intet ljud betecknas genom flera slags karakterer, men det gifves enkla karakterer, som kunna stå i stället för sammansatta. Det gifves karakterer, som motsvara stafvelserna *ba, bi, bu, ra, ri, ru* samt andra, som återgifva ljuden *ar, ir, ur.* Om man vill återgifva ljuden *bar, bir, bur,* skrifver man antingen *ba-ar, bi-ir, bu-ur,* eller ock använder man enklare karakterer derför. Liksom i den medo-skytiska skriften finnas i den assyriska jemte de fonetiska karaktererna de, som ha en symbolisk bemärkelse, och de förekomma dels enkla (monogram) och dels sammansatta (ideogram). Oftast fattar man den symboliska bemärkelsen genom att sammanställa den fras, hvari de förekomma, med identiska eller paralela fraser, men det är på långt när icke alltid förhållandet, och detta har gifvit anledning till dunkelhet och missförstånd. Rawlinson, som såg ett namn i den assyriska texten återgifvet med fullkomligt olika grupper af kilar på särskilda ställen, trodde först, att en karakter uttalades på tvenne eller flera olika sätt, men Oppert visade, att detta måste bero derpå, att karakteren i det ena fallet haft symbolisk bemärkelse. Så finnes namnet *Nabukodurussur* (Nabuchodonosor Nebukadnesar) på några ställen återgifvet så, att det, läst fonetiskt, blefve *Anpasadusis,* men detta beror derpå, att detta ord är ideogrammen af Nabukodurussur, som betyder: guden Nebo beskyddar min familj. Den karakter, som läses *an,* är den sinnebild, som föregår hvarje gudomlighets namn, *pa* är en vanstäld afbildning af harfven, som är ett af Nebos attribut, monogrammet *sa* återger ideografiskt familjebegreppet, liksom ordet *dusis* måste utgöra beskyddandets symbol, då det i en inskription motsvarat det iraniska ordet *patar,* hvilket betyder *beskyddar.* Genom denna och liknande utläggningar af assyriska ideogram har Oppert bestyrkt sin uppfattning, som förekommer sannolikare, då vi besinna, att siffrorna, som vi bruka i vår alfabetiska skrift, äro verkliga ideogram, att vi skrifva: den 4:de, den 7:de, blandande således siffror med bokstäfver, att vi skrifva ett kors, för att beteckna någon såsom död, att man i England skrifver

Xmas, Xian etc. i stället för *Christmas* (jul) och *christian* kristen, begagnande således i dessa fall Kristi monogram d. ä. korset. Hvad som imellertid fördubblar svårigheten att förstå de assyriska monogrammen är den omständigheten, att de kunna tagas i flera bemärkelser; men för att i någon mån afhjelpa denna olägenhet brukade man bifoga hvad som kallas en fonetisk fyllnad d. v. s. en karakter, som läses fonetiskt och sålunda bestämmer hvilken symbolisk bemärkelse som eger rum, alldeles som förhållandet är i den egyptiska hieroglyfskriften. Likheten med nutidens rebus ligger i öppen dag.

Sedan de assyriska inskriptionerna kunde läsas, blef det möjligt att komma underfund med deras språk. Flera utmärkta orientalister opponerade sig länge mot kilskriftstolkarnes påstående, att språket är semitiskt, och Ernest Renan, förklarar ännu 1863 i sin *Histoire générale et système comparé des langues sémitiques*, att han är fast öfvertygad, att det icke är semitiskt, anförande såsom skäl för detta antagande, att alla dittills kända semitiska folk från urminnes tider haft sitt eget alfabet, bildadt efter det feniciska, att det vore orimligt, att ett folk, som redan egde ett fullkomligare skrifsystem, skulle betjena sig af kilskrift, samt att det tungomål, som visade sig i Opperts tolkningar, ej, i Renans tanke, liknade något dittills kändt semitiskt språk. Denna åsigt står i sammanhang med hans i nyssnämda berömda arbete af en serie argument beledsagade påstående, att de i Niniveh och Babylon från det adertonde århundradet regerande dynastierna och de högre klasserna voro af ariskt ursprung, under det att massan af befolkningen var af semitiskt. Det har imellertid sedan, tack vare Opperts studium af de grammatikaliska formerna, blifvit ådagalagdt med öfvertygande skäl, att språket är semitiskt samt närmare beslägtadt med hebreiskan än med arameiskan. Alla de karakterer, som kallas prefixer, äro identiska med dem i de andra semitiska språken, konjugationsformerna öfverensstämma med hebreiskans, och de flesta orden ha sina motsvarigheter i ett eller flera af syskonspråken, hvartill kommer, att vissa ord, som synts isolerade i något af dessa, göra det ej mera, sedan dermed beslägtade visat sig i assyriskan. Bland det stora flertalet af semitiska stamord träffar man äfven några iraniska, och detta är helt naturligt i anseende till det iraniska folkelement, som sedan lång tid tillbaka fans i Assyrien, samt beröringen med grannfolket i öster.

Genom jemförandet af de assyriska orden dels med de iraniska i de inskriptioner, hvari begge slagen af texter förekomma, och dels med orden i andra semitiska språk har man hunnit derhän, att man kan öfversätta nästan alla de assyriska inskrifterna. Imellertid vållas ännu stora svårigheter af många karakterers sväfvande bemärkelse och den polyfoni, som verkligen existerar och är en helt annan än den, hvilken Rawlinson trodde sig ha upptäckt. Om densamma vilja vi slutligen lemna några upplysningar. Assyrierna, som antagit kilskriften efter ett före dem i landet bosatt folk, bibehöllo stundom, då de ville beteckna en viss sak, samma tecken, hvarmed detta folk på sitt språk ,— den andra kolumnens redan omtalade medo-skytiska — skrifvit den, dock så, att de läste ordet icke fonetiskt, utan med bibehållande af den assyriska benämningen på saken. Så förekommer i den assyriska texten, då ett hus skall betecknas, ett monogram, som, om det lästes fonetiskt, hette *val*, under det att den assyriska benämningen på ·*hus* är *bit*. Detta beror derpå, att *hus* heter *val* på medo-skytiska. Så förhåller det sig med en mängd monogram, hvilka Oppert uttydt genom att söka förklaring i de medo-skytiska inskrifterna, men för somliga har han funnit förklaring i andra turaniska språks ordförråd. Häraf finner man äfven, att assyrierna hade ej blott som perserna kiltecknen utan äfven sjelfva karaktererna, som bestodo af kilgrupper, gemensamt med de i fråga varande turanierna eller medo-skytherna. De åtnöjde sig för öfrigt icke att bibehålla det medo-skythiska skrifsättet för enstaka ord, som de vid läsningen öfversatte på assyriska, utan gingo på det sättet till väga med hela fraser, som de skrefvo turaniskt men läste på assyriska, alldeles som japaneserna göra, då de vid läsningen af kinesiska böcker gifva orden deras japanesiska form. I följd af här anförda omständigheter och ännu andra, som utrymmets knapphet tvingar oss att förbigå, kunna ord i de assyriska skrifterna och i synnerhet gudarnes och konungarnes namn tolkas på många sätt. De häraf vållade misstagen i öfversättningarna väckte och underhöllo länge misstroende till hela tolkningssystemets riktighet. Denna är imellertid nu ådagalagd genom bevis, mot hvilka ej de mest hårdnackade tvifvelsmål kunna hålla stånd. Afskrifter af de på en i British Museum befintlig cylinder förekommande inskrifterna blefvo sända till mr Fox, Talbot, Rawlinson, Oppert och Hincks med anmodan, att dessa herrar skulle insända hvar sin tolkning förseglad till Asiatic Society i London, och resultatet blef, att öfversättningarna öfverensstämde i allt väsentligt. Ännu mera afgörande är följande bevis. I Sardanapal III:s annaler fann Oppert omnämd en bild af denne konung, som han låtit uthugga i en klippa vid östliga Tigris' källa bredvid en bild af hans far, och en annan af Tiglat Pilesar I. Engelska resande, som aldrig hört omtalas denna öfversättning, upptäckte alla tre bilderna i den klippgrotta, hvarur östra Tigris' källström kommer.

En oväntad hjelp vid tolkningen af de assyriska inskrifterna erhölls, då Oppert fann bland de från Ninivehs ruiner hemförda lertaflorna några, som utgjorde verkliga små ortografiska hjelpredor. En inskription upplyste, att de blifvit författade på Sardanapal IV:s befallning för hans undersåters räkning, då kilskriftsystemets invecklade natur gjorde ipskrifter svårfattliga för assyrierna sjelfva. På dessa taflor ser man karakterer skrifna i tre kolumner. I den mellersta förekommer karakteren, som skall förklaras, i den till höger förklaras den vanligen genom en enkel karakter, och i den till venster uppgifves den ideografiska bemärkelsen genom det motsvarande assyriska ordet. Olyckligtvis äro dessa taflor i så dåligt skick, att mycket, som skrifvits på dem, blifvit oläsligt.

4.

Bland assyriernas litterära qvarlåtenskap ådraga de historiska anteckningarna sig naturligtvis uppmärksamheten i första rummet. Jemte den redan anmärkta svårigheten att riktigt återgifva gudarnes namn finner den, som här söker materialier till Assyriens historia, en annan, nämligen bristen på fast tidräkning. I konungarnes annaler står hvad de gjorde under hvarje år af sin regering, men hvilket år före vår tidräknings början detta inträffade, återstår att utforska. I synnerhet är denna brist känbar med afseende på de tidigare perioderna, till hvilka ej de bibliska uppgifterna sträcka sig. Imellertid har man någon ledning i kronologiskt hänseende af den omständigheten, att assyrierna hade *eponymer* d. v. s. årligt vexlande magistratspersoner, efter hvilka åren blefvo benämda, liksom de i Rom blefvo det efter konsulerna och i Athen efter archonterna. En lång rad af sådana eponymer som man funnit uppskrifna jemte konungarnes regeringsår, en i sammanhang dermed nämd solförmörkelse och andra anknytningspunkter göra det möjligt att med temligen stor säkerhet angifva den tid, då hvarje konung regerat. Taflan går 909 till 666 f. Kr., men några fragment af synkronistiska taflor, behandlande Assyriens och Babyloniens historia, samt tillfälliga anmärkningar i yngre inskrifter öfver äldre tilldragelser gå mycket längre tillbaka i tiden.

Vi skola nedan meddela en öfversigt af de historiska resultat. som öfversättningarna af de assyriska annalerna lemnat, men fästa dervid uppmärksamheten på den osäkerhet, som måste blifva följden af dessa öfversättningars skiljaktighet. I synnerhet äro de uppgifna konunganamnen ofta helt olika, och man har stundom flera att välja imellan. Äfven råder fortfarande skiljaktiga åsigter i kronologiskt hänseende i flera punkter.

Enligt den nyaste historiska forskningen voro Assyrien och Babylonien ursprungligen bebodda af en chamitisk (etiopisk) stam, som i bibeln representeras af Nimrod, denne son af Kusch = af södern, hvilken, enligt Gen. kap. 10 v. 10 bygde Babel, Erech, Acad och Calne, och som, enligt några tolkning af följande vers äfven bygde Niniveh, Rebohoth, Kalah (Nimrud) och Resen (Xenophons Larissa), medan enligt andras Assur bygde de sistnämda fyra städerna. Af skäl, som ej kunna här anföras, håller man före att dessa landets kuschitiska urinvånare besegrades af invandrade arier, hvilka kallades meder af antikens författare, och som förmodligen kommo från Baktriana. I sin ordning blefvo dessa efter omkring tvåhundrade års förlopp underkufvade af turanier, hvilka måhända innehaft en del af Assyrien redan före ariernas ankomst. Men ehuru turanierna säkerligen uppfunnit kilskriften, höra inga anträffade inskriptioner till tiden för deras välde. Den första dynasti, som omnämnes i någon inskrift, är en kaldeisk, som residerade uti Erech (det nuvarande Warka) och som herskade öfver flera redan folkrika städer såsom Niffar (Nipur) och Sippara (Suffiera), hvilken sistnämda inskriptionerna i öfverensstämmelse med Berosus kalla »solens stad» och i hvilken, enligt traditionen, den af denne omtalade Xisuthros, den kaldeiske Noach, bodde. Semiter hade då öfversvämmat låglandet vid Eufrat liksom landet öster om Tigris och besegrat de der herskande turanierna. Enligt all anledning hade de kommit från de norr om Arrapachitis (den nordligaste delen af Assyrien) belägna Gordyäiska (kaldeiska) bergen.

Huru man än vill tolka Gen. kap. 10 v. 11 vitnar den om, att Niniveh anlades af babylonier, och i öfverensstämmelse härmed visa de äldsta underrättelserna babylonierna såsom herskande öfver Assyrien. I Assur (det nuvarande Kalah-Schergat), landets äldsta hufvudstad, som ligger på vestra sidan om Tigris, skall enligt dessa en babylonisk konungs son 1800 f. Kr. ha bygt ett tempel. Dunkla och enstaka äro imellertid uppgifterna om denna första kaldeiska dynasti. Loftus' och Taylors gräfningar har man att tacka för namnen på ett par konungar tillhörande densamma. En af dem vid namn Orcham har lemnat talrika bevis på sin vördnad för gudarne, men den mest kände är Hammurabi, hvilken kallar sig både *konung af de fyra länderna* och *konung af Babylon*

Man antager, att denna konungaätt funnit fruktansvärda fiender i de egyptiska faraonerna, som började göra eröfringar, sedan hyksos blifvit besegrade. Att döma af egyptiska inskriptioner tyckas egyptierna under den mäktiga adertonde dynastien ha underkufvat Baylonien och tvungit det till tribut i det fjortonde århundradet f. Kr., och det synes äfven som om deras segrande vapen hunnit till Assyrien.

Kanske var det i följd af dessa förhållanden som Assyrien erhöll en sjelfständig ställning och en egen dynasti. Det äldsta dokument, som talar om denna, är den åttasidiga prisma (cylinder), genom hvars tolkning på fyra särskilta håll riktigheten af det antagna tolkningssystemet blifvit bestyrkt. Af densamma anträffades ett exemplar i hvarje af det åt guden Assur i staden af samma namn uppförda templets fyra hörn. Enligt Opperts beräkningar förskrifver den sig från medlet af det trettonde århundradet f. Kr., men enligt andra, som vi här följa, är den öfver ett sekel yngre. Inskriptionen består af sjuhundra rader, och den börjar med åkallandet af Assur, Bel, Sin, Ao, Ninip, Sandon och Ischtar, hvarefter Tiglat Pilesar vidlyftigt redogör för sina segrar. Hans fälttåg gällde först moscherna, innebyggarne i bergen norr om Mesopotamien, sedan en mängd små mesopotamiska och syriska riken samt Katti (judarnes hethéer). Noggrannt anföras enskilta tilldragelser, slagtningar, antalet af de slagna fienderna, de eröfrade fästningarna samt bytet, och slutligen meddelas, att han besegrat fyratiotvå länder och deras konungar alltifrån Zabs strand till Eufrat, till hethéernas land och till den öfre oceanen, der solen går ner. Med liknande omständlighet anföras hans jagtbedrifter, och det heter, att han med gudarne Nins och Nergals bistånd dödat icke mindre än 920 lejon. Vidare förtäljer han hvad han gjort för landets bevattning och odling, hvilka främmande djur och vexter han hemfört från sina fälttåg och hvilka tempel han uppbygt. Bland dessa sistnämda omtalar han ett som han uppfört i stället för ett, som 60 år förut nedrifvits af en af hans föregångare, emedan det då var förfallet, efter att ha stått 641 år. Detta var det af oss redan omtalta, som var bygdt af Schamas-Iva, den babyloniske konungen Ismi-Dagons son. Han uppräknar sina föregångare intill den fjerde före honom, hvilken han kallar det assyriska rikets grundläggare (eller befriare). I enlighet dermed blir listan på de första assyriska konungarne följande: Ninipallukin, Assur-Dayan, Muttakil Nabu, Assur-rich-Ili och Tiglat Pilesar I.

I full öfverensstämmelse med det assyriska bruket förekommer här intet om något af Tiglat Pilesar II lidet nederlag. Men till ett sådant slutar man af den omständigheten, att i en inskrift, som Sanherib låtit hugga i en klippa vid Bavian uti norra delen af landskapet Assyrien, det heter, att han i sitt tionde regeringsår återfört från Babylon några gudabilder, som 418 år förut en babylonisk konung i ett krig tagit från konung Tiglat Pilesar. Detta krig fördes år 1111. Att det haft allvarliga följder för Assyrien frestas man att sluta dels deraf, att det väl anföres konunganamn men inga tilldragelser från de följande tvenne århundradena och dels deraf, att ehuru judiska riket under denna tid blef så mäktigt under David och Salomo, intet ställe i bibeln antyder, att det kom i någon beröring med Assyrien — en omständighet, som i sjelfva verket ger anledning till antagandet, att en del af Tiglat Pilesars eröfringar gått förlorade. Kanske ha denna periods assyriska konungar gjort sig skyldiga till den veklighet och overksamhet, för hvilka grekiska författare beskylla Assyriens alla monarker med få undantag, och att således någon anledning funnits till en uppfattning, som hvarken i bibeln eller i kilskriftsannalerna finner något positivt stöd. Vare härmed huru som helst, så är det visst, att en ny krigisk herskare återgaf det assyriska väldet dess förlorade glans.

Denne är Sardanapal III (886—858), hvilkens bedrifter framställdes i relieferna, som betäckte väggarna i det af honom bygda nordvestpalatset, det äldsta af konungaslotten i Kalah (Nimrud). Han gick öfver Eufrat, eröfrade norra Syrien; Feniciens städer nödgades hylla honom och betala tribut, hvarförutan han äfven drog i fejd mot de folk, som bodde i bergstrakterna norr om Assyrien. Ärofullare för honom enligt vår tids begrepp är anläggningen af en kanal, som gick från stora Zab till Kalah och som flera mil dels var uthuggen i klippan och dels gick genom en tunnel för att vattna ett stort stycke land mellan Tigris och Zab och förse hufvudstaden med friskt bergvatten. Sanherib, som lät reparera denna kanal, uppgifver den såsom ett verk af denne Sardanapal, hvilket bekräftas af den sistnämdes egna annaler.

Salmanassar II (858—823) ökade det af sin fader ärfda väldet med södra Syrien, Damaskus och Kamoth vid Orontes. Ja, Jehu, Israels konung måste betala tribut till honom, oaktadt detta ej uppgifves af de hebreiska författarne, ty på den lilla märkvärdiga, med reliefbilder och inskrifter försedda basaltobelisken, som tillhört honom och nu finnes i British Museum, är detta angifvet på det otvetydigaste sätt. Detta faktum är naturligtvis af vigt i kronologiskt hänseende. Åt andra hållet besegrade han meder och perser, utan att de dock trädde i något varaktigt underdånighetsförhållande till honom.

Under hans efterträdare Schamas—Iva (823—810) tyckes Babylonien ha varit skattskyldigt, och under dennes son Iva—Lusch (810—791) finna vi drottningens namn, mot assyrisk plägsed, anfördt jemte konungens, och det är Sammuramit. Det tyckes som om hon medfört Babylonien i hemgift åt sin gemål. Kanske har detta gifvit anledning till Ktesias' fabler om Semiramis, som andra grekiska författare upprepat efter honom. Det är nämligen antagligt, att han förvexlat denna drottning med gudinnan, som en inhemsk sägen måhända gjort till dynastiens stammoder. Herodotus tyckes imellertid ha talat om denna verkliga Semiramis och om arbeten, som hon låtit utföra i Babylon, och det är möjligt, att hon under sin gemåls lifstid återvändt till denna stad och der uppfört en del af de bygnader, som de babyloniska inskrifterna tillskrifva Nabuchodonosor. Om någon annan Semiramis ha de assyriska inskrifterna intet att förtälja. Att Sammuramit skulle ha öfverglänst sin gemål, har man icke något skäl att antaga. ty han kallar sig »den mäktige konungen, verldens konung, som har utsträckt sin styrkas arm från soluppgångens stora haf till solnedgångens och som herskar öfver folkstammarna.» Derjemte nämner han särskilt såsom af honom besegrade: hethéerna, fenicierna, Tyr, Sidon, staden Homri uti Samarien, Edom och Filistéen.

Om de närmast följande konungarne vet man blott hvad de hetat och att de fört ett och annat krig. Hvarken bilder eller inskrifter meddela vidare upplysningar. Den konung Phul, som omnämnes i bibeln, förekommer icke i inskrifterna. Sannolikt är han Tiglat Pilesar II, helst namnets assyriska form är Pulitser. Det är äfven möjligt, att det varit en motkonung eller usurpator.

Tiglat Pilesar (748—727) höjde assyriska rikets maktställning, underkufvade de affallna provinserna, såsom t. ex. Synira, och utvidgade sitt välde till Persiska Viken. Emedan han i sina inskrifter ej anför sin fars namn, anses han såsom en usurpator.

Hans efterträdare Salmanassar IV (727—722) är bekant genom det i bibeln omtalta fälttåget mot den israelitiske konungen Hosea samt det mot staden Tyrus. Men under det att han var fjerran på eröfringståg, tyckes hans tron ha blifvit inkräktad.

Usurpatorn var Sargon (722—702), en af de fruktansvärdaste och mest lysande bland Assyriens krigiska monarker. Denne gjorde slut på konungariket Israel och lät föra folket till Armenien och

Medien [1]), som han förut underkufvat. Detta medel att befästa sin makt använde han äfven mot de olyckliga invånarne i Kaldéen och Susiana. Öfver Babylon herskade han, Acdod och Gaza sökte fåfängt att göra honom motstånd, och Cyperns konungar voro skattskyldiga under honom. Hans staty af svart basalt, som förts från denna ö till Berlin, vitnar ännu om hans makt öfver densamma.

Om Sanherib (702—680) berätta både hebreiska och egyptiska anteckningar. Hans fälttåg skildras naturligtvis äfven i hans egna annaler, men blott så att hans framgångar beskrifvas. Om hans stora motgång, hvarom både bibeln och egyptiska inskriptioner berätta, förekommer intet i dessa. Efter sin återkomst från fälttåget i Judéen lät han genom reliefafbildningar återgifva sina segrar, som han vunnit i början af detsamma, och han regerade länge sedan i prakt och härlighet. Omsider blef han i sin gud Nisrochs tempel mördad af tvenne sina söner, hvilka ej fingo njuta frukten af sin illbragd.

Det var ingen af dessa, utan Assarhaddon (680—667), som efterträdde honom. Denne väldige eröfrare tillintetgjorde med energi och grymhet de underkufvade ländernas försök att befria sig, förstörde fullkomligt den gamla berömda staden Sidon och förde dess invånare till Assyrien samt grundlade i stället en stad, som han uppkallade efter sig sjelf och försåg med invånare från Kaldéen och Susiana. På samma sätt förfor han mot armenierna och cilicierna, hvarjemte han inträngde i det inre af Arabien, eröfrade Egypten samt kallade sig för Egyptens konung och Etiopiens besegrare.

I öppen strid mot dessa skildringar af hans militära framgångar, som hans annaler innehålla, står det hos grekiska författare allmänna påståendet, att Assyriens förfall började under hans tid, liksom det att Niniveh eröfrades under hans sons strider mot dennes annaler.

Assarhaddons son Sardanapal IV (667—) var kanske den mest lysande och i alla afseenden mest framstående af alla Assyriens konungar. Han har såsom eröfrare framträngt längre än någon af sina företrädare; han var en oförskräckt lejonjägare och utgör sjelfva motsatsen af den uppdiktade, veklige Sardanapal, som de grekiska författarne förskaffat en så bedröflig namnkunnighet. Och

---

[1]) Det heter i bibeln, att konungariket Israel förstördes af Salmanassar, under det att Sargon i sina annaler säger sig ha eröfrat det. Förmodligen utförde denne såsom Salmanassars general fälttåget mot israeliterna och tillskref sig derför äran af framgången, sedan han bemäktigat sig tronen.

ruinerna af de praktfulla bygnader, som han utförde, vitna om Assyriens oförminskade makt och rikedom på hans tid.

Efter att ha qväft åtskilliga uppror och deribland det, som gjordes af det utaf hans far eröfrade Egypten, gick han öfver Taunus och inföll i mindre Asien samt underkufvade folk, hvilka, som han sjelf säger, dittills varit obekanta för assyrierna. Från Lydien sände konung Gyges honom skänker och fångna fiendtliga anförare. Sedan vände han sig mot Elam, Susiana och Babylon, och han befästade sitt välde genom blodiga segrar och förfärliga härjningar ända till Persiska Viken. Mesopotamiens alltjemt frihetstörstande nomadstammar måste äfven böja sig under hans spira.

Dock just nu då Assyrien tycktes befinna sig på höjden af sin makt, nalkades undergångens stund. Det var endast helt naturligt, att de med yttersta grymhet beherskade lydländerna ifrigt efterlängtade tillfället att afskaka det förhatliga oket. Om Assyriens sista tider lemna inga inskriptioner underrättelser. Man vet blott, att Sarak (? — 625) då var konung, liksom man känner det palats, han bygt åt sig, men det är obekant, när han efterträdde Sardanapal.

Mederna hade först befriat sig från det assyriska väldet och under inhemska furstar tillväxt i styrka. Det lyckades Kyaxares att besegra den assyriska hären, men innan han hunnit göra allvar af sina djerfva planer mot Niniveh, inföllo skytherna (turanierna) i Medien, öfversvämmande detta land liksom Assyrien och flera andra länder i främre Asien. För ögonblicket räddades Niniveh, då Kyaxares måste vända sig mot de vilda horderna. Men dessa skythers infall tycktes ha lossat förbindelsen mellan det egentliga Assyrien och dess lydländer och kraftigt bidragit till det gigantiska väldets upplösning och undergång. Prestigen hade försvunnit, och knappt hade skytherna nödgats draga sig tillbaka förrän ett allmänt uppror mot »den store konungen» i Niniveh uppkom. Talrika insurgentskaror samlade sig i de sydliga trakterna vid Persiska Viken, och ståthållaren i Babylon, Nabopolassar, som af Sarak sändts ut imot dem, satte sig i spetsen för dem och slöt sig till mederna, som belägrade Niniveh. När Sarak såg att motstånd var fruktlöst, antände han sitt slott till ett stort bål åt sig och sin omgifning. Niniveh eröfrades af de allierade och blef så i grund förstördt, att det snart liknades vid en öken, att man efter ett par århundradens förlopp ej visste hvar Asiens största och praktfullaste stad varit belägen.

Vid konunganamnens tolkning kommo öfversättarne i början till de mest olika resultat, men efter fortsatt studium af inskriptionerna har mera likformighet härutinnan erhållits. Imellertid finnes ännu i flera fall ganska stor skiljaktighet, såsom ofvan anmärkts, och en sådan eger äfven rum i anseende till konungarnes ordningsnummer. Så kallas den monark, som vi efter några tolkare benämt Sardanapal III, af andra Sardanapal I, den vi kallat Salmanassar III, får på vissa håll heta Salmanassar II, och vår Sardanapal IV presenteras äfven såsom Sardanapal V. Hvad angår Sammuramits gemål, som här ofvan fått heta Iva—Lusch, så har han äfven blifvit kallad Phulukh IV, hvilket namn anses motsvara Belochus, såsom grekerna benämt en assyrisk konung. Om Ninos förekommer intet i de assyriska annalerna, så framt han ej är den Ninipallukin, som af Tiglat Pilesar I uppgifves såsom assyriska rikets stiftare eller befriare.

5.

Om man antog, att efter de assyriska konungapalatsens upptäckande frågan om Ninivehs belägenhet skulle vara afgjord var detta ett stort misstag, ty lifligare strider rörande denna sak ha utkämpats efter än före detsamma. Denna ovisshet vållas dels utaf det stora afståndet mellan de högar, i hvilka slottsruinerna anträffats och dels deraf, att dessa tillhöra olika perioder.

Khorsabad ligger ½ mil nordost om Kujundschik och Nimrud ligger 5 mil sydost om sistnämda hög. De, som uppträdt mot antagandet, att Niniveh skulle varit så vidsträckt, att de i dessa högar uppgräfda palatsen funnits inom dess område, ha sökt lösa gåtan genom flera hypoteser. Några ha antagit, att flera af dessa bygnader voro lustslott, och andra ha hållit före, att Niniveh i följd af revolutioner eller kungliga nycker under århundradenas lopp flyttats från det ena stället till det andra, alltjemt bevarande sitt namn och sin egenskap af kungligt residens. Äfven har man förmodat att skilda städer frivilligt eller af tvång sammanslutit sig, så att de utgjort en med namnet Niniveh, dock så, att de derjemte behöllo såsom qvarter i densamma sina gamla namn — en uppfattning för hvilken inskriptionerna äfvensom Gen. kap. 10 v. 11 tyckas vitna. Slutligen må nämnas, att man antagit, att staden bestod af qvarter, af hvilka det ena efter det andra erhöll särskild vigt, då någon monark bodde inom det.

Layard antager, att staden tillvexte genom bildandet af nya qvarter. Han antager, att Kalah (Nimrud) varit Ninivehs äldsta del och att nordvestpalatset var det äldsta slottet derstädes, men att konungarne efterhand bygde nya slott, på afstånd omkring hvilka då nya stadsqvarter bildade sig. Att dessa qvarter i allmänhet buro särskilta namn, medger han, men erkänner äfven att det nuvarande Kujundschik, hvars palats tillhöra en relativt taget senare period, på sin tid företrädesvis bar namnet Niniveh. Om man drager en linie från Kujundschik till Nimrud, en annan från Nimrud till Karamlis, en tredje från Khorsabad till Kujundschik. så erhåller man en parallelogram, hvars längsta sidor bli hvardera 2½ mil och de kortaste 1½ mil. Denna parallelogram skulle innesluta utom de nämda ruinhögarna dem, som näst dessa och Kalah—Schergat äro de betydligaste i Assyrien, nämligen Nabi—Junah, Karakusch, Baascheikha, Baazani, Husseini och Tel—Jora. Detta omfång öfverstiger ingalunda det, som Niniveh egde enligt hebreiska och grekiska författare. Detta förekommer mindre osannolikt, då man besinnar, att i forntidens österländska städer funnos icke allenast hus och trädgårdar utan äfven kungliga jagtparker, betesmarker och åkrar, hvilka senare förnämligast afsågo möjligheten af en långvarig belägring. Mot dessa argument, som Layard anfört för sin uppfattning, torde de af omfångets vidd alstrade betänkligheterna vika, och hvad angår dem, som bero på palatsens olika ålder, så upphöra de, då man besinnar, att det var kunglig plägsed uti Assyrien att bo i ett slott, som man sjelf bygt eller ombildat efter sin smak och försett med reliefbildningar af sina egna bedrifter.

Af skäl, som ej kunna anföras här, antages, att Nimrud varit bibelns Resen, assyriernas Kalah och Xenophons Larissa, att Kujundschik varit Xenophons Mespila, samt att Kalah—Schergat varit bibelns Kalah och assyriernas Assur, landets äldsta hufvudstad.

I Nimrud ha, såsom redan nämts, fyra palats blifvit uppgräfda, nämligen nordvestpalatset, centralpalatset, sydvestpalatset och sydostpalatset, såsom de af Layard blifvit kallade i följd af sin relativa belägenhet. Det äldsta af dem alla är det förstnämda, och det har ej såsom de öfriga delvis blifvit förstördt af eld, utan förfallit derför att man ej underhållit det, och emedan det plundrats, då det gällde att uppföra sydvestpalatset. I nordvestpalatset. som bygdes af Salmanassar I och längre fram beboddes. af Sardanapal III, har Layard funnit icke mindre än tjugoåtta salar. hvilkas väggar voro betäckta med alabasterreliefer. Af de bilder.

som funnits der, må nämnas en, som föreställer Assyriens förnämsta gudinna, den med tvenne par vingar försedda Ischtar eller Beltis, som motsvarar sidoniernas och filistéernas Aschtaroth. Näst detta palats är det af Salmanassar III bygda centralpalatset äldst, och deri har man anträffat denne konungs i historiskt hänseende vigtiga, af oss redan omnämda basaltobelisk. Iva—Lusch och Sammuramit bodde äfven i detta slott. Tiglat Pilesar II skall först ha bott i nordvestpalatset och sedan i det af honom uppförda sydostpalatset. Äfven Sargon bodde i nordvestpalatset, som kallades *Bit-Sargina* (Sargons hus), liksom den stad eller det qvarter, som omgaf detta slott, kallades *Dur-Sargina* (Sargons stad). Det norra slottet i Kujundschik har Sanherib bygt och bebott, och relieferna på väggarna och inskriptionerna, som der anträffats, vitna om hans segrar. Hvad som förtäljes om fälttåget i Judéen, öfverensstämmer mycket väl med de hebreiska uppgifterna; så till exempel uppgifves här, liksom i bibeln, att Hiskias erlagt till honom trettio talenter i guld. Skilnaden är blott, att hans motgång i slutet af fälttåget fördöljes, såsom vi redan anmärkt. Assarhaddon har bygt ett slott, der Nabi-Yunah står, hvars ruiner ännu äro okända, då gräfningar ej fått utföras i denna hög. Men enligt hans annaler hade tjugotvå honom underordnade konungar, och deribland Manasse, Juda konung, måst lemna honom materialier till denna bygnad, om hvilken denne assyriske monark säger, att taket bildas af skulpterade cederbjelkar, uppburna af cypresspelare och sammanhållna genom ringar af jern och silfver, samt att ingångarna vaktas af lejon och tjurar af sten, prydda med jern, silfver och elfenben. Utom detta palats bygde han ett i Nimrud och ett i Babylon, och plundrade för det förras räkning nordvestpalatset och centralpalatset, utan att dock hinna att förse de till den nya bygnaden, det s. k sydvestpalatset, förda alabasterskifvorna med reliefafbildningar. Sardanapal IV bebodde först Sanheribs palats, men bygde sedan åt sig ett nytt på samma platform, nämligen nordpalatset i Kujundschik, hvari han sökte att i storartad prakt öfverbjuda alla sina föregångare. Konstskapelserna öfverträffa alla dem i de andra assyriska palatsen äfven genom finhet och prydlighet i utförandet, liksom den stela konventionela karakteren minst framträder der. En sorglig kontrast mot denna ståtliga konungaboning bildar den, som hans olycklige efterträdare Sarak uppfört åt sig i Nimrud ofvanpå det af Tiglat Pilesar II uppförda sydostpalatset. Der finnas hvarken stora salar eller alabasterreliefer, utan väggarna i de små rummen äro beklädda med groft huggna kalkstensskifvor, och allt vitnar om att den ställning, hvari denne konung redan långt före sin slutliga undergång befann sig, vidt skilde sig från hans mäktiga företrädares.

För att bereda de på den assyriska slätten belägna konungaborgarna ett så imposant yttre som möjligt, hade man uppfört dem på 30 à 40 fot höga platformer af soltorkadt, medelst jordbeck hopfogadt tegel, som för soliditetens skull voro betäckta med ett lager af brändt tegel med jordbeckscement, sedan ett tjockt lager af sand och öfverst ännu ett dylikt lager af brändt tegel med samma slags murbruk. Denna trefaldiga betäckning afsåg naturligtvis att hindra platformen från att insupa regnvatten, då detta skulle, om det trängt till det soltorkade teglet, ha upplöst det och vållat platformens och hela bygnadens förstöring. På den nedåt vända sidan af de brända tegelstenarne finnas inskrifter, som förmodligen bestå i böner till gudarne om skydd för palatsen. Trappor förde upp från platformens fot till palatsets ingång, och mellan dettas särskilta delar funnos också dylika. De bygnader, hvaraf ett slott bestod, befunno sig nämligen i allmänhet taget icke i nivå med hvarandra och tycktes ofta ej ha blifvit uppförda efter någon bestämd plan eller samtidigt. Väggarna äro tolf à fjorton fot höga och ungefär lika tjocka. Vanligen äro de betäckta med relieftaflor af grofkornig gråhvit alabaster, som oftast äro åtta à tio fot höga men stundom högre, och omkring en fot tjocka. Dessa äro merändels försedda med uthuggna inskriptioner, hvaraf många varit fylda med koppar. Ofta går en reliefrad öfver den andra, och en inskrift är uthuggen imellan den öfre och det nedre bildverket. Ofvanför alabasterskifvorna har tegelstensväggen eller den gips, hvarmed den varit öfverdragen, varit betäckta med målningar, återgifvande scener, liknande dem, som relieferna skildra. Dörrarna ha, att döma af dessa reliefers anvisningar, varit tillslutna medelst ridåer, fästade vid prydliga pelare. Golfvet består utaf alabasterskifvor med inskriptioner, skildrande konungarnes bragder, eller af tegel, i hvilket sistnämda fall de förmodligen betäckts af mattor. Rummen äro långa och smala. Den förnämsta salen i nordvestpalatset är 150 fot lång, men blott 33 fot bred. Angående taken ha mycket olika meningar uttalats. Man kan ej antaga, att de varit hvälfda tegeltak, ehuru det visat sig, att assyrierna förstodo att bygga hvalf, ty de visserligen betydligt tjocka, men af soltorkadt tegel till större delen bestående väggarna skulle ej kunnat uppbära ett sådant, hvartill kommer, att man i sådant fall skulle funnit betydligt mera tegel i rummen än det, som nu der anträffats, och som sannolikt utgjorts af de med taket nedrasade öfre delarna af väggarna. Det anses derför sannolikt, att taken varit af trä, helst man funnit halfbrända bjelkar i salarna jemte ofantliga massor af kol och aska, hvartill kommer, att Assarhaddon i sin skildring af det palats, hvars ruiner torde betäckas af Nabi-Yunah, angifver att det haft ett sådant tak. Detta förklarar äfven den omständigheten, att många skulpturer i det inre af palatsen varit skadade af eld, medan de yttre varit det föga eller intet. Äfven ha meningarna varit delade rörande sättet, hvarpå dagsljuset inträngt i palatsen, då inga fönster observerats. Somliga ha förmodat, att det inströmmat från rummens öfre sidor, då man på relieferna funnit boningshus med öppna gallerier tätt under taken. Andra ha antagit, att det i platta taket funnits öppningar för dagsljuset, hvilka kunde tillslutas efter behag.

I Khorsabad äro de bevingade, menniskohöfdade gestalter, som bilda ingångarna, nästan alla tjurar, men i Nimrud äro de flesta lejon, och exempel finnas också på att ett lejon förekommer tillsamman med en tjur vid samma ingång. Mellan dessa tvenne slags djurkolosser finnes för öfrigt, säkerligen af konventionela skäl, mycken likhet, men lejonets hufvudbonad är enklare och försedd med färre horn än tjurarnas, under det att hårets och skäggets frisur är lika omsorgsfullt utförd hos begge. Angående betydelsen af dessa monster, af hvilka flera äro tio à tolf fot höga och lika långa, ha många hypoteser blifvit framstälda. Man har jemfört dem med keruberna vid Förbundets ark i Salomos tempel, om hvilkas utseende man dock vet så litet, äfvensom med Egyptens sfinxer. Med mera skäl ha de ansetts såsom symboler af assyriska folket, af dess förnämste representant konungen och af nationalguden Assur.

Vingar, horn på hufvudbonaden samt en flätad korg buren i den ena handen, medan den andra uppvisar en grankotte eller en ananas, anses som kännetecken på en assyrisk gudabild. Såsom Assur, det assyriska folkets högsta gudomlighet och på samma gång dess personifikation, uppfattar man en liten bild, utgörande öfra hälften af en manlig figur, iklädd mitra försedd med horn, samt nedtill afslutande med en kort kjol, som tyckes bestå af fjädrar. Denna figur, som håller en båge i handen, sväfvar i slagtningar och vid religiösa ceremonier öfver konungens hufvud, och denne guds förnämsta uppgift tyckes vara att skydda och bistå Assyriens herskare. Bilden är omgifven af en skifva, nästan liknande ett hjul, hvarifrån utgå horisontala, fjäderlika streck. Skifvan representerar säkert solen, och hon förekommer stundom utan någon menniskofigur med ett vinglikt appendix, som gör att hon erinrar om egyptiernas bevingade solskifva. Af detta skäl har

Assur också blifvit kallad den assyriske Baal. En annan högt stående gudomlighet, i hvilken man velat igenkänna babyloniernas Ihu, syndaflodens upphofsman och tidens gud, har ett af de för assyriska gudar karakteristiska kännetecknen i dubbelt mått. Liksom den af oss förut omtalta Beltis har han nämligen fyra vingar — två riktade uppåt och två nedåt. På ett ställe förekommer han förföljande en drake eller en ond ande. Hvad Beltis eller Ischtar angår, så tyckes hennes kjol baktill vara sammansatt af fjädrar och erinrar i detta hänseende om Assurs, jemte hvilken gud hon ofta förekommer, och man finner små stjernor bland hennes halsprydnader, — passande smycken för en »himmelens drottning.» Såsom Nisroch, den gud, i hvars tempel Sanherib blef mördad, antages vanligen en mycket ofta förekommande manlig gestalt med örnhufvud, helst ordet *nisr* betyder *örn* och *sönderslita*, i följd hvaraf han ock blifvit ansedd som segrens gud. Imellertid har en kilskriftstolkare i honom sett äktenskapets gud, tydande hans namn med orden: *den som förenar*. En annan gud, motsvarande babyloniernas Oannes och bärande det assyriska namnet On, har en hufvudbonad liknande ett fiskhufvud och en fiskkropp kastad likt en mantel öfver skuldrorna. Såsom den assyriske Herkules har man betraktat den kolossala figur, hvilken förekommer mellan tvenne bevingade och menniskohöfdade tjurar på façaden af Sargons palats. Han håller ett lejon i sina armar och tyckes strypa det. Namnet på denne gud är Ninip-Sandan.

Relativt taget förekomma ej många gudabilder i de assyriska palatsruinerna, men att antalet af gudar varit stort finner man af de namn på dylika, som anföras i annalerna. Ett framstående rum på den assyriska kultens område intager, att döma af relieferna, det s. k. symboliska trädets tillbedjande. Det ser ut som om sjelfva gudarne dyrkade det, ty i ett rum voro väggarna nästan helt och hållet upptagna af reliefer, som i sin öfre afdelning föreställa tvenne okända gudar, knäböjande för detta träd, och i den nedre en Nisroch på hvar sin sida om det, visserligen upprätt, men dock, såsom det tyckes, tillbedjande det.

Af relieferna synes visserligen, att ett i många hänseenden rikt kulturlif förefans i Niniveh, men de innehålla äfven talrika vitnesbörd om att våldets och den råa styrkans princip var den herskande der. Det tyckes som om mördande, stympande och mångsidigt pinande af besegrade fiender ansågos bidraga till segrarens förhärligande. De mest upprörande tortyrscener äro på många ställen återgifna, och på ett ställe spelar monarken sjelf hufvudrollen i en sådan. Bland de fångar, som den kungliga vreden drabbar och som dömts till ett plågsamt slafarbete, har man igenkänt dem, som bära israelitiska drag.

Konungen är hufvudsakligen omgifven af eunucker, och dylika tyckas ofta ha beklädt de vigtigaste civila embeten samt äfven tjenstgjort såsom officerare och till och med såsom härförare. En eunuch håller merendels en parasoll — den assyriska »royautéens imposanta emblem» — öfver honom, under det en annan bär hans spira och en tredje hans båge. Drabbningar och belägringsscener förekomma i stort antal, och deruti uppträder konungen merendels kämpande oförväget mot fiendtliga skaror. Äfven i de talrika jagtscenerna spelar han hufvudrollen och nedlägger med egen hand de rasande lejon, som angripa honom eller hästarna, som draga hans vagn. Dessa lejon lära ha fångats och hållits i burar för att utsläppas, då herskaren ville njuta af jagtnöjet.

Af stort intresse äro de festscener, som förekomma i rikt mått, i anseende till de upplysningar de lemna om assyriska seder. Inga qvinnor synas ha varit tillstädes vid sådana, och ytterst få äro de reliefer, hvarpå en assyriska är återgifven. Såsom en dylik må anföras den märkliga tafla, som föreställer Sardanapal IV, i en berså af vinrankor hvilande på ett slags soffa, helt makligt utsträckt, och vid hans fötter den praktfullt klädda assyriska drottningen, sittande på en hög stol. De kungliga makarna intaga en måltid, uppvaktade af eunucher, utaf hvilka några bortfläkta flugor och andra inbära förfriskningar, medan det på något afstånd utföres taffelmusik. Konungen igenkännes nästan alltid på den höga upptill afplattade tiaren, ofvanpå hvilken synes en liten kägelformig spets i midten.

Om en högt utvecklad industri vitna ej blott reliefskildringarna utan äfven de effekter, som anträffats i rummen, ehuru deras antal är jemförelsevis litet i följd af den plundring, som försiggått för årtusenden tillbaka. Till den stora materiela utvecklingen i Assyrien bidrog, jemte befolkningens håg och drift, säkerligen den omständigheten, att ej blott sjelfva landets produkter voro rika och mångartade, utan att äfven från de underkufvade länderna ofantliga förråd af de mest olika naturalster fördes till Niniveh.

Hvad den assyriska arkitekturen angår, så tyckes, oaktadt bygnadernas gigantiska proportioner, denna aldrig ha kommit till någon egentlig betydelse i konstnärligt hänseende och står vida under den egyptiska. Hufvudsakligen beror väl detta på de för handen varande materialiernas natur, men till en del torde anledningen kunna sökas i bristande sinne hos assyrierna för arkitektonisk konst. Troligen har bildhuggeriets starka utveckling berott på insigten af bristerna i detta hänseende och önskan att öfverskyla dem, lika mycket som på tillvaron af materialier för detsamma och på konungarnes fordran att se sina bedrifter förhärligade. Den assyriska skulpturen är i flera hänseenden beundransvärd, helst då man besinnar den period hon tillhörde, och utmärker sig framför den egyptiska genom större naturtrohet, lif och kraft, genom mindre kantighet i formerna och mindre beroende af den konventionela uppfattningen. Naturligtvis kan hon derimot med den fullkomliga brist på perspektivkännedom och på figurernas relativa proportioner, som utmärker henne, icke uthärda någon jemförelse med den grekiska, hvars läromästarinna hon torde ha varit. Märkligt är, att de äldsta assyriska skulpturarbetena äro i förtjenstfullt utförande jemförliga med de senare periodernas. Detta tyckes vitna om assyriska rikets höga ålder, då konsten öfverallt haft sin barndom, och sådana arbeten ovilkorligen förutsätta en lång utvecklingsperiod, såvida ej konsten importerats från ett annat land — något, som i detta fall icke kan ha varit förhållandet.

E. Ch. Brag.

Anmälningar.

Svenska Fornminnesföreningens tidskrift. Första bandet. Första häftet. Stockholm, 1871. Tryckt hos J. & A. Riis.

Hvarje vän af den svenska fornforskningen, hvar och en, som kommit till insigt icke blott af den förhistoriska arkeologiens betydelse, såsom vetenskap betraktad, utan äfven af det mäktiga inflytande, hon både omedelbart och medelbart kan komma att utöfva på folkandens riktning och på arten af hans utveckling, måste helsa detta första häfte af den för kort tid sedan bildade Svenska Fornminnesföreningens litterära organ hjertligt välkommet, alldenstund det gifver godt hopp om att denna förening skall med nit och kraft söka fullgöra den vackra uppgift, som hon omfattat. I den mån, som de stora och löftesrika framsteg, hvilka denna unga vetenskap under de senare årtiondena gjort i Sverige och i brödralandet på hinsidan sundet, kommit allmänhetens begrepp om hans väsen och betydelse att klarna, i den mån, som intresset för honom vaknat äfven hos många, hvilka för kort tid sedan betraktade minnesmärken och fynd från förhistoriska perioder med okunnighetens likgiltighet eller med vidskepelsens farhågor, ha fornminnesföreningar vuxit upp, den ena efter den andra, i rikets flesta landskap. Mellan dem fans dock icke det samband, som kunde mäktigt bidraga till deras bemödandens lyckliga resultat, förrän Svenska Fornminnesföreningen framstod såsom den medelpunkt, till hvilken de hade att sluta sig, för beredande af en vexelverkan, som måste i väsentlig mån underlätta hvarje särskilt förenings bemödanden.

Redan af den redogörelse för diskussionerna vid Svenska Fornminnesföreningens årsmöte i Vexiö förliden sommar, som detta häfte innehåller, finner man det allvar, hvarmed föreningen och särskilt de af dess mera framstående medlemmar, som deltogo i dessa, uppfattade denna hennes ställning och, de pligter, som den ålägger henne. Så uttalade mötet med afseende på den första öfverläggningspunkten bland annat den önskan, att fornminnesföreningar måtte bilda sig i de landskap, der ännu inga sådana finnas, och att de måtte sätta sig i förbindelse med Svenska Fornminnesföreningen och i hennes tidskrift lemna meddelanden om sina arbeten och förhandlingar. Vigten häraf för det afsedda samarbetet kan icke förnekas, om man än kan befara, att en eller annan förening i landskapen kommer att häruti se ett för vidsträckt centralisationssträfvande och önskar bespara dylika meddelanden för sina egna tidskrifters räkning.

I behandlingen af flera andra frågor, såsom af den om statens privilegium i fråga om fornfynd och af den om åtgärders vidtagande till förekommande af vandalism med afseende på minnesmärken från forntiden, visade sig det varmaste intresse för fornforskningens sak och en liflig harm mot hvad som lägger hinder i vägen för densamma — äfven om det framträder under det antiqvariska nitets mask. Då en annan fråga förehades, tycktes imellertid hos åtskilliga af mötets medlemmar kärleken för det gamla »för öfver» ganska betydligt. Folkskolelärarnes bemödanden att vinna terräng åt riksspråket på bygdemålens bekostnad stämplades rent ut såsom »en finare vandalism»; det yrkades, att hvarje bygd skulle odla sin särskilta dialekt, att man borde författa böcker på bygdemålen, emedan det bidroge till dessas bibehållande etc. För vår egen del äro vi frestade att beteckna just detta såsom »en finare vandalism», öfvertygade såsom vi äro, att bygdemålen måste vika för riksspråket, så framt sträfvandena för folkbildningens höjande genom folkskolor, folkhögskolor, populärt-vetenskapliga föredrag och sockenbibliotek skola krönas med framgång. Att vilja bevara bygdemålen, under det bibeln och de allmänt begagnade andaktsböckerna, tidningar m. fl. skrifter ej äro öfversatta på något bygdemål, och under det de för allmogen bestämda bildningsanstalterna söka göra honom mottaglig äfven för andra på riksspråket skrifna arbeter af upplysande och förädlande slag, är en orimlighet. redan derför. att man ej kan fordra, att han, utan någon deraf betingad fördel. skall bevara i minnet och förstå användandet af dubbla ordformer och böjningsändelser. Dialekternas studium är både af rent språkligt och af historiskt intresse, och ur dem kunna många ord hemtas för riktandet af riksspråket och för möjliggörandet af dess rensande från främmande ord. Men när folkupplysningen omsider hunnit den punkt, som utgör ett af fosterlandsvännens käraste önskningsmål, är deras roll utspelad. Huru någon kan betrakta detta såsom en förlust, kunna vi ej fatta, då väl äfven den, som högst uppskattar den betydelse, hvilken bygdemålen kunna få för riksspråkets utveckling, säkert skall erkänna, att intet bland dem kan i renhet. skönhet och rikedom jemföras med detta senare. Att vinnlägga sig om att hålla dem vid ett konstladt lif, då eljest den stigande kulturutvecklingen på landsbygden skulle naturenligt komma dem att dö ut, vore desto besynnerligare, som tidsriktningen tydliget går ut på utrotandet af all slags lokal partikularism, så att orintressena vika för landets kraf och allmänandan och fosterlandskärleken öfverallt göra sig gällande. Oafsedt hvad vi här i sjelfva hufvudfrågan anfört mot våra svenska »Maalstrævere» instämma v af allt hjerta i dr Sohlmans på mötet uttalade varning för att »anse allt i bygdemålen, äfven deras sudd och slurf, för äkta folkligt och förträffligt.»

Referatet af den öfriga diskussionen vid mötet rörande arkeologiska frågor förtjenar mycket väl de läsares uppmärksamhet, för hvilka den ej förut är bekant.

Det vid mötet hållna föredraget »Svenska folket i sina ordspråk» har erhållit en välförtjent plats i detta häfte. Författaren. dr

Victor Granlund, framhåller lifligt ordspråkens föga uppmärksammade betydelse och betecknar dem såsom den »första och enklaste frukten af en ursprunglig poesi, som uppstått och lefvat på folkets läppar». Att förfädrens verldsåskådning, lefnadserfarenhet, sedliga uppfattning och öfverhufvud taget de hos dem förherskande idéerna och grundsatserna blifvit förvarade i en mängd ännu existerande ordspråk af mer eller mindre hög ålder, är obestridligt, äfvensom det måste antagas, att en del af dessa äro lemningar af gamla skaldeqväden. Förf. hänvisar, med anledning häraf, ej blott fornforskaren, utan äfven kulturhistorikern, socialpolitikern, konstkännaren och skalden till det ordspråksförråd, som fortlefvat, under det att så många generationer vandrat all verldens väg, tack vare djupet eller skarpsinnigheten i tanken, det träffande i anmärkningen, det lekande och qvicka i framställningen eller andra förtjenster, som gjort, att det ej bortförts af tidens ström jemte så mycket värdelöst, som uppkommit på det i fråga varande området. Såsom ett särskilt bevis för vissa ordspråks höga ålder framhåller förf. den omständigheten, att alliteration förekommer i dem, och betecknar dem i hvilka både alliteration och slutrim finnas, såsom de fullkomligaste eller åtminstone de mest konstmessiga. Synnerligt intressanta äro de af förf. gjorda ordspråksgrupperingarna, der de gamles lefnadsvishet, deras rättsbegrepp och de egenskaper, som karakteriserat det svenska folket från urminnes tider, framträda i hela sin ursprunglighet. Det är som om i dessa ordspråk, hvilka vandrat genom det ena århundradet efter det andra utan att åldras eller förlora något af sin kraft och friskhet, den svenske folkanden ännu i dag bestraffade brottet och lasten, dårskapen och flärden, under det att han gaf sin hyllningsgärd åt dygden och visheten. Förtjent af uppmärksamhet är förf:s iakttagelse af den grundolikhet, hvilken finnes mellan svenska och tyska ordspråk, som röra sig på samma område, då i de förra prisas nykterhet, sparsamhet och arbetsamhet, hvarimot i de senare dryckenskap, slöseri, lättja och tiggeriyrket framställas i rosenfärg. Förf:s idé att sålunda ordna ordspråken efter deras innehålls beskaffenhet är väl förtjent att utföras i större skala.

Efter beskrifningar på trenne fornborgars ruiner i Gestrikland finner läsaren en synnerligt förtjenstfull afhandling af dr O. Montelius benämd »Svensk konst under hednatiden.» Förf. söker visa, att redan under jernåldern fans i Sverige en konst, som sjelfständigt utvecklat sig i Norden — något, som är desto märkligare, som under denna period konsten befann sig i djupt förfall i de europeiska länder, hvarest den förut blomstrat yppigast. Den konststil, hvarom här är fråga, karakteriseras genom orm- och drakslingor, hvarför några velat härleda den från Irland, der en snarlik ornamentik blifvit använd. Såsom de äldsta bekanta exempel på arbeten i den nordiska stilen anför förf. de med bandslingor prydda lansskaften af trä, som funnits i Kragehuls mosse och som tillhöra tiden omkring eller närmast efter år 400 e. K. f. På den i texten intryckta afbildningen af ett bland dessa skaft ser man ett par ormhufvuden, som förf. anser vitna om öfvergången från bandslingorna till den följande tidens orm- och drakslingor. Dernäst fäster förf. uppmärksamheten på de sjette århundradet e. K. f. tillhörande guldbrakteaterna. Att dessa smycken, som äro prydda med ormslingor, äro arbetade i Norden, anser han bevisadt derigenom, att de i stort antal anträffats der, men att för öfrigt blott i sydöstra England några få sådana funnits, och att de af de engelska fornforskarna antagits vara ditförda från Norden eller bildade efter skandinaviska mönster. Drak- eller ormslingor förekomma derjemte på andra funna fornsaker, som dels äro samtida med brakteaterna och dels tillhöra de följande århundradena, under hvilka den ifrågavarande konsten uppnått en högre utveckling. Efter att ha meddelat åtskilliga af illustrationer beledsagade märkligare konstprodukter uti i fråga varande stil från dessa århundraden, framhåller förf. på en mängd runstenar förekommande, konstnärligt utförda drakslingor, men erkänner derjemte svårigheten att afgöra, huruvida några dylika stenar tillhörde den förkristna perioden. Den omständigheten, att de förekomma bland hedniska grafvar och bautastenar, anser förf. ej bevisa, att de upprests af hedningar, då kors och böner till de kristnas Gud äro inristade på åtskilliga, som befinna sig i sådant grannskap; men å andra sidan tror han icke heller, att korset ensamt bevisar, att stenens uppresare varit kristen, alldenstund kors förekomma å dylika stenar så utan sammanhang med den egentliga ornamenteringen och så betydligt sämre utförda än denna, att det ser ut, som om kristna tecknat dem på hedniska stamfäders stenar, för att bereda ro åt deras själar. Förf. anser på goda skäl de flesta med drakslingor försedda runstenar tillhöra öfvergångstiden mellan det hedniska och det kristna tidehvarfvet. Således har han följt drakslingornas användande från det femte till det tionde århundradet e. K. f. Förf. fäster uppmärksamheten på att en mängd konstnärsnamn från denna öfvergångstid äro kända genom inskrifterna på runstenarna, och han anför en del sådana såsom t. ex. upplänningarna Ubbe, Bale, Osmund och Thorbjörn Skald, som alla lemnat lysande prof på ornamenteringstalang. Ännu från slutet af elfte århundradet eller början af det tolfte har man prof på drakslingeornamentikens fortlefvande, men redan ett halft århundrade förut hade bladornamentiken, som har arabiskt ursprung, inkommit i landet. Slutligen visar förf. med stöd af de fakta, han anfört, denna konsts ursprunglighet i Norden, framhållande att hon, såsom existerande i femte århundradet, ej kunde vara lånad af araberna och att hon ej kunde härstamma från Irland af samma skäl, då förbindelsen mellan Norden och Irland tyckes ha börjat först omkring 800 e. K. f., hvartill kommer, att en del irländska fornsaker i denna stil bevisligen äro arbetade af skandinaver, och att motivet till de verkligt irländska slingorna icke tyckes ha varit drakar eller ormar utan fåglar. Samma öfvertygelse om drakslingeornamentikens nordiska ursprung, som förf. här uttalar, hyste de talare, som på mötet i Vexiö afhandlade frågan, såsom ock diskussionsreferatet intygar.

Det i häftet införda »Bref till sekreteraren i Svenska Fornminnesföreningen» af professor Sven Nilsson afser att visa orättvisan

och orimligheten af det lagstadgande, som bjuder, att en hvar, som
i jorden, i vattnet, i gamla bygnader eller annorstädes finner forn-
saker af brons, skall hembjuda Kongl. Maj:t och kronan detta fynd,
samt att uppmana föreningen att söka utverka den förändring i
kongl. förordningen af den 29 November 1867, att dylika fynd
komma att tillhöra finnaren. Efter att ha meddelat en kort men
ganska märklig historik öfver den om temligen barbariska åsigter
vitnande lagstiftningen rörande de svenska antiqviteterna, använder
förf. samma beundransvärda bevisningsstyrka, som gifvit så stor
betydelse åt många af hans vetenskapliga skrifter, för att visa
hvilka hinder, som detta stadgande lägger i vägen för den svenska
fornforskningens framsteg, och för att vederlägga de skäl, som möjli-
gen kunde anföras för bibehållandet af denna statens förmånsrätt till
bronsfynd. På grund af personlig erfarenhet kunna helt säkert många
af tidskriftens läsare bestyrka riktigheten af förf:s uppgift om omöj-
ligheten att idka sjelfständig fornforskning utan att ega någon anti-
qvitetssamling eller ha ständig tillgång till en sådan. Att då ge-
nom ett stadgande sådant som det i fråga varande lemna åt de forn-
forskare, som ej äro bosatta i hufvudstaden, att välja imellan
sin vetenskaps kraf och pligten att visa hörsamhet mot lagens bud,
röjer just icke någon vishet hos lagstiftarne. Träffande anmärker
förf., att till och med om författningen icke skadar genom att lägga
hinder i vägen för forskningen, skadar den genom att vänja folket
att ej rätta sig efter lagarna. Att många fornforskare öppet trotsa
författningen, har den ende, som vid årsmötet i Vexiö uttalade sig
till förmån för densamma, sjelf angifvit, då han anmärkt, att utom
muséerna i Stockholm, Upsala och Lund landet egde omkring
femtio mera betydande fornsakssamlingar. Och att folket allmänt
bryter mot densamma, visa ej blott dessa samlingar, som till be-
tydlig del uppkommit genom inköp, utan det framgår äfven af
förf:s meddelanden, att bönderna, som ha en naturlig motvilja för
att »komma i trassel med länsmän och fiskaler», i smyg sälja sina
fynd till kringresande utländska uppköpare — mest danska judar
— som sedan bortschackra dem till engelsmän. Om det i fråga
varande lagstadgandet afskaffades, skulle denna »för vår fornforsk-
ning skadliga och för vårt fosterland föga hedrande trafik,» enligt
förf:s förmodan, komma att upphöra, då hittaren fritt och öppet
kunde försälja sina fynd till svenska fornforskare, utan att be-
fara något straff derför. Såsom särskilt skäl för denna sin upp-
fattning anför han, att i Danmark och i andra länder, der icke
staten är i besittning af något sådant privilegium som det i fråga
varande, förekommer icke något sådant uppköp och utförsel till
utlandet af fornsaker, som det, hvilket pågår hos oss. Att just
med afseende på bronsperioden frihet till samlingars bildande och
inköp af antiqviteter är af stor vigt, då frågan om bronskulturens
ursprung är en af den förhistoriska arkeologiens mest brännande
frågor, inses lätt af hvar och en, för hvilken icke denna vetenskap
är främmande, och som ej ännu invaggar sig i den föreställningen
att fornforskningen bäst bedrifves, om antiqviteter af vigtigaste
slag samlas på en punkt — en föreställning, som förf. i detta bref

grundligt och kraftigt gendrifvit. Måtte förf:s billiga önskan upp-
fyllas och skråtvånget, som, tack vare de öfverhandtagande fri-
sinnade åsigterna, fördrifvits från industriens område, äfven för-
visas från den vrå, som förbehållits åt det på vetenskapsidkningens.
För att motarbeta vandalismen med afseende på minnesmärken
beslöt mötet i Vexiö bland annat, att de fall, der verkligt okynne
föranledt vandaliska tilltag, skulle offentliggöras. Det tyckes vara i
öfverensstämmelse härmed, som hr Mandelgren i häftet infört upp-
satsen »Det gamla grafkoret i Torrlösa.» Denne beskrifver huru
ett år 1614 vid södra sidan af Torrlösa kyrka uppfördt grafkapell,
hvaruti funnos nio likkistor innehållande de praktfullt svepta jor-
diska qvarlefvorna af den gamla Thottska familjens medlemmar —
och deribland den med herr Otto Thott förmälda berömda skal-
dinnan Sophia Brahes — blifvit försåldt på auktion och nedrifvet,
kopparkulan på detsamma förvandlad till en kaffekanna, epitafierna
förstörda och liken nedgräfda dels i grafkorets botten, dels på kyr-
kogården utanför koret. Såsom de egentliga upphofsmännen till
denna minst sagdt konsiderationslösa åtgärd betecknas pastor loci,
kyrkoherden S. L. Bring, jemte några landtbrukare, som genom-
drifvit det sockenstämmebeslut, i följd hvaraf den vidtogs, sedan
annons om att Thottska familjen skulle inom viss tid draga för-
sorg om kapellets reparation varit införd i Post- och Inrikes tid-
ningar utan någon påföljd. Lika illa vårdades en epitaf öfver
kyrkoherden L. Povelsson, som bestod af »en koppartafla med por-
trätt af honom och hans familj, med talang målade i olja, infattad
i en praktfullt skulpterad ekram» — och det oaktadt kyrkoherden
Bring sade sig vara medlem af samma familj. Hvad angår annon-
sen om korets reparation, så tyckes det, som borde dylika införas
i allmännare lästa tidningar än Posttidningen, så vida verkligen
något praktiskt resultat af dem önskas. För öfrigt är det i san-
ning bedröfligt, att något sådant som det här framhållna vandaliska
tilltaget kunnat försiggå för några få år tillbaka.
    Af P. E. B—d förekomma läsvärda beskrifningar på »Inglinge
hög» (jemte träsnitt) samt på »Halkudda skans» jemte karta. En
vacker folkvisa från Nerike (med musik) har äfven fått plats
i häftet.
    Då den förhistoriska fornforskningens framsteg i högre grad än
någon annan vetenskaps äro beroende af det intresse, som allmän-
heten hyser för densamma, och då hon å sin sida högst fördelaktigt
inverkar på folket genom att stegra dess aktning för fädrens minne
och dess kärlek för den jord, hvari deras stoft hvilar, önska vi, att
Svenska Fornminnesföreniugens tidskrift måtte finna en mycket vid-
sträckt läsekrets.

                                                    E—g.

Trenne Dramer af Calderon i svensk öfversättning af Theodor Hagberg. Upsala, Esaias Edqvist.
Den rasande Roland af Lodovico Ariosto. Öfversatt af Carl A. Kullberg. Fjerde delen. Stockholm, P. A. Norstedt & Söner.

I sina bekanta »Samtal med Eckerman» yttrar Goethe om Calderon: »Calderon är oändligt stor i det teatraliska och tekniska. Hans stycken äro alltigenom väl inrättade för skådebanan (sind durchaus breterrecht); det finnes i dem icke ett enda drag, som ej är beräknadt på en viss afsedd verkan. Calderon är det snille, som tillika besatt det största förstånd.» Härmed har Goethe, som sjelf var en diktare med stort förstånd, afsagt en dom, mot hvilken det faller sig långt svårare att inlägga vad, än mot den romantiska skolans Calderon-dyrkan, som drefs till sin höjd af Friedrich Schlegel och Immermann, hvilka bägge förklarade den spanske dramaturgen, åtminstone i vissa stycken, stå öfver Shakspeare. Ehuru denna öfverdrift, till hvilken romantikerna fördes af sitt sjukliga svärmeri för tros- och samhällsformer, åt hvilka deras egen öfverretade fantasi till stor del lånade en glans, som dessa förgångna tider icke egt, i våra dagar funnit behöfligt korrektiv i en litterär kritisk granskning, som stundom gått för långt i motsatt riktning, som med äkta krämarsinne mätt snillets verk med sin politiska och sin morals filosofiskt graderade tumstock, återstår likväl af Calderons förtjenster som dramatisk författare tillräckligt många att bereda honom ett hedersrum vid sidan af det fåtal store andar, till hvilka hvarje tids konst måste blicka upp med beundran.

Det är bekant, att den spanska dramatiken, som konst betraktad, var den första som medvetet bröt med antikefterhärmningen och som sjelfständigt utvecklade sig på fullt national grund. Äran af detta första steg tillhör Juan de la Cueva, som i sina år 1588 utgifna »Comedias» framlade de första profven på en dramatisk konst, som vågade trotsa Aristoteles' poetik. Cueva gaf med stor frimodighet den form och det innehåll åt sina skapelser, som han ansåg bäst öfverensstämma med sin tids skaplynne och fordringar. För honom egendomlig är skådespelets indelning i fyra »jornadas» (dagsresor, akter), en indelning, som visserligen har mera betydelse som en opposition mot den grekiske konstfilosofens stränga föreskrifter, än hon egentligen kan uppställas med anspråk att gälla som normal i fråga om ett dramatiskt ämnes organiska fördelning. Både tragiska och komiska element upptog han med afsigt sida vid sida i sin diktning och nedref dermed antikens skiljemur mellan sorg- och lustspelet. I metriskt hänseende blef den struktur han gaf sina skådespel med ringa modifikationer af hans efterföljare bibehållen. Hos honom, som hos alla den »gyllene ålderns» spanska dramaturger, vexla allt efter olika stämning versformer af mångahanda slag: redondillier, terziner, orimmade jamber, o. s. v. Åt episka skildringar upplåtes vidsträckt rum, och alltimellanåt tillåtes känslan bryta ut i en musikalisk lyrik, som framkallar ett intryck af operastil. I samma riktning fortgick Lope de Vega, Calderons samtida, den fruktbaraste teaterskribent verlden hittills sett och utan fråga ett af verldens största snillen. Rikare i uppfinning, mera okonstlad, rask och behaglig i behandlingen af dialogen är Calderon, har Lope, i synnerhet från fransk sida, blifvit framhållen såsom mest berättigad till främsta rummet bland den grupp af klara stjernor, som under namnen Lope, Tirso de Molina, Alarcon och Calderon, i Velazquez och Murillos dagar, under den konst-älskande Filip den fjerdes hägn blänkte fram på den spanska konstens djupblå himmel. För oss synes ett dylikt kif mellan estetiska finsmakare värdt föga uppmärksamhet. Calderons storhet är af Goethe delvis angifven i det yttrande vi ofvan anfört. I sjelfva den teatraliska anordningen, i den dramatiska tekniken är han en oöfverträffad mästare. Detta erkändes redan af hans samtida, som med beundran talade om hans effektfulla inledning af nya scener (lances de Calderon). Det är sant, att för vår tids lugna och förståndiga smak dessa nya upplag och öfverraskningar, med hvilka han företrädesvis synes hafva lagt an på ögat och fantasien, esomoftast få en anstrykning af godtycklighet och öfver-drift,· som man icke ansett sig kunna gilla; men Calderon skref icke för en kritiskt betänksam tid: för sig bade han det sextonde århundradets spanjorer, om hvilkas inbillningskraft och smak för det äfventyrliga, det raskt vexlande man af grundlynnet hos deras nutida afkomlingar ganska lätt kan bilda sig en föreställning.

Calderon underordnar allt under den dramatiska effekten. Det är också till en del derför han umgås något fritt med de sedliga idéer, hvilka vi lärt skatta och akta högre än konstens missför-stådda fordringar. Men äfven här är felet icke så mycket hans, som icke mera den tids, i hvilken han lefde. Om vi undantaga tvekampen, af hvilken Calderon gör ett öfverdrifvet flitigt bruk, ehuru den i Spanien på hans tid redan var kommen i vanrykte, var den sofistiska dialektik hans hjeltar och hjeltinnor drifva med begreppen kärlek, ära och religiös tro otvifvelaktigt till finnandes i nationens tänkesätt. Huruvida för öfrigt Calderon stod öfver sina samtida i sedlig lifsuppfattning, och om detta hans fria, stundom lättfärdiga användande af de menskliga passionerna mera får tillskrifvas hans uppfattning som konstnär af nationens anspråk och tycken, dem han ansåg sig böra tillfredsställa, än det bör uppfattas som hans innersta tro och tänkande som blott menniska, må här lemnas oafgjordt; dock bör icke förbises, att det apspel, han ofta låter de underordnade personerna i sina stycken drifva med samma begrepp, mycket väl kan uppfattas som en ironisk motvigt mot de ensidigheter och ytterligheter, för hvilka hans hufvudpersoner merendels uppträda som representanter. Hur har man eljest att förstå t. ex. det uppträde i *Vördnad för korset*, der Gil uppträder med kors »både bak och fram»?

Karaktersteckningen är hos Calderon mera typisk än individuel. För honom var ödet, slumpen, mensklighetens herskare, och det föll honom derför icke in att skapa hjeltar sådana som Shakspeares, som bära sitt öde i egen barm, sjelfve smida sin lycka eller sin ofärd. Icke mindre hans religiösa än hans konstnärliga uppfattning af lifvet och menskligheten afhöll honom från hvarje försök att förlägga tyngdpunkten till detta dunkla inre, ur hvilket tankar, uppsåt och gerningar framgå för att underkastas en evig rättfärdighets dom, och hvilkas kedja, länk i länk, utgör det öde, hvars gång och utveckling det är den dramatiska konstens högsta uppgift att i renad framställning bildligt återgifva. För Calderon, spanjoren, katoliken, jesuiternas lärjunge, var en dylik uppfattning rent af omöjlig, och det vore en rå orättvisa att icke låta denna omständighet gälla vid bedömandet af felstegen och bristerna i hans konstnärsverksamhet.

Den fantasiens strålande verld, i hvilken Calderon mest älskar att röra sig, återspeglas troget af hans färgrika, bildrika språk och hans skiftande versbygnad, som i välljud, fulltonighet och rytmisk kraft står oöfverträffad. Dessa förtjenster förringas ej i någon nämnvärd mån af der och hvar förekommande spår af Gongorismens fatala inverkan, uppenbarande sig i sökta bilder, stela antiteser och öfverraffinerade uttryckssätt.

I Tyskland har Calderon, allt sedan romantikernas dagar, varit föremål för ständig uppmärksamhet af kritici, litteraturhistorici och skönandar. A. W. Schlegel, Gries, Lorinser, Malsburg, Martin, Eichendorff och Rapp må nämnas bland hans öfversättare; Schmidt, far och son, v. Schack, Lemcke och Ferd. Wolf bland hans granskare. Hans väldige loftalare är Fr. Schlegel. Äfven på franska, italienska och engelska eger man öfversättningar af flera eller färre af Calderons dramer. På svenska förekomma af Calderon mot slutet af förra århundradet trenne från franskan för teatern bearbetade stycken; *Den bedragne förmyndaren* (Casa con dos puertas), *Den spökande enkan* (La dama duende) och *Den värdige medborgaren* (el alcalde de Zalamea), af hvilka det första i ny bearbetning af N F. Berg i våra dagar återkommit på scenen under benämning *Fästmannen från Norrköping*. Dessutom har hr F. A. Dahlgren, hos hvilken vi stå i förbindelse för de fullständigaste upplysningar om de sista hundra årens verksamhet inom vår teaterverld, lemnat en efter skådebanans nutida kraf lämpad fri bearbetning af *Lifvet en dröm*, uppförd första gången i November 1858 och under de följande årens lopp åtskilliga gånger gifven på kungliga teatern i Stockholm.

De trenne skådespel, hvilka professor Hagberg i svensk drägt förelagt den svenska allmänheten, äro utan tvifvel de som bäst egna sig att gifva oss ett rätt begrepp om Calderons dramatiska storhet. *Lifvet är en dröm, Den mäktige besvärjaren* och *Vördnad för korset* tillhöra dessutom alla talet af de snilleverk, på hvilka verldsberömmet tryckt oförgänglighetens insegel. Att ingå i en närmare granskning af dessa stycken hvart för sig, förbjuder oss utrymmet lika mycket som vår uppgift för tillfället, hvilken egentligen varit att yttra några ord om sjelfva öfversättningen. Och i detta hänseende lärer svårligen kunna nekas, att professor Hagberg på ett öfverraskande lyckligt sätt besegrat den stora svårigheten att förena trohet mot originalet med trohet mot det språks former och anda, i hvilket han hade att omsätta dessa ömtåliga skapelser af rik både yttre och inre skönhet. Äfven då en mera konstrikt sammanflätad versbygnad aflöser den vanliga romansformen och redondillerna, håller öfversättningen sig uppe i en poetisk flygt, som man knappast kunnat vänta, då man besinnar vårt språks rimfattigdom. Högst enstaka stå de fall, der uttrycket lider af oegentlighet, tvång eller dunkelhet, såsom t. ex. der Sigismund (sid. 10) yttrar;

> Mellan dessa *lemmar* (sp. brazos) tag
> Dig i stycken sliter jag.

Lika oegentligt dunkelt uttrycker sig Sigismund (sid. 11), då han säger om Clotaldo, att han är den ende man

> . . . som vet
> Mina ödens hemlighet
> Och mig *fått den ordning båda*,
> Hvilken ses i verlden råda.

Sällan finner man i våra dagar en volym på öfver 400 sidor, som i språkligt hänseende så väl består profvet som denna. Bland de få brister vi härutinnan trott oss varseblifva, torde följande böra anmärkas. Sid. 15 yttrar Clotaldo:

> I, som i *okunnighet*
> Detta ställes strängt förbjudna
> Gräns och omkrets öfverskridit
> *Med förakt för* kungens påbud.

Begreppsmotsägelsen är uppenbar. Originalet har den icke heller: *Contra el decreto del Rey.* Sid. 17 förekommer en något vågad användning af participet *späckad.* Sid. 20 och 377 använder prof. Hagberg former af det vulgära verbet *låsa.* Sid. 32 läses:

> Dessa stränga straff och påbud
> . . . . orsak
> Har (ha?) i hvad jag nu berättat.

Konstruktionen *hafva orsak i* är icke svensk. Sid. 50 förekommer en otillbörlig uteslutning af prepositionen i versen: *Ty hon hålls din systerdotter.* Sid. 160 läses:

> Då en gång *jag blifvit lofvad*,
> Att Justinas dygd få fresta.

De kursiverade orden innehålla en anglicism, som icke vunnit burskap i vårt språk. På åtskilliga ställen gör prof. Hagberg bruk af konjunktiv presens på ett sätt, som knappast låter försvara sig. Så t. ex. sid. 189 i versen:

> Ej så lätt man mig *besticke.*

Versen: »Stanna tänkte du dig ämna?» (sid. 202) innehåller en obehaglig pleonasm. Pluralen »små förtret» (sid. 273) skall svårligen vinna bifall. Sid. 409 förekommer uttrycket: »till klippans brant, den stela», hvilket, vid jemförelse med originalet, åtminstone ser ut som germanism.

Då vi framstält dessa få anmärkningar mot det rent tekniska i professor Hagbergs utmärkta öfversättning, har detta skett icke af småaktigt begär att klandra, en förutsättning som vi på det bestämdaste tillbakavisa, utan helt enkelt derför, att vi anse den tid ändtligen vara kommen, då man i litterära verk af så framstående beskaffenhet, som det hvarom här är fråga, bör kunna påräkna språkriktighet som en sak, hvilken, så att säga, förstås af sig sjelf. Vår mening är ingalunda, att dermed otillbörligt stränga band skola läggas på den s. k. poetiska friheten; men, om man gör sig besvär att granska denna frihets yttringar, skall man snart finna, hur ringa talet är på dem, för hvilka ett giltigt skäl kan åberopas. De äro i de flesta fall mindre bevis på en öfverlägsen skapande kraft, som i hänförelsens ögonblick förfar något ovarsamt med sitt material, än just på motsatsen.

Mot det något fria bruk af Upplands-rim öfversättaren der och hvar tillåtit sig, skulle vi känna oss frestade att protestera, om ej i detta hänseende gärdet redan vore så uppgifvet, att det knappt lönar mödan. Men om man rimmar t. ex. vrede med bräde (sid. 204), skepnad med väpnad (sid. 205) och häpnad (s. 262), skälet med felet (s. 215), förlänar med menar (s. 234), belägra med segra (s. 259), kläder med bereder (s. 260), synes oss att man ej behöfver rygga tillbaka för att utsträcka denna frihet äfven i andra riktningar. Skilnaden mellan a och å, mellan slutet e och i, är icke större än den mellan e och ä. Maning och våning, aning och honing, lena och mina äro rätt så goda rim som vrede och bräde. Skall man då, för vinsten af några grumliga rim, godkänna en dylik frihet, eller skall man, äfven i ljudligt hänseende, strängt hålla på språkets kraft och renhet?

Såsom prof på, hur ovanligt lycklig professor Hagberg eljest är i återgifvandet af äfven de svåraste versformer, tillåta vi oss aftrycka en del af frestelse-scenen i tredje handlingen af Den mäktige Besvärjaren. Öfverväldigad af de intryck, som en yppigt blomstrande natur och en retande musik i förening göra på hennes af en varm inre trånad upprörda känslor, utbrister Justina:

> Du mig svarar på min fråga,
> Trånadsfulla näktergal,
> Du som suckande och trogen
> Tolkar, sjungande i skogen,
> För din brud i löfvad sal
> Dina känslors ömma qval.
> Tystnen fåglar! I, som klagen,
> Att ej jag mig lär förstå,
> Af er ömma sång betagen,
> Hur en mensklig barm kan slå,

Då en fågel känner så —
Nej! det rankan var, som hänger
Med sin drufvas purpurg.id.
Kärligt sökande ett stöd
I olmen, der hon klänger.
Ranka, om så der då svänger
Kring förälskad gren din arm.
Lär du mig, af trånad varm,
Hur, när kärleken förenar,
Armar flätas såsom grenar
Kring en älskogsdrucken barm.
Är ej då en tolk af ruset,
Ack! då är det rosen visst,
Som från mossbelupen qvist,
Med sitt anlete i gruset,
Söker tårad himlaljuset.
Tåras icke, ros, var glad!
Dina blickar, ömma, såta,
Komma oro blott åstad,
Då jag ser en blommas blad
Såsom ögon vattnas, gråta,
Tyst! o näktergal på strand,
Dölj, o blomma, din förtjusning,
Slit, o ranka, dina band,
Eller säg mig, hvad berusning
Mig vill gäcka?

CHOR.

Kärleks brand!

Ariostos *Orlando Furioso* har i herr Kullberg funnit en lika skicklig som uthållig tolkare. Med den senast utkomna fjerde delen är detta betydande diktverk från första versen till den sista omgjutet i svensk form. Om vi besinna det armod på rim vårt språk, jemfördt med italienskan, företer, måste man beundra fyndigheten hos en öfversättare, som genom fyra dryga volymer förmått fullfölja återgifvandet af en strofbygnad så svår och anspråksfull som ottave rime, om hvilken det till och med på allvar varit ifrågasatt, huruvida han rätt egnade sig för användning i svensk dikt. Det var Talis Qvalis förbehållet, att genom sin mästerliga tolkning af Don Juan faktiskt häfva detta tvifvel, och herr Kullberg har genom sina öfversättningar af Tasso och Ariosto ytterligare bekräftat den gamla erfarenheten, att snillet och talangen som oftast nedbryta alla teoriens förutsättningar, att för dem sjelfva det omöjliga blir möjligt. Men om vi således också måste tillstå oss vara öfverbevisade om den åttaradiga, italienska strofens användbarhet i vårt tungomål, tvingar oss detta icke att sluta ögonen till för de partiela svagheter, som gerna framträda vid dess användning i större dikter och framförallt i öfversättningar, der ett gifvet innehåll måste reproduceras i en gifven form och der således författaren är bunden af ett dubbelt tvång. Det händer då allt för lätt, att en ordställning, som i originalet är naturlig, fri, energisk, i kopian blir onaturlig, tvungen, slapp, att en vers full af styrka och melodi blir lam och klanglös, att betydelsefulla rim ersättas med tomma och karakterslösa; med ett ord att den ursprungliga bilden i spegeln visar glåmiga drag, af en viss yttre likhet, det förstås, men utan friskt lif och individualitet. Sjelfve herr Kullberg, som annars med så mycken ledighet och elegans formar språket till ett sant och skönt uttryck af den inneboende tanken, låter sig någon gång nöja med sådana strofer som t. ex. denna (sång XXXIX, strof 45):

> Prins Astolf äfven, som sig der befann,
> Har känt igen den arme Roland, men
> Af tecken, som i paradiset han
> Fått veta af de helige Guds män.
> Ty eljest hade ingen der, försann,
> Af alla känt den ädle herrn igen;
> I galenskap så länge kring han drifvit,
> Att mer lik djur, än menniska, han blifvit.

Den omständigheten, att dylika svagheter, man kan väl säga, tvinga sig fram äfven under den mest begåfvade öfversättares hand, har, om man dertill lägger att sjelfva det språkliga klangelementet i svenskan är långt mera underordnadt än i söderns sonora tungomål, och att följaktligen den svenska dikten måste söka sin styrka i en innerligare förening mellan tanke och uttryck, i synnerhet i deras brännpunkt rimmet, än hvad nödigt är i t. ex. den fulltoniga italienskan, hos oss stadgat den öfvertygelsen, att, om ottave rime, som episk versform, i svenskan skall komma till sin fulla rätt, detta måste vara i originaldiktning, der innehåll och form med större frihet omedelbart framgå ur konstnärsverksamhetens innersta källa.

V. E. Ö.

Albert Réville: Dogmen om Kristi gudom till sin historiska utveckling. Öfversättning af O. W. Ålund. (Tillhör samlingen »Den nya tiden». Smärre afhandlingar af socialt, religiöst och politiskt innehåll). Stockholm, A. Bonnier 1870.

Ofvanstående skrift skulle på goda grunder kunnat af sin författare förses med samma tillägg till titeln, som det Fichte använde å ett af sina arbeten: »ett försök att *tvinga* allmänheten att begripa.» Den namnkunnige lärde, som här uppträdt med en ny, skarpsinnigt affattad inlaga till den bibliska kristendomens försvar, har löst sin uppgift med sådan sakkunskap och öfvertygande kraft i bevisningen, att det för en opartisk läsare blir omöjligt att spjerna imot, när författaren ur en serie omsorgsfullt rättfärdigade premisser drager den för vetenskapen och det religiösa lifvet lika betydelsefulla slutsatsen: *ortodoxiens lära om Kristi person är oförenlig med bibelns.* Réville är visserligen hvarken den förste eller den ende. som i striden mot konfessionalismen gjort gällande i fråga varande epokgörande upptäckt, utan tvifvel det vigtigaste resultatet af den moderna religionsvetenskapens forskningar. Den samtida teologiska litteraturen är tvärtom rik på arbeten af liknande syfte som det nu till vårt språk öfversatta; flertalet af dem äro dock genom sin lärda drägt endast tillgängliga för männen af facket, och hvad särskilt kristologien beträffar, har man hittills saknat en för menige man afsedd, historiskt tillförlitlig framställning af den kyrkliga dogmens uppkomst och utveckling. En sådan populär dogmhistorisk öfversigt föreligger nu i Révilles arbete. Vi hafva redan förut en gång i denna tidskrift fästat våra läsares uppmärksamhet på det franska originalet (jemför uppsatsen *Ett kapitel ur dogmernas historia* i 5:te häftet af *Framtiden* år 1869); till hvad vi då yttrade lägga vi nu en önskan, att den vårdade öfversättningen hos oss måtte finna många för ämnet intresserade läsare.

Ställningar och förhållanden inom den svenska kyrkan motivera tillfyllest en dylik önskan från vår sida. Det är hög tid, att hvarje församlingsmedlem sättes i tillfälle att bilda sig en egen öfvertygelse om verkliga förhållandet mellan de kyrkliga bekännelseskrifterna och kristendomens urkunder just uti den punkt af läran, som af den s. k. rättrogenhetens målsmän betecknas såsom den framför alla andra väsentliga och afgörande. Med stöd af en sådan på undersökningens väg förvärfvad öfvertygelse skall hvar och en utan svårighet kunna besvara frågan: hvilketdera af de båda motsatta lägren — det konfessionalistiska eller det historisktkritiska — gifver oss den trognare tolkningen af kristendomens grundtankar? Denna fråga, som i våra dagar försätter sinnena i en så våldsam jäsning, låter sig i sjelfva verket på ett ofantligt enkelt sätt besvaras.

Vi hafva för ej länge sedan hört en högvördig »herdabrefs»-författare förkunna såsom sitt och statskyrkans ultimatum, att »det är just i dessa förkastade dogmer, som hela kristendomens kärna ligger innesluten.» Välan, antagom för ett ögonblick denna »renläriga» förutsättning — huru kommer då slutsatsen att lyda? Oundvikligen så här: alltså står »kristendomens kärna» icke att finna hos Kristus sjelf, icke heller hos hans apostlar, icke heller någorstädes inom den urkristna församlingen. Ty — detta måste ju anses obestridligt och klart för enhvar, för erkebiskopen såväl som för kolportören — då Kristus säger till den botfärdiga synderskan: »din tro hafver frälst dig!» så kan han omöjligen dermed vilja hafva sagt: »efter du hyser den åsigten, att jag, Jesus af Nazareth, är på en gång menniska och den andre personen i den gudomliga treenigheten; att sålunda uti min person två naturer äro oupplösligt och oskiljaktigt med hvarandra hopfogade till enhet; att jag till min menskliga natur blifvit af den tredje gudomspersonen aflad i en judisk jungfrus sköte, i ändamål att, sjelf skuldfri, genom min offerdöd på korset blidka den förste gudomspersonens vrede öfver menniskornas synder — efter du tror allt detta och hvad mera dermed står i samband, så har du den rätta tron, är frälst och eger visshet om evig salighet.» Är det otänkbart, att Kristus med sitt yttrande om qvinnans »tro» åsyftat något hennes försanthållande af ortodoxiens lärosatser — hvilka bevisligen formulerades först århundraden derefter, hvadan qvinnan ju ej kunde ega någon kännedom om dem — men vidhålla ortodoxerna, detta oaktadt, sitt påstående, att kristendomens kärna ligger »just i dessa dogmer», så hafva de derigenom indirekt uttalat följande paradox: evangeliet, sådant det af Kristus förkunnades, var ett oratoriskt skal utan kärna; bergspredikan utgör blott den tomma formen; väsendet, sanningen är att söka i Athanasii symbolum. Det är naturligt, att konfessionalismens sakförare skola i det längsta söka undandölja och nedtysta denna halsbrytande konseqvens af deras egna förutsättningar; men deras motståndare skola deraf ej låta sig afhållas från att blotta det äfventyrliga i den ståndpunkt, som tillmäter större vigt åt åsigtens förmenta korrekthet än åt uppsåtets och viljans sedliga renhet. Har man lyckats göra det klart för hvar och en som ej envisas att tillsluta ögonen, att ortodoxien genom sitt förvända sätt att betrakta saken mot sin vilja drifves till att bryta stafven öfver *Kristi egen och det nya testamentets kristendom*, då äro »bekännelsetrohetens» dagar räknade, och man skall allmännare än nu inse, att, såvida kristendomen i vår tid skall kunna utveckla hela sin välsignelsebringande kraft, dess nya vin måste gjutas på nya flaskor. Derhän skall man komma, när man lärt sig förstå, att »den ortodoxa dogmen om Kristi gudom är en bland flera af den kristna trons former, att han ej har någonting ursprungligt och följaktligen ej heller någonting väsentligt för kristendomens egen tillvaro, att särskilt Kristus sjelf, det apostoliska och de båda följande seklerna ej känt till honom, att han tillkommit, icke på en gång, utan småningom och under inflytelsen af olika principer, somliga af den mest upphöjda, andra af en allting annat än uppbygglig art, att med ett ord denna dogm har sin historia i kristenhetens eget inre. Om han således, efter att i århundraden ha herskat i kyrkan, skulle långsamt sänka sig ned under vår religiösa horizont, behöfver man deraf ingalunda draga den slutsatsen, att kristendomen försvinner med honom. Kommet till verlden utan honom, är evangelium fullkomligt i stånd att öfverlefva honom, liksom det redan länge öfverleft honom i ett stort antal kristna själar på båda sidorna om Atlanten.» *(Réville).*

C. v. B.

Carl Schwarz, Öfverhofpredikant i Gotha. Predikningar för vår tid. Första samlingen. (Första hälften). Öfversättning från tredje originalupplagan. Stockholm, Sigfrid Flodin, 1870.

En af hufvudstadens större tidningar har nyligen tagit sig före att underkasta några af predikoföredragen i våra kyrkor en offentlig granskning. Vi tro att densamma skulle kunnat utfalla ännu mera dräpande, om granskaren företrädesvis gjort den *bibliska* synpunkten gällande vid skärskådandet utaf dessa homiletiska vidunderligheters anspråk på att varda åhörda och vördade såsom »Guds ord.» Men äfven med bortseende från spörsmålet om de i fråga varande predikningarnas bibelenlighet — och följaktligen från det om deras rätt att gälla såsom sant kristliga och protestantiska — måste redan deras betraktande ur allmän förståndssynpunkt väcka häpnad och motvilja. Man frågar sig, huru det är möjligt, att de, som i våra dagar påtagit sig det ansvarsfulla kallet att vara församlingens »själasörjare», kunna hysa föreställningar om Gud, om menniskan, om försoningen, om det religiösa lifvets väsen och utveckling så himmelsvidt skilda från det nutida tänkandets uppfattning af dessa högsta föremål för mensklig kunskap, så nära befryndade med medeltidens för att icke säga med hedendomens åskådningssätt. Och man stanuar vid ett i sanning nedslående resultat med afseende på den officiela teologiens beskaffenhet i vårt land, om man, ställd ansigte mot ansigte med dylika hennes alumner som predikanterna hrr X., Y, Z. vill tillämpa den gamla satsen: »af frukterna känner man trädet.»

Här som annorstädes bör imellertid kritiken af det dåliga åtföljas af bemödandet att i dess ställe sätta ett dugligare och bättre. Såsom ett försök i den riktningen välkomna vi den svenska öfversättningen af Carl Schwarz' i flera afseenden märkliga »Predigten aus der Gegenwart.» Genom sitt utmärkta arbete *Bidrag till den nyaste teologiens historia* är författaren väl känd i Sverige såsom en bland de mest framstående af de män, som för närvarande föra den frisinnade protestantismens talan i Tyskland. I sina predikningar vill Carl Schwarz visa, *att* och *huru* man från hans »rationalistiska» ståndpunkt i våra dagar *kan* och till uppbyggelse för mera vidsträckta kretsar — äfven de från det kyrkliga lifvet mer eller mindre aflägsnade — *måste* predika. Om denna sin uppgift yttrar han sig i förordet uti följande tänkvärda ordalag:

»Med ett sådant bevis, med sådana ovederläggliga slutsatser från *verkligheten* till *möjligheten* — på samma sätt som denne filosof, hvilken förnekade rörelsen, helt enkelt besvarades med gåendet fram och tillbaka inför hans ögon — är redan ganska mycket vunnet. Dermed vederlägges det ytliga och orediga, endast från vår kyrkliga reaktions landsväg upphemtade, men just derföre ganska allmänt utspridda talet, att allt, som belägges med det uttänjbara kättarenamnet *rationalism*, är dödt och förbi, att densamma i enlighet med sitt väsende ej besitter någon uppbyggande, församlingar bildande och sammanhållande kraft. De, hvilka sålunda tala, känna hvarken lagarna för den historiska utvecklingen eller samtidens behof. Om än rationalismen i inskränktare mening är en genom sinnets och själens grundligare bildning·öfvervunnen företeelseform, så visar han likväl tillbaka på en allmän, sig oupphörligt föryngrande princip, hvilken är lika urgammal, lika oförstörbar och lika evigt ny som förnuft, samvete och vetenskap sjelfva, — en princip, hvilken slagit sina rötter i den protestantiska kyrkan och trots alla hinder alltjemt och allt mera högljudt fordrar sin rätt. Motståndarna sjelfva äro invecklade i sällsamma motsägelser, i det de än förkunna rationalismens fullständiga utdöende och undergång, än åter varna för hans hotande faror, alarmera alla offentliga myndigheter och göra det jemmerliga erkännandet, att all kyrklighet och all bekännelsetrohet, allt skydd och alla privilegier från statens sida till den nyetablerade rättrogenhetens förmån, hafva varit utan genomgripande resultat, endast en gles slöja öfver massornas alltigenom rationella tänkesätt, endast en det andliga ståndets egendom i dess förhoppningsfulla unga generation, men icke hela folkets, icke de bildades bland detsamma öfvertygelse. Och till förklarande af dessa tröstlösa omständigheter kunna de vanligtvis ej anföra något annat, än det ondas makt, antingen djefvulen i egen person, eller, hvad som är ungefärligen detsamma, synden i en så oöfvervinnerlig och manicheisk gestalt, att gentimot henne Kristi uppenbarelse och den kristna kyrkans mer än adertonhundraåriga herravälde måste visa sig såsom fullkomligt vanmäktiga och betydelselösa. Vi å vår sida kunna ej annat än underskrifva detta erkännande, men vi beklaga icke sjelfva sakförhållandet, vi draga fasthellre *den* slutsatsen, att allt religionsmakeri i nyare tider, allt yttre restaurerande på det kyrkliga området, allt bekännande af för länge sedan föråldrade bekännelser, allt bemödande att stödja sig på rätten i stället för på samvetet, allt försmädande af förnuft och vetenskap, är helt och hållet grundfalskt, oberättigadt och gagnlöst; en rotlös rättrogenhet, en på sanden bygd kyrka, hvilken liksom ett korthus störtar tillsamman, då statens stöd, hvilka vid hvarje regentombyte svigta och förändras, vika undan. Vi draga vidare *den* slutsatsen, att det med vårt folks, våra bildade klassers, i synnerhet männens, alltigenom rationella sinne — ett öfverallt på de praktiskt-sedliga uppgifterna riktadt sinne, som har sin rot i religionen och, om än omedvetet, blir eggadt af djupare från det fromma sinnet härflytande impulser, — att det med dessa förutsättningar endast beror på att träffa det rätta ordet, att uttala den äkta och okonstlade känslan; att beröra det för tron tillgängliga stället i själen; att noga undersöka samtidens verkliga och djupaste behof, för att återvinna äfven dem, hvilka helt och hållet aflägsnat sig från kyrkan och hvilka sjelfva mena sig ej längre stå inom henne; att ur förakt och vanmakt upphöja religionen, hvilken för de flesta endast visat sig i presterlig och dogmatisk förvrängning, till en hela lifvet helgande och af fri inre myndighet bestämmande ideel makt. Det gäller ännu lika mycket, ja kanske ännu mer än för sextio år sedan, att hålla tal öfver religionen till de bildade bland hennes föraktare [1]): ty om det äfven i våra dagar af sådana, som öppet förakta henne. som åtnöja sig med ytlig upplysning och frivolt religionshån, ej mera finnes så många som då för tiden, så finnas likväl de, som genom de sista trettio årens i grunden falska, förstånds- och smaklösa reaktion i tysthet aflägsnat sig och kallnat, alla de, hvilka genom okonstladt, rent sanningssinne, genom ädlare själsbildning, eller genom tidens öfverallt på handling och verklighet nödgande kraf, vändt sig från kyrkan med hennes lära och kult, och hvilka det oaktadt i sina hjertan äro mera i behof af from uppbyggelse och andligt lif, än de sjelfva veta. Vi neka icke till att rationalismen i dess förfallna, det förra århundradet tillhörande gestalt, derigenom att han stannade långt efter sina egna fordringar och löften, derigenom att han kallade förnuft hvad som endast var det nyktraste förstånd, derigenom att han sjelfbelåten och leende gick förbi allt djupare och omedelbart själslif, banat väg för den teologiskt kyrkliga reaktionen och gifvit henne berättigande. Det felade denna rationalism *historiskt* sinne, all förmåga att fördjupa sig i det förflutna, det felades honom *poetiskt, spekulativt, religiöst* sinne: alla själens, fantasiens och det filosofiska tänkandets högre krafter voro undertryckta eller bannlysta såsom svärmeri af det allherskande förståndet; moralen, som skulle ställa allt till rätta och svara för allt, hade lösslitit sig från religionens rot och derigenom nedsjunkit till den mest torra, sjelfrättfärdiga dygdelära; hela detta så kallade förnuft hade utlöpt i den yttersta spetsen af det på sig sjelft hvilande subjektet och dermed äfven förlorat hvarje håkomst af *gemensamheten*, under hvars bestämmande inflytande det enskilda lifvet står. Och om vi äfven — trots allt detta — vid ett dylikt oerhördt deficit af andliga krafter, fatta den nödvändigt uppkommande bankrutten och den honom åtföljande restaurationen, så kunna vi dock ej hålla den senare för någonting annat, än ett ensidigt reagerande, hvilket, i sin blandning af de mest olikartade element, i sin inre oklarhet, i sin stridighet med samtidens hela bildning och tänkesätt, endast betecknar ett hastigt försvinnande öfvergångsstadium. I sjelfva verket är det redan förbi; behofvet blir allt mera lifligt, medvetandet allt mera klart derom, att religionen skall utforska själslifvets alla djup, tillfredsställa *hela menniskan* i hennes längtan efter tröst och försoning, men att hon (religionen) också just derföre icke bör förirra sig på det öfvernaturligas och öfvermenskligas område, icke ställa sig i en olöslig motsägelse med förnuft och samvete. Huru mycket vi än må kunna tillegna oss af denna nyare kyrklighet och hennes teologi, gerna erkännande det innerliga själslifvet, det begrundande fördjupandet i den kristna forntiden, till och med enstaka spekulativa, från den nya filosofien lånade tankar, så återkomma vi dock alltid till *den* slutsatsen: omöjlig, fullkomligt oriktig, onjutbar för ett i det nit-

---

[1]) Har afseende på Schleiermacher's *Reden über die Religion, an die Gebildeten unter ihren Verächtern.*

Öfvers. anm.

tonde århundradets verld lefvande, i det nittonde århundradets former åskådande och tänkande väsende är *supranaturalismen*, det är ståndpunkten för *underverken*, det gudomliga *godtycket*, det genombrutna natursammanhanget, undret i vidsträcktaste mening, icke blott på naturens, utan äfven på andens område, alltså för-nämligast *inspirations-* och *nådeundret;* ståndpunkten för *bokstafs-* och *boktron*, det genom gudomliga handlingar och ingrepp under-gräfda andelifvet; ståndpunkten för en ytlig och till den gudomliga allmaktens ära allt verldens lif mekaniserande åskådning, sådan hon ursprungligen och egentligen tillhört judendomen och från densamma af kristendomen öfvertagits såsom arfvedel. Att allt mer och mer öfvervinna och afskudda denna *judaism* i kristendo-men, att dyrka *ordningens*, icke *godtyckets* Gud, att betrakta den gudomliga verksamheten såsom *lagenlig* och *sammanhållande*, icke såsom lagar upphäfvande och isolerad; att medinnesluta alla ändliga orsaker i den högsta, gudomliga; att betrakta verlden såsom ett gudomligt genomflätadt, stort och lefvande sammanhang, såsom ett oändligt förmedladt alla väsendens och alla krafters ihvartannat, — det är otvifvelaktigt samtidens uppgift. Vi alla, äfven de mest ortodoxa, befinna oss med vårt tänkande, åskådande, viljande, i denna ordningens och det oändligt förmedlade sammanhangets verld; ingen förnuftigt organiserad individ (åtminstone inom den protestan-tiska kyrkan — den katolska tror visserligen på och upplefver ännu för hvarje dag underverk) tror i alldagliga lifvet på under, och den, som ville åberopa sig derpå, skulle afvisas i alla in-stanser; — men för en aflägsen forntid och liksom för söndagslifvet bemöda sig teologerna, om äfven med inre motstånd och genom en följd af de förfärligaste hårdragningar, spetsfundigheter och sjelfbedrägerier, dock med stor ifver, att fjerran från verldens buller åter uppresa ett litet kapell, hvartill underverkstrons gamla mäktiga och omfångsrika borg sammansjunkit. Detta är icke blott ett fruktlöst, utan äfven ett ganska farligt företag. Genom denna envishet i fasthållandet af något ohållbart, förloras mycket, under det att mycket kunde vinnas. Ty det är likväl utom allt tvifvel, att underverkstron med alla sina konseqvenser ej mera har något stöd i samtidens tänkesätt, samt att hon icke mera eger någon betydelse för samtidens religion. Och, så föga jag än eljest är böjd för att tillträda rationalismens arf med alla aktiva och passiva, i *denna* punkt, *i denna skarpa, bestämda och orubbligt rissa anti-tes imot den af hela vårt andliga lif utstötta supranaturalismen instämmer jag uppriktigt, i denna negativa sats anser jag rationa-lismen för oöfverrinnerlig.*

Om vi kasta våra blickar på *predikans närvarande tillstånd* och *hennes betydelse för lifvet,* så finna vi deri blott en bekräftelse af det nyss påstådda. Ty det måste otvunget medgifvas, att trots alla sinnrika ansträngningar och beifranden från regeringarnas, kyrkomötenas och prestkonferensernas sida till kultens upplyftande, till inrättande af liturgiska gudstjenster, till söndagens helighållande, till förstärkande af krafterna inom prestembetet, till gynnande af den ytterligaste rättrogenhet, så godt som intet är vunnet, så att just från sjelfva medelpunkten af denna hittills med all yttre makt utrustade kyrklighet den upprepade frågan blifvit framkastad Hvarföre är kyrkan ej mera någon lifsfull makt i vår tid? Hvarföre är predikan så kraftlös? *Att* så är, derom kan ingen vara . tvifvel; ty om äfven kyrkorna ännu äro fylda här och der, hvares en begåfvad talare eller en genom sin karakters sanning och uppriktighet bepröfvad och högaktad prestman predikar, eller der et fanatiserad prest af den nyaste rättrogenheten åtminstone för någon tid åstadkommer en ovanlig nervretning, så är dock kyrkan i det stora hela med hennes kult förfallen, aflägsnad från samtidens medvetande; hela vår tids rika, verksamma lif, behof och framåtskridande går henne förbi. Predikan är vanmäktig och tråkig, allijemt rörande sig blott inom en trångt begränsad krets, på sin höjd ännu uppbyggande lugna och veka qvinnosjälar, hvilka ofta från djupet af sitt fromma sinne upphemta och tillgodogöra sig mer. än hvad de sjelfva imottagit; hon är ur stånd att medomfatta männernas stora sedliga uppgifter, att förklara det jäsande och böljande lifvet, att rena och leda passionerna imot högre mål; hon är med ett ord ej någon lifsmakt. Ja, sägom det rent ut: hon är. såsom onjutbar och trivial, *föraktad.* Sjelfva ordet »predikan» har blifvit något föraktligt, ett slags öknamn, för att beteckna inbegreppet af all tråkighet, smaklöshet och tanklöshet. Och har ej allt detta sin giltiga orsak? Bortskrämmas icke nästan alla bildade — och sannerligen ej allenast de ytliga verldsmenniskorna, utan äfven de djupare sinnena, hvilka längta efter uppbyggelse, efter sitt inres rening, efter ett själens gåtor lösande ord, och uti denna sin längtan besöka kyrkan — genom de tomma predikstolsfraserna, frånvaron af alla tankar, motsägelserna mot logiken och den gamla homiletiska formens smaklöshet? Predikans tillstånd är verkligen beklagansvärdt. Här tråkighet och tankeutsväfning, der tankar. men den råaste dogmatiks och i den smaklösaste form. Här predikningar, hvilka ega hvarken kraft eller klarhet, emedan de är ut och är in röra sig i ett visst obestämdt och obeskrifligt, slentrianmessigt, all tankeskarpa liksom all högre själslyftning saknande predikstolsfraserande, och mödosamt framsläpa sig med sammanhopade bibelspråk, hvilka derföre äfven ej åstadkomma något annat intryck än trötthet och stilla resignation; — der mera skarpt hvässade tankar, men hvässade med all dogmatisk stränghet och onjutbarhet, hvilka genom sin inre oriktighet, sin skärande motsägelse till all själserfarenhet, sin trångbröstade prestanda, sin kärlekslösa känslohårdhet och ofördragsamhet, genast studsa tillbaka i stället för att intränga, och hvilka hos varma och andligt rika naturer endast väcka leda och komma dem att vända sig bort från sådan sedlig obildning. Och om dessa dogmatiska predikningar vilja blifva *praktiska*, så kunna de det icke, just emedan de äro vända från det andliga lifvet hos samtiden, icke förstå hans inre strider och utvecklingar, hans själssjukdomar, men ej heller de inom honom verkande ideella krafter, — de kunna detta icke annorlunda, än i smaklöshetens och det burleska smädandets form, med tillhjelp af helvete och djefvul; i kapusinadernas, anekdoternas, missionshistoriernas o. s. v. form. Alltså: den *vulgära predikstolsfrasen* eller den *stränga dogmen*, den såkallade bekännelsen — eller de *protestantiska kapucinaderna* med berättelsekonstens alla grannlåter, med alla öfverdrifter och allt karrikerande af det heligaste. De sistnämda äro uppenbarligen de mest omtyckta och, om man så vill, de verksammaste; de stå på samma grad som jesuitermissionerna, och intaga bland predikningarna ungefär samma plats, som de dåliga känslopjeserna och melodramerna bland dramatiska arbeten. Vi vilja ej vara orättvisa. Villigt och med glädje erkänna vi, att det ännu inom vår kyrka finnes predikanter, hvilka med den enkla makten af evangelium, som i deras hjertan blifvit lif och sanning, predika, och derigenom äfven finna vägen till hjertan. Det är dessa, hvilka aldrig hafva förlorat sig hvarken i tomma ord eller i hårda dogmer, hvilka öfverhufvud predika mera med sitt lefverne, än med sina ord. Men dylika Nathanaelssjälar hafva funnits i alla tider och oaktadt alla villfarelser, under medeltidens kyrkas mörkaste århundraden likaväl som i dag; de beteckna blott undantagen, hvilka *trots* predikans synbarliga förfall hafva bevarat sig och skola bevara sig, så länge den kristna kyrkan existerar. Men derjemte qvarstår imellertid det ovederläggliga sakförhållandet: *predikan är för närvarande i ett tillstånd af det djupaste förfall.* Och hvem bär skulden derför? Månne vår tids materialism? Den i verldslif, verldsnjutning och arbete försjunkna menskligheten? De så kallade bildade klassernas raffinerade onatur? O, helt visst är detta moderna verldssinne icke fritt från skuld! Men en vida större del af skulden bär det andliga ståndet sjelft, som stannat långt efter samtidens bildning; teologien, som för länge sedan öfvergifvit den fria, vetenskapliga kunskapens väg. Här gälla orden: »Om saltet mister sin kraft, hvarmed skall man då salta?» Huru är det möjligt, att seger-rikt bekämpa materien och materialismen, om man icke tror på anden och ej förstår att föra andens vapen? Huru förskaffa den kristna idealismen herraväldet, om man så föga förstår och erkänner de på alla lifvets områden utströdda ideella frön, om den religion, som predikas, är en trångbröstad, ofattlig och förstenad dogm, icke det varmaste, innerligaste och friaste andelifvet sjelft? Denna vår unga teologiska generations kristendom och hyper-kristendom, denna lutheranism och hyper-lutheranism, denna bekännelse-oreda ända tillbaka till katolicismen, denna sakramentskyrka, som utesluter all andlig förmedling och endast låter magiska krafter verka, denna stela objektivitet hos den rena läran, gentimot hvilken subjektet förblifver rättslöst, det urskiljande och fortbildande förnuftet dömes till tystnad; — alla dessa sjukdomsföreteelser äro ingenting annat än utflöden från *materialismen*, den *teologiska* och *kyrkliga materialismen*, hvilken icke är en motsats, nej, endast en annan art af den naturliga materialismen. Och är det väl underligt, att i denna olika kamp den kyrkliga materialismens, med alla sina sjelfbedrägerier och falska anspråk, onatur måste duka under för den äkta materialismen, som har natur och verklighet på sin sida och stödjer sig på kött och blod? Det förblifver evigt sannt: Endast anden är det, som gör lefvande, icke ett annat, om än aldrig så förklaradt och förgudomligadt kött öfvervinner köttet! Och vi, som kalla os protestanter, hafva inom vår egen kyrka oupphörligt att kämpa med de falska magiska föreställningar, mot de döda verk och döda läror, hvilka vi erhållit från katolicismen och hvilka hota vårt innersta andelif. Ja, vi, som kalla oss kristna, hafva ännu alltjem: liksom fordom Paulus, att kämpa med *jude-kristendomen*, hvilken om han äfven möter oss i en annan gestalt och med andra fordringar, än på den tiden, likväl ännu fortlefver, fjettrande och kufvande i bokstafstvång och underverkstro, i prestvälde och oför dragsamhet.

Men må vi nu förelägga oss den allvarliga frågan: Huru ska predikan åter kunna upplyfta sig ur detta tillstånd af oduglighet och öfverflödighet? Huru skall hon åter kunna blifva en andlig aktningsbjudande och själsuppväckande makt, af hvilken det mång verksamma och många gestaltade hvardagslifvet sammanfattas, genom hvilken det upplyftes och förädlas; en idealiserande, renande och försonande makt för alla samhällsklasser? Huru skall hon särskildt kunna återvinna de *bildade* för religionen? Jag ser vid denna frågas framställande hånleendet kring munnen på våra dagars heliga hvilkas miner redan vid blotta ordet »bildning» krampaktigt för vridas, och hvilka med sin ömkliga kandidatbildning, sin inskränkta dogmatiska synkrets, sin fullkomliga obekantskap med alla mildar själsrörelser, föraktligt blicka ned på det, som eljest kallas bildning. Jag menar icke här det stora antalet af halfbildade — visserliger ej heller de sista decenniernas geheimeråds-kristendom i Berlin — jag menar kärnan af vårt folk, de bästa bland våra män, sådana som andligen hafva mognat genom vetenskapligt studium, genom allvarligt, praktiskt arbete, genom rika lefnadsrön, genom vidsträckt verlds- och menniskokännedom, hvilkas blick äfven är skärpt för det inre lifvet och riktad på de högsta mål, och hvilka väl ofta torde erfara behofvet af att för det gudomligas förkunnande i sam vetet, för själens vekare och allvarligare stämningar, förnimma de rätta ordet, höra evangelii tröstefulla budskap. Att återvinna dessa hvilka stå kristendomen närmare, än de sjelfva tro och ana, för hvilka Herrens gestalt endast fördoldes genom den senare kyrkar dogmatiska omhöljen; i hvilka religionens källa ännu alltid qväller om äfven i själens doldaste djup och liksom tilltäppt af de teolo giska påbudens hårda granitblock, — att återvinna dem, det är tidens stora uppgift. Och huru skall det ske? Ack, det är visser ligen icke lätt! Och fastän jag genom föreliggande predikninga vill söka bidraga dertill, så erkänner jag gerna, huru svaga och otillräckliga mina krafter äro. Men målet och uppgiften stå full komligt klara för min själ, och att derpå hänvisa mina medmenni skor, anser jag för en helig pligt. Denna uppgift är: att predi kanten bör hafva inträngt i evangelii djup, bör vara fattad af des saliggörande makt och tillika sjelf deraf vara pånyttfödd i sin ege ande, i den närvarande bildningens anda; *att således icke allenast samtiden bör blifva pånyttfödd genom kristendomens anda, utan at äfven denna sjelf likaså mycket bör blifva pånyttfödd genom sam tiden.* På de båda faktorernas lefvande genomträngande och rexel-

verkan, på detta kristendomens verkliga och fullkomliga ingående
i subjektivitetens djup, i alla samtidens behof, frågor och tvifvel,
samt på det nya återfödandet ur dem, — derpå beror allt. Man
kan äfven uttrycka denna tanke sålunda: *På Kristi verkliga och
fullkomliga menniskoblifvande, på kristendomens verkliga och full-
komliga humaniserande beror det.* Dermed är då tillika erkänd
subjektivitetens oändliga rättighet, hvilken protestantismen allraförst
har så starkt betonat, och hvilken ej upphäfver makten och bety-
delsen af den objektiva sanningen, men låter henne alltjemt på
nytt, alltmera rik, ren och härlig, framgå ur menniskoandens djup.
Jag vet ganska väl, att denna tanke är ingenting mindre än ny;
det är till och med af teologerna allmänt erkändt, att kristendomen
såsom en inre och universel lifsprincip uppenbarar sig i en mång-
fald af gestaltningar, att han ej upphäfver individualiteterna, utan
helgar dem, och liksom en surdeg inifrån genomtränger allt verl-
dens lif. Huru ofta har ej detta — nästan till leda — blifvit pre-
dikadt af den aflidne *Neander,* och huru ofta har det icke blifvit
eftersagdt utaf teologer af alla färger! Och likväl, så snart detta
genomträngande fattas icke blott såsom ett ytligt genomgående af
individualitetens kanal, utan såsom en organisk lifsprocess, så snart
det är tal om att en *vexelverkan* imellan subjektet och kristen-
domens sanning eger rum, att kristendomen sjelf vid detta genom-
gående genom millioner menniskohjertan, genom de olika folk-
slagens själar och historiens årtusenden, renar, förandligar och för-
djupar sig; så snart med ett ord det talas om en *kristendomens
fortutveckling*, draga sig teologerna förskräckta tillbaka, då heter
det: »Sen, han har hädat Gud!» Var det icke med ett utrop af
fasa, som den genom grundlig och universel bildning så oändligt
högt öfver de vulgära teologerna stående *Bunsen* mottogs från
alla sidor!? Han hade visserligen uttalat den djerfva tanken, att
den semitiska kristendomen måste öfversättas till den japhetiska,
eller sägom hellre till samtidens enhetliga och sammanhängande
verldsåskådning. Att denna *öfversättning*, såvida hon är allvarlig
och grundlig, hvad vi kalla ett pånyttfödande, tillika är en andlig
ombildning, och att med denna ombildning icke allenast *formen*
förändrar sig, utan äfven *innehållet* blir ett mera andligt, — det
skall ej kunna förnekas. Men är då icke hela historien en sådan
assimilationsprocess, och tillhör ej kristendomen *historien?*

Till denna kristendomens *öfversättning* för samtiden är fram-
för allt af nöden, att hans rena och enkla religiösa kärna, sådan
hon ur öfverlemningarna af Kristi tal klarast framlyser, inplantas
midt i vårt tänkande och kännande, i vårt sträfvande och käm-
pande, ställes in midt ibland vår tids motsatser i den moderna
verldens rika och sammanhängande sedlighet, i det förfinade och
förandligade känslolifvet, sådant vi nu genomlefva det. Att kristen-
domen liksom lyftes utur sitt ursprungs historiska sammanhang, ur
de den dåvarande tiden tillhöriga motsatser, afskiljes från hvad
som är *endast* historiskt, det vill säga hvad som är *förgånget*, till
en fullkomligt *nuvarande*, lifsfull, ur vårt kött och blod ånyo född,
— detta är någonting stort! Kristendomens ideella princip, lossad

från den judiska underverksjorden och instäld uti en naturlig ed
sedlig verldsordning, omplanterad från orienten till occidentet,
fortbildad från verldsafsöndring och försakelse till verldsgenom-
trängning! Att motsatsen imellan verlden och Guds rike då fö
tiden, när den kristna kyrkan uppreste sig på grushögen af de a
undergången hemfallna hedniska sederna och sedligheten, hade e
helt annan spänning än i våra dagar, är påtagligt; att familjen
samhället, rätten, staten, knappast ännu voro erkända till sin
positiva, sedliga värde, är obestridligt. Den nya religionen var ja
ännu blott ett ideelt frö, den fullständiga, sedliga utvecklinges
felade. Men *det* är karakteren på *vår* religiositet, först, att hon
från dogm och kult dragit sig tillbaka i de innersta själsdjupe:
ända till osynlighet, och vidare, att hon öfverallt söker sin utgång,
sin bevisning och fullbordan i *sedligheten*; att religion och sedlighet
ej mera kunna skiljas, att den förra ej är något annat, än den
ideella sinnesupplyftningen, hänförelsen för de sedliga uppgiftern:.
sådan hon vinnes genom försjunkandet i Gud, genom hans kärlek.
hvilken i menniskornas hjertan upptänder sig till genkärlek. *De*
är derföre uppgiften för vår predikan, att öfverallt i sig framställa
denna innersta och oåtskiljaktigaste förening imellan religion och
sedlighet, att fatta religionen i hennes ursprunglighet, liksom
hennes *flytande lif*, ännu icke förstelnad till den döda dogmen, all
oupphörligt ösa ur henne såsom den gudomliga källan för all sed-
lighet. Och deri ligger tillika utslaget öfver de *moraliska* och
dogmatiska predikningarnas värde. Båda slagen äro uppenbarligen
lika värdelösa och förvända, och icke mindre än de gamla ratio-
nalisterna, hvilka förlorade sig i den mest inskränkta och medel-
måttiga filistermoral, förtjena bekännelsemännen af nyaste art att
anklagas, då de med sitt tröstlösa dogmatiserande hafva predikat
till döds allt verkligt fromt lif inom församlingarna. Predikniu-
garna skola *våra religiöst-sedliga*, så att i dem ingen lära upp-
träder, som för sig tager i anspråk ett värde äfven utan den sedliga
tillämpligheten, och att å andra sidan ingen sedlig uppgift fram-
ställes, som icke erhåller sin djupare religiösa bekräftelse.»

Vi hafva, så fullständigt som utrymmet det medgifvit, med-
delat författarens program för sin verksamhet som andlig talare.
Dess grundtanke är, som man finner, denna: det *religiöst-sedliga*
är för menniskan af högre vigt än det *dogmatiska*. Att denna
tanke är en med förnuftet öfverensstämmande, lärer ej kunna be-
stridas. Skall man då ej medgifva, att han tillika, och just på
grund af sin förnuftighet, är en sant kristlig tanke?

C. v. B.

Rättelser i detta häfte:

Slutord angående kronologien af Jesu lefnad och Johannesevangeliet.

I sig sjelf vore det visserligen öfverflödigt att ännu en gång återkomma till frågor, som redan genom mina föregående uppsatser i Mars- och Julihäftena af denna tidskrift för sistlidet år blifvit tillräckligt utredda för hvarje sakkunnig, som ej låter kyrkligt apologetiska syften förvilla sitt kritiska sinne och sin sanningskänsla; men då berömda namn, sådana som doktor H. M. Melins och signaturen P. W., fortfarande uppträda emot mig, så bör jag förmoda, att en stor del af tidskriftens läsare ännu tveka i sitt omdöme och önska, att striden måtte fortsättas, tills hon nått ett ögonskenligt slut. Det är derföre, som jag beslutat åter taga till ordet, fastän det sker något sent, emedan sjukdom och ögonsvaghet länge förhindrat beslutets verkställande.

I sista (sjette) häftet af *Teologisk Tidskrift* för år 1870 låter Hr Melin af sin ifver att försvara Johannesevangeliets äkthet hänföra sig ända derhän, att han alldeles tappar synen för de afgörande punkter i Josephi text, hvartill jag i Julihäftet af *Framtiden* hänvisat honom, och kastar öfver bord äfven den bättre kännedom af saken, som han sjelf en gång visat sig äga (naturligtvis utan att då ana dess farliga konseqvenser), i det han nu formligen korrigerar sin förut riktiga not till Joh. 2, 20 på ett sätt, hvarigenom hon blir alldeles förderfvad. Saken är följande.

I Josephi nuvarande text finnes epoken för Herodianska tempelombyggnaden förlagd till olika årtal af Herodes' regering: ena gången (Bell. Jud. I, 21, 1) angifves nämligen det 15:de, andra gången (Antt. Jud. XV, 11, 1) deremot det 18:de regeringsåret, utan att på någotdera stället någon varierande läsart blifvit anmärkt. Då det nu är otvifvelaktigt, att Josephus fullkomligen väl känt rätta tidpunkten för en så vigtig och närliggande händelse, så är klart, att han på bägge ställena velat angifva *samma fysiska år;* hvadan den oundvikliga slutföljden blir, att antingen årsiffran (15 eller 18) är på någotdera stället (möjligen på bägge) *förderfvad* (frivilligt eller ofrivilligt), eller ock att *beräkningen af Herodes' regeringsår* är i de olika verken af Josephus bestämd *efter en olika princip.* I sig sjelf är det visserligen högst otroligt, att samme författare i två verk, skrifna på en och samma ort (i Rom) och under lika förhållanden, skulle — likasom för att enkom förvilla läsaren — välja en olika utgångspunkt för beräkningen af en Judisk konungs regering; men i fråga om Herodes d. store blir ett sådant antagande åtminstone för ett ögonblick *möjliggjordt* genom den omständigheten, att skilnaden mellan de bägge årtalen 15 och 18 är samma siffra, 3, hvarigenom denne konungs nominela regeringstillträde (hans utnämning genom det Romerska senatsbeslutet år 41 f. Chr.) skiljer sig från hans verkliga (konungadömets faktiska besittningstagande år 38 f. Chr.). Att den, som utan vidare granskning af textsammanhanget endast helt desultoriskt läser de bägge uppgifterna »15:de regeringsåret» och »18:de regeringsåret», samt vet, att bägge uppgifterna måste afse samma fysiska år — det, hvarunder tempelbyggnaden faktiskt begyntes — till en början kan tro motsägelsen vara löst derigenom, att det 18:de regeringsåret är af Josephus beräknadt efter den nominella regeringsepoken (år 41), det 15:de deremot efter den verkliga (år 38), så att rätta Julianska året för tempelbyggnadens begynnelse skulle vara 23 f. Chr., förundrar mig icke; ty detta var äfven min första tanke för några decennier tillbaka, då jag ännu ej kände Josephi text annorlunda än genom ett par knapphändiga citationer; och samma föreställning ha under liknande omständigheter sannolikt fallit de flesta, om ej alla, kronologer i sinnet. Deremot torde det vara egendomligt för hr M. och är i högsta måtto förundransvärdt, att han icke blott i ett obevakadt ögonblick omfattat denna i sig sjelf så svaga möjlighet för motsägelsens lösning, utan ock efter att hafva — såsom han sjelf säger — »nogare studerat denna specialfråga» (Teol. Tidskr. sid. 341) *stannar* vid samma lösning såsom den enda riktiga och faktiskt giltiga, utan att för en sådan åsigt anföra *ett enda annat skäl* än just samma sifferförhållande, som var ett oeftergifligt vilkor redan för sakens *blotta tänkbarhet* eller *möjlighet.* Så framt hr M. ej alldeles glömt den enkla logiska regeln: a *posse* ad *esse* non valet conclusio, borde han insett, att någon ny grund var nödvändig, för att förvandla möjligheten till verklighet; och detta så mycket mera, som han här uppträdde polemiskt mot en författare, hvars sorgfälliga forskning han sjelf vitsordat, och som redan hade särskilt utpekat för honom de ställen i Josephi text, som, med vederbörlig uppmärksamhet studerade, ovederläggligt bevisa riktigheten af min och oriktigheten af hr M:s åsigt.

Hade hr M. verkligen studerat, i stället för att blott genomläsa, den afhandling, han gick att recensera, så skulle han redan i min första uppsats (i *Framtidens* Marshäfte 1870, sid. 262, not 2) funnit vederläggningen af sin hypotes, att Josephus i Antt. Jud. beräknat Herodes' regeringsår efter en annan princip än i Bell. Jud. Ty redan der framhåller jag ett ställe ur Antt. Jud. (XV, 5, 2), som bevisar, att Josephus äfven i detta verk räknar från den verkliga regeringsepokens årtal 38 f. Chr. och ingalunda från 41. Han förlägger nämligen slaget vid Actium, som historiskt tillhör September år 32, inom Herodes' 7:*de* (ej 10:de) regeringsår, alltså i samma regeringsår, som för samma händelse angifves i Bell. Jud. I. 19, 3 (jfr *Framtidens* Julihäfte 1870, sid 64), hvadan räkningens utgångspunkt är *i bägge verken en och densamma*, nämligen verkliga regeringsepoken (38 f. Chr.). Motsägelsen mellan de olika årtalen för tempelbyggnaden är således icke »skenbar», utan *verklig*, och kan icke förklaras på annat sätt än genom någon förfalskning i siffrorna; m. a. o. antingen är uppgiften i Bell. Jud. om »15:de regeringsåret» eller den i Antt. Jud. om »18:de» *falsk* och måste undergå sådan rättelse, att båda årtalen blifva lika. Att uppgiften om det »18:de» regeringsåret icke får förändras till det »15:de», har jag redan i Julihäftet (sid. 64) bevisat; men eftersom detta icke tyckes hafva gjort någon verkan på min vederpart, så måste jag bedja den mera uppmärksamme läsaren ursäkta, att jag nödgas återkomma till en för honom längesedan klar sak.

Herodes' 7:de regeringsår, som enligt bägge de Josephiska verken innesluter kriget vid Actium, begynner på våren (månaden Nisan) år 32 f. Chr. och slutar på våren 31. Det »13:de» regeringsåret, kring hvars utgång Herodes skickade en utvald hjelptrupp till Aelius Gallus vid Romarnas fälttåg mot Arabien (Antt. Jud. XV, 9, §§ 1 och 3), slutar således på våren år 25, och just med detta Julianska års 1 Januari tillträder det Romerska konsulspar, under hvars eponymat Dio (LIII, 28) förlägger nämnda fälttåg (jfr Fischers *Römische Zeittafeln*, sid. 386). Efter »tilländalöpandet» (παρελϑόντος) af det »17:de regeringsåret» (Antt. Jud. XV, 10, 3), som slöt på våren år 21 f. Chr., kom Augustus till Syrien och bland de händelser, som nu — inom loppet af 18:de regeringsåret — tima, nämner Josephus särskildt tilldelandet af Zenodori tetrarki, som enligt Dio (LIV, 7 och 9) ägde rum under konsulsparet M. Appulejus och P. Silius, d. ä. år 21 f. Chr. Först *efter* mottagandet af denna tillökade besittning m. m. — μετὰ τὰς προειρημένας πράξεις (dessa Josephi ord citerar hr M. sjelf och bryr sig ändå ej om att efterse, *hvilka* de »förutnämnda händelserna» äro!) — begynner Herodes enligt Josephi berättelse (Antt. XV, 11, 1) tänka på templets ombyggnad, hvilken alltså omöjligen kan begynna förrän mycket långt fram i det »18:de regeringsåret», som slöts på våren år 20 f. Chr.; men på intet vilkor kan hon sättas så tidigt som i år 23 f. Chr. (Herodes' 15:de regeringsår), dit hr M., döf för min uppmaning att jemföra de säkra Romerska synkronismerna, vill hafva ombyggnaden förlagd. Skulle det i Josephi text synliga »18:de regeringsåret» kunna vidkännas någon rättelse, så borde denna bestå icke i en förminskning, utan tvärtom i en *höjning* af siffran; men då ingen tvingande grund föreligger att skjuta tempelbyggnadens begynnelse från slutet af 18:de till början af 19:de regeringsåret (inom år 20 f. Chr. har den i hvarje fall sin plats), så måste textsiffran respekteras såsom riktig, och detta så mycket mera, som Josephus sjelf vid innehållsförteckningen till 15:de boken, hvilken börjar med Herodes' och Sossii eröfring af Jerusalem (38 f. Chr.) och slutar med tempelombyggnaden, angifver det temporala omfånget af denna bok till »18 år» — περιέχει ή βίβλος χρόνον ετών ιή — (38—18 = 20 f. Chr.).

Att Josephus äfven i Bell. Jud. ingalunda förlagt tempelbyggnaden till Herodes' 15:de regeringsår, utan först till det 18:de, är absolut klart af textföljden. Författaren omtalar nämligen i första bokens 20:de kap. § 3 Augusti möte med Herodes vid tåget genom Syrien mot Egypten, hvilket, såsom hvar man vet, skedde i året efter slaget vid Actium, alltså (enligt Bell. Jud. I, 19, 3) i Herodes' 8:de regeringsår. Augusti nästa besök i den Syriska provinsen sätter Josephus (B. J. I, 20, 4) »i 10:de året» efter det förra, följaktligen i Herodes' *18:de regeringsår*, och *först vid detta tillfälle* erhåller Herodes arfvet efter den aflidne Zenodorus och begynner. med anledning af sin sålunda förstorade lycka, vända sina tankar till den religiösa kulten (allt samma §). När nu den omedelbart påföljande satsen (I, 21, 1) omtalar det första uttrycket af nämnda nya sinnesriktning, nämligen tempelbyggnadens begynnelse, så angifver den nuvarande texten Herodes' 15:de regeringsår, medan sammanhanget ovedersägligt visar, att författaren sjelf ej kunnat vilja nämna något tidigare årtal än det 18:de; siffran 15 är således *ovilkorligt falsk*, och öfverlemnande åt läsaren att, om han så behagar, försöka sjelf utfinna någon annan och för honom mera smaklig förklaring af korruptionens tillkomst, än den jag i Julihäftet framställt, fasthåller jag blott det ovederlägggliga resultatet.

att tempelombyggnaden faktiskt begynt först i år 20 f. Chr, och ingalunda, såsom hr M. påstår, redan i år 23.

Hr M:s bemödanden att förrycka den Herodianska tempelerans epok skulle för öfrigt, äfven om försöket aflupit lika lyckligt, som det nu gått olyckligt, icke på något sätt hafva båtat det fjerde evangeliets autenti. Ty den ifrige apologeten nödgas ju i alla fall tillgripa en absurd tolkning af Joh. 2, 20, för att rädda sin skyddsling från det missödet att hafva förlagt Jesu död till ett ohistoriskt år, lika mycket om detta heter 26 eller 29 eft. Chr.; men om man öfverhufvud tillåter sig en slik tolkning och ej skyr att ur sin inbillnings luftverld skapa fram fakta, om hvilka ingen historia vet något att förtälja, så går det ju lika lediget, att förlägga den förmenta »relativa afslutningen af tempelbyggnaden» i år 27, som i år 24, och absurditeten i det Johanneiska uttrycket blir icke större, om man tänker sig Jesu första påskfest ligga *två* år efter slutet af de omförmälda 46 tempelbyggnadsåren, än om man ökar afståndet till fem år; man har blott i det förra fallet begått en historisk synd mindre, i det man åtminstone skonat den rätta tempelepoken. Hvarföre har då hr M. ej hällre valt den mildare utvägen? Påtagligen derföre, att han såg den enda naturliga tolkningen af Joh. 2, 20 då vinna omedelbar bekräftelse genom sin samstämmighet med uppgiften hos Lucas, att Jesus döptes i Tiberii 15:de regeringsår, hvilket år enligt *riktig* kronologi aldrig kan bestämmas annorlunda än så, att dess *påskmånad* antingen — efter orientalisk dateringsmetod [1]) — faller på våren år 27, eller — efter Romersk — på våren år 28 [2]); och då enligt Johannes (endast om honom, icke om den historiska sanningen, är nu fråga) blott *några få dagar* (ingalunda så mycket som en hel månad)

---

[1]) Jfr härom min första uppsats Mars 1870 sid. 263, not. Med afseende på fjerde evangeliets sannolika ursprung från Mindre Asien bör tilläggas, att dervarande solkalendrar begynte året med 24 September, hvadan Tiberii första regeringsår der dateras från 24 Sept. år 12, och det femtonde från 24 Sept. år 26 eft. Chr. Och redan under Tiberius finner man Asianernas kalender stiftad, se Ideler Lehrb. sid. 174.

[2]) Endast enligt den af mig historiskt och astronomiskt vederlagda *falska* kronologien inneslutar Tiberii 15:de regeringsår våren 29, dit hr M. vill komma och der han också helt ogeneradt stannar, i full öfverensstämmelse med sin uttalade grundsats (Teol. Tidskr. 1870, sid. 342), att det (äfven i en vetenskaplig stridskrift?) är »småaktigt» att hålla på den riktiga kronologien, och att man gerna kan få «begagna de vanliga uppgifterna». Jag förmodar dock, att hr M. vill inskränka denna laglösa frihet allenast till de fall, der den vederlagda falska räkningen passar bättre för apologetiska syftemål? Eller vill hr M. sjelf nedflytta sin Johannes till andra seklet, vid hvilken tid han visserligen lätt kunde misstaga sig på rätta ställningen af Tiberii regeringsår?

ligger mellan Jesu första besök hos Döparen (sjelfva dopakten vill Johannes af dogmatiska skäl icke nämna) och den Jerusalemiska påskfesten, så är klart, att man för bedömande af Johannesevangeliets tidräkning icke får godtyckligt sätta Jesu dop och tillträdande af sin lärareverksamhet hvar som häldst, utan *endast och allenast i våren år 27* (ty blott detta år stämmer på en gång med tempelbyggnadsräkningen och med Tiberii 15:de regeringsår. medan våren 28 strider mot den förra), hvarmed åter följer, att Jesu dödsår enligt Johannes är år 29, — hvilket just var, hvad hr M. ville undvika. Men detta resultat, så tillintetgörande det än är för evangeliets äkthet, *kan* aldrig undvikas af någon ärlig och sakkunnig forskning, om ock vissa svurne apologeter förmodligen länge ännu skola dåra sig med tron att kunna »parera undan» hugget af det svärd, som nu blifvit lemnadt i den omutliga vetenskapens hand. Dessa apologeter blifva nämligen rentaf förblindade, då en varsnad fara sätter dem i affekt; hvarpå man har ett lärorikt exempel i hr M:s sednaste uppsats sid. 339, der han tillropar mig. att jag riktat en lifsfarlig stöt emot mig sjelf genom min »oförsigtighet att taga miste om rätta kalendern» och att jag begått en »felräkning», för hvilken »Johannes icke är ansvarig». Hurudan är då min »kalender» och min »räkning»? Jo, den kalender, jag uppställt, är *densamma*, som hr M. sjelf i sin första recension godkännt och ännu i sin sista ej med ett enda ord försökt vederlägga eller ersätta med någon riktigare, utan tvärtom fortfarande begagnar såsom *enda stödet* för sin egen (från mig lånade) bestämning af Jesu dödsdag samt dermed sammanhängande ändring af sin not till Joh. 2, 20! Och min »felräkning« består deri, att jag *under hr M:s förutsättning* räknat *alldeles så som han sjelf* (i afseende på tempelepoken m. m.) och blott tillika *bevisat oriktigheten* af sjelfva *förutsättningen!* Så alldeles förvända och orättfärdiga tillvitelser hade jag icke väntat af den lärde och i grunden så blide och humane Doktor Melin.

Deremot bör till heder för den svenske teologen framhållas. att han, i motsats till hvad mången tysk skulle gjort, icke försökt bortvända eller förneka det klara förhållandet, att Johannes i strid så väl mot Synoptikerna som mot den historiska sanningen låtit Judarne i Jesu dödsår slagta och äta sitt påskalam under aftonen från d. 14:de till d. 15:de Nisan, ett missgrepp, som ensamt är tillräckligt att för evigt döda evangeliets anspråk på apostoliskt ursprung.

Och ändock vill hr M. hafva sin apostel oantastad och förkunnar, att angreppen emot honom skola återstudsa lika vanmäktiga som Hardouins emot klassikerna. Sällsamma förvillelse! Hardouins grillfängerier hafva längesedan förklingat utan något gensvar, men de tvifvel, som ungefär samtidigt med Hardouins uppträdande begynte framkastas mot Johannesevangeliet (slutet af 1600-talet). hafva, om än under långa tider tystade, dock alltid ånyo låtit förnimma sin tillvaro och under de sednaste 50 åren tagit så öfverhand, att de förnämste skriftforskare nu mer och mer allmänt ansluta sig till förkastelsedomen. Och huru var annat möjligt? En skrift, som denna, bärande *alla* märken af oäkthet och icke ett enda af äkthet [1]), skulle, derest hon hört till det profana området och icke stått under skyddet af den kyrkliga auktoritetens egid, redan för sekler tillbaka blifvit till sin rätta halt uppskattad och oåterkalleligt stämplad såsom understucken. Redan den plats, skriften intager såsom det *fjerde* och icke det *första* evangeliet, kastar öfver hennes uppkomst en stark skugga af misstanke. Jemför man t. ex. det förhållandet, att bland de Paulinska brefven Romarbrefvet står främst, oaktadt det är sednare skrifvet än flera af de efterföljande, så inses strax, att anordningen i kanon icke beror på en uteslutande kronologisk princip, utan att tvärtom skriftens dogmatiska vigt dervid spelar en hufvudrol. En obetydlig tidsskilnad i författandet är således icke någon tillräcklig förklaringsgrund till den plats Johannesevangeliet innehar bland de öfriga; fastmera måste detta, såsom enligt förmening härrörande från en af Jesu äldsta lärjungar och erbjudande åt kyrkan en hel guldgrufva af christologiska spekulationer, nödvändigt hafva satts i spetsen för det hela, derest det ej varit genom en stor tidsklyfta skildt ifrån de öfriga, så stor, att man i trots af sin goda vilja dock icke förmådde alldeles värja sig från ett visst tvifvel [2]) på arbetets äkthet och derföre gaf deråt den *sista* plat-

---

[1]) *Ett* äkthetsmärke *skulle* hon emellertid äga, i fall scenen mellan Jesus och äktenskapsbryterskan verkligen hörde till detta evangelium; ty att denna scen är historiskt sann, följer redan af dess himmelska skönhet, hvilken är alltför stor för att rymmas inom någon dåtida författares diktningsförmåga. Men handskriftsforskningen har längesedan upplyst, att ursprungliga platsen för denna scen icke är textkritiskt faststående; blott så mycket är visst, att berättelsen *icke* tillhör *Johannesevangeliet*, hvars ståndpunkt hon alldeles öfverflyger genom det värdiga och träffande, som här utmärker Jesu uppträdande och ord; redan scenens infattning, der de »skriftlärda» nämnas, röjer en sakkunskap, som för Johannes är helt och hållet främmande. Förmodligen har berättelsen först stått hos Mattheus, men blifvit borttagen derifrån vid den Judaiserande öfverarbetning, som detta evangelium synbarligen undergått.

[2]) Att detta tvifvel också mot slutet af 2:dra århundradet i ganska starka ordalag uttalades (»Johannesevangeliet *ljuger*, så vidt det ej öfverensstämmer med de öfriga»), är bekant, äfvensom att det parti inom Mindre Asiens kyrka, som så uttalade sig, af Epiphanius betecknas med kättarnamnet Aloger.

sen bland evangelierna, låtande det på ett i sig sjelf mycket olämpligt sätt *skilja* de båda sinsemellan sammanhängande skrifterna af Lucas (evangeliet och apostlagerningarna). Samma skeptiska slagskugga faller ännu en gång öfver verkets ursprung, när man betraktar de alltför sena vittnesbörden öfver dess tillvaro. Gå vi sedan till skriftens eget innehåll, så förstärkes misstanken till orubblig visshet. Huru illa passar ej t. ex. strax från början den dimmiga logos-läran i en handlingstörstig (Matth. 20, 20; Luc. 9. 54;. Marc. 3, 17; 9, 38) f. d. fiskares mun? Att här i detalj genomgå hela innehållet, tillåter icke tiden: jag påpekar blott i förbigående det anstötliga vintillredningsundret i Kana och undret med Lazari uppväckelse, hvilket, i händelse det hade tillgått så, som Johannes beskrifver, lika omöjligen skulle kunnat vara för de öfriga evangelisterna obekant, som det af dem hade kunnat med afsigt förtigas; men framför allt hänvisar jag till den skefva Christusbilden. En sådan Christus, som den Johanneiske, hvilkens alla tal och handlingar gå ut på att göra uppvisning af sin egen öfvermenskliga härlighet, i hvars betraktande han sjelf är oupphörligt försjunken, är en helt annan person än den ädle menniskovännen hos synoptikerna och skulle aldrig varit i stånd att stifta någon verldsreligion. Men då jag väl visste, huru föga man kan påräkna att hos mängden af menniskor, särdeles om de genomgått en intellektuelt missbildande uppfostringsprocess, finna en riktig uppskattning af dylika ideela grunder, så har jag tagit kronologien, som är en *matematisk* vetenskap, till hjelp och uppvisat, att Johannes jemväl i sjelfva hufvudmomentet af sin lefnadsteckning berättat ohistoriskt, i det han bundit Jesu sista stunder vid en påskordning och en kalender, som först långt sednare (den ena ett halft, den andra ett helt århundrade sednare) kommo i bruk — ett afslöjande, hvarmed sista stödet för evangeliets äkthet har fallit.

De »goda grunder» (Teol. T. sid. 337, rad 8), genom hvilka hr Melin tror sig ännu kunna hålla äktheten uppe, äro, så vidt han förråder dem (sid. 343), följande tvänne: 1) evangeliet »afspeglar i hvarje rad så troget bilden af den lärjungen, hvilken Herren älskade», att intet tvifvel på äktheten mäktar uppstå; 2) till öfverflöd finnes i bihangskapitlet (21) en särskild äkthetsattest (v. 24), vidfogad af apostelns närmaste vänner och lärjungar. Den sista grunden, för att börja med denna, är naturligtvis af noll och intet värde, då de vittnande »vännerna» hvarken äro namngifna eller på något sätt till sin personliga eller borgerliga karakter betecknade; den tjenar blott att i hög grad förstärka tviflet; ty en skrift, öfver hvars ursprung ingen misstanke hvilar, behänges öfverhufvud icke med några vittnesintyg, och behöfvas sådana, så få de aldrig vara af så intetsägande natur, som denna attest. Men äfven hr M:s första grund bevisar antingen ingenting alls eller ock raka motsatsen af hvad den skulle. Att Zebedeussonen Johannes skulle varit Jesu mest älskade lärjunge, betygar ingen annan än den pretenderade Johannes sjelf, medan alla äldre och trovärdiga källor fastmera tillägga denna berömmelse åt Petrus; men att Petrus skulle skrifvit evangeliet, är hvarken hr M:s eller den fjerde evangelistens mening. För att bekomma något riktigt innehåll, bör således hr M:s sats ändras till ungefär följande lydelse: »Den bild vi från annat, trovärdigt håll äga af Zebedeussonen Johannes, är så fullkomligt lika den, som afspeglas i hvarje rad af fjerde evangeliet, att det sistnämndas författare påtagligen är samme person, som den förstnämnde». Härvid möter nu emellertid den olyckan, att ingen historia förser oss med en så noggrann eller utförlig teckning af Zebedei son, som för en slik jemförelse vore nödvändig; och de få drag af hans bild, som kunna hämtas dels från Galaterbrefvet, dels från synoptikerna, äro så långt ifrån att försäkra oss om evangelistens och lärjungens identitet, att de snarare alldeles omöjliggöra denna identitet och ojemförligt bättre passa in på Uppenbarelsebokens författare (jfr Strauss Leben Jesu Leipz. 1864 sid. 75 flj.). Skall alltså hr M:s sats vinna någon hållbarhet eller bevisningskraft, så måste den ännu en gång ändras, jag vet ej rätt på hvilket sätt; tilläfventyrs vill min antagonist hafva hufvudvigten lagd derpå, att evangelisten »i hvarje rad afspeglar (blott) sin egen bild» och ingen annans. Men först och främst är detta icke något äkthetsbevis, emedan en oafbruten sjelfafspegling är lika möjlig för författaren af en understucken, som af en äkta skrift; för det andra är det ett högst besvärande vitsord för en historisk författare, att han, i stället för att med sjelfförsakande trohet teckna den objektiva bilden af sin hjelte, alldeles genomfärgar honom med sin egen subjektivitet; ty detta blir nästan alltid liktydigt med en förfalskning, i synnerhet om hjelten, såsom fallet är med Jesus, står mycket högt ej blott öfver hela sin samtid utan ock öfver en lång räcka af efterföljande århundraden. Derföre visste ock Jesus (likasom hvarje stor man i sin mån vet om sig det samma), att han måste gå en half gåta genom tiden, till fullo förstådd blott af den himmelske Fadren (Math. 11, 27; Luc. 10, 22 — ställen, hvilka den eljest djuptänkte Strauss, märkligt nog, ej mäktat tillfredsställande tyda; se Leb. Jes. sid. 203 flj.). Efter moget öfvervägande finner jag verkligen icke, hvad bättre vi kunna göra med hr M:s »goda grunder», än att helt enkelt öfverkorsa dem.

Så snart min recensent hunnit lemna den brännande Johannesfrågan bakom sig och kommit till min bestämning af tiden för Jesu födelse, visar han strax ett vänligare lynne, och jag skulle knappast behöfva här längre följa honom, derest jag ej, sedan min i Julihäftet 1870 intagna afhandling skrefs, hade uppdagat ett textfel hos Macrobius, genom hvars undanrödjande min tidsbestämning vinner en fasthet, som icke mera lemnar någonting öfrigt att önska.

I den samling af qvicka yttranden af och till kejsar Augustus, som förekommer i 4:de kapitlet af Macrobii Saturnalia Lib. II, läser man bland annat följande (sid. 332 ed. Gronov.): »Quum audisset (Augustus) inter pueros, quos in Syria Herodes rex Judaeorum intra bimatum jussit interfici, filium quoque ejus occisum, ait: *Melius est Herodis porcum esse quam filium*». Att ordet »occisum» här är textfel, visar sig klart deraf, att det hvarken passar till de historiska tidsomständigheterna eller till innehållet af Augusti infall. Först och främst kan man vid denna läsart endast med våld aflägsna den föreställningen, att jemväl sonen Antipater (om hvilken alla veta, att här är fråga) varit ett tvåårigt barn, medan han i sjelfva verket redan hade uppnått sin mogna mannaålder. Vidare kunde underrättelsen om Antipaters aflifvande icke på något sätt öfverraska Augustus [1]), som nyss förut hade sjelf bekräftat dödsdomen (Joseph. Bell. Jud. I, 33, 7); ja! hon kunde — häldst vid den för segelfart å Medelhafvets å otjenliga årstiden (Februari) — icke ens lätteligen komma kejsaren tillhanda, förrän *samtidigt* med budskapet om Herodes' egen död, hvilken inträffade blott 5 dagar sednare (ibid. § 8); och likväl förutsätter Augusti yttrande ovilkorligt, att han då hvarken vetat något om vännen Herodes' bortgång eller om hans ohyggligt plågsamma dödssjukdom, hvilken hade begynt redan veckor och månader *före* Antipaters afrättning. Ändtligen saknas här helt och hållet det qvicka och träffande, som uppenbarar sig i alla de öfriga infall af kejsar Augustus, hvilka Macrobius funnit värdiga att antecknas. Väl har man försökt (så t. ex. Bunsen) gifva någon färg åt kejsarens yttrande genom det antagandet, att det skulle varit fälldt på Grekiska och sålunda innehållit ett spelmed orden ὗς (svin) och υἱός (son). Men först och främst är hela detta antagande ohållbart, emedan Macrobius sjelf ingalunda underlåter att begagna Grekiskan för sådana infall, som verkligen

---

[1]) Detta framhålles äfven af Scaliger till Eusebius p. 163 och upprepas af Isac Pontanus.

varit klädda i det språkets drägt; och för det andra blir saken derigenom icke hulpen, ty det för Juden karakteristiska, som gjorde honom till ett ständigt föremål för hedningarnes begabberi, bestod icke deri, att han ej kunde »döda» svin, utan deri, att han ej kunde *äta* dem. Om samtliga dessa omständigheter skarpt och nogrannt öfvervägas, så skall man finna, att i stället för *»occisum»* måste läsas *in jus vocatum* [1]), hvarigenom alla de anmärkta felaktigheterna försvinna och lemna rum för en klar och tillfredsställande mening: »Då Augustus förnummit [nämligen genom skrifvelse från Syriske legaten Quinctilius Varus, se Josephus Bell. Jud. I, 32, 5; deraf orden »in Syria»], att Judekonungen Herodes midt under uppträdet med de gossebarn inom två års ålder, dem han låtit aflifva i Syrien, tagit äfven den egna sonen i anspråk för sin rätt (= kallat honom inför sin domstol), sade han: det är bättre att vara Herodes' gris än hans son (ty grisen kräfver han icke för någon sin rätt = maträtt).» Ehuru Augusti lek med dubbelbetydelsen af ordet *jus* (*lag* och *sås*) icke torde kunna otvunget återgifvas på Svenska, är den dock på Latin mycket enkel och naturlig; jfr Varro R. R. 3, 9; »in jus vocat pisces coquus»; Cic. Verr. 2, 1, 46: »jus Verrinum».

I kraft af denna obestridligt riktiga amendation framstår nu det Macrobianska stället i ett nytt ljus. Det Bethlehemitiska barnamordet sammanbindes nu icke med en annan mordgerning, utan med sonen Antipaters försättande i anklagelsetillstånd; d. v. s. det sakliga sambandet (förvandtskapen) mellan Herodes' bägge handlingar försvagas, och i samma mån träder det kronologiska — — den genom »inter» angifna liktidigheten — starkare i förgrunden och tillåter icke mera samma latitud som förut. Det fanns för Macrobius ingen annan tillfyllestgörande grund att i sin berättelse sammanknyta bägge händelserna, än att underrättelsen om bägge kom Augustus på en och samma gång tillhanda genom det hos Josephus l. c. omförmälda brefvet från Varus; m. a. o. barnamordet måste hafva inträffat *omedelbart* före rättegången mot Antipater. Denna rättegång och dermed äfven barnamordet ägde rum sommaren år 5 f. Chr.; ty före våren, då segelfarten öppnades, kunde Antipater ej lemna Rom, hvarifrån han af fadren hemkallades,

---

[1]) Huruvida något handskriftligt spår af den ursprungliga läsarten ännu må förefinnas, vet jag icke, men något slikt stöd erfordras ej heller, då de inre grunderna äro fullt afgörande. Omedelbart efter »jus» bortföll mycket lätt »in jus», och det nu återstående meningslösa »vocatum» blef »occisum» i anseende till den skenbart erforderliga synonymiteten med »interfici». Lika möjligt är, att orden INIVSVOCATUM blifvit uppfattade såsom *injus(s)u ocatum*, hvarefter korruptionens ytterligare gång af hvarje sakkunnig lätt upptäckes.

men före hösten var han redan dömd och fängslad (Jos. B. J. I,
32, 5), eftersom domen *föregick* början af Herodes' sjukdom (ib.
§ 7), hvilken sistnämnda sjelf hade begynt *före* månförmörkelsen
af d. 15 Sept. detta år (ib. 33, 2; Antt. Jud. XVII, 6, 4; jfr. min
upps. i Julihäftet 1870, sid. 52, not. 2). Då nu åldersmåttet hos
de åt bilan hemfallna Bethlehemitiska barnen (»två år och derunder»)
var uteslutande bestämdt efter Mágernas uppgift om tidpunkten
för framträdandet af den Messianska stjernan (Matth. 2, 7 och 16),
så är klart, att denna stjerna första gången visade sig för Magerna
under sommaren år 7 f. Chr., och det kan aldrig mera blifva
fråga om Wieselers förslag att identificera henne med kometen
(eller enl. hr M. en ny fixstjerna) af år 4 f. Chr.; ty vetenskapen,
som icke bekymrar sig om fria fantasier, vidkännes ingen annan
Messiasstjerna, än den, som i Matthei text omförmäles, och dennas
framträdande får, såsom nyss visades, icke äga rum vid någon
annan tidpunkt än sommaren år 7. Det återstår då icke heller
någon skugga af tvifvel derom, att hvad Magerna sett och för
Herodes omtalat var planetkonjunktionen af den 29 Maj sagda år,
hvilken också ganska riktigt visade sig just »i öster» (= på ost-
himmelen), såsom Mattheus säger; Hr M:s i sig sjelf aktningsvärda
linguistiska betänklighet (att texten har ἀστήρ, icke ἄστρον, d. v. s.
stjerna, icke stjernförening) försvinner till intet, då man besinnar.
att skriftställaren hvarken är astronom eller på minsta sätt veten-
skapsman, utan blott helt populärt och omisstänksamt återgifver
sin uppfattning af en tradition, hvilken så mycket mindre behöfde
vara exakt, som den förmodligen grundade sig allenast på hvad
Maria tyckte sig hafva förstått af Magernas ord. Ville man på
guldvigt väga Matthei uttryck, hvart skulle man då taga vägen
med en sådan beskrifning, som att stjernan gick framför Magerna
och stannade öfver ett visst boningshus i Bethlehem? Om deremot
tolkaren är förnuftig och gör behörigt afseende på skriftställarens
ståndpunkt, så skall han finna, att texten alldeles förträffligt lämpar
sig efter den verkliga astronomiska företeelsen och vid nogare
påseende till och med gifver ett hittills saknadt exakt dagdatum
för Jesu födelse. Redan det draget, att den en tid försvunna
stjernan längre fram, nämligen vid Magernas afresa från Jerusalem
till Bethlehem, ånyo visade sig, är äkta historiskt; ty under natten
från 30:de September till 1:ste Oktober trädde de ifrågavarande
planeterna (Jupiter och Saturnus) för andra gången i konjunktion
med allenast en breddgrads afstånd från hvarandra och företedde
alltså då åter bilden af snart sagdt blott en enda stjerna (jfr.
Ideler Lehrbuch och Handbuch). Denna stod också då i afton-

stunderna på *sydhimmelen*, hvadan hon, populärt att tala, gick framför Magerna på deras resa till det i söder från Jerusalem belägna Bethlehem, som, enligt hvad resenärerna redan i Jerusalem hade inhämtat, borde vara det förbidade Messiasbarnets födelseort. Vid den vidare efterforskningen inom Bethlehems område kan man lätt tänka sig att Magerna efterfrågade, hvilka gossebarn som derstädes voro födda inom den af de båda planetkonjunktionerna betecknade tidrymden från slutet af Maj till början af Oktober, och dessa kunde i en så obetydlig småstad som Bethlehem naturligtvis icke vara många; att inskränka antalet till blott ett enda på 4 månader, torde dock äfven vara för starkt, och i hvarje fall behöfde Magerna *en särskild grund* för sin säkra öfvertygelse att hafva träffat *just det rätta* barnet samt att icke i stället ett annat, möjligtvis ännu ofödt, borde förbidas. Denna särskilda grund ligger enligt evangeliet, som ingenstädes vidkännes någon annan hufvudsaklig ledning än stjernan, påtagligen deruti, att Jesu födelse råkat *temligen noga sammanträffa* med planetkonjunktionen af den 1:sta Oktober, och en sådan (icke lokal, utan temporal) sammanträffning är också den enda förnuftigtvis möjliga betydelsen af hvad Mattheus på sitt ovetenskapliga språk uttrycker dermed, att stjernan *blef stående* öfver barnaföderskans hus (2, 9). Men härmed hafva vi också, såsom ofvan sades, det hittills saknade dagdatum: Jesus är enligt Mattheus född under natten från sista September till första Oktober år 7 före vår tidräkning.

Med detta resultat sammanstämmer vår enda återstående källa, Lucas, på ett sätt, som är så mycket mer påfallande och betydelsefullt, som denne evangelist utgår från en helt annan sida af traditionen än Mattheus. Först och främst bekräftar Lucas 2, 8—11 den omständigheten, att Jesus föddes under en natt och vid sådan årstid, då den i November inträdande regntiden ännu ej begynt, samt under bebådelse af »änglar» eller »himmelska härskaror» (v. 13), hvari man lätt igenkänner en omtydning af stjernkonjunktionen. Men ännu närmare leder oss det af Lucas betygade tidsförhållandet mellan Johannes Döparens och Jesu födelse, ett tidsförhållande, hvarom Maria naturligtvis kunnat vara noga underrättad alldeles oberoende af den mirakulösa omklädnad, hvarmed legenden älskat att utsmycka ämnet. Den 1 Juni år 8 f. Chr. tillträdde åttonde prestklassen en af sina sjudagiga tempeltjenster i Jerusalem, och ingenting hindrar, att det var vid detta tillfälle, som Zacharias hade förrättningen att antända det dagliga rököffret (1, 5. 8—9 ff.). Han återvände då till sitt hem d. 8 Juni, hvarefter Elisabeth snart blef hafvande (Luc. 1, 24), låtom oss antaga sednast d. 8

Juli[1]). I detta hafvandeskaps sjette månad begynner Marias eget hafvandeskap (1, 36), d. v. s. om vi, för att inskränka det obestämbara felet till minsta möjliga mått, antaga medlet af sjette månaden, omkring d. 23 December år 8. Räkna vi härifrån de erforderliga 40 veckorna (= 280 dagar) intill Marias nedkomst, så inträffar denna nedkomst på 29:de September år 7, d. v. s. vi anlända till *alldeles samma tidpunkt*, som hos Mattheus. Denna noggranna kronologiska sammanträffning mellan berättelser, som i öfrigt icke förete någon likhet med hvarandra, trycker på dem båda ett ganska starkt, ja! ett orubbligt bekräftelsens insegel.

Jag skulle vara glad att här få nedlägga den med sjukdomsmattad hand förda pennan; men detta är mig icke ännu förunnadt. Med så outsägligt tankesvaga motståndare, som tidningen *Wäktarens* redaktion och dess C. G., ämnar jag visserligen icke vidare korsa min klinga; men med P. W. måste jag ännu vexla några ord. Väl stöter man äfven här på en kritiklöshet och en konfusion, som äro i högsta måtto beklagansvärda; men hvart skall man i dessa kyrkans förbistrade tider öfverhufvud vända sig med sitt tal och sina religiösa bekymmer, om det icke ens kan ske till de mest snillrika och begåfvade bland hennes skriftställare? Låtom oss alltså hoppas, att der ännu finnes någon antändbar gnista, som lofvar, att man icke för evigt skall tala förgäfves.

Det är i sjelfva verket bra oförnöjsamt af P. W. och temligen obarmhertigt mot vännen Agardh att fordra en mera uttrycklig och direkt vederläggning af den sistnämndes hypotes om förhållandet mellan den synoptiska och Johanneiska påskmåltiden, än den, som — tyst, men afgörande — redan finnes tillvägabragt i min första afhandling; men då jag bör vara mera betänkt på att tillfredsställa den lefvande än den döde, torde några ord i den af P. W. äskade riktningen här ännu vara på sin plats.

Grundfelet med Agardhs hypotes är, att den blifvit konstruerad med uteslutande hänsyn till det *resultat*, hvartill hypotesställaren i apologetiskt intresse ville komma; materialierna bestå derföre af idel flygsand, men icke af bastanta historiska fakta, och man skönjer snart ett helt hvimmel af inre motsägelser och omöjlig-

---

[1]) I Julihäftet 1870, sid. 58 förekommer en genom diktering förorsakad konfusion i framställningen, hvilken härmedelst rättas.

heter. Antaga vi till en början den förutsättningen, att Galileerna väl haft samma kalender, som de öfriga Judarna, men i motsats till dessa räknat dygnet icke från aftonen, utan från morgonen, så måste det i bägge kalendrarne gemensamma hafva varit icke *natten*, såsom Agardh vill, utan tvärtom *dagen*, d. v. s. ljusdagen; ty af denna dygnets vigtigaste del får det hela städse sin bestämning och vanligen äfven sin benämning (Hebr. *jom*, Grek. ἡμέϱα, Lat. *dies* o. s. v. betyder både dygn och ljusdag, men alltid i *första* rummet det sistnämnda): Galileernas 14:de Nisan var alltså, hvad *ljusdagen* beträffar, *identisk* med de öfriga Judarnas, och om de sistnämnda, såsom Agardh oriktigt tror, slagtade sitt påskalam först vid *utgången* af 14:de Nisan, så *sammanfaller deras påsk fullkomligt med Galileernas*, och den *åtskilnad*, som hypotesen hade för afsigt att frambringa, upplöses till en rök. Utgå vi deremot från det riktiga sakförhållandet, att Judarne slagtade sitt lam redan omkring *ingången* af 14:de Nisan, så föll deras påskafton visserligen på en annan ljusdag än Galileernas, men — märk väl! — icke på en *sednare*, utan tvärtom på en *tidigare;* d. v. s. vi erhålla raka motsatsen af hvad Agardh i och för Johannesevangeliets bringande i samklang med de öfriga åsyftar och behöfver. Med den hypotesen om olika dygnepok hos Galileerna uträttas således platt ingenting för det ändamål, som är i fråga. Men hvilket annat stöd har väl Agardh för sin åsigt? Det låter otroligt, men är likväl sannt: han har blott ett enda sådant, bestående i en den mest absurda tolkning af Judarnes ord till Jesus Joh. 8, 48: »Säge vi icke rätt, att du är en Samarit och hafver djefvulen?» Emedan Jesus, som var en Galilé, här kallas för Samarit, så följer, menar Agardh, att alla Galileer öfverhufvud kunde kallas Samariter och i religiöst afseende stodo på samma ståndpunkt som desse, om hvilka det är bekant, att de brukade fira sin påsk en dag före Judarne. Jag vill ej anmärka, att detta genom ett citat ur Tosaphta vitsordade Samaritiska bruk likväl gäller en annan och sednare tid än Jesu; men jag anmärker, att det fordras hela Agardhs och några andres otyglade inbillningskraft, för att af detta odugliga halmstrå bygga sig en bro till det påståendet, att Jesus och hans lärjungar på grund af sin Galileiska härkomst åto påskalammet en dag tidigare än Judarne. Naturligtvis borde här hafva tillagts, att de åto det icke i Jerusalem, utan tillsammans med Samariterna på berget Garizim; ty sådan skulle slutsatsen blifva, i fall premisserna till någonting dugde; men hvar och en ser, att de sistnämnda äro odugliga. Långt ifrån, att Galileerna skulle i afseende på religionsbruk och festkalender hafva sammanstämt med Samariterna, betygar historien motsatsen; ty då man under kalenderförvirringens tid lät antända signaleldar på bergsspetsarna, för att dymedelst för hela landet tillkännagifva den af Judarnes stora synedrium hvar gång fastställda bestämmelsen af nymånaderna, brukade Samariterna, hvilkas område låg emellan Judeen och Galileen, upptända *falska* signaleldar enkom för att *vilseleda just Galileerna,* hvilka följaktligen *ville* fira sina fester i samklang med Judeens innevånare (jfr. Abr. Geiger i *Zeitschr. d. Deutschen morgenl. Gesellschaft,* 20er Band, 1stes Heft, Seite 146). Efter allt detta är det icke möjligt, att någon tänkande läsare kan på P. W:s fråga, »om det Agardhska lösningsförsöket icke har någon ljuspunkt», gifva annat svar än ett bleklagdt: »Nej! det har ingen sådan.»

P. W:s andra försök att vederlägga mig genom ett från Geiger lånadt citat ur Gemara har jag redan belyst i ett till *Wäktaren* (Bih. till n:o 49, 1870) insändt svar och vill här blott tillägga, att P. W. missförstår hela den mellan Hillel och det Sadduceiska presterskapet afhandlade stridsfrågan, hvilken icke gällde, huruvida påskaoffret i anseende till 14:de Nisans sammanträffande med Lördag borde *flyttas* till en nästliggande kalenderdag (ty sådant förbjöds af det Mosaiska lagstadgandet), utan huruvida det, för att icke störa veckosabbatens helgd, borde för denna gång helt och hållet *inställas.* Skulle *flyttning* varit i fråga, så hade offret måst förläggas till den 14:de i månaden näst efter Nisan, såsom med ledning af 4 Mos. 9, 6—14 skedde med Hiskias påskfest (2 Krön. 30, 2—3); men aldrig skulle det enligt P. W:s förslag kunnat flyttas till början af 15:de Nisan, emedan detta datum enligt Moses' uttryckliga föreskrift hade lika mycken sabbatlig helgd, som veckosabbaten, och alltså fordrade samma skoning som denna. Hela den förmenta »dräpande» kraften af stället ur Gemara träffar, såsom man ser, åtminstone icke mig.

Af P. W:s hela sätt att resonnera tyckes det så, som skulle han alldeles glömt det tydliga förbudet i 5 Mos. 16, 5—6 mot att hålla påska på något annat ställe än i den utvalda tempelstaden (hvarmed Samariterna förstodo Sichem eller Garizim, Judarne åter Jerusalem): »Du kan icke få slagta passah uti någon af dina portar (= städer), som Herren din Gud dig gifver: utan på det rum, som Herren din Gud utväljande varder, att hans namn der bo skall, der skall du slagta passah.» När nu dertill kommer, att slagtandet måste ske i templets förgård och under presterlig medverkan, så är det öfverhufvud ett fåviskt tal, allt detta, om att olika partier (»konservativa» och »liberala») eller olika landsdelars innevånare skulle kunnat, »utan att förarga hvarandra», slagta sitt lam på skilda dagar. Detta är helt enkelt otänkbart, emedan det ena partiets slagt då skulle oskärat det andras 15:de Nisan m. m. och en olidlig förvirring blifvit följden.

P. W:s sista klagomål, att jag »icke kunnat förmås att reflektera» på en viss del af hans »pareringsförsök», är alldeles obefogadt. Jag hade ganska ordentligt vägt äfven det förbigångna argumentet på pröfningens vågskål, men funnit detsamma så lätt, att det icke behöfde vidröras i ett svar, som måste göras ytterst kort, för att ej blifva afvisadt från Wäktarens mot mig oblida spalter. Utan tvifvel skall P. W. sjelf inse hela grundlösheten af sin anmärkning, så snart han erinras derom, att endast två af den osyrade-brödshögtidens dagar, nämligen 15:de och 21:ste Nisan, hade sabbatlig karakter: från de öfriga deremot, så framt ej någon af dem tillfälligtvis råkade sammanfalla med veckosabbaten, var ingen verldslig förrättning utesluten; hvadan icke heller något hinder förefanns, att ju Jesus på 14:de Nisan (som denna gång var en Fredag) kunde dömas och korsfästas. Den svårighet, man hittills funnit i synoptikernas berättelse, har uteslutande berott derpå, att man trott dem förlägga dödsdagen till 15:de Nisan; men denna svårighet har alldeles försvunnit, sedan mina undersökningar ådagalagt motsatsen, eller att synoptikerna i sjelfva verket just fästa Jesu död vid 14:de Nisan.

Hvarföre har jag med så osparad omsorg blottat ohållbarheten af Johannesevangeliets anspråk? Icke, såsom P. W. tror, för att »lättare blifva qvitt läran om Christi gudom»; ty hvarken Johannes eller någon annan biblisk skrift är underhaltig nog, för att innehålla den läran. Men der finnes tyvärr oförnuft nog ändå, som behöfver bortrödjas; och min afsigt har varit att genom ett stort och slående exempel visa kyrkan, huru nödvändigt det är att med fri och oförfärad blick pröfva rätta halten af de urkunder, på hvilka hon grundar sin lärobyggnad; m. a. o. jag har velat försöka lossa på de fördomens fjettrar, hvilka kyrkan alltsedan stiftarens bortgång icke upphört att smida åt sig sjelf. Vi hafva nyss hört sägas, att »kyrkans skepp vräkes af stormar», och i stormarne skall hon otvifvelaktigt förr eller sednare finna sin undergång, om hon icke kastar öfver bord den olyckliga laddningen af dessa förnuftsvidriga dogmer, i hvilka »christendomens hela kärna» så mycket mindre kan »ligga innesluten», som de allesammans äro fullkomligt främmande för den äkta christendomen, den »rena evangeliska läran», d. v. s. den lära, som Christus sjelf enligt trovärdiga evangeliska intyg förkunnade. Det är icke för tidigt att kyrkan efter så många århundraden ändtligen höjer sig upp till stiftarens egen ståndpunkt och låter falla allt det lägre, som endast härrör från dessa lärjungar eller efterapostlar, hvilka hvarken voro »för mer än mästaren» eller ens nådde upp till hans midja. Det tillhör de teologiska fakulteterna att ställa sig i spetsen för denna reform, hvilken tidehvarfvet oeftergifligen kräfver. Man är nämligen icke längre nöjd med att låta religionsdogmerna förblifva blott ett tomt munväder; men om de, såsom i vissa läseriets och pietismens kretsar sker, tagas på fullt allvar, så hota de, i följd af sin inre oförnuftighet, att frambringa verkligt vanvett och osedlighet. I detta dilemma gifves tydligen ingen annan hjelp, än att sjelfva dogmerna renas eller, bättre sagdt, utbytas mot andra, som både kunna och förtjena tagas på fullt allvar. Och dessa andra dogmer äro lyckligtvis inga nya, som först behöfva mödosamt eftersökas; de äro hufvudsakligen uttalade redan af Jesus och kunna, såsom fullt öfverensstämmande med förnuftet, med stor säkerhet vidare utvecklas och systematiseras.

Skola kyrkans ledande och högtstående män fatta vigten af denna uppgift och vara villige att taga henne på sina skuldror? Förr eller sednare utan tvifvel, ty förnuftets stämma är i längden oemotståndlig; men vissa tecken äfven inom vårt eget Sverige synas mig antyda, att tiden icke kan vara långt aflägsen. Så t. ex. hördes Johan Henrik Thomander efter några dagars diskussion med mig i Göteborgs Vetenskaps- och Vitterhetssamhälle förklara: »jag erkänner vetenskapens rätt att komma och göra sin process med våra dogmer; i annat fall blifva de för unkna.» Samme man uttalade inför en talrik församling i Göteborgs domkyrka de betydelsefulla orden: »Gud har ännu mycket godt outrättadt med menniskors barn, och det är i ingen mån lättare nu än för aderton hundra år sedan att säga, i hvilken vagga eller i hvilken krubba det barnet slumrar, genom hvilket Herren ämnar frälsa ett folk eller en verldsdel.» När dylika frimodiga röster begynna höras inom sjelfva tempelväggarna, då äro medeltidens dimmor stadda på flykt och en ny vår randas för kyrkan; då skall församlingen snart bespisas med lefvande bröd och icke med de döda stenar, hvarpå man hittills helst bjudit henne; då skola inga murkna traditioner få lof att förqväfva förnuftets heliga låga, som Gud bjöd tändas i hvarje menniskas bröst och hvilken det är vår högsta pligt att vårda, emedan det endast är genom henne som vi sammanhänga med den himmelske Fadren och hafva delaktighet i hans ande; hvaremot, om förnuftet kunde dödas, vi skulle äga endast sinnligheten qvar och vara »fänadens likar.» Carlstad och Eriksberg d. 19 April 1871.   N. W. LJUNGBERG.

Niniveh och Babylon i de nyaste upptäckternas ljus.

II.

6.

Innan Eufrat börjar gå någorlunda parallelt med Tigris, tager han en långt vidsträcktare vestlig omväg än detta väldiga vattendrag, som stundom blifvit kallad dess biflod, i det han slingrar sig längs armeniska bergskedjor och genombryter Taurus, för att sedan gå söderut. Det temligen högt belägna landet mellan de begge floderna, som af hebréerna benämdes Aram Naharajim och af grekerna Mesopotamien, har från urminnes tider till våra dagar varit bebodt af nomader, med undantag af en mindre del, der artificiel bevattning möjliggjort åkerbruk, såsom man slutar af de om en fast befolkning vitnande, ännu existerande ruinhögarna. Att de herdefolk, som innehade det för årtusenden tillbaka, styrdes af egna konungar, men gång efter annan underkufvades af de mäktiga herskarne i Niniveh, gifva åtskilliga i de assyriska konungapalatsen funna relieftaflor och inskriptioner vid handen. Mesopotamien bär ödslighetens och enformighetens stämpel, trots de klippor och smärre åsar, som höja sig här och der, trots de insjöar, som framglänsa i detta af solstrålarna härjade steppland, och trots ängarna samt cypress- och platanlunderna vid de begge flodernas stränder. I grannskapet af den s. k. mediska murens ruiner sänker steppen sig terrassformigt, och der de begge floderna komma hvarandra närmast vidtager ¿ett lågland, hvars mylla bildats genom deras uppslamningar, och det vidgas alltjemt, medan de gå mot sydost för att slutligen förenas vid Korna. Hebréerna kallade det fordom Sinear och grekerna Babylonien, men i våra dagar benämnes det Irak Arabi samt någon gång af européer sydliga Mesopotamien. Dess utomordentliga fruktbarhet betingas ej blott af klimatets och jordmånens beskaffenhet utan äfven af den omständigheten, att då snön i Maj och Juni smälter på de armeniska bergen, flodernas vatten stiger högt öfver dessas bräddar och sprider sig öfver de vidsträckta, för sommarsolens brännande strålar utsatta fälten.

Imellertid äro dessa öfversvämningar vida oregelbundnare och förknippade med större faror än Nilens samt kräfva ett fullständigt kanal- och fördämningssystem. Ett sådant af det mest beundransvärda slag existerade redan under en förhistorisk period uti Babylonien, men i nutidens Irak Arabi bekymrar man sig icke om att leda de ofantliga vattenmassorna, så att de bereda den välsignelse, de äro ämnade att skänka. En stor del af detta utaf naturen så rikt gynnade land har — alldeles som det heter i de bibliska profetiorna — blifvit »en vattensjö», emedan »ett haf är gånget öfver Babel och med dess många böljor är han öfvertäckt», under det att man på andra ställen finner blott »ett torrt ödeland.» En mängd förfallna ruiner och fördämningar tjena blott att visa, huru företagsamma och långt framskridna i kultur landets fordna semitiska innebyggare voro i jemförelse med dem, som nu innehafva det.

Om Babyloniens för sin vidd, sin folkrikhet, sin industri, sin skönhet och sin yppighet så vidt bekanta hufvudstad meddela grekiska skriftställare vida mera detaljerade uppgifter än om Niniveh, dels emedan det babyloniska riket öfverlefde det assyriska nära ett århundrade, och dels emedan Babylon, i stället för att likt Niniveh förstöras af eröfrarne, länge bibehöll sin forna prakt och äfven mycket af sitt forna anseende. Dertill kommer, att man af den år 1818 utaf Angelo Mai upptäckta öfversättningen af Eusebius' »Chronikon» lärt känna ganska vidlyftiga fragment af Berosus' babyloniska historia. Å andra sidan har, såsom vi förut framhållit, genom det sätt, hvarpå Niniveh ödelades, synnerligen märkliga qvarlefvor af dess härlighet, för kännedomen af det assyriska kulturlifvet högst vigtiga relieftaflor och i historiskt hänseende nästan lika vigtiga inskriptioner blifvit bevarade åt våra dagars forskare, medan de fynd, som gjorts i de babyloniska ruinerna, varit af jemförelsevis underordnad betydelse, och sjelfva dessa ruiners beskaffenhet gör gräfningsplaner sådana som de, hvilka Layard och Botta med så glänsande framgång realiserat på det gamla Ninivehs område, fullkomligt hopplösa.

Imellertid sprida de ninivehtiska upptäckterna ganska mycket ljus öfver religionen, samhällsförhållandena och sederna i Babylon, liksom de hebreiska och grekiska skildringarna af dessa tjena att i väsentlig mån komplettera den kännedom om huru det i dessa hänseenden stod till i den assyriska hufvudstaden, som man förvärfvar genom studerandet af de i fråga varande konstverken och inskrifterna. Ty det gamla antagandet af en mycket nära frändskap och liflig beröring mellan det assyriska och det babyloniska folket samt af en till identitet gränsande likhet mellan religionen.

kulturen, industrien och lefnadssättet i Babylonien och Assyrien har till fullo bekräftats genom de nyaste forskningarna. Och således skola Layards och Bottas undersökningar af de ninivehtiska ruinhögarna utöfva ett större inflytande på studierna af Babyloniens kulturhistoria i detta ords vidsträcktaste betydelse, än de kunnat ha på forskningarna rörande detta lands politiska historia genom de tillfälliga uppgifter, som förekomma i de assyriska eröfrarnes omsider upptäckta och uttydda annaler.

Långt tidigare än de ninivehtiska ruinhögarna hade de babyloniska ådragit sig europeiska resandes lifliga uppmärksamhet, alldenstund något tvifvel om att de äro verk af menniskohänder ej kunde uppstå, då de ej som de förstnämda döljas utaf tjocka lager af mull, hvilka om våren äro betäckta af blomstersmyckade gräsmattor, utan bestå af ofantliga, blott af flygsand eller en tunn jordskorpa betäckta tegelstensmassor, som äro omgifna af under årtusenden hopad grus. Man betraktade dessa oformliga qvarlefvor af en förgången storhet med vördnadsfullt intresse, och man samlade ifrigt kilskriftsförsedda tegelstenar, taflor, cylindrar, sigill, metallprydnader etc., i oskadadt eller fragmentariskt skick, och dylika reliker banade sig snart väg till Europas muséer. Den, som gjorde den rikaste skörden af babyloniska fornsaker och som vid undersökningarna gick till väga med mest nit och urskiljning, var densamme Mr Rich, som sedermera genom sina anvisningar skulle utöfva ett så mäktigt inflytande på uppdagandet af de assyriska konungapalatsen. Resultatet af hans undersökningar och hans åsigter rörande det gamla Babylons topografi finner man i ett af hans enka utgifvet verk, hvari tillika förekommer beskrifningen öfver hans resa till Babylon. Layard, Loftus och Churchill ha äfven undersökt de i fråga varande ruinerna, och desse mäns arbeten, men i synnerhet den förstnämdes har man, jemte den nämde föregångarens, hufvudsakligen att tacka för den närmare kännedomen af dem och den derpå beroende riktigare uppfattningen af Babylon. Några annaler, motsvarande de i Niniveh funna, ha dock ej anträffats och blott obetydligt af skulpturarbeten.

7.

Att en turanisk befolkning innehade Babylonien liksom Assyrien, innan de semitiska stammar, som i dessa länder skulle bilda så mäktiga kulturstater, anlände dit, ha vi redan framhållit såsom bevisadt, genom studiet af kilskriftsinskriptionerna. Då Babyloniens semiter benämnas kaldéer, liksom ett landskap vester om Eufrats nedersta lopp kallas Chaldæa, och då de norr om Arphachsad (Arrapachitis) belägna bergen kallas kaldéernas (Chasdim) berg — ehuru de af grekerna stundom äfven benämdes Gordyæernas — så har man deraf slutat, att denna folkstam invandrat till Babylonien från nämda berg, och att den underkufvat de förut i landet bosatta turanierna, men ej försmått att antaga det skriftsystem, som dessa begagnade.

I det föregående ha vi anfört, att den bibliska uppgiften om Assyriens kolonisering genom babylonier tyckes bekräftad genom inskriptionernas upplysningar om att babyloniska konungar herskat öfver Assyrien, innan detta land erhöll en egen dynasti. Härmed öfverensstämmer ganska väl grekiska författares antagande, att Babylonien tidigast af alla semitiska stater gjort framsteg i kultur och vunnit anseende, och att det redan i första hälften af andra årtusendet f. Kr. täflade med Egypten på vetenskapens, konstens och industriens område.

Från dessa äldsta tider tror man sig ega minnesmärken i en mängd ruiner bestående till större delen af gigantiska underbygnader eller platformer, på hvilka de egentliga palatsen eller templen hvilat. De utgöra otvifvelaktigt qvarlefvor af städer, som lydt under den första herskareätt, om hvilken hittills funna inskrifter ha något att förtälja, och hvilka ha, enligt all sannolikhet, förlorat betydelse i den mån, som Babylon tillvext i anseende, prakt och vigt såsom handelsstad. Vi ha redan nämt några af dessa städer. såsom t. ex.. Erech, hvars ännu existerande återstod kallas Warka. Denna ruin består af obrändt tegel med lager af rör, enligt den af Herodotus omtalade bygningsmetoden. Ingen skyddsmur af brändt tegel omgifver denna massa, utan allt tyder på en mycket tidig period. En ännu märkligare ruin är Mugheir d. ä. »beckets moder» eller »den beckiga», emedan tegelstenarna äro hopfogade medelst jordbeck. På en platform höjer sig en våning, som är 198 fot lång, 133 fot bred och ungefär 40 fot hög. Det inre består af soltorkadt tegel, men betäckningen utgöres af tio fot tjocka murar af brändt tegel. Ruinhögarna sakna all slags skulptur och arkitektoniska prydnader, och man antager, att dylika voro sparade för gudens gemak, om hvilkas praktfullhet så mycket berättats. Men då man besinnar, att plundringen af gamla bygnader vid uppförandet af nya sedan urminnes tid varit sed i Babylonien. så förekommer det ej osannolikt, att detta beror derpå, att de under årtusenden varit utsatta för hänsynslösa hemsökelser. Hvad angår gudens gemak, så lär detta ha bildat bygnadens spets, emedan kaldéerna, hvilkas förfäder i sitt hemland dyrkade honom på bergshöjder, ville på de babyloniska slätterna åt honom uppföra artificiela berg till hvilorum.

Medan uti Assyrien grafvar från tidigare perioder äro mycket sällsynta, förekomma dylika i stor ymnighet i Babylonien. Uti hela trakten från Niffer till Mugheir finner man likkistor af bränd lera i mängd; de stå uppstapplade i stora högar, betäckta af flygsand. Kring Mugheir och Sinksarah finnas de i tusental, men ingenstädes äro de dock talrikare än kring Warka, hvarför man ock — ehuru helt säkert utan grund — i detta velat se grekernas Orchon. Meningarna ha varit mycket delade rörande dessa likkistors ålder. Layard höll före, att de tillhöra den period, som sträcker sig från ett eller två århundraden före vår tidräkning till den arabiska invasionen, men Rawlinson antog, att de tillhöra det babyloniska rikets tid, och han trodde till och med, att man borde i Warka söka dessa gamla assyriska konungagrafvar, som Alexander så gerna ville se. Numera antages det ganska allmänt, att likkistorna böra hänföras till ganska olika tidrymder, så att, under det att några — såsom man slutar af i dem anträffade mynt — datera sig från den parthiska tiden, andra kunna tillskrifvas någon af det babyloniska rikets perioder. Rawlinson trodde sig ha funnit i Warka det kaldéernas Ur, hvari Abrahams fader bodde, men numera anser man på grund af i Mugheir funna inskriptioner, att detta senare varit Ur. Det gamla Calne tror man sig ha upptäckt i några nordligare belägna ruinhögar, som kallas Niffer — ett namn, som man ansett sig igenfinna i inskriptionerna, allden-stund i dessa förekommer formen Nipru, ett Bels binamn, hvaraf bibelns Nimrud skulle vara bildadt.

Det intresse, som fornforskaren egnar åt dessa ruiner af städer, hvilka torde vara äldre än det gamla Babylon, är underordnadt i jemförelse med det, hvarmed han studerar återstoderna af denna fordom så högt beundrade stad och med stöd af grekiska författares uppgifter samt kilskriftsinskriptionernas upplysningar söker bilda sig ett begrepp om hvad hvarje särskilt ruinhög varit samt om det helas forna utseende. Imellertid äro här liksom i Niniveh de svårigheter, som möta i dessa hänseenden, ganska stora.

Då man befinner sig på vägen från Bagdad till Hillah, der den i grannskapet af byn Mohavill går öfver en bred och djup kanal, ser man på den sistnämdes södra strand en rad af jord-vallar, som vanligen anses för Babylons nordligaste qvarlefvor. Stiger man sedan upp på en af dem, har man framför sig en ofantlig, af Eufrat genomskuren slätt, på hvilken högt öfver alla de omgifvande föremålen står en fyrkantig ruin, som mera liknar ett berg än ett menniskoverk. Europeiska resande kalla den vanligen Mudschelibe, men landets araber förbehålla numera denna benämning, som betyder »den instörtade», åt den en mil sydligare belägna ruin, hvilken européer vanligen kalla »el Kasr» (palatset), och kalla den här i fråga varande »Babel». Men fåfängt har man uti och mellan de små jordhögar, som omgifva den, sökt efter grundlinierna till de räta, med hvarandra parallelt löpande gator, som, enligt grekiska skriftställares skildringar, bildade Babylons qvarter. Icke heller har man kunnat finna minsta spår af den jordvall, som enligt Herodotus var 200 »kungliga» alnar hög och 50 alnar bred, eller af den graf, som genomskar den. Jordhögarna tyckas kringspridda utan all ordning och förlora sig småningom mot öster. Men söder om detta Babel går en nästan oafbruten rad af höga ruiner af stora bygnader, som ligga nära hvarandra liksom i hjertat af en stor stad och äro omgifna af jordvallar. Det är klart, att Babylon ej kunnat rymmas inom dessa, då, enligt Herodotus, hvar och en af Babylons fyra sidor var 120 stadier och den ofantliga staden sålunda utgjorde 480 stadier eller ungefär 8 svenska mil i qvadrat och efter Strabo eller Diodorus af Sicilien 385 eller 360 stadier. Då staden var en fullkomlig qvadrat, öfverensstämma de inom vallarna befintliga ruinerna lika litet till formen som till storleken med de grekiska beskrifningarna på Babylon. Rich ansåg sig kunna häfva dessa svårigheter genom att antaga, det Birs Nimrud, som ligger vester om Eufrat, befann sig inom Babylons murar, helst enligt de gamla författarnas enstämmiga uppgift Eufrat gick genom staden. . Ty en qvadrat, som omfattade de här nämda ruinerna på östra sidan af floden och de små jordhögar, som ligga på Mohavills slätt, samt i hvars sydvestra vinkel Birs Nimrud låge, komme till dimensionerna att öfverensstämma med de grekiska författarnes Babylon. Derimot kan visserligen invändas, att vester om floden finnas få och med undantag af Birs Nimrud blott obetydliga ruiner i jemförelse med dem, som ligga öster om densamma, men detta anser Layard ha berott på flera förändringar af Eufrats gång, så att floden genom att flytta sig fram och tillbaka bortspolat åtskilliga ruiner, som lågo vester om dess bädd under den babyloniska glansperioden. Svårare synes det honom att förklara, huru de stadsmurar och vallgrafvar, om hvilka Herodotus och andra författare talat, kunnat försvinna så fullkomligt, att intet spår af dem återstår, men han försöker dock att göra detta.

Herodotus berättar, att i hvar och en af stadens begge hufvud-afdelningar fans en rund, af en hög mur omgifven plats, samt att på den ena af dessa stod det kungliga palatset och på den andra Belus' tempel. Layard antager, att högarna inom jordvallarna äro qvarlefvor af det förra, som uppgifvits vara beläget öster om floden, och han anser ej osannolikt, att — såsom Rich antog — Birs Nimrud, är en återstod af det senare. För öfrigt tror Layard sig kunna sluta af Herodotus, och Diodorus' af Sicilien beskrifningar att Babylon var, på det hela taget, bygdt efter samma plan som Niniveh, att i åtskilliga af stadens qvarter höga murar med torn omgåfvo konungapalats och tempel jemte deras sidobygnader, gårdar och trädgårdar, samt att dessa befästningar voro af den beskaffenhet, att de kunde uthärda en stark, belägrande armés anfall. Kring dessa lågo folkets boningar med dertill hörande palmlundar, träd-gårdar och små åkrar. Då intet spår återstår hvarken af Babylons eller af Ninivehs murar, känner Layard sig böjd att antaga, det historieskrifvarne förvexlat dem med de befästningar, som omgåfvo palatsen, samt att dessa städers yttre försvarsverk bestodo blott af lera och risved liksom de murar, som i våra dagar uppföras kring orientaliska städer. I stark opposition mot sistnämda åsigt stå andra forskares, såsom Opperts, enligt hvilken Babylons yttre befästningar voro fullt så gigantiska och solida som de i fråga varande helleniska författarne uppgifvit. Att intet spår af murarna återstår, torde bäst förklaras derigenom, att deras nedrifning, som eröfraren Cyrus lät börja, fullbordades först under Artaxerxes — något, som visar, att man gick särdeles grundligt till väga vid förstörelseverket, på samma gång som det ådagalägger, att befäst-ningarna bestått af något helt annat än lera och risved.

Den ruin, som araberne kalla Birs Nimrud, är en ofantlig massa af tegel, lerskärfvor och grus, hvaröfver ligger en tunn betäckning af torr och salpeterhaltig jord, som den yrande sunnan-vinden ditfört från den öde slätten, och hvaruti icke ett grässtrå kan slå rot. Enligt Rich är det 198 fot högt, oberäknadt den 37 fot höga och 28 fot breda tegelmursmassa, som bildar dess spets, så att det helas höjd är 235 fot. På ena sidan af nämda massa ligga ofantliga hopar af grus och tegelstycken. Bygnadens vidd kring basen är 2,286 fot, och den höjer sig med ständigt mindre afsatser, bildande sålunda ett slags pyramid, hvars öfra del in-störtat. De fyrkantiga rör, som gå genom bygnaden, anser Layard ha tjenat att bereda luftdrag väg genom den kompakta massan. Af tegelstenarnas kalcinerade och glaserade yta, slutar han, att instörtandet berott derpå, att bygnaden träffats af blixten.

Genom Opperts tolkning af tvenne kilskriftsinskriptioner, nämligen den, som kallas »det ostindiska kompaniets», och den, hvilken benämnas «Borsippas inskrift», har man trott sig erhålla vigtiga upplysningar ej blott om Birs Nimruds utan äfven om det ofvan omtalta Babels forna beskaffenhet och bestämmelse. I dessa dokument uppräknar Nebukadnezar åtskilliga tempel, som han låtit uppföra eller reparera. Deribland förekommer »Himmelens och Jordens tempel» och ett annat, som var helgadt åt »Jordens sju Ljus.» Hvad som meddelas om det förstnämda öfverensstämmer med hvad Strabo yttrar om den pyramid, som han kallar »Belus' graf.» Ordet »graf», som denne grekiske geograf använder, är en öfversättning af ett assyriskt ord, hvilket betyder hviloplats, och då babylonierna, såsom bekant är, höllo före, att gudarne stundom kommo och hvilade i de åt dem helgade bygnaderna, visar sjelfva denna benämning, att i fråga varande pyramid var ett tempel. Den var helgad åt Merodach, som hade sitt sanktuarium i dess bottenafdelning, öfver hvilket hvälfde sig en stjernprydd dôme af guld och marmor. I pyramidens andra våningar voro de öfriga förnämsta gudomligheternas helgedomar, och dess spets utgjordes af den, som kallas »verldens domstolstempel.» Merodachs altare var först af silfver, men på Nebukadnezars befallning gjordes ett nytt sådant af guld. Det timmer, som användes till bygnaden, var cederträ från Libanon. Appollonius' af Tyana biograf uppgifver, att det tempel, som krönte bygnaden, hade koppartak, och detta bekräftas af inskriptionerna. Återstoden af denna tempelpyramid antages ruinen Babel vara på goda grunder.

Hvad Birs Nimrud beträffar, så visa inskriptionerna å ena sidan dess identitet med det af Herodotus omtalade pyramidaliska tornet med åtta våningar, medan de å andra sidan tyckas innehålla en lika märklig som oväntad bekräftelse på en af de mest betviflade berättelserna i Genesis eller åtminstone ett bevis på, att den urgamla tradition,¹ som låg till grund för denna berättelse, äfven i Babylonien var känd och antagen såsom tillförlitlig, ifall nämligen Opperts tolkning är riktig. Nebukadnezar säger, att detta torn uppfördes af en konung, mellan hvilken och honom sjelf funnos fyrtiotvå menniskoåldrar, »men», fortsätter den babyloniske monarken i Borsippas inskription, »han uppförde icke det öfversta af bygnaden; menniskorna hade, efter öfversvämningen (après le déluge), upphört att arbeta på den, då de talade ord utan sammanhang (proférant leur paroles en désordre). Jordbäfning och ljungeld hade skakat det obrända teglet och klyft det brända teglet, som utgjorde beklädnaden; väggarnas obrända tegel rasade ned och bildade högar. Den store guden Merodach har förmått mig att återuppbygga den. Jag har icke flyttat den». I det ostindiska kompaniets inskrift säger Nebukadnezar: »För att förvåna menniskorna har jag återstält och förnyat Borsippas under, hvilket tempel är helgadt åt himmelens och jordens sju sferer. Jag har bygt dess öfversta del af tegel och betäckt den med koppar, och jag har i Nebos mystiska helgedom satt skifvor af marmor och annan sten uti med hvarandra vexlande rader». Birs Nimrud är hvad som återstår af denna bygnad, och således tyckes det som om den ihärdiga tradition, hvilken betecknat det såsom det' i Genesis' elfte kapitel omtalade »Babels torn», talat sant. På platformen, der nu den ofvan omtalade tegelmursmassan och de oformliga hoparna af nedrasade murar befipna sig, stodo fordom sju torn af olika höjd och färg, helgade åt hvar sin af de sju kända planeterna. Vid foten af bygnaden stod månguden Sins. tempel. På utanför gående trappor steg man upp till Nebos helgedom, som krönte det storartade monumentet. Det var förmodligen i detta gemak, som en af landets döttrar, den der guden efter presternas påstående hade utvalt åt sig, tillbragte natten.

El Kasr är den enda af det gamla Babylons ruiner, som ej är betäckt med jord och sand. Det ligger vid Eufrats strand och har öfver 2,100 fot i qvadrat. Hufvudsakligen består det af lösa tegelstenar och fragment af sådana, men nära dess medelpunkt höjer sig en solid murmassa, på hvilken man till och med kan upptäcka tecken till arkitektoniska prydnader. Spår af pelare och pilastrar märker man, men förödelsen' har alltför väl utfört sitt arbete, att man skulle kunna märka, huruvida dessa fragment tillhöra det yttre eller det inre af palatset. Tegelstenarna äro gula och af bättre beskaffenhet än de, som bilda de andra murarna, och i likhet med dem uti Birs Nimrud äro de så fast förenade medelst fint kalkkitt, att man icke kan skilja dem från hvarandra utan att de sönderfalla. Nästan på dem alla står Nebukadnezars namn, och man antager derföre, att man i el Kasr ser återstoden af det kungliga palats, som han lät bygga. Berosus berättar, att det bygdes på femton dagar, och detta bekräftas af inskriptionerna. Man har der funnit en mängd glaserade tegelstenar, på hvilka ses stycken af hästhofvar, lejonklor, delar af menniskokroppen, krusadt skägg och långt hår, allt koloreradt och i relief, och man har deraf slutat, att väggarna i palatsets salar voro prydda med målade reliefafbildningar af jagter, slagtningar, triumftåg och offer. Liksom i de assyriska reliefafbildningarna äro i dessa formerna öfverdrifvet fylliga. Ett kolossalt lejon af granit har man funnit i denna ruinhög.

Lägre än el Kasr men vidsträcktare är den sydligare belägna ruinen. Amran ibn Ali, der man funnit ett betydligt antal fornsaker, såsom lerkärl, urnor, cylindrar, statyetter af bränd lera, skeletter med jern- och elfenbenssaker, gyllne kronor och gyllne öronhängen. Flera af de små statyerna torde representera babyloniska gudomligheter. I denna ruin har man trott sig finna de bygnader, som uppburo de s. k. hängande trädgårdarna, hvilka grekiska författare uppräknade bland Semiramis' skapelser, men hvilkas upphofsman Nebukadnezar i sjelfva verket var.

8.

Det har blifvit anfördt i det föregående, att den första babyloniska herskareätten, hvilken sträckte sitt välde öfver Assyrien, beröfvades den maktställning, som den intagit, af det efter hyksos' förjagande åter uppblomstrade, genom den lyckliga frihetskampen liksom föryngrade Egypten. Tutmosis och Amenophis, begge tillhörande den väldiga adertonde dynastien, trängde såsom segrare långt in i Asien, och i Arban vid Kabur lyckades det dem att fatta fast fot, att döma af den omständigheten, att man i dervarande ruinhögar funnit egyptiska konungars skarabéer jemte assyriska konstprodukter. Babylonien tycks också ha betalat skatt till dessa faraoner, och såsom en direkt följd af dess försvagande kan man betrakta den oberoende ställning, som Assyrien kunde intaga och bibehålla, sedan det tillfälliga egyptiska öfverväldet var förbi. Att Tiglat Pilesar I gjorde Babylonien till en assyrisk vasallstat om icke provins, ha vi äfven omnämt. Assyriens konungar betraktade sig sedan alltjemt såsom herrar öfver Babylonien, och de läto uppföra åt sig palats i Babylon och representerades der genom ståthållare. Täta uppror utbröto dock mot de hatade inkräktarne. I synnerhet gjorde innebyggarne i Chaldæa och Susiana dem ihärdigt motstånd, och inhemska furstar uppträdde der modigt och stundom med framgång mot den fruktansvärda makt, som under denna förhistoriska period herskade med jernspira öfver en betydlig del af vestliga Asien. Merodach Baladan var en af dessa konungar i landet vid nedersta Eufrat. Han bemäktigade sig Babylon, men efter att ha regerat der tolf år, besegrades han af Sargon, och när han efter dennes död återvunnit sitt forna välde, dukade han under för hans son Sanherib. Talrika försök, som sedan gjordes att afskaka det blytunga assyriska oket, strandade förr eller senare mot öfvermakten och bestraffades med oerhörd grymhet, med kraftåtgärder, som tycktes afse att helt och hållet tillintetgöra den babyloniska nationaliteten. De assyriska annaler, af hvilka vi i det föregående anfört åtskilligt i detta hänseende, visa med hvilken kall grymhet despoterne i Niniveh fullföljde sitt politiska system.

Det var skyternes infall, som omsider skulle gifva väckelse till allmän resning mot ett tyranni, som blifvit outhärdligt. Huru ståthållaren i Babylon Nabopolassar, som sändts af konung Sarak mot upproriska skaror vid nedersta Eufrat, slöt sig i spetsen för en babylonisk här till den mediske konungen Kyaxares, som börjat angripa den assyriska stormakten i dess centrum, ha vi redan omtalat äfvensom framgången af de allierades företag. Segrarne delade bytet, och för att ej sedan komma i tvist med hvarandra förenade de sig meddelst familjeband närmare. Kyaxares' dotter Amytis blef förmäld med Nabopolassars son Nebukadnezar.

Det nya babyloniska rikets ställning var dock förknippad med stora faror, och den skulle påtvungit konungen en eröfrares roll, äfven om han ej haft naturlig böjelse för den. Det gällde för honom ej blott att befästa sin makt i Babylonien och Elam, utan äfven att eröfra Syrien, som vid delningen fallit på hans lott. Hade han ej gjort det senare, skulle detta land kommit i den efter eröfringar törstande farao Nechos händer, och då skulle denne alltid farlige granne ryckt honom närmare in på lifvet. I spetsen för en väldig armé nalkades den egyptiske monarken Eufrat, men han blef slagen vid Karschemisch 605 f. Kr. af den babyloniske tronföljaren, som kort derpå efterträdde sin fader. Om hans segerrika fälttåg i Syrien och Judéen talar bibeln. Hvad han uträttade i länderna vid Eufrat och Tigris är ej så väl kändt, men af utgången kan man döma, att han förstått att statsklokt och kraftigt ingripa i sakernas gång der det gällde att reorganisera samhällen, som måste varit sin upplösning nära, att han förmådde gifva konsistens och enhet åt den så hastigt bildade monarkien, kort sagdt, att han var sin svåra uppgift vuxen. Det var äfven han, som gjorde Babylon till verldens förnämsta stad, och de undransvärda företeelser, som der längre fram företrädesvis ådrogo sig främlingarnes uppmärksamhet och tillskrefvos Semiramis, voro nästan alla Nebukadnezars verk. Att detta var förhållandet med de »hängande trädgårdarna», ha vi redan meddelat. Han lät bygga och anlägga dem för sin mediska gemål Amytis' räkning, på det att de uppå det babyloniska slättlandet skulle bli henne ett slags ersättning för hennes hemlands berg. Han uppförde en mängd storartade bygnader och reparerade andra, hvarpå vi redan ha anfört åtskilliga lysande exempel. Detta finner man vid undersökningar af babyloniska ruiner, ty det är sällan som man i dylika anträffar tegelstenar, på hvilka ej hans namn är skrifvet. Till förbättrande af stadens befästningar vidtogos vigtiga åtgärder af denne konung.

Berosus tillskrifver Nebukadnezar åtskilliga af dessa storartade vattenbygnader, af hvilka Babyloniens skönhet och fruktbarhet voro i så hög grad beroende. Så uppgifver han, att denne monark i afsigt att reglera öfversvämningarna och förekomma bildandet af träsk låtit gräfva den insjö, som fans i närheten af staden Sepharvaim. Diodorus af Sicilien påstår, att Semiramis låtit gräfva den, och Herodotus säger detsamma om Nitokris, men mot Berosus' bestämda intyg förfalla dessa författares uppgifter, då han, sjelf babylonier, grundade sina uppgifter på det babyloniska tempelarkivet och ej såsom dessa utländska historieskrifvare blott på hörsagor, hvartill kommer, att dessa drottningars existens är starka tvifvel underkastad. Att Herodotus förblandat Nebukadnezars gemål Amytis med Nitokris, är för öfrigt mycket sannolikt. Vid Eufrats mynning lät han uppföra fördämningar för träskens uttorkande och för att förekomma hafvets öfversvämningar, och han lät anlägga der stapelstaden Teredon, som snart erhöll stor betydelse i merkantilt hänseende. Såsom Babyloniens vigtigaste kanaler uppgifvas Nahar Malcha (kungskanalen), som norr om Babylon utgjorde en väg mellan Tigris och Eufrat för ganska stora fartyg samt tjente att bereda likhet mellan vattenstånden i de begge floderna, Narsares, som norr om Babylon gick vester om Eufrat följande den stora floden parallelt, tills den vid Borsippa föll i sjön Strophas (nu Bahr-Nedsjef) samt Pallakopaskanalen, som tjugo mil söder om Babylon gick från Eufrat äfven åt vester samt föll ut i de kaldeiska sjöarna, för att vid högt vattenstånd ditföra det öfverflödiga vattnet. Att Nebukadnezar låtit gräfva Nahar Malcha, säger Berosus uttryckligen.

Nebukadnezar afled 561 f. Kr. Hans regeringstid kan med skäl betraktas såsom Babyloniens blomstringsperiod, och minnet af den store konungen fortlefde mycket länge i förklarad glans. Ingen af hans efterträdare var med honom jemförlig. Det inträffar endast alltför ofta i absoluta monarkier, att efter en genom lysande fältherretalanger och statsmannaegenskaper utmärkt regent, som gjort sitt rikes ära, makt och välstånd till sina förnämsta syftemål, följer en rad af odugliga och vällustiga monarker. Detta inträffade äfven i Babylonien. Nebukadnezars son och efterträdare Evil Merodach gjorde sig känd blott genom sina utsväfningar, sina tyranniska åtgärder och sin oduglighet under sin tvååriga regering. Hans svåger Neriglissar mördade honom och besteg den lediga tronen, men när denne efter fyra år dog, var hans son Labosoarchad ännu minderårig. Efter några månaders förlopp röjdes denne ur vägen af sammansvurna, som satte Nabunahid (Naboned), Herodotus' Labynetos, på tronen. Denne tyckes ha varit en duglig regent, och han fullbordade åtskilliga af Nebukadnezars bygnadsföretag. Såsom fader och företrädare till Belsarussur eller Belsazar, såsom bibeln kallar honom, nämna inskriptionerna Labuintuk, om hvilken hebreiska och grekiska författare ingenting förmäla.

Det var under Belsarussurs regering och ej under Nabunahids, såsom blifvit oriktigt uppgifvet, som Cyrus i spetsen för den fruktansvärda persiskt-mediska hären bröt upp imot Babylon. Mediska muren utgjorde icke något hinder för Cyrus, ty han gick öfver Diala och Tigris och närmade sig den ofantliga stad, hvilken väl ingen af dess innevånare ansåg kunna intagas. De förtröstade på sina murar och på de breda vattengrafvar, som omgåfvo dem, och de visste dessutom, att öfversvämningstiden var nära förestående. Persernas hufvudarmé drog sig tillbaka, Babylons konung, hof och befolkning jublade, och man firade en babylonisk guds fest med den sorglöshet, hvarom vi få ett begrepp genom den kraftiga och gripande skildringen i Daniels bok. Men genom att begagna sig af de vattenbygnader, öfver hvilka babylonierne voro så stolta, af sjön vid Sepharvaim och ett par kanaler, afledde Cyrus Eufrat, så att flodens bädd blef den väg, hvarpå hans soldater trängde in i staden längs murarna, som på denna sida ej voro fullbordade. De störtade sig öfver de af vin och festglädje berusade babylonierne, som ej anat det ringaste af hvad som förestod. Och sålunda gjordes det mäktiga Babylonien till en persisk provins.

Ehuru Cyrus skonade Babylon, var dess oberoende förloradt för alltid, huru många försök babylonierne än gjorde att återvinna det. I följd af misslyckade uppror nedrefvos murarna efterhand, och de väldiga tempelbygnaderna härjades af lågor. Men under århundraden stod dock Babylon främst bland den persiska monarkiens alla städer, och skildringar af den stora handelsstadens glans och yppighet i grekiska skrifter väcka ännu i dag undran och intresse. Babylon förstördes aldrig i detta ords vanliga bemärkelse; det var grannstaden Seleukia, som först kom det att aftyna. Ktesiphon, Hillah, Kufa och Bagdad ha sedan alla bidragit till dess slutliga undergång. Alla materialier, som kunde begagnas vid dessa städers uppbyggande, bortfördes, och derför gifva de med stora svårigheter förknippade gräfningarna i dess ruinhögar så små resultat.

Om babyloniernes högt uppdrifna industri, om deras vidsträckta handel, om deras materiela kulturs mångsidiga utveckling och om de kaldeiska skolornas betydliga andel i den astronomiska vetenskapens grundläggning har så mycket berättats af antikens författare och upprepats af nyare häfdatecknare, att vi sakna skäl att uppehålla oss dervid. Vi vilja blott tillägga några ord rörande den babyloniska mytologien, helst uttolkningarna af många kilskriftsinskriptioner visat, att grekernas kännedom deraf var ganska bristfällig, och vi få då tillfälle att anföra några resultat af de nyaste forskningarna rörande assyriskt-babyloniska gudomligheter. som dels fullständiga, dels beriktiga — så framt de bero på riktig tolkning af inskriptionerna — hvad vi ofvan anfört om den assyriska gudaläran efter något äldre uttydningar.

Huru stor likheten mellan den assyriska och den babyloniska religionen än var, måste ganska mycken olikhet ha egt rum mellan kulterna i de begge länderna, alldenstund uti Babylonien funnos många i stor skala tilltagna och praktfullt inredda tempel, då derimot detta slags bygnader i Assyrien, att döma af de få anträffade ruinerna, voro ganska oansenliga, och då gudabilder funnos i sådan mängd i de kungliga palatsens salar, att det förekommer som om det var i dessa, som gudarne företräddes dyrkades, och som om dessa storartade bygnader voro ämnade att på samma gång utgöra gudarnes och konungarnes boningar.

Öfverhufvudtaget tillbådo babylonierne och assyrierne samma gudomligheter. Assur var dock naturligtvis såsom assyrisk nationalgud ej föremål för de förras dyrkan. Bel-Dagon var för babylonierna verldens upphofsman och gudarnes fader och hans gemål Taauth, som tycks utgöra en personifikation af materien. deras moder. Merodach intager ett af de främsta rummen bland gudarne. Nebukadnezar kallar sig »Merodachs utvalde» och riktar till honom i ostindiska kompaniets inskrift följande varma och ödmjuka ord: »Jag välsignar dig, o herre, jag som är din handverk. Du har skapat mig, du har anförtrott mig det konungsliga väldet öfver menniskorna, enligt din vilja, o herre! som kufvat deras stammar. — Han har väckt i mitt hjerta fruktan för sig och vördnad för sin gudomlighet. Han har riktat min uppmärksamhet på sina folk, och jag har utbredt hans herraväldes dyrkan». I Assyrien var denne gud äfven högt ansedd, och Sargon säger. att han och Assur gifvit honom kronan. Nebo framställes såsom Merodachs son, och inskriptionerna kalla honom firmamentets uppsyningsman, och hans gemål var mångudinnan Nana. De babyloniska konungarne stälde sig under hans särskilta beskydd, såsom flera af deras namn bevisa. I Anu, som är ödets gud, har man trott sig igenkänna den af Berosos omtalade Oannes, som uppsteg ur hafvet för att undervisa babylonierna. Samas, himmelens och jordens domare, är solens gud. Den outforsklige Ao är hemligheternas herre. Slutligen vilja vi nämna, att, enligt de nyaste uttydningarna af inskriptionerna, »Bel» och »Mylitta» ej äro enskilta namn, utan att hvarje gud kallades Bel och hvarje gudinna Mylitta, samt att den gudinna, som grekerna gåfvo denna benämning hette Zarpanit. Så är äfven Ilu, enligt nyare åsigter, ett ord, som betyder Gud, och ej något särskilt gudanamn, och Aschtarot en gemensam benämning för stjerngudinnorna, i spetsen för hvilka står Ischtar, himmelens och jordens drottning samt hjeltarnes domarinna.

E. Ch. Brag.

Svensk historia i svensk roman.

Ett bidrag till fäderneslandets litteraturhistoria.

II.

Redan ifrån den nyare tidens början flyta historiens källor allt ymnigare, och de rikare urkundsamlingar och minnesmärken, som äro i behåll från denna tid, hafva gjort det lättare för romanförfattarne att dit förlägga skådeplatsen för sina berättelser, hvilket äfven frambragt en betydlig mängd historiska romaner, bland hvilka vi skola utvälja dem, hvilka företrädesvis kunna anses vara värda någon uppmärksamhet. Vid sidan af häfdaforskningen har det historiska romanskrifveriet för denna tid upptagit och framstält snart sagdt hvarje politisk eller historisk tilldragelse, som utöfvat något större inflytande på vårt lands öden, och hvarje historiens tidskifte har sålunda sina representanter inom denna romanlitteratur, hvilka tillsamman bilda en fortlöpande kedja af berättelser ur den nyare tidens historia allt intill våra dagar.

Brytningen imellan två så skilda skiften som katolicismens och protestantismens tidehvarf skänkte romanförfattarne riklig tillgäng på karakterer, passande för deras ändamål. Om det för historieskrifvaren alltid skall blifva ett bland de ansvarsfullaste företag att söka utreda och bedöma de inre bevekelsegrunderna för historiska personers handlingar, hvarförutan de icke kunna gifva oss någon fullt tillförlitlig bild af deras karakterer, så eger romanförfattaren åter härvidlag den större friheten att hufvudsakligen kunna framhålla just den sidan af dessa karakterer, som bäst lämpar sig för den romantiska behandlingen, och sedermera anordna efter behag sin berättelses olika delar, så att blott totalintrycket af tid och personer motsvarar den bild historien gifvit. Gustaf Vasa har nu en gång blifvit så typisk, att romanförfattaren lätt lärer sig huru färgerna böra blandas för att måla hans bild, äfven om forskaren skulle kunna framdraga sina bevis för huru han väl icke alltid var den store konungen utan tadel, sådan som man älskar att föreställa sig honom. Historieskrifvaren måste med oväld ransaka häfderna och lyssna till vitnena å ömse sidor, såväl reformationsvännerna, hvilka i våldsam ifver täflade om att kasta första stenen på de föråldrade, men ännu mäktiga och derföre såmycket mera hatade institutionerna, som ock å den andra sidan förtryckarne med deras anhang, hvilka, gifvande akt på tidens tecken, anade sin sista stund, och derföre mötte våldet med förbannelser öfver dem, som vågade förgripa sig mot det heliga. De upprörda lidelsernas glöd, som så ofta hindrar samtiden att lugnt bedöma händelserna, har måhända ännu efter århundraden icke hunnit att helt och hållet svalna, men oberoende deraf skall romanförfattaren alltid finna ett det tacksammaste och mest anslående ämne för sina skildringar i den biltoge Gustaf Erikson, och han behöfver icke, såsom historieskrifvaren, så noga väga de medel, befriaren använde för att frälsa sitt folk ur ovänners hand och tillintetgöra de verldslige och andlige illgerningsmännen. I den berättelse från denna tid, som har till titel: *Den sista abbedissan i S:t Clara kloster* af Wilhelmina (2 delar, Stockholm 1860), har författarinnan sökt att öppna för oss en inblick i de katolska lärornas våldsamma dödskamp i vårt land. Många af scenerna äro förlagda såväl till S:t Clara som till Vadstena och författarinnan synes hafva gjort till sin egentliga uppgift att framhålla klosterväsendets mörkaste sidor. Man förledes äfven härtill lätt nog, om man godtroget lyssnar till sjelfva historien, sådan hon plägar framställas af den tidens historiska skriftställare. Katolicismens nedgående sol förlängde skuggorna af de till ruiner förvandlade klostermurarna, och man drog icke i betänkande att fälla en skoningslös förkastelsedom öfver det utdrifna klosterfolket. Häraf uppkommo en mängd berättelser, dem en senare tid ännu försummat att vederlägga, hvilkas ändamål var att stärka och uppegga protestanternas fanatiska hat imot den besegrade katolicismen. »Den sista abbedissan i S:t Clara», Anna Reinholdsdotter, framställes i denna roman såsom saker till en svår blodskuld, och omkring detta hennes brott har författarinnan utspunnit sin berättelse, hvilken vi icke kunna tillerkänna något högre värde än samma författarinnas af oss i föregående afdelningen af vår uppsats omnämda *Drottning Filippa.* De fleste äldre historieförfattare hafva, hvar efter annan, om nämda abbedissa förtäljt huruledes hon på ära och god tro i sitt kloster insläppt dem af adeln och Stockholms borgerskap, som under belägringen 1522 ville begifva sig ut till Gustaf Vasa, och som då togo sin första tillflykt till S:t Clara kloster. I strid mot sitt löfte skulle hon hafva förrådt dem och öfverlemnat dem åt danskarne, och derigenom förorsakat deras död under tortyrredskapen.

»Men hur det var, må Gud allena veta.›

Sedan de inhemska blodbaden småningom börjat upphöra under kung Göstas långvariga regemente, syntes dock hans död blifva ett tecken till deras förnyande. Den i Sveriges historia ofta förekommande brödrafejden började ånyo och uppfyldes med skräckscener, hvilka med fördel blifvit i romanerna använda. I den novell-cykel, som bildas af *Sivard Kruses bröllop, Blomman på Kinnekulle, Anna Reibnitz* och *Gustaf Brahe* har Mellin i några få penndrag sökt skildra 1500-talets sista årtionden. Äfven med inseende af den stora skilnaden imellan roman och novell, torde man dock vara berättigad att äfven i den senare få se sjelfva den inre handlingens utveckling, men genom den begränsning författaren ådömt sina alster, har man ofta gått miste härom. Mellins starkaste sida visar sig vara en afgjord talang att lätt och ledigt berätta om flydda tiders seder och bruk, sådana de yppat sig såväl i sällskapslifvets sysselsättningar och lekar som ock vid vissa högtidliga tillfällen. Så har han i »Sivard Kruses bröllop» gifvit oss en i och för sig särdeles lyckad skildring af de vid sådana högtider öfliga plägseder, hvilken såsom sedemålning eger sitt obestridliga värde, och äfven genom andra detaljmålningar gifver han oss en god föreställning om hvad man plägar kalla tidens kostym, men åt händelsernas motivering och inre sammanhang, äfvensom i allmänhet åt karaktersteckningen har han egnat alltför ringa utrymme. Personernas mängd gör att hvar och en af dem endast hunnit att skizzeras, och man har stundom svårt nog att säga, om det finnes någon egentlig hufvudhandling eller ens hufvudperson. Vi hafva tryggt vågat framställa dessa anmärkningar, som vi väl veta icke kunna skada författarens stora rykte, hvilket redan vunnit häfd inom vår litteratur, och de böra anses endast såsom uttryckande en saknad af något större, utförligare arbete af detta slag, der författaren haft bättre tillfälle att äfven i den historiska *romanen* ådagalägga den förmåga att kraftigt teckna karakterer, som han på annat ställe visat sig ega. På goda grunder antaga vi, det Mellin skulle hafva kunnat höja sig till ett af de aldra främsta rummen bland våra historiska roman-författare, om han deråt egnat sina krafter. Stöd för ett sådant antagande sakna vi icke i någon enda af hans noveller. I den nyssnämda har han, ehuru endast med några drag, antydt den allmänna jäsning i sinnena, som vid den tiden herskade i synnerhet inom de mäktigare familjerna och som| bebådade den vilda storm, hvilken snart skulle bryta lös öfver land och rike, och med mången af de hastigt förbi-ilande gestalterna skulle man önskat att hafva fått göra en närmare bekantskap.

Till de yppersta noveller, som| blifvit skrifna på vårt språk. kunna vi med full rätt räkna den sköna »Blomman på Kinnekulle.» Af historia ingår väl icke mycket deri, men den lilla dikten skall dock enligt vår tanke alltid utgöra den skönaste perlan i samlingen. Alldeles utan historisk grund är hon dock icke.

> »Det är den gamla historien
> Som förnyas hvarje tid»,

hvilken vi här återfinna. Den unge Pehr Lilliensparre hade med sitt hjerta varit fästad vid Gunilla Bjelke, men denna kärlek lärde honom att »sorgen är tung», ty

> »Konungen tog Gundela allt uti sin famn,
> Gaf henne guldkrona och drottninganamn»,

som folkvisan sjunger. Hon hade dock åt sin ungdomsvän utsett en annan brud, och så växte sällheten åter upp för honom med »blomman på Kinnekulle». I denna novell har Mellin utgjutit hela sin rikedom på poesi, hvilken icke minst röjer sig i den korta men anslående skildringen af prinsessan Anna. Ett motstycke till nämda berättelse bildar »Anna Reibnitz, sångarflickan från Warschau,» hvilken ock kallas »blomman från Schlesien.» En dotter af kung Erik, framträder hon vid konung Johans dödsbädd såsom sin faders hämnande engel, och i den sista af hr Mellins större noveller förmäles hon med Gustaf Brahe, hvilken förut älskat prinsessan Anna och äfven af henne varit älskad, men slutligen öfvertygats om hennes otrohet. Så förena sig dessa noveller till en serie af små genretaflor, till hvilkas mästare man hembär sin hyllning, och då man vidare vill följa den historiska romanens och novellens gång, lär man sig snart att sakna den penna, som med denna tidpunkt afslutat sina berättelser »ur fäderneslandets forntid.»

Den begärlighet, hvarmed allmänheten skyndat att tillegna sig de olika upplagorna af Mellins historiska noveller, dem en företagsam förläggare bjudit henne, har äfven kommit en annan författares alster till godo. Vi mena Pehr Sparre, hvilken redan vid sitt första uppträdande såsom historisk romanförfattare, för nära fyrtio år sedan, helsades med lifligt bifall såsom en talang, hvilken berättigade till vackra förhoppningar.

Väl är för den ålderstigne författaren den tid numera förfluten, då, som han sjelf säger:

> . . . Vårsol hoppets planta smekte,
> Och sommarns varma vindar lekte
> Bland skördarne, som fältet bar.

Men till de många lagrar den gamle krigaren skördat, kan han äfven räkna äran af att hafva förskaffat sig namn såsom en bland vårt lands aldraförnämsta romanförfattare. Ännu i dag läser man gerna hans romaner, hvilka i många afseenden kunna anses intaga ett framstående rum inom vår litteratur. Mästerskapet är, såsom vi förut nämnt, ännu hos oss oupphunnet inom den historiska romanen, men bland de arbeten, som stå detsamma närmast, framhålla vi *Den siste Friseglaren* (1:a uppl. Stockholm 1832, 3 delar). Sparres stora insigter i den tids historia och lif, som han söker skildra, äfvensom den ingalunda vanliga liflighet, hvarmed han framställer sina personer och händelser, fängsla vårt sinne, och den beundransvärda skicklighet, hvarmed han förstår att sammanbinda sina uppträden och äfventyr, underhåller hela tiden vårt intresse. Under de blodiga strider, som kämpades imellan konung Sigismund och hertig Carl, hade landets egna innevånare blifvit delade i två mot hvarandra fiendtliga partier. Å ena sidan stodo de konungsligt sinnade, hvilka, huru de än afskydde de papistiska läror, för hvilka Sigismunds katolska vänner sökte öppna en ny väg, dock af intet kunde förmås att bryta den ed, de en gång svurit sin konung, och hvilka stämplade dem såsom förrädare, hvilka biträdde Carl i hans upproriska fejder. Af dem är den gamle Stål-

hand en värdig representant, trogen ända till sin död på slagfältet,
och hans son Gustaf, romanens hjelte, följer ståndaktigt hans spår.
Den kärlek, som ifrån barndomen förenat Gustaf med jungfru Anna
Stolpe, amiralens dotter, hotades att sönderslitas genom Annas
tillämnade och af fadren bestämda förening med hertigens fält-
öfverste Anders Lennartson. Det var dock *en*, som vakade öfver
de båda ungas lycka, en mystisk person, som alltid uppträdde der
någon fara hotade någon af dem, utan att man visste hvarifrån han
kom eller hvarthän han gick. Dylika hemlighetsfulla beskyddare äro
ingalunda så sällsynta i romaner som i verkligheten, men oaktadt
man icke kan tillerkänna denne någon synnerlig originalitet, — man
erinre sig t. ex. Coopers: »the Red Rover» — så har dock författaren
i teckningen af honom — den siste friseglaren — åstadkommit
många effektfulla scener; och när han visar sig för sista gången,
gör han på oss ett intryck, som vårt minne länge bevarar. Kär-
leksscenerna mellan de båda älskande synas oss mattast framstälda
Sin kraft har författaren derimot företrädesvis användt såväl i
stridsscenerna t. ex. vid Stegeborg och Stångebro, der man tycker
sig se den erfarne krigaren ordna skarorna, som ock i marinmål-
ningarna, åt hvilka sjömannen synes hafva skänkt något af sitt
hurtiga lif. I allmänhet tillerkänna vi det största värdet åt de
taflor, der författaren skildrar folklif och folkhvimmel, såsom i
fältlägret utanför Kalmar eller vid julgillena i Blekinge. Der ut-
vecklar han en färgrikedom, som vi måste beundra, och genom
hela hans berättelse går en natursanning, som vi icke äro vana
att finna hos våra historiska romanförfattare. Sparre är bland
dessa utan tvifvel den, som djupast inträngt i den tids historia, som
varit ämnad att återgifvas. Detta gäller icke allenast om den nyss-
nämda romanen, utan äfven om de till tiden närmaste, nämligen
Adolf Findling eller tre år under Drottning Kristinas regering
(3 delar, 1:a uppl. Stockholm 1835) samt *Standaret* (1:a uppl.
införd i 3:dje årgången af »Originalbibliotek i den sköna litte-
raturen»).

Imellan tiden för »Friseglaren» och »Adolf Findling» ligger
början till den diktcykel, som under namn af *Fältskärns berättelser*
utgör, — vi kunna tryggt säga det — en bland de mest lästa
böcker i Sverige. Det är väl egentligen den *finska* historien, som
här framställes af en *finsk* författare, men den historien utgör ju
några kapitel ur vår egen. Det är icke något för oss främmande
ämne som der skildras, det känna bäst våra hjertan, då vi läsa
dessa kostbara berättelser, uppfylda af en tjusande poesi. Vid
sidan af Runeberg står Topelius såsom en bland vårt folks för-

klarade älsklingsförfattare, och ehuru vi väl icke ega full rätt att
med hans namn pryda vår egen litteraturhistoria, hafva vi dock
icke kunnat gå förbi hans romantiska berättelser ur Finlands och
vår egen historia, utan att till honom hembära den hyllning, som
man äfven i Sverige med så fulla skäl egnar hans sånggudinna.

I »Adolf Findling», likasom äfven i »Standaret», igenkänna vi
samma säkerhet i plananläggningen, som i »Friseglaren.» Hvad
den förra angår, så träda de diktade personerna, ehuru sjelfva
hjelten måste räknas till dem, tillbaka för det historiska elementet,
som här samlar sig omkring drottningens person. Det har heller
icke gifvits många historiska personer i vårt land, som erbjuda så
rikligt ämne för diktarens fantasi, som Kristina. Det fans i hennes
karakter något fantastiskt, som icke blifvit och väl aldrig torde
blifva till fullo psykologiskt utredt. Med vidlyftiga studier af de
djupsinnigaste filosofer förenade hon den eldigaste fantasi, och
hersklysten ända till grymhet afsade hon sig dock sin krona.
Såsom ett prof på författarens förmåga att bedöma sina historiska
personligheter, vilja vi anföra hans skildring af denna dubbelhet i
drottningens karakter (Uppl. 1869; sid. 137):

»Aldrig har väl något menniskobarn i så fantastisk blandning
som hon ärft både fars och mors egenskaper, dem en lärd, ehuru
ej till mognade grundsatser fortgången uppfostran och tidig åtkomst
af välde på ett förfärligt sätt utbildade. Vid grundläggningen af
de flesta beslut, som hon ville fatta, framlyste Gustaf Adolfs snille,
kraft och högsinta åtrå efter ära; men i nästa ögonblick sökte
Maria Eleonoras begär efter tomt prål att bana sig väg. Tvenne
så olikartade driffjädrar till ett och samma mål, nämligen utmär-
kelse, arbetade oupphörligt från det innersta af hennes själ, hvar-
före det öfvervälde, som endera skulle erhålla, merendels berodde
på någon yttre impuls. Ej särdeles bättre var tillståndet med
hjertats enskilta angelägenheter. Den odödlige frihetshjeltens upp-
lysta tillgifvenhet för en från menniskofunder renad religion, mot-
vägdes af hans makas, ända till barnslighet utsträckta, om ock
fromma svärmerier, och bådas omisskänneliga åtrå att dyrka den
ljufvaste af alla känslor, kärleken, skulle ofelbart hafva gifvit
hennes •öde en bättre riktning, om den från Vasastammen ur-
sprungna stoltheten icke afskytt hvarje boja.» — — —

Så målar författaren den store Gustafs dotter, och de personer,
som stå omkring henne, äro äfven tecknade med säkra drag.

Ett historiskt misstag är att låta Johan Messenius d. ä. af-
rättas i Stockholm 1651. Han dog, såsom bekant är, i Umeå 1637.

Det var nämligen Arnold och Johannes d. y. som i Stockholm halshöggos.

Ingen historisk roman, behandlande Carl X Gustafs korta regeringstid, har ådragit sig vår uppmärksamhet, men så många flera ifrån Carl XI:s tidehvarf. Man har någon gång hört anmärkas, att svenska historiens poesi utslocknade med Carl X, för att endast helt kort åter glänsa fram under Carl XII, men vi tro att Carl XI:s regering, särdeles den första hälften, full af partistrider, stämplingar och intriger, ganska väl lämpar sig till romanbehandling. Den brytning mellan tvenne tidehvarf, som just är det karakteristiska för Carl XI:s tid, borde väl om något kunna erbjuda de rikaste ämnen för romantiska målningar, och sådana hafva äfven uppstått i mängd. Reduktionen med dess väldiga ingrepp i de mäktiga familjernas enskilta förhållanden, gaf den rikligaste näring åt de menskliga passionerna. Hexeriprocesserna med all deras häpnadsväckande vidskepelse ega ju mycket af stort psykologiskt intresse, och det gamla svenska rådet i dess fall är en äkta tragisk storhet, som man icke utan rörelse kan betrakta. Den unge konungen sjelf, visserligen despot, men dock tillgifven sanning och rätt, samt hans milda och ädla gemål, omgifna på ena sidan af de unge ärelystne lycksökarne, och på den andra af de gamla, alltmera vanmäktiga magnaterna, äro bilder väl värda att af skalder och diktare framställas i en romantisk belysning. De romaner, behandlande ämnen ur denna tid, som synas förtjenta af vår uppmärksamhet, äro: *Standaret* af Sparre; *Jörgen Krabbe, romantisk skildring från Carl XI:s skånska fälttåg*, af A. Berlin. (Stockholm 1837); *Konung Carl XI och hans gunstlingar*, af C. D. Arfvedsson, (Norrköping 1845); *Carl XI, Rabenius och hexeriprocessen*, af Carl von Zeipel, 2 delar, (Stockholm 1845), samt slutligen *Snapphanarne. Gammalt nytt om Skåne från sjuttonde seklet*, af O. K., 3 delar. (Stockholm 1831).

I de flesta af dessa romaner hafva snapphanarnes fejder blifvit ett bland hufvudföremålen för den historiska skildringen. Dessa vilda sällar, som förvärfvat sig en sorglig ryktbarhet i våra häfder genom de mord och plundringar, hvarmed de sökte förkrossa det svenska partiet i Skåne, förde också ett lif, som kan erbjuda de brokigaste taflor, i hvilka väl en hejdlös grymhet spelar hufvudrollen, men som just derigenom lämpa sig så väl för kraftiga målningar. I »Standaret» förekomma dessa fejder såsom den yttre ramen, innanför hvilken författaren framstält några familjescener, der kärlek och fosterlandskärlek komma i strid mot hvarandra. Värdigt ansluter sig denna roman till de förra af samma författare.

Stilen är alltigenom förträfflig, och hela skildringen framkallar hos oss den öfvertygelsen, att hvad som här sker, måste i verkligheten hafva skett just som det för oss framställes. Bland alla dem, som skrifvit romantiska berättelser ur vår historia, känna vi ingen, som bättre kan gälla för historisk auktoritet, än Pehr Sparre, och detta, sammanlagdt med hans öfriga af oss antydda förtjenster inom denna litteratur, torde rättfärdiga den upphöjda plats bland våra historiska romanförfattare, som vi låtit honom intaga.

I »Jörgen Krabbe» återfinna vi äfven åtskilliga scener ur snapphanarnes ströftåg. Utan att ega några större anspråk på vårt beröm, bör dock denna »romantiska skildring» kunna läsas med nöje, hvartill bidrager en angenäm och behaglig stil, och hvad den historiska sanningen angår, återgifves Krabbes egen lefnadshistoria enligt det kända förhållandet med undantag af sjelfva slutet, der författaren låter hans maka utverka hans räddning undan den dödsdom, konung Carl ådömt honom i följd af de danska sympatier, man trott honom ega.

Författaren till »Snapphanarne», hvilken lyckats bibehålla en anonymitet som trotsat alla gissningar, har i sin roman likaledes lemnat några teckningar af dessa röfvarehopar. De omvexlande händelserna samla sig omkring en svensk-dansk familj, hvilkens öden på ett underhållande sätt beskrifvas. Den gamle generalen (Liljenroos) är det danska partiet tillgifven, ehuru han bosatt sig på sin egendom i Skåne. Efter att hafva deltagit i Kristian IV:s fälttåg i Tyskland, bidrog han hufvudsakligen till Malmös försvar imot Gustaf Horn och anförde en del af de trupper, som voro ämnade att hindra den svenske konungens tåg öfver Bälterna. Han sökte sedermera att bistå snapphanarne och understödde dem med vapen och ammunition, men hans stämplingar blefvo upptäckta och hans egendom, på konungens befallning, uppbränd. Den svenske officern, som utförde detta uppdrag, och hvilkens ädelmod ständigt och jemt framlyser, kommer slutligen i tillfälle att rädda generalens familj ur den nöd, som framkallats genom åtskilliga bedrägliga personer, hvilka innästlat sig i generalens hus, och blir äfven gift med dennes dotter. Talrika äro de äfventyr, som författaren låter sina personer genomgå, och om man äfven kan anmärka, att snapphanarnes grymhet framkallar åtskilliga obehagligt vilda scener, utan att kunna motiveras såsom betydelsefulla för romanens utveckling, torde man dock af det hela erhålla en ganska trogen historisk bild af dessa upproriske bönder, som alltid lågo i försåt och öfverföllo hvarje mindre truppstyrka, som visade sig, men genast drogo sig tillbaka, så snart de sågo sig till antalet underlägsna. »Hemma uti byarne — säger författaren — »hade de imellertid utseende af fredliga jordbrukare, som blott sysselsatte sig med såning, plöjning och öfriga till deras yrke hörande arbeten; och ingen skulle förestält sig att det öppna ansigtet, som lugnt följde sina trögkörda oxars dröjande fjät, vid minsta uppmaning skulle vara färdigt att, brinnande af mordlystnad och hämdgirighet, trotsa såväl faran som hungern, mödan och afståndet, för det nöjet att förkorta ett svenskt menniskolif.»

Att författaren hopat den ena händelsen på den andra, har förhindrat den karaktersutveckling, som man nu här förgäfves söker. Hvad som mest torde hafva bidragit till den framgång, denna roman vunnit, är författarens lifliga och underhållande stil, som i synnerhet utmärker sig i sådana skildringar som hetsjagten, snapphanarnes möte vid Hörby m. fl. Då denna bok numera blifvit ganska sällsynt, tro vi, att en ny upplaga deraf skulle af allmänheten mottagas med en ganska förtjent uppmärksamhet.

Då man om nyssnämda roman kan säga, att hon innehåller vida mera dikt än historia, så blir vårt omdöme alldeles motsatt i afseende på »Konung Carl XI och hans gunstlingar.» Detta arbetes största värde ligger just i den samling af historiska berättelser och anekdoter, hvarpå det är så rikt, då derimot diktarens fantasi här fått spela en underordnad roll. Visserligen finnas äfven här åtskilliga karakterer, som bjuda till att rättfärdiga bokens namn af roman, såsom köpmannen Arvid Carlsson, den franske språkläraren samt den unga flickan ifrån Dalarne, i hvilkens olyckliga öden författaren fått tillfälle att inväfva de hemska hexeriprocesserna; men detta arbete torde dock företrädesvis böra betraktas ifrån den historiska synpunkten, och erbjuder då icke så ringa förtjenster. Dess första afdelning, som sträcker sig intill revolutionen 1680, börjar med en öfverläggning i rådet angående Gripenhjelms vård om den unge konungens uppfostran. Författaren har studerat de historiska källorna för denna tid och har icke försummat att anföra dem, hvarigenom det historiska värdet naturligtvis ökats. Teckningen af konungens karakter är väl icke fullständigt utförd, men ifrån de sidor hon blifvit tagen, öfverensstämmer hon med historiens vitnesbörd. Gripenhjelm söker försvara sig med att säga: »Det har ej berott af mig att åstadkomma ett bättre resultat. Konungen har aldrig visat någon håg för läsning; hans enda traktan var att slippa ut ur studerkammaren och sysselsätta sig med kroppsöfningar. Oftast insomnade han midt under lektionerna, i följd af alltför starkt ätande och drickande.» Men ifrån en sådan ungdom utvecklade sig den kraftfulle regenten, som, inseende förmyndarnes egennyttiga och ärelystna beräkningar, grep till våldsamma medel för att rädda fosterlandet ifrån adelns missbrukade makt. Bland hans omgifning märka vi i främsta rummet Johan Gyllenstjerna, mäktig genom sitt stora inflytande hos konungen, och väl egnad till en af romanens hufvudpersoner genom sin lidelsefulla karakter samt sin ovanliga slughet och kraft. Hätskhet och högmod styrde många af hans steg, och ehuru han dog före 1680, hade han dock hunnit hos konungen inplanta de reduktionsplaner, som buro frukt efter hans död. Ehuru en ädling af stoltaste slag, kan dock den förtrolighet, hvarmed författaren låter honom umgås med den vanbördige köpmannen, ganska väl förklaras genom hans sträfvan, att med hvilka medel som helst uppnå sina politiska syften.

Efter Gyllenstjernas död framträder Wachtmeister såsom troget följande den riktning den förre anvisat, och äfven andra af de yngre gunstlingarna äro här i förbigående omnämda. De märkvärdigare medlemmarne af rådet äro äfven tecknade efter den ledning historien gifver: Pehr Brahe, ärlig aristokrat, ehuru föga skarpsinnig; Magnus Gabriel de la Gardie, uppträdande med mycken ståt och härlighet, stolt i medvetandet af sina slägtförbindelser och föraktfullt nedblickande på sina motståndare, som väl kunde täfla med honom i statsmannaklokhet, men ej i börd. Sålunda uppställer författaren ett galleri af bilder ifrån reduktionens märkvärdiga tidehvarf, och den med historien förtrogne har lätt att igenkänna deras drag. Man får här se huru partiintressena undergräfva kärleken till fosterlandet, huru brist på enighet och sammanhållning försvaga ett måhända annars kraftigt mångvälde, samt huru vår åldriga aristokrati, trots sina så ofta ådagalagda höga och fosterländska tänkesätt, dock stundom kunde sjunka ända derhän, att med främmande makter förrädiskt köpslå om fäderneslandets öden. Dylika ämnen erbjuder vår historia mer än nog, och den författare, som förstår att med talang behandla dem, kan alltid påräkna talrika intresserade läsare, äfven om han, likasom den sistnämde författaren, mindre uppfyller anspråken på en roman, än på en historisk anekdotsamling.

Hexeriprocesserna intaga ett särskilt kapitel i svenska folkets historia under Carl XI:s tid, och en liflig skildring af dem erhålla vi i Zeipels roman: »Carl XI, Rabenius och hexeriprocessen.» — Angående trolldomsväsendet, sådant detsamma yppade sig under första delen af Carl XI:s regering, hafva åtskilliga original-handlingar och rättegångsprotokoll blifvit utgifna af trycket, och ur dessa har författaren haft tillfälle att samla värderika materialier till sina underhållande skildringar, hvilka kunna anses ega större betydelse ur kulturhistorisk än ur historisk synpunkt. Vi vilja derföre ingalunda förringa värdet af de bilder författaren skänkt oss af såväl konungen som Rabenius, hvilken senare genom sin originela personlighet företrädesvis ådrager sig vår uppmärksamhet: att Zeipel utförligt och noggrant tecknat de historiska personer. som i hans romaner erhållit hufvudrollen, derom öfvertygas man lätt vid en jemförelse med historien sjelf, och detta vårt omdöme har han äfven rättfärdigat i den skildring af drottning Kristinas sista år i Rom, som han i en annan roman framstält. I detta sistnämda arbete, *Vasa-ättlingarne i Rom*, ingår väl icke egentligen någon del af Sveriges historia, då det ju uteslutande handlar om Kristinas enskilta lefnadsöden, sedan hon upphört att såsom historisk person vara af någon betydelse för vårt land, men det skall dock alltid inom vår sköna litteratur intaga en värdig plats vid sidan af hans förstnämda roman.

Rabenius var en snillrik och oförskräckt man, som genom sina fintliga svar och qvickheter ådrog sig konungens ynnest alltifrån deras första möte, då han, såsom komminister i Munktorp, vid konungens förbifart, klädd i prestdrägt, plöjde sjelf sin åker. med prediko-konceptet i ena handen och tömmarna i den andra. Konungen fattade snart förtroende för honom, och såsom gårdspredikant vid Kungsör och sedermera hofpredikant, var han i tillfälle att meddela konungen sin egen öfvertygelse om den allmänna vidskepelsen rörande den lede fiendens lekamliga uppträdande, som den tiden gripit hög och låg. Zeipels roman erbjuder en i en angenäm stil hållen berättelse om den förfärande makt, öfvertron på den tiden egde, och bör läsas med nöje af hvar och en, som älskar dylika kulturskildringar. Begäret att sönderslita den förlåt, som döljer det tillkommande hade från urminnes tid framkallat tron på vissa personers öfvernaturliga förmåga i detta hänseende, hvilken man ansåg dem hafva erhållit genom att förskrifva sina själar åt mörkrets furste. Man måste häpna öfver det vanvettiga förföljandet af dessa olyckliga varelser och det är svårt att tro på sanningen af sådana berättelser, som i denna roman framställes, men de äro dock fullt öfverensstämmande med de ifrån den tiden ännu bevarade dokumenten.

Då man vet, att det icke var förr än vid närmare femtio års ålder, som Zeipel började egna sig åt det historiska romanskrifveriet, måste man beundra den lifliga framställningen i hans berättelser, äfvensom man lätt inser, att allvarliga häfdaforskningar för dem ligga till grund. Hans karaktersteckningar lemna väl icke så litet öfrigt att önska, men derimot äro folkets lynne och tänke-sätt samt tidens seder förträffligt framstälda.

Vårt fosterlands häfdaböcker innehålla måhända intet dyst-rare blad än det, som skildrar det svenska trolldomsväsendets och hexeriprocessernas fasaväckande tilldragelser. Den rysliga farsotens uppträdande och härjningar i vårt land hafva, utom i de redan omnämda arbetena, gjorts till föremål för en gripande teckning i romanen *Fribytaren på Östersjön*, af Victor Rydberg (Göteborg 1857). Väl finner man ej i detta ungdomsarbete samma rika poesi och stilens höga förtjenst, som skaffat ett så rättvist anseende åt »Den siste Athenaren», men berättelsen utmärker sig onekligen genom kraft i karaktersteckningen samt frisk och liflig färglägg-ning, hvarjemte hon, betraktad som ett bidrag till kännedomen om tidehvarfvet, dess tänkesätt, seder och hemska fördomar, ej är utan värde. I afseende på den ståndpunkt, som tidens lagstiftare intogo till frågan om hexeriernas verklighet, erinrar hr Rydberg om att år 1687 i Sverige utkom en kunglig förordning, hvaruti det heter: »Förbinder sig någon till Satan, skrift- eller mundt-ligen, den straffes, likasom för trolldom, till lifvet.» »Nästan hela tidehvarfvet,» säger häfdatecknaren Fryxell, »trodde på dylika upp-träden, och riksrådet Sten Bjelke berättade i sittande råd, att i hans hus fans en piga, som en gång varit af Satan bortbytt, och att man på hennes kropp kunde få se märken efter den ondes tänder.» Bland de få, som uppgifvas varit mer fördomsfria, voro den utmärkte juristen Stjernhöök och grefve Pehr Brahe. Icke desto mindre finner man de af Svea Hofrätt stadfästade dödsdo-marne öfver de föregifna hexorna i Dalarne påtecknade af samme »Wi Pehr Brahe, grefve till Wissingsborg m. m.» — »Massan af folket», yttrar hr Rydberg, »var offer för en farsot, som i sin gång från trakt till trakt, i den häftighet och plötslighet, hvarmed den på vissa punkter uppträdde, för att sedan försvinna och in-finna sig på andra, liknade andra farsoter, samt i de krampanfall och den djupa visionära sömn, hvaraf den åtföljdes, synes visa slägtskap med somnambulismen. Eget är, att predikosjukan i vår tid uppkom i samma landsdel (Westra härad af Småland), der det första svenska hexbålet i sjuttonde århundradet uppflammade.»

Tortyrredskapen och de rykande bålen under Carl XI:s rege-ring i Sverige stå såsom ett varnande exempel för följande tider, hvarthän det kan leda, då okunnigheten och den religiösa vid-skepelsen fått klafbinda och förmörka nationens sunda förnuft och omdömesförmåga. Dessa gräsligheter ligga numera fjerran ifrån oss i tiden, men — äro väl förutsättningarna för deras återupplifvande, i fall tidsomständigheterna sådant medgåfve, helt och hållet undanröjda? Hafva vi ej fastmera helt nyligen hört framdragas bevis för befintligheten af den krassaste djefvulstro och frodigaste vidskepelse hos ett visst svenskt samfunds medlemmar? Under sådana förhållanden ligger der makt uppå att rikta svenska folkets uppmärksamhet på betydelsen af den befrielsekamp, som inom alla protestantiska länder för närvarande föres mot den kyrkliga reaktionen med dess samhällsupplösande foster: den intellektuela och religiösa förvildningen. Det är genom denna *tänkandets* och *den fria forskningens* kamp mot den af kyrkan närda vidskepelsen som »djefvulen och helvetet drifvits på flykten in i den skräpvrå af andens rike, der de för närvarande befinna sig. men från hvilken de vid hvarje politisk reaktion åter titta fram, nyfiket spejande, om de icke än en gång skola kunna taga den stora vida verlden i besittning. Men detta skall svårligen lyckas dem, så länge det värnas om tankens frihet och vetenskapens sjelfständighet såsom främsta vilkoret för mensklighetens andliga helsa, och det skall blifva dem omöjligt, sedan en utbredd bildning lärt allmänheten inse, att djefvulsdogmens premisser, i fall de ånyo kunde i folkmedvetandet inskärpas, skulle än en gång förete samma konsequenser och återföra oss till hexbålens rysliga tider. Detta vilja säkerligen icke ens de ortodoxa kämparne för djefvulsläran; men de besinna ej, att historien handlar följdriktigare än de och botar allmänna villfarelser endast på det sätt, att slägtena få draga de yttersta konklusionerna ur desamma och lida af deras verkningar.» (Slutorden i Victor Rydbergs afhandling om *Medeltidens magi*).

Bland de många romantiska skildringar vi ega om «Lejonet i Norden» och hans tidehvarf, vilja vi för utrymmets skuld endast i korthet omnämna de följande: *Carl XII:s Page*, af L. D(e) G(eer) (2 delar, Stockholm 1847); *Aurora Königsmark och hennes slägt*, tidsbilder ur 17:de och 18:de århundradet, af W. Fr. Palmblad (4 delar, Örebro 1846—49); *De sammansvurne, eller mord och kröning*, af C. von Zeipel (3 delar, Stockholm 1849); *Magnus Stenbock*, historisk roman af Pilgrimen (Linköping 1859), äfvensom Crusenstolpes romantiserade skildring af *Huset Tessin under Enväldet och Frihetstiden* (5 delar, Stockholm 1847—49.)

Författaren till »Carl XII:s Page» har förvärfvat sig ett namn såsom en af våra utmärktaste stilister, och den språkets renhet och elegans, som vunno erkännande redan i hans första vittra skrifter, återfinnas jemväl i denna roman. Här saknas visserligen någon större och djupare genomförd plananläggning, hvarföre man måhända lämpligare kan hänföra detta arbete till novellen, men deraf förringas icke dess framstående förtjenster. En ung ädling, von Ritterstein, som älskar den sköna Gunhild Rosenfelt, söker anställning som page hos Carl XII, till hvilkens hof Gunhild blifvit förd. Det lider mot slutet af hjeltekonungens bana. Scenen är redan i första delen förlagd till Fredrikshall. Den unge pagen är nära att beröfvas sin utsedda brud, först genom Siquiers plan att föra henne i prins Fredriks armar och sedermera genom Håkansons ränker och försåt, men lyckas slutligen att rycka henne ur fiendernas händer. De historiska karaktererna äro sant framstälda, och de anförda anekdoterna om Carl XII äro åtminstone till största delen historiska, ehuru de i öfrigt äro, såsom förf. sjelf anmärker, lämpade på berättelsens personer. Teckningen af Fredrik I öfverensstämmer i många afseenden med den bild af honom, som Fersen gifvit oss i sina nu under utgifning varande memoirer, och förf. har äfven låtit en skildring af Svedenborg bidraga till att öka intresset. Att en romanförfattare, som skildrar Carl XII:s sista tid, äfven låter honom blifva förrädiskt mördad, kan man väl icke undra på, helst som det sanna förhållandet dervidlag väl torde blifva en för alla tider förborgad hemlighet.

Vi kunna räkna detta arbete till en bland de förnämsta prydnaderna för vår samling, och litteraturhistorien skall länge bevara författarens namn, som i våra politiska häfder blifvit outplånligt inristadt.

Ehuru icke egentligen hörande till den historiska romanen, anse vi oss dock icke böra förbigå Palmblads »Aurora Königsmark och hennes slägt», hvilket arbete författaren sjelf benämt »tidsbilder», och detta namn torde äfven vara det som bäst angifver bokens karakter. Förf. eger väl icke samma öfverlägsna förmåga att berätta om förgångna tider, som t. ex. G. Freytag i sina hänförande »bilder ur Tysklands forntid», men vi hafva nämnt dessa mästerstycken ur Tysklands historiskt-romantiska litteratur för att sålunda antyda en viss likhet i anläggningen. Det är en mängd små taflor, som blifvit sinsimellan förenade genom den Königsmarkska slägtens öden, som i dem alla utgöra hufvudpartiet. Auroras egen romantiska historia kan icke anses börja förr än med tredje delen, d. v. s. då hon med moder och syster åtföljde fältmarskalken Otto Wilhelm Königsmark till Sverige, för att vid den då pågående reduktionen bevaka slägtens gemensamma angelägenheter. Förf. låter dem landstiga vid Djurgården, och der träffa de hos en gammal skogvaktare Jöran Patkulls son Johan, som för Aurora upptäcker sin faders olyckor och det hat, han närde i sitt bröst imot den styrelse, som utplundrat hans familj.

Ifrån denna stund sammanväfvas hans och Auroras öden, och vi vilja anbefalla detta verk såsom särdeles upplysande rörande de intriger som ifrån alla håll hotade, ehuru förgäfves, hjeltekonungen i Norden. Först mot slutet af dessa berättelser nalkas Aurora konung Carl för att, såsom en Margareta Fridkulla, göra ett slut på det för båda rikena förhärjande kriget, och äfven få tillfälle att för sin egen slägt utverka konungens nåd. Hela denna Auroras roll är här noggrant beskrifven, alltifrån hennes första försök att genom sitt snille ådraga sig konungens uppmärksamhet, medelst det af Voltaire beprisade poemet, hvari hon låter olympens gudar och gudinnor täfla i beröm öfver nordens unge beherskare, och hvilket slutar med dessa ord:

> »Enfin, chacun des dieux, discourant sur sa gloire,
> Le plaçait par avance au temple de mémoire;
> Mais Venus, ni Bachus n'en dirent pas un mot» —

Med hennes död i den ensliga cellen i Quedlinburg afslutas dessa tidsbilder. Författaren, den bekante partihöfdingen i de litterära fejderna, har här lemnat ett bland de sista profven på den målande stil i framställningen af pikanta äfventyr och sällsamma karakterer, som redan utmärkte hans första epokgörande noveller. och äfven ådagalagt de historiska studier, som gjorde honom till en framstående universitets-lärare.

Omkring en annan märkvärdig personlighet ifrån denna tid. »Magnus Stenbock», har Pilgrimen sammanbundit åtskilliga berättelser, hvilka dock icke kunna anses tillsamman utgöra någon historisk roman i egentlig mening, utan helt enkelt några familje-scener, ämnade att, såsom förf. säger, lemna en romantiserad lefvernesbeskrifning öfver denne hjelte, hvilkens namn firats af samtid och efterverld, tillika med några historiska hågkomster ifrån hans bragdrika lif. Vi vilja icke förneka, att denna roman kan i och för sig ega ett värde, hvarigenom hon kan förtjena räddas undan förgätenheten, men ifrån den historiska synpunkten är hon dock af underordnad betydelse.

Redan ifrån Carl XI och fram till Frihetstiden sträcka sig de »romantiserade skildringar», hvilka Crusenstolpe författat om de framstående medlemmarne af »Huset Tessin». Af alla denne förf: icke blott historiskt-romantiska utan äfven rent historiska arbeten kan detta anses vara det värderikaste och af största betydelse. såsom innehållande talrika dokument hörande ej mindre till Sveriges än till den Tessinska familjens historia. Författaren, som sjelf lyckats komma i besittning af en stor del af de vigtiga bref och original-handlingar, som nu under namn af »Tessinska Samlingen» förvaras i Kongl. Riksarkivet, har ur dem med sin vanliga beryktade stilistiska talang framdragit allt hvad som kunnat lämpa sig för den romantiska berättelsen och på ett snillrikt sätt förenat den historiska sanningen med fantasiens diktverk.

I första delen få vi blicka in i den ålderstigne rådmannen Nicodemus Tessins anspråkslösa hem samt derifrån åtfölja sonen, Nicodemus d. y. på hans utrikes resor. Såväl hans som Carl Gustafs historia är hufvudföremålet för de följande delarne. Vi äro naturligtvis ingalunda okunniga om det tvetydiga rykte, som på goda grunder vidlåder Crusenstolpe såsom historisk auktoritet, men vi kunna med fullt skäl framhålla såsom hans värderikaste, om också ej mest pikanta arbete, dessa nyssnämda skildringar, i hvilka hans hätskhet och egna politiska intressen icke kunnat finna sin uträkning i att vanställa de verkliga förhållandena. Hans förmåga att på ett ledigt och spirituelt sätt berätta anekdoter, hvilken oss veterligt ännu ingen annan inhemsk författare i lika grad uppnått, har här fått ett ypperligt tillfälle att göra sig gällande. Dessa hans berättelser skola länge förvara sin plats vid sidan af de historiska memoirerna, till hvilka de i visst afseende kunna anses höra, om man besinnar, att de historiska bilagor, hvilka åtfölja hvarje del, tillsamman utgöra en ganska diger volym, hvari vi påträffa en mängd särdeles intressanta uppgifter, hvilka icke i tryck återfinnas på andra ställen. Visserligen händer det, att förf. äfven här berättar om en person, hvad som ursprungligen händt en annan o. s. v., men spår af en dylik »licentia» finna vi ju öfverallt inom den litteratur, som icke gör anspråk på att anses uteslutande historisk. Man må gerna småle åt Crusenstolpes »historiska» anföranden, på hvilka vi visst icke vilja bygga våra domslut, men hvad särskilt angår hans skildringar om Tessinska huset, så intaga de otvifvelaktigt ett betydande rum i vår historiska romanlitteratur, hvilket de nog skola komma att framgent bibehålla.

Det återstår oss ännu att omnämna en annan roman från Carl XII:s tidehvarf, nämligen Zeipels: »De sammansvurne eller mord och kröning». Förf. skildrar här de händelser, som närmast föregingo och efterföljde konungens död, samt utgår ifrån den ännu temligen allmänna åsigt, att hans död varit följden af en sammansvärjning mellan de förnämsta medlemmarne af högadeln, samt visar oss med sin ofvan erkända stilistiska talang de listigt uttänkta och lömskt utförda ränker, som spunnos omkring den

konungslige hjelten. Vi hafva skäl att beklaga, att Zeipel icke
hunnit verkställa den plan, som föresväfvade honom, att fortsätta
sina historiska romaner till en teckning af det s. k. holsteinska
partiets öden. De materialier, han dertill samlat och författat
blefvo till en del bearbetade af H. Bjursten i romanen *Öfverste
Stobée eller Holsteinska partiet under frihetstiden* (2 delar, Stockholm 1854). Stobée är sjelf en historisk person, känd såsom en
bland de verksammaste anhängarne af den unge hertig Carl Fredrik
af Holstein. Omkring honom gruppera sig de öfriga personerna,
af hvilka de flesta förekomma redan bland »de sammansvurne»,
såsom grefvarne Horn och Gyllenborg, lagman Gyllencreutz, m. fl.
Om ock dessa båda romaner icke böra hänföras till de mera framstående inom vår litteratur, så kunna de dock läsas med nöje,
såsom innehållande ett och annat bidrag till partistridernas historia
i Sverige.

Ett bland den svenska och hela europeiska litteraturens mest
egendomliga snillen — C. J. L. Almqvist — har skaffat sig ett
namn äfven inom den gren af vår skönlitteratur, med hvilken vi
här sysselsätta oss. I romanen *Herrarne på Ekolsund* (3 delar,
Stockholm 1847) framställer Almqvist händelser från gamle kung
Fredriks dagar. Hufvudpersonerna utgöras af fyra bröder, grefvarne Thott, hvilka, hvar och en för sig, söka göra gällande sina
rättigheter till Ekolsund. Man kan sålunda finna, att det är företrädesvis deras egna enskilda angelägenheter, som här afhandlas,
men genom sammanställningen med några märkvärdigare personer
blifver dock intresset ökadt. Så uppträder här konung Fredrik
sjelf, på en jagt i närheten af hufvudstaden. Vi igenkänna honom
såsom en fryntlig och godmodig herre, som ständigt behåller i
sigte sin grundsats: »leben und leben lassen». Bland hans sällskap
framstår i synnerhet riksgrefvinnan Taube såsom älskvärd och —
beklagansvärd.

Hela händelsen försiggår på endast några få dagar, hvarföre
man, med afseende äfven fästadt på det enskilda familjeförhållande,
som här skildras, eger giltiga anledningar att anse detta arbete
såsom en öfver höfvan uttänjd novell, i hvilken förf. såsom vanligt
parat det snillrika med det bizarra, det sköna med det vidunderliga. Vi anse denna roman icke kunna uthärda en jemförelse
med öfriga arbeten af samme förf., såsom *Gabrièle Mimanso,
Amalia Hillner* m. fl., för att icke tala om dem, som blifvit intagna i *Törnrosens bok*. Teckningen af tiden och lefnadssättet
vid hofvet har dock berättigat oss att här omnämna densamma.

Om man skulle vilja utmärka något visst skifte af vår historia såsom företrädesvis förtjent att nämnas hofintrigernas blomstringsperiod, så blefve det väl Adolf Fredriks, eller rättare sagdt Lovisa Ulrikas regeringstid. Aldrig har väl förr eller senare så talrika redskap blifvit uppsökta både när och fjerran, för att användas i den invecklade mekanism, hvarigenom denna nya Sigrid Storråda ville försöka att åter upphöja den sjunkna tronen och att under oket bringa det folk, som hon aldrig upphörde att hata. Hersklysten och stolt såsom en Fredrik den stores syster, listig och hätsk såsom den ränkfullaste qvinna, öfvergaf hon aldrig sina förhoppningar om att kunna tukta sina fiender, på hvilka hon föraktfullt nedblickade, och hon ansåg alla medel tillåtna för att uppnå detta mål. Skickligt utspann, hon sina trådar för att draga till sig de personer, hvilkas hjelp hon icke kunde undvara, och under föregifvandet att vilja rädda landet undan aristokratiens förtryck sökte hon bemantla sina sjelfviska enväldsplaner. — Å andra sidan hade adelspartiernas ömsesidiga fiendskap aldrig varit så häftig och hänsynslös som nu, och då det alltid funnos några, hvilka gerna lånade sig till verktyg för de föraktfullaste stämplingar, uppkom härigenom den mest utbredda intrig-väfnad, hvari man ofta har ganska svårt att upptäcka de särskilda trådarna. En ganska utförlig memoir-litteratur från denna tid gifver oss ett begrepp om den tidens usla politik, hvari det enskilta intresset oftast spelte den största rolen. Vi böra lätt kunna finna, att en sådan tid i sig måste innebära de förträffligaste ämnen för romanskrifvaren, och två af våra förnämsta författare på det i fråga varande området hafva äfven vetat att begagna sig deraf, nämligen C. F. Ridderstad och M. Crusenstolpe.

Den förstnämde gifver oss i sin roman *Drottning Lovisa Ulrikas hof* (3 delar, Linköping 1854—56) en skildring af de framstående personerna från denna tid, som både är talangfullt utförd och öfverensstämmande med historien. Det är här endast en kort period, för hvilken läsaren erhåller en intressant redogörelse, nämligen 1755—56, men jäsningen hade då nått sin höjd, och på ett utmärkt sätt har författaren låtit det egentligt romantiska elementet inblandas i det historiska, och särdeles underhållande berättar han om förberedelserna till den stundande riksdagen. Det brokiga sällskapslif, författaren här låter oss skåda, uppväcker vår nyfikenhet så mycket mera, som det nästan alltid på denna tid i de högre kretsarna egde en politisk relief, och vi få sålunda det angenämaste tillfälle att blicka in i de stora samhällsfrågorna, hvilka, för att begagna författarens egna ord, »uppträdde icke en-

dast klädda i rådstoga vid det offentliga forum, der de skulle af-
göras; de intogo såsom sällskapsdamer den första platsen i alla
kretsar.» — Den ena bilden efter den andra framställes för oss af
frihetstidens ryktbara män alltifrån partigängarne Brahe, Fersen,
Pechlin, Puke m. fl. och till den tidens snillrikaste man, Dalin.
»hvars lika lekande som rika snille fästade ett diadem af oför-
gänglig glans i sin tids flygande lockar.» — — —

Om teckningen af dessa och de öfriga personerna eger stora
förtjenster, så äro vi äfven skyldiga att egna vår beundran åt
den bild af tiden i dess helhet, som författaren meddelar, samt sär-
skilt af den mäktiga aristokratien. Det är ingalunda det vack-
raste kapitlet i svenska adelns historia, vi här läsa, men historien
jäfvar icke det omdöme, författaren fäller i följande ord: »Den
svenska adeln ansåg sig icke endast vara en makt, den var det
äfven; den icke blott sökte att spela en inflytelserik roll, den spe-
lade den. På samma gång adeln stod i spetsen för tidens kultur.
stod den äfven i spetsen för rikets angelägenheter. Korruptionen
undergräfde landets sjelfständighet i sin helhet, men icke dess-
mindre var korruptionen ett gyllene hyende under såväl adels-
partiernas som individernas sjelfständighet ej mindre inför hvar-
andra än inför konungamakten och folket. Man var spelare i
politisk mening, utlandet var förlagsman, var bankör; man spe-
lade om insatsen: *fäderneslandet*, hvarvid åtminstone hvarje fin
spelare hade allt att vinna, intet att förlora: förlorade han, väd-
jade han blott till ett nytt parti».

Hr Ridderstad har fortsatt sina romantiska teckningar ur vår
historia i åtskilliga andra arbeten, hvilka vi här nedan skola om-
nämna, och den serie af historiska bilder, han sålunda uppstält.
äro förtjenta af vårt varma erkännande. Den begåfvade författa-
rens afsigt synes hafva varit att gifva oss arbeten, hvilka på samma
gång motsvara fordringarna på en underhållande roman, som äf-
ven oväldigt och utan att vilseleda våra historiska begrepp, fram-
kalla minnet af ett i så många afseenden märkvärdigt tidehvarf
Häruti finna vi hos Ridderstad ett afgjordt företräde framför Cru-
senstolpe, hvilket åter den senare medelst sitt öfverlägsna snille
och blixtrande talang i framställningen försökt att uppväga.

Crusenstolpe har i *Morianen eller Holstein-Gottorpska huset
i Sverige*. Tidsbilder tecknade på fästningen (6 delar, Stockholm
1840—44) såsom han sjelf säger »försökt att göra ett utkast till
en målning af tiden,» hvarunder den nämda regentätten innehade
svenska tronen. Detta arbete anknyter sig sålunda till »Huset

Tessin» och fortsättes, om man så vill, af hans ryktbara smäde-
skrift om Carl Johan. Af denna trilogi hafva vi redan antydt oss
tillerkänna det högsta värdet ur historisk synpunkt åt »Huset
Tessin», ty redan i »Morianen» och ännu mera i »Carl Johan och
Svenskarne» märker man tydligt fängelseluftens menliga inflytande
på ett af naturen eldigt och lidelsefullt sinnelag. Crusenstolpe är
redan sedan länge känd och erkänd såsom den i formelt hänseende
briljantaste politiske skriftställaren i vårt land, hvilkens penna dock
alltför ofta spetsades af hämdgirighet och hat, och i huru hög
grad han beherskades af dessa passioner, bevisas bäst deraf, att
man af dem påträffar de otvetydigaste spår i hvarje hans litterära
produkt. Det arbete af honom, hvarom vi nu tala, har han upp-
kallat efter Lovisa Ulrikas neger Badin, som i detsamma intager
ett märkligt rum. En sjöfarande hade förärat »morianen» åt drott-
ningen, som endast åt honom lemnade fullkomligt fria tyglar, för
att utröna menniskonaturens lynne och art, då den icke tämje
genom uppfostran. Det afrikanska blod, som jäste i hans ådror,
gjorde honom till en skräck för hoffolket, hvilket ständigt var
blottstäldt för hans okynne, och drottningen log ofta i sitt sinne,
då Badins grofva skämt förstummade de Riksens Råd, hvilka i
rådkammaren plägade öfverrösta sjelfve konungen. Crusenstolpe
låter morianen meddela bondeståndets talman, Olof Håkansson, de
första stämplingarna till det »Braheska högförräderiet» 1756, och
denne senare upptäcker dem för Fersen, hvarvid vi anmärka, att
historien nämner tvenne andra personer, nämligen korporalen vid
Lifgardet Schedvin och löjtnanten grefve Creutz. Då man i sam-
manhang härmed läser författarens skildring af den Braheska släg-
tens iråkade förfall, kan man icke undgå att tycka sig se, huru
han riktar dödshugg åt den för honom förhatlige konungagunst-
lingen, och då sammansvärjningens plan blifvit upptäckt och Brahe
»i sjelfklokt och andrygt förlitande på sitt namn försmått att hör-
samma den vink att rymma», som han erhållit af Fersen, och slut-
ligen utföres till afrättsplatsen, gifver författaren oss en noggrann
föreställning om huruledes »bödelsyxans egg på de förnämes halsar
i de ringares ögon lätteligen återställer den lutande jemvigten
mellan de olika samhällsklasserna». Rätt märkliga äro äfven
de betraktelser, till hvilka författaren föranlåtes i anledning af sin
skildring om huru Badin, vid afrättningen af de personer, särdeles
löparen Ernst, hvilka fordom åtskilliga gånger tilldelat honom en
välförtjent aga, »med slukande blickar betraktade de förvridna
dragen i de afhuggna hufvudena.» Han tillägger då: »hämden är
den enda qvarlefva från naturtillståndet, hvilken de förslappade

samfundsinrättningarna ej mäktat tillintetgöra. Den lefver under marterna, som salamandern i elden; den frodas under förföljelser. härdas af motgångar, får ny spänstighet af förtrycket, förädlas af andras orättvisor, har utrymme äfven i fängelset, och kraft äfven nedtyngd under fjettrar. Tyglad af förnuft och samvete (!), utgör hämden ofta en oskyldigt lidandes vederqvickelse, då gagnlösa stats-inrättningar och fala eller fega embetsmän förstöra ända till hoppet om upprättelse af offentliga myndigheter.»

Vi hafva anfört dessa' ord såsom bevisande huru Crusenstolpe begagnade hvarje tillfälle, som erbjöd sig, för att i slika utgju-telser gifva luft åt den tandagnisslande hätskhet, som grodde på djupet i hans själ. Många sådana utbrott påträffas i hans skrifter. hvilka kasta en mörk skugga öfver hans litterära rykte, men hans genialiska begåfning såsom författare bryter dock med sina strålar fram derutur. Han förstår, såsom få, att fängsla vår uppmärk-samhet, och hans raffineradt fulländade stil tilltvingar sig vår be-undran.

I andra delen af detta arbete har författaren kommit in på Tredje Gustafs tidehvarf, och det är naturligt, att skildringarna ifrån denna lysande period i ännu högre grad skola underhålls läsarens intresse. Den största omvexling i de framstälda äfventy-rens art hindrar deltagandet att tröttna; man ryckes i hvirflande fart från teaterföreställningar och maskerader till rådskammaren och audiens-salarna, från de uppsluppna förlustelserna på Haga och Gripsholm till krigslekarne vid Hogland och Svensksund, från skal-dernas lofsånger till de fosterländska sånggudinnornas tempel, der lönnmördarens skott plötsligt gjorde ett slut på härligheten. Ett så skiftande lif förde den konung, som äfven innehade tronen inom snillets verld; ett så tragiskt slut erhöll den störste skådespelare. som någonsin burit konungakrona.

»Morianen» tillhör numera de böcker, hvilkas pris med hvarje år stegras utöfver det ursprungliga; den är sålunda en favoritbok hos vår allmänhet, och ingen lärer neka, att den är ett i sitt slag framstående snilleverk inom vår litteratur. Ännu har icke historien fällt sin slutdom öfver Gustaf III:s tidehvarf. Crusenstolpe säger. att »svenska konungarnes historia äfven är deras gunstlingars.» En gång, då efterverlden fäller en oväldig dom öfver snillekonungen och hans omgifning, torde väl den komma att utfalla i många af-seenden olika den som Crusenstolpe velat förkunna, men det oak-tadt skola dessa hans »tidsbilder» länge bevara hans namn i svenska vitterhetens häfder.

Sveriges historiska romaner kunna af lätt insedda skäl icke sträcka sig närmare inpå vår egen tid än till slutet af förra århundradet. Med Gustaf den tredje slutar derföre vår öfversigt af denna vår historiskt-romantiska litteratur, men innan vi kasta en flyktig blick på några af de öfriga romanerna från hans tidehvarf, anse vi oss böra i förbigående nämna Crusenstolpes öfriga bilder ur vår senare historia, hvilka fortsättas dels uti de senare delarna af »Morianen» och dels uti *Carl Johan och Svenskarne*. Romantisk skildring. (4 delar, Stockholm 1845—46). »Morianen» slutar med Sophia Albertinas begrafning (1829), då hon »öfvergaf sitt enskilta palats, för att taga i besittning svenska konunga-ätternas gemensamma, der regentslägterna Vasa, Pfaltz-Zweibrücken, Hessen, Holstein-Gottorp och Bernadotte, som fyllt verlden med bullret af sina namn, med svartsjukan om sitt välde, samt och synnerligen blifvit stumma undersåter af det tysta riket,» och i »Carl Johan och Svenskarne» skildras ⋅det underbart lysande loppet, från kojan i Pau till Riddarholmens kungliga grifthvalf, af Jupiters-stjernan med egenskapernas klara, hvita sken, och egenheternas dunkla bälten». Författaren kallar detta sistnämda arbete »ni panégyrique, ni pamphlet.» Den historiska sanningen torde jäfva det omdöme, han sålunda sjelf fällt om sitt verk.

I en roman som Almqvist intagit i 4:de bandet af Törnrosens bok (Stockholm 1834), kallad *Drottningens juvelsmycke,* framställes äfven konung Gustafs mord. Det har om detta arbete blifvit yttradt, att »det innehåller åtskilliga fel, hvilka äro ytterst lätta att undvika, samt många skönheter, hvilka äro ytterst svåra att likna.» Det hela är ett briljant fyrverkeri, der snillet oupphörligen glänser fram. Hufvudpersonerna äro alster af författarens glödande fantasi. Främst bland dem är den olyckliga och älskvärda flicka, åt hvilken författaren gifvit det vidunderliga namnet Azouras Lazuli Tintomara, som genom de egendomligaste förhållanden oupphörligen nödgas ombyta roler af qvinna och man. För att åt en sådan fantastisk gestalt gifva den möjligaste grad af sannolikhet, har författaren skickligt beräknat sina resurser, och valet af Gustaf den tredjes tid kom honom härvidlag väl till pass. Hvad sjelfva det historiska innehållet angår, så har detta naturligtvis blifvit mycket underordnadt, men åtskilliga scener, särdeles de sammansvurnes uppträdande på maskeraden, äro originelt och snillrikt framstälda. Hvar och en som läst någon del af »Törnrosens bok», vet huru Almqvist ofta förvexlade det konstrika med det konstiga, det naiva med det bizarra, men han vet också, huru hans snille beredt honom ett rum bland Sveriges aldra yppersta diktare. Till ett sådant omdöme berättigar oss icke minst »Drottningens juvel-smycke.»

»Det är ingalunda omöjligt, att efterverlden en gång skall anse Gustaf den tredje såsom typen för kungligt, politiskt mod och fyndighet. Hvem har väl öfverträffat honom i konsten att genom statskupper fylla de dagligen växande penningebehofven, tygla de motsträfviges missnöje, vinna det lidande folkets gunst och skaffa bröd i öknen.» Sålunda yttrar sig Pehr Sparre i romanen *Sjö-kadetten i konung Gustaf den III:s tid* (3 delar, Stockholm 1850), och till dessa ord bifogar han talrika illustrationer, genom att med sin sällsporda talang framställa några af de förnämsta historiska tilldragelserna från denna tid. Hufvudpersonen i berättelsen är en ung man, som af sin fader sändes ut i verlden för att hos en handelsman uppfostras till fredliga värf. Den stugan blef dock snart vår unge hjelte för trång.

> »Med häftigt sinne på fjället han språng
> Och såg i det vida haf;
> Då tycktes så ljuflig böljornas sång,
> Der de gå i det skummande haf.
> De komma från fjerran, fjerran land,
> Dem hålla ej bojor, de känna ej band
> Uti hafvet.»

Och ut på hafvet bar det. Han fick plats ombord på en svensk fregatt, och författaren låter oss med honom göra mången lustig färd på det stormande haf. Det blåser en frisk vind genom hela denna berättelse och oss veterligen finnes ingen svensk författare som med Sparre kan täfla i skildringar af sjölifvet, om vi må-hända undantaga Gosselman. Sådana scener som vi i detta arbete ofta påträffa, t. ex. striderna vid Hogland och Svensksund, äro verkliga mästerstycken. Omkring sjökadettens vexlande öden äro de historiska taflorna uppstälda. Vi få sålunda med honom be-vista de många ärorika sjödrabbningarna från Gustafs och hertig Carls tid, och äfven blicka in i konungens såväl inhemska som utländska politik, och slutligen deltaga i svenska nationens all-männa förtjusning i anledning af freden i Werelä. Vi vilja an-befalla denna roman såsom en uppfriskande och underhållande läsning, och såsom tillika ett bland bevisen på att ämnen till historiskt-romantiska berättelser finnas äfven i vår senare historia.

Då vi afsluta denna vår öfversigt med Gustaf den tredjes tid, anse vi oss böra, för att icke göra oss skyldiga till alltför stor ofullständighet, anföra namnen på några arbeten af detta slag.

som antingen behandla en senare tid eller ock tillhöra den serie vi nu genomgått, ehuru vi icke äro i tillfälle att om dem fälla några närmare omdömen. Sålunda har A. J. Kiellman-Göranson i *Trollets son* (Stockholm och Borgå 1848) behandlat tiden för fejderna imellan Knut den Långe och konung Erik Erikson; i den nu under utgifning varande romanen *Konungakronan* har Starbäck fortsatt de historiska berättelser ifrån vår medeltid, som börjades med »Engelbrekt» och »Guldhalsbandet», och som nu hunnit fram till Carl Knutsons, Kristian 1:s och erkebiskop Jöns Bengtsons tidehvarf. Äfven Mellin har i den senaste upplagan af sina berättelser ur vår forntid tillagt några nya noveller, bland hvilka vi särskilt framhålla *Tåget öfver Bält*. Bland de många romanerna från Gustaf den tredjes tid vilja vi äfven nämna Kullbergs *Gustaf III och hans hof* samt Wilhelmina (Ståhlbergs) *Gustaf III och hans omgifning*, samt slutligen fästa uppmärksamheten vid Ridderstads historiska romaner, som omfatta slutet af förra och början af innevarande århundrade, nämligen: *Drabanten, Fursten* och *Svarta Handen*. Dessa äro säkerligen tillräckligt kända af den svenska allmänheten och skola för kommande tider bära vitne om den utveckling, som den historiska romanen i våra dagar hos oss erhållit.

Den som ville åstadkomma en fullständig förteckning på alla de romantiska skildringar ur svenska historien, som uppstått inom vår litteratur, skulle snart finna, att de arbeten, hvarom vi talat, icke utgöra mera än en jemförelsevis ganska ringa del af hela samlingen. Vår mening har, såsom vi i början af denna uppsats tillkännagåfvo, icke varit någon annan än att gifva våra läsare en anvisning på de alster inom den historiska romanlitteraturen, som ega anspråk på att framhållas framför de öfriga. Vi hafva äfven yttrat, att mästerskapet inom denna genre icke ännu blifvit hos oss uppnådt, men vi våga grunda våra förhoppningar för framtiden i detta afseende på vår tids trägna historiska forskningar, hvilkas frukter måste blifva af största värde äfven för de historiska romanförfattarne, och vi kunna redan nu vara stolta öfver att få teckna namnen Lindeberg, Mellin, Sparre, Zeipel och Ridderstad på detta ur såväl estetisk som kulturhistorisk synpunkt betydelsefulla bladet af vår fosterländska litteraturhistoria.

CARL SILFVERSTOLPE.

Om riddarväsendet.

Ur medeltidens kulturhistoria.

Få tidrymder i verldshistorien hafva ända till våra dagar varit så styfmoderligt behandlade som den, hvilken fått namn af medeltiden. Häfdatecknare, statsmän och fornforskare hafva egnat sina mödor åt antiken och det med en sådan kraft i ansats och ihärdighet i utförande, att denna aflägsna tid står åtminstone i vissa sina delar nästan lika klar för oss som vår egen. Man kan uppställa på fullkomligt historisk kunskap grundade jemförelser mellan Cesars och Napoleon I:s krigskonst; man kan studera Ciceros politik och samhällsåsigter i jembredd med t. ex. Jules Favres; man har ännu i behåll en den tidens »Notitia Dignitatum», motsvarande vår Statskalender, Almanach de Paris eller Almanach de Gotha; man känner receptet för de romerska damernas maquillage lika väl som för parisiskornas, och det är till och med sannolikt, att de förras toilett icke har för oss på långt när så många hemligheter, som våra ärade samtidas. Medeltiden åter har ända till de senaste hundra åren allmänneligen ansetts som en tid af barbari och mörker, med endast här och der en ljusglimt till afbrott i den dystra enformigheten. Och dock är äfven denna tid af lika, om icke större vigt för oss än antiken: vi få ej glömma, att den menskliga odlingen gör lika litet som hvarje annan utveckling några språng, och att det således är i medeltiden vi böra söka rötterna till den nutida civilisationens praktväxt, om äfven en och annan af dem sträcker sig så långt tillbaka som till antiken.

En af medeltidens ur kulturhistorisk och politisk synpunkt betydelsefullaste företeelser var *riddarväsendet*. En kort framställning af dess beskaffenhet, uppkomst och utveckling, samt af dess inflytande i lifvet och litteraturen torde äfven i vår tid icke sakna allt intresse.

Vår kännedom om medeltidens riddarväsen hvilar dels på uppgifter och skildringar af samtida ögonvitnen, hvilka i krönikor förvarat minnena af hvad de sjelfva upplefvat eller hvad de af andra trovärdiga personer erfarit, dels på poetiska framställningar af den tidens skalder. Visserligen kan man icke åt dessa senare tillmäta samma värde som åt de förre; men då man erinrar sig den naivitet, med hvilken de behandla sina ämnen, och huru de bedöma äfven främmande förhållanden efter sin tids föreställningar, så länder just sjelfva denna brist på trohet mot det forna och främmande till bevis för en så mycket större trohet mot deras egen omgifning och samtid. Medeltidskonsten är ett barn och, likasom all konst på samma ståndpunkt, liknar hon barnet deruti, att hon har öga· endast för det, som är henne närmast i tid och rum: det är så t. ex. som hon omkläder Alexander och antikens andra hjeltar i fullständig riddardrägt, ty alla de hjeltar hon sjelf kände voro riddare; det är så hon icke tvekar att låta Adams son Seth citera första Mosebok och på sin faders graf läsa ett Fader Vår[1]); och det är slutligen så som på vår tids taflor i Dalall-mogens stugor Josef, der han reser till Egypten och »blir en herre», framställes med ordnar på bröstet och rökande ur en väldig sjöskumspipa; ett sådant framställningssätt är visserligen icke rätt troget mot den historiske Josef, men det är det så mycket mer mot den ende »herre», konstnären kanske haft tillfälle att se — länets höfding på 1840-talet.

Man kan derföre på nyss anförda grunder i allt som angår de allmänna och väsentliga dragen af riddarväsendet skänka samma förtroende åt den samtida dikten som åt krönikorna. Om vi nu, med ledning af de upplysningar, som ur båda dessa källor kunna vinnas, söka att åskådliggöra för oss en riddares lif och följa honom på hans bana ifrån dess början till dess slut, så finna vi, att vid sju års ålder det unga riddareämnet togs ifrån den qvinliga vården, för att i stället anförtros till uppfostran åt någon för tapperhet och andra ridderliga dygder känd herre, under hvilkens ledning gossen tidigt bereddes till krigareyrket, som i sjelfva verket just var riddarens eget. Från sju till fjorton år var han *sven, småsven, hofsven;* han fick då åtfölja borgherren och borg-frun på jagt, på resor och besök, uträttade småärenden och pas-sade upp vid bordet; han skulle uppkasta och locka tillbaka falken, lära sig att handtera lans och svärd, härda sig i de mest ansträn-gande kroppsöfningar och genom denna ständiga verksamhet vänjas vid krigets mödor och förvärfva den kroppsstyrka, som erfordrades för att kunna bära den tidens tunga rustning. Föredömet af någon utmärkt riddare, den der framhölls såsom ett mönster till efterliknig; väldiga bedrifter och höfviska kärleksäfventyr, som förtäljdes under de långa vinterqvällarne i den stora, minnesrika

---

[1]) *Nativité de N. S. Jésus-Christ,* uti andra delen af *Mystères inédits du quinzième Siècle,* publiés par A. Jubinal. Paris 1837.

salen, der riddarnes rustningar hängde; stundom också någon hjeltesång om Carl den stores kämpar eller den sagolike konung Artur och hans runda bord, när en kringvandrande trouvere eller trubadur ville löna värdfolkets gästfrihet: sådana voro de intryck, gossen erhöll under denna första tid af sin uppfostran. De lemnade i hans själ bilden af ett ridderligt ideal, hvilket det sedan blef hans lefnads sträfvan att söka förverkliga.

Det nästa steget på denna bana var att blifva *väpnare*, en värdighet som vanligen uppnåddes vid fjorton års ålder och som var förbunden med en religiös högtidlighet, i det ynglingen och hans föräldrar uppträdde i templet och vid altaret öfverlemnade till välsignelse och invigning svärdet och bältet, dem han först som väpnare hade rätt att bära, och hvilka presten nu fästade på honom. Väpnarens uppfostran fortgick hufvudsakligen på samma sätt och i samma riktning som förut, endast med den skilnad som hans framskridnare ålder medförde, i följd hvaraf han småningom befriades från de småsysslor, hvilka ålegat honom som sven, och i stället fick vigtigare och ärofullare förtroenden. Dit hörde vissa förrättningar vid taffeln, såsom att skära för rätterna och iskänka vinet, att mottaga främmande riddare och å värdens vägnar visa dem tillbörliga hedersbetygelser, hvaraf språket ännu bevarar uttrycket »faire les honneurs», att hafva tillsyn öfver stridshästarna, att vara riddaren behjelplig vid vapnens iklädande samt slutligen, såsom högsta förtroende, att åtfölja riddaren i striden, för att der hålla i beredskap åt honom hästar och vapen till ombyte för dem, som gått förlorade. Väpnaren var således, noga taget, ännu endast en tjenare, men denna tjenst ansågs icke förnedrande, så mycket mindre som den tidens etikett fordrade, att de flesta af hans åligganden endast af ädlingar finge uppfyllas. Samtidigt med de nyssnämda öfningarna fortgingo äfven de krigiska lekarna, och när väpnaren hunnit 17 år, var det icke ovanligt att han begaf sig ut på långväga färder för att ytterligare föröka sin skicklighet: en ring, som var fästad vid armen eller benet, tillkännagaf då att han gjort ett löfte om att utföra någon lysande idrott, för att på detta sätt ytterligare stärka sina anspråk på riddarevärdigheten. det högsta målet för hans sträfvan.

Vid 21 års ålder var ändtligen den tid inne, då väpnaren fick aflägga en tjenares skepelse, för att sjelf blifva herre och riddare. Mångfaldiga arbeten hafva åt oss förvarat beskrifningen på det sätt och de högtidligheter, med hvilka denna värdighet undficks, men intet kan vara på samma gång tillförlitligare och mera upplysande än de noggranna föreskrifter, som i detta hänseende lemnas i den spanska lagsamlingen *las Sieti Partidas* från trettonde århundradet. Så heter det deri: »Renhet gör att saker te sig väl för åskådarne ... Och derföre funno de gamle för godt att på sådant sätt skulle riddarevärdigheten meddelas; ty likasom riddare böra hafva renhet inom sig i sina dygder och goda seder, likaså böra de hafva henne i det yttre i sina kläder och vapen. ... Och derföre stadgade de gamle, att väpnaren bör vara af ädel börd, och att en dag, förr än han imottager riddarevärdigheten, bör han förrätta en vaka; och samma dag som han den förrättar, böra allt ifrån middagen andre väpnare bada honom och två hans hufvud och sedan lägga honom i den prydligaste säng som för hand finnes, och der böra riddarne ikläda honom de bästa kläder de hafva; och sedan de förrättat denna rening med hans kropp, böra de göra detsamma med hans själ och föra honom till kyrkan, att han der må vaka och bedja Gud om nåd, att Han måtte förlåta honom hans synder och ledsaga honom så, att han kan verka godt i den orden, som han vill undfå, på det han må kunna försvara Hans religion och uträtta andra saker till Guds tjenst, och att Gud må vara hans skydd och försvar i faror och besvärligheter; och bör han besinna, att såsom Gud är allsmäktig och kan bevisa sin makt i allting, när och huru det Honom behagar, så är Han det synnerligen i ridderliga ting; ty i Hans hand står lif och död, att gifva och taga, och att göra den svage stark och den starke svag. Och medan han förrättar denna bön, bör han ligga på knä och under hela den öfriga delen af natten förblifva stående, så vidt han det förmår, ty denna riddarevaka stiftades icke på lek eller för annat ändamål än för att den blifvande riddaren och de andre, som der när honom äro, må bedja Gud att Han leder och styrer dem, såsom de der begifva sig in på en dödens bana. ... Och när vakan är förbi, så snart det dagas, bör han först höra messa och bedja Gud, att Han leder hans gerningar till Hans tjenst; och sedan bör den komma, som skall göra honom till riddare, och fråga honom, om han åstundar riddarevärdigheten, och om han då jakar dertill, skall han spörjar honom, om han ämnar så upprätthålla densamma, som den bör hållas; och sedan han bekräftat detta, bör han spänna på honom sporrarne eller förordna någon annan riddare som det gör, enligt hans rang och samhällsställning. Och sedan skall han omgjorda honom med svärdet ofvanpå vapenrocken, så att bältet icke sitter löst, utan sluter till kroppen. Och när han så omgjordat honom, skall han draga ut svärdet och sätta det i hans högra hand och låta honom svärja dessa tre saker, att han icke skall bära fruktan att dö för sin religion, om så nödigt är, eller för sin naturlige herre, eller för sitt fosterland; och när han svurit detta, må han gifva honom ett slag öfver halsen till påminnelse om dessa nämda saker, sägande till honom, att Gud ledsage honom i sin tjenst och låte honom hålla hvad han der lofvat; och derefter skall han kyssa honom, såsom ett tecken på den trohet, den fred och det brödraskap, som det finnes riddare imellan. Detsamma skola alla andra riddare göra, som der tillstädes äro, och jemväl alla andra, hvarthelst han för första gången kommer under ett års lopp» [1]).

Sålunda begicks den högtidliga handlingen i fredstid och på detta sätt framställes den i allt väsentligt hos alla författare. Vid sjelfva riddarslaget åkallades, utom Gud, äfven vissa helgon, vanligen S:t Michael och S:t Göran, i Sverige jungfru Maria och S:t Erik [2]), och förmodligen i hvarje land dess skyddshelgon. Riddarevärdighetens meddelande hade således allt igenom en religiös prägel. hvars intryck någon gång stegrades ända derhän, att denna handling betraktades som ett sakrament förenadt med öfvernaturliga nådegåfvor: så finner man berättadt om en Gilles de Chin, hvilken i sin ungdom lemnade mycket klena förhoppningar om sig, men som, sedan han det oaktadt blifvit slagen till riddare, med ens förbytte natur och redan första dagen visade sig full af mandom och alla ridderliga dygder [3]). Också finner man äfven ridderskapet jemfördt med den presterliga värdigheten, en jemförelse så mycket naturligare som beröringspunkterna dem imellan voro både många och betydliga.

De vanligaste tillfällen då riddarevärdigheten utdelades, voro de stora kyrkofesterna, i synnerhet pingsten, dagar då en konung kröntes, en prins af blodet föddes eller döptes, när dessa prinsar sjelfva slogos till riddare, erhöllo en större förläning, förlofvade sig eller höllo sitt högtidliga intåg i någon af de mera betydande städerna, äfvensom när stillestånd eller fred afslutades. I vanliga

---

[1]) Partida II: titulo 21, leyes 13 och 14. Man jemföre härmed beskrifningen på Tristans riddarslag i *La Tavola Ritonda*, p. 66, (Bologna 1864).

[2]) *Olaus Magni: Historia de Gentibus Septentrionalibus* XIV, 7.

[3]) Sitost que il fu adoubés
   Et qu'il fu chevaliers només,
   Et sez pouvres dras remua,
   Quant son afaire remira,
   Adont mua toute son enfance;
   Biax fu, de noble contenance;
   Qui l'esgardast il déist bien:
   Cist ne puet falir à grant bien.

v. 66—73 i *Gilles de Chin*, poème de *Gautier de Tournay*. (Bruxelles 1847).

fall åtföljdes dessa riddareslag af lysande *torneringar*, som uppfördes med en utomordentlig prakt och kostnad och vid hvilka vissa en gång för alla gällande regler iakttogos med sådan stränghet, att hvarje förseelse mot dem dömdes af särskilt dertill utsedde domare och stundom kunde medföra ganska skymfliga straff. Vid dessa tornerspel förekommo många olika slags strider och öfningar, såsom *joûtes*, hvarifrån vi fått vårt *dust*, en strid mellan två riddare, *buhurt* strid mellan två skaror eller partier, *castilles*, d. ä. låtsade stormningar af torn eller skansar, och *pas* eller *pas d'Armes*, försvar af en bro, ett pass eller annat ställe, der det var af vigt att hindra en fiendes framträngande. Af de olika vapnen var *lansen* det företrädesvis ridderliga, och först sedan inga sådana mera funnos att tillgå, grep man till andra slag, såsom svärd, stridsyxor, klubbor, m. fl. De förnämsta torneringsreglerna innehöllo att man icke fick begagna svärdet att sticka, utan endast att hugga med; vidare förbud för att strida annat än på sin rätta plats, att såra sin motståndares häst, att måtta huggen åt andra kroppsdelar än ansigtet eller bålen, att anfalla en riddare, sedan han lyftat upp visiret på sin hjelm eller tagit denna af sig, och slutligen att i dusterna förena sig flera mot en. De täflande lifvades af musik och trumpetklang samt af talrika åskådares och i synnerhet damernas deltagande, hvilket ofta visade sig deruti, att damen tillstadde sin riddare att bära hennes färger eller gaf honom en s. k. *faveur*, d. v. s. ett skärp, en slöja, en handske, något litet handarbete, med ett ord en af dessa tusen små saker, som få ett värde endast genom den som ger och endast för den, som är nog lycklig att erhålla dem. Också afslutades ingen dust utan att en lans bröts till damernas ära, och en likartad hyllning egnades dem äfven vid strid med andra vapen. Vid tornerspelets slut var det ändtligen de som åt segervinnaren utdelade priserna, af hvilka det förnämsta medförde för den lycklige rättigheten att af öfverbringarinnorna erhålla en kyss.

Under krig och oroligheter inskränktes naturligtvis alla dessa högtidligheter till det allra väsentligaste, eden och riddarslaget, (l'accolade), desto hellre som dessa båda handlingar stundom föregingo på sjelfva stridsfältet. Det är klart, att i sådana fall det icke gafs tillfälle till bad, vakor och tornerspel.

Riddarens lif delades mellan religionen och kärleken såsom, hans ideela mål, samt krig och torneringar såsom medel att förverkliga dessa. *Gud* och hans *dam* upptogo helt och hållet hans tankar, eller borde åtminstone göra det. Det är dock fara värdt att damerna här vid lag togo brorslotten och mera dertill; dem hade man alltid för ögonen, medan derimot vår Herre oftast fick röna samma öde som frånvarande personer i allmänhet: »les absents ont toujours tort». Man tyckes om honom ha haft på det hela taget en temligen dunkel föreställning, inskränkande sig ungefärligen till att han var, också han, en gammal hederlig riddare, som i sina unga dagar gjort allehanda dråpliga dåd och som man derföre ännu alltid var all vördnad skyldig, i synnerhet som han visst på slutet ämnade till en blifvande vistelse hos sig inbjuda de rätte riddarne utan tadel och vank, hvilka der skulle blifva delaktiga af allsköns fröjd och härlighet. Så benämnes hos spanska medeltidsförfattare den andre personen i gudomen vanligen »don Jesu Cristo» med samma äretitel som i dagliga lifvet var riddarne förebehållen, och ett drag af den tappre Etienne Vignoles, med binamnet Lahire, målar förträffligt den form, de religiösa föreställningarna hade antagit. Lahire var år 1427 på väg till belägringen af Montargis; när han då nalkades engelsmännens läger, påträffade han en kaplan, hvilken han bad att som hastigast ge sig aflösning. Kaplanen svarade, att han då först borde bikta sina synder, men Lahire menade sig icke hafva tid dertill, emedan det gällde att genast hugga in på fienden, och i fråga om synder så hade han väl gjort ungefär detsamma, som krigsmän vanligen bruka göra. Kaplanen gaf honom då ett slags aflösning efter omständigheterna, hvarpå Lahire knäppte ihop händerna och bad på sin gaskogniska dialekt: »Herre Gud, jag beder dig, att du i dag gör för Lahire detsamma, som du skulle vilja att Lahire gjorde för dig, om han vore Gud och du vore i hans ställe!» — »och», tillägger historieskrifvaren, »han trodde sig då hafva bedt mycket fromt och vackert»[1]).

En vida större eller åtminstone omedelbarare betydelse för riddaren hade, som sagdt, damerna. Begäret att behaga sin dam och visa sig henne värdig var för en riddare den kraftigaste sporren att utmärka sig så i de verkliga striderna som i simulakrer och tornerspel. Och denna sporre användes ofta på ett verksamt sätt: när t. ex. vid belägringen af staden Lionis konung Artur finner sin motståndare ega större stridskrafter, än han förmodat, och i följd deraf befarar en olycklig utgång af sitt företag, sänder han hen efter sin drottning och hennes tärnor jemte andra förnäma damer till ett antal af 1280, och uppför åt dem läktare, klädda med siden- och guldtyger, hvarifrån de kunde åskåda striderna och uppmuntra krigarne[2]). Detta står visserligen i en roman, men

[1]) De la Curne de Sainte-Palaye, *Mémoires sur l'Ancienne Chevalerie* II. 13. (Paris 1781).

[2]) *La Tavola Ritonda*, p. 20.

verkligheten stod icke dikten efter. Man visade qvinnan ett slags dyrkan, hvarpå historien vet att omtala mångfaldiga allmänt bekanta exempel. — Huru ofta såg man ej en riddare utmana sin fiende till kamp, endast för att bestrida honom äran att ega en skönare och dygdigare dam eller att älska henne lidelsefullare. Froissart anför två rätt märkvärdiga exempel härpå, det ena från belägringen af slottet Touri i Beauce, det andra från striden mellan fransmän och engelsmän 1379 nära Cherbourg: midt under häftigaste handgemänget gjorde de fientliga skarorna ett uppehåll för att lemna fältet fritt ena gången åt två riddare, som ville odödliggöra sina damers skönhet genom att strida derför, andra gången åt en ensam riddare för att utmana den af fienderna, som vore mest förälskad. Att bevisa sin egen öfverlägsna tapperhet var då för tiden detsamma som att bevisa sin älskarinnas förträfflighet och skönhet, i det man antog att den skönaste af damer icke kunde älska någon annan än den tappraste af riddare. Damerna å sin sida kunde naturligtvis icke förhålla sig känslolösa för så många ärofulla bragder, af hvilka den tidens historia hvimlar, och riddaren visste att mod och mandom, så som de af honom öfvades, alltid kunde påräkna deras varmaste deltagande: så t. ex. när den tappre Du Guesclin råkat i engelsk fångenskap och det öfverlåtits åt honom sjelf att bestämma sin lösepenning, utfäste han ett alldeles ofantligt stort belopp, och när prinsen af Wales förvånad frågade honom, på hvad sätt han trodde sig kunna åstadkomma detta, svarade han: »jag har vänner: konungarne af Frankrike och Castilien skola icke svika mig vid behof; jag känner hundra riddare i Bretagne, som skulle sälja sina gods; och dessutom finnes det i hela Frankrike icke en enda qvinna, som kan sköta sin slända, hvilken icke hellre skulle bidraga till min lösen med spinning, än att låta mig stanna i ert våld.» Det var den fulaste karl i Frankrike på sin tid; men hans tapperhet och ridderlighet voro så allmänt bekanta och aktade, att hans stolta svar verkligen infriades, och drottningen af England sjelf var en af de första att skänka en betydlig summa för att återköpa friheten åt en sitt folks fiende.

Aktning för qvinnan och en okuflig *tapperhet* äro således de egenskaper, hvilka väsentligast karakterisera riddarväsendet, men i former som äro för detta egna och som derföre äfven fått sina egna benämningar, hvilka numera, under förändrade förhållanden, äro hardt nära oöfversättliga. Vi hafva redan sett huru den förstnämda af dessa egenskaper uppenbarade sig och till hvilken ytterlighet den kunde stegras: denna dess specifikt ridderliga form är *galanteriet*, om hvilket Montesquieu så träffande säger, att det är icke kärlek, men det är »le délicat, le léger, le perpétuel mensonge de l'amour.» Men äfven den ridderliga tapperheten var en annan än blott den råa kraftens; den var alltid förenad med *loyauté* och dennas förfining *courtoisien*, egenskaper hvilka, någon gång tillsamman med galanteriet, vi nu förena under den gemensamma benämningen *ridderlighet*, och hvilka innefattade afsky för allt svek, lögn och trolöshet samt en hederskänsla, som på samma gång den fordrade erkännande af eget värde, äfven villigt egnade detsamma åt andras, till och med en fiendes. Dessa egenskapers yttre form är icke längre densamma som i riddaretiden, men deras kärna finnes qvar och ger åt den moderna bildningen en väsentligt olika prägel mot antikens. Det finnes i den fornklassiska, liksom i medeltidens hjeltesaga, ett element som poesien bemäktigat sig, och, enär det poetiska idealet lika väl som verkligheten tjenar att angifva måttstocken för en civilisation, är det icke utan intresse att i detta hänseende jemföra riddarväsendet med antikens heroism. Det utmärkande för den grekiska sagoverldens hjeltar är det fysiska modet; striden var oftast en materiel strid mot naturen och fordrade män med kraft. Detta utgör de homeriska hjeltarnes storhet, men deri ligger också grunden till deras brister: det finnes i deras mod intet sedligt element. Den som kämpar mot naturen, känner ingen skam öfver att besegras. Homeri hjeltar tveka icke att fly för en starkare fiende: Ajax flyr för Hektor, Hektor flyr för Achilles. Hederskänslan fattas dem: deraf också dessa plumpa oqvädinsord. som folkets främste män rikta mot hvarandra i den homeriska dikten.

Riddarne äro äfven män af kraft och styrka; men ett sedligt element har omdanat och förädlat det rent fysiska modet, det är *hederskänslan*. Att hafva bragt denna känsla och aktningen för svagare likars rätt till fullt erkännande i det allmänna medvetandet och att hafva införlifvat dem som väsentliga moment i den moderna civilisationen, det är riddareväsendets blifvande och ovanskliga ära. som åt detsamma skall i alla tider och trots dess lyten häfda dess sedliga berättigande.

Men när började, när stiftades riddarskapet? Och när upphörde det? Härpå måste i första hand svaras, att riddarskapet var aldrig en politisk institution, som räknade sina anor från den eller den bestämda dagen. Det första fröet dertill återfinnes redan under romerska kejsartiden hos germanerna, om hvilka Tacitus förtäljer, att, sedan den till manbar ålder komne ynglingens vapenförhet först blifvit pröfvad på tinget, någon af höfdingarne eller hans far eller någon anförvandt högtidligen öfverlemnade åt honom sköld och spjut[1]). Äfven den här ofvan anförda seden att redan tidigt låta anställa sönerna i främmande hus för att der gifva dem en krigisk uppfostran, tyckes hos flera germaniska stammar hafva varit uråldrig, såsom vi finna dels ur våra gamla nordiska sagor, der ynglingen ofta lemnas till en fosterfader, dels af ett yttrande hos Paulus Diaconus, enligt hvilket det hos longobarderna icke var skick att en konungason finge spisa med sin fader, förr än han af en främmande konung fått mottaga sina vapen[2]); förmodligen hade han då äfven hos denne blifvit uppfostrad; ja, man skulle till och med kunna tänka sig att här ett verkligt riddarslag vore i fråga, ty den konungason, hvilken hans fader af anförda skäl icke ville lemna en plats vid sitt bord, hade då nyss i strid dödat en fientlig höfding och således visat sig väl förfaren i vapnens bruk, hvadan den i fråga varandes imottagande tyckes förutsätta någon särskild högtidlighet, ungefärligen jemförlig med senare tiders riddarslag. Huru som helst är så mycket säkert, att en viss invigning till krigaryrket tidigt förekommer hos germaniska stammen; denna sed bibehölls allt framgent och det är klart att, om densamma redan under deras vandringstid iakttogs med någon högtidlighet, denna icke skulle minskas sedan de uppträdt som eröfrare och för evärdeliga tider underlagt sig det vestromerska rikets gamla provinser. Klart är ock att, när ett samhällsskick ändtligen började ånyo stadga sig i dessa länder, och krigarståndet då, såsom naturligt var, blef det nya samhällets vigtigaste beståndsdel, den gamla seden då ock blef i samma mån betydelsefullare, och att den utvecklades i jembredd med öfriga inrättningar, som tillsamman utgjorde feodalsystemet. Under tiden hade i dessa gamla former inlagts ett nytt innehåll genom kristendomen, som helgade vapnens bruk till det sannas och godas tjenst, och så fortgick småningom denna förmälning mellan germanism och kristendom, tills man omsider i elfte århundradet, ungefär samtidigt med de första korstågen, finner riddarväsendet fullt utbildadt med hufvudsakligen de former, som här ofvan framstälts.

Af det anförda framgår, att riddarväsendet egentligen är att anse som en fortsättning och utveckling af ett bruk, som hade sin största betydelse för den enskilde och hans familj, och denna rent privata karakter bibehöll riddarväsendet alltid. Riddarvärdighetens meddelande var ingalunda förbehållen landsherren såsom någon hans företrädesrätt, ej heller någon annan offentlig myndighet,

---

[1]) Tacitus, *De Situ, Moribus et Populis Germaniæ*, cap. XIII.
[2]) Paulus Diaconus, *De Gestis Longobardorum*, I: 23.

utan befogenhet dertill hade endast den enskilde riddaren, hvilken i samfundet upptog hvem helst han dertill pröfvade värdig eller lämplig. Utan några särskilda förpligtelser till staten eller des öfverhufvud, berodde riddaren endast af Gud och sitt svärd, och erkände sig icke bunden af andra lagar, än dem han sjelfvilligt åtagit sig i riddareeden. Men »allt ytterligt är ställdt på branten af ett fel», och i denna ytterliga, obegränsade frihet låg grunden till riddareväsendets förderf: hon urartade till sjelfsvåld och tygellöshet, ty riddarne voro, äfven de, icke annat än ofullkomliga menniskor, som i bästa fall måste bekänna om sig, att viljan hadde, men att göra godt det funno de icke. Också är det säkert att egennytta, sjelfviskhet, grymhet och alla andra råa och djuriska lidelser icke på den tiden voro sällsyntare i verlden än nu; ja sedeförderfvet var enligt samtida författare så stort och så allmänt, att man fullkomligt väl kan förstå att personer funnits, som på allvar satt i fråga, huruvida icke riddarväsendet i dess fagra skepnad endast varit en poetisk fiktion. Så är det dock icke: dertill hafva vi för många fullt historiska och trovärdiga intyg om motsatsen. Men riddareeden hölls och ridderliga dygder öfvades visserligen endast af ett försvinnande fåtal i den stora mängden; så mycket större blef den hyllning som egnades dessa få »utan tadel och vank», och inom den sedliga verlden upprepades här samma företeelse som i den fysiska: stjernorna stråla så mycket klarare, ju mörkare den omgifvande natten är.

Om således riddarväsendet bar inom sig fröet till sin moraliska undergång, så är det klart, att dess upphörande i samhället endast kunde vara en tidsfråga, och denna fråga fick sin lösning på samma gång som feodalsystemet, med hvilket det ifrån början så nära sammanhängde. Medeltidens sista århundraden bevitna på samma gång länsväsendets brustna makt och riddarväsendets allt mera sjunkande betydelse, detta senare föranledt i yttre måtto jemväl af det förändrade krigssätt som blifvit en följd af det allmänna införandet af artilleriet, mot hvilket den tungt beväpnade riddarens personliga tapperhet icke kunde komma till samma rätt som förr. Dock äfven från denna tid blickar oss en och annan af de gamla kämpagestalterna till mötes: der är Gonzalo de Cordoba, mera känd såsom El Gran Capitan, hvilken åt Ferdinand den katolske eröfrade konungariket Neapel, och när konungen icke hade försyn för att af honom fordra redo för de stora penningesummor, han imottagit, gaf honom följande räkning:

100,000 dukater till kulor och krut.

200,726 duros och 9 realer till munkar, nunnor och tiggare, för att bedja Gud om framgång åt de spanska vapnen.

50,000 dukater till förfriskningar åt hären på en bataljdag.

Halfannan million dukater till fångars och sårades underhåll.

10,000 dukater till parfymerade handskar för att bevara trupperna för stanken af de på valplatsen utsträckte döde fienderna.

160,000 dukater för att låta uppsätta nya och laga gamla kyrkklockor, som tagit skada af att ringas alla dagar för nya segrar.

En million till tacksägelse-messor och Te-Deum.

Tre millioner till själamessor för de döde, och

Ett hundra millioner för mitt tålamod att höra på huru man fordrar räkenskap af den, som åt sin konung eröfrat ett rike [1]).

Ännu senare möta vi der äfven »allt ridderskaps blomma» Bayard, och till sluts Frans I af Frankrike, hvilken på slagfältet vid Marignan begärde som den största ära honom kunde vederfaras att af Bayard få imottaga de gyllne sporrarne. Detta var, så vidt nu är veterligt, sista gången som en enskild riddare utöfvat den gamla rättigheten att förläna denna värdighet, och med upphörandet af denna rättighet eller åtminstone af dess utöfning kan äfven det gamla riddarväsendet sägas faktiskt hafva upphört att finnas till.

Det återstår att taga en hastig öfverblick af riddarväsendets inflytande på litteraturen. Huru stort detta inflytande en gång var, bevisas bäst af den omständigheten, att den vida större delen af hela vestra Europas profana medeltidslitteratur har riddarväsendet eller episoder deraf till sitt ämne och innehåll och att den i allo delar dess öde: den framträder ungefär samtidigt med de första korstågen, då äfven riddarväsendet börjar tillhöra historien, den blomstrar och dör med det. Först affattade i vers och föredragna i de förnämas hof började dessa dikter i slutet af fjortonde århundradet att omsättas i prosa och sänka sig ned till en större allmänhet, tills slutligen med sextonde århundradets klassiska renaissance riddareromanerna alldeles kommo ur modet, såsom redan tillhörande »en öfvervunnen ståndpunkt.» Men längst ned på bottnen af den moderna bildningens djupa strömfåra finnes der ännu qvar en aflagring af dem: de hafva, visserligen stundom i en mycket förändrad form, blifvit folkläsning; på bymarknaderna i Tyskland, Frankrike, Spanien och Italien säljas de ännu, tryckta på lumppapper med motsvarande träsnitt, och förmodligen hafva äfven de flesta af oss någon gång i vår barndom med stor uppbyggelse läst

---

[1]) Berättelsen härom, prydligt präntad och infattad i glas och ram, finnes uppsatt i Kongl. artilleriets museum i Madrid.

historien om den Sköna Grisilla, om Helena Antonia af Constantinopel, om de sju Vise Mästare, om Kejsar Octavianus, m. fl. alla »tryckta i år.»

Af ett helt annat slag äro de riddaredikter, som under femtonde och sextonde århundradena författades i Italien. I detta land, som under medeltidens förra del gick från den ena eröfrarer till den andra, och som under dess senare hälft var splittradt i en mängd, ofta republikanskt styrda småstater, hvilka, företrädesvis upptagna af handelsintressen, vanligen utförde sina krig med legotrupper, hade riddarväsendet aldrig blifvit så fast rotadt som i det öfriga Europa; de historiska förutsättningarna för en verklig riddaredikt fattades derför eller voro åtminstone sedan långt tillbaka afbrutna, och med anledning häraf sakna en Boyards, Pulci, Ariostos, m. fl. poemer helt och hållet den »bonne foi», som ligger till grund för de äldre riddareromanerna: de förra äro icke och göra knappt sjelfva anspråk på att vara annat än ett persifflage, en elegant travestering af och satir mot de senare.

Denna åsigt har i långliga tider äfven varit allmänt gängse om Cervantes' odödliga mästerverk Don Quijote de la Mancha. Två skäl borde dock redan från förstone hafva förbjudit dess antagande: det ena, att författaren redan i början af sjelfva boken. nämligen när Don Quijote återkommit från sitt första tåg, visserligen låter presten och barberaren bränna upp en del riddareromaner, men derimot egnar många andra ett fullkomligt oförbehållsamt erkännande, och det saknar icke sin betydelse, att flertalet af de utdömda böckerna just voro alster af Cervantes samtida, som utan sinne för det ideela, hvilket dock alltid i någon mån tillhörde de äkta riddareromanerna, endast öfverlemnade sig åt en otyglad fantasis vilda utflykter. Det andra skälet är Don Quijotes egenskap af att hafva roat och fortfarande kunna roa generationer, som aldrig hört talas om, långt mindre läst de riddareromaner, mot hvilka Cervantes' verk skulle vara en satiriserande protest: men en parodi eller satir, såsom blott sådan, blir det plattaste och tråkigaste i verlden; den är närmast att förlikna vid en afvigsida utan räta, och hade Don Quijote icke haft andra anspråk på odödlighet, skulle han längesedan multnat vid sidan af sina föregifna prototyper. Dessutom är don Quijote i sjelfva verket knappast *komisk*, utan snarare *humoristisk*, så vidt man nämligen utskrattar den som är komisk, höjer sig öfver honom, känner sig icke hafva någon del i hans dårskaper, utan tvärtom förargas öfver dem och glädes åt att de, såsom stridande mot det sanna, goda och sköna, upplösas af och genom sig sjelfva; det humoristiska löjet åter framlockas af andra orsaker: det är det ideala, som af jordisk skröplighet hämmas i sin utveckling och derföre kommit att taga en ensidig eller förvänd riktning och råkat i hvarjehanda missförhållanden, men som ändock bibehåller så mycket af sin ursprungliga karakter, att vi trots det löjliga i dess förvändheter ännu kunna egna det vår sympati och med förtröstan motse dess slutliga seger. Och denna gång kan det löjliga vid närmare besinning till och med blifva djupt tragiskt, såvida den angifna skröpligheten kan tänkas som en hela menesklighetens gemensamma skröplighet, i följd af inskränktheten af dess tillvaro, och såvida missförhållandena äro af den beskaffenhet, att de i mer än ett fall återkomma i den jordiska existensen och bidraga att åskådliggöra den så ofta med smärta anmärkta otillräckligheten och fruktlösheten af menniskans trägnaste sträfvan för de högsta och ädlaste ändamål [1]. I denna mening är Don Quijote en humoristisk figur, allmänt mensklig så i förtjenster som fel och derföre äfven berättigad till den hjertliga kärlek, med hvilken man hela tiden följer och slutligen skiljes från den gamle hidalgon. Och denna kärlek minskas sannerligen icke om det skulle besannas, hvad den sista tidens kritiska forskningar tyckas vilja ådagalägga, att till det allmänt menskliga intresset kommer ett enskildt, i det urbilden för Don Quijote skulle varit icke någon gammal medeltidsriddare och ännu mindre en blott fantasi-skapelse, utan författaren, den odödlige Cervantes sjelf [2].

---

[1] Jemför B. E. Malmströms utmärkta framställning häraf i hans afhandling öfver Cervantes (*Samlade skrifter*, 8:de bandet. Örebro 1869), äfvensom D. Juan Valera i dennes *Discurso sobre el Quijote y sobre las diferentes maneras de Comentarle y juzgarle*. Madrid 1864.

[2] Se härom *Nicolás Diaz de Benjumea* i hans båda afhandlingar *La Estafeta de Urganda ó Aviso de Cid Asam-Ouzad Benenjeli sobre el desencanto del Quijote*, Londres 1861; och *El Correo de Alquife ó segundo aviso* etc. Barcelona 1866.

V. E. LIDFORSS.

Är dogmen om "Guds ord" en med bibeln förenlig lära?

Stabilior amicitia in Domino, quæ libero
spiritu nititur, quam quæ quantivis humani
ingenii cancellis continetur.

ZWINGLI

1.

»Här är i vårt land mycken oklarhet rörande betydelsen af »Guds
ord» — ett uttryck som jemt flödar öfver alla bekännares läppar.
de må vara »lekte» eller »lärde». Luther lärde oss, att *Guds* ord
skulle *rent och klart* predikas, men den minneslexan från barn-
domen röres vanligen så ihop, att det blifvit ett schibboleth för
en viss skola i vår andelighet att försäkra, det densamma pre-
dikar endast *ett rent och klart Guds ord*, följaktligen skall den ju
skilja sig från alla andra predikoskolor, som väl också predika
Guds ord, men som således skola anses predika ett *orent Guds*
ord? Uttrycket har dock ej stannat inom den skolan, utan gått
snart sagdt ut i det allmänna språkbruket. Kolportören berättar.
huru han varit i den staden och den byn och der *talat Guds ord*
(ej uttalat egna ord öfver eller i anledning af Guds ord), så att
hans andeliga eller andelösa tal blifva af honom sjelf kallade Guds
ord. Den lärde kallar sig af ålder *Theolog* efter Johannes, Uppen-
barelsebokens författare, men denne kallades Theologos derför att
han lärde, det *Theos* var *logos*, »Gud var ordet», då våra theo-
loger kalla sig theologer äfven då de neka *den* sanningen, tydligen
derför att deras tal eller skrift af dem anses vara ett Guds-tal
(Theologia), äfven om detta tal vetenskapligt måste heta Ariansk
heresi. Det är således ej underligt, att tviflarne, som i våra dagar
börjat öfva sin berättigade kritik på allt det »Gnds ord», hvilket
de märka att folket sjelft framalstrar, få en farlig vana att sedan
lika behandla det våra fäder *ensamt* kallade Guds ord eller *Bi-*
belns böcker. Godt är derför att skrifter utkomma, hvilka lära
hvad som uteslutande bör heta Guds ord och reda de orediga
begreppen i detta ämne.»

Att »mycken oklarhet», många »orediga begrepp» — hvilka alltså rätteligen ej böra benämnas *begrepp*, utan motsägelsefulla föreställningar — råda i vårt kära fädernesland i fråga om verkliga betydelsen af den äretitel, hvarmed ett gängse bruk utmärker de vördnadsvärda urkunder, på hvilka reformatorerna grundade protestantismens kyrka — detta sorgliga faktum finna vi i de ofvan anförda orden bekräftadt utaf en framstående svensk församlingslärare i våra dagar. Och att förvirringen i nämda hänseende är att påträffa ej ensamt hos okunniga och sjelfkära redskap för »den inre missionen», utan lika mycket hos vissa det teologiska vetandets sjelfskrifna målsmän, derom innehåller vårt citat åtminstone en antydning. Men tydligare än som kunnat ske genom någon öppen bekännelse, vitnar den högt aktade författaren om den öfverklagade »oredighetens» befintlighet äfven hos våra teologer af facket *genom sin egen personliga ställning till frågan*. Vi skynda att för *Framtidens* läsare presentera den man, hvilkens yttrande vi stält i spetsen för vår uppsats. Det af oss citerade utlåtandet står att läsa i det förord, hvarmed domprosten i Göteborg dr P. Wieselgren velat till allmänhetens uppmärksamhet varmt anbefalla ett ultrareaktionärt opus rörande inspirationsläran, nämligen den svenska öfversättningen af Genèver-teologen L. Gaussens skrift *Theopneustie ou inspiration plenière des écritures saintes* (2 édit. Genève 1842), af den onämde öfversättaren utrustad med titeln »Bibeln, Guds bok, eller den Heliga Skrifts gudomliga ingifvelse» (Stockholm, A. L. Norman 1867). Arbetet lofordas i förordet såsom ett det kraftigaste botemedel för dem, som i fråga om inspirationsdogmen »i större eller mindre mån blifvit utsatta för tvifvelsjukans och otrons hjerteförtorkande vind»; å vår sida hafva vi att undersöka, huruvida den nyaste ortodoxismens lära om de bibliska skrifterna såsom ett absolut ofelbart »Guds ord» låter sig förlikas med bibelns eget åskådningssätt om sig sjelf. Resultatet af vår undersökning skall då ock lägga i 'dagen, huruvida den Gaussen-Wieselgrenska doktrinen om bibelns ursprung och egenskaper är en sant kristlig och protestantisk, en i förhållande till det vigtiga ämnet redande och ljusbringande, eller om hon möjligen är motsatsen häraf, i hvilket fall hon ju otvifvelaktigt bör rödjas ur vägen, för att lemna rum åt en på riktigare insigt grundad.

För att bilda oss en åsigt angående den nämda doktrinens förhållande till bibelläran, böra vi först göra oss redo för, hvad hon i fråga om bibeln egentligen vill inskärpa. Vi skola derefter gifva en kort framställning af bibelns eget vitnesbörd om sig sjelf;

härigenom äro vilkoren fylda för ett besvarande af spörsmålet: är dogmen om »Guds ord» en med bibeln förenlig lära?

Alltså: hvaruti består det för ortodoxismens inspirationsteori — sådan hon förfäktas af den calvinske teologen i Schweiz och de med honom lika tänkande i Sverige och annorstädes — egendomliga och utmärkande? Önskande att vid frågans besvarande gå till väga med största möjliga opartiskhet, hänvisa vi till de anmälan af Gaussens på svenska öfversatta arbete, som finne införd i *Teologisk Tidskrift*, 1868, 2:dra häft. — Anmälaren, hr T. N.(orlin), framhåller, att »den bekännelsetrogna teologien» länge varit i afseende på läran om den heliga skrifts inspiration delad i tvenne läger. »Å ena sidan har man lärt, att inspirationen sträckt sig icke blott till innehållet, utan äfven till formen och sjelfva orden (ipsissima verba). Å andra sidan har man förnekat verbalinspirationen och blott antagit en realinspiration af olika grader. Verbalinspirationens förfäktare hafva yrkat riktigheten af sin åsigt bland annat derföre att man icke kan kalla bibeln Guds ord, i fall menskliga beståndsdelar deruti antagas, att gränsen mellan hvad som är gudomligt och menskligt är omöjlig att på realinspirationens ståndpunkt uppdraga, samt att ett högst farligt utrymme för godtycket lemnas, i fall det skall vara den enskilte tillåtet att efter sin subjektiva uppfattning bestämma hvad i den heliga skrift är Guds ord eller icke o. s. v. Realinspirationens försvarare hafva åter grundat sin mening på de i nya testamentet förekommande fria citaten ur det gamla, på den i de olika bibelböckerna framträdande olika stilen, som ögonskenligen visar, att de helige författarne icke varit blott mekaniska, viljelösa verktyg. utan att de hvar och en efter sin individualitet samt i en form, i hvilken denna individualitet afpräglar sig, fritt återgifvit det gudomliga innehåll, inspirationen skänkte dem, att de många varianterna i alla fall göra det omöjligt att nu tro hvarje ord vara af den helige ande ingifvet o. s. v. Mellan dessa olika åsigter fortgår kampen oupphörligt.»

»På svenska ega vi redan», fortsätter anmälaren, »en af professor C. Warholm med talang och varm öfvertygelse skrifven originalafhandling till verbalinspirationens försvar. Dr L. Gaussens i svensk öfversättning nu utkomna berömda teopneustie intager väsentligen samma ståndpunkt. Med brinnande entusiasm förfäktar Gaussen den mest afgjorda verbalinspiration. Han har härvid gått längre, än mången verbalinspirationens uppriktige vän torde finna nödigt och önskligt. (Jfr dr Wieselgrens förord). Äfven från verbalinspirationens ståndpunkt torde det sålunda vara att beklaga.

att för attaren återupptagit de af en del äldre lärare på de heliga författarne använda bilderna af *handsekreterare*, för hvilka den helige ande *dikterat* de heliga skrifterna, af *musikinstrumenter*, på hvilka den helige ande spelat, ja af *tangenter* på en orgel, som Gud spelat. Genom dessa bilder synas de heliga författarne blifva förvandlade till döda, viljelösa verktyg för en rent mekanisk inspiration. Men Gaussen nekar å andra sidan bestämdt, att de voro sådane. Huru härmed än må förhålla sig, måste man dock gifva sin aktning åt den trosvarma öfvertygelse och den brinnande nitälskan, som hos Gaussen uppenbarar sig. Hans bok innehåller den fullständigaste samling af bevis för verbalinspirationen, som gifves, och den måste vid hvarje kommande undersökning af detta vigtiga ämne blifva rådfrågad.»

Som man finner af ofvanstående korta karakteristik, åsyftar Gaussens skrift ingenting mindre än att ånyo bringa till heders den protestantiska skolastikens — en Gerhards, Quenstedts, Calovii m. fl:s — inspirationsteori i hela hennes onaturliga krasshet och omedgörlighet. Knappast torde dock någon, som ej sjelf tagit kännedom om det i fråga varande arbetet, kunna rätt ana till hvilka ytterligheter bokens författare låter sig drifvas uti sin fullkomligt hänsynslösa apologetiska ifver. Med så öfverdådigt käcka fasoner uppträder apologetens »licentia», såväl den logiska som den exegetiska, att t. o. m. förordets förf., ehuru sjelf en troende i hvad angår »inspiratio verbalis», funnit rådligt inlägga en varsam protest mot ett par af Gaussens handgripligaste öfverdrifter, anseende honom »snarare felande *in excessu* än *in defectu*». Och väl kunna dylika århundradens tänkande och forskning hånande påståenden med fog betecknas såsom vetenskapliga excesser[1]), helst när man besinnar, att deras upphofsman har bakom sig i tiden Kant och den efterkantiska filosofien och skrifver samtidigt med F. Chr. Baur och den af honom grundade epokgörande kritiska bibelvetenskapen. Vi skulle stanna i förlägenhet, om vår uppgift vore att här framlägga en vald samling af exempel ur bokens 315 octavsidor långa »catalogus errorum». Hvarje kapitel,

---

[1]) Det tyckes imellertid, som vore dr Wieselgren ej särdeles angelägen om att hans reservation mot det af honom förordade arbetets öfverdrifter måtte tagas på fullt allvar. Han tillägger nämligen urskuldande — sedan han påpekat, hurusom Gaussens uppfattning förutsätter, »att inspirationen alltid måste ha varit *exstatisk*» —: »Men den som vill hafva en hufvudfästning, på hvars bevarande en stads, ett lands välfärd beror, väl förvarad, kan ju ej hafva något emot, om den, som gräfver löpgrafvarne, gör dem ännu djupare än som ovilkorligen behöfdes, och om de, som uppkasta vallarne, göra dem ännu högre, än många föregångares goda arbeten visat sig vara.»

ja snart sagdt hvarje sida hvimla af orimliga antaganden, hvilka fått sitt uttryck i »dicta classica» sådana som t. ex. det följande: »Ingenting i bibeln skall någonsin motsäga hvad den lärda verldens forskningar efter så många sekler hafva kunnat upptäcka såsom visst rörande vår jords eller himmelens tillstånd. Genomgån noggrant våra Skrifter från början till slutet, för att der söka sådana fläckar; och, under det I öfverlemnen er åt denna undersökning, erinren er, att det är en bok, som talar om allt, som beskrifver naturen, som högtidligen förkunnar dess stora uppträden, som berättar dess skapelse, som säger oss bildningen af himlarne, ljuset, vattnen, luftkretsen, bergen, djuren och plantorna; — det är en bok, som lärer oss verldens första omhvälfningar, och som också förutsäger oss de sista; — — —: nåväl, — söken hos dess 50 författare, söken i dess 66 böcker, söken i dess 1,189 kapitel och dess 31,173 verser..., söken en enda af dessa tusen villfarelser, hvarmed de gamle och de nyare äro uppfylda, då de tala, vare sig om himmelen, eller om jorden, eller om sina omhvälfningar, eller om sina grundämnen: söken, I skolen icke finna.» — »Aldrig skolen I», inskärper förf. ännu en gång, »uti ett enda språk finna den motsägelse mot de sanna begrepp, som vetenskapen har kunnat låta oss uppnå om formen af vår jord, dess storlek, dess inre beskaffenhet och de förändringar den undergått; om det tomma rummet och om rymden; om den tröga och osjelfständiga kroppsligheten hos alla stjernorna, om planeterna, deras massor, deras lopp, deras storlek eller deras inflytelser; om de solar, som uppfylla rymdens djup; om deras antal, deras natur, deras omätlighet» — Och ännu mer: »Icke nog med att bibeln aldrig gillat någon falsk sats eller något falskt uttryck, har den dessutom ofta låtit undfalla sig ord, som på ett omisskänneligt sätt förråda den Allsmäktiges vetande. — — Ofta skolen I i bibelns uttryck varsna en vishet, en kunskap, en noggranhet, hvarpå fordna sekler icke kunnat tänka, och som ensamt de nyares tuber, beräkningar och vetenskaplighet hafva kunnat uppskatta, så att dess språk skall genom dessa drag bära uppenbara tecken af den mest fullständiga ingifvelse.» — »Vår slutsats blir följaktligen den», heter det till slut, »att man måste på hvarje blad i hela bibeln erkänna ett Guds ord.»

»Men», invänder förmodligen den vid alla dessa trosstarka bedyranden något häpne läsaren, »är det då verkligen denne författares mening att påstå, det *alla* bibelns utsagor äro absolut ofelbara, *alla* dess omdömen obetingadt riktiga, *alla* dess föreskrifter giltiga alltid och för alla? Förnekar han, med bibeln uppslagen framför sig, att en motsägelse förefinnes mellan det gamla och det nya testamentets gudsbegrepp och verldsåskådning öfverhufvud? Vill han göra troligt, att ingen väsensolikhet kan spåras mellan den af Kristus förkunnade rent andlige Guden, menniskornas himmelske Fader, och mosaismens Jahveh-Elohim, som med egen hand skapat det första menniskoparet, åt mannen och hans hustru förfärdigat drägter af skinn, som låter Abraham åt sig uppduka en måltid i Mamres lund, brottas med Jakob, inskrifver budorden på stentaflorna med sitt finger, talar med Moses »ansigte mot ansigte, såsom en man talar med sin vän» och går förbi honom, så att Moses får se »hans ryggsida.» Påstår han, att naturvetenskaperna och filosofien icke kunna finna något att anmärka mot ormen i paradiset, djuren i Noachs ark, Bileams åsna, Eliæ himmelsfärd i en brinnande vagn, Jahvehs förhärdande af Faraos hjerta, hans vrede, hämdlystnad och så många andra drag, hvilka lägga i dagen en groft antropomorfistisk gudsuppfattning? Och tager han slutligen, för att kröna verket, äfven *det* påståendet på sitt ansvar, att i bibeln ingenting förekommer, som måste synas anstötligt och förkastligt inför vår tids sedlighets- och rättsmedvetande? [1]

Ja, värdaste läsare, bedröfligt att säga förhåller det sig verkligen så, att vår författare, i likhet med så mången annan »bekännelsetrohetens» heros, synes hafva tagit till sitt skriftställeris ledande tanke det tertullianska: »prorsus credibile est, quia ineptum est; certum est, quia impossibile est» (det är fullkomligt troligt, emedan det är dåraktigt; det är visst, emedan det är omöjligt»). Sin bok har han imellertid försett med ett annat motto, nämligen med följande yttrande af F. Turrettini: »Frågas — om de helige

---

[1] Att de bibliska skrifterna i detta såväl som i andra hänseenden afspegla sin tids ofta föga upphöjda åskådningssätt, bestrides naturligtvis på det ifrigaste af inspirationsdogmens anhängare. Man jemföre dr L. Landgrens utlåtande (i *Teologisk Tidskrift*, 1870, första häftet) med anledning af den i sjunde häftet af *Framtiden*, 1869, införda uppsatsen: »Om den s. k. bibliska historien såsom läroämne vid religionsundervisningen», af F., samt dr H. von Schéeles polemik (i Teol. Tidskr. 1870, tredje häftet) mot en uppsats i *Svensk Litteratur-tidskrift* (1869, sjunde häftet) om »Olika sätt att läsa bibeln», af C. F. B. »Rörande de tvenne speciela punkter i den bibliska framställningen», yttrar hr von Schéele, »bvilka af förf. utpekas såsom de mest »stötande för vår tids sedliga medvetande», nämligen dels »den hänsynslösa grymheten mot besegrade fiender», dels »den naiva öppenhet, hvarmed förhållandet mellan könen behandlas», så få vi kortligen genmäla, att vår tids medvetande väl ingalunda är någon säker måttstock för dessa frågors rätta bedömande.» Tyvärr har hr v. S. försummat att upplysa oss om *hvilket* tidehvarfs sedliga medvetande, han anser lemna den här erforderliga måttstocken.

författarne varit så drifna och styrda af den helige ande, så väl i afseende på sakerna som orden, att de äro utan all villfarelse: motståndarne neka det, vi bejaka det.» Uti detta »bejakande» röjer Gaussen, såsom vi redan funnit, en makalös käckhet. Man läse t. ex. hans »bevis» för satsen att bibeln icke allenast icke innehåller något enda naturvetenskapligt misstag, utan tvärtom — om blott man förstår konsten att rätt läsa mellan raderna — kan göra tjenst som handbok i nutidens astronomi, geologi, m. fl. nyttiga kunskaper[1]). Af samma halt äro de skäl som uppräknas till stöd för antagandet af en inspiration, som sträcker sig ej blott till tankarne utan äfven till sjelfva orden i hvarje biblisk skrift[2]), så ock argumentationen till förmån för de historiska böckernas, de många namn- och slägtregisterns rättighet att gälla såsom dikterade af den helige ande. Och vill man nu i ett sammandrag skaffa sig kännedom om den dogmatiska teori, med hvars tillhjelp Gaussen producerar sina apologetiska konststycken, så finnes för ändamålet att tillgå en svensk skrift, som i allt är ett troget åter-

---

[1]) Ett par profbitar må anföras ur det rika förrådet! För att styrka bibelns *profetiska* karakter i smått som i stort, påminner Gaussen om att Canaans land sägas vara rikt icke blott på källor, utan på »underjordiska vatten», hvadan alltså bibeln »tyckes på förhand berätta om de genomborrningar, medelst hvilka de nyare lärt sig att fruktbargöra vissa torra och utmagrade landsträckor, genom att låta sprutande vatten framvälla ur jorden.» — Vidare. »När bibeln talar om Noachs räddning, gifver den arken en storlek, som vi vid första anblicken finna alltför inskränkt, som v: skulle ha hundradubblat, om denna berättelse hade ålegat oss, men som ett närmare aktgifvande (!) på saken har erkänt för tillräcklig.» Huru författaren förklarar den omständigheten, att tigrarne och hyenorna i arken icke nedgjorde de mindre djuren, hafva vi oss ej bekant; måhända tryggar han sig, liksom en och annan hans föregångare på det apologetiska fältet, vid antagandet, att rofdjuren under »den gamla goda tiden» varit stillsamma gräsätare.

[2]) Ord- och bokstafsinspirationens nödvändighet förfäktas af Gaussen t. ex. så här: «Antagen att den Helige Ande kallade er att nedstiga denna morgon på allmänna torget, för att der, på ryska eller på tamuliska språket, förkunna »Guds härliga verk»; hvad skulle det blifva af er, om han nöjde sig med att ingifva er tankarne, utan att gifva er orden? — — — Nå väl, öfverflyttom detta antagande på Jerusalem och på apostlarnes person. När båtkarlarne från Capernaum och Bethsaida, församlade i sin öfversal, på pingstdagen fingo befallning att nedstiga derifrån, för att inför detta folk, som kommit tillsamman från alla de länder, som under himmelen äro, förkunna »Guds härliga verk», på latin, på parthiska, på elamitiska, på chaldeiska, på koptiska, på arabiska, var det icke nödvändigt att orden blefvo dem gifna? Hvad skulle de hafva gjort med tankarne utan orden? Ingenting; under det att de med sina ord kunde omvända folket.» — Odugligheten af detta »bevis» faller i ögonen, då man erinrar sig, att nya testamentet — och det var ju *dess* inspiration som skulle bevisas — är skrifvet hvarken på parthiska eller elamitiska, utan på forntidens förnämsta kulturspråk.

ljud af det Gaussenska arbetet. I fråga varande skrift är den af hr T. N. i *Teologisk Tidskrift* komplimenterade afhandlingen *Om den heliga skrift inspiration* (Lund 1866), af dr Clas Warholm, numera teologie professor vid Lunds universitet.

Hr Warholms inspirationsteori i hennes förhållande till Gaussens kan i korthet karakteriseras såsom ett försök att — för att tala med Hamlet — »öfverherodisera Herodes.» Lyckas han ej alltid härutinnan, så beror detta åtminstone icke på ett för litet af dristighet i ord och åthäfvor. De åsigter, som i något hänseende afvika från hr Warholms egna, betecknas af honom såsom ej allenast vetenskapligt ohållbara, utan äfven härflytande ur ett mer eller mindre okristligt sinnelag. Författaren börjar med en klagan öfver den »bland våra vetenskapsmän, liksom ibland kyrkans lärare, mycket allmänna fördomen, att den s. k. ortodoxa läran om en inspiration, som skulle omfatta hela skriftens innehåll och sträcka sig ända till sjelfva orden, icke numera låter försvara sig.» »Jag kan icke förklara detta annorlunda,» tillägger han, »än att det otrosslagg, som tidsanden afsatt hos vår samtid, äfven verkat förlamande på sådane mäns sinnen, och att de icke hafva gjort sig full reda för denna frågas stora betydelse eller hennes ställning till vetenskapens nuvarande resultater.» För egen del vill hr W. hålla sig obesmittad af »tidsanden»; »vi skola icke heller», tillkännagifver han i kapitlet om »inspirationens begrepp», »låta förvilla oss af de många' röster äfven ibland oss, som vilja reformera icke blott vår lutherska lära, den augsburgiska bekännelsen (hvilket redan är en otillbörlig förmätenhet), utan sjelfva den heliga skrift. Vi hafva icke något skäl att i detta stycke falla af ifrån vår kyrkas tro, utan vilja hålla fast vid den ortodoxa lärans bestämmelser. — Dessa bestämmelser anse vi vara innefattade i följande trenne hufvudmomenter: den heliga skrifts egentlige *upphofsman* (*auctor primarius*) är Gud, som på ett öfvernaturligt sätt genom den heliga anda *drifvit* de heliga författarne att skrifva (*impulsus ad scribendum*), och vid skrifvandet ingifvit dem både *fakta* och *ord* (*suggestio rerum et verborum*). Detta», heter det vidare, »är sammanfattningen af det resultat, hvartill den kyrkliga teologien kommit i sin utredning af inspirationsläran, och härvid måste det förblifva, för hvar och en som tror på Guds uppenbarade ord» [1]).

---

[1]) Hr Warholms påstående, att den ofvan anförda uppfattningen af inspirationens begrepp utgör «den kyrkliga teologiens» slutord i frågan, är egnadt att väcka förvåning. En teologie professor kan svårligen vara okunnig om, att teologer af erkändt »kyrklig» hållning ansluta sig till en helt annan åsigt. Så t. ex. skrifver Leipzigerteologen Kahnis i arbetet *Die Lutherische Dogmatik* I (Leipzig 1861) följande: »Die

Författaren förklarar sig obetingadt underskrifva Hollazii yrkande.
att inspirationen nödvändigt måste antagas omfatta sjelfva orden
(»ipsissima verba») i bibeln; vi känna ej huruvida han, för att ej
stanna på halfva vägen, med Quenstedt o. a. antager att äfven
vokaltecknen i gamla testamentet äro ingifna af den helige ande.
Med stor ifver förfäktar hr W. den bokstafliga inspirationen af
Pauli dietetiska föreskrift till Timotheus, att icke dricka blott
vatten, utan äfven något vin (1 Tim. 5, 23) och utbrister på tal
härom: »om det i Skriften jemte Guds ord äfven skulle finnas
sådant, som icke är inspireradt, utan härrör från menniskor en-
samt, hvem skall då utpeka för oss det för oss nödvändiga?» Man
kan ej tydligare proklamera sitt underkännande af *förnuftets* doms-
rätt i religiösa mål, sin obenägenhet att låta den klara tanken,
det vakna samvetet, den upplysta sedliga takten. gälla såsom san-
ningens pröfvostenar.   Huru annorlunda dömde ej Luther om
bibeln, då han ännu stod på sin utvecklings höjdpunkt! Huru bjert
är ej kontrasten mellan hans frimodiga yttrande rörande Uppen-
barelseboken, hans framhållande af motsägelserna mellan Paulus
och Jakob, och hr Warholms så godt som ordagrant efter Gaussen
afskrifna slutpåstående: »om man söker i dessa sextiosex böcker
och i dessa tusende kapitel, så skall man icke upptäcka *en enda*
af alla dessa tusentals dårskaper och villfarelser, hvaraf både
gamla och nya menskliga skrifter äro uppfylda; man skall icke en
gång finna någon motsägelse imellan de olika författarne sjelfve.
utan tvärtom samma ande, samma mening, samma åskådning.
samma tro från början till slut»[1]).   Kräfver detta »renläriga»

Unhaltbarkeit der altorthodoxen Inspirationslehre wird Jedem in die Augen springen.
der sich nur die Mühe gibt sich ein anschauliches Bild von derselben im Einzelnen
zu machen. Soll man sich denken, dass der Apostel Paulus, als er jenen zarten, ur-
banen, von einem leisen Humor berührten Brief an Philemon schrieb, nur aufzeichnete
was der heilige Geist ihm dictirte? Denkt eine Inspirationslehre, welche alle Solöci-
men und Barbarismen der apostolischen Schriften, alle verfehlten Constructionen des
Paulus, alle ungenauen Citate, Differenzen in der Darstellung (und zwar in Puncten, wo
auf den Wortlaut etwas ankommt, wie bei den zehn Geboten, dem Vaterunser, den
Einsetzungsworten des Abendmahls), Entlehnungen aus anderen Schriften, rein per-
sönliche Urtheile und Ausdrücke u. s. w. dem heiligen Geiste zuschreibt, wirklich
würdig von heil. Geiste? Gerade die Instanz, auf welche sich diese Theorie stützt,
nämlich das Zeugniss des heil. Geistes, ist der evidente Beweisgrund gegen sie. Wer
wirklich das Wehen und Wirken des heil. Geistes empfunden hat, weiss, dass derselbe
dynamisch wirkt, die wahre Eigenthümlichkeit des Menschen nicht unterdrückend.
sondern zur höchsten Entfaltung erschliessend» (a. st. sid. 666 f.)

[1]) Vid bestridandet af att motsägelser förekomma mellan de bibliska författarne
åsigter och uppgifter kommer hr W. i beröring med det urgamla »crux interpretum:»
skiljaktigheten mellan synoptikernas och det fjerde evangeliets berättelser om Kristi

orakelspråk ett svar? I så fall synes oss svaret vara gifvet i den här fullt tillämpliga gamla utsagon om bibeln:

»Hic liber est, in quo quærit sua dogmata quisque; Invenit et pariter dogmata quisque sua.»

Så beskaffad är den lära om bibeln, som i vårt land för närvarande doceras från universitetskatedrar och i teologiska afhandlingar med högt uttaladt anspråk på att gälla som det sista ordet i frågan [1]). Med *denna* inspirationsteori till anfalls- och försvarsvapen draga våra teologie doktorer och professorer i härnad mot bibelkritik och filosofi, öfverhopande deras idkare med de bittraste tillvitelser, samt påyrka kyrkans och skolans uppbyggande på grundvalen af en ortodox dogm, hvilken en föregående recensent af hr Warholms arbete med rätta betecknat såsom »ett dogmatiskt

sista påskalamsmåltid och dagen för hans korsfästelse. Med vanlig säkerhet i tonen förklarar han, att den här rådande motsägelsen endast är »skenbar», framkonstlad genom den »negativa» kritikens »egensinniga blindhet.» Det återstår att erfara, huruvida hr W. skall stå fast vid denna mening äfven efter den utredning de hit hörande frågorna erhållit genom hr N. W. Ljungbergs afhandlingar i detta och föregående häften af *Framtiden.*

[1]) Äfven i det lärda arbetet af biskop C. O. Björling *Den christeliga dogmatiken enligt lutherska kyrkans bekännelseskrifter* (2:dra uppl., Örebro 1866) finnes läran om inspirationen framstäld på ett sätt, som i allt väsentligt öfverensstämmer med den af hr Warholm förkunnade ofelbarhetsdogmen. Jmfr a. s. I, s. 306 f. Då författaren påstår, att »de nyare resultaterna på geologiens område ingalunda strida emot skapelsehistorien, rätt uppfattad», samt dervid åberopar sig på Kurtz' bekanta arbete *Bibel und Astronomie,* tilläta vi oss att erinra honom om, det Kurtz sjelf dock medgifver, att de bibliska skriftställarne dela forntidens oriktiga föreställningssätt i fråga om vår jords ställning i planetsystemet. Så yttrar han t. ex.: »Wir behaupten kühn und mit der sichern Zuversicht, dem göttlichen Charakter der heiligen Schrift und Geschichte nicht zu nahe zu treten, dass die heiligen Männer Gottes im alten und neuen Bunde, welche der Geist Gottes zu göttlichen Werken oder Worten trieb, gar wohl, was naturwissenschaftliche Erkenntniss betrifft, *in den zu ihrer Zeit herrschenden Irrthümern befangen sein konnten.* War z. B. in den Zeiten Josuas die Meinung herrschend, dass die Sonne sich mit dem gesammten Sternenhimmel in vierundzwanzigstündigem Umschwung um die Erde drehe, *so war Josua sicherlich nicht über diesen Irrthum erhaben;* als er das vielbesprochene Glaubenswort: »Sonne, stehe still zu Gibeon, und Mond, im Thale Ajalon» — aussprach, lag dieser Irrthum ohne Zweifel zu Grunde.» Han tillägger: »Ebensowenig wird es uns befremden dürfen, wenn auch anderwärts in der heiligen Schrift die geocentrische Anschauung zu Grunde liegt.» — Bibelns kosmologiska åskådningssätt låg äfven till grund för kyrkans länge fanatiskt fasthållna mening om vår jord såsom verldsalltets orörliga medelpunkt. Bekant är, hurusom denna antikopernikanska medeltidsåsigt funnit försvarare äfven bland våra dagars »bekännelsetrogne». Kurtz yttrar härom ganska riktigt: »Ein geheimer Widerwille, die heliocentrische Lehre und überhaupt die Ergebnisse der neuern Astronomie in die christliche Weltanschauung aufzunehmen, hat sich selbst in manchen Kreisen bis auf unsere Tage vererbt.»

våld, en upprifvande motsägelse, hvars välsignelse för menskligheten förefaller oss vara högst tvifvelaktig.» Och detta slemma väsen, denna i grund och botten oprotestantiska dogmatism ha slagit rot och frodas i *det* land, der en Geijer, en Boström tänkt sina djupa tankar om religion och kyrka, och der en Tegnér ifrån altaret uttalat den härliga trosbekännelse, som bryter stafven öfver det afgudiska tillbedjandet af bibelordets bokstaf:

»Kristus har lefvat och lärt. Hvad lärde han? anda och sanning,
Icke en bokstafstro, icke förmöglad myster.
Lifvets friska myster, den lärde han: kärlek och handling,
Kärlek till menskor och Gud, handling för sauning och rätt.
Mildhet han lärde, men kraft och rik uppoffring derjemte,
Mod till att lefva och dö fromt för det heligas sak.
Frihet han lärde och ljus, fulländningens högsta insegel:
»Var fullkommen (han bjöd), såsom min fader det är [1]).»

»Kristendom, det är bildningens höjd, fulländningens dopnamn». säger Tegnér. Äfven förståndsbildningen, som bjuder oss att icke låta sjelfmotsägelsen gälla såsom sanning, har genom kristendomen adlats och bragts till sin fulländning. Huru skulle väl denna bildning kunna lydigt böja sig under oket af en dogm, sådan som den ortodoxa inspirationsdogmen? Dogmens anhängare förmena, att Gud velat lemna menskligheten en uppenbarelsehistoria, hvars innehåll och specielt *språkliga* form han sjelf uteslutande *dikter*at och fixerat i skriftecken; »men det är just denna vilja och förmågan att förverkliga den, som är omtvistelig», anmärker med rätta den förut omnämde recensenten. »Kristendomens gud är en *ande* (— hvilket förmodligen är menadt på fullt allvar —) och genom menisko*anden* uppenbarar han oss sina vägar. Men tungomål eller menskligt språk är för honom icke detsamma som för oss. Ännu mindre äro pappersrullar, pergament och skrifstift något, hvarmed *han* befattar sig. Sådant är vår sak. — — — Kan förf. (hr Warholm) verkligen bevisa, att det ligger omedelbart i uppenbarelsens begrepp, att en ingifvelse af sjelfva orden till uppenbarelsehistorien är nödvändig, för att uppenbarelsen skall kunna vara ett saliggörande faktum, då skola vi »fånga vårt förnuft under trons lydnad», men för ett missförstådt dogmatiskt intresse göra vi det icke [2]).» För egen del tillägga vi: ännu mindre skall man af oss kunna fordra ett dylikt förnuftets »tillfångatagande», ifall

---

[1]) Jmfr E. Tegnérs *Samlade Skrifter*, 3:dje del. s. 230.
[2]) Jmfr en uppsats af D. Klockhoff i *Svensk Literatur-tidskrift*, 1866, 7:de häftet

det vid närmare undersökning skulle visa sig, att läran om bibeln såsom ett genom den helige ande bokstafligen dikteradt »Guds ord» *icke* är en sant biblisk lära. Vi öfvergå nu till ett försök att utreda huru härmed förhåller sig.

2.

Sjelfva ordet »bibel,» som vunnit burskap i vårt språk, är i sin nuvarande form af ett senare ursprung. Det är egentligen en efter vårt språks art lämpad omprägling af den grekiska till latin öfvergångna pluralen *Biblia*, böckerna. Ännu i förra århundradet var man väl medveten om detta förhållande, och oräkneliga upplagor buru titeln *»Biblia*, det är all den Heliga Skrift», medelst hvilken på en gång beståndsdelarnes flerhet och deras nära sammanhörighet skulle uttryckas. Omgestaltningen af uttrycket försiggick imellertid så mycket lättare, som hon förut egt rum redan under medeltiden i det då gängse munklatinet (genitiv. *Bibliæ* i stället för *Bibliorum*). Men till och med det äldre uttrycket »böckerna», utan något vidare biord, hänvisar tydligen på den föreställningen, att de här sammanstälda litteraturalstren måste vara utmärkta framför alla andra genom egenskaper, hvilka. gifva dem ett värde såsom inga andra. Redan förut var en annan benämning bruklig, hvilken betydde alldeles detsamma, men på ett ännu omedelbarare sätt uttryckte det helas enhet trots mångfalden i dess beståndsdelar, nämligen »skriften» (på grekiska och latin), ett uttryck, som var antaget såväl af judarne som i de första kristna församlingarna, men som på båda hållen omvexlade med pluralformen: »skrifterna.»

Det sålunda redan genom namnet antydda sakförhållandet, att vi i bibeln hafva för oss en till ett helt förbunden mångfald af delar, leder oss till tvenne frågor, af hvilka den första rörer de enskilta delarnes ursprung och natur, den andra deras förhållande till och samband med hvarandra. Här måste man nu först ihågkomma, att bibeln sönderfaller i tvenne olika hufvuddelar, hvilka betecknas med namnen Gamla och Nya Testamentet. Äfven med denna benämning förhåller det sig på ett eget sätt. Hon skulle egentligen lyda: gamla och nya förbundets böcker (urkunder). Såsom bekant är, framstäldes nämligen den israelitiska religionsförfattningen af sina stiftare och målsmän, profeterna, såsom ett Guds förbund med det utvalda folket, och denna fruktbara idé gaf icke endast sjelfva religionen en egendomlig prägel, utan uttalade sig äfven, följdriktigt tillämpad, i det offentliga läroföredraget och i kultens form och symboler. Ja, vid den skärande disharmonien i hvilken nationens religiösa, sedliga och politiska förhållanden stodo till det ideal, som i denna förbundsidé föresväfvade profeterna, tala de icke endast ofta om en nödvändig och efterlängtad förnyelse af det många gånger brutna förbundet, utan till och med om ett alldeles nytt förbund, som skulle hvila på en annan grundval (Jerem. 31: 32). Denna idé upptog Jesus och förklarade vid nattvardens instiftande (Matth. 26: 28), att hans blod skulle utgjutas till instiftande och beseglande af det nya förbundet. Apostlarne föranleddes derigenom att jemföra de båda förbunden eller religionsanstalterna och att undersöka deras förhållande till hvarandra, såväl hvad likheten som olikheten beträffar (2 Kor. 3: 6 och följ., Galater 4: 24, Heb. 8: 8, 9: 15 m. fl. ställen). Deraf uppkom helt naturligt och redan i andra århundradet efter vår tidräkning ofvannämda uttryck, alldenstund båda dessa förbund hade sina skriftliga urkunder. Då nu på ofvan anförda ställe i evangeliet den gamla latinska öfversättningen, hvilken sannolikt icke uppkom mycket senare än omkring år 160, i stället för ordet »förbund» felaktigt råkat begagna ordet »testamente», vande sig de latinske kristne författarne och efter deras föredöme slutligen hela vesterlandet äfven i sina nyare språk att tala om gamla och nya testamentets böcker. Båda uttrycken förkortades sedermera i presternas och folkets mun samt i de lärdes skrifter. Ordet »bok» utelemnades, och man sade helt enkelt hos österländingarne: »gamla och nya förbundet», hos vesterländingarne: »gamla och nya testamentet», då man egentligen ville tala om böckerna. Denna förändring af språkbruket hade redan försiggått i början af tredje århundradet, under det att spår af densamma röja sig mycket längre tillbaka i tiden (2 Kor. 3: 14).

Den gammaltestamentliga skriftsamlingens ursprung är väl till en viss grad höljd i mörker, och några bestämda intyg af tillförlitliga sagesmän angående den tid och de omständigheter, under hvilka hon blifvit föranstaltad, kunna icke uppvisas. Imellertid har följande åsigt om sakens förlopp den största sannolikheten för sig. Då omkring medlet af femte århundradet f. Kr. den berömde leviten Esra kom från Babylon till Jerusalem, för att der på lagens grundval organisera den ännu i hög grad oordnade judiska församlingen, hvilket äfven med den energiske ståthållaren Nehemias bistånd fullkomligt lyckades, skall han jemte andra medel äfven hafva användt det att föreläsa lagen inför det församlade folket. (Neh. 8). Det är ganska möjligt, att sådant redan förut varit brukligt i de babyloniska församlingarna; men ingen tradition härom finnes hvarken i fråga om dessa eller om den som redan ett århundrade förut stiftades i Jerusalem. Ty hvad i 2 Kon.b. 22 kap. berättas om en tillfälligtvis upptäckt lagbok kort tid före Jerusalems förstöring, visar fastmer, att detta bruk på den tiden öfverhufvud ännu fans. Ja, den nyare vetenskapen är böjd att antaga, att först Esra sjelf gaf den s. k. mosaiska lagboken den form, i hvilken den från denna tid förelästes i synagogorna och sålunda kommit till oss. Vare härmed huru som helst, från Esras tid tyckas dessa föreläsningar på sabbaten inför den församlade menigheten, öfverallt der en sådan organiserat sig efter mönstret af den jerusalemitiska, hafva blifvit regel. Hela lagboken delades snart för detta ändamål i ett bestämdt antal afdelningar, af hvilka en kom på hvarje helgdag, så att under en viss period i början af tre, sedermera t. o. m. af ett år, hela lagen föredrogs för folket, och detta sålunda på ett lefvande sätt gjordes förtroligt med hans bud, så väl som med den historia, hvilken tjenade till ram för desamma.

Till denna lagbok, hvilken som sagdt i sitt afslutade skick utgjorde ett enda helt, bifogades något senare — när, kan ej bestämmas — ännu en samling af gamla böcker, nämligen profeternas skrifter, dels läroföredrag, hållna till samtida i en ton af hög entusiasm, straffande eller tröstande, med hotelser och löften, dels historiska böcker, som ur synpunkten af en religiös och teokratisk uppfattning berätta nationens öde på fädernas tid från Kanaans eröfring ända till Jerusalems förstöring. Alla dessa skrifter sammanfattades under det gemensamma namnet »profeterna» och indelades af de lärde uti de »första» och de »sista». De förra voro Josua bok, Domareboken, Samuels- och Konungaböckerna, och de senare, hvilka nu uteslutande bära detta namn, Jeremias' och Hesekiels, Esaias' och de så kallade mindre profeternas läroskrifter. Att denna andra samling, de förra och de senare profeterna, kommit till stånd i en något senare tid och betraktades såsom ett slags bihang till den första, bevisas af den omständigheten, att äfven på henne användes benämningen »lagen», såsom en sådan, hvilken alltjemt innefattade icke blott rättsliga och till kulten hörande föreskrifter, utan öfverhufvud alla heliga från fäderna ärfda böcker. Att hon likväl endast innehade andra rummet, visas af en annan omständighet, nämligen att man aldrig föreläste henne i hennes helhet, utan blott valda stycken. Att ändtligen dubbelsamlingen en längre tid måste hafva stannat vid detta omfäng, innan något mera tillkom, synes af den omständigheten, att det språkbruk kunde stadga sig, hvilket vi så ofta träffa i Jesu och hans samtidas mun: »lagen och profeterna», motsvarande

hvad vi nu kalla gamla testamentet. (Matth. 5, 17; 7, 12; Luc.
16, 16; Apostlag. 13, 15; 24, 14; Rom. 3, 21 o. s. v.)

Och dock hade redan före denna tid samlingen blifvit ännu
ytterligare utvidgad. Detta skedde genom tillägget af församlingslag-
boken eller den s. k. psaltaren, hvilken likaledes begagnades såväl vid
religiösa högtidligheter i templet som vid gudstjensten i synagogan.
Den nämnes derföre uttryckligen jemte lagen och profeterna såsom
en tredje del af »skriften». (Luc. 24: 44).

De hittills nämda delarne skulle vi med ett något modernt
uttryck kunna benämna judendomens folkbibel, icke i den mening
som om den varit utspridd bland folket sjelft och tjenat till ge-
mensam huslig uppbyggelse, hvilket endast undantagsvis var fallet,
men väl i den meningen, att folket genom det offentliga och regel-
bundna bruket af densamma blifvit bekant med dess innehåll och
fann sig hänvisadt till densamma såsom en grundlag, hvilken gaf
normen för nationens hela lif och tänkande.

Efter denna flyktiga blick på de förnämsta gammaltestament-
liga skrifternas sammanförande till ett helt, komma vi till frågan
om dessa litteraturalsters egna åsigter angående sin betydelse och
sitt ursprung. Vi erinra då om det förhållandet, att i bibelns
föreställningssätt om menniskans fullständiga afhängighet af Gud
till förstånd, känsla och vilja äfven ingår antagandet, att Gud kan
efter behag ingifva menniskan tankar och beslut, som icke fram-
bragts af hennes egen fria själsverksamhet. Gamla testamentets
gudsmedvetande medgaf på ett tidigare utvecklingsstadium till och
med, att sådana tankar fingo gälla såsom af Gud ingifna, hvilka
betraktades såsom syndiga. (Jmfr. t. ex. 2 Sam. 24, 1, der Jahveh
säges hafva lockat David till den sedermera såsom ett brottsligt
företag bestraffade folkräkningen). I allmänhet ansågs likväl det,
som Gud »gifver en menniska i hjertat», såsom ett godt och heligt.
Såsom en dylik gudomlig ingifvelse gälde i synnerhet den profe-
tiska hänförelsen, hvilken ansågs bero på Guds andes meddelande
åt profeten. Under sådana förutsättningar utbildade sig efter hand
den föreställningen, att judarnes heliga skrifter voro ingifna af
Gud, och dermed förenade sig naturligen åsigten, att man åt dem,
såsom egande ett öfvermenskligt ursprung, borde tillerkänna en
gudomlig auktoritet, i kraft af hvilken de blefvo högsta måttstocken
för bedömandet af alla andra skrifter och läromeningar. En
sådan åsigt om gamla testamentets inspiration var allmän bland
de judiska teologerna på Jesu tid. Philo och Josephus intyga
detta. Moses har, enligt Philo, skrifvit i följd af gudomlig ingif-
velse, och ej blott orden, utan hvarje stafvelse och bokstaf i de

kanoniska skrifterna synas honom vara af inspirerad natur. På grund häraf trodde man sig ofta i de obetydligaste bibliska utsagor läsa de djupaste gudomliga hemligheter, hvilket föranledde uppkomsten af den s. k. allegoriska och typiska skriftuttolkningen, som småningom undanträngde den grammatiska och historiska. Den judiskt-rabbinska inspirationsdogmen företer alltså en väsentlig likhet med den nu gängse kyrkligt-ortodoxa.

Eger nu den i fråga varande dogmen något stöd i de gammaltestamentliga författarnes egna uttalanden? Det visar sig redan vid första påseendet alldeles oförtydbart, att så ingalunda är förhållandet. Låtom oss slå upp t. ex. psaltaren! Hvem kan väl, vid läsningen af denna gripande lyrik, påstå, att här föreligga bevis för vare sig »inspiratio realis» eller »verbalis»? Hvem, utom vissa svenska teologer och några deras själafränder i utlandet, kan vara blind för det så påtagliga faktum, att vi här hafva att göra med de poetiska skapelserna af en alltigenom fri religiös hänförelse? Den fromme höjer i sången sin själ till Gud, men Gud ingifver honom icke hans tacksägelser och böner, hvarken tankarne eller orden; att så sker, veta psalmdiktarne ingenstädes att omtala. Väl införes Gud stundom i psalmerna såsom talande, men dylika »Guds ord» gälla dock ej för författarne sjelfve såsom på ett mirakulöst sätt dem ingifna, utan som alster af den poetiska fiktionen. — En annan »kanonisk» skrift, de s. k. Salomos ordspråk, angifver sig sjelf såsom ett menniskoverk, företaget i didaktiskt intresse; boken innehåller för öfrigt icke en, utan *flera* ordspråkssamlingar, utmärkta genom »manligt, tuktigt sinne och en viss småborgerlig klokhet»[1]). — Hiobs bok anför visserligen, i öfverensstämmelse med sin dramatiska anläggning, vidlyftiga tal af Gud, men det har ej fallit dess författare in att framställa sitt arbete såsom skrifvet efter gudomlig diktamen. — Att efter de nyaste kritiska undersökningarna i ämnet fortfarande utgifva en erotisk idyll, sådan som »Höga Visan», för att vara en af den tredje personen i gudomen dikterad profetia om Kristus och församlingen, är en dogmatisk förhärdelse, på hvilken vi ej behöfva spilla några ord. — De historiska böckerna göra ej anspråk på ett öfvernaturligt ursprung och söka icke fördölja sin på intet vis underbara uppkomst ur åtskilliga till grund för dem liggande källskrifter. — Slutligen förtjenar anmärkas, att i gamla testamentets kanon, hvilken enligt de ortodoxes förmenande är till alla sina delar ett »Guds ord», förekommer äfven en skrift — Esthers bok — som af Luther utdömdes såsom gudlös, derföre att Guds namn i densamma ej ens nämnes.

Frågan om inspirationsdogmens hållbarhet ur biblisk synpunkt torde alltså, hvad det gamla testamentet beträffar, icke kunna besvaras annorlunda än som skett i den utmärkta afhandlingen om »die heilige Schrift»[2]) af Richard Rothe, införd i arbetet *Zur*

---

[1]) Jmfr. *Gamla Testamentets litteraturhistoria* i uppsatser af A. Hausrath. Öfversättning. (Sid. 122). Westerås, C. M. Sjöberg 1867.

[2]) Öfversatt på svenska under titeln *Om bibelns inspiration*. Westerås, 1867.

Dogmatik (Gotha 1863). »Från gamla testamentets egen ståndpunkt», skrifver Rothe», »kan ingen med något det minsta sken af rimlighet påstå, att detsamma skulle uppstått genom inspiration, d. v. s. att dess skriftliga affattande skulle egt rum i följd af en särskild inverkan af Guds ande på författarne, långt mindre i följd af en inverkan så beskaffad, som vår ortodoxa inspirationslära föreställer sig den. Då i enskilta fall Gud befaller Moses eller någon af profeterna att uppteckna bestämda speciela meddelanden, hvilka de på uppenbarelsens väg fått mottaga från honom, så är sjelfklart, att detta ej har att skaffa med den kyrkligt dogmatiska föreställningen. Ännu mindre kan man till stöd för nämda föreställning om inspirationen åberopa sig på ställen sådana som 2 Mos. 4, 12, 2 Sam. 23, 2, Jerem. 1, 9, hvarest talas om de gudomliga uppenbarelsernas *muntliga* förkunnande genom profeterna. Dessa sistnämda framställa visserligen i allmänhet sina yttranden såsom utsagor af Gud eller af hans ande, men derimot förekommer hos dem ej en stafvelse om någon inspiration, hvaraf de skulle varit i åtnjutande *vid sina yttrandens skriftliga upptecknande.* — — — Att det vid de gammaltestamentliga böckernas skriftliga affattande skulle gått annorlunda till än vid hvarje annat menskligt skriftställeri, derom innehåller gamla testamentet ej den ringaste antydan.» (a. st. s. 170 f.)

Af största vigt för vårt ämne är att utreda, hvilken betydelse och auktoritet Kristus sjelf tillerkände åt det gamla testamentet. Betraktade han detsamma såsom ett ofelbart och för alla tider giltigt »Guds ord», eller gjorde han det icke? Inspirationsdogmens förfäktare åberopa sig företrädesvis på de bekanta ställena: Matth. 5, 18; Marc. 12, 36. Men hvad beträffar det förstnämda stället, i hvilket man velat finna ett afgörande bevis för bokstafsinspirationen, låter sig utsagon att »icke minsta bokstaf, icke ens en prick af lagen skall förgås, till dess att himmel och jord förgås», omöjligen fasthållas såsom ett yttrande af Kristus, med mindre än att man vill tänka sig honom i en handgriplig motsägelse med sig sjelf. Ty efter det att Kristus förklarat, det hans uppgift vore att »fullborda» lagen, d. v. s. förnya honom i en högre, andlig mening. kunde han ju ej omedelbart derpå fordra lagens bokstafliga iakttagande under all framtid. Sannolikt har ett rabbinskt, af Kristus *vederlagdt* påstående genom en senare tids missförstånd här blifvit lagdt i hans mun. — Å det andra stället låter författaren Kristus citera ett yttrande af David (110 psalmen) »i den helige ande.» Men äfven detta ställes äkthet är tvifvelaktig, alldenstund parallelstället Matth. 22, 43 endast har orden »i anden», under det att dessa ord alldeles bortfallit i Luc. 20, 44. Skulle imellertid ordens redaktion hos Marcus vara den ursprungliga och äkta, så är dermed på sin höjd bevisadt så mycket, att Kristus ansåg David hafva diktat den 110 psalmen i ett tillstånd af helig, profetisk hänförelse; men denna hans åsigt kan ej öfverraska någon, då Kristus visserligen ej betviflade, att gamla testamentets gudsmän blifvit delaktiga af profetisk ingifvelse. Derimot kan stället ingalunda tjena till stöd för inspirationsdogmen, ty det har intet att förmäla om någon den helige andes medverkan vid psalmens skriftliga upptecknande. — Att Kristus *icke* delade sina israelitiska samtidas föreställning om gamla testamentets inspiration, framgår med stor sannolikhet ur den omständigheten, att han upprepade gånger uttalat sin missbelåtenhet med den bland de skriftlärde gängse tolkningen af skriften. Han säger dem rent ut, att de icke förstodo något af skriften och hennes kraft (Matth. 22, 29; Marc. 12, 24), och han uppställer vid flera tillfällen sin egen skrifttolkning såsom en vederläggning af deras. Då han uti bergspredikan tecknar grunddragen af det nya sedligt-religiösa ideal, hvars förkunnande utgjorde kärnan af hans evangelium, ställer han i en serie antiteser (»åt de gamle har blifvit sagdt... men *jag* säger eder») sin egen personliga auktoritet imot det gamla testamentets; han har således ej, i likhet med Philo och Josephus, betraktat den mosaiska lagen såsom ett för alla tider giltigt »Guds ord.» Profetiska utsagor tillämpar han ofta på samtida personer och förhållanden, men alldeles osökt och utan att åberopa sig på någon deras öfvernaturliga ingifvelse.

Står det alltså fast, att inspirationsdogmen lika litet eger någon stödjepunkt i Kristi åskådningssätt och uttalanden, som i de gammaltestamentliga författarnes, utan tvärtom genom Kristus finner sin medelbara vederläggning; så är det för besvarandet af frågan om dogmens bibliskhet i sjelfva verket af endast underordnad betydelse, att apostlarne och de öfriga nytestamentliga skriftställarne delade sina landsmäns fördom beträffande G. T:s gudomliga natur. Så mycket mindre kan åt detta förhållande tillmätas någon afgörande vigt, som N. T:s författare, så ofta de än, i synnerhet till styrkande af Jesu messianitet, åberopa sig på profetiorna såsom af Gud ingifna, dock ingenstädes uppställa någon bestämd teori angående inspirationen. Enligt deras förmenande har Gud talat uti allt »som står skrifvet», men deras citat ur G. T. (dervid de ofta begagna sig af Septuaginta-öfversättningen, äfven då, när densamma afviker från det hebreiska originalet) äro i afseende på ordagrann öfverensstämmelse med grundtexten ej sällan så föga tillförlitliga, att, såvida båda bibelställena skola anses såsom inspirerade, det endast återstår att antaga, att den helige ande talat på ett sätt i originalet, men på ett helt olika sätt i öfversättningen. Detta kan väl sägas vara en vederläggning af inspirationsläran genom hennes egna konseqvenser.

Men ett verkligt dråpslag erhåller denna så mycken kyrklig förvirring och ofärd anstiftande lära, om vi taga i betraktande de nytestamentliga skriftställarnes åsigter angående *sitt eget* författareskap. Hvad derom i allmänhet är att säga, har blifvit på ett klart sammanfattande sätt framstäldt i slutorden till det förträffliga arbetet af prof. J. H. Scholten i Leyden: *Die ältesten Zeugnisse betreffend die Schriften des neuen Testamentes* (1867). Efter det att Scholten visat, att ingen kyrklig »kanon» (d. v. s. en såsom helig betraktad samling af nya testamentets skrifter) fans före år 200 af vår tidräkning, fortsätter han:

»Vår undersökning har lärt oss — och äfven detta betrakta vi såsom något ganska vigtigt — att den meningen, att nya testamentets skrifter skulle uppstått på ett öfvernaturligt sätt i följd af en gudomlig ingifvelse, förskrifver sig först från slutet af andra århundradet, då judarnes bibliolatri efter Esras tid äfven tillämpades på nya testamentet. Före denna tid ansåg man dem helt enkelt för »memoirer», som buro vitne om Jesus och om apostlarnes predikan. Svaret på frågan, om Jesus är den sanna religionens stiftare, stod i den första tiden alls icke i något sammanhang med erkännandet af de skrifters gudomliga auktoritet, som vitnade om honom. Jesu ord tillerkände man full giltighet, men åberopade sig för kännedomen om dessa ord dels på muntlig tradition, dels på skriftliga urkunder. Man vandrade i detta hänseende i apostlarnes och evangelisternes fotspår. Hvad de förra beträffar, hafva de aldrig utgifvit sig för ofelbara eller åberopat någon dem tillkommande gudomlig auktoritet till bevis för sanningen af sin predikan. Så aflägger Petrus räkenskap för bröderna i Jerusalem angående sitt förhållande i Cornelii sak, (Apostl. 11: 1 f.) och understöder sin predikan med bevis ur gamla testamentet (2: 16—21, 25—35; 3, 21). Till och med i Petri första bref, hvars äkthet vi här icke vilja bedöma, kallar sig ännu den högt stälde aposteln endast en församlingens »meduppsyningsman» (1 Petr. 5: 1). Men då likväl det judekristna partiet började åberopa sig på de tolf apostlarnes auktoritet, såsom mäns, hvilka personligen känt Jesus och af honom blifvit kallade till apostlar, höjde Paulus sin kraftiga stämma derimot. Huru högt än de tolf, i synnerhet det utvalda tretalet, Jakobus, Petrus och Johannes, voro anskrifne i Jerusalem, detta, sade han, anginge icke honom. Att evangelium var oberoende af den judiska lagen, detta stod för honom så fast, att han uttalade anatema öfver enhvar, som predikade ett annat evangelium, vore det än en apostel eller till och med en engel från himmelen (Galat. 1: 8, 9). Äfven för sin egen del gjorde han icke anspråk på att utöfva något herravälde öfver sina bröders tro (2 Kor. 1: 24; Rom 1: 11, 12), utan åberopade sig för sin predikan på allas deras samveten, som kände honom (2 Kor. 4: 2). Det nya förbundet var ju för honom ingen bokstafvens tjenst, utan andens, och han förmanar derföre de kristna att förblifva i den frihet, med hvilken Kristus frigjort dem (Gal. 5: 1).

Hvad apostlarnes skrifter beträffar, är det en afgjord sak, att de icke skrefvo med afsigt att gifva och fastställa en trosnorm för senare tider. Om de ock stundom, ehuru sällan, åberopa sig på Jesu ord, så predikade de dock icke hans lära, utan honom sjelf (1 Kor. 1: 23) såsom bärare af den helige ande, hvilken måste lefva i församlingen (Rom. 8: 9, Gal. 2: 20, Phil. 2: 5), och fråga derföre ingalunda efter, om Jesus sagt de eller de orden, utfört de eller de handlingarna. Hos Paulus är Jesus den store gudasonen, hvilken, såsom menniska född af qvinna, träder i gemenskap med Adams syndiga slägte och lefvat under lagen för att tillintetgöra synd och lag. genom sin död besegra döden och genom sin uppståndelse framdraga i ljuset lif och odödlighet.

Apostlarne skrefvo, men deras skrifter voro blotta tillfällighetsskrifter, afsedda för enskilda församlingars eller personers behof, och skrefvos under inflytandet af alldeles bestämda omständigheter. Icke heller evangeliernas författare utgifva sig för ofelbara. De namngifva sig icke ens. De skrefvo, men icke på Jesu befallning, icke i följd af en förment gudomlig ingifvelse, utan efter andras föredöme, för att rädda Jesu gerningar och ord från glömskan, icke emedan den helige ande så fann för godt, utan emedan de sjelfve funno för godt att lemna en berättelse om allt, hvad öron- och ögonvitnen meddelat om Jesus. (Luc. 1: 1—4). De ansågo sig sjelfve så litet för ofelbara, att de icke drogo i betänkande att förbättra sina egna berättelser efter andras, enligt deras tanke bättre sakkännedom (jmfr. Luc. 24: 50—52 med Apostlag. 1: 5). Icke heller andras berättelser betraktade de såsom i alla afseenden felfria. Man vet, huru ofta de af dogmatiska skäl i vigtiga punkter korrigerade hvarandras berättelser angående Jesu person, hans lidande, hans uppståndelse och återkomst och sålunda visa, att de icke tillerkände sina föregångares skrifter någon gudomlig auktoritet eller ofelbarhet.

Ingenstädes motsäges åsigten om den kristna trons beroende af en bokstafsauktoritet på ett kraftigare sätt än i det fjerde evangeliet. Författaren erkänner gamla testamentet såsom »helig skrift«, men endast för att med dessa skrifters vitnesbörd bekämpa auktoritetsprincipen och lära de kristna, att de skulle undervisas af Gud sjelf och sjelfve lära känna sanningen. Den af Jesus utlofvade helige anden är enligt honom icke endast de tolfs arfvedel, utan allas. Icke tolftalet af deras skrifter, icke ens hans eget evangelium, ja icke ens Jesu muntligt eller skriftligt bevarade ord (Joh. 16: 23) skulle ersätta Herrens person. Jesu ende ställföreträdare är enligt honom sanningens ande, hvilken såsom inre lifsprincip skall blifva i de troende, hvad Jesu var för de sina, och af denna orsak kallas »en annan hugsvalare.»

Häraf sluta vi: den gammalprotestantiska läran om »Guds ord» såsom ofelbar trosnorm står i uppenbar motsägelse med den heliga skrifts egna tydliga utsagor och förtjenar derföre icke namn af »biblisk.» Rådfrågar man gamla testamentet i denna punkt, så vet det att tala om dagar, då »hela folket skall profetera», då »Gud skall utgjuta sin ande öfver allt kött», och då »ingen mera skall lära den andre och säga: känn Herren!» Fråga vi det nya testamentet, så svarar det: »gören mig icke till det, som jag icke vill vara; förnedren icke evangelium till en bokstafsdyrkan; frågen icke mig, om hvad som är sanning, utan den helige anden i eder (1 Joh. 2: 20, 27, Gal. 4: 6, Eph. 1: 14, Gal. 5: 7), edert genom Kristi ande upplysta och helgade samvete.»

Så talar en kristen på den »heliga skrifts» ståndpunkt. Frågar man reformatorerna, så är det bekant, att Luther, ehuru icke alltid konseqvent, vördade skrifterna såsom gudomliga, så vida hans egen ande der kände sig hemma, och der detta icke var fallet uteslöt skrifter sådana som Jakobs bref och andra ur kanon, samt att Calvin ansåg Judas' och Jakobs bref och Petri andra bref väl för kristliga, men icke för apostoliska. Kunna vi således genom yttre historiska vitnesbörd icke komma till någon säkerhet och bygga derföre icke vår öfvertygelse på dessa, så handla vi såsom protestanter i den reformerta trosbekännelsens anda, hvilken förklarar bibelns böcker för heliga och kanoniska, dock icke så mycket derföre, att kyrkan så anser dem, utan emedan den helige anden i våra hjertan aflägger vitnesbörd om deras gudomliga ursprung. Gifver än den helige anden efter vår öfvertygelse icke något vitnesbörd om de bibliska skrifternas äkthet ur historisk synpunkt, så betygar han dock, att den religion, om hvilken dessa skrifter vitna, är den sanna religionen. Här gäller det: »den, som är af Gud, han hör oss;» »jag talar till förståndiga, dömen sjelfve!» (1 Kor. 10: 15). Må derföre gerna den bygnadsställning falla, som en äldre teologi upprest framför sanningens tempel — den gudomliga bygnaden sjelf skall derigenom endast framstå desto härligare. Det enda nödvändiga — tron, hoppet och kärleken — står qvar, och behöfver icke låna bevis ur någon historia. Blifver denna trefald beståndande såsom sanning genom vårt religiösa medvetandes vitnesbörd, då kan äfven den historiska forskningen obehindradt gå framåt utan skada för religionen. Vår tro kan endast vinna på att sanningen icke hänger på en spindelväf, och att vår gemenskap med Gud icke mera göres beroende af någon mensklig mellanhand. Endast en sådan religiös tro är en sant protestantisk. Blifver denna sanna och saliggörande tro af kritiken icke omstörtad, utan rensad från främmande tillsatser, så bör ju detta utgöra en rekommendation för denna kritik hos alla, som älska Gud och religionen.»

CARL VON BERGEN.

Rättelser.

I Majhäftet sid. 437, rad. 2 nedifr. (noten) står: andra; läs: mera invecklade.
» » 444, rad. 18 uppifr. står: Ninip, Sandon; läs: Ninip—Sandan.
» » 444, rad. 1 nedifr. står: Tiglat Pilesar II; läs: Tiglat Pilesar I.
» » 445, rad. 7 nedifr. står: Kamoth; läs: Hamoth.
» » 446, rad. 11 nedifr. står: Synisa; läs: Syrien.
» » 448, rad. 5 uppifr. står: Tannns; läs: Taurus.
» » 448, rad. 18 uppifr. står: 625; läs: 605.
» » 449, rad. 16 nedifr. står: ⅓ mil; läs: ⅓ mil.
» » 450, rad. 12 uppifr. står: 2¼ mil och de kortaste 1¼ mil, läs: 5 mil och de kortaste 2½ mil.